El metro de platino iridiado

Álvaro Pombo

El metro de platino iridiado

EDITORIAL ANAGRAMA
BARCELONA

Ilustración: © Eva Mutter

Primera edición en «Narrativas hispánicas»: octubre 1990
Primera edición en «Compactos»: mayo 1993
Segunda edición en «Compactos»: febrero 2001
Tercera edición en «Compactos»: marzo 2010
Cuarta edición en «Compactos»: junio 2025

Diseño de la colección: Julio Vivas y Estudio A

ISBN: 978-84-339-4768-0
Depósito legal: B. 8283-2025

Printed in Spain

Liberdúplex, S. L. U., ctra. BV 2249, km 7,4 - Polígono Torrentfondo
08791 Sant Llorenç d'Hortons

A Pilar García de los Ríos de Marina
y a José Antonio Marina.

La despedida de soltera fue en casa de tía Eugenia y fue un caos. Todas las amigas de María, incluida el aña Rosi, de las más jóvenes a las más ancianas, tenían en común un cierto grado de inverosimilitud. Y esta cualidad –que en algunas llegaba a ser muy pronunciada– cobraba, a ojos de Virginia, proporciones épicas consideradas todas en conjunto y reunidas en una misma habitación. Llevaban ya un mes preparando aquella despedida. Fue idea de Virginia. María hubiera preferido una reunión más tranquila y más de una por una. Y así lo declaró repetidamente al principio. Pero Virginia se mostró en esto diamantina: «¡Una por una, te eternizas!» «¡Si no son tantas!» «Son montones. Y cada cual un caso especialísimo. ¡Tendrías que dedicar un mes entero a los adioses!» «¡Pero si no voy a decir adiós a nadie, si es solo decirlas que me caso, la mayoría de ellas, además, ya lo sabe!» No hubo manera de persuadir a Virginia, quien, sin llegar a declararlo, no quería perderse la estupenda ocasión de turbamulta y reaparición conjunta de todas las allegadas de María. Temía Virginia que, tomadas una a una, las inverosimilitudes individuales se disolvieran sin dar el espectáculo. Y había que preservar a todo trance la manifestación de la rareza. Por lo menos aquella última vez. Virginia no podía deshacerse de la idea de que aquella despedida de soltera iba a ser la última vez de algo esencial, tal vez de todo lo anterior. Y ocurría, además, que si la despedida se convertía en una sucesión de despedidas privadas, Virginia carecería de pretexto para asistir a los adioses. Tenía que haber muchos adioses

–aquello era un adiós en toda regla–; pero tenían que poder verse todos juntos en un despliegue excepcional. Durante todo aquel mes, Virginia había oscilado entre la melancolía del adiós y sus delicias. Una buena despedida de soltera combinaba lo mejor de lo tristísimo con lo más delicioso de alegrarse y dar la enhorabuena a una íntima amiga que se casa. Y en este caso particular la despedida tendría el ingrediente de la singularidad de todas a la vez. Iba a ser una combinación de pica-pica y gran traca de primera noche en los dormitorios de mayores. No podía permitirse que María, con su tendencia a la igualdad y a la paz, disolviera en adioses sucesivos el gran adiós de todas juntas. En la metafísica espontánea de Virginia, el individuo no solo era inefable, sino, además, divertidísimo. ¡Cuantísimo se habían divertido en el colegio! Había otro motivo sustancial –que Virginia ocultó meticulosamente a María–: la despedida tenía que celebrarse en gran plan porque celebrarla así requeriría toda suerte de telefoneos, reuniones y preparativos, y Virginia deseaba un largo aparte con María, un extenso e intenso mano a mano, libre de la presencia de Martín. La cotización de Martín estaba a cero. Virginia se había resignado ya a aquella boda –que le parecía precipitada– y a aquel novio, aquel Martín de palo santo –que le parecía un pelma–. Pero no se había resignado y no tenía ninguna intención de resignarse, a que Martín, con su escaso sentido del humor, su discutible encanto filosófico y sus sedicentes atractivos masculinos de chico muy serio y muy delgado, acaparara a María a todos los niveles. Había niveles que había que preservar. ¡Vaya si había! Virginia se sentía escandalizada: María se había entregado a su noviazgo. Era una entrega de mal gusto, un enamoramiento de criada. En vista de lo cual, le parecía que su primera obligación como íntima amiga de la novia era poner en cuarentena al novio e imponerle, de paso, un cierto suplicio inaugural. En opinión de Virginia, todo hombre vive secretamente convencido de que todo el monte es orégano. Ya que María se había entregado a la primera, Virginia tenía obligación de martirizar a aquel Martín por cualquier medio a su alcance. Y el mejor medio era la despedida de soltera: iba a ser un suplicio psicológico –además de físico– porque no iba a componerse únicamente de la sustracción física de María en la tarde del día señalado, sino también de una sustracción espiritual consistente en aprovechar lo poco o mucho que, sin querer, María se saltara o se olvidara de contarle de la fiesta, combinado con lo que Martín sospechara que faltaba o resintiera que hubiera sin tener él mismo arte ni parte, para establecer un indispensable espacio crítico entre ambos prometidos. Lo que no podía ser, no podía ser: y no podía ser que María se entregase sin reservas. Y si ella misma no se daba cuenta, tenían que reservarla los demás y en especial Virginia, su mejor amiga. ¡Pero si es que aquello era un escándalo! A Virginia no le cabía en la cabeza que a María le faltase el mínimo de coquetería o estrategias o astucias que cualquier *ars amandi* recomienda. ¡Era increíble, absurdo, comportarse de novia igual que de casada! Y resultaba gravemente peligroso –como ha demostrado hasta la saciedad la historia entera de la mujer y las experiencias concretísimas de todas las mujeres contadas una a una– no reservarse espacio propio –ni siquiera mental– ni guardar con nadie femenino alguna relación especialísima –una especie de zona peatonal, un círculo exclusivo– por donde no pudiera transitar ningún amante, ningún marido, ningún novio –por muy enamorada que una esté–. Virginia se consideraba, a este efecto, singular de sobra y más exclusiva que ninguna de las demás amigas de María: acreedora de sobra, por lo tanto, de este indiscutible derecho de tener con María antes, durante y después del matrimonio (si llegaba el caso) apartes especiales, recuerdos del colegio intransferibles, secretos que, no obstante su posible nimiedad, solo pertenecían a ellas dos. Y es que, de hecho –argumentaba Virginia ante sí misma–, esos secretos y esas zonas vedadas ya existían: solo que María repentinamente se había enamorado y no parecía darles importancia. Ahora Martín lo sabía todo: ahora Martín estaba en todo. Y eso no se podía tolerar. Virginia había jurado que ella misma, la propia Virginia en carne y hueso, se constituiría en zona reservada: se volvería peatonal: una animosa calle de tienditas y charlas y peluqueros de señora por donde María pudiera pasearse al abrigo del sexo masculino. ¡Faltaría más! Porque ocurría, a mayor abundamiento, que a Virginia le constaba que lo que Martín llevaba peor y entendía menos eran las amigas de María. Virginia tenía entendido que Martín había declarado que eran todas unas locas. ¡Ahí lo tienes! Todos los hombres son iguales. La despedida de soltera tenía que ser un banderín de enganche. Todo un símbolo de la reserva de toda una mujer. Porque María era toda una mujer –un caso único–. Y Martín un pelma sin igual. ¿No había prohibido incluso, el muy plomo, que la boda se celebrase por todo lo alto, como los padres de María deseaban, como era lo normal, con cientos de invitados, que lo contrario iba a ser una rareza? Y una rareza, encima, ñoña; una rareza testaruda y sosa de la provincia de Toledo: Martín, por lo visto, era medio manchego. Y María, encima, le daba la razón, e iban a casarse ladeados, apartados, con solo la presencia de las dos familias –y Virginia quien, por supuesto, tenía que asistir–. Por consiguiente, la despedida de soltera tenía que ser inolvidable: la reserva especial de todo lo más único en amigas que tenía que durar toda la vida: jamás podría compartirse aquello con Martín. Dispuesta a todo, Virginia resumió su plan general (María la miraba sonriendo): «Lo que aquí se requiere es una merendola con mucha conversación descarrilada, cada loca con su tema y todas juntas comiendo mucho y hablándolo a la vez... ¡Por eso tiene que ser en casa de tía Eugenia!» En lo de tía Eugenia –que, en realidad, era tía segunda de María, aunque Virginia se la había apropiado– coincidían las dos. Tía Eugenia estaba ya informada y había anunciado desde Montemayor, donde solía ir a las aguas, a grandes gritos telefónicos que, por supuesto, solo ella en el mundo tenía una casa en condiciones y que en aquel mismo minuto dejaba aquellas aguas espantosas porque estaba ya hasta las narices de extremeñas reumáticas y paseítos al atardecer. Había dicho tía Eugenia que nada de tés ni de cafés, que todo a base de champán y anises, una merienda-cena consistente, nada de nada frío ni tentempiés, que hoy día pasas hambre en todas partes porque ya solo sirven tentempiés... Virginia había colgado el teléfono feliz. El indiscutible talento de tía Eugenia para lo tumultuoso y lo incoherente combinado con su absurdo piso de Velázquez no podían fallar. Y tenía que asistir el aña Rosi –el aña Rosi, la primera–. De entre todos los personajes de María, el preferido de Virginia era esta aña Rosi que ya había sido aña en casa de los abuelos de María y que ahora, rozando los ochenta, vivía en Navalcarnero con una hija casada. Era una ancianita rechoncha, de cara redonda y pelo liso recogido en un moño que no aparentaba tanta edad y que se trasladaba a todas partes a pasitos seguidos, muy enérgicos, con consistente movilidad de llanta articulada. Quizá su aire de muñeco mecánico venía de que una vez en marcha era imparable. Una vez dada cuerda y dejada con sus temas favoritos, se tenía la sensación de que ya era imposible desviarla por muy con la pared, o con cualquier contradicción, que se topase. Y de entre todos sus temas favoritos, el más favorito era María, muy por encima del de los alifafes de su hija y las malaventuras de sus nietos. Virginia sacaba este tema siempre que podía porque la infancia de María en versión del aña Rosi ofrecía un giro espectacular, casi sobrecogedor. La niñez de María resultaba, de creer al aña Rosi, prodigiosa. «Una vez estaba yo planchando una camisa del señor que la doncella había dejado sin planchar. Y en estas la niña entra en el cuarto de plancha y me enseña un pardillo que se había caído de un nido en el garaje. Y el pardillo se vuela por el cuarto. Y las dos a cogerle con cuidado para que no se matara contra las paredes. Y el pardillo se posa en la bombilla y ahí se balancea. Conque me quito yo las zapatillas y me subo a la mesa y por fin le tengo ya en la mano. Y en esto un tufo a chamusquina y la camisa del señor echando humo, que se había caído cuando me subí. Y ahora a ver... ¡No tiene remedio!» Al llegar aquí hacía el aña Rosi una dramática pausa y levantaba la barbilla un par de veces, como desafiando a sus oyentes. «Conque me bajo de la mesa, ay la camisa, la camisa. Y la niña quiere ver el pájaro. Y yo del susto ya ni me acordaba que le tenía en una mano. Y la niña quiere que le suelte y abre la ventana. Y yo me enfado porque lo primero es la camisa. ¡A ver ahora yo qué hago! Soltamos al pardillo y ahora qué. La niña se va del cuarto de plancha y vuelve con el bote de la harina. ¡A qué traes eso!: Dice que va a quitar la mancha con harina. ¡Pero si no es una mancha, si es que se ha quemado! La niña recubre lo quemado todo con harina, sacude la camisa y la camisa estaba igual que estaba antes de quemarse...» Daba igual que Virginia y María se rieran oyendo contar este milagro. El aña Rosi no tenía sentido del ridículo. Y era inútil tratar de hacerla ver que aquello era imposible y que probablemente había mezclado dos acontecimientos caseros diferentes: en uno, María es una niña muy pequeña que acaba de entrar en el cuarto de plancha con un paquete de harina en la mano –a los niños les encanta transportar objetos incongruentes de un lado a otro de las casas–; en otro, una mancha grande, de una camisa u otra prenda parecida, desaparece como de milagro y alguien, quizá la propia aña Rosi, emplea esa expresión. Virginia consideraba que lo extraño era la terquedad del aña en mantener que se trataba de un milagro, mientras que en los demás asuntos y recuerdos solía ser siempre razonable y nada propensa a fantasías. Solo fantaseaba la niñez de María, cuya foto de niña llevaba siempre encima, como una estampita. Virginia había escuchado por primera vez uno de estos cuentos en unas vacaciones de Navidad que pasó en casa de María, todavía las dos en el colegio. El aña Rosi ya no vivía en la casa y había venido a felicitar las Pascuas. Virginia en aquel momento deseó preguntar al aña Rosi –aunque no llegó a atreverse– si de verdad creía que María, esta misma María que iba a cumplir dieciséis años, había hecho milagros de pequeña. El aña Rosi se limitaba a referir estas historias sin añadir nunca comentarios. No daba la impresión de darse cuenta del efecto que causaba en sus oyentes. Además de carecer del sentido del ridículo en todo lo referente a la niñez de María, el aña Rosi carecía de sentido del absurdo. Curiosa era también la desenfadada relación que la propia María tenía con las historias del aña; aparte de hacerla reír a carcajadas, jamás advirtió Virginia el menor rubor o el más mínimo sobrecogimiento en su amiga. Y aquí Virginia, en esto del sobrecogimiento, se sentía invariablemente confusa, lo mismo a sus veintitantos años que la primera vez que oyó contar esos cuentos. Había uno en particular que siempre recordaba y que había oído repetir casi al pie de la letra al aña Rosi varias veces: «Una vez estábamos las dos sentadas en el cuarto de jugar, yo repasando un roto de un vestido y la niña pintando en un cuaderno. Y no había en casa nadie más porque habían salido los señores y no se podía estar en el jardín.» «¿Por qué no se podía estar en el jardín, aña?», quiso saber Virginia en una ocasión. Nada más preguntar comprendió que no valía la pena; el aña Rosi nunca contestaba a las preguntas y no le gustaba ser interrumpida. Si se le interrumpía –si alguien entraba en la habitación, por ejemplo, inesperadamente– se callaba apretando los labios en una firme línea casi blanca. En esas ocasiones su figura rechoncha recordaba un muñeco mecánico más que nunca. En cualquier caso, Virginia se dio cuenta –como quien súbitamente se despierta– de que la pregunta que acababa de formular se le había escapado sin querer. La pregunta se había preguntado por sí sola en sus labios, fruto de la fascinación. Porque ocurría que si uno permanecía largo rato escuchando el sonsonete narrativo del aña, acababa por perder el sentido de la realidad e incluso de sí mismo e iba a fundirse con gozo estremecido con el niño que quizá había sido, transportado a la pura irrealidad de un mundo antepredicativo. Las declaraciones del aña tomadas como sin respirar y sin juzgar en la pura monotonía mecánica de su imparable sucesión, sobresaltaban la conciencia como novedades o como detalles henchidos de una significación que instantáneamente cobraban y perdían. Virginia tenía la impresión de que si no aclaraba algunas cosas, aunque fuese a costa de interrumpir y molestar al aña, perdería lo verdaderamente esencial del relato y se quedaría retrasada y como abandonada en un jardín desconocido. Virginia había hecho su pregunta movida por una inmensa sensación de desconsuelo, como si aquel no poder estar en el jardín María y el aña Rosi con que comenzaba el relato fuese un mal irremediable. Algo debió notar María, que escuchaba tranquilamente a su lado, porque se apresuró a cuchichear: «No se podía estar en el jardín porque llovía a cántaros.» «Y en esto entró un ratón por la ventana que se había quedado un poco abierta», el aña Rosi había proseguido imperturbable. «Mira el pobre ratón, dice la niña, que trae una patita arrastrando. Y el ratón quieto en el alféizar miraba al aña y a la niña, olfateaba todo alrededor. No le cojas, que se salga él solo, que sí, que tiene una patita mala, que no, que no le toques que es un asco, que se te pondrá la piel arratonada, que le voy a coger a ver qué tiene; y el ratón que está todo mojado y el ratón que se tumba boca arriba para que la niña vea la pata y el ratón que le enseña la patita; que te va a arañar, que mira qué uñas tiene; que no hace nada, que ha venido a que le cure, conque me levanto y voy a ver y es verdad que tiene la patita espachurrada; suéltale que ya se cura solo; cura cura sana culito de rana si no te curas hoy te curarás mañana; y que le sopla de cerca la patita y el ratón que da un salto y que se marcha por la ventana corre que te corre...»

Un cuento tonto, pensaba Virginia, como todos los demás, en realidad. En este en particular le intimidaba aquella relación brujeril con la naturaleza que el aña Rosi, con toda naturalidad y sin énfasis alguno, atribuía a María. Y también aquí, como en el cuento anterior, el aparente milagro podía explicarse mediante una yuxtaposición de elementos narrativos heterogéneos llevada arbitrariamente a cabo por el aña: la soledad del cuarto de jugar un día de lluvia, la aparición de un ratoncillo de campo, la costumbre infantil de recitar el cura-cura-sana... Todo ello, acumulado en la cabeza milagrera del aña Rosi, se habría convertido en una relación causal. Todo podría explicarse fácilmente. Y el hecho de que Virginia así se lo explicara a sí misma podía entenderse como un simple acto de cordura. Pero Virginia se sorprendía siempre un poco de la prisa con que se apresuraba a desechar, por absurdos, estos relatos. Por absurdos que fueran, no lo eran tanto que no expresaran –siquiera hiperbólicamente y siquiera para Virginia– un lado intrigante de María. Se conocían desde casi niñas, se habían contado sus vidas muchas veces; se adivinaban, creía Virginia, casi siempre el pensamiento. Y, sin embargo, había en María un lado irreducible a la claridad de ser las dos inseparables e íntimas amigas. Era un lado dulce y terco e impensado, como una gatera, por donde María, como un animalillo rutilante, se escapaba a veces. Y Virginia consideraba ejemplo supremo de este escaparse el súbito enamoramiento de su amiga: la chica menos noviera del colegio, de un día para otro, de un instante a otro, enamorada. En un abrir y cerrar de ojos. Y a partir de aquí, aun siendo inconfundiblemente la misma, María había quedado separada, velada en el misterio de su repentina decisión. Pero ¿había sido una decisión? Virginia se consideraba a sí misma una persona decidida –mucho más, hasta entonces, que María–, y que extraía de su continuo decidirse una jubilosa gratificación. Virginia tenía a gala saber siempre qué quería, hasta el punto de que en obvios casos de duda (a la hora de elegir un vestido, por ejemplo, entre dos casi iguales) elegía, por orden cronológico, el primero que le hubiesen enseñado. María, en cambio, no daba la impresión de haberse decidido cuando elegía alguna cosa. Lo elegido se volvía elector y parecía arrebatarla. Y Virginia conectaba esta pasividad de su amiga con aquel lado incalculable por donde María, como a través de una gatera, se colaba. Y de algún modo impreciso, entre los relatos del aña y las decisiones inesperadas de María, había una relación. Pero ¿cuál? Virginia no acertaba a definirla, excepto mediante una poética idea de lo inconsciente o de lo oscuro, presente tanto en los relatos del aña como en algunas decisiones de María y, eminentemente, en su decisión de casarse con Martín. Así, mientras las dos amigas de común acuerdo ultimaban los preparativos de la despedida de soltera y telefoneaban a las interesadas y discutían con tía Eugenia –que ahora llamaba por teléfono cuatro y cinco veces al día– los detalles del menú (porque a fuerza de querer hacer las cosas a lo grande, tía Eugenia había saltado de la sencilla idea de merienda a la de cena con camareros contratados, tras desechar un té-danzante y un viaje de todas ellas a París), Virginia iba pensando que también en la elección –si es que era una elección– de las demás amigas (Virginia se consideraba más que amiga y, por lo tanto, separada de todas las demás por un tremendo corte vertical) había un punto de oscuridad teratológica. De aquí precisamente provenía el que Virginia considerara que todas las amigas de María, excepto ella misma, de las más jóvenes a las más ancianas, tenían en común un cierto, un alto, grado de inverosimilitud.

No había más que verlas ir llegando. El día de la despedida se presentó lluvioso y temerario, con tía Eugenia decidiendo el día anterior a última hora que lo más *cosy*, con mucho, era un *picnic* en la sala, sentadas todas en el suelo, como en una tienda de campaña. Virginia y María, temiendo lo peor, llegaron muy temprano a casa de tía Eugenia, a primera hora de la tarde. Tía Eugenia que, por lo visto, se había levantado tarde para estar, según dijo, enteramente fresca y despejada, había desayunado tortilla de patatas que le subieron recién hecha del bar y llevaba ya ingeridos su buena media docena de *pink-gins.* La doncella que les abrió la puerta era una chica nueva y daba muestras de un profundo desconcierto. Encontraron a tía Eugenia en la sala cambiando todos los muebles de sitio con ayuda, según anunció al entrar las dos amigas, del hijo del portero «que tiene unas fuerzas colosales». Era difícil adivinar qué se había propuesto tía Eugenia. Todos los almohadones de todos los sofás y toda una serie de almohadoncillos medianos y pequeños estaban apilados en el centro, formando una especie de montículo. El sofá y otro par de sillones junto con las mesitas y las lámparas, agrupados a un lado de la habitación. Las cortinas de las dos grandes ventanas con balcón que daban a Velázquez, cuidadosamente cerradas. Se podía ir y venir alrededor del montículo de los almohadones, estorbado el paso tan solo por varios floreros de distintos tamaños atestados de gigantescas ramas verdes. El hijo del portero, en camiseta, en jarras y con la cabeza ladeada, contemplaba pensativo el caos. Tía Eugenia, instalada en lo alto de una escalerilla de mano, se abanicaba con un gran abanico de rosas y manolas. Virginia, sin parar de reír, se felicitó pensando que la despedida de soltera comenzaba exactamente como había previsto. Entre todos, incluida la colaboración de la nueva doncella, devolvieron los muebles a sus sitios. Les dieron las seis de la tarde a los cinco bebiendo vasos de sangría en la cocina. «¡Que digo que qué lástima», declaró tía Eugenia, tartajeando un poco, «que se tenga que ir el pobre Manolo en vez de quedarse a disfrutar!» Manolo, ya en mangas de camisa, se encogió de hombros en silencio. ¿Le darían o no le darían propina, tanto hablar? No podía contarse de antemano con que las cosas acabaran bien: había visto a tía Eugenia oscilar en ocasiones anteriores de la tacañería a la más inaudita extravagancia. Los días extravagantes le hacía escenas la novia –«que esa está por ti que pierde el culo, que ya la veo venir desde hace mucho»–; los días tacaños le atormentaba su madre, la portera –«¡que no te haces valer, tú, desgraciao, que te pasas la tarde trabajando y no te da ni para pipas!»–. Virginia y María se hicieron cargo esta vez de la propina. Estuvieron muy consideradas. Y ya se despedían todas de Manolo –incluida la doncella nueva que ya iba haciéndose una idea de la situación general– cuando se oyó subir el ascensor. Habían salido al descansillo las cuatro y del ascensor emergió Tereto Pombo, que aseguró llegar despavorida, a pie desde la Puerta de Alcalá, sin saber si llegaba la primera o la última. De Matonkikí a Tereto Pombo había una sola línea continua. Era alta, tanto como Virginia, al andar se inclinaba hacia adelante, con los pelos rizosos muy alborotados, echados por la cara. Virginia, María y ella habían sido compañeras de colegio. Se sentó en el centro del sofá, con las piernas abiertas y las medias torcidas, curioseándolo todo muy deprisa con sus ojos miopes. Virginia estaba segura de haberla oído silbar. Ahí, en aquel sofá de flores verdes y granates, parecía a punto de encaramarse en la lámpara. María y Virginia en pie delante de ella la contemplaban admiradas. Tía Eugenia se había metido en la cocina, declarando que tenía todo sin hacer, tambaleándose un poco al salir en sus tacones altos. Cuando se arreglaba, como esta tarde, cobraba un aire piripi de tanguista. Virginia ya la conoció así, con la pintura muy exagerada y el rímel fresco dado a espátula. Se la oía ahora hablar muy alto en la cocina y Virginia la imaginó fumando y, a la vez, untando de mantequilla el pan de molde, dando conversación a la doncella, que la contemplaría embobada. María anunció que se iba con tía Eugenia. ¡Más valía! Virginia se sentó junto a Tereto, quien, recobrado ya el aliento y satisfecha su curiosidad inicial, se había vuelto hacia Virginia, dispuesta a dar conversación. «Bueno, chata, ¿qué te cuentas? Me tienes que contar cómo es el novio. Dicen que es un chico humildísimo, de una humilde extracción, pobrísimo, muy pobre, ¿es eso cierto?» Virginia se reía recordando los fantaseados pretendientes que en el colegio las tres se atribuían una a otra. «Cuando le conozcas ya verás cuánto te gusta. Parece algo mayor. Un chico muy moreno, muy alto, muy delgado, con los rasgos firmes, como una talla de madera...» «Ahórrame, chata, los detalles concupiscibles», interrumpió Tereto Pombo, «¿sabe jugar al mus?» «Creo que no. Pero María tampoco. Por ese lado no hay inconveniente. Es un chico muy inteligente...» Tereto contemplaba a Virginia de hito en hito, adelantando mucho la cabeza, con ese aire cejijunto del miope que rehúsa llevar gafas. Resultaba difícil saber si Tereto se enteraba o no. Era la primera vez que Virginia hablaba de Martín con una tercera persona. Aquel cliché de Martín a beneficio de Tereto Pombo y todas las demás que irían llegando ¿se correspondía con la realidad? ¿A qué venía aquella cursilada de lo de la talla de madera? «¿Pero a ti te gusta?», inquirió Tereto, curvando escépticamente los labios. «¿A mí? Desde luego... ¡Si te lo estoy diciendo!» «Me-lo-estás-diciendo-me-lo-estás-diciendo y yo lo estoy oyendo al revés todo, ¿no ves que las Pombas somos unas lumias? Un sexto sentido, eso se llama. Así que no me vengas con pamplinas. ¿Es simpático o antipático?» Virginia dudó un momento. «¿Lo ves? No estás segura. Debe ser un cardo borriquero...» Virginia se echó a reír de nuevo. «¿A qué te dedicas, Tereto, últimamente? Hace siglos que no nos vemos.» «Mujer, a nada, ¿a qué quieres que me dedique? Juego al mus. Voy y vengo. Echo de menos el colegio. Ahí teníamos la vida organizada y pretendientes inventados, los únicos que tienen gracia...» Sonó el timbre. María y tía Eugenia entraban en la sala con bandejas y platos.

Conversaciones, exclamaciones, taconeos, amontonándose en el vestíbulo. «¡Ahí viene la banda!», exclamó Tereto Pombo.

Fueron entrando una a una, conscientes de sí mismas. Eran cuatro y el aña Rosi que había subido a pie, pasito a pasito, porque aborrecía los ascensores y que desapareció en seguida, tras la doncella, con sus diminutos andares de muñeco articulado. Todas se reían mucho al saludar, todavía algo gansas de maneras y ya enunciándose las figuras que cobrarían veinte años más tarde. Rodeaban a María, como esperando una sorpresa, las voces un poco demasiado altas, como un día de exámenes. Virginia pensó de pronto que de verdad se estaban despidiendo de María –también la propia Virginia– para siempre. «¡Ay, pero si no has durado nada, no has durado nada!», estaban diciendo Angélica y Estercita Baldor casi a dúo. «Es lo que veníamos hablando, ¿verdad, tú?, mientras veníamos en el taxi, que te has colado la primera ¿quién lo iba a decir?» «Pues ya ves», contestaba María sonriendo. «¿Y vosotras? ¿Qué tal de novios? Me figuro que muchos, ¿a que sí?» Virginia sacudió ligeramente la cabeza para espantar una punta de melancolía infantil. Las dos hermanas Baldor, las Baldoras, tan guapas, que se vestían iguales, habían venido hoy de rosa y de pulseras que acompañaban su charla como un bailable caribeño. Virginia se sintió absurda teniendo que esforzarse en prestar atención a las conversaciones, achicada de súbito por aquella melancolía que no se iba y que se posaba, como una mariposa, en los grupitos de la sala de tía Eugenia. Ahí estaba Pepa Cárleton con su traje sastre de franela gris dando conversación a Tereto, que asentía a cabezazos mientras pasaba las hojas del *Hola.* Virginia se acercó a ellas y se sentó en un taburete en silencio. «Tengo que decirle a María», declamaba Pepa Cárleton, con muchos gestos. «Tengo que decirle a María que me ha llamado Maca Claramunt que imposible, que lo siente horrible que no podía venir ni bien ni mal porque tenía el *vernissage* en San Cugat, ya imposible de cambiar el día y la hora y que los galeristas cómo son, los aires que se dan, y que además precisamente mañana (por hoy) venían sus primos, los Garriga-Nogués, te acordarás que Maca tantísimo contaba, todos en dos coches y un Studebaker de una Samaranch, que te tienes Tereto que acordarte que la conocimos en una puesta de largo aquí en Madrid con la carita muy de porcelana algo mayor que se embutió en un sillón y no bailaba porque le daba el cha-cha-cha palpitaciones y que nos convidó a todas a ir a verla al Ampurdán donde tienen por lo visto un sitio cerca de la costa con playa y barco y pueblo todo de ellos...» Acababa de entrar tía Eugenia anunciando que estaba todo listo y preguntando que qué querían beber. Se reunieron todas alrededor de una mesa redonda casi oculta por los ramajes verdes de un florero donde tía Eugenia había instalado sus bandejas. La doncella nueva empujaba un carrito con el café y la tetera y la jarraza de sangría y el inevitable botellón de ginebra mediado que nunca faltaba en las reuniones de tía Eugenia. Todas hablaban a la vez; la doncella servía con mal pulso sangría a las Baldoras y a Tereto Pombo que seguía escuchando a Pepa Cárleton sin mirarla, mientras devoraba pinchos de tortilla. El aña Rosi había aparecido en una esquina. Se oyó el timbre de la entrada. Faltaban las primas carnales de María por parte de su madre que eran cuatro o cinco y que llegaban ahora todas juntas echándose la culpa unas a otras de haberse retrasado: un batiburrillo de Carolinas, Palomas y Beatrices que se abatieron sobre la merienda sin casi saludar. Estercita Baldor, que las conocía a todas, se alzó en jefe de este grupo que al segundo vaso de sangría ya cantaban «Al subir la escaleruca». Tía Eugenia iba y venía vaso en mano, murmurando elogios incoherentes acerca de la juventud en general. Tereto Pombo y Pepa Cárleton, enfrascadas al parecer en un intenso debate, se habían instalado mano a mano de nuevo en el sofá. María y Virginia se sentaron por fin, ellas también, en dos sillas junto a la mesa de las bandejas. «Se están divirtiendo ¿no crees, Virginia? Es el ambiente que queríamos. ¿Qué te pasa? Te veo pensativa.» «Tereto me preguntó cómo es Martín. Se lo he explicado un poco, por encima.» «¿Y qué le ha parecido?» Virginia titubeó no sabiendo si contar de verdad lo que Tereto había dado a entender. ¿De qué servía entrar en todo aquello? Ya no se podía cambiar nada. María resplandecía frente a ella. Y los brillantes ojos azules muy claros de María intimidaron a Virginia como si en lugar de sencillamente estar a punto de casarse, emprendiera un viaje sin retorno y no se diera cuenta. María le pareció inclinada, en una sola dirección, posesa de una alegría irreprimible, entregada a la insensata fuerza de un viento venturoso que no presagiaba nada firme o tranquilo o indudable al otro lado del océano, al final de la trama. La seguridad de María hacía que Virginia se sintiera insegura, incomprendida, olvidada para siempre tal vez. «Todo esto me pone un poco melancólica», confesó. Virginia recorrió la sala con la vista antes de decidirse a proseguir. Las dos Baldoras y las primas, sentadas en el suelo entre tía Eugenia y el aña Rosi, entonaban ahora, con mucho sentimiento y mucho aire masculino de barítonas, «Maitechu mía», cogidas del brazo balanceándose de un lado a otro lentamente. «Todo este jaleo que quería yo armar y que por fin hemos armado, con todo su encanto de autobús y de excursiones de final de curso, ¿te acuerdas?, es muy triste en el fondo. Es como si nunca más volviéramos a vernos y yo supiera la verdad y tú no te dieras cuenta. Ya sé que no es así, que no va a ser así... Y, sin embargo, la verdad es que se ha acabado el curso, se han pasado los años y en realidad no te he entendido...» «¡Pero si no hay nada que entender!», exclamó María. «¡Me entiendes de sobra!» Abrazó impulsivamente a Virginia. «¡Nadie me entiende mejor que tú, chiquilla! ¡Ni siquiera Martín! ¡Tú lo sabes todo!» A Virginia se le saltaron las lágrimas. Y a la vez que se avergonzaba de aquellas lágrimas pueriles, trató de decir lo que sentía: trató de ver, más allá de aquel instante de las dos, el mañana confuso, prometedor, amenazador, como un océano verdoso y brillante y demasiado grande para acordarse del colegio. «Ya sé que vas a ser feliz con Martín, estoy segura de que vas a serlo. Es como si temiera... Vas lanzada... Así no va nadie por la vida. Ninguna de nosotras. Nos han educado para estar tranquilas y poner casas confortables y dar conversación y estar siempre muy guapas y arregladas y saber estar y no tener problemas y tú lo cambias todo... No te das cuenta pero al casarte así lo cambias todo, al no fijarte demasiado en ti misma, al brillar tanto, al enamorarte tanto, como una pobre chica que se casa con el primero que se encuentra porque sabe que no va a haber ninguno más, tú todavía tendrías que salir con otros chicos, dejarles que se expliquen, que se vayan, que demuestren que valen lo que creen que valen, que te hagan la rosca y teman que les mandes a paseo a la menor bobada... Pero tú no te fijas en ti misma ni escuchas a quien se fija en ti, como si eso fuese una pérdida de tiempo y te faltase tiempo para dárselo todo a Martín sin guardar nada, sin conservar a las amigas, sin reservarte un poco, sin acordarte ya de nadie, ni de mí ni de nadie, como si tu vida no valiese más que la vida de una pobre chica zafia que se agarra al primero que aparece... Dices que te entiendo y no es verdad: no te entiendo; no entiendo cómo puedes brillar tanto, resplandecer tanto ahora mismo sin motivo, brillar inútilmente, porque te has enamorado de un hombre que todavía es un chico y no sabemos por dónde va a tirar, ni si después habrá o no habrá manera de arreglarlo, ni si te va a querer como le vas a querer tú toda la vida... No creas que te entiendo, María: te quiero pero no te entiendo bien del todo. Y me da miedo ver que brillas y te embalas como si todo fuera a ser siempre lo mismo, igual ahora que dentro de veinte años o de treinta, como si no fuera en realidad horrible brillar tanto y arriesgar tanto y darlo todo porque sí...» Virginia se detuvo bruscamente, frotándose los ojos con las manos. Echó luego la cabeza hacia atrás, sin mirar a su amiga, como quien ha dicho más de lo que sabe y ha acabado por hacerse un lío y ahora no se acuerda bien de lo que dijo y no acaba de saber bien si de verdad siente o no siente lo que acaba de decir que siente y prefiere, en conjunto, dejar que salga lo que salga y que los demás le digan dónde debe situarse o si debe callarse, o llorar o no llorar, o dar conversación como si nada hubiese sucedido... Virginia frunció el ceño y abrazó a María levemente porque María la abrazaba a ella y se reía y brillaba.

«Me estoy ocupando yo de todo», había protestado su madre. Era verdad. María había sentido una punzada de remordimiento al oírlo. También era verdad, por otra parte, que su madre no hubiera consentido no ocuparse de todo. Se hubiera sentido desplazada. Y ya que la boda iba a ser tan sencilla que casi no iba a parecer boda, su madre se había entregado a esta compensación de los preparativos y las compras y la decoración del piso dejando en realidad a María muy poco que hacer. Casi ni acompañarla se podía. Su madre parecía disfrutar más yendo de tiendas sola, o con las tías de Martín, instaladas desde hacía casi un mes en un hotelito de la Gran Vía a este efecto. María recorrió otra vez su piso de un extremo a otro, sin decidirse a desembalar una vajilla que acababan de traerle. De ordinario, las protestas de su madre –a quien María consideraba parecerse mucho– no atribulaban su conciencia. Su madre suspiraba y protestaba con frecuencia: era pura explosión de bienestar. Y había encontrado en las tías de Martín –más o menos de su misma edad– dos personas tan incansables como ella, dispuestas a medir una y mil veces todas las ventanas del piso para las cortinas y visillos. Las tres merendaban luego en «California» grandes vasos de café con leche y tortitas con nata. Las protestas de su madre, por lo tanto, no hubieran preocupado a María aquella tarde, de no andar ya pensativa tras la despedida de soltera. Las cosas que Virginia dijo a última hora se le habían quedado en la memoria como una pregunta incontestada. Al reírse, al abrazar a su amiga, había eludido la pregunta. El simple afecto había hecho las veces de respuesta. ¿Había que dar, además, otra respuesta, una contestación razonable? Saber que dentro de muy poco viviría ya siempre con Martín le impedía concentrarse en lo que oía y en casi todo lo que venía de fuera. Y este estado de ánimo le asombraba porque la empujaba hacia sí misma, una región solo explorada hasta la fecha por encima y llena ahora de luminosidad –de imprecisión feliz–, María imaginaba su vida con Martín como un interior siempre iluminado donde no cabía lo dudoso, ni lo ambiguo, ni los paisajes tristes. Las lágrimas de Virginia, la otra tarde, la habían impresionado sin que las palabras y las frases de su amiga llegaran a presentarse claramente. A su emoción no había correspondido un contenido muy preciso. Y María estaba acostumbrada a que sus sentimientos le trajeran siempre objetos claros. ¿Qué había querido decir Virginia? Al fin y al cabo nada iba a cambiar para ellas dos. Casarse con Martín estaba claro. También se casaría Virginia pronto o tarde. Que su propio casamiento se hubiese precipitado quizá un poco, ¿por qué había de inquietar a nadie? Virginia había mostrado una inquietud cuya única claridad eran las lágrimas y el tono apresurado, confuso, de advertencia. Quizá no había sabido tranquilizar bien a Virginia. Quizá no había sabido explicar todo bien, con toda calma. Pero ¿qué había que explicar? ¿Requería Martín ser explicado? Para la propia María, Martín era un hecho inexplicable, una gran suerte, una necesidad, una presencia sin la cual no concebía ya la vida. Martín resultaba inexplicable porque para explicarle hubiera sido necesario recorrer al revés todos los instantes hasta llegar a la primera vez que se miraron. ¿Cómo iba a recorrer todo ese inmenso recorrido, cómo iba a explicárselo a Virginia todo, si ella misma no acertaba casi a recordarlo todo, todo el tiempo? ¿Cómo iba a explicárselo a Virginia si ella misma, la propia María, recordaba solo un poco cada vez, si solo una misteriosa conciencia de integridad y de totalidad y de presencia –la existencia concreta de Martín– le hacía sentir que aquel todo existía y era necesario y era fuente de luz inexplicable? ¿Cómo iba María a conformarse con explicar a Virginia solo un poco? O bien se daba una explicación que lo explicara todo –y eso implicaba un recorrido inmenso hacia atrás y a la vez hacia adelante–, o bien cualquier explicación dejaba fuera lo esencial. Lo esencial era la acción: Martín: querer a Martín: no había otra explicación. María había procurado, en todo caso, que desde un principio Virginia –y también Gonzalito, el hermano que tanto había cuidado– se acostumbraran a Martín y le quisieran. ¿Por qué no estaba todo claro? De pronto María se sintió agobiada y comenzó a desembalar la vajilla. Ahora tenía en las manos un plato de porcelana blanca con una rayita azul todo alrededor. Se lo llevó a la frente, a las mejillas encendidas que enunciaron el frío sumiso de la porcelana. ¡Sus platos, sus tazas, sus cacharros que irían llegando poco a poco a casa, haciéndose sitio silenciosamente en las alacenas recién pintadas de la cocina! Sonrió recordando las exclamaciones de su madre: «¡Cómo voy a saber yo lo que te gusta! ¡Luego tendremos que cambiarlo todo!» Y se recordó a sí misma contestando: «¡Me gustará todo lo que a ti te guste!» Y era la verdad. María lo comprobaba ahora desembalando uno a uno cuidadosamente aquellos platos llanos y soperos y de postre, aquellas dos grandes fuentes haciendo juego, que su madre había elegido. «Soy una niña tonta», pensó María, quitando con los dedos el polvo de un cuenco para el consomé. Unos juguetes de Reyes de verdad: eso era todo aquello. Como si elegirlos ella misma, saber de antemano cómo iban a ser, les quitara el encanto de desempaquetarlos ahora uno por uno. María iba clasificando los platos por tamaños, arrodillada en el suelo, disponiéndolos delante de ella en semicírculo, echando atrás el papel de seda que envolvía cada pieza. El piso recién pintado tenía el aire expectante de las habitaciones sin muebles. María deseaba conservarlo así aún muchos días, incluso a riesgo de una cierta incomodidad. Había tenido que frenar a su madre empeñada en completarlo –como ella decía, lista de compras en mano– todo de una vez. También Martín decía lo mismo: comprarlo todo junto, acabar cuanto antes. ¡Pero si no se trataba de acabar! Se trataba, al revés, de ir empezando muy despacio, fijándose bien en cada cosa para acordarse luego, en calma, de ella: plato por plato, que cada cual iría cobrando con el uso una cara imborrable. Y era curioso que Martín, que tanto insistía en que tenían que hacerlo todo por sí mismos, poco a poco, sin contar con la ayuda de los suegros (o contando solo lo indispensable), opinara también, como su suegra, que más valía acabar pronto con el piso, dejarlo terminado, con todo lo esencial. ¡Pero si todo era esencial! María contempló el juego completo de la vajilla en torno suyo, todo de seis en seis. Habría que lavarlo antes de guardarlo en la alacena encristalada de la cocina. Tenía las manos negras de manosear las piezas. Dentro de un rato llegarían su madre y Martín. Estaba sin reloj y no sabía qué hora era. ¿Qué había querido decir Virginia? Trató de hacer memoria, sin gran éxito. Fue a lavarse las manos. Dejó correr el agua fría entre los dedos, reteniéndola en cuencos, cada vez más limpia. Hizo un esfuerzo por acordarse, cerró los ojos, frotando aún lentamente las manos bajo el grifo abierto. Virginia parecía temer que una vez casada, que antes incluso de casarse, María se entregara demasiado. ¿Era eso temible? ¿No era eso lo normal? ¿Era verdad que había que reservarse? ¿Hacerse valer, desconfiar un poco, distanciarse un poco, conservar las amigas? ¿Era verdad que se entregaba sin reservas? ¿No era eso, precisamente, enamorarse? Cerró el grifo y se secó las manos en una toalla, muy sucia ya, que había traído de casa de sus padres mientras llegaban las nuevas. Como si de pequeña le hubieran preguntado cómo había que querer al aña Rosi. Del todo: así había que quererla. Era imposible a la vez quererla y reservarse. Y lo mismo pasaba con Martín. Pasaba igual con todos. Un haz de luz de media tarde llenaba el cuarto de estar al volver María. Parecía una tarde de Reyes antes de la merienda y el roscón con sus dos sorpresas de cristal de colores. El interior del alma –el interior de estar enamorada de Martín– era una habitación igual que esta, un haz de luz intensa e imprecisa, un intenso vacío luminoso y cálido donde no había nada reservado, ningún rincón repleto de otras cosas que se diferenciaran de aquella misma luz y de su intenso vacío afirmativo. Tal vez fuera posible explicarle a Virginia esto en concreto: este vacío intenso y libre. Tal vez, con solo este detalle, Virginia comprendiera que su buena intención y sus cautelas y sus lágrimas y su miedo al futuro solo tenían sentido desde fuera, desde lo lleno de otras cosas, desde lo no-iluminado y lo no-intenso y lo no-vacío por completo y lo no-libre. De pronto todo pareció verdad: todo podía comprenderse desde el vacío interior de aquella estancia del estar enamorada de Martín, del entregarse. De pronto todo pareció una gran ridiculez: un parloteo: cualquier explicación –incluso esta última que acababa de ocurrírsele– era inútil. Querer era entregarse porque sí: ese era el único motivo: el porque sí; lo mismo que Martín era Martín y por eso le amaba. Y sus padres, sus padres. Y Virginia, Virginia. Y Gonzalito, Gonzalito. «Soy una niña tonta», pensó María, una vez más. «He puesto toda la confianza en la alegría: en este bienestar luminoso y vacío: en este bienestar de la confianza que vuelve todo claro a pesar de ignorarlo casi todo, a pesar de no hacer casi nada bien, a pesar de haber sido hasta ahora una niña bien, como dice Martín, que todo lo tiene ya resuelto y que va a casarse con quien quiere. Toda esta confianza y este bienestar no valen mucho: son regalos: son los Reyes Magos: igual que confiar que todo siga siendo entrar por la mañana en la sala muy temprano y acercarse al balcón y correr las cortinas y que estén ahí todos los juguetes envueltos en sus papeles de colores... Pero esto es lo único que tengo: esta alegría inmerecida, esta confianza: este vacío que es un bienestar... Martín dice que soy su gran debilidad: una vulgar niña bien que se pone poética y melosa pensando en el amor...» Se sintió estrafalaria ahí en medio de aquella vajilla que no había elegido ella misma, como si la intensa luz vespertina revelara ahora una estancia repleta de objetos regalados en lugar de vacía; en vez de luminosa, avergonzada. Estrafalaria: como ser, en realidad, una inútil y querer achicarse y esconderse debajo de la falsa inocencia y la milagrería de unos cuantos regalos. Un achicarse que era lo contrario de la humildad. Un alegrarse y confiarse que era lo contrario de la integridad y de la luz. Oyó el ruido del ascensor y se acercó a la puerta de entrada sin abrirla. Miró por la mirilla: se veía minúsculo y cóncavo el descansillo. Se abrió la puerta del ascensor y no eran ni su madre ni Martín. Un hombre y una mujer de mediana edad que silenciosamente se dirigieron hacia la escalera que conducía a los pisos interiores. Volvió al cuarto de estar. Decidió llevarse la vajilla a la cocina y fregarla mientras esperaba. Mientras fregaba recordó una discusión confusa con Martín precisamente acerca de los muchos regalos y de la falta de escrúpulos con que María los aceptaba todos. Martín tenía razón. María le había dado la razón. Pero a la vez era imposible no alegrarse. Estaba claro que la austeridad de Martín era mil veces mejor que lo contrario. María iba a aprender a ser austera ella también. No era, en realidad, nada difícil: cualquier cosa absurda, cualquier cenicerillo, cualquier regalo insignificante era significativo por ser justo un regalo. «Austeridad y alegría no se contradicen», decidió María, mientras iba colocando la vajilla húmeda en el escurridor. La luz del atardecer que iluminaba ahora los tejados, terrazas y tendederos que se veían desde la ventana de la cocina era todo un resumen de lo hablado: el vacío interior de estar enamorada de Martín. Y estar agradecida de que Martín existiera y de que la quisiera y que estuviera a punto de llegar.

Su madre y Martín ya en casa, en la cocina. Le sobresaltó de pronto tenerlos ahí delante, oír a su madre que decía: «¡Necesitáis por lo menos un sofá! ¡No vais a sentaros en el suelo!» Apenas cabían los tres en la cocina. Martín de pie ante su futura suegra, en silencio. «He quedado mañana con tus tías en ir a ver un sofá que ellas han visto. Lo mismo ellas que yo estamos convencidas de que un sofá es algo imprescindible. ¿Qué menos que un sofá?» María acarició a su madre. Los ojos de su madre se parecían a los suyos: tenían ahora un cierto aire incierto, muy abiertos. Una inocencia tal vez, como decía Martín, de burguesía satisfecha que María, sin embargo, no podía del todo rechazar, culpar... Martín las había dejado en la cocina. Se oían sus pasos en la sala. Su madre abrió el bolso y sacó el viejo metro del cuarto de plancha que tantas veces había servido para medir las estaturas de Gonzalito y de María. Ver ese metro conmovió a María. Era como un chantaje de su madre, de su vida anterior, su bienestar. «Tengo que volver a medir el sitio del sofá...», dijo su madre. Y María pensó: «Ese metro es toda mi niñez de costureros y delantalitos y confianza que ahora tiene que verse de verdad: ahora tendré que afinar mucho para que la confianza y la luz no sean estrafalarias: para ser digna de Martín.»

Martín daba vueltas por la sala. María y su madre cuchicheaban aún en la cocina. Tal vez no cuchicheaban. Tal vez hablaban como se habla normalmente en una casa, sin levantar la voz. Pero a Martín le parecieron de pronto dos mujeres que cuchicheaban al otro extremo de la casa mientras él daba vueltas por la sala. Era una idea confortable, no del todo clara: aquella separación entre dos clases de sensibilidades y de vidas: la suya, tan inquieta, tan dura hasta la fecha: y al otro lado, otras dos vidas, o una misma vida, un mismo modo de vivir, de dos mujeres que iban a ser dentro de muy poco su familia: su casa, su familia. Una sensibilidad inquieta y firme –tal vez quebradiza, en ocasiones– frente a la sensibilidad inmóvil de María. Lo inquieto y lo quieto: lo masculino y lo femenino: lo convencional e instalado frente a lo creador sin instalar aún, que tal vez nunca acabara del todo de instalarse. Martín salió a la terraza. Conceptos por pares de contrarios, como sus largos pasos sobre los baldosines rojos y cuadrados de aquella terraza que tenía exactamente veinte metros cuadrados. Se habían enamorado de buenas a primeras. Los dos se habían enamorado al mismo tiempo. Y se amaban igual. ¿Era eso verdad? Martín pensaba unas veces que sí y otras que no. Aquella simetría del amarse tanto a la vez los dos e igual los dos, tenía una gracia sin igual, asimétrica. Lo asimétrico no procedía quizá del amor mismo que sentían el uno por el otro, sino de comparar su amor con el amor de otras parejas de su edad. Una vez establecida la comparación, surgía lo asimétrico como una curiosa propiedad de aquella relación de amor simétrico que existía entre María y él. Caso de amarse igual, eran el caso más raro de la historia: un caso sin igual, lo nunca visto: lo más excepcional: lo más perfecto. Martín se detuvo en el punto que le pareció más equidistante de los cuatro vértices de los cuatro ángulos de su futura terraza conyugal. Y respiró profundamente. Y levantó los ojos al cielo claro y delicado, un poco malva como de perejil, leve, humorístico y silvestre de aquel final de abril, tan madrileño, tan universitario, tan en el corazón mismo de Argüelles, tan cerquísima de la Moncloa y el Arco de Triunfo y de la facultad de Filosofía y Letras, donde Martín llevaba un año ya de auxiliar de Metafísica. Atardecer triunfal, ligeramente cómico y de letras, que resumía todo lo publicado en el diario del amor, a punto ya de consumarse y casarse. No se podía pedir más en un noviazgo que había durado un año y medio y que había estado presidido por la más perfecta simetría y una especie de suma perfección *ancilla theologiae.* ¡Menos mal que Martín se había especializado en teología natural aristotélico-tomista y sabía por dónde iban los tiros! Martín soltó una larga carcajada que tenía una pizca de teatral, como una chispa de comino echada en un guiso sumamente sano, sustancioso, algo soso. En ese momento apareció su suegra en la terraza –su futura suegra–, seguida de María, igual de bella que hacía un cuarto de hora. Las dos, muy posiblemente, acababan de oírle soltar la carcajada –una carcajada que, dado el mutuo amor de ambos amantes y su próximo enlace, debió de sonar intempestiva–. El apresurado tono de voz de su futura suegra se debía, muy posiblemente, a una exquisita educación que acababa de relegar a lo inaudible la inaudita carcajada de Martín –el yerno filosófico y moreno–, Martín puso una cara seria. Y el color oscuro de su rostro se volvió aún más oscuro al sonrojarse sin querer. Martín se sintió sumamente joven en aquel momento –e inquieto e inexperto y sumamente poderoso– frente a aquellas dos bellezas rubias y azuladas –una muy joven y otra aún de muy buen ver– que iban a ser –que ya lo eran– suyas. La madre de María acababa de decir: «Martín, tus tías me han dicho que lo que más te gusta es una mecedora antigua que teníais de tu abuelo, y que quieren que sea para ti.» Martín consideró oportuno comentar: «¡Valiente trasto!» Todo menos parecer sentimental: todo menos parecer lo que no era. Y Martín no era sentimental. Se consideraba, en cambio, apasionado. Lo que Ortega hablando del intelectual (o bien hablando de otra cosa –con Ortega nunca acababa de saberse–) denominó «pasión fría». *Amor Mariae intellectualis:* eso era lo suyo. ¡Pues entonces se trataba de algo muy distinto del amor que sentía María por él! Y por consiguiente: asimetría en vez de simetría en el núcleo mismo del amor, en cuanto mutuo amor y en cuanto amor –y en cuanto todo–. En vista de lo cual, ¿se amaban o no se amaban con un mismo amor? Martín decidió que más valía dejar esta cuestión *cuodlibetal* para otro rato. Se concentró en la belleza sensible de su novia y en las idas y venidas de su suegra que ahora medía la parte superior del antepecho de la terracita para encargar unas jardineras monas que ni sobresaliesen demasiado ni fuesen una cursilada sin apenas sitio para echar la tierra y el abono. ¡Qué maravillosamente agropecuaria y práctica es la alta burguesía, incluso en pleno Argüelles! Era regocijante, en todo caso, la presencia de las dos mujeres –pensar que todo giraba en torno a cosas suyas, a lo suyo: su futura casa, sus futuros suegros, su futura esposa... María había sido un impulso momentáneo que se tradujo, sin casi darse cuenta los interesados, en una trama de amorosa bienaventuranza. Martín frunció el ceño y cogió con pinzas estas palabras: amoroso, amor, bienaventuranza, esposa... Eran palabras de otra época, de otra sensibilidad, que no habían sido sustituidas –tal vez no había otras que designaran, con menos prosopopeya y énfasis, lo mismo– y que ahora resultaban a la vez indispensables y excesivas. Era excesivo hablar de amor en contextos corrientes, extrafilosóficos: «amor» sonaba peor todavía que «querer» y «quereres», mitad folclórico, mitad platónico y tarumba. Se querían: eso estaba claro. Pero no estaba claro que el quererse no fuera –en sí mismo– un tanto cómico o, quizá, un imposible. Martín andaba preocupado desde hacía tiempo con la literatura: con la que él mismo hacía, sobre todo. De momento era poca cosa. Pero era un impulso gigantesco: un existir que precedía al contenido, al ser-así de todo lo que luego existiría. Un impulso que apenas se había concretado pero que reclamaba un espacio ya, una actitud apropiada, en Martín: un tiempo propio. Y una preparación todavía sin ningún preparativo, un vacío que el impulso aquel rellenaría con fuerza, con todo. Y era ahí, al considerar lo literario antes de ser literatura, donde Martín veía las dificultades del amor: de la figura que el amor cobraba cada día más aceleradamente, al convertirse en boda, en sacramento, en un pisito decorado por la suegra: todo lo que hablaba de felicidad a la vez hablaba de quietud y parecía conspirar contra la gran inquietud de aquel impulso literario que Martín sentía. ¿Eran estilísticamente compatibles la literatura y María? ¿Eran compatibles la felicidad y la inquietud? Había ratos en que Martín sentía un empalago tumultuoso ante la figura inmóvil del amor. Que el amor fuera inmóvil distaba mucho de ser una proposición evidente. Y, sin embargo, Martín veía colarse la inmovilidad en todos los aspectos de la felicidad que el amor prometía. María era una chica cariñosa: era accesible: vivir con ella, enamorado de ella, era una perfección tan al alcance de la mano de Martín que no parecía necesario desearla ya más: ya la tenía: no hacía falta ya movilizarse: inmovilidad. Y no se trataba, desde luego, de una falsa perfección: era realmente perfecto aquel amarse. Rara vez el amor se da con tanta simetría. ¿No sería, de hecho, demasiado? Había una desmesura en todo ello disfrazada, tal vez, de lo contrario: disfrazada de humildad, de sencillez, de quietud, de bienaventuranza... De pronto Martín deseó acariciar a su novia –que estaba ahí tan cerca– como se desea acariciar a una persona imaginada e imposiblemente ausente. Cogió a María de la mano. Y María le miraba sonriente. Se sintió feliz y odió, por un instante, el ciego impulso de escribir que le volvía dubitativo, antes, incluso, de darle ningún fruto y le apartaba de la codiciada felicidad, del codiciado amor de aquella chica rubia y guapa que no ponía jamás dificultades, que tal vez ni siquiera las veía... ¡Tal vez no las había y eran solo fruto de su inquietud, el fruto negativo del artificio endemoniado que se iba pronunciando en su conciencia! Acarició a María. María le contemplaba dulcemente. Martín pensó que era ocioso dar vueltas al asunto puesto que ya estaba todo decidido: la decisión de casarse con María no admitía revisión y tenía en aquel momento, frente a la decisión de escribir –que era puro existir aún, indiferenciado impulso todavía–, la gran ventaja, el poder y la vehemencia de las cosas concretas: María estaba ahí, aquí, ante él, con él. Era imposible dudar de eso: imposible no amarlo. Luego tenía que haber un truco, una argucia que combinara las dos cosas: el amor con su figura de la felicidad demasiado tranquila, por una parte; y el deseo de escribir, por otra, con su inexplicable y sugerente aura de inquietud, de aventura: lo venturoso contra lo aventurado. ¿Era apropiada esta distinción? Martín trató de decidirlo a la vez que atendía a la conversación que iba teniendo lugar entre María y su madre. Habían regresado a la sala los tres. No había dónde sentarse. Su suegra hablaba ya de irse. Ellos dos se quedarían aún un rato. Después Martín acompañaría a su novia al autobús. ¡Qué solución tan romántica y tan simple! En cierto modo, el problema radicaba en la contraposición de aquellas dos figuras imaginarias (o trasladadas constantemente a lo imaginario por Martín al dar vueltas al problema): la belleza –un poco demasiado convencional, tal vez– de María, que evocaba un mundo reposado y seguro, frente a la belleza –tal vez también convencional pero contraria– que Martín imaginaba que llegarían a tener sus textos: una belleza oscura, irónica, donde lo inseguro y lo irrequieto constituirían un continuo acicate para el lector, para el autor. Era imposible imaginar –amar– ambas bellezas a la vez: indisolublemente se oponían. Se rechazaban al enredarse continuamente una en otra. Era un proceso agotador. Martín deseó que su suegra se fuese de una vez. Cuando por fin se fue y se quedaron solos, María le preguntó: «¿Qué te preocupa? Te veo toda la tarde preocupado.» ¿Debería hablar ahora claramente? ¿Era aquello expresable en líneas generales? ¿Era tan problemático realmente como parecía serlo al darle vueltas? La voz de María parecía haber simplificado mágicamente todo ello. Martín dijo: «Es contradictorio ser feliz. Querer ser feliz es contradictorio –eso es–. Ahora acabo de expresarlo bien. Tal vez ser feliz –caso de ser posible– no sea contradictorio, sino la cosa más natural del mundo. Pero querer ser feliz es querer no querer ya nada más que eso y, por lo tanto, no querer querer y, por lo tanto, detenerse: no seguir queriendo. ¿Qué será de mí cuando no quiera nada más? ¿Qué será de nosotros dos cuando ya estemos satisfechos? No sabremos en qué dar. Y el amor se convertirá en su contrario: nos odiaremos –tendremos que odiarnos– para poder seguir queriéndonos...» Tantos «por los tantos» y retruécanos le hicieron sentirse mareado, un poquito ridículo. Deseó no haber hablado así. ¿De qué servía? Deseó que María no hubiese registrado ninguna nota desasosegante. Y deseó –al contrario– que el desasosiego que él mismo sentía se hubiese trasladado entero al corazón de quien ya consideraba su mujer. Y se avergonzó de desear a la vez lo uno y lo otro porque ambos deseos, en vez de cancelarse mutuamente y dar paso a un nuevo corazón, seguían ahí, brillantes como joyas ilegítimas –sobresaltándole, regocijándole, aturdiéndole–, y Martín no podía sopesarlos cada cual por su parte, ni saber exactamente si quería que María nunca se sintiera desasosegada o si quería, al revés, que nunca sosegase para hallarse así, como el propio Martín, siempre a punto de ser iluminado, aurificado y transportado por el remoto peso venidero de la vida y el subrepticio peso del pasado. Porque Martín, en el fondo, no deseaba no sufrir y por lo tanto tampoco podía desear del todo que quien le amaba no sufriera. Algo tenían que sufrir los dos para entenderse: sufriendo se entienden las personas, siempre y cuando no sea el sufrimiento agudo, sino crónico. La cronicidad confiere al sufrimiento una derrama casi lírica: *andante cantabile* del alma por virtud de cuyo *tempo* irónico sufrir se vuelve comprender –conocimiento–. «Soy un monstruo», pensó Martín. Y, pasando el brazo derecho por los hombros de María, añadió en voz alta: «Si tú fueras mi hermana, no te dejaría casarte con este que lo es. Lo digo en serio. Te quiero como no he querido a nadie nunca. Guapita mía, te deseo y te quiero todo el rato. Sin parar. No paro de quererte. ¿No lo ves tú misma? ¡Claro que lo ves, está a la vista! Nunca he querido a nadie –a nadie–. Solo a ti. ¡Me sorprendió tantísimo quererte! Jamás había pensado que iba a querer a nadie así. Y menos a una chica como tú, tan poco filosófica, tan escasamente narrativa, tan guapa, tan... de tan buena familia como tú, tan mona, linda, bella, joven, *ianua coeli,* virginal y encima lo suficientemente inteligente para hacerme caso, abrirme paso, dar conversación a mis tías provincianas, encantarlas, traerlas y llevarlas por Madrid, inclusive quererlas de verdad porque todo lo tuyo es de verdad, María, no hay una sola mota en tu mirada ni en tu corazón ni en tus recuerdos infantiles ni en tu amor por mí, por los demás, por todos, que sea no-amor o no-verdad o *quodammodo* lo no de lo sí medido por pizquitas micromilimétricas en un laboratorio subterráneo donde únicamente se examina con poderosos microscopios electrónicos más y más perfeccionados y precisos cada día que pasa la mitad de la mitad de la mitad del más infinitesimal no que pueda darse en cualquier sí... ¡Amor mío, chiquilla, eres un imposible supraentitativo y a la vez más corriente y moliente que los lunes...! ¡Sería un imbécil si no me aprovechara y no te amara! ¡Estoy hasta el gorro de mí mismo! En serio. Te estoy hablando en serio, María, no te rías, estoy hablándote de amor... Como cualquiera. Todos los novios hablan de lo mismo, según dicen. ¡Deja de reírte de una vez!» Ahora se sentía mucho mejor. Ahora había dicho toda la verdad: todo lo que creía que María era: todo lo que significaba para él: todo lo posible y todo lo imposible, lo increíble, lo nonato y el día de mañana y el de ayer... Ahora estaba en paz consigo mismo. ¡Qué curiosa emoción apologética! ¡Qué curioso impulso –tan poco narrativo, en realidad– este de deshacerse en alabanzas, ditirambos, himnos a la novia, a la alegría de estar a punto de casarse, canciones sin temor a equivocarse, sin deleite ninguno en los espejos, ni en la reflexión, ni en la decepción, ni en la ironía, qué impulso tan curioso, tan ilícito a fuerza de pura licitud o pura juventud o pura gana de acostarse en paz con una novia eternamente sonriente y suya de él, de Martín, aquí presente, qué curioso! Tan imposible llegó a parecerle lo real, tan extraño lo que tenía delante, entre los brazos, a aquella hora del atardecer, en aquel piso atardecido y dulcemente claro todavía blanco y leve y rosa y propio y sin enseres, que se echó a llorar, a moquear como un chiquillo y hundía la cabeza en el pecho de María desconcertado por aquella congoja inverosímil que parecía venirle de otro reino, de otro firmamento, de otro corazón y no del suyo propio que era, sin embargo, el único que había disponible en aquel instante excepcional de lucidez, o de amor, donde lo literario o lo curioso o lo impedido o lo inquieto o lo falso no cabían... «¡No sé por qué me he puesto así, María!», murmuró secándose las lágrimas. Ahora ya no se sentía igual de bien. Ahora se sentía regular. Ahora de pronto le parecía muy curioso aquello, un sopetón del inconsciente –claro está– que puede que convenga no tratar de describir directamente, sino yendo de lo menosmenos a lo más y más exagerado –y curiosísimo– hasta llegar al punto culminante del relato donde todo vuelve a repetirse contrapunteado. «Soy un monstruo», volvió a pensar Martín. Pero esta vez ya en frío, como quien toma nota del retraso renovado de un autobús o un tren que casi nunca llegan a sus horas. María dijo entonces –y sonó como el súbito estampido de una pistola de juguete que llena toda la habitación de penetrante olor a pólvora y tontada–: «¿Por qué no es bastante quererse y ser felices?»

¿Por qué no era bastante? Le resultaba difícil a Martín decirlo sin enredarse en una teoría del amor y en otra de la literatura que él quería escribir, que parecían –más allá de unas cuantas generalidades– no tener nada que ver una con otra. Martín acompañó a María hasta el autobús de la Plaza de Castilla. Y regresó andando hasta su casa. Era bonito saber que se querían aunque no fuera una gran inspiración. Martín caminaba a paso largo Castellana abajo hacia Cibeles y Atocha, donde había encontrado hacía ya dos años una habitación razonable en casa de una viuda con un hijo de la edad de Martín. En esa habitación pasaba Martín todos los ratos que no pasaba con María o en la facultad. Era una habitación sin casi nada, de paredes dudosamente blancas, con un balcón que daba a la Ronda de Valencia. A Martín le gustaba tener ese balcón aunque casi nunca se asomaba. Le gustaba aquella sobriedad, aquella aspereza del linóleo marrón que cubría el piso de la estancia y que emitía al pasearse Martín de un lado a otro por las noches un chillido de goma sofocada. Era un sitio neutral. Tan neutral como la propia viuda, doña Blanca y su hijo Luis, que leía el *Marca* y estudiaba Perito Agrónomo. Eran dos seres sin ningún encanto, sin ninguna ilusión especial –a juicio de Martín–, como dos celadores desalmados pero comprensibles en su descorazonamiento insustancial, que observan a sus presos sin llegar a molestarlos nunca. Martín se sentía un poco el preso estable de doña Blanca y Luis, con quienes no comía porque tal vez ellos mismos no comían nunca juntos y vivían de pan con chocolate y mucha lata de sardinas en aceite. La cocina, de hecho, tenía el aire cohibido y como vergonzante de las cocinas donde no se guisa y sirven de salita para no desordenar el comedor –un comedor con una punta de salón, donde doña Blanca se encerraba a veces con gran despliegue de papeles de periódicos y la latita de Sidol a limpiar toda la alpaca y todos los metales repujados que se aproximan a la plata–. Doña Blanca misma era aproximativa en casi todo, así que corría a cargo de Martín quitar el polvo de su escaso mobiliario y de sus libros cada vez que doña Blanca decía –con un mohín de fresas en almíbar– que justo acababa de quitarlo. A Martín le gustaba aquella casa porque no tenía pretensiones: era lo poco que era sin cesar y estaba siempre al borde de desaparecer en la conciencia de Martín –la cual por el contrario, a juicio de Martín, no era nunca lo que era, sino, a la vez, todo y nada–. Martín apretó el paso preso de un nuevo regocijo. ¡Así era como había que estar! Había que estar vacío, en el territorio neutral de lo aproximativo que constantemente se deshace y se rehace y que no tiene ninguna pretensión aparatosa porque va a llenarse hasta los topes... ¡Iba a ser magnífico! Iba a poder contarlo todo tomando como punto de partida su propia conciencia vaciada y flexible, juanramonianamente pura, ¿por qué no? Martín no deseaba ser poeta sino –decididamente– un gran prosista, un narrador inagotable. Pero Juan Ramón le fascinaba con el esquematismo de su perpetua autobiografía literaria: aquel despojamiento, aquel acceso cada vez más acendrado al espacio total de la conciencia literaria. ¡Un día no habría nada más! ¡Solo la conciencia que se busca: la metafísica no es la ciencia que se busca sino la conciencia de la conciencia que se busca: un desierto con figuraciones penetrantes e insólitas e irónicas: una habitación alquilada con suelo de linóleo y un balcón que da a una Ronda llena de criaturas que solo son al ser imaginadas! «La cuestión es no asomarse nunca realmente a la Ronda de Valencia: eso acaba con todo», pensó Martín, empapado de sudor a consecuencia de su enérgico paseo. Y en ese mismo instante recordó a María. La amaba con todo el corazón: no cabía duda. Ahora sabía que la amaba con toda la claridad de su conciencia y de su cuerpo, vuelta imagen. ¿Era María compatible con todo lo anterior? Tenía que serlo. Y se acordó entonces de su suegra y de un resplandor de porcelana inglesa y conversaciones demasiado distendidas, un dejo de apacible bienestar y *chintz* sin gran cosa que hacer toda una tarde, o solo leer a Chesterton o a Wodehouse y tomar el té sin levantar la voz. ¿Qué tenía de malo la voz no levantada, tomar el té a horas consabidas, reírse con Jeeves y Bertie Wooster? ¿Qué tenía de malo ser feliz? Martín reconoció que resultaba prácticamente imposible percibir lo malo –o lo propincuo a la maldad– en algo que se desea tanto como deseaba él acostarse –casarse, vaya– con María. ¡Maldad! ¡Qué uso intolerable se hace de este término! –exclamó Martín para sí mismo con su mejor acento de ilustrado–. No se trataba de maldad ninguna. Hablar de maldad o de bondad en este caso era liarlo todo sin provecho. Había una cierta incongruencia –de acuerdo; una inadecuación; tal vez incoherencia pura y simple–. No había nada más. Paso siguiente: la idea de que la vida humana –la realidad radical de Ortega, etcétera...– tenga que ir unificándose hasta perder toda su incoherencia..., eso (denunció Martín ahora ante el ambivalente tribunal de su conciencia), eso es, justo, una idea de origen teológico. De la idea, elegantemente trinitaria de Dios, se pasa en Occidente, con toda la naturalidad del mundo, a la idea de la unidad de nuestras vidas. Y de ahí sale la idea de unidad como ideal espiritual, moral. Entre lo metafísico y lo ético hay un pasito nada más que todos damos sin fijarnos. Da igual que sea o que no sea evidente que nuestras vidas puedan ser o deban ser un conjunto unificado: la unidad se impone por narices, es un *desideratum* teológico, un piadoso deseo especulativo imaginado a espaldas de la vida (¡qué coincidencia más curiosa entre teologizar y literaturizar!) con sus ecos políticos que, a salvo de toda psicología y toda ciencia positiva, tiene hasta su pequeño Gibraltar –irrecuperable, por supuesto– que sirve de contraste hasta acabar, tras una larga retreta floreada, convirtiéndose en axioma a fuerza de oírse y verse encarecer... ¡No hay axiomática que valga para la conciencia singular –la única vida que cada cual tiene a mano–! Martín se daba cuenta de que todo esto le embalaba –una vertiginosa luz de primavera en la Cibeles que hacía encresparse sus leones de ámbar progresivo y dulcemente nocturnal y fértil–: embalarse era una delicia: tal vez el único jardín de las delicias que no prescribe para el literato –añadió Martín, muy en su papel a estas alturas del paseo–. Ahora estaba claro: una cierta dosis de incoherencia, simétrica con todo lo que es incalculable en cada situación concreta, garantiza una vida inesperada –lo cual, a todas luces, es indispensable para no aburrir a los lectores–. «La incoherencia es indispensable», recalcó Martín con gran solemnidad ya en el Paseo del Prado, frente a los sindicatos verticales. Se detuvo y contempló a su izquierda sin llegar a distinguirla claramente la hermosa verja del Jardín Botánico: no es que María no fuera indispensable: al contrario: María era indispensable y además era indispensable que no casara con Martín en esto: en la inseguridad consustancial a todo su proyecto literario. Que de aquí se siguiera una incoherencia no invalidaba su futuro matrimonio: al contrario: la validez, precisamente, de ese sacramento dependía de suscitar y controlar ambos contrarios: ya no quedaba atardecer apenas, ya la noche había brotado, urbana y de farolas. Martín tuvo la sensación de que en Atocha, un poco después de la estación, hacia abajo, hacia Vallecas, hacia el sur, quedaba el mar, un mar que consistía en acercarse al mar y oír de lejos toda la sumisión del oleaje en la eminencia gris de un arenal desierto, equivalente a un cuarto con suelo de linóleo y poco mobiliario donde Martín había de escribir en la constante sumisión de la conciencia de no ser feliz y ser feliz... Martín se sentía ahora enteramente restaurado, repleto de firmeza: ¿no era ya feliz? Lo era y no lo era en la literaria sucesividad de todo lo que es –a ciertas horas infernales, narrativas– «y así sucesivamente...».

Entró en su habitación con infinito y silencioso paso. Siempre procuraba no hacer ruido con las llaves o con los zapatos o al abrir la puerta de su cuarto, para que doña Blanca no sintiese el peso de sobrevivir teniendo que alquilar la habitación que da a la Ronda de Valencia a un extraño. Martín se sentía extraño y endulzado y toda aquella densidad incolora del piso de doña Blanca y su hijo Luis reactivaba su instinto literario de hallarse a un paso del *mot juste.* Se sentó a su mesa, echó hacia atrás su máquina de escribir –de uso diurno, en atención a doña Blanca– y escribió en la parte superior de un folio blanco: *Viaje de novios:* aquí se resumía el trance entero: todo lo pensado y debatido cabía aquí: un epitalamio colosal, inmortal: su boda con María, toda la vulgar felicidad existiría ahora para convertirse en libro: una novela de unas doscientas cincuenta páginas a máquina, treinta y dos líneas, o treinta y cuatro a dos espacios, que enviaría al premio Nadal del año próximo... ¡*Le mot juste:* epitalamio!

Iba a escribir *Viaje de novios* durante el viaje de novios. Pero ya estaba escribiéndolo desde mucho antes: al principio del epitalamio se impuso la incoherencia de la situación como el dato más claro y más fascinante: iba a ser un epitalamio que mostrara cómo es esencialmente lo mismo aceptar la incoherencia y aceptar la vida. Luego hubo un deslizamiento hacia un no escribir nada: hacia la vida sin denominar y la alegría de querer y ser correspondido. En este segundo momento, creció ante Martín la importancia de las cosas que rodeaban a María: su familia, sus amigas –y especialmente Virginia–, su casa de La Moraleja. Todo le parecía bien, de pronto. Y lo que le parecía mejor de todo era la hasta entonces no experimentada sumisión de su conciencia al bienestar diario, al alegrarse cotidiano de que María existiera y fueran a casarse. Lo natural ahora era no escribir. ¿Qué falta hacía escribir? Era el momento indicativo del alma que para ser todas las cosas no necesita, en cierto modo, nada más que señalarlas con la menor cantidad posible de aderezos. El lenguaje parecía ser un aderezo; una cáscara ociosa que no añade nada nuevo y que, al contrario, vela o desfigura la figura limpia de la realidad enamorada. La realidad está enamorada de sí misma –se decía Martín–. Quería decir que lo real encajaba perfectamente en lo real sin necesidad de darse explicaciones. Ahora no parecía necesario justificar las peculiaridades de la acomodada existencia de sus suegros: tenían la gracia ingenua de los árboles de su jardín inglés, el aire un poco retraído y tranquilo de costumbres que no se tienen ya –como escribir cartas largas o pasar los señores al despacho a tomar café y fumar despacio un puro habano–. Sobraba toda teodicea porque Dios había hecho un mundo tan increíblemente complicado y fértil que el mal quedaba atrás como una simple negación del bien que nadie en sus cabales tiene intención de efectuar. Martín podía ahora despreocuparse de las propiedades trascendentales del ser en cuanto ser y del tejemaneje conceptual que implican, para pasearse con

María por la Ciudad Universitaria o por los bulevares y mirar las tiendas. Ahora los somieres, los colchones, los cazos de aluminio o las sartenes adecuadas para freír bien las patatas le parecían temas de un temario celestial –un temario real y terrenal– que ofrecía muchas más sorpresas que sus propias narraciones o cualquier libro de Sartre. Ahora parecía imprescindible prescindir de Sartre y todo lo que supusiera denominaciones rebuscadas. La certidumbre de la certidumbre del amor bastaba para llenar las horas que María no llenaba con su presencia por completo. La novedad era, de pronto, no cansarse de mirar a María y de quererla. Ahora Martín pensaba que lo de la incoherencia fueron pujos de una conciencia solitaria y pobre. La única pretensión digna de crédito parecía ser ahora la alabanza. En alabanza del amor escribiría *Viaje de novios.* El hecho de que ahora no hiciera falta decir nada especial para sentirse enteramente dueño de sí mismo y acompasado con el mundo era un sobresalto cotidiano –cada vez más leve– que tenía el aspecto destellante de una frase certera puesta en su lugar dentro de un texto complicado de ontología descriptiva. Y Martín confiaba que después –en su momento– llegaría el momento del elogio escrito. La experiencia de la felicidad tenía que preceder –lógicamente– al recuento feliz de la felicidad. Iba a contarlo todo *luego:* una vez consumado. Porque para verse, para poder decirse, tenía que consumarse previamente. ¿Sí o no? Desde luego. Tenía que consumarse para hacerse sitio en el lenguaje. Al consumarse, toda la felicidad se sumiría en la empapada lengua fehaciente que se vuelve, sin dificultad ninguna, narrativa. *Viaje de novios* iba a ser un epitalamio escrito desde una nueva ingenuidad: este era el gran secreto literario que Martín tenía pensado declarar en breve: el secreto de su felicidad capaz de conferir a todo el gigantesco impulso narrativo ahora inmóvil en la privilegiada luz de antes de empezar, la ingenuidad que embriagaría todo dato y toda referencia y toda ocurrencia y toda sinrazón en una multitud inagotable y clara: lo narrado. En resumidas cuentas, todo era cuestión de simplificar y agudizar y ahondar la vida: la conciencia lo hablaría después consigo misma y no habría editor ni lector ni colega del departamento de Filosofía que no escuchase o no tomase buena nota. Su caso era ejemplar porque incluía una negación de la negación de donde había partido: ahora Martín veía claramente que su punto de partida siempre fue la nada. ¡Seamos menos hiperbólicos!, se decía Martín, imaginándose que daba una larga conferencia a los doctorandos y miruellos mal trajeados del *Luis Vives.* «¡Seamos menos hiperbólicos! La nada que he tomado como punto de partida es esa misma nada que les pone a ustedes caras de monjitas y curitas feos que han tenido dudas de su vocación pero han perseverado tras haber leído varias veces la historia de los heterodoxos españoles: es la nada de no ser nada felices y de no tener ni novia ni futuro en el conjunto de la cultura occidental: es la nada de ser poquita cosa y de saberlo y de estar preparando oposiciones y a la vez que se escribe la memoria se suspira y piensa en Aristóteles, el más sensato de todos los filósofos: es la nada de todos los cohibidos que quieren escribir una novela porque les horrorizaría despertarse sabiendo que dentro de una hora tendrán que tomar un autobús que les devuelve a su lugar de origen, tan insignificantes como siempre... Yo era igual y no tenía ni la más remota idea de la plenitud de la plenitud. Ahora la tengo. Y voy a demostrarlo escribiendo de una manera muy distinta. ¿No me notan ustedes muy distinto? No, no lo notan porque no son capaces de poner entre paréntesis sus yoes respetablemente mutilados o carentes de la luz de haberse enamorado de una chica ilimitadamente nueva, fundamento de toda novedad y toda narración que no quiera quedarse en lo indirecto y en lo poco; porque no es verdad, señores doctorandos, que lo poco agrade y que lo mucho enfade: es al contrario: lo poco desagrada y niega y desfigura la realidad de cabo a rabo y solamente lo mucho repetido y repetido muchas veces llega a darnos idea de la continua creación en que vivimos, nos movemos y somos...» Este discurso imaginario, con sus ribetes de ridiculez y tomadura de pelo filosófico, le parecía a Martín (no obstante su deseo de quedarse momentáneamente en limpio y sin palabras) una ilustración de las palabras acreditativas de su nuevo modo de contar el mundo: el modo victorioso que partía de los ángeles llenos de dicha y de alabanza y de metáforas de cumbres para llegar a las más altas cumbres impulsado por un furor heroico, inexplicable, por supuesto, para las malas lenguas de la facultad...

Había que ir punto por punto: había que ir paso a paso (lo concreto se enuncia poco a poco): había que *no* hacer oposiciones: había que arreglárselas a golpe de teología natural. Y había que hacer sitio a la silenciosamente melodiosa voz de la felicidad: había que tomar en serio lo que ya resultaba irreprimible: la sensación de estar en gracia y haber caído, encima, en gracia a la familia de la única mujer que había logrado que –por una temporada, al menos– dejara de pensar en escribir una novela. Martín encontraba muy curioso –casi incomprensible pero no desagradable– que todas estas cosas que había que hacer o que tenía que tener en cuenta o que alabar parecieran factibles en conjunto y una por una, en cambio, complicadas. Por ejemplo: ¿de qué iban a vivir si Martín no hacía oposiciones? Estaba claro que, en abstracto, podían arreglárselas con poco. Pero ¿cuánto es poco? Ciertamente, lo poco que Martín ganaba de auxiliar era tan poco que ni siquiera llegaba en todo un año a la mitad de lo que sus suegros iban a gastarse en amueblar el piso. ¿Qué más daba? María nunca hablaba de eso. Parecía dar por descontado que, queriéndose, vivir con poco iba a ser encantador. Con poco –con poquísimo–, ¿cuánto era poquísimo en pesetas? Era realmente una miseria. La palabra «poco» deslumbraba a Martín aquellos días. Cada vez que uno de los dos o a la vez los dos declaraban que con poco habría ya de sobra, Martín sentía un fuerte escalofrío análogo a los cielos estrellados. Lo poco era lo mucho visto desde fuera. Y no era un decir: era un impulso luminoso que vinculaba el ser y el parecer en una única intención: la intención de vivir en la verdad y de ganar la vida a pulso. María bromeaba algunas veces acerca de estas imágenes titánicas que Martín ahora intercalaba en el transcurso de la conversación. María era elegante de verdad: lo mismo que sus suegros o, mejor dicho, aún mejor, porque María se entregaba a cambio del amor sin echar cuentas. ¡Era un espectáculo magnífico verla casarse a cuerpo limpio! Y, por otra parte, era imposible no contar con que María, sus padres, eran ricos. Martín no se atrevía ni a pensarlo del todo, ni a dejar de pensarlo por completo. No pensarlo hubiera sido equivalente a no saber con quién iba a casarse. Tendrían que depender, por lo menos al principio, de los suegros. Martín contaba con abrirse paso con sus libros, que eran, de momento, solo dos: uno, breve, ya escrito y publicado, de tono autobiográfico; y otro, *Viaje de novios,* todavía por escribir y publicar. ¡Qué poco aún! Y, sin embargo, casi más que en los otros «pocos» de su nueva vida, ¡cuantísimo podía vislumbrarse aquí! María ya veía estanterías enteras atestadas de libros escritos por Martín. De momento María estaba satisfecha con el único libro publicado que había leído varias veces en busca, según decía, de signos inequívocos de lo que había de venir después. Todo era encantador. Pero lo más notable era que Martín cada día se hundiera más conscientemente en ese encanto que, para cualquier observador no enamorado, tenía mucho de simpleza. Martín negaba ahora que simpleza fuese la prima pobre de simplicidad. El parentesco era solo nominal. Martín había quedado con María aquella tarde: iban a pasar la tarde juntos sin hacer nada más que dar paseos y tomar un café con leche en Yago-Princesa. ¡Bien poco!

María llegó antes que Martín. Le gustaba llegar un poco antes porque ese ligero espacio donde se hallaba sola esperando a Martín le servía de meditación. Era un meditar sin pensamientos, como si el lugar por sí solo –en este caso la Moncloa– fuera un pensamiento realizado por donde se podía ir y venir. Y esta acción de pasearse lentamente bajo el sol verde-claro de la primavera era un constante hacerse ver la vida que empezaba. María se daba cuenta claramente de la gravedad de lo que ahora comenzaba. Era un signo sensible, el matrimonio, de un compromiso cuyas últimas consecuencias no podían calcularse. Casi nada podía calcularse: solo se podía dar sentido a un sentimiento poderoso que se pronunció la primera vez que habló con Martín en la facultad. Le pareció un chico romántico y como venido de otro mundo mucho más vehemente y difícil que el suyo. Fue Martín quien empezó la conversación una mañana en el bar de la facultad. Aquella conversación –los dos de pie en la barra– no fue probablemente significativa: ninguno de los dos recordaba ahora de qué hablaron. Lo único que fue significativo es que ambos volvieran los días sucesivos a la misma hora al mismo sitio. Le gustaba Martín físicamente. El pelo fuerte y negro, algo ondulado, peinado a raya. El aire tenso de su semblante oscuro y de los firmes huesos de la cara. Martín era cinco años mayor que María y eso también volvía fascinante una relación que Martín nunca permitió que fuera casual. Martín imprimía necesidad a cada encuentro. Cualquier asunto era esencial y todo era esencial: Martín tomaba las palabras una a una descomponiéndolas en grandes abanicos de aciertos y equivocaciones. Una de las cosas que fascinaron a María al principio fue la habilidad que Martín tenía para hacer explotar cualquier palabra en virtud de su oculta equivocidad: era como si el lenguaje en manos de Martín sirviera más para perderse y confundirse que para orientarse y comunicarse. Con estos juegos de palabras Martín solo quería –según había declarado solemnemente al segundo o tercer día de encontrarse en el bar– hacer ver a María que entre las palabras y las cosas no siempre hay perfecta concordancia. Para que concuerden, decía Martín, es preciso la acción continuada y reflexiva de la conciencia concordante: que hablemos y que coincidamos hablando acerca de una cosa es en realidad algo asombroso: que la palabra «mesa» sea un signo de una mesa es un prodigio cotidiano. Pero era, sobre todo, la vehemencia oscura que Martín ponía en todo lo que hablaba, lo que determinó la ternura de María: muy pronto se dio cuenta de lo que a Martín, con toda su inteligencia, le faltaba: le faltaba ella misma: un cierto buen humor sencillo, un mundo no muy extraordinario, confortable y seguro: le faltaba la ternura que vuelve comprensibles y tratables gran parte de las dificultades de la vida. Martín le pareció de gran valor: enamorarse, sin embargo, no fue para María hacer evaluaciones sino dejarse llenar por la existencia de Martín cada vez más. Martín le hacía reír y le hacía ensombrecerse y la volvía discutidora y le encrespaban asuntos que jamás había considerado: era imposible no querer a un muchacho que echaba el resto cada vez que hablaban, como si fuera cada vez indispensable dejarlo todo claro y reseñar, sin embargo, todas las dificultades y aporías de cualquier asunto. María no estaba acostumbrada a tanta intensidad intelectual: era una novedad, un desafío y, en última instancia, una tierna manera dubitante de sentirse deseada y única en el mundo. Martín la hizo sentirse decisiva, capaz de conferir una absoluta novedad a un individuo concreto, a él. Y aquel sentirse indispensable se convirtió en un océano de afecto y de necesidad de acariciar al ser que la dotaba de tan poderosísima importancia. Era una chiquillada y a la vez era lo más serio de su vida. Por eso ahora, mientras paseaba por delante de la fachada del Ministerio del Aire, María tenía la impresión de que el espacio estaba lleno de signos animosos: era un aliento generalizado: las palomas grises, los soldados jóvenes de guardia que la miraban al pasar, unos niños con una bicicleta, el vecindario entero era un impulso formidable: una creación continua que venía directamente del amor que Martín había manifestado por ella. María se sentía inmensamente agradecida y eso era también parte del espacio y de la tarde de primavera en la Moncloa: una acción de gracias incesante, el júbilo del mundo hecho silencio y sencillez y espera y ganas de que Martín llegara de una vez: ahí estaba ya: sus largos pasos cerraban velozmente la distancia que aún había entre lo imaginado y lo real: Martín era siempre sorprendente, casi increíble en su apariencia concreta: por eso María deseaba tenerle siempre cerca y seguir viéndole de ahora en adelante hasta el final sin fin de los dos juntos...

«Vivir es más importante que escribir», dijo Martín. Era un salto mortal. Estaba sorprendido. Estaba seguro de haber dicho la verdad. Estaban los tres en la terraza: Martín, María y Gonzalo, el hermano de María. Gonzalo acababa de decir justo lo contrario. Y Martín se había sentido en la obligación de contradecir a su cuñado en ciernes. «Vivir no tiene la más mínima importancia», había declarado el chico, envalentonado quizá por el jerez sin enfriar que los tres tomaban, o tal vez excitado por la circunstancia eminentísima de tener que dar conversación al novio-filósofo de su hermana. Gonzalo estaba en sexto: el bachillerato le coloreaba de imprecisión y fútbol en los patios. Un excelente aspecto, aún confuso; aún se ponía colorado, como ahora, al añadir: «Todos vivimos. Todo el mundo vive hasta que deja de vivir. Vivir lo hacemos a la fuerza. En cambio, escribir no. No todo el mundo escribe. Casi nadie escribe. Vivir es lo normal, así que no comprendo por qué le das tanta importancia a eso, a vivir...» ¿Debería discutir esto en detalle? Martín se sintió incómodo. Aún más incómodo, si cabe, que antes de decir lo de que el arte es breve y la vida eterna. Eso lo dijo por decir algo chocante, por hacer una gracia: el modo intenso de mirarle que tenía Gonzalo había acabado por hacer que Martín se sintiera un poco extraño. Entre los dos hermanos había un notable parecido. Una misma belleza, pensó Martín, en dos versiones sexuadas divergentes. O tal vez confusamente convergentes en aquel rostro aún sin marcas, aún sin afirmarse del todo ningún rasgo, ni la barba. Una belleza equivalente en ambos que se bifurcaba repentinamente en sus dos voces, en sus dos figuras... Martín había tenido la sensación de hallarse al borde de un secreto vergonzoso al ver a los dos hermanos llegar juntos. Había dicho aquello de la vida porque así lo creía ahora y, a la vez, influido por el impulso adolescente de la conversación. La verdad era que la presencia del muchacho había determinado el tono general de todo lo que hablaban: con María no hablaba nunca así. Haber enfatizado que vivir era más importante que escribir daba lugar a toda suerte de obviedades insulsas si no se matizaba. Y no podía matizarse sin caer en una pedantería inadecuada. ¡Aquella inconfundible borrosidad de toda adolescencia! ¡Aquel pensar a bulto! Y el caso es que María estaba tan contenta, tan campante, sirviéndoles jerez en unas copas que acababan de estrenar justo aquel día. Eran casi las doce: los tres iban a ir después en autobús a La Moraleja, a almorzar con los suegros, con los padres, con toda la realidad ya definida y convertida en horarios y en planes y en conversaciones con el joven cuñado, a quien María adoraba. Lo que no tenía vuelta de hoja resultaba un poco impertinente: este tener que dar explicaciones a un chaval de dieciséis años acerca de algo que para Martín había sido una revelación: era como tener que dar detalles acerca de por qué a uno le gusta más ducharse que bañarse, o, mejor dicho, tener que decir concretamente por qué uno cree en Dios, o lo contrario, o por qué Paul Klee le parece más definitivo que Murillo... Martín pensó malhumorado, al tiempo que apuraba su jerez, que la adolescencia debería transcurrir en cárceles, con todos ellos y ellas en suspenso y en silencio hasta la mayoría de edad: su propia adolescencia se había acercado mucho a ese ideal. Martín había confiado en que cualquiera podía entender su radical renovación: la grandeza de haber cambiado de opinión. ¡Solo faltaba que un adolescente le contradijera! Se habían quedado los dos solos en la terraza: María iba y venía por la casa. Estaban sentados en el suelo, como indios, con las piernas cruzadas, como en el campamento, como en el patio de un instituto o de un colegio, como chavales imprecisos que aún no piensan en las consecuencias de sus actos... De pronto se había establecido una curiosa intimidad entre los dos, como la intimidad de compañeros de un gimnasio o de un equipo que se conocen desde hace mucho, aunque solo ahora charlan seriamente... La intimidad añadía a la sensación de familiaridad una cierta agudeza, un filo inconfundible: Martín no estaba acostumbrado a intimidades y menos con un chaval tan joven. En realidad María era la única persona con quien Martín tenía o deseaba tener intimidad. Martín estiró las piernas y Gonzalo hizo lo mismo: se miraron. Era un poco chocante, muy chocante, aquello de ser mirado fijamente por alguien con quien no se tiene intimidad: daba la impresión de que Gonzalo no podía no mirarle fijamente: eran los ojos de María con un género distinto: resultaba un tanto turbador. Los hombres no se miran a los ojos. El caso era que Gonzalo le miraba pero no como quien mira con firmeza sino como quien se halla turbado él mismo y desea ser tranquilizado, amado. ¿A qué venía todo aquello? Martín aborreció su inveterada costumbre de dar vueltas a las cosas. Gonzalo dijo: «A mí me gustaría escribir, ser escritor, para un escritor escribir es lo único importante: todo lo demás se hace por eso, por escribir, ¿no crees? A mí me parece que tú sí que lo crees, lo que pasa es que ahora con casarte y tal, no dices lo que sientes...» ¿Dónde andaba María? ¡Era ridículo debatir este asunto con un crío! Martín miraba fijamente hacia adelante. En aquel momento deseó no engañarse ni engañar a nadie: quiso ser útil: ser verdadero, ser íntegro, ser digno del amor que en realidad le profesaban todos, incluido su cuñado adolescente, gracias a María, gracias a la luz del mediodía madrileño con un aire de pinos del parque del Oeste en la conciencia... ¡Estaba claro, tenía que esforzarse y dar explicaciones, cualquier explicación, incluso la peor explicación posible, era preferible a la terquedad, la desatención, la falta de interés! «He querido decir que cuando se compara vivir con escribir, escribir es evidentemente un lujo... Pero además es una sustitución de algo inmanente a cada cual, a la propia vida, por algo exterior, un resultado, una obra... Uno puede obsesionarse mucho con sus obras. Pero es un error. Por eso es conveniente poner antes la vida que cualquier cosa que pueda hacerse con la vida, por ejemplo escribir...» Gonzalo no le miraba ahora. Fruncía el ceño como si las frases de su cuñado le parecieran falsas o desilusionantes... «Tal vez», añadió Martín, «sea una tontería oponer ambas cosas. En realidad es fácil combinarlas, es fácil si uno está seguro de sí mismo...» Se sentía confuso una vez más, como si hablara sin pensar lo que decía, como si estuviera sometido a examen y tuviera que decir cosas sin parar, producir sentido, hacer significantes los todavía no significantes estados de su alma: las novedades todavía estaban sueltas e inconclusas sin denominación, sin trabazón con todo el resto de su vida (que, curiosamente, quedaba más correctamente formulada por Gonzalo que por el propio Martín en este caso). María reapareció en la terraza. Tenían que irse ya. Martín pensó que había perdido una oportunidad de hablar en serio con Gonzalo. ¿Por qué tenía que hablar en serio con Gonzalo? ¿Qué más daba? Jamás hasta la fecha le había perturbado nada parecido. En realidad, el amor traía consigo un debilitamiento del carácter. Martín pensó, mientras bajaban la escalera, mientras subían hasta el metro, que el amor y toda la acción de gracias que conlleva, implican una reducción de los instintos de la singularidad. El amor es un contrainstinto que niega el gozo de la arbitraria afirmación de un yo cualquiera. Así, ahora, Martín había tenido que esforzarse por dar fe de algo dudoso. Con el amor se introducía la incoherencia. ¡La incoherencia otra vez, maldita sea!

«¡Gonzalito estaba entusiasmado contigo esta mañana!», dijo María. Paseaban los dos por el jardín de aquella casa fascinante, tan poco aparatosa, casi invisible desde fuera, una casa elegante, de campo, de gente de toda la vida, de una gente acerca de la cual Martín solo sabía lo que había leído y que ahora eran su familia. Aquel almuerzo había sido, en cierto modo, la culminación de todos los almuerzos anteriores en esa misma casa, una especie de total o suma o concentrado de todo lo que Martín apreciaba y pensaba de las circunstancias de María. Podía decirse que todos ellos se habían repetido graciosamente a sí mismos, como actores en una representación benéfica que repiten las gracias que todo el mundo cuenta con que van a repetir amablemente. Martín se sentía bien ahora. Se sentía reconocido y capaz a su vez de reconocer a los demás, a todos. Era la vida nueva. Era el fruto de la tranquila felicidad soñolienta que ya había comenzado. Era agradable oír decir que Gonzalito se había entusiasmado con él. Solo que no acababa de creerlo. María estaba exagerando. Se lo dijo así. «No estoy exagerando. Yo le conozco bien y sé que toda aquella discusión le entusiasmaba... De lo contrario no hubiera discutido así, le conozco muy bien.» Conocer bien a Gonzalito se había vuelto una tarea clara y consistente a medida que los dos hermanos crecían y Gonzalito apenas hablaba con sus padres. Había sido un niño asustadizo pero confiado: ahora a los dieciséis se había vuelto retraído a la vez que se volvía más discutidor e incluso agresivo –casi violento, algunas veces, en casa, en el colegio–. Sacaba malas notas. María se sentía responsable de Gonzalo. Siempre se había sentido así. Y la ternura que sentía por él estaba entretejida en una permanente trama de atenciones especiales a todo aquello que su hermano menor expresaba y, a juicio de María, más tenía presente todo el tiempo. Los afectos: ese era el más oculto, el más contradictorio lado de Gonzalito. Justo el lado menos complicado de María: lo más sencillo era sentir afecto por la gente. E irse entretejiendo en cada caso particular sin casi darse cuenta: guiada únicamente por lo mucho que cada conocido, cada familiar o cada amiga tenía de increíblemente único y real. María se había acostumbrado a ver en todos ellos su realidad inmensa y detallada, la importancia que tenían incluso los detalles menos importantes, más iguales en casi todo el mundo. Todo era esencial y había que fijarse bien en todo: María pensaba que este instinto de fijarse bien en las personas que le rodeaban era casi un defecto, por lo que tenía en ella de extremoso. A veces se fijaba tanto en nimiedades –como los estornudos de uno cualquiera de su casa o sus silencios repentinos en el curso de una conversación corriente– que llegaba a agobiar al propio interesado con su desmedida consideración. «Soy desmedida», se decía María sin poder dejar de serlo cada vez que se terciaba. A causa de esta como involuntaria o espontánea oficiosidad afectiva, María se consideraba a sí misma con frecuencia una pelma. El amor de Martín lo cambió todo: ahora se sentía, al contrario, insuficiente, no lo bastante desmedida y atenta para estar atenta a todo lo que Martín era y hacía y decía y callaba. Ahora temía hallarse a veces desatenta y perder o desperdiciar algún aspecto de Martín. Ocurría además que amarle era no solo no querer perderle en nada sino querer hallarle en todo como se hallaba en todo ella misma, gracias a Martín, iluminada como nunca, en consonancia con la vida entera. Querer que Martín la quisiera era querer también ser siempre digna de ese amor, como una jarra que nunca pierde su oquedad, el firme amparo de su vientre tranquilo que es el lugar del agua clara y firme y fresca mientras todos cenan y de vez en cuando beben agua. La diferencia entre amar a Martín y amar a todos los demás –y muy especialmente a Gonzalito– era, según María, que Martín hacía que se sintiera siempre indispensable, como una jarra llena de agua mientras todos cenan. Ahora iban y venían los dos, María y Martín, por la parte más descuidada del jardín, la parte baja, próxima a la tapia que separaba su finca de otra finca. Era un sitio romántico, todavía hechizado por los juegos de los dos hermanos, por los escondites del escondite y por las horas de sol de los veranos cuando las avispas eran a la vez buenas y malas: buenas por ser sencillamente avispas, como cada cosa es lo que es, y malas por agredir velocísimamente a Gonzalito. Ahora la niñez era remota y el amor tan próximo, que María pensaba que tenía que esforzarse para no olvidarse de ninguno –y especialmente de su hermano– en medio de aquel impulso formidable de querer a Martín que la alejaba sin querer de todos. Por eso ahora había declarado que conocía muy bien a Gonzalo y que le constaba que la discusión del otro día acerca de la literatura y de la vida era una muestra del entusiasmo que Gonzalo sentía por Martín. ¿Había sido realmente muestra de eso aquella discusión? María estaba segura de que Gonzalito no había discutido con Martín solo por el placer de discutir: estaba segura de que había en el fondo una intención de darse a conocer, de hacerse ver, de dar mucha importancia a una frase de Martín para llegar a ser querido y ser reconocido. María estaba segura de que ese impulso era el impulso más constante de su hermano: querer ser querido. Era preciso que Martín lo viera así, para que viera de paso el corazón de Gonzalito y le quisiera como ella le quería. María estaba convencida de que lo único esencial era quererse, lo único que al final vale la pena y resuelve toda singularidad en su mejor, su más único acorde. Esto, sin embargo, no era nada fácil de lograr. Y menos con Martín que, menos con María, instintivamente desconfiaba de sus semejantes o los ignoraba casi por completo. Martín era difícil con razón: en vez de ser blandamente complaciente con todos como ella –que solía ser una pelma desmedida–, Martín era distante y exigente y único: un escritor, un hombre muy inteligente que sopesaba todo bien. «¡Es curioso lo mucho que os parecéis Gonzalo y tú!», dijo Martín. «Nos parecemos sobre todo en los afectos. Nos parecemos en que para los dos son lo más importante de la vida.» ¿Era eso verdad? Era difícil hablar de Gonzalito sin que todo a la vez se presentara junto: «todo» era todo lo que María sabía de su hermano y todo lo que temía que pudiera pasarle si no se tenía todo en cuenta y todo lo que deseaba que ocurriera para que por fin fuera feliz. Esto último era, por supuesto, un tanto impreciso: «todo» en este último caso implicaba una totalidad lumínica exaltante y constante y cada vez mayor hasta alcanzar una absolutamente indiscutible realidad, hasta alcanzar eterna realidad, que a su vez tenía que ser terrenal y temporal y propia y exclusiva de Gonzalo –con lo cual María se enredaba en una cierta inverosimilitud biográfica–. María se daba cuenta de que querer el bien de Gonzalito era rozar lo inverosímil porque no se podía ver el bien de un ser individual sin ver también y sin tener en cuenta las circunstancias detalladas de cada vida humana. En última instancia había que encomendar a Dios lo deseable para que la inverosimilitud del bien no confundiera a los interesados. María comprobó de nuevo ahora que hablar de Gonzalito con Martín era difícil y que le faltaban, por decirlo así, sobreentendidos: por más que María hubiese procurado explicar cómo era su hermano casi desde el primer día de su relación con Martín, aún quedaba por decirlo todo bien del todo. Era difícil y a la vez importantísimo. María contempló resueltamente el perfil severo de su novio y se detuvo: «Es mucho más sensible de lo que parece: tienes que quererle para poder ver lo que es capaz de ser si se le quiere», era una fórmula carente de toda precisión pero a María no se le ocurría en aquel momento ninguna otra mejor. Martín no hizo comentarios. Era muy de Martín este callarse y parecer ausente. María disculpaba esta actitud diciéndose que nadie puede estar en todo y que Martín ahora estaba, sobre todo, en ella, pendiente de la propia María con exclusión involuntaria de casi todo lo demás. El hecho de que fuera gratificante estar siendo tenida en cuenta así, desdibujaba el otro hecho correspondiente al carácter de Martín que María consideraba peligroso: era un hecho que Martín sentía muy escaso interés por los demás, incluida la familia de María, el servicio, sus alumnos, Virginia y sus amistades académicas o literarias. Hablaba de ellos de pasada. Como si solo fueran interesantes sus rarezas y fuera innecesario –caso de hablar de ellos– hablar de cada uno de ellos por sí mismo. María estaba convencida de que semejante actitud era el fruto del esfuerzo que Martín había tenido que hacer para abrirse camino. Lo esforzado contradice, sin querer, lo amable. Era ella, María, quien tenía que ser amable siempre porque no había tenido que esforzarse nunca en nada. Martín no era egoísta: su desinterés era anterior a todo egoísmo o altruismo: era lo resultante de una voluntad de llegar a ser quien había llegado a ser que nunca contó con circunstancias fáciles. María pensó en esto ahora al pensar en su hermano y en lo importante que sería para su hermano que Martín le apreciara. Tan segura estaba María de la importancia de esta relación que temió haber insistido tal vez ya demasiado durante todo su noviazgo en lo sensible que era Gonzalito. Seguro que Martín se había fijado en eso. El propio Martín era, a su vez, sumamente sensible y frágil en el fondo. Era ocioso insistir: era peor que ocioso: insistir era ceder a un nerviosismo no localizado, una angustia de falsa madrecita: María procuró agudizar esta última imagen que le desagradaba como una foto repintada y falseada de sí misma: María no creía que ser «una madrecita» fuese bueno para nadie o disculpable: había que ser, en todo caso, una madre verdadera: lo otro era un amaneramiento de la maternidad, un envanecimiento ridículo. Toda la ternura que sentía por Gonzalito tenía que cuadrar con la verdad: de lo contrario sería lo contrario del amor: una fantasía desfiguradora. Era muy importante que Gonzalo no se desfigurase en su conciencia: María consideraba la conciencia como la arena fina y blanca de una playa solitaria: en esa arena había, si uno se fijaba bien, miles de conchas, de criaturas, cada cual con su figura propia, diminuta, casi insignificante, pero suya. Estaba bien ir y venir descalzos por la arena de la conciencia silenciosa pero había que saber que solo se podía caminar dulcemente, con una cierta levedad de mar tranquilo, porque cualquier otra manera de ir por ella era negar las realidades que misteriosamente contenía. María prefería, por eso, el buen humor a cualquier expresión sentimental: el buen humor eran los pasos dulcemente iguales y callados que no imprimían innecesarias huellas ni figuras bruscas y distintas de lo que toda aquella inmensa arena sumisa dejaba ver si se miraba bien, si se iba despacio, si se sonreía, si uno dejaba libre todo el aire libre. Martín se volvió ahora hacia María. Sus ojos serios, muy oscuros, parecían a punto de decirlo todo: María tuvo la sensación de que iba a serle revelado algo esencial. Martín dijo: «Es cierto que Gonzalo es muy sensible. Me di cuenta en seguida y me di cuenta de que su sensibilidad puede desorientarse fácilmente, aplicarse a objetos absurdos, imposibles... Es una sensibilidad al borde de la incongruencia. Todavía no le conozco bien. Pero estoy casi seguro de que acierto en esto. Esa clase de sensibilidades corren el peligro de torcerse y de empecinarse una vez torcidas en mantener su torcimiento y en negar que lo es. De aquí salen los poetas pero también toda una especie de vagos y maleantes, aficionados a los tangos y demás músicas celestes que hacen de no engrasar los ejes de sus carretas y de que se les llame abandonaos una profesión, toda una vida... Tu hermano pertenece, me parece a mí, a esa serie imaginaria del perdedor acomodado a su perdición. Yo mismo, si no me vigilara, sería así: me enquistaría en ciertos lados de mi sensibilidad que son, no sé cómo llamarlos, enfermizos...» Era la primera vez que Martín se incluía a sí mismo en sus censuras. Era la primera vez que se entregaba: María se sintió en el centro de una existencia poderosa y nueva, una nueva vida donde se decía la verdad. A partir de ahora todos dirían siempre la verdad: no harían falta ni las más mínimas mentiras, ni siquiera esas pocas mentiras piadosas que hasta la fecha habían parecido indispensables. No harían falta ni siquiera los silencios que omiten o que disimulan... No haría falta cambiar nunca de conversación ni mirar a otra parte ni hacerse el loco ni hacerse el sueco ni disimular ni no darse por enterado... A partir de ahora sería posible vivir en la verdad: llegaría a ser inverosímil –una especie de broma– que alguien deseara vivir en otro sitio. Todo esto se pronunció de golpe en la conciencia de María: todo a la vez en todo su detalle, en un instante. ¡Se hubiera visto en un apuro, sin embargo, de haberse visto obligada a enumerar sus impresiones! No deseaba decir nada. Solo deseaba que Martín siguiera hablando así, como a pasos largos, con la resuelta serenidad de quien no piensa regresar. Lo único que en ese instante le apartó del mágico entusiasmo fue una idea –una impresión también, una emoción muy rápida– de cautela. Había que tener una gran cautela si no se piensa regresar ya más y uno se adentra a paso largo en un lugar desconocido y nuevo... Había que tener cautela para que Martín –que era el verdadero aventurero– no se desconcertara. (Era curioso que María no se considerara a sí misma aventurada en la aventura aquella sugerida por las nuevas frases de Martín: era como si ella misma hubiese ya llegado y, sin correr apenas aventuras, estuviese ya al final en una casa nueva comprensible del todo y luminosamente abierta... Lo abierto del final era lo único de toda la complejidad y novedad de toda la aventura que hacía que María se sintiera –ella también ahora– enaltecida y maravillada.) Martín dijo: «Este jardín de la casa de tus padres me recuerda al jardín del paraíso: debe ser porque lo he recorrido siempre de tu mano y porque el amor nos vuelve niños: veo la naturaleza engrandecida, llena de ánimo, anterior a sí misma, no ensombrecida por ningún error, sin monstruos, las serpientes son signos coloquiales y sus apariciones amistosas no nos aterran nunca, no hay nada en mi conciencia, María, ahora mismo, paseándonos por este atardecer de este jardín ya tan familiar, que no sea jubiloso, no deseo detenerme ya en ningún reflejo ni en ningún modo oblicuo de sentir o de ver o de entender las cosas: deseo estar a bien con Dios, con todo lo existente. Quiero decir que soy feliz.» Era la primera vez que lo decía. Era espléndido oírselo decir. «Gonzalo acabará medio viviendo con nosotros... O viviendo del todo. Tendremos que ocuparnos de él hasta que se case... Eso te gustaría, ¿no?...» «Me gustaría que fuerais muy amigos, que aprendiera de ti. Todo le vendrá bien, todo lo que aprenda contigo...» Martín sonreía. ¡Era tan agradable oír aquello! A Martín se le ocurrió en aquel momento que en el hecho de sentirse feliz había dos lados: uno era el lado del logro: ser feliz es algo que se logra, es un estado resultante. Pero que lo verdaderamente fascinante de la felicidad era su otro lado, el lado activo: desde esta perspectiva casi lo de menos era la felicidad lograda: lo esencial era el encaminamiento de toda la conciencia hacia la felicidad, el desearla, el predisponerse continuamente a percibirla y a entregarse a ella. Estar dispuesto para la felicidad cambiaba todo: el mundo aparecía subrayado de una manera nueva: querer ser feliz volvía fotogénicas las cosas, las abrillantaba, las... excedía: eso era: Martín tuvo de pronto la impresión de que el deseo de la felicidad era un proceso que aportaba información al mundo, una información que –sin llegar a falsearlo– excedía la información habitual del mundo por sí mismo.

Habían llegado de nuevo a la casa, a la gran terraza que se extendía delante de la sala. Martín deseó ser capaz de resumir aquel paseo y todo lo que en él había sido pronunciado verbal y no verbalmente. Le pareció que había ocurrido entre ellos mucho más de lo subrayado por sus gestos o por sus palabras: existían unidos. Eso era. Y ahora quiso repetirlo: oírselo decir a sí mismo: «Nunca olvidaremos esta tarde, María. De pronto todo ha resplandecido en torno nuestro. A partir de ahora seré mucho mejor. Y escribiré mejor también... Eso también, de paso. ¿No lo crees así?» María lo creía firmemente. Así que Martín repitió algo que ya había dicho muchas veces antes: «Este nuevo libro, *Viaje de novios,* va a ser una absoluta novedad. Estoy seguro de que la felicidad es infinitamente más elocuente que lo contrario.»

Todo, en resumidas cuentas, iba saliendo bien y siendo fácil y haciéndoles felices a los dos. No se podía pedir más. Pero, además, como de paso, Martín escribiría como nunca. Iba a escribir mejor que antes, mejor que nunca, a partir de ahora y del amor y de la beatitud, la cual Boecio...

... define como: *status omnium bonorum agregatione perfectus.* Siempre le había desagradado esta definición. Su aire de grandes almacenes, la idea de «agregación» con sus resonancias de sumas y cientos por uno celestiales. Y la noción de «status» que evocaba una combinación de inmovilizaciones satisfechas de sí mismas: los tres estados, el Estado español, estar en buen estado, mujeres en estado. «Estado» era un término del régimen: la nave del Estado, el hombre de Estado, el perfecto estado de salud de su excelencia... Toda una semántica de Estado que se colaba como un aire frío por cualquier rendija. Un calentón de la cabeza con los pies fríos de la legitimidad de las esposas y de los hijos habidos en santos matrimonios. La familia y el Estado... Martín podía seguir y seguir a este tenor, paladeando desdeñosamente las analogías estatales de la vida española del momento. Un *No-Do* de inauguraciones y bellezas naturales y cerámicas de Talavera de la Reina y el damasquinado toledano de toda fiel espada triunfadora y los caldos de La Rioja y los talabarteros españoles y los toros y las semanas santas y el estadio Bernabéu... Un *status perfectus* lubricado con grasa fría de cordero lechal... Inmovilidad confundida con majestuosidad y con grandeza. Tópicos de toda una velada oposición que Martín aceptaba a la vez que, en discusiones de la facultad, gustaba parecer escéptico y abstracto y libre de inquietudes sociales y políticas. Solo se sentía comprometido con la actividad de su conciencia; y leer a Sartre –por aquel entonces leyó por primera vez *¿Qué es la literatura?*– le conmovió por cosas que tal vez Sartre mismo consideraba negativas. De hecho, Martín se sentía vagamente reflejado en el «escritor burgués» que

Sartre traza en su panfleto. Era curioso sentirse reflejado y a la vez rechazado y censurado. Su afición a Sartre aumentó gracias a esa imagen negativa, en lugar de resentirse o disminuir. En cualquier caso, la *beatitudo* de la definición de Boecio le pareció desacertada consistentemente a lo largo de toda la carrera y durante los primeros meses de noviazgo. No había manera de espiritualizar aquella felicidad de almacenista. Todo había cambiado al planear *Viaje de novios,* al entregarse o tratar de entregarse por completo a su dicha presente y al entusiasmo afirmativo que todo lo ponía de relieve y que volvía este mundo animosamente significativo. Sumar todos los bienes ya no era estibarlos sino alzarlos, transfigurados, en el himno encendido del éter y del fuego. Ahora que Martín se sentía aéreo y que retenía entre sus manos y bajo su brazo los dulces hombros de María, cada vez más preso de la severidad fogosa de su enamoramiento, la idea de que todos los bienes se agregaran y negaran así todos los males en un ebrio cosmos de pura sobriedad y sin contrarios había empezado a parecerle gigantesca, adecuada, fecunda, como una fértil madurez, un traje cruzado azul marino ajustado a todos los tamaños, que garantizaba una elegancia natural lo mismo de mañana que de tarde. Todos los bienes sin todos los males. Un imposible. ¡Ah, pero qué posible y realizable parecía contemplado desde el punto de vista del amor! Ahora la definición le parecía deíctica: delimitaba el campo del ejercicio del amor donde todas las cosas nos parecen bien. Los bienes terrenales cobraban más y más encanto cada día que pasaba. Y Martín no se sentía por ello vulgar ni vulgarmente interesado: al contrario, ahora se sentía más desinteresado que nunca: él no los deseaba para sí: solo deseaba que existieran: que de todo bien sobreabundara todo el universo. Martín tenía la sensación de haber perdido para siempre el sentido del ridículo. Y se alegraba.

Se echaba encima el día de la boda. En su presente estado de ánimo, Martín deseaba hacer las paces. Este «hacer las paces» era más bien la forma de un deseo que un deseo de algo definido. ¿Qué paces tenía Martín que hacer y con quién? Había hecho ya la paz consigo mismo: había dejado de perturbarle ya la incoherencia. Había aceptado a su familia política, uno por uno y todos a la vez. Solo quedaba ya Virginia. Con Virginia, en efecto, había habido desde un principio una convulsa hostilidad: una especie de hostilización ironizante por virtud de la cual ninguno de los dos, ni Virginia ni Martín, se decidía a tomar al otro en serio en cuanto tal. En cuanto tal –se decía Martín–, esta Virginia es una frívola. Mediante la dichosa expresión, muy de filosofía española de esa época, cualquier cosa designada quedaba en suspenso para el pensador. Pensando «Virginia en cuanto tal», Martín podía pensarla con independencia de que fuera la mejor amiga de María, o de que fuera una belleza exótica, o una niña bien con una historia familiar descabellada... «En cuanto tal» en realidad era una fórmula perfecta para sacar faltas. Que Virginia fuese una chica frívola se veía mejor, mucho más nítidamente, si se la contemplaba «en cuanto tal», por separado. Pensada junto con otras chicas de su edad o como amiga de María, resultaba una idea híbrida, una Virginia veteada de vacilaciones: los parecidos no parecían parecidos: una foto movida. «En cuanto tal» garantizaba una inmovilidad gratificante. Pero ahora Martín se daba cuenta de lo muy injusto que todo «en cuanto tal» puede llegar a ser con alguien en concreto. Estaba claro que Virginia era la única persona con quien tenía que hacer no solo paces en cuanto tales paces sino, sobre todo, sitio suficiente en la conciencia. Martín tenía decidido alojar a Virginia con toda la comodidad que requería su caso ahora que ya el amor le había hecho sensible al valor de lo impreciso y lo movido de las imágenes del prójimo. Martín no llegaba del todo a darse cuenta –ni siquiera ahora– del rechazo que Virginia, por su parte, tenía de Martín desde un principio. También Virginia, sin usar la frase, contemplaba a Martín en cuanto tal. En resumidas cuentas, confusa hostilidad por ambas partes.

Virginia había cambiado varias veces de actitud con Martín. Le había aborrecido, le había caído simpático, había vuelto a aborrecerle con un aborrecimiento algo más ligero, se había sentido ofendida por Martín, examinada en frío, examinada no en frío sino, de reojo, con una cierta calidez. Había, por su parte, examinado a Martín de refilón y en frío y en caliente y de perfil y solo de cabeza o solo las manos, o las largas piernas nada deportivas... Martín era muy poco deportivo. Era guapo pero no deportivo. En las semanas inmediatamente anteriores a la boda, Virginia se había quedado con solo esas dos características. Y había, desde luego, el otro aspecto, el aspecto que Virginia con gran solemnidad y sinceridad consideraba más del alma y más del matrimonio: María y Martín no daban a Virginia la impresión de estar hechos el uno para el otro. Y todo ello era un revoloteo permanente dentro de la cabeza de Virginia. Hubiera sido preferible que Martín hubiese sido no deportivo y feo, por ejemplo. Lo que complicaba las cosas era que Virginia se sentía, al mirar a Martín, a la vez complacida y lo contrario. Virginia estaba acostumbrada a considerar la fortaleza física esencial para la belleza del varón. El buen aspecto masculino incluía parecer razonablemente bien desarrollado. No se podía llamar guapo a ningún chico sin ninguna especie de musculatura. Los hermanos de Virginia, sus primos, toda una extensa pandilla de chicos de su edad tenían en común el estar fuertes. A Virginia, personalmente, le aburrían mucho los deportes. Pero le gustaba, en el hombre, el aire deportivo. De ese aire carecía Martín enteramente. Todo el aspecto de Martín entero evocaba lo contrario del ejercicio al aire libre, lo opuesto al buen color. Y, sin embargo, Virginia no podía menos de reconocer que Martín era un chico guapo. Era muy flaco. Era de color azul. Tenía una piel blanca que, afeitada, daba un reflejo gris azul ligeramente mate. ¿Era eso agradable? Al principio no; al final sí. Virginia había pasado, en todo lo relativo al físico del novio de su amiga, de una velada especie de disgusto, a una velada especie de regusto. Ahora le gustaba ya Martín veladamente: Virginia había ensanchado así su estética sexual. Quiere decirse que ahora Virginia *veía* –a diferencia de solo creerlo o solo comprenderlo– lo que a María le gustaba. Tenía que ser aquella palidez y aquellas ojeras de Martín que daban a su rostro una elegante luz de asceta. Estas variaciones acerca del físico de Martín habían llegado a pesar mucho en la conciencia de Virginia. Y el hecho de que el físico fuese, en cierto modo, un aspecto superficial (como Virginia se recordaba a sí misma con frecuencia) no impedía que le pareciera, casi sin querer, un índice fiable, el más fiable. Virginia consideraba no solo que la cara es el espejo del alma sino que todo el cuerpo, de los pies a la cabeza, en movimiento y en reposo, era un índice de lo que era cada ser humano. Los índices son como los síntomas: revelan algo sin mostrarlo todo. El cuerpo –se decía Virginia– es un síntoma del alma. Pero, a la vez, es superficial: es lo que está fuera, lo que está a la vista, lo que puede verse a simple vista. Y hay cuerpos que contradicen a sus almas. El aspecto físico de Martín llegó a convertirse para Virginia en una ligerísima obsesión. Llegó a pensar que todo Martín podía explicarse con toda claridad partiendo de su aspecto. Virginia tenía ante Martín la impresión de estar continuamente siendo notificada de lo más individual y reservado: todo consistía en interpretar la expresión corporal correctamente. Un efecto claro de estas consideraciones fue que Virginia se olvidara –o redujera la intensidad– de su preocupación por el futuro de María. Había sido sincera cuando temió que María se entregara sin reservas a Martín. Ahora era sincera dejando que la preocupación se despejara. La sinceridad para Virginia siempre había sido inmediatez. Decir lo que sentía en el momento justo de sentirlo, eso era ser sincera. La preocupación por María había sido un inmediato agobio, combinado –y esto no era ya tan inmediato– con la pésima idea que del matrimonio de sus propios padres se había hecho. Pero ahora el físico era lo único inmediato. Virginia descubrió que pensar en Martín como cuerpo expresivo hacía que pensara en su propio cuerpo también, como expresión constante de la propia Virginia. ¿Qué pensaba Martín acerca de ella en cuanto cuerpo? Esta pregunta había ido cobrando formulaciones muy diversas pero al final volvía siempre con lo mismo: su físico. ¿Qué pensaba Martín acerca de su físico? Lo descubrió leyendo su primer libro publicado. Virginia no dudó ni por un instante de que todo aquello fuese autobiográfico. Tomada como autobiografía aquella novela resultaba fascinante: el protagonista de la novela de Martín –y por lo tanto el propio Martín– se había tenido por misógino de joven a la vez que, contra su voluntad y mejor juicio, se sentía horriblemente interesado por las mujeres muy delgadas. Virginia tuvo la impresión de que la delgadez era la única mujer de aquel relato. Virginia era una chica muy delgada. Gran parte de su encanto provenía de la delicadeza de su delgadez: justo lo que Martín, a juzgar por su libro, más admiraba de los cuerpos. ¿Cómo entonces había podido enamorarse de María? María estaba bien pero no era «muy delgada». Era, al contrario, deportiva: tenía buen color: en María no había ninguna delgadez. ¡Extraño! ¿Sería que a Martín lo muy delgado le gustaba solo para verlo y no para quererlo para sí? La verdad es que parecía ser exactamente así: quería a María y Virginia solo le gustaba. Pero ¿le gustaba o no? No parecía gustarle mucho porque solía criticarla. Jamás Virginia se había sentido criticada tanto como con Martín. Martín era satírico y censorio en todo lo tocante a Virginia, excepción hecha de su cuerpo del cual jamás hacía mención. ¿Por qué? ¡Ah, un misterio insondable que Virginia sabía que jamás iba realmente a desvelarse! Era impensable sentarse mano a mano con Martín y conversar acerca de sus mutuos cuerpos. ¿Por qué no? Porque no: sencillamente porque no: sería como besarse de repente: solo con hablar, si hablaban de sus cuerpos, se pondrían a punto de besarse y, por lo tanto, tendrían que besarse si Dios no lo remediaba: es decir si Virginia no hacía todo lo posible por evitar semejante situación. En todo esto Virginia tenía una única certeza: que no deseaba quedarse con Martín, quitárselo a María. Virginia estaba convencida de que sus pensamientos al respecto eran justo lo contrario de querer quitar el novio a nadie. Era un asunto puramente físico, del físico. Virginia se detenía en este punto con un mohín dubitativo. Martín era delgado y le gustaba lo delgado y Virginia estaba muy delgada... ¿Cabía sacar alguna conclusión? Tal vez no. Pero Virginia ciertamente sacó una: que Martín fingía o disimulaba en todo lo que hacía referencia a ella. Y esto, en efecto, explicaba las exageradas críticas que Martín le hacía. Martín decía que en la ligereza de los afectos de Virginia había mucho que era liviandad. En la ligereza puede haber agilidad pero con frecuencia hay solo alevosía, levedad liviana, liviandad. La verdad es que Martín lo exageraba todo mucho pero tenía, en el fondo, algo de razón. Virginia, oyendo hablar a Martín no podía no reconocerse vagamente. Virginia no podía negar que, con la excepción de María, con los demás se comportaba muy a la ligera. Y especialmente con los chicos. Virginia los veía de un vistazo y una vez vistos, todo estaba visto: todos eran exactamente iguales. A Virginia le gustaba, sin embargo, que los chicos se ocuparan de ella. Así que tenía muchos a la vista sin que ninguno la sobresaltara. «No hay chicos especiales», solía comentar. «Lo especial lo pone la mujer que es quien de verdad es especial en todo.» Era una frase nada más que Virginia decía con frecuencia porque sonaba muy inteligente. No querer especialmente a ningún chico ¿sería una liviandad? Tal vez sí. En todo caso Martín era la única persona que hubiera podido responderle y Martín no estaba disponible, era impensable toda intimidad... ¡Para la boda, Virginia se había mandado hacer en Balenciaga un traje elegantísimo!

De pronto la boda apareció a la vuelta de la esquina. De pronto faltaba solo una semana y Virginia tenía el traje sin probar y a la oficiala del Balenciaga de Madrid hecha una furia porque había faltado a la segunda prueba. No quedaba tiempo de pensar ya en físicos de nadie: solo había que pensar en guantes hasta el codo y demás complementos. Virginia puso así punto final a la reflexión estrictamente teórica. El traje de novia de María, naturalmente, iba a ser blanco pero muy sencillo. Ahora Virginia anteponía la sencillez a toda otra cualidad moral. Estaba en el ambiente. La familia de Martín eran sencillos –una gente muy sencilla y, por decirlo así, un poquitín de pueblo–, los padres de María eran también sencillos, no obstante figurar en otra especie. Gonzalito tenía que ser sencillo porque solo tenía dieciséis años y a esa edad no hay derecho a complicarse. Y la ceremonia misma iba a tener una sencillez de gran calado. Y el almuerzo que seguiría a la ceremonia y que se celebraría con toda sencillez en el jardín de la casa de los padres de la novia iba a consistir únicamente en un champán francés y una ostra. Virginia ya se imaginaba devorando su ostra simplicísima de golpe y luego dedicándose, a título de la mejor amiga de la novia y de madrina, a dar conversación aquí y allá. En realidad, iban a asistir solo cuatro gatos: sencillísimo. Virginia había tomado esta idea de la perfecta sencillez directamente de Martín quien, indirectamente, se refería con frecuencia a lo sencillo como a un cierto merengue sin igual que se deshace velocísimamente al paladearlo, una perfectamente exquisita *mousse au chocolat* con el cacao lejísimos, al fondo de una degustación única en el mundo: sencillez. Virginia había acelerado con objeto de estar a tono con los epitalamios impulsivos de aquella última semana y ahora solo pensaba en cosas castas y sencillas –sobre todo, sencillas– que sin saber por qué se le ocurrían siempre por analogía con postres de cocina. ¡Curioso! Muy curioso porque la gran cocina, la francesa, es todo lo contrario de sencilla. Lo mismo que Martín quien, sin ser sencillo, hablaba de sencillez con sencillez. ¡Admirable! En consecuencia Virginia iba a prescindir de toda joya, flor o *pendentif:* de todo lo superfluo que, además, no pega de mañana... Virginia iba a ir de mediodía con el Balenciaga más austero y más sencillo de todos los modelos, de cocktail, de aquel año. Es posible que nadie hablara de sencillez –ni siquiera Martín– y que Virginia hubiera creído que de eso se trataba aunque solo se trataba de casarse, como decía Martín, sencillamente de casarse y en paz. En cierto modo la sencillez –y tanto la cualidad como sus términos– era el punto en la i de aquel instante: para que estuviera todo a punto y la boda fuera brillantísima, jubilosa, blanca, alta, verdadera y, además, lo mismo que otras bodas y no una boda rara o desolada, la sencillez tenía que ser en todos de verdad. Pero, como la propia Virginia había comentado varias veces: ser sencillo no es nada sencillo. Y empeñarse en serlo puede llegar a ser absurdo. Virginia, sin embargo, había acertado en esto: el que Martín no deseara una boda por todo lo alto, era el resultado de una idea que Martín tenía acerca de sí mismo y su futuro. Martín estaba convencido de que la vida de un escritor debe transcurrir en medio de una cierta austeridad. Martín unía en esta idea de austeridad una imagen de sí mismo y una necesidad de ir a lo esencial. Una boda elegante no solo era inesencial sino también desfiguradora: Martín detestaba figurarse de chaqué. Lo único esencial era el amor: tenía el amor: sobraba todo lo demás. La sencillez de los padres de María consistió, sobre todo, en aceptar la voluntad del yerno sin protestas. Les hubiera gustado casar a la hija como todo el mundo. Pero aceptaron hacerlo todo lo privadamente y como de pasada que Martín quiso. María no se preocupó gran cosa de su boda. De alguna manera lo que venía después, la vida entera con Martín, era más visible e inmediata que la inmediata ceremonia. En esto María se apartó de su habitual entusiasmo por cada cosa y cada día para considerar su boda como un trámite. Le influyó en esto la opinión de Martín, quien dijo aborrecer toda ceremonia en nombre de un acceso directo y verdadero a cada cosa en sí misma. El verdadero amor no requería ceremonias.

Lo ceremonioso era tan solo lo socializado que quiere hacerse pasar por metafísico. Las frases de Martín eran todas así, como esta última frase, que María recordaba mientras iba a probarse el traje de novia y otras cosas que se había encargado. La intensidad verbal de esas frases era muy superior a su capacidad de designar cosas o asuntos. A veces María tenía la impresión de que todos los asuntos perdían importancia al formularlos Martín con sus brillantes frases. Así había sido con la boda. Celebrarla como Martín quería estaba bien. A María le hubiera disgustado una celebración aparatosa. Pero sus padres –y sobre todo su madre– tuvieron que esforzarse mucho para entender las razones de la no-celebración en que la boda iba a consistir. María se dio cuenta de inmediato que para sus padres aquel modo casual que Martín requería resultaba casi incomprensible. Martín no se vio obligado a discutir con ellos. María transmitió fielmente su opinión. Fue necesario, para ajustarse a esa opinión, ir descendiendo gradualmente desde la boda de unos cien invitados, a la boda de solo los amigos íntimos y la familia, a la boda de solo la familia, incluidos los primos y acaso algún amigo hasta llegar a la boda que por fin iba a celebrarse solo con la presencia de las tías de Martín, los padres de María, Gonzalito, Virginia y el aña Rosi. Sus padres cedieron consternados. Era una rareza: de ahí no había manera de sacarlos. Era como casarse de penalti. María trató de hacerles ver que, no siendo ese el caso, el hecho de que pudiera parecérselo a la gente, tenía gracia. Era verdad que tenía gracia. Martín lo había subrayado varias veces. No era, desde luego, un tipo de gracia que a María le divirtiera especialmente. Implicaba una actitud reflexionante con la que María no acababa de simpatizar. «La gente es estúpida. Déjales que piensen mal y se equivoquen. Les tomaremos el pelo a todos», había dicho Martín. María no estaba segura de que mereciera la pena tomar el pelo a nadie. Trató de ver el aspecto más positivamente claro del asunto: era un gesto de independencia mediante el cual su matrimonio se enfilaba hacia una vida de autenticidades. Estaba bien. Sus padres no veían la gracia porque para ellos –incluso descontando lo del penalti– una boda sin gente –y precisamente esta boda, la de su hija– les ponía melancólicos. Por grande que fuera el júbilo íntimo de los contrayentes, iba a ser para los simples asistentes y testigos un acontecimiento un poco inverosímil.

María veía con toda claridad este aspecto: esta apariencia de inverosimilitud que confiere el mero hecho de no hacer lo que hace todo el mundo –o toda la clase social a que uno pertenece–, incluso a los acontecimientos más reales y menos sospechosos: una repentina irrealidad: una inverosimilitud de frases hiperbólicas: exageraciones que turban la serenidad incluso de lo más verdadero. «Hay que no parecer lo que se es. Solo así la vida acabará pareciéndonos real», decía Martín. Eran sus frases. Incluso ahora que, como él mismo decía, toda ironía había sido anegada por el júbilo, sus frases rebotaban instantáneas en todas las cosas cotidianas como el quiebro veloz de los vencejos ante una pared blanca. Que las ceremonias fueran socializaciones con pujos metafísicos le parecía a María una instantánea verbal que rebotaba en la superficie concreta de su próxima boda sin hundirse en el acontecimiento y designándole solo por los pelos. Por otra parte, no había nada que pensar: ya estaba decidido: sus padres lo habían aceptado: iba a hacerse a gusto de Martín. Y así se hizo.

Fue un trámite. Fue visto y no visto: un signo sensible y, por un instante, la gigantesca solemnidad de prometerse el amor que se tenían para siempre. Todo era inesencial, en efecto: Martín había tenido toda la razón en sustraerse a la rutina de lo acostumbrado en semejantes casos. Lo único esencial fue la promesa y su solemne –jubiloso, sin duda, pero también severo– «para siempre». «Hasta que la muerte nos separe», repitió María para sus adentros: era la vida ya sumada y acabada en el mismo instante en que la iban a empezar. Todos los asistentes lloraron un poquito, menos el aña Rosi, que miraba fijamente al frente y a lo lejos como si estuviera viendo ya el final y siendo testigo de la felicidad y prosperidad del nuevo matrimonio. Almorzaron en el jardín, en la terraza, iluminados por el amistoso sol de mayo. Se marcharon de viaje aquella misma tarde. Un pequeño viaje por España, menos de una semana. Regresaron directamente al nuevo piso. Y Martín comenzó a escribir *Viaje de novios.*

Envió *Viaje de novios* al premio Nadal de aquel año. Escribió contra sí mismo. Se dijo a sí mismo –y era un resumen de todo lo anterior que era a la vez un gran epitalamio–: «En esta narración brillan las cosas y el narrador no pone nada en duda: está seguro de la belleza de este mundo y así lo dice llanamente. La conciencia del narrador es, ante todo, conciencia de las cosas y solo después y, como de pasada, conciencia refleja de sí misma. De aquí se sigue una nueva manera de sentir y de escribir. Mi nuevo estilo. Mi nueva novela expresa el júbilo de mi nuevo corazón y de mi nueva vida y de mi nueva casa: todo ha comenzado para siempre. Tal vez mi carácter no coincida del todo con el júbilo de toda esta novedad. Pero yo he decidido ser el dueño de mi carácter para que mi carácter no sea mi destino. He decidido mi destino jubiloso. He preparado mi alma, he vuelto a la niñez de los olivos y del campo de mi tierra y a la niñez, aún más sencilla, de querer ser amado por quien amo. He recibido el premio a todos mis esfuerzos. Y un lado de ese premio, una parte colateral de toda la gracia ha sido la gracia de poder escribir de otra manera y como nunca: voy a ganar el Nadal y así podré dejar la facultad y dedicarme solo a la literatura. Es imposible –sería absurdo– que ocurra lo contrario.» Martín se sintió feliz y enamorado durante todos los meses –unos ocho– que duró la composición de su novela. Finalmente envió el manuscrito a Barcelona. Pausa. Solo se trataba ya de esperar el día de Reyes. Los Reyes Magos iban a venir con lo contrario de lo absurdo: con el premio y la confirmación definitiva de la categoría literaria de Martín. Así las cosas, era imposible no vivir pendiente de esa fecha. Y María y Martín vivieron pendientes de esa fecha, envolviendo ya de paso en su esperanza luminosa a Gonzalito y a Virginia y a todos los demás. El tiempo transcurrió muy lentamente y transcurrió, a la vez, de golpe. De pronto ya en enero de aquel año, de pronto el cinco y de pronto la noche del Nadal, la explosión del ser ya... y el fracaso. *Viaje de novios* no ganó el Nadal y no figuró ni siquiera entre las novelas finalistas.

Fue un golpe seco. Sin consecuencias inmediatas. En cierto modo, Martín no se inmutó. Acusó el golpe silenciosamente. Su silencio inundó el piso, como desfigura una inundación las calles y las casas y las tiendas del pueblo junto al río. La presencia del agua extraña más al imaginarla, cerrando los ojos, que al luchar con ella para cruzar la plaza e ir al mercado. Así el silencio de Martín retumbaba en la imaginación de María sin cesar, aligerando el sueño y volviendo insignificantes todas las tareas insignificantes de la vida diaria. «Si gano me llamarán por teléfono. Tienen mi dirección y mi teléfono», había dicho Martín. Fue imposible no esperar esa llamada. Fue imposible fingir que ambos iban a aceptar deportivamente el resultado fuese cual fuese. Para comportarse con deportividad hace falta que el deporte sea un juego libre y que los jugadores jueguen con libertad para perder. Es como si el perder lo fuera todo y fuera el único posible resultado. Y el ganar un quiebro milimétrico, un guiño de la suerte enamorada de la audacia, una momentánea, imaginaria casi, suspensión del verdadero resultado y del tiempo. Martín no contaba con perder. No había pensado en ello. No había imaginado nada negativo al mecanografiar su manuscrito, ajustando con cada folio cuatro calcos que se iban machacando hasta volverse maravillosamente inservibles, ni al empaquetar los ejemplares requeridos por las «Bases», ni al enviarlos por correo... Jamás contó con que de toda aquella complicada acción que se inició al ocurrírsele su libro y acabó de madrugada el seis de enero de aquel año pudiera no surtir efecto externo alguno. Al no ganar el premio, todas las actividades que conducían a ganarlo quedaron, en efecto, sin efecto. Y la falta de efecto devaluó toda la previa actividad. No ganar significaba que nada había ocurrido. Sus vidas no quedaban así modificadas. No había que hacer nada especial. Ni llamar a nadie por teléfono, ni tomar ninguna decisión, ni aplazar nada, ni adelantar nada, ni alterar en nada la rutina. No había ninguna novedad. De haber ganado hubiera habido por lo menos una novedad en todas las librerías de España. Lo único apropiado pareció ser de pronto no hacer referencia a lo no-ocurrido. Porque ¿no era verdad que no ganar es una manera de no ser? El silencioso golpe del teléfono que no llegó a sonar aquella madrugada pareció requerir de Martín todo el silencio que podría guardar e incluso más. Martín, pues, guardó silencio y su silencio los inundó a los dos hasta que María, haciendo un esfuerzo por sonar despreocupada, dijo la primera bobada de esa noche: «Esos estúpidos no han entendido tu novela.» Martín tardó en contestar un buen rato –tal vez varios minutos–, luego, sin mirar a María, respondió: «Te equivocas. La han entendido y no les ha gustado. Esa novela es un grave error.» María tuvo en aquel momento la sensación de que la inmensa riada de silencio bajaba de nivel: ya alcanzaba a ver la nitidez del empedrado de las callejuelas y de los gatos reposados que están tomando el sol. Si el silencio cedía, la gravedad del caso cedería. Pero María se confundió esta vez. Una vez roto, el silencio hecho añicos recubrió todas las conversaciones de aquella temporada. Ahora el silencio en vez de ser total se había fragmentado, como cristalillos, y se intercalaba entre las frases, entre rato y rato de conversación, entre ir y venir de un sitio a otro, entre los dos como un delito inconfesado. Todas las frases que entrecortadas y discontinuas había ahora entre ellos se referían al premio no ganado y eran como islotes o puntos de relleno en el gran océano vacío del silencio total que, al verse roto, se volvía contra sus infractores deseoso de venganza. ¿Debió María no romper ella misma, la primera, el silencio total y, por lo tanto, respetarlo? O, al contrario, ¿hizo bien rompiéndolo con lo primero que se le ocurrió, una simple tontería, con un vulgar consuelo? ¿Deben los consuelos ser siempre extraordinarios y jamás vulgares? María daba vueltas y más vueltas sin salir de dudas. Era imposible salir de dudas por sí sola. Y Martín no tenía, al parecer, ninguna duda (por lo tanto, no estaba en condiciones de sacar de dudas a María): para Martín ahora estaba todo claro: *Viaje de novios* era una novela escrita *à contre-cœur*, contra Martín, contra el estilo de Martín, contra todo estilo en general puesto que el estilo es fruto de la singularidad de cada estilista y Martín había escrito contra su propia singularidad, a saber, contra su espontánea actitud reflexionante e irónica. Se había entregado a las delicias de la simplicidad y de lo bienintencionado y de lo jubiloso y de lo lleno y había caído en el vacío: su acción se había desactivado por sí misma y no había dado efecto porque su causa carecía de raíces en Martín. La sensación de felicidad de donde todo había surgido carecía, en Martín, según el propio Martín aseguraba ahora, de fundamento. Si uno es feliz, uno es feliz y uno se calla. Escribir acerca de la felicidad o desde la felicidad no es ni siquiera un gesto audaz, es una simple tontería color rosa que da lugar a detestables prosas poéticas: toda la insulsa prosa del feliz con sus infelices resultados... «Más valía dejarlo», repetía Martín. Y en lugar de dejarlo, hacía una pausa, se abría un silencio brusco y Martín seguía enumerando una parte y otra y otra de aquella totalidad innumerable del no haber su meticulosa y prolongada acción causado efecto. Era terrible. Y era, a la vez, ridículo. Martín descubrió entonces las múltiples delicias del saber que se está haciendo el ridículo al mismo tiempo que uno hace el ridículo. Y la delicia de haberse equivocado. Y la de haber perdido y la de saber que todo esto se sabe y que solo de verdad lo sabe quien pierde porque se equivoca y porque hace el ridículo y lo sabe y saberlo es un estar sabiéndolo que se reanuda al despertarnos y que anuda el día con la noche en una misma configuración –una especie de tapiz monótono que acalla todo movimiento exterior, todo ruido, toda voz humana que no sea la propia, todo riesgo inoportuno que acaso era, en sí mismo, una oportunidad para dejar de ver a todas horas la configuración configurada, repleta de delicias, suplicios y metáforas, de un yo que existe porque si se burla de sí mismo, existe...

Martín sentía, renovadas, las fuerzas de todo el existir que había precedido a la felicidad y a la grave tentación de hablar de ella a la vez que se siente. Porque el caso era que Martín se había sentido feliz –era, de hecho, sumamente feliz en toda la extensión de su dichoso matrimonio–. Y el caso era –para enfatizar aún más la paradoja– que, incluso ahora que había renunciado a la estética de la felicidad, seguía siendo y sabiéndose feliz e imaginando hipótesis estilísticas que permitieran decir «soy feliz» –o cosa que lo valga– sin resultar banal el enunciado ni dejar a quien lo enuncie en ridículo. ¿Era posible imaginar una frase que contuviera todo lo que contiene «soy feliz» y que a la vez contuviera «toda frase que contenga "soy feliz" es banal»? Sin embargo, cada día que pasaba Martín se sentía menos dispuesto a formular esta clase de hipótesis o a poner a prueba por escrito la elocuencia de la felicidad. «Quien es feliz», pensaba, «tal vez desee o necesite decírselo a sí mismo, igual que quien se toma la temperatura o se examina la lengua en el espejo del baño. Son intimidades que carecen de toda notación de intimidad. No denotan nada singular. Solo denotan lo común de la manera más común. Y está bien que así sea: de lo contrario lo común sería incomprensible. Lo cual es absurdo. El hecho de que nuestras intimidades (ser feliz, sentirse febril o tener la lengua sucia) sean individuales no quita para que no sean comunes. De lo individual a lo común solo hay un paso y es numérico. Lo contrario de lo común no es lo individual sino lo singular: nuestras intimidades son comunes (de hecho suelen ser vulgaridades), solo nuestras singularidades de verdad nos separan de cualquiera y gracias a no ser uno cualquiera puede uno ver y, sobre todo, decir qué es y qué no es singular en cada cosa. Y de aquí hay que partir: de la singularidad acentuada por la reflexión y un perpetuo estado de alerta enunciativa: eso es el estilo. Y ese fue el estilo del cual abjuré yo por error al tratar de hablar de mis intimidades. Está claro.» Estaba claro pero dejaba curiosamente ensombrecido todo el panorama de su nueva vida. Vivir casado con María le hacía propietario de una felicidad sobreentendida. Y sucedía que lo sobreentendido aquí no solo era un supuesto cuyo análisis se pospone, sino un poder real, un hecho poderoso y cotidiano, que cada día se le daba y del que cada día, sin querer, gozaba. Martín gozaba realmente del poder de estar pudiendo ser feliz.

De tal manera que estar siéndolo era un sobreentendido que para no ser mencionado requería no solo no hablar de ello sino además negar que era lo que era. Martín tenía que negar que la felicidad era felicidad y, como negarlo era imposible –o ridículo–, tuvo que acabar negando que sentirse feliz fuera un sentimiento placentero. Se sentía feliz pero se sentía disgustado: la singularidad quedaba así garantizada. Martín comenzó a considerarse enfermo. Pero no enfermo de una enfermedad –Martín tenía una salud de hierro y no padecía ni catarros– sino, sencillamente, enfermo del disgusto. Y primero se volvió un poco más difícil de lo que ya era antes de casarse. Fue fácil: solo tuvo que acentuarse un poco cada vez que se ponía difícil o que cualquier cosa se le ponía difícil. Así se le puso difícil, por ejemplo, traer un sueldo a casa.

Martín traía a casa cada mes su inverosímil sueldo de auxiliar de cátedra de Teología Natural de la Complutense y a eso añadía, cada mes, el pico de la herencia de sus padres cuya primera mitad invirtió en el piso. La segunda mitad se deshacía a la velocidad de la luz –solo que a la vez con esa calma chicha de lo poco que va dando de sí hasta que empiezan a padecerse privaciones–. María y Martín aún no habían tenido que privarse de nada en especial. Lo poco que tenían –que gastaban– era suficiente. Pero sus insuficiencias, no por no sentirse de momento, dejaban de ser obvias. Lo más obvio era que al nacer el niño –María se había quedado embarazada– lo poco resultaría demasiado poco. Entonces comenzarían las privaciones. María sugirió: «Me colocaré de secretaria. Sé escribir a máquina y soy lista. Y tengo buena pinta. Estoy segura de que voy a ser una secretaria impagable.» Era una sugerencia absurda. Además, el bebé requeriría los cuidados de una madre, o de alguien. Y si había que pagar a alguien un sueldo, ¿de qué valía el sueldo de una secretaria? Martín dijo: «Haré yo oposiciones. Es un buen momento. He visto los temas y sé que los sé, incluidos los temitas de relleno o de moda. Estoy seguro de que puedo sacar una cátedra de instituto en un año, aunque tal vez no en Madrid o cerca de Madrid.» María dijo: «Me da igual Madrid que las quimbambas. Y la verdad es que ser la señora del catedrático de Filosofía de un instituto aún sin acabar de construir y en las quimbambas me parece ya la perfección. A mí vendrían a verme las mamás de todo niño incapaz de sacramentos y yo, finísima, las convidaría a café con leche y tal vez polvorones y discutiría con ellas los problemas del adolescente en las provincias agrarias.» Los dos se divirtieron con la broma de las tertulias de María en Mataporquera o en Cambados (Pontevedra) o en Chinchilla, de donde proceden los mejores abrigos de eso mismo. O en Gerona, con un cerrado acento catalán y estupendos aperitivos de salchichón de Vic los días festivos, cuando Martín volviera del casino hacia las dos o dos y media de la tarde. Y María haría un gasto extravagante en batas de percal y en alpargatas de tacón de coja... Eso en verano, y en invierno encenderían la chimenea porque no vivirían en un piso sino en una casita, como de guardagujas, justo en las afueras de Tuy o de Brazatortas que, por cierto, solo quedaría a dos o tres kilómetros de la puerta del instituto recién inaugurado, feo como él solo, donde no habría siquiera un mal laboratorio para que la catedrática de Química –que haría grandes amistades con María– hiciera experimentos malolientes con mucha bata blanca y mucho arrastre de los pies helados de los niños de quinto, porque aún no habría calefacción y todos se helarían y María y Martín y su bebé traído y llevado en una especie de paquete con solo la puntita de la nariz, color azul, visible, se helarían aún más que los demás porque la chimenea de la casa del previo guardagujas tendría costras inmensamente negras de hollines de inviernos ya olvidados y, por lo tanto, todos ellos juntos, los catedráticos y las catedráticas y sus legítimas e incluso ilegítimas esposas se reunirían por las tardes en el único café de aquella población de las quimbambas y beberían cafés con leche ardiendo en vasos grandes y copitas de pacharán y de orujo y de Licor 43 hablando todos mucho y a la vez de lo malísimamente mal que estaban... Y eso sería la felicidad, ¿qué duda cabe? A María no le cupo –durante todo el tiempo que Martín habló de hacer la oposición– la menor duda. Ambos se divirtieron con aquello y se reían sin reservas y se querían sin reservas. La única dificultad surgió al final –porque de pronto hubo un final, inesperado, al menos, por María– y consistió en decir Martín que toda aquella risa y todas las estampas provincianas de catedráticos y catedráticas, cárdenos de fríos pedagógicos, anónimos, eran «costumbrismo» de la peor especie. Lo individual-común ensalzado por los más comunes en el coro final de una zarzuela con Martín de tenor y María de contralto a dúo y el niñín en medio de los dos en su serón de limpia paja como el Niño Jesús y san José y la Virgen Madre todos haciendo a grito limpio las delicias de un público que no lee, por no leer, ni el periódico, el público mortal de una España en paz que viaja en tren-botijo y aspira a tener un Seat 600... Fue tan repentino aquel final, tan empotrado en un instante, en el instante de la felicidad de aquel proyecto, que María se sobresaltó. ¿Qué tendría que ver el costumbrismo con la felicidad y ambas cosas con ambos? Martín dijo –suspendiendo todo buen humor y adoptando su aire más difícil, un aire pensativo con ese fondo de gran intensidad de un investigador que ha estado investigando un cierto asunto y que de pronto sale del despacho y expone a su mujer, a título provisional, varias conclusiones–: «Mira, todo esto es gracioso por lo muy inverosímil que resulta vernos metidos de hoz y coz en ello. Ni los institutos son como tú crees, ni las provincias españolas son encantadoras, ni hacer oposiciones tiene gracia alguna. Todo eso tiene gracia solo porque no nos haría ninguna gracia si tú y yo tuviéramos que hacerlo. Mi punto de vista acerca de este asunto tiene –y perdona que insista tanto en esto– dos partes: primero: el estado de cosas que, descrito, nos divierte no existe. Segundo: caso de existir y hallarnos en él, o bien seríamos felices a costa de vulgarizarnos para siempre, o bien seríamos infelices –yo, por lo menos– y de esa infelicidad no se seguiría obra ninguna –literaria, quiero decir– sino la pura pérdida del precioso tiempo limitado de que dispone cada cual para escribir. María, piénsalo bien, ¿no es verdad que nos reíamos tanto porque ya de entrada sobreentendimos ambos, sin llegar a explicitarlo verbalmente, que todo eso es absurdo?» María dijo: «Hemos exagerado mucho, desde luego, sobre todo yo. Tal vez no sean así las cosas y, además, sea absurdo hacer oposiciones y, además, yo no te veo de filósofo sino de escritor o, en todo caso, de escritor-filósofo... Lo único que no es absurdo y ni siquiera inverosímil, ni siquiera un poquito inverosímil, es decir que seríamos felices *también* haciendo eso, porque nos queremos y eso da certeza a la felicidad en todas partes. La felicidad no es inverosímil ni absurda porque la tenemos ya y nos gusta, es estupenda, ¿sí o no?» Martín dijo que sí. Estaban en el cuarto de estar del piso nuevo. Estaba todo bien. Para Martín, sin embargo, decir que sí fue una salida y no un asentimiento. Estaba claro: María tenía que ser dejada al margen de su gran pasión de ser un escritor. Sería feliz, se lavaría los dientes, sería considerado con sus suegros, pero se sentiría siempre disgustado porque si llegara a sentirse por completo a gusto jamás llegaría a escribir bien. Esta conversación fue el final que suspendió la oposición *sine die.* Todo lo demás que aún quedaba en vilo (lo del *modus vivendi* del joven matrimonio, junto con el *modus operandi* del joven escritor) se resolvió gracias a los suegros, quienes, gracias a Gonzalito, tuvieron la ocurrencia de ingresar un tanto al mes –una cierta cifra digna y respetable– en la cuenta conjunta de ambos cónyuges. Ahora podía ya venir el niño y Martín volverse un escritor del todo.

Martín pensó que había estado magnífico. También sus suegros lo pensaron. Y también Gonzalito. Y también María. Aceptar lo ofrecido tuvo toda la magnificencia de «el magnífico» de la *Ética a Nicómaco.* Aceptar no solo fue lo lógico –y, por lo demás, la única solución posible– sino que también fue lo elegante. Los suegros dieron a entender que la elegancia de Martín al aceptar su oferta los había dejado gratamente atónitos –aunque, por supuesto, con esa elegancia contaban ya en líneas generales siendo Martín, como era, en todo, una persona de una gran sensibilidad y de talento.

Martín aceptó que sus suegros le ayudaran, sin entrar en detalles. Este no entrar en detalles que por parte de sus suegros se llevó a cabo con toda naturalidad –al fin y al cabo, solo se trataba de dejar dada la orden en el banco–, para Martín supuso todo un *no entrar,* una acción que, durante días y días, durante todo el primer año, por lo menos, tuvo que mantener en acto: tuvo que ejercer el acto de negar que los detalles, las detalladas consecuencias, de aquella transferencia bancaria tuvieran la más mínima importancia. Es difícil elidir u omitir ciertas cosas. Es difícil sentirse como, por ejemplo, como Martín se sentía ahora, sin agobios económicos y aceptar que eso es lo normal. Uno se acostumbra a las situaciones más extrañas –es la inmensa fuerza de la habituación, de la costumbre–, pero Martín era –por decirlo de algún modo– un profesional de las extrañezas (su método narrativo consistía en gran parte en reseñar los lados inopinados de todo sentirse en general humano), por consiguiente para no sentirse raro en una situación un poco rara para un hombre de su edad, y sus modestos orígenes, tuvo que negarse a darse cuenta de que se estaba dando cuenta de que su situación era algo rara. Normal –puesto que los padres de María eran gente de dinero y era normal que no desearan ver pasar apuros a su hija– pero rara, porque lo normal es que un marido lleve un sueldo a casa, salvo que el marido, él mismo, sea el rico. Es cierto que todo ello en conjunto era insignificante. ¿Qué más daba lo uno que lo otro? Daba igual, en efecto, pero ¿daba igual que Martín hiciera como que le daba igual? Porque lo que estaba, sin ninguna duda, claro era que Martín tenía que hacer algo al dejar de hacer algo. Era, pues, un cierto torcimiento de su actitud general ante la vida. Es curioso que este galimatías del *hacer para no hacer,* que era el clásico galimatías que a Martín en otras circunstancias, o con referencia a otras personas, le hubiera detenido largo tiempo –un par de folios, digamos– no le inspirara ni una sola línea. Siguió dando clases en la facultad y empezó una serie de relatos cortos cuyo tema iba a ser la selva oscura de Dante puesta al día y aplicada al caso de un narrador que no es Martín y es Martín. Ser y no ser: todo el secreto es no tomar jamás la alternativa. Martín pensaba ahora –haciendo, para su capote, un chiste fácil– que todo escribir es copulativo. Esto y aquello y aquello otro y todo lo demás hasta nunca más volver a sentir el chasco del súbito fracaso consiguiente a comprometerse con una sola cosa, por óptima que sea. Comprometerse –añadía Martín, sumamente copulativo ya en todo, por nimio que fuese– estilísticamente. Estilísticamente todo es en castellano i griega. Finalidad sin fin de todo texto. Y, por lo tanto, el desentenderse de que sus suegros estuvieran manteniendo a su familia era, a lo sumo, un detalle que se añade a un texto donde se habla de muchísimas otras cosas, de tantas cosas, de hecho, que ningún detalle tiene, por sí mismo, ninguna última importancia: no hay últimos detalles, no hay paradas: seguir se sigue de seguir y lo único coherente es la expresión «y así seguido» hasta que la muerte, por ejemplo, para todo. Un paro accidental que el escritor verdaderamente serio no tendrá jamás reparo de hacer como si no llegara nunca... y nunca llega porque, como todos sabemos, no es a mí a quien me llega, solo a mis allegados les llegará la noticia de que no sigo escribiendo. Martín se sentía ahora monótonamente heroico, con el heroísmo infinitesimal de todos los escritores que admiraba, empezando por Kafka, empezando por Proust, empezando –¿por quién va uno a empezar, si no?– por él mismo...

De la ebriedad de todas las íes griegas correspondientes al seguir y seguir de su nueva manera de seguir escribiendo, le vino una cierta sequedad –una especie de tic– que acentuó sus finos y secos rasgos de escritor moreno y español. Martín ahora tenía realmente un gran aspecto, una noble cabeza, fina y acusada que denotaba toda la agudeza y arte de su ingenio filosófico-literario pero, sobre todo, literario. De entre todos los detalles que Martín omitió al no entrar en detalles, hubo uno –la intervención de Gonzalito– muy curioso. Fue Gonzalito quien, en concreto, dijo en casa que había que pasar a María y a Martín un tanto al mes y que había que hacerlo a partir ya de aquel mismo mes en que lo hablaban. Se hizo lo que Gonzalito dijo. María se lo agradeció mucho. Y entre los dos decidieron que más valía no contarle a Martín cómo había ocurrido todo. Tampoco ellos entraron en detalles aunque no entrar, en su caso, fue más bien delicadeza que falta de atención a los detalles.

Gonzalo era un gran detalle, todo un detalle, tanto por sí mismo como por la importancia que tenía en la vida de María. Gonzalito era el detalle borroso que Martín había percibido en toda su borrosidad a los pocos días de conocer a María y acerca del cual aún no tenía ninguna decisión tomada. Pero ¿es que había que tomar alguna decisión? Tal vez sea suficiente con tomar a las personas tal y como son –o tal y como vienen todas– sin tomar decisiones especiales. Martín tenía, sin embargo, que decidir, acerca del hermano de su novia, si la admiración que este manifestaba por Martín era aceptable o inaceptable. Sentirse admirado –por no decir idolatrado– hace que tengamos que hacer algo decisivo con nuestro admirador. Tal vez lo único decisivo sea no dar importancia a la admiración misma y considerar que es una exageración, un culto que no nos merecemos. Lo malo de Martín era que a la vez se daba cuenta de que Gonzalo le admiraba y no se daba cuenta de Gonzalo. Sentía la admiración como un efecto incausado, como una cadencia musical que de pronto nos inunda en plena calle.

Gonzalito estaba en plena calle ahora. Era una emoción especial, incomparablemente más satisfactoria que la de hallarse en pleno campo. Madrid tenía para Gonzalo, ya a partir del atardecer y hasta la madrugada, hasta los bordes de los amaneceres de todas las estaciones, el encanto de un deslizamiento. Pasearse era deslizarse. Una sensación que solo se tenía por las noches... Ir deslizándose por Madrid por las noches... Gonzalo repitió mentalmente la imagen que sugería el «por». «Por» era mejor que «a través de». Era como si la expresión tuviera que ser ella misma atravesada al usarla. «Por», en cambio, era puro desliz. Yendo por Madrid Gonzalo se sentía equivalente a una larga frase musical. Una melodía no del todo pronunciada que contenía todo el corazón, uno por uno todos los deseos de su corazón sin olvidar ninguno ni llegar del todo a formular ninguno. Así era la música. Cualquier música era así. El corazón se alzaba y se volvía pleamar sin que tuviera que decirse nada. Para Gonzalo la música era el arte más perfecto porque la música anegaba toda delimitación, todo concepto. Era el deseo formulado sin fórmulas un informulado formulado que, de algún modo, aun siendo temporal, volvía insustancial lo temporal. Gonzalito estaba persuadido de que oyendo música se producía en la conciencia –o, al menos, en la suya– un continuo ascenso sin descenso. Todas las melodías van a más. No paran nunca de subir. No hay paradas. La conciencia musical no acaba nunca. Todo lo cual –añadía Gonzalito de mala gana– es falso, porque, de hecho, uno desciende. Este bajar de todo lo que sube tenía un curioso acento reflexivo. Con la música subir es un infinitivo irreflexivo. Todo bajar es bajarse. Todo esto constituía su sistema. A Gonzalito le gustaba imaginarse que sus pensamientos constituían un sistema que, algún día, tal vez no muy lejano, expresaría por escrito. Sería un largo ensayo titulado o bien *El sistema ascendente* o bien *El sistema de la música.* Y consistiría en una descripción cuidadosa y en un análisis de las paradojas de la música: la paradoja de lo formulado informulado y la del perpetuo ascenso sin descenso. Era gracioso, era sumamente musical, todo este pasearse por la noche por Madrid imaginándose que componía un sistema filosófico más original y mucho más completo que todos los sistemas filosóficos anteriores. La clase de filosofía que se escribe depende de la clase de hombre que se es. Y Gonzalito se consideraba un hombre musical. La música ferviente de su corazón y la música de las esferas y la música callejera y toda clase de música clásica y no clásica se reducían a lo mismo: música era todo. Y no hacía falta saber música o escuchar ninguna música o aprender a tocar ni siquiera un poco la bandurria: «Música es el movimiento ilimitadamente ascendente de mi corazón transfigurado por las calles.» ¡Toma ya! Esta definición acababa de ocurrírsele a Gonzalo sin hacer el más mínimo esfuerzo: esta definición era, evidentemente, parte del ascenso: la parte, la pequeña parte, que por fuerza tenía que decirse porque resulta imposible escribir y a la vez no decir nada. Se dan casos, pero en el fondo es un imposible, con unos cuantos casos de ensayistas excepcionalmente imbéciles que confirman la regla. Gonzalito no iba a ser un ensayista imbécil: por eso, una parte del ascenso silencioso de la música de todo el corazón enamorado a solas por Madrid tenía que ser lengua: una parte de la música hacíase lenguas de sí misma mediante la lengua española del sujeto musical de carne y hueso. Ser este sujeto resultaba infaliblemente fascinante. Los héroes de Gonzalo eran filósofos que a la vez eran músicos que a la vez eran sumamente guapos. Todo y todos tenían que ser o «sumamente» lo que fueran o nada. La nada era mil veces preferible al medio pelo. Y casi todo el mundo, a ojos de Gonzalo, era de medio pelo, o lo que es lo mismo, imperfectamente musical, inguapo. Gonzalito había inventado esta expresión, «inguapo», para designar a toda la inmensa masa de quienes no pudiendo ser llamados feos o imbéciles no alcanzan, sin embargo, la suma condición de ser músicos, es decir, guapos. En este momento, un inguapo de su edad le pidió fuego. Gonzalo no fumaba. El inguapo era –característicamente– un insoportable pegahebrista. Gonzalo pensó que aquel inguapo era un caso ejemplar. Lo suyo era no dar conversación, lo suyo era no-no dar conversación; negando así la negación podía Gonzalo mantenerse en vilo y examinar su ejemplo sin dar la impresión de que tenía en realidad, necesidad de hablar con alguien. Se hallaban casi ya en Atocha, bajando por el lado del Jardín Botánico. A Gonzalo le gustaba sentarse algunas noches en esos bancos de piedra siempre escalofriada. ¿Qué hacer con este pelma? Ahora Gonzalito había dejado de desear observar un caso típico de inguapo. Ahora deseaba que se fuera. Ahora quería sentarse en la honda piedra lamida de los bancos nocturnos del Botánico y estirar las piernas y mirar al cielo –un leve firmamento mentolado con islotes de nubes muy redondas–. Ahora deseaba sumirse nuevamente en la gran música del cielo anochecido, inmanente y ligero como los andantes de las nuevas sinfonías filosóficas que compondría Gonzalo en breve. En breve: «Yo me quedo aquí. Adiós.» Gonzalo se había parado en seco y el chico le miraba con sus redondos y oscuros ojos de perrillo. «Perdona. Me voy, si te molesto.» «No me molestas. Pero vete. Ahora tengo que estar solo.» «Como quieras» –el chico ya se iba, volviendo al irse la cabeza como si sintiera tener que irse–. Gonzalo pensó minuciosamente: «No era necesario echarle así. Pero tenía que echarle de algún modo. Y la verdad es que no hay ningún echar a alguien donde el modo peor no sea el mejor.» Se sintió encantado con su alambicada frase negativa: el mejor, el peor: interesante. ¡Era todo tan interesante! El interés es el brillo especial que para el ascendente cobra lo de abajo. Solo nos interesa lo que vamos perdiendo ya de vista: otra frase. Musical también. La música absoluta de todo aquel fraseo, de todo aquel puro deslizarse ebrio por Madrid. Ebrio: a esto había que llegar. Gonzalo tuvo que decirse ahora, musitarlo, estirando sus largas piernas repentinamente de un tirón a la vez que alzaba la mirada al cielo entrecortado por el transcurso de las nubes: las anfetaminas. Este era el asunto: ahora Gonzalito entraba, como la luna, en la delicada fase de su mengua. Ascender sin descender, formular sin formular, ser y no ser con idéntico aplomo y entusiasmo solo se lograba –esa era la verdad– tomando veinte simpatinas y no comiendo apenas nada en todo el día. Era, por lo tanto, un estado artificial del ánimo. Un truco. Una trampa. Un truco no es lo mismo que una trampa, porque un truco es un recurso y una trampa un engaño: Gonzalo se dijo a sí mismo, en aquel momento, que tomando tanta anfetamina no engañaba a nadie: todo lo que hacía era recurrir a la única posible clase de embriaguez inteligente: solo tomando simpatina tenía sentido hablar o vivir con *sobria ebrietas.*

En aquel mismo momento Virginia dejó de mirar a sus vecinos de mesa, miró a su acompañante fijamente y sintió la embriaguez de toda su gana de levantarse de la mesa y dejarle ahí plantado, con su carita de bombón de licor y sus modales impecables. «¡Pobre Rodrigo Arriola y pobre yo, que no le deseo ningún mal pero tampoco ningún bien, porque lo único que deseo es ya largarme porque este Arriola me aburre con un aburrimiento de ostra envenenada, porque no tengo nada que decirle, porque no tiene nada que decirme, porque para qué diré que sí cada vez que me preguntan que si quiero salir con ellos a cenar, si es que ni quiero ni dejo de querer porque todos me dan igual lo mismo exactamente, porque estoy harta de este sitio cutre y de este musiqueo a base de un pianista y un violista y un violoncelista y una vicetiple o lo que sea la voz de la lagarta encorsetada esa, que ahora no lo sé ni nunca lo sabré porque me da todo lo mismo...!» Esta corriente de conciencia era tan injusta que Virginia volvió a sentirse avergonzada y contempló a Rodrigo Arriola aún con más fijeza. Arriola pellizcó nerviosamente su bollito de pan y dijo: «Yo te considero una intelectual, Virginia, como mi madre, que escribió un libro de poesías muy en la línea de Gabriela Mistral, ya sabes, cuando aún era muy joven, y ahora está agotada la edición y nunca más ha vuelto a enseñar a nadie lo que escribe.

Dice que prefiere no enseñarlo porque son todo cosas íntimas y seguro que debe ser una pasión que tuvo, ya casada y todo, con uno del Ministerio de Marina que ya debe ser contraalmirante...» «¡Debe ser una mujer maravillosa!», murmuró Virginia sumida ahora en la contemplación de su lenguado meunière que el camarero, con una floritura, acababa de depositar delante de ella. «Mi madre es una intelectual igual que tú. Tenéis las dos la misma clase de sensibilidad para conmigo, o sea, una mezcla de cercanía y lejanía en todos vuestros gestos que, en tu caso particular, Virginia, desde luego es pronunciadísima...» «¿El qué? Perdona.» «¡Que te decía que tus gestos tienen una mezcla de lejanía y cercanía que resulta, en ti, maravillosa...!» Virginia dio un tantarantán al lenguado que reveló los bajos fondos amarillos de una inmensa cantidad de mantequilla. ¡Qué asco! «¡Odio la mantequilla y siempre la he odiado desde que una nurse que tuve de pequeña a quien mis hermanos y yo llamábamos miss Grillo porque estaba completamente turulata se empeñaba en tomar con todo mantequilla y venga mantequilla y mantequilla y mantequilla y ponía mantequilla la muy cabra hasta en los chipirones en su tinta, era una obsesa y encima la salaba y encima untaba el pan con mantequilla con mermelada de frambuesa con lo cual el choque de lo salado y de lo dulce tenía que volver el paladar tarumba aún más tarumba de lo que ella misma estaba, con lo cual yo misma me volví completamente loca y una noche me levanté, fui a la despensa e hice con todas las mantequillas un paquete y lo tiré por la ventana del retrete a un patio, como lo oyes...» «Tienes toda la razón, Virginia. Dice mi madre que solamente en Francia entienden bien las mantequillas. A mi propio lenguado, por ejemplo, no le han puesto suficiente y está toda torrada toda la parte superior, ¿lo ves?» «¡Qué conversación tan sumamente imbécil me estás dando, Rodrigo, perdona, he sido yo quien ha empezado con esta letanía de miss Grillo y de las mantequillas espantosas, perdona, no tienes tú la menor culpa...!» «¡Pero si me encanta, Virginia, pero si me encanta, pero si es que me haces muy feliz hablando así de tu niñez...!» «¡Mi niñez es toda mantequilla y estoy ya hasta las narices...!» «¡Déjalo, si no te gusta no lo tomes, no vale la pena hacer esfuerzos, esta cena es especial, muy especial, Virginia! ¿A que te gusta el sitio?» Virginia estuvo a punto de decir que el sitio era aún peor que todas las mantequillas del planeta juntas. Pero se contuvo. Tenía que esforzarse en ser amable con Rodrigo Arriola, que llevaba ya meses hablando de esta cena. Virginia suspiró y sonrió y Rodrigo Arriola se iluminó como un bancal de margaritas blancas y amarillas al salir de nuevo el sol tras la tormenta. Llevaba enamorado de Virginia más de un año y esta era la primera vez que había logrado convencerla para que cenaran juntos, los dos solos, en el Palace. El comedor estaba casi lleno. Virginia pensó que nunca había cenado en un sitio más absurdo con una persona más absurda que Rodrigo Arriola o un lenguado más absurdo que el lenguado del cual había probado ya dos o tres trocitos. ¡Qué asco de cocina afrancesada! Todas sus relaciones con los chicos acababan así: con una última cena en un comedor grandilocuente y un lenguado amarillento, digno de miss Grillo. ¡Todos los hombres que la habían cortejado, amado, perseguido desesperadamente hasta por fin tenerla sentada en un comedor y enfrentada con un lenguado inmerso en mantequilla, habían acabado por volverse irreales! ¡Menos mal que mañana contaría a María por teléfono con todo lujo de detalles esta cena en el Palace con Rodrigo Arriola! La idea de poder contárselo a María al día siguiente reanimó a Virginia lo bastante para declarar, casi con dulzura: «Está todo estupendo, Rodrigo, de verdad, estupendo... Me encanta estar cenando aquí...» «A mí me gusta mucho. Siempre vengo. Siempre venía con mi madre. Mi madre venía aquí cuando venía de San Sebastián a verme. Yo estaba en el Colegio Mayor y aquí almorzábamos e incluso cenábamos. Recuerdo que a mi madre le gustaba este ambiente variopinto, con este entreverado catalán de hombres de negocios y escritores. A mi madre le encantaba Barcelona y aquí vivían escritores, pasaban temporadas, yo lo entiendo, a mí también me encanta hacer vida de hotel, lo mismo que a mi madre, yendo y viniendo todo el mundo que se siente el pulso de la vida. A veces mi madre se instalaba en una habitación individual con baño con vistas a Neptuno, y se pasaba aquí cuatro y cinco meses y solíamos bajar a merendar a la rotonda y nos pasábamos los dos la tarde entera viendo pasar gente, solo con eso ya nos distraíamos, solo con verles que pasaban con sus grandes llaves de habitación de hotel siempre en mano... Tal vez te estoy aburriendo ya con esto...» «¡Qué va, al contrario, lo estás contando con muchísima gracia!»

Era inútil. Era igual que todas las veces anteriores. Rodrigo Arriola era igual que todos los demás. Todos se esforzaban, todos acababan preguntándole si se aburría con ellos, todos hacían que se sintiera en parte cruel y en parte absurda. Virginia tenía ahora la sensación de que el paso del tiempo se había acelerado prodigiosamente. Ya habían tomado el postre y el café y ya Arriola, que no fumaba, había encendido el pitillo de Virginia y ya se había acabado todo. ¡Menos mal!

Hoy había sido guapo y músico. Todo quedaba en esta frase plegado, reservado y enunciado con toda la altitud y sequedad y brevedad del verdadero pensamiento. Gonzalito no iba a ser un escritor –aunque, por supuesto, alguna cosa tendría que escribir de vez en cuando, aforismos, tal vez, ¡esos admirables pensamientos-pellizco de todos los grandes vitalistas!, o tal vez un diario entrecortado, tumbado y rajado, incluso durante décadas enteras, por la vida, o tal vez algo distinto, un género distinto de todo género filosófico-poético anterior que ni siquiera él mismo escribiría, sino que sería escrito por algunos, unos pocos amigos, los más fieles, uno, dos, tres, cuatro, cinco como mucho, uno de los cuales sería un violinista sumamente joven y muy tímido que tocaría también la flauta dulce en sus reuniones, y que serían los únicos cuatro o, como mucho, cinco testigos del fehaciente «por último» de Gonzalo–: no, no sería escritor porque no escribiría nada: en lugar de escribir, inspiraría a sus amigos. Gonzalito inspiró profundamente ahora. ¡Oh noche cósmicamente respirable! Gonzalito tuvo la impresión –una especie de imagen rapidísima vista-y-no-vista entre un instante y otro, ambos instantes ya anteriores al presente, ya anterior a este y a este y a este (toda la anterioridad suspensa ya en un punto no dotado de ninguna dimensión y que nos quita el hipo), una como imagen donde todo Madrid y toda otra capital del mundo eran una sola capital; este sería el encabezamiento capital de todo lo vivido y, en general, de todo lo real y todo lo posible en una única nota inaudible para el único y último murciélago que se desplomará, muerto, al oírla–: fin: había que poner fin: Gonzalito tenía la impresión de que tenía que poner fin a todo aquel sistema parentético que a la vez que resultaba indeciblemente deleitable (porque Gonzalito tenía intención de demostrar en breve que la más profunda y última estructura de todo deleite y de todo lo dotado, aunque solo sea un instante y por encima, por cualquier clase de delicia, consiste en un parergon de un parergon de un parergon de un parergon de un parergon –toda palabra repetida varias veces debe ser número impar– porque el modelo de todas las delicias es *El jardín de las delicias* del Bosco, cuya enumeración en cuanto actividad de la conciencia del pintor y del vidente no se acaba nunca): solo que ahora tenía que marcharse: Gonzalito quería poner fin porque un sinfín como aquel sinfín de las delicias de la actividad verbal y parentética de su conciencia a las doce y veinticinco de esa noche empezaba a ser una molestia. Bien es cierto que esa misma molestia tenía algo –mucho– de delicia (era como tener la boca seca o una afonía casi total y repentina: decir la palabra «palabra», pongamos por caso, es un martirio, pero a la vez da gusto un poco estar así, ser visto en el estado de casi no poder decir audiblemente la palabra «palabra»), bien es cierto que todo sinfín requiere un fin –un fin cualquiera, el más vulgar– para no ser un puro baile de san Vito con el pensador cambiado bruscamente de peonza a trompa y, por lo tanto, incapacitado para entrar en la pequeña habitación muy sobria de esa casita en las afueras de la capital donde le aguardan para oírle, para verle, cuatro amigos fieles –cuatro o cinco–, bien es cierto –pensó ahora Gonzalito con una inmensa nitidez mental–, «bien es cierto que tengo que irme a casa». Era una cosa facilísima. Todo lo que tenía que hacer era levantarse de aquel sinuoso banco prolongante de la verja del Jardín Botánico, dar unos pasos y situarse al borde de la calzada del Paseo del Prado, mirar hacia Atocha, ver a ver si venía un taxi, pararle, montarse, dar la dirección de su casa y poner fin: lo malo del sinfín de su cabeza era que era lo que era y no parecía posible poner fin: Gonzalito impuso un poco un fin provisional poniéndose de pie y echando a andar, con paso entrecortado, hacia Cibeles. E iba con paso entrecortado porque iba todo lleno de la figuración sin fin de su conciencia y toda figura que pasaba le pasmaba. Todas las oraciones gramaticales se habían vuelto pasivas: su noche había sido hecha toda a tramos como había sido el firmamento previamente surcado por las aborregadas nubes y había ahora ido quedándose limpio de todo blanco y solo respirable y de mentol ligero vivo altísimo y sinfín de todo imaginar estratosférico y aún después aún muchísimo más lejos. El cielo, por consiguiente, era el oscuro y claro parergon de Gonzalo, que estaba ya en la Plaza de Neptuno, de par en par todo a la vez ante las oficinas de Iberia.

Virginia y Arriola habían preferido darse un paseíto en vez de tomar el taxi en la puerta misma del hotel –Rodrigo Arriola no sabía conducir, lo cual le avergonzaba, no obstante ser una tranquilidad para su madre–. Pero Virginia tuvo de repente un tan concentrado ataque de impaciencia que se paró en seco y dijo: «¡Arriola, para un taxi!» Y Rodrigo Arriola estaba ahora ojo avizor justo en la esquina del Palace agitando la mano a todo taxi, libre y no-libre por igual que aparecía en la parte superior de San Jerónimo. Era una estampa muy nocturna de pareja elegante de esos años que ha salido a cenar y ha reñido. Virginia y Arriola no habían reñido porque Arriola no reñía con nadie y porque Virginia era demasiado subitánea, precipitada e impaciente como para entrar y proseguir en su detalle la minucia toda de una riña. Virginia solo se había impacientado: toda la impaciencia de todas las mantequillas y lenguados y misses Grillos y medio-novios y chicos deseosos de agradarla vueltos de pronto extraños, de pronto fue impaciencia y una sola ola omnicomprensiva de no poder soportar a Rodrigo Arriola ni un segundo más. Ni uno más. ¡Taxi, taxi, taxi, ¿dónde se habrán metido todos estos infinitamente inexistentes taxis hoy?! Rodrigo Arriola estaba desolado porque toda su terrible lontananza era no-libre. No hay mujer –pensaba Arriola– y menos una mujer como Virginia, que es casi del calibre de mi madre, que pueda soportar a un hombre incapaz de encontrar taxi. Virginia había decidido no quedarse hecha una pava ahí en la esquina e irse a dar un breve paseíto hasta la esquina próxima mientras Arriola parecía estar diciendo adiós a todo automóvil que pasaba. Virginia se había impacientado porque de pronto pasearse con Arriola y oírle repetir por vez milésima «¿Te gustaría ir a una boîte de unos amigos a que tomemos una copa?», se había vuelto demasiado. En aquel momento vio al chaval alto y rubio y guapo que se había parado a menos de diez metros de Virginia y que era, pero cómo pero cómo pero claro, Gonzalito. Era el propio Gonzalito allí plantado e iba a hablarle. Ya se disponía a saludarle. Se detuvo. No. Tal vez aquello no estuviera nada claro. Tal vez era sumamente raro que Gonzalo apareciese allí a las tantas con aquella extraña pinta de alumbrado. ¿Qué hacía allí a las tantas Gonzalito? Era preferible hacer como si no. Rarísimo. Muy raro. En aquel instante, por fin, un taxi. «¡Gracias a Dios!», musitó Arriola.

Ya estaban en el taxi. Arriola había dado ya la dirección de Virginia. La intimidad del taxi no la intimidaba. Virginia se sentía bien ahora: ahora que, por fin, llegaba el fin. Mañana temprano llamaría por teléfono a María. Y por teléfono contaría un poco por encima lo ocurrido: lo de Arriola comparando a su madre con Virginia era infalible: no podía no ser de carcajada. Y a Virginia le gustaba que María se riera a carcajadas. Verla reírse ponía las cosas en su sitio: todo tenía remedio: todo lo intrincado y todo lo espinoso y todo lo raro de todos los casos que a Virginia le ocurrían –algunos inquietantes de verdad– se amansaban en el buen humor de aquellas carcajadas sin malicia que disolvían toda la malicia, real o posible o inventada o sospechada por Virginia en la apacible calle de la manera de ser de su amiga. Virginia pensaba que María era una calle, el tramo soleado de una calle donde vas de tiendas, donde puede quedarse una de charla sin que nadie se fije ni haga comentarios, donde todo pasa abrillantándose con la monotonía acostumbrada, donde nadie dice que hay que darse prisa, donde cada uno de los plátanos y cada una de las acacias tienen alrededor su propio banco con sus propios asiduos visitantes que cambian con las horas, siendo por la mañana mujeres casadas con sus niños y al caer la tarde ancianos que han echado ya sus siestas y han venido a sentarse al banco de la acacia o del plátano, según tengan por costumbre, a dar conversación a otros ancianos y ancianas que vienen a lo mismo. Virginia era capaz de dar detalles de todas las fachadas de la calle del carácter de María. Virginia creía ser capaz de *ver* ese carácter como quien percibe una cosa en el espacio. El carácter de María era espacioso. Virginia podía recorrerlo. Era su gran sobreseguro. Y lo había sido desde que se conocieron muchos años atrás en el colegio. «Contárselo a María» era una expresión que Virginia acabó usando como una jaculatoria o como un armario o un cajón donde uno va guardando todo lo que no debe perderse y que no tiene, sin embargo, sitio en ningún sitio. Como por ejemplo, uno tras otro, uno con otro, uno confundido con el otro, uno y todos con lo mismo, todos y cada uno de sus pretendientes. Todos acababan siendo casos que no cabían en ninguna parte de Virginia y que por lo tanto había que tirar o disolver, pero que no podían disolverse salvo siendo previamente comentados y, sobre todo, reídos por María. María no era irónica. Era alegre. Era una calle animosa. Virginia se sentía más y más animosa ella misma a medida que el taxi se acercaba a casa. Arriola era ya el Arriola de los comentarios y de las imágenes cómicas y pacíficas que María inspiraría, riéndose, en Virginia. Ahora que acababa, Virginia tuvo gana de que acabara bien. Acabar del todo con Arriola acabando bien del todo: Virginia quiso quedar bien: quedarse en la memoria de Rodrigo Arriola como la maravillosa chica que Rodrigo Arriola creía que era. Como una súbita punzada Virginia deseó que la humildad y toda la verdad indispensable sumieran todas sus palabras, pasadas y futuras, todas las inminentes frases que diría al despedirse, en una clara muestra o marca o memoria de diamante que fuera, para Arriola, para siempre un consuelo. Que pudiera pensar: «Virginia no me quiso pero yo la quise y ella fue buena conmigo y en vez de cruel no fue cruel.» Arriola, que apenas había dicho nada desde que se montaron en el taxi –tal vez se hallaba exhausto o tal vez se sentía muy feliz de haber sido capaz de hacer, como cualquiera, que un taxi libre se parara y los llevara–, ahora dijo: «¡Qué guapa estás, Virginia, de perfil, tienes un perfil tan arriesgado, exótico, como si fueras a quebrarte y como si estuvieras encantada de ir en taxi, de ir conmigo en este momento en este taxi!» «Estoy encantada de ir contigo en este momento en este taxi, no te quepa duda, ni la menor duda. Me encanta.» Virginia se sentía encantada, en efecto, de poder mostrarse encantadora y de que la historia se acabara bien. Arriola dijo: «Cerca de tu casa hay, por cierto, un sitio que seguro que te gusta, solo sirven cócteles y whiskies y platitos muy pequeños de avellanas. Tal vez sea un poquito cursi, pero los dueños no son cursis ellos mismos y han puesto las cosas un poquito cursis a propósito, con objeto de que sus clientes cada vez que van distingan lo que es muy elegante en todo, de lo que es en algo un poco cursi, con lo cual por lo visto están poniendo en práctica una idea de alguien que creo que es un lord inglés –porque, eso sí, snobs son *snobísimos*– que entiende que no hay buen gusto sin una pizca de mal gusto. Es como si fuera necesario el mal, en diminutas dosis, para que se vea bien el bien, ¿no te divertiría ir, Virginia, a ver el sitio este que se llama La Patita del Cangrejo o, familiarmente, La Patita?» «No. Gracias», contestó Virginia. No debió de sonar el no del todo negativo al ser modificado por las gracias. En cualquier caso Virginia estaba decidida a no ir a La Patita ni en esta ocasión ni en ninguna otra ocasión. Jamás. Nunca. «Quiero decir que ya es tu hora de acostarte. A tu madre no debe gustarle que trasnoches...» «¿Qué tiene que ver mi madre en esto? No veo la relación.» Rodrigo Arriola pareció de pronto un chico de quince años que se ha puesto el primer pantalón largo y le complica dar un beso a su madre al despedirse en plena calle. En la difusa luz del interior del taxi –que acababa de pararse frente al portal de la casa de Virginia– Arriola resultaba un atildado, contrariado, contristado, soso y persistente chico joven. Virginia estaba segura de haber dicho aquello de la madre sin la más mínima intención de molestar. Arriola prosiguió en el mismo tono –un tono quebradizo que delataba una violencia inesperada–: «Me imagino lo que te estás imaginando, que salgas tú con eso, ya ves, me duele mucho. Me ha dolido. El hecho de que te haya hablado de mi madre no significa que yo esté enmadrado. No lo estoy. No soy un niño de mamá, y si eso es lo que crees te has confundido...» Virginia le hubiera dado un bofetón. En lugar del bofetón abrió la portezuela y se plantó en dos zancadas ante su portal buscando precipitadamente la llave en su bolso. Rodrigo Arriola había entablado una pequeña discusión con el taxista. Abrir la puerta, colarse en el portal, cerrar la puerta de un portazo. Adiós. ¡Que piense lo que quiera! ¿Dónde se habrían metido las malditas llaves? Arriola se plantó a su lado justo en el momento en que Virginia abría la puerta. «¿Te vas sin despedirte? Me ha dolido mucho lo que has dicho y además lo has dicho para que me sienta un mequetrefe. Eso te gusta. Te gusta hacerme ver que soy un trapo. De ti no lo esperaba, la verdad. Eso, precisamente eso, de ti no lo esperaba. Es muy fácil reírse de una persona que te quiere, reírse y dejarle ahí plantado y darle a entender que piensas que es un mequetrefe. Eso es muy fácil y muy cruel. No lo esperaba yo de ti...» Virginia se coló en el portal y gritó a un tiempo: «¡Mequetrefe imbécil y mamón estúpido, vete a acostar con tu mamá!» Subió las escaleras a zancadas. Era un mequetrefe, claro que era un mequetrefe, todo lo que era era mequetrefe de la punta de los pelos a la punta de los pies y vuelta. ¡Estúpido! Ahora, ya dentro de su piso, deseaba herir a Arriola, el atildado Arriola, herirle seriamente con algo irreparable que diría adrede y en frío y para herirle. Era cruel. «Soy muy cruel», dijo Virginia en voz alta a la Virginia reflejada en el espejo de su tocador.

«Soy muy cruel», repitió Virginia. Era la cuarta vez que lo decía en media hora. Esta frase se había extendido por toda la conciencia de Virginia desde el momento en que, asomada a su extraña imagen reflejada en el espejo del tocador, lo había declarado, hasta ahora mismo, en presencia de María. Virginia sintió que se hallaba en presencia de María más bien que en compañía de su amiga, o, sencillamente, con María en el nuevo piso. María estaba embarazada y su presencia era de pronto una inmensa novedad para Virginia. Era curioso que María apareciese así de pronto: como una presencia ante la cual se está y que en cierta manera nos desborda, siendo así que Virginia había pasado la tarde con su amiga tan solo hacía diez días sin advertir nada especial. Tal vez su tormentosa noche casi sin dormir había predispuesto a Virginia para ver en todo el lado más extraño. De hecho, durante el viaje en taxi, Madrid le había parecido más chillón que de ordinario, como si todas las fachadas de la Gran Vía y de Argüelles hubiesen sido repintadas en una sola noche. Repetir aquella frase, enfatizar, incluso, el «yo», «yo soy muy cruel», era un alivio. La idea de ser cruel, que había sido como una melodía entrecortada durante casi toda la noche, ahora cambiaba de sentido: ahora era el mensaje, el recado, la noticia que traía: Virginia ya no se sentía culpable: ahora era solamente alguien que da cuenta minuciosamente de una situación a otra persona que, a su vez, toma nota, buena nota y, por decirlo así, cancela todo ello: decírselo a María era sentirse libre de toda ulterior responsabilidad: solo se trataba de decirlo: acababa de decirlo: acababa de repetirlo: asunto concluido. La única diferencia entre esta vez y todas las veces anteriores consistía en que no había hecho nada por lograr que María se riera. No había inventado ningún detalle cómico, no había exagerado, no había imitado la voz de Arriola o los ademanes de los camareros o sus propios ademanes tratando de dar conversación a un pretendiente aburridísimo. Se había limitado a decir que era muy cruel. «¿Es eso todo lo que he dicho?», pensó Virginia. No recordaba haber dicho nada más. Pero parecía imposible haberse pasado más de media hora diciendo solo eso. María era muy capaz de escuchar con toda calma una misma frase repetida un millón de veces sin dejar de sonreír. «Te estoy desilusionando, ya lo sé. Tú también crees que soy muy cruel. Lo soy. No soy una mujer normal, como las otras, o como tú. No tengo sentimientos. No sé qué me pasa...» Virginia realmente había perdido el hilo. Ahora de nuevo no sabía qué decir: no sabía qué quería decir con su dichosa frase. «¿Tú crees que soy muy cruel, María?» «Yo no. Nunca lo he creído. Lo que te pasa a ti le pasa a todo el mundo hasta que se enamora. Si te enamoraras de todos los chicos que se enamoran de ti estarías ya como una cabra. No eres cruel. Sencillamente este Arriola era un plomo.» Eran las frases de María. Era el tono tranquilo. Era el mediodía sin fantasmas, sin malas intenciones, la hora de ir de tiendas, de salir y entrar, de sentirse importante y a la vez sin importancia, como una mujer casada ya y con hijos que pide cuarto y mitad de manchego fresco al carnicero mientras el dueño de la carnicería acaba de cortarle unas chuletas de ternera. Es una clienta más y es, a la vez, una gran señora que ha decidido comprar algo de queso además de la carne. La voz de María hacía que Virginia se sintiera un poco así: en consonancia con la vida, con las calles, con las costumbres de la gente: sin importancia e importante. Era difícil decir en qué consistía exactamente aquel sentimiento de familiaridad que María comunicaba sin querer, solo con el tono de su voz y que hacía que Virginia se sintiera acorde con el mundo, atendida y sin más preocupaciones. Aquello del enamorarse y de que no era cruel lo había oído Virginia ya otras veces. María era *incapaz* de imaginarse que alguien, fuera cruel o no, acabara enamorándose de alguien al final. Virginia se sintió de nuevo sola, aislada, como se había sentido dando vueltas por su inmenso piso toda aquella noche. Tenía que explicarle a María que el asunto era realmente complicado, que lo que a Virginia le ocurría no acababa en enamoramientos, no acababa nunca como tampoco nunca podía ella misma, la propia Virginia, llegar a verlo claro o a decirlo todo... ¿Qué era todo? Por mucho que llegara a decir acerca de sí misma jamás llegaría a decir todo: algo quedaba siempre por decir: algo quedaba siempre oculto: algo subyacía, se agitaba siempre al fondo, «todo» era todo el fondo revuelto cada vez que Virginia decía algo (como, por ejemplo, «yo soy muy cruel») que quedaba por decir y que tenía que ser dicho (sin poder ser dicho) para que María se diera cuenta bien del todo de todo lo que se hallaba al fondo de todo porque también todo lo que Virginia no era, era parte de todo lo que era de la misma manera que todo lo que no podía decir formaba parte de lo que podía decir y todo ello junto ponía a Virginia muy nerviosa. Ahora de pronto se sintió muy nerviosa y quiso cambiar de conversación. Borrarlo todo como se borraba todo lo escrito en la pizarra de las clases con una esponja húmeda. En ese momento se acordó de la sorpresa que había sentido la noche anterior al ver a Gonzalito ante el escaparate de Iberia. «Anoche vi a tu hermano al salir de cenar. Él no me vio a mí. Y no me atreví a decirle nada. Miraba fijamente el escaparate de Iberia, aunque la verdad es que no hay nada que ver, solo esa maqueta de ese avión de pasajeros que todos hemos visto ya mil veces...»

María registró esta variación inesperada sin sobresaltarse. No sobresaltarse cuando oía hablar de su hermano era una orden que se había dado a sí misma muchos años atrás. Si se sobresaltaba entendería las cosas mal: sobresaltarse era anteponerse ella misma como objeto de atención ante aquello que no era ella misma y que requería toda su atención: lo que se decía de Gonzalo. Lo que Virginia acababa de decirle era inquietante. ¿Qué hacía Gonzalito en aquel sitio a esas horas?

Se oía la máquina de escribir de Martín. Todos los ahoras estaban llenos de Martín aunque, como ahora mismo, estuvieran llenos de Virginia, aunque, como hacía un instante, como ahora mismo, se hubieran llenado de Gonzalo. Era admirable la capacidad del tiempo, hecho de ahoras, para incluirlo todo y presentarlo a la vez todo. Este hecho cobraba ahora especial importancia porque María acababa de contemplar, en un mismo instante, las tres vidas más constantemente presentes en su vida. Sentirse llena de su hijo, sentir su peso y su crecimiento dentro de sí misma, no difería demasiado de sentir en un mismo ahora aquellas tres presencias que también crecían y pesaban y se alimentaban de María cada cual a su modo: el no sobresaltarse ante cualquier noticia inesperada, ante cualquier novedad, por mínima que fuese, de cualquiera de los tres, era equivalente a estarse siempre dando cuenta de que estaba embarazada y que dentro de unos meses, dentro de muy poco, habría un ahora dilatado como una gran llanura a finales de mayo iluminada por el verde y el azul celeste del cielo y de la tierra monótonamente inspirados por un mismo mediodía, que contendría al niño, a la figura separada que a su vez crecería e iría poco a poco aprendiendo las palabras tranquilas de las cosas tranquilas que ofrecen resistencia y que destellan levemente distintas entre sí, parecidas entre sí, reunidas, ahora tras ahora, en la inmensa llanura familiar de este mundo. María estaba convencida –se había ido convenciendo, sin esfuerzo, como quien va a pasitos por una ancha línea recta y blanca que divide en dos la carretera y alza los brazos como un equilibrista haciendo como que guarda con inmensa atención el equilibrio pero a la vez sabiendo que no puede caerse porque no hay desnivel ninguno entre la línea blanca y la carretera recta que se aleja– de que sobresaltarse era siempre culpa suya, una reacción que fingía ser una respuesta a un suceso real, a una noticia, a una novedad, pero que era un puro responder, lo respondón del responder y no algo propio de la respuesta misma que dictaba el suceso, la noticia, la tranquila llanura de este mundo abierto. Por eso María hizo todo lo posible para no retener en la conciencia aquello que causaba el sobresalto, lo respondón del responder, que no correspondía a ningún lado ni acento ni matiz de la llanura de la noticia que Virginia le había dado acerca de Gonzalo. Sobresaltarse ya era pensar mal. Y preguntarse –como María acababa de preguntarse con una frase repentina, mental, muda, inexistente y firme como el pinchazo de un alfiler en un dedo– «¿Qué hacía Gonzalito en aquel sitio a esas horas?» era claramente lo respondón del responder –lo ecolálico– procedente del puro sobresalto y no de lo enunciado por Virginia: porque lo enunciado era conocido, estaba en la llanura desde siempre, vibraba con el azul y con el verde y con el aire inconfundible del intenso ahora y ahora y ahora de María: lo enunciado era Gonzalito mismo nada más, y nada debía sobresaltarla menos que la presencia de su hermano en el transcurso de una conversación corriente con Virginia: solo podía sobresaltarla si no se le veía, si se hubiera escondido, si no pareciera ser del todo el propio Gonzalito: y no había sido así, por consiguiente, sobresaltarse era inapropiado, un pensamiento mal pensado, un mal pensamiento. ¿Seguro? ¿Seguro que en lo que Virginia acababa de decir de Gonzalito no había nada que no fuera suyo? Virginia acababa de decir: «Me chocó que no me viera.» Tal vez lo había dicho ya dos o tres veces porque Virginia tenía una mañana muy de repetirlo todo sin cesar, como atrancada en una falta de memoria del instante, que en Virginia surgía con frecuencia tras una noche sin dormir tras haber dejado una vez más plantado a un medio-novio. A Virginia le había chocado mucho que Gonzalo no se diera cuenta de que Virginia se hallaba a menos de diez metros de distancia en una plaza pública y vacía, pasada la una de la noche. Sí, en efecto, eso era chocante: era característico de Gonzalito, tal vez, pero era a la vez sobresaltante por lo que tenía de sobresaliente o de saliente a secas o de lo contrario de una gran llanura intensamente azul y verde en mayo. Era característicamente raro. Lo raro era también lo familiar, lo conocido de Gonzalo, que se salía de pronto de su sitio, se saltaba como los resortes y daba lugar a sobresaltos que no eran simplemente faltas de atención por parte de María o solo pensamientos mal pensados o solo malos pensamientos que no se referían a su hermano. Aquel estar ahí esa noche era una referencia inconfundible de Gonzalo: María no podía no reconocerlo y por lo tanto no podía no reconocer que se había sobresaltado con razón. Había un Gonzalito inconfundible que se confundía fácilmente con toda la extrañeza de lo que para María no se manifestaba ni en su ahora ni como llanura. María estaba segura de no ser una hermana posesiva, estaba segura de no sentir curiosidades o preocupaciones innecesarias por la vida de su hermano. Estaba claro que ni Gonzalito ni nadie puede reducirse a lo liso y llano que aparece ahora ante nosotros. Cuando Gonzalito se había ido, cuando no era visible, no por eso se hallaba ya en peligro. María no era temerosa, por el mismo motivo que no era desconfiada: todo lo visible y todo lo invisible se reunían por último en una gran afirmación llena de vida. Lo natural era confiar. Pero a la vez María se encontraba con negativos que rechazaban toda afirmación: así los sucesivos entusiasmos de Gonzalo por un amigo u otro o, incluso, por Martín o por la propia María, contenían retracciones súbitas, desastres repentinos, caídas en picado o ataques de aversión cuya negatividad sobrepasaba todo posible buen humor, toda apacible confianza en la llanura de hablar tranquilamente de ello con María. Casi todos sus paseos nocturnos tenían este carácter negativo. Era como si Gonzalito no pudiera regresar a casa, no pudiera no seguir dando vueltas y vueltas a sus frases, unas pocas frases que Gonzalito repetía: la felicidad es imposible: aunque parezca que me parezco a ti, hermanita, no me parezco a nadie: cada vez me iré alejando más de todos los parecidos de familia: no puedo ser feliz: mi vida no tiene solución... Estas eran frases de Gonzalo que María consideraba negativos puros: no expresaban nada definido, nada que María pudiese reconocer o comparar con otra cosa o examinar en detalle o, simplemente, atribuir como una cualidad, aunque fuese una mala cualidad, una especie de defecto, a Gonzalito: la frase «mi vida no tiene solución» no tenía, a su vez ninguna solución: no contenía ningún dato: era algo que, al afirmarlo de su propia vida, Gonzalito se negaba a resolver: María pensaba que lo único que no tenía solución era seguir diciéndolo: había que dejar de decirlo para que se solucionara por sí solo: decirlo era lo peor: y Gonzalito decía con frecuencia frases de esas que eran todo negación: al final daba vueltas a la cabeza alrededor de lo negado que se volvía un punto negro ya sin dimensiones. ¿Qué le pasaba a Gonzalito? ¿Cómo no iba a tener su vida solución? María sabía lo que le pasaba a su hermano. Y lo que le pasaba tenía que poder solucionarse o disolverse. María retuvo un instante la expresión que acababa de emplear: «tenía que poder»: era como un ave grande, una especie de avutarda, que sobrevuela la llanura lentamente hasta posarse en un lugar sembrado de garbanzos o de muelas: «tenía que poderse» resolver o disolver cualquier problema de Gonzalo. La firmeza, el esquemático dibujo aéreo de la avutarda que sobrevuela una llanura inmensa a mediodía inspiraba más confianza en el poder de lo real de lo que la realidad misma permitía. María se avergonzó de anteponer la convicción de que todo marcha bien –o marchará bien si uno procura hablar todo con calma y con cariño– al hecho de que a veces las cosas marchan mal y son, nos guste o no, amenazadoras. Y lo que amenazaba a Gonzalito... ¿Qué acababa de decir Virginia? María tuvo que reconocer que había dejado de prestar atención a su amiga: también lo que Virginia refería, en largos párrafos emitidos casi sin aliento, tenía que poder solucionarse pero era injusto, era insustancialmente optimista, demorarse demasiado en su correspondiente «tenía que poder». «No se puede ser como soy yo», estaba diciendo Virginia, «voy a acabar igual que la tía Pano... ¿tú te acuerdas, María, de mi tía Panoja, la hermana de mi madre, la mayor, que iba a veces al colegio a verme y que nos sacaba a merendar? Ahora me doy cuenta que cada día me parezco más a ella: también de joven tenía miles de chicos y tampoco se casó con nadie y también le gustaba, como a mí, que la llamaran por teléfono y que la sacaran a cenar y hablar hasta de amor y todo lo que quieras porque se consideraba muy moderna, pero luego resultaba que pensaba que los hombres no se lavan, que les huele la boca y que usan calzoncillos espantosos y que son todos iguales, unas malas bestias en el fondo y que van a lo suyo y que al final se ponen imposibles y hay que mandarlos a la porra y yo pienso lo mismo, yo también... Una vez me lo dijo claramente:

habíamos salido las dos juntas, de compras, muy divertidas, yendo y viniendo por Goya y por Serrano y era un día de mucho sol y nos sentamos en una terracita y todos nos miraban y había cerca unos chicos repeinados, los clásicos niños de Serrano a la hora del aperitivo y habíamos pedido un Martini cada una y ya lo habían traído y aceitunas rellenas que a la tía Pano la encantaban y yo me sentía lo mejor del mundo sabiendo que los chicos me miraban y que cuanto menos los miraba yo más me miraban y la tía Pano sin venir a cuento va y me mira fijamente y suelta: ¿te imaginas que te soben y que te den un beso todos esos con todos esos dientes, que te muerdan, yo que sé, cualquier horror, te desbaratan, te muerden, te incomodan, te dejan hecha polvo, te confunden, te imaginas lo que debe ser?, en realidad es horrible si por un instante te pones a pensarlo. En aquel momento me reí pero en el fondo yo también pienso lo mismo: me gusta que me miren y me gusta hablar, hablar me gusta lo que más y mejor con chicos que con chicas, quitando tú, las demás chicas suelen ser un plomo y, fíjate, María, hasta me gusta que se pongan tontos, que se enamoren y demás, cuanto más les gusto más interesantes me parecen y más hablo y hablo con más ganas y se me ocurren, ya lo sabes tú, miles de cosas, seguramente estoy coqueteando, yo no digo que no, lo único que digo es que no puedo evitarlo y además les gusta, a ellos les gusta, creen que ya por fin por fin por fin, pum, en el bote y de eso nada: cuanto más cerca creen ellos que están, más lejos están, a mil kilómetros: sería horrible tener de pronto que dejar de hablar y dejar que me besaran ¿te imaginas? ahí con todos esos dientes, con la lengua... Nunca me ha gustado pensar que alguien desea acariciarme: prefiero dar conversación y ver cómo se ponen como pavos porque todos se ponen como pavos, ¿te has fijado en eso, María?, ¡si es hasta una frase que se dice: hacer la rosca!, se enroscan y se desenroscan y se vuelven a enroscar y se vuelven a desenroscar y así hasta que por fin salgo con ellos, me llevan a cenar a un sitio absurdo, me miran y me miran y me miran y me hartan y me hacen pedir siempre un lenguado y al final resulta que soy cruel y soy cruel: es verdad: soy muy cruel...» Virginia se detuvo y encendió un pitillo. María volvió a oír el tecleo monótono, no muy rápido, de la máquina de escribir de Martín. Había visto a Virginia así ya en otras ocasiones. ¿Qué importancia tenía que a Virginia no acabara de gustarle ningún chico? Era muy joven todavía. María estaba convencida de que un día, en pleno seguir siendo todo igual que siempre, en pleno dar conversación Virginia e incluso en pleno hacer la rosca, un chico cualquiera sobresaltaría la atención de Virginia, sería sobresaliente la ternura e insignificantes los dientes y Virginia –que no era nada cruel– dejaría de pensar si lo era o no lo era o si los chicos se duchan o se lavan o dejan de lavarse y todo se disolvería en el amor: el verdadero amor que pone fin a todo lo dudoso. También aquí María se detuvo un poco sorprendida por la fuerza de su querer resolverlo todo en el amor: disolverlo todo, disolverse todos, disolverse el mundo en la óptima estancia de la vida: la simple, clara, llana, soleada estancia del amor: una novela rosa: de pronto el color rosa –un color que María no apreciaba en exceso– disolvió todos los pensamientos de María en la imbécil facilidad de un optimismo universal. María tuvo que reconocer que empeñarse en ver el lado bueno de las cosas y dejarse guiar por su instintiva confianza en la luz de lo real y cotidiano podía muy bien ser intolerable, una intolerable falsificación del mundo real. Virginia, que había permanecido en silencio unos minutos, dijo ahora: «Seguramente te desilusiono con todo esto. Tú siempre me has tenido por alguien que no soy: por alguien que se reduce a ser graciosa, a reírse de todo, una persona fuerte que sabe lo que quiere y que se ríe de todo y que por fin se casará con alguien estupendo. Y yo misma he hecho todo lo posible para que creyeras que soy esa persona y solo esa. Ahora ya ves que no es así: te hago reír, me río yo misma y me divierto mucho y hablar contigo es como salir un mediodía en primavera a dar una vuelta por la calle a ver escaparates, pero no soy feliz: no puedo ser feliz y esto no tiene solución: no tengo ninguna solución: lo de la tía Pano, lo mío, no la tiene.» Virginia ahora había sacado un pañuelito y se secaba las repentinas lágrimas que resumían todo lo anterior en una súplica. María sintió que Virginia estaba suplicando algo más que un consuelo, algo más que un reflejo de la felicidad que María disfrutaba. ¿Qué tenía que decir? ¿Había alguna frase que realmente fuera la adecuada, la frase que exactamente tenía que ser dicha en ese instante? María tuvo la sensación de hallarse justo al borde de un acantilado y no poder desplomarse: tuvo la sensación de que más valía tirarse de cabeza que dejarse caer en busca de la frase necesaria. María dijo: «Virginia, yo te quiero mucho. Tú eres tú y eso es mucho y no se puede reducir a que seas simpática o graciosa o guapa o cualquier otra cualidad: y todo lo que eres va girando poco a poco y va volviéndose cada vez más tuyo y cada vez te voy queriendo más y eso es lo único que cuenta para mí: por eso es imposible que me desilusiones...» ¿Era eso lo que había que decir? Eso era la verdad y era, desde luego, una de las cosas que Virginia tenía que saber: Virginia tenía que estar segura del afecto de María: a partir de ahí todo podría comprenderse. Y esto era, en efecto, una parte de lo que Virginia necesitaba oír porque se tranquilizó visiblemente al oírlo. Virginia pensó: «Ni María ni nadie puede resolver algo que yo no sé siquiera dónde empieza ni cómo acabará, ni si es lo mismo que lo de la tía Pano o solo algo superficialmente parecido: solo sé que ahora estoy tranquila y que todo lo que he dicho y todo lo de Arriola y lo de todos los demás, ya se verá: ahora es una calle soleada y María y yo no tenemos prisa.» Era, sin embargo, ya casi la hora de comer y Martín había asomado la cabeza por la puerta de la sala. Virginia no deseaba quedarse a comer con Martín y con María. Ahora se sentía bien, con ganas de regresar a su propia casa, a echar la siesta.

De pronto nació el niño. De pronto había en la casa un niño. De pronto había todo lo anterior, toda una juventud, toda una vida, toda la vida de los dos, de Martín y de María y, como una repentina suspensión de todo, un salto inesperado, un niño: un increíblemente repulsivo, amoratado, colorado, inesperado ser: el hijo que ambos llevaban esperando nueve meses. Martín jamás se había fijado en un recién nacido. Ahora se fijaba: era repulsivo. O bien era una entidad tan sumamente incomprensible, con los labios tan sumamente leves o los dedos, cada dedo con su increíble uña nítidamente dibujada que Martín no salía de su asombro. Le pasmaba que le pasmara tanto ver al niño aquel combinado con el hecho de que fuera suyo. Hacerse a la idea de ser padre hizo tambalearse de nuevo –como un remoto parecido de los desafortunados sentimientos que inspiraron *Viaje de novios*– su idea del estilo literario. Si se contemplaba fijamente al niño en brazos de su madre, o en la cuna, toda idea de singularidad quedaba algo a trasmano. El espectáculo del niño, sobre todo al principio, era un espectáculo vulgar. En el hospital, en una sala de maternidad, que Martín tuvo que cruzar acompañado por una gigantesca enfermera de muy malas pulgas que luego resultó ser dulce y capaz de acunar y de manipular al recién nacido mucho mejor incluso que la propia madre, tuvo oportunidad de ver un centenar de recién nacidos idénticos al suyo: idénticamente repulsivos todos ellos y dotados de esa curiosa identidad genérica de lo producido por la naturaleza. Ahí estaban todos ellos mucho menos comprensibles y humanos que una camada de gatitos negros o una tribu de divertidos patos que nacen y ya se echan a nadar; ahí estaban, alineados en sus cunas, esos cien seres humanos exudando inacabamiento, imperfección y pareciéndole a Martín casuales. Parecía que solo de casualidad procedían de una determinada madre y un determinado padre. Daban la impresión de haber venido al mundo de chiripa, de cualquier manera, y de hallarse los cien a punto de morirse: todos parecían a punto de asfixiarse o ya asfixiados y listos ya para volverse intensamente cárdenos y turbios y por la boca les saldría un pedúnculo que serían las tripas que se salen. Martín tenía la impresión de que su hijo no dejaría jamás de ser recién nacido. Era vulgar: no era nada singular. Martín volvió a sentir, como un remoto trueno en pleno estío, los sentimientos narrativos que dieron, por error, lugar a aquel erróneo libro que no ganó el premio Nadal. Estos sentimientos que Martín experimentaba con gran intensidad se mezclaban con otros, más difusos pero quizá más continuos, de ternura –aunque Martín no lo llamaba así porque temía hallar la menor sombra de «ternurismo» en su persona literaria (tanto miedo tenía a este defecto que lo veía surgir por todas partes: había enternecimientos reprobables no solo en Rilke y, por supuesto, en los rilkianos españoles y católicos y clérigos y abiertos, sino también, a ratos cortos, en el feroz Juan Ramón y en todo dulce lamentar de dos pastores garcilasistas y no garcilasistas y en el uso de los diminutivos en Madrid: el ternurismo se hallaba al fondo parlanchín de casi toda buena obra y del amor al prójimo y de todos los angelitos negros y niñines y perritos que asaltaban a Martín cada vez que encendía la radio o iba al cine con María: la España de Franco era insensible y sensiblera y Martín condenaba en bloque a toda ternura, incluida la que él mismo no podía no sentir siquiera a veces)–, Martín sentía, pues, viendo al niño y a la madre y viendo que eran suyos un difuso sentimiento de contento solo con mirarlos: para no caer en ternurismos no lo llamaba nunca tierno: no lo nombraba en absoluto, pero como lo sentía y casi más continuamente por el hecho de que nunca lo nombraba, Martín empezó a dar de nuevo vueltas a la posibilidad de decir lo más común del modo más estilizado y singular posible: así en pintura, por ejemplo, no obstante la severidad e impersonalidad de los pintores y escultores medievales, se había logrado en ocasiones representar lo más común, una madre que contempla amorosamente a su hijo con la estilización más absoluta. ¿No podría Martín dar con el equivalente literario de esas a la vez tiernas y poderosamente expresivas, firmes y simbólicas imágenes?

Aquel sábado venían a almorzar Gonzalito y Virginia. Que vinieran los sábados a almorzar los dos se estaba volviendo una costumbre. En esta ocasión había canelones y un guiso de ternera que María había inventado. Era un guisote que tenía la gracia de, a la vez, quedar muy fino con la receta de María que era la misma receta de la casa de su madre. María era buena cocinera. Haberlo descubierto al casarse era un motivo constante de satisfacción, era estupendo que le salieran bien los platos. A veces cosas complicadas que dependían del último minuto, con todos sentados a la mesa. María decía siempre «todos» aunque casi siempre se trataba solo de Martín y ella misma, con el bebé muy en la presidencia, en su serón, que tenía sus horarios propios y solía dormirse durante las comidas de sus padres. «Solía dormirse con toda claridad», pensaba María. Con claridad, es decir, a sus horas, a las horas en que hubiera sido pesadísimo que no se durmiera o que llorara. Era como si el bebé *supiera* que resultaba aún mucho más mono dormido que despierto a las horas en que sus monadas hubieran sido, por supuesto, tabarras. María pensaba que su bebé se daba ya cuenta de todo y que se acoplaba con toda claridad a los horarios familiares –estaba claro que semejante claridad quería decir también que iba a convertirse en claro niño y claro adolescente y en un hombre resuelto y en un tranquilo, en un hermoso anciano lleno de claridad hasta el soleado instante de su muerte. «¡Pienso tonterías, cada día que pasa pienso más tontadas!»–, con lo cual quería decir que últimamente, con el casamiento y, sobre todo, con el niño había muchas palabras –«claridad» era una de ellas– que María daba vueltas como si fueran minerales nunca vistos, como aquellos minerales polvorientos del gran armario del estudio de mayores, los dos últimos cursos de bachillerato, que tenían alrededor, al verlos a través de los cristales, como un nimbo de parecido combinados con su propia y única rareza que era, según María, lo que había impulsado a la madre Carmen a guardarlos en cajitas sin tapa, uno en cada una, con una etiquetita en letra microscópica diciendo lo que era y, de algún modo, ampliando, con lo que no era, su aureola de almagra o de pirita o de basalto o de azufre o de oxidiana o de oripimente o de rejalgar o de sal gema o de toda una montaña, un día de excursión geológica con la madre Carmen y sus anteojos de oro de geóloga –minerales y por lo tanto, piedras y por lo tanto, al borde de preciosas porque aunque la madre Carmen, según ella misma había llegado a confesar ruborizándose, no tenía en su colección ninguna piedra fina o preciosa o propiamente dicha («propiamente dicha» era a su vez una expresión casi continua de la madre Carmen que María consideraba de por sí ya casi mineral), sí había en toda piedra no-preciosa, semipreciosa o propiamente dicha solo piedra o en todo caso «piedrecita» (la madre Carmen reservaba sus diminutivos para hablar de piedras) una preciosa identidad, magnética inclusive, que hacía olvidar las amatistas, los azabaches, berilos, esmeraldas, jacintos, girasoles, peridotos, ópalos e incluso la piedra de grosella o rubí e incluso las turquesas o zafiros en nombre de ser, en opinión no declarada pero vehementemente sugerida, de la madre Carmen, una auténtica especialista en implicitudes, un aerolito porque últimamente toda piedra por igual venía del cielo–. María se reía cada vez que recordaba aquellas cristalografiadas y absurdas clases, de la inolvidable madre Carmen y pensaba que algo de la absurda vehemencia y claridad del cuarzo lejanísimo se le había pegado a ella para siempre, solo que aplicándolo, más bien que a las piedras, a las palabras y a las frases y al bebé y a Martín y a Gonzalito y a Virginia...

Acababan de entrar. Se habían encontrado en el portal. Habían subido juntos en el ascensor riéndose y hablando y por fin ambos se habían sentado en el sofá con sus caras festivas claramente dotadas del profundísimo misterio de las caras –no hay cara, por vulgar que sea, pensaba María, que no sea misteriosa y las más misteriosas son las más conocidas, evidentemente– y poniendo, encima, cara de visita, fingiendo hallarse sorprendidos de hallar allí un bebé tan gordo como aquel: la verdad era que Virginia y Gonzalito cuando estaban juntos tenían mucha gracia, hacían un dúo improvisado, muy cómico, y lo hacían a sabiendas y eso le daba todavía más gracia, incluso Martín, que no solía reírse con tontadas, se estaba ahora riendo: eran un éxito estos almuerzos de los sábados. Toda la claridad del mediodía de junio, casi julio, parecía reunirse en ese ahora. María pensó que deseaba que fuese así la vida: igual que aquel ahora: igual, es decir, siempre. Tomaban una copa de jerez y unas almendras. Faltaba un cuarto de hora, menos de un cuarto de hora para que los cuatro se sentaran a almorzar. María se llevó su jerez a la cocina. El último minuto era esencial. Martín dijo, al tiempo que se inclinaba hacia la cuna: «¡Los bebés son absurdos! Este, por ejemplo, va a acabar volviéndonos gelatinosos a su madre y a mí.» «Todos los papás sois gelatinosos, lo debe dar el cargo», comentó Gonzalo. «¡No estoy de acuerdo en absoluto!», exclamó Virginia, quien en el fondo no estaba en desacuerdo con lo de que los nenes volvían a sus papás un poco tontos, pero que estaba dispuesta a disentir con casi cualquier cosa que cualquiera de los dos dijera en ausencia de María. Esta disposición era vivísima –por lo menos en aquel instante– pero incomprensible para la propia interesada. Era un saltar como se salta el muelle de un muñeco. «¿Puede saberse con qué no estás de acuerdo?» Martín se había vuelto hacia Virginia; aún seguía ligeramente inclinado hacia la cuna. Virginia pensó que disentir era casi la única manera de hablar directamente con Martín: «No estoy de acuerdo con que los bebés sean absurdos. Absurdos, en todo caso, somos los adultos, que no los entendemos.» Gonzalito dijo: «Yo estoy de acuerdo con Martín o, bueno, con lo que creo que Martín quiere decir.» «Pues yo creo que no quiere decir nada: lo dice por decir.» «He querido decir que todo bebé es, en cuanto bebé, inevitablemente empalagoso: es lo dulzón dulcificado: lo lindo de lo lindo: lo mono de lo mono: todo lo que nos pone al borde del precipicio soso de lo obvio y que, además, nos gusta: los niños en cunitas a esta edad son absurdos porque nos hacen sentir los sentimientos menos singulares, menos elaborados de cada cual, más comunes, más fáciles y, al final, más falsos: un bebé es absurdo porque da lugar a creer válida la falsa ternura de la gente, la falsa diminutiva ternura que empapa el tópico, los tópicos, porque son miles, de lo pequeño y de lo lindo.» «Virginia pensó en aquel momento que Martín estaba declamando, o bien, sin darse cuenta, creyéndose que daba una conferencia. Virginia se sintió, por lo tanto, dispuesta a disentir aún más pero, a la vez, tan sumamente divertida, tan excitada como si Martín de pronto fuera un chico que le hacía la rosca. Virginia pensó que todo ello pensado junto y sentido en un solo pelotón era rarísimo. Muy raro. Aquello era muy raro. Y agradable. Era, en pensamiento filosófico, justo el equivalente de un seco y fino amontillado. María había entrado a decir que ya podían pasar al comedor. Pasó Virginia la primera. Seguida de Gonzalo, seguida de Martín. Aquel pasillo de aquel piso era el pasillo más estrecho de toda la experiencia de pasillos que Virginia era capaz de actualizar mientras pasaba, calando el humo de un nuevo pitillo, del cuartito de estar al comedorcito. Todo aquel piso se acababa en «ito». Era comprensible, consideró Virginia, que, un poquito al menos, Martín estuviera hasta las narices de lo lindo. Pero ¿a qué venía decirlo? No había por qué decirlo. Ni por qué ni para qué. Y menos de su propio y único niñín. Y menos todavía de un hijo de María, o sea, especificó Virginia mentalmente, de ambos, dado que María no es vivípara, ¿o sí?, tal vez sí, ¿o no? ¿Vivípara u ovípara? Virginia se detuvo ante la mesa y se sentó en su sitio habitual y preguntó lo que por fin tenía que preguntar y no podía no preguntar en ese mismo instante, porque no saber exactamente en qué se diferencian los ovovivíparos de los ovíparos y de los vivíparos era un tapón peor que un estreñimiento de un mes. «Que digo yo que los vivíparos y los ovovivíparos a veces la gente los confunde y no hay que confundirlos, ¿a que no? ¿A que tú, Gonzalito, por ejemplo, no sabes en qué se diferencian?» Martín servía el vino. María trajo una fuente honda, de horno, con los canelones. Pausa. Tapón o no tapón, mejor dejarlo; casi toda niña educada en casi cualquier colegio de monjas acaba siendo una estreñida crónica. Virginia se consideró estreñida y, por lo tanto, del todo inapetente. Tendría que consolarse casi con solo el vino tinto.

Daba gusto: se habían comido todo: todos los canelones, todo el guiso de ternera, todo el arroz con leche... Verdaderamente era imposible imaginar un almuerzo más pesado. Con Virginia inapetente, todo el peso de la ingesta había corrido a cargo de los hombres: como suele ser: el sexo masculino come más, habla más y pisa más fuerte que el sexo femenino. Es, además, menos sensible. El amor lo es todo para la mujer (de ahí que guise hasta matar a todo el sexo masculino): para el hombre, en cambio, el amor es siempre secundario: algo que se padece o, en el mejor de los casos, se disfruta como un copioso almuerzo, hasta que se harta. Una vez harto, adiós amor, adiós hasta la muerte. La mujer, en cambio, no se harta, ni de comer ni del amor: sigue y prosigue y es, en cierto modo, una metáfora de la flexible resistencia de la vida a dejar de serlo. La mujer lleva la vida en sus entrañas y, además, entraña una metáfora –o, si se prefiere, un símbolo de la armoniosa conjunción de las dos vidas: la suya, individual, y la otra vida, la gran vida, la vida de la especie–. Ninguna mujer se ha dado nunca la gran vida: eso más bien es cosa de hombres. Puede haber mujeres que, *de facto,* sean licenciosas, pero, *de iure,* no hay ninguna que lo sea: no hay ninguna mujer que sea liviana o leve o alevosa y si hubiera una que lo fuera no sería mujer: sería una cualquiera o cualquier cosa excepto una mujer. Todo hombre intuye desde niño que las prostitutas son, en cuanto tales, o bien no-mujeres o bien menos mujeres que las demás mujeres: lo cual se sigue de la idea misma de mujer, clara y distinta que coincide con toda exactitud con la de vida y con la sinonimia de las codificaciones lingüísticas más universales. Da, por lo tanto, igual decir «mujer» que decir «vida», porque las mujeres son la vida: lo son, la tienen, la transmiten, la ejemplifican y, por último, son su símbolo perfecto. El hombre, en cambio, como la lógica nos enseña, es mortal: todos los hombres son mortales. Los hombres son, por eso, porque sienten nostalgia de la vida, mucho más proclives a feminizarse que las mujeres a masculinizarse: Safo de Lesbos fue, de hecho, un griego que, preocupado por los muchos hombres que habían ya cantado al hombre (porque lo griego es, por definición, lo masculino), empezó a cantar a la mujer: no fue fácil, no obstante ser apoteósico el éxito obtenido: la mujer no es un objeto estético porque lo estético es lo contrario de lo vivo: son las mujeres, no los hombres, quienes prefieren lo vivo a lo pintado: les gusta que se pinten las mujeres con objeto de que se vuelvan, falseadas, cuasiobjetos: los hombres se pintan: todo hombre se ha pintado alguna vez los labios o ha deseado pintárselos o ha deseado ver cómo otro hombre se los pinta: las mujeres no se pintan de por sí: son la vida y además prefieren la vida a la pintura, a la escultura, a la arquitectura, a la literatura y a la música. ¿Cuántos Beethóvenes hay mujeres? ¿Cuántas mujeres Miguelángeles? ¿Cuántas plumas han alcanzado el rango de la historia de la literatura universal? Casi solo Safo, que era un griego mal pedunculado. Por consiguiente, toda belleza artística es viril y estéril. Corresponde a las mujeres solo una belleza impropiamente denominada vital, la belleza vital o natural, que en realidad es solo vida: la belleza de la vida, es decir, la vitalidad. No hay mujeres bellas: solo vivas. ¡Viva la vitalidad de la mujer que tiene tanta que hasta las feas nos parecen guapas porque cuanto más feas más vitales –y esto es así no por casualidad sino por pura necesidad vital: vitalidad!– ¡Viva! Había sido un discurso a cuatro voces –o a tres voces con el acompañamiento de las carcajadas de María–, Gonzalito, Virginia, Martín –y también María aunque más bien riéndose que hablando– habían compuesto lo anterior mientras los dos hombres y María, la mujer y madre, comían con buenísimo apetito y Virginia, a contrapunto, picoteaba con ese profundo apetito inapetente de las grandes delgadas y de las más profundas anoréxicas: no tener gana de comer no era no tener gana de comer sino, para Virginia, haber decidido no comer: toda la directa delicia del apetitoso canelón apetecido y comido es equivalente solo a la tercera parte de lo apetitoso apetecido y no-comido. Así también los chicos le apetecían a Virginia del todo, de lejos, y de cerca, o encima, solo sus terceras partes. Siempre terceras partes fueron buenas. En este almuerzo, por ejemplo, había tomado las dos terceras partes de dos canelones con su bechamel, una tercera parte del guisado; y del arroz con leche tres cucharaditas de las cuales una se dejó en el plato. Pero se había divertido mucho. ¿Por qué se había divertido tanto? Virginia tomó un sorbo de café y se preguntó por qué se había divertido en aquel almuerzo y por qué tanto. No tuvo oportunidad de responderse porque la voz de Gonzalito, disparada, hacía imposible cualquier monólogo interior. «¡Está claro, está clarísimo, los hombres son más singulares que las mujeres!» Virginia pensó que eso estaba claro para ella, al menos, porque no era del todo una mujer: no se sentía muy mujer o demasiado mujer, o tan mujer como María: no le hubiera gustado sin embargo nada ser un hombre, es decir, del todo: «Del todo, nada: excepción hecha de María, no hay nada que me guste del todo si es lo que es del todo: yo soy una persona de mezclillas: me encantan los jerséis de siete lanas a la vez.» Tenía la sensación de haberse estado divirtiendo mucho y de tener los pies fríos y de que esa sensación de frío confería a la sensación de haberse estado divirtiendo un toque intelectual: como un retal mental, una mezclilla que lo mismo servía para hacerse una falda de tubo que una especie de tapete o de toquilla. Tanta osadía, tanta mezcla, cuatro copas de tinto más el jerez más estar inapetente y estar en desacuerdo con Martín y con Gonzalito, era un recalentón y un sofoco. Demasiado. «¿Verdad, María, que están exagerando demasiado?» Gonzalito intervino antes de que María tuviera oportunidad de contestar: «Solo estamos siendo coherentes o consistentes con nuestros puntos de partida: tal vez parezca exagerado decir que todos los hombres son mortales y que la mortalidad es lo específico del hombre y la belleza. Pero es una conclusión irrefutable. No, no hemos exagerado nada en absoluto. ¿Verdad que no, Martín?» Martín de pronto se sintió impaciente. Se había estado divirtiendo y de pronto se le quebró el humor, como de vidrio. «Yo, desde luego, no.

No suelo exagerar.» El tono seco de Martín les sonó a todos, incluido al propio Martín, exageradamente seco. Dadas las circunstancias, aquella repentina sequedad paró en seco la conversación. Que el humor de Martín fuera quebradizo era un hecho con el cual María contaba. No le sorprendió, pues, que Martín cambiara de tono bruscamente. Aun así, lamentó que el cambio se hubiese producido justo en aquel instante, justo cuando Gonzalito –que había llevado, en realidad, la voz cantante a lo largo de todo aquel almuerzo– esperaba el apoyo de Martín. La cara de su hermano reflejaba una mezcla de consternación y humillación. Sin duda, exagerados ambos sentimientos. Sin duda, comprensibles. María pensó: «Tengo que decir algo.» Lo único que se le ocurrió decir fue: «Todo el mundo exagera cuando está de buen humor. También tú exageras, Martín, algunas veces, cuando hablamos. Hablar no tendría gracia si a veces no se exagera.» Demasiado largo. María tuvo la impresión de que sus palabras no volaban sino que, al revés, se materializaban y se quedaban suspendidas, como globos, rozando el cielo raso de la estancia. ¡Ojalá hubieran sido sus palabras globos! María se imaginó a sí misma subiéndose encima de la mesa y recobrando esos globos uno a uno. Era una tontería, desde luego, como una risa tonta, algo que uno imagina sin querer, nerviosamente. Las frases de María daban la impresión de no haberse deshecho por el silencio que las precedió y las siguió, más largo este segundo que el primero. Virginia dijo: «Ha pasado un ángel.» Y se echó a reír a consecuencia de lo cual el humo del pitillo se le fue por mal camino y le dio la tos. Por fin, roto el silencio, Martín dijo, dirigiéndose oblicuamente a Gonzalito (se dirigía a él sin mirarle, sin mirar a nadie, mirándose las uñas de la mano izquierda): «No hablamos de lo mismo. Tú no sacas conclusiones: las metes. No creo haber dicho –porque no lo pienso y no suelo decir lo que no pienso– que la mujer no sea o no pueda ser objeto estético o artístico. Es evidente que lo es. La belleza artística no es lo contrario de la vida. Al contrario. La vitalidad es una cualidad del objeto estético valioso. Y digo, a propósito, valioso. Lo subrayo. Y lo subrayo, Gonzalo, precisamente, por ti, a beneficio tuyo: porque he creído detectar –o, mejor dicho, estoy seguro de haber detectado en tu argumento, salvando, por supuesto, todo lo que tu argumento tenía de humorada, de improvisación, de gracia, de broma y de apropiado para charlar mientras se almuerza–, salvando todo lo salvable, he detectado una falacia –de la cual, por cierto, no eres tú responsable porque es algo que se dice en ciertos círculos y que ha llegado a ser un tópico dotado de una cierta apariencia de refinamiento paradójico–: esa falacia consiste en oponer radicalmente vitalidad y belleza. Se dice en ciertos círculos y ha llegado a decirse ya en la calle, o en las facultades de Filosofía y Letras, que vienen a ser lo mismo que la calle, solo que en pedante, que el principio de la belleza y de la forma no procede del reino de la vida. Se trata de una característica inversión: quienes lo dicen son homosexuales: son grandes artistas, grandes críticos, todo lo grande y grandes que tú quieras. Pero son, sobre todo, homosexuales. Eso es lo primero: eso es lo último: eso es todo, es el círculo estéril y maniático de la absoluta identidad. Oponen la vitalidad a la belleza con coherencia suma: son coherentes: ser homosexual es ser coherente: tautológico: ahí está la gracia y esa es su desgracia: no pueden seguir ni no-seguir: es la inmovilidad de la muerte: de hecho, lo único que oponen a la vitalidad es su contrario: la mortalidad. Lo funerario, lo concedo, es bello: durante cinco minutos todos los cadáveres son bellos: su ser y su no ser componen una única figura: genio y figura son lo mismo: han acabado y nos complace su acabado. Tal vez creas que ahora sí que estoy exagerando...» Ciertamente ahora exageraba: María pensó que Martín se desbordaba injustamente: Gonzalo era un pretexto: todo era un pretexto para que Martín se desbordara: María se sintió confusa: tanta energía repentinamente desatada al final de un almuerzo divertido con el único propósito aparente de refutar un argumento formulado en broma... La voz de Martín, algo más baja de lo acostumbrado, con su precisa entonación llena de aristas repentinas, alteraba la estancia, volvía incomprensibles los platos de postre sucios que aún María no había retirado: «... No estoy exagerando: tu argumento, Gonzalo, afortunadamente, no se te ha ocurrido a ti. Afortunadamente, repito. Y no es tampoco mío. Me has entendido mal. Tal vez estés pensando, estoy seguro de que estás pensando que exagero: no hay nada más peligroso ni más grave que entre bromas y veras, almorzando, charlando, decir medias verdades que, claro está, son medias falsedades: no lo has pensado bien: son cosas que se dicen: tú no eres responsable, ya lo sé, de la orientación homosexual del arte de este siglo: no te estoy echando nada en cara: ¿a quién podría ocurrírsele en serio que la vitalidad o la belleza femenina se oponen a la idea de belleza? Solo a un homosexual. Quien o quienes, por cierto, son o pueden ser con gran facilidad heroicos. Hay un verso de Eliot que nunca nadie, creo, ha comentado, donde se dice lo mismo que yo acabo de decir: «Unnatural vices are fathered by our heroism.» Una cosa es que yo haya tal vez asegurado que la creación literaria depende estrechamente de la singularidad –e incluso de las singularidades– del creador, y otra muy distinta –que yo no digo y que no pienso– es que lo estético sea lo contrario de lo vivo y que se oponga a lo vivo y que solo la mujer prefiera lo vivo a lo pintado. Yo no soy una mujer y prefiero lo vivo a lo pintado. Es decir: prefiero la pintura de la vida a la pintura de la muerte. Es mejor la vida que la muerte. ¡Es absurdo que se diga lo contrario! María, yo me tomaría otro café, si queda.» Quedaba algo más de media taza aunque ya frío. Martín se bebió el café de un trago. Virginia dijo: «¡Cómo sois, Martín, los escritores, me encanta! ¡Toda esta discusión me encanta locamente, estoy de acuerdo en todo, pero en todo!» Todos se levantaron. Era el fin. Había quedado todo por decir.

Solo Virginia tuvo la sensación, en días sucesivos, de que a lo largo de todo aquel almuerzo y, en concreto, mientras tomaban el café, había sido informada de todo lo esencial. El hecho de que no fuera capaz de recordar ninguna idea precisa –salvo lo de que Safo fue un poeta griego– no solo no disipaba, sino que más bien confirmaba su impresión general de hallarse al tanto del asunto. ¿De qué asunto? De varios asuntos. Que fueran varios a la vez –no obstante muy borrosos– realzaba aquella conversación en su memoria y la volvía filosófica. También Virginia se sentía filosófica. Y aludida. «La filosofía –meditaba Virginia– tiene esto de bueno: que te alude. No como las poesías y las ciencias que o no las comprendes por abstractas o no las comprendes por concretas. La filosofía, en cambio, habla de ti: de mí, de ti, de todo el mundo: te sientes aludida e incluida. De pronto, pum, tu caso. ¡En las tertulias no hay como un filósofo!» Además del poeta Safo, Virginia se acordaba de la palabra «homosexual». ¡Muy impresionante! Virginia se acordaba de que de repente, oyéndole a Martín decir homosexual-homosexual-homosexual, se le puso la carne de gallina. ¿Quién sería homosexual? Sin duda, Safo. Pero, además, ¿quién más? Le hubiera gustado telefonear a Martín y preguntárselo. Pero no acababa de parecerle lo correcto: al fin y al cabo es un asunto íntimo. Dado que Martín no hablaba nunca al buen tuntún, si decía «homosexual», tenía que decirlo por alguno. ¿Quién? Solo podía ser por Gonzalito. ¿Era Gonzalito homosexual? Virginia se sintió escandalizada de pensar, incluso a solas, algo así. Le dio la risa. ¿Daría la risa pensar mal? Virginia, de hecho, no era malpensada. Estaba claro: no era por Gonzalo. Martín hablaba en general, con tono filosófico: todo el mundo tenía derecho a considerarse más o menos aludido. «Homosexual», bien mirada, era una palabra fascinante. La clave de todas las palabras de Martín estaba ahí y no en Safo. ¿A cuento de qué se nombró a Safo? Daba igual Safo que no-Safo. «Homosexual», en cambio, era una especie de sombrilla a rayas amarillas y encarnadas que tapaba a la vez que destapaba todo ello. Pero ¿el qué? Desde luego, Gonzalito no. Ni mucho menos. Ahora que «homosexual» no solo homologaba lo sexual sino también muchas otras cosas: lo nocturno, por ejemplo. «Nocturnidad homosexual», dijo Virginia en voz alta. Sonaba bien: muy homogéneo: con una pizca, a la vez, de peligroso y noctívago. Gonzalito no era homosexual; pero era un noctívago clarísimo. Tendría que hablarlo nuevamente todo ello con María: aquel extraño encuentro con Gonzalo en la Plaza de Neptuno, con Gonzalito a unos pocos metros de Virginia y sin verla.

María sonrió y calzó al niño sus zapatitos de lana, de muñeco. El niño era cada día el renovado asombro, la gran delicia de existir y de darle de comer y de lavarle y de vestirle y de ir viendo cómo se iba haciendo poco a poco al mundo: cómo, a partir de la succión, a partir del tanteo, a partir de las confusas emociones y sensaciones iban haciéndose, para el niñín, las caras, los sentidos cada vez más y más múltiples: la claridad del niño era, para María, imagen de la claridad del amor, el último fin de todo lo que se halla encaminado y también –sin duda– de todo lo que se halla, involuntaria o voluntariamente, momentáneamente desencaminado. Hoy se iban los dos, María y el niño, a pasar el día con los abuelos. Era un acontecimiento semanal, planeado con toda precisión y lujo de detalles por el padre de María, que, a todas luces, daba la impresión de imaginarse general en jefe de una división motorizada cuyo objetivo era el traslado velocísimo y comodísimo del nieto desde Argüelles –que era, al parecer, el campo de batalla– hasta La Moraleja, que era la confortable y resguardada retaguardia. María se reía viendo desplegarse el aparato táctico paterno. El coche, con veinticinco minutos de anticipación, ante el portal. El chófer al volante. La doncella subiendo al piso, llamando al timbre y no teniendo nada más que hacer en absoluto que volver a bajar con María y el niño en el ascensor diciendo: «¡Cada semana que pasa está más guapo!» De creerla, la belleza del niñín iba en aumento a tal velocidad que, dentro de muy poco, todo Hollywood en masa se dispondría a raptarle y habría que trasladarle en un furgón blindado precedido y seguido por todo un parque móvil y la Guardia Civil y los maceros del Ayuntamiento. La verdad era que, al verse abuelos, los padres de María se habían rejuvenecido casi, como decía Gonzalito, hasta aniñarse. Ya estaban todos listos. Ya la doncella había encendido la luz del descansillo y ya había abierto la puerta del ascensor y ya por fin se iban. Martín salió de su cuartito a despedir la comitiva. También esa despedida se iba volviendo una costumbre. Martín sonreía. Martín tendría hoy que almorzar solo. La terribilidad de semejante soledad –juntamente con la de no ser capaz Martín siquiera de poner a hervir un cazo de agua– había tenido que hacer sitio a la inapelable necesidad de ver al niño que habían declarado –casi como una guerra– los abuelos. Afortunadamente todo iba poniéndose en su sitio. Ya arrancaban. Ya dejaban atrás el Arco de Triunfo. Ya dejaban Puerta de Hierro a la izquierda. Ya la velocidad era la exacta. Ya llegaban. Ya entraban en el jardín. Ya se paraba el coche ante la puerta. Ya el comité de recepción que incluía también al jardinero y a su hija, de seis años, vitoreaba y aplaudía al visitante. Y ya, por fin, María se instalaba en un sofá y ponía los pies encima de un taburete de terciopelo granate algo raído. Era igual todas las semanas. Y cada semana era tan gracioso todo ello como la anterior, o aún más gracioso.

«El amor tiene que ser el fin tanto de todo lo que se encamina a ese fin como de todo lo demás», pensó María meticulosamente. Esta expresión, «todo lo demás», tenía inmensa importancia. No solo el hijo pródigo sino incluso las vírgenes necias e incluso aquellos incomprensibles invitados que no acudieron al banquete e incluso Herodes e incluso Barrabás y el mal ladrón, todos tenían que tener el mismo fin. El amor de Jesucristo era de todos. En esto había que fijarse: de esto había que partir: a esto tenía que volver cualquiera que pensase seriamente en cualquier clase de desencaminado. «Por consiguiente...», María, pensativa, volvió a oír los aplausos, volvió a ver el firme verde, el firme azul triunfante de todos los recibimientos y laureles de todo el universo, volvió a sentir la cotidiana exaltación de su felicidad y de su niño y de Martín en casa y volvió a pensar en Gonzalito. «Por consiguiente...» significaba que no podía seguirse, en última instancia, del amor, lo contrario del amor. Por consiguiente, no había que angustiarse. Pero era imposible no angustiarse momentáneamente. «Momentáneamente» era un adverbio consolador. No. Que fuera consolador o no daba lo mismo: «momentáneamente» era un adverbio que servía para poner, para ver, para imaginar, las cosas en su sitio: para pensar los verdaderos sitios de las cosas. María se puso en pie, sobresaltando a su madre que acababa de descubrir, al parecer, el sortilegio de que sonara el sonajero y el nieto repentinamente sonriera. «Ahí os dejo, que me voy con Gonzalito un rato», dijo María, saliendo de la sala.

Gonzalito estaba aún en pijama. También al entrar en la habitación de su hermano se sintió María aclamada y aplaudida: era una aclamación menos ruidosa pero tal vez más honda aquel recibimiento amable que le hacía su hermano: a Gonzalito le gustaba que vinieran a verle: le gustaba sentirse visitado: desde pequeño con el pretexto de un catarro fuerte o de una indigestión o de una gripe, Gonzalito se mostraba siempre satisfecho y muy a gusto haciendo los honores de su cuarto, enseñando sus juguetes, o, como ahora, ofreciendo a su hermana un bombón de licor. Le quedaban cuatro y le ofreció los cuatro. María tomó uno y pensó que, momentáneamente, todo estaba bien. Y sobre todo estaba bien estar allí y que estuvieran los dos juntos, como toda la vida, ya de charla.

Se dio cuenta de que andaba de puntillas. Recorría la conversación como una hormiga que se ha salido de la fila y que transporta un grano de cebada mayor que ella. Imágenes consecutivas, unas encima de otras, a partir unas de otras, quedándose sin deshacer del todo en cada instante sucesivo, como si repentinamente el olvido no acudiera a liberarla, simultáneamente, imágenes estriadas, rayas que a veces ni siquiera se hundían y que zigzagueaban por la superficie de conceptos o demasiado amplios y que por lo tanto venían grandes a este caso, o demasiado abarrotados de noticias, máculas, motas y notas para no ser borrosos y por lo tanto semejantes a hermosos pares de zapatos siempre un número menor que el justo y, en cualquier caso, cargados de la eléctrica llovizna y el imperio de sus sentimientos de siempre por su hermano y, por consiguiente, emborronados a pesar del hecho de ser pocos, a pesar de ser únicamente un mismo sentimiento o conciencia o rebosadero multitudinario de agua limpia y clara y repetida que cabrilleaba al sol en borbotones momentánea y constantemente, de lo mismo: el amor que siempre había sentido por Gonzalo que ahora, en aquella habitación de la casa paterna que era la misma habitación que Gonzalito tuvo desde niño, se mostraba al sol y demostraba que cada instante era más fuerte y más fuerte y al mismo tiempo que más y más claro y distinto, viviente, inconfundible, más y más difícil de aplicar en las presentes circunstancias y que, al no saber María bien cómo aplicarlo, cómo transformarlo en una sola acción real que iluminara y que valiera a Gonzalito, se poblaba de los cada vez más insensatos requilorios, de imágenes morosas cuya vibración permanecía como anterioridad interior o como intimidad irrelevante de todas y cada una de las imágenes siguientes y así culebreaba por el lago de todos los conceptos y, sobre todo, para desazón de María, por la enaltecida superficie inmemorial del cuarzo del concepto del amor, es decir, de aquel amor que en aquel preciso instante estaba sintiendo, como una hormiga desacompasada, por su hermano. Gonzalito acababa de decir: «La verdad es que el otro día se me quedó todo por decir. Martín estuvo, reconócelo, bastante insoportable y, además, mintió.» Gonzalito enfatizó «mintió» por el procedimiento de quitarse la chaqueta del pijama de un tirón, sin desabrocharla, como los jerséis, por la cabeza. «¡Luego te extrañará que mamá se enfade porque vas siempre sin botones, mira por dónde te he pescado haciéndolo infragantis!» María se echó a reír y repitió: «¡Infragantis-infragantes-infragantas-es-el-plural-de-infraganti-infragante-infraganta!» Era no decir nada y era salirse por la tangente y era, por lo menos, un alivio reírse juntos en aquel momento. Hacer juegos absurdos con cualquier palabra, declinándola a coro en una especie de latín muy amarillo, era un juego de siempre de los dos. Ahora no servía de nada, era un alivio nada más. Solo tal vez muy al final de todo, de ambos, con el último latido de la vida, con las últimas briznas, podría servir para que Gonzalito supiera y sintiera que María estaba allí con él y que le amaba. De momento, pues, solo un alivio. Todas las palabras y las frases que Gonzalito había ido diciendo eran ya invisibles e inaudibles. Así pasaba siempre. Pero María solo lamentaba que así fuera solo cuando algo muy importante se decía y María pensaba en una hormiga de cinturita infinitesimal y gran cabeza y cuerpo de bola de charol y se sentía desazonada. Gonzalito había estado diciendo durante toda la última media hora que el discurso –Gonzalito lo denominaba justo así–, el largo discurso de Martín al postre le había hecho mucho daño. Unas veces subrayaba el daño y otras veces, como acababa de hacer hacía un instante, la mentira. Y el daño venía de la mentira y la mentira venía del daño, entendido por Gonzalo como una precisa voluntad de hacerle a él, Gonzalo, daño, cuanto más mejor, que Martín había fingido no desear causar y hallarse limpio de hasta los más mínimos vestigios del adrede, hablando en general. ¡Valiente hipócrita! Gonzalito ahora resumió todo lo dicho poniéndose un jersey azul marino de cuello alto y repitiendo, justo cuando sacaba la cabeza: «¡Martín es un perfecto hipócrita!». María pensó precipitadamente que defender a Martín de semejante acusación no venía a cuento. Era evidente que Gonzalito se servía de la expresión «hipócrita» como quien convierte en arma arrojadiza un valioso plato de porcelana china. Da igual que atine o no, porque solo se trata del efecto y del ataque y de que sea el objeto más valioso que el interlocutor piensa en ese instante. Gonzalito era a veces infantil. María pensó, como un pinchazo: «Alivio. Quiero alivio: sí, infantil alivio.» Bastaba con «infantil» y con «alivio» para obviarlo todo y disimularse en la paz superficial de la obvia fratría de los dos. No disimularse. No evitar el empujón y no evitar caer si, llegado el caso –y ahora había llegado el caso–, había que caerse y que matarse. «Da igual», pensó María, «ahora: esto.» «Esto quiere decir», dijo Gonzalito, que había vuelto a sentarse al borde de su cama y que hablaba, con ojos muy abiertos, mirando a su hermana fijamente, «que, una de dos: o bien que no le gusta que se sea consecuente con sus propias frases porque él es, él mismo, inconsecuente, o bien que mintió. Y yo, personalmente creo que mintió. Martín mintió. Sabía de sobra que lo que yo decía era consecuencia de lo que él ha dicho mil veces. Pero de pronto para fastidiar, para joder, para joderme, dice justo lo contrario. Martín es un falso. Lo siento por ti: es un falso.» A veces parecía que Gonzalito giraba a gran velocidad inmóvil en un punto. María tuvo ahora esa impresión. Había que atacar, sacarle fuera. «Te equivocas. Todo lo que Martín hizo fue decir que tuvieras tú, precisamente tú, cuidado al decir o al pensar que por un lado va la vida y por otro va el arte y que no tienen entre sí nada que ver. A mí me consta que Martín cree lo que dijo: es decir: que sí que tiene que ver, muchísimo que ver, lo uno con lo otro. Martín lo cree y a mí me consta que lo cree, Gonzalo, ¡no te me pongas tiquismiquis y ñoñín y sacapuntas, sacafaltas, sacalenguas!» Fuera. Ya estaban los dos fuera y a la vez: fuera de las bodegas, escondites. ¿Le constaba? ¿Mintió? De momento daba igual porque ahora mismo estaban fuera. Fuera, sal fuera. Fuera es estupendo: estamos los dos, estamos todos y está todo aquí mismo: mueran las bodegas y los pasadizos y los topos y todo interior que solo quede dentro sin afueras. ¡Fuera dentro! Alegría instantánea resuelta-resolución-resultado: María tuvo la sensación de abrir los ojos en aquel momento como si justo en el previo momento los hubiera cerrado por indicación de Gonzalito (mientras Gonzalito iba y venía y ponía un regalo ahí delante) y que ahora, al abrirlos, se veía el destello inmenso de la plata del papel de plata del regalo. (No debía, por cierto, dejarse siempre seducir sin más por aquellas curiosísimas imágenes que instantáneamente su conciencia generaba, expectativas puras, deseos deseantes que habían resultado del todo inadecuados ya otras veces.) Inadecuados esta vez también: seguían aún en la bodega y esa bodega era un interior que solo daba a otro interior. Y ahí seguía Gonzalo: «Los sentimientos se sienten y no se pueden evitar: se sienten y se sienten. Y los deseos lo mismo y por sí solo eso está muy bien y tú también lo crees igual que yo y tú ya sabes lo que a mí me pasa y seguramente habéis hablado de ello muy los dos cuchu-cuchu el cónyuge y la cónyuja ambos acostados en su casta cama doble. ¿Sí o no? ¡Di la verdad, María, anda, dila, no te vuelvas tú también, tú no, una mentirosa y una falsa porque eso tú nunca lo has sido y además me quieres mucho! ¿A que me quieres mucho? ¡Pues claro! Pues entonces dime si lo habéis o no lo habéis hablado y más de una y más de dos y más de mil ochocientas veinticinco veces! Martín me demostró que estaba al cabo de la calle de lo mío y eso solo puede ser así si tú se lo has contado. María: contesta solo sí o no: habláis de mí con frecuencia tú y Martín, ¿sí o no?»

María dijo: «Hablamos de ti, desde luego. Si no hablara de ti, ¿de quién hablaría yo? Y, de ti, además, hablo más que de nadie. Así que sí, hablamos de ti.» Gonzalito, que había permanecido inmóvil, sentado al borde de la cama, ahora se tumbó en la cama y, mirando al techo, con las manos en la nuca –una postura, que al adelantar ligeramente la cabeza le confería un vago aire de gimnasta–, dijo: «No sé, francamente, si me parece bien o me parece mal, eso que acabas de decir. Más bien, mal. Porque, si bien está bien que hables de mí, a ser posible bien con todos, está mal que hables de mí, incluso si hablas bien, con alguien que no me quiere bien: o mejor dicho: que me quiere, al revés, mal. Martín me ve al revés. Martín me invierte: no solo a mí: todo lo que ve lo ve invertido: reflejado: imitado: reproducido, repasado y revuelto y repetido y remoto. Así es Martín y siempre será así porque Martín, eso sí, es un auténtico escritor: odioso, pero auténtico: no lo dudes, María, has adquirido un objeto artístico total: garantizado, certificado, conocido y reconocido de por vida por todos los del gremio. Enhorabuena.» La voz de Gonzalito contenía inmensa satisfacción: la gratitud ampulosa de quien ha pensado mal, ha acertado y devuelve al universo mal por mal. En esto había fervor. Voluntad de verdad y de evidencia: había, incluso, la suficiente admiración y afecto por Martín para que todo lo dicho quedara aún suspendido, sin efecto, como una especie de mal chiste o de broma pesada, que a efectos de la reunión de la familia, nadie tiene en cuenta o toma en serio. María no podía, claro está, no tomar aquello en serio. Y no podía, porque «aquello» era un conjunto acelerado de detalles que casaban por una parte con todo un lado de Martín –o de una cierta idea acerca de Martín que María cada vez iba más no pudiendo no pensar– y, por otro, con todo un lado de Gonzalo, el más nocturno, el menos comunicativo o, para María, inteligible. Ambos lados, ambas personas con toda su minuciosidad y concreción y opacidad reales estaban a la vez, en aquel instante, en su conciencia: el hecho de que la complejidad singular de ambos conjuntos se redujera solo a sus nombres propios, era lo único que a María –también en ese mismo instante– no le preocupaba. Bastaba con decir, como en los mementos de vivos y difuntos de las misas, «Martín», «Gonzalito». Que bastara con eso tenía suma importancia: para que María pudiera verlos siempre, para referirse con claridad a ellos, para encomendarlos a Dios y, sobre todo, para cuidarlos y quererlos era preciso dar con lo esencial cada vez y en cada caso, era preciso dar instantáneamente y de continuo y siempre con lo propio: sus dos nombres propios daban a María sus dos inconfundibles existencias, una repetición de cientos de detalles que diferenciaban a cada cual del todo, reteniéndole en la claridad del todo constituido en la conciencia de María por la energía totalizadora de lo que María, como casi todo el mundo, denominaba «amor». «Te equivocas con Martín: tal vez sea verdad que no te entiende, reconoce que tampoco eres tan fácil de entender, pero no es verdad que te vea mal o que te vea, como tú dices, al revés. Eso son figuraciones tuyas.» Pero María en el mismo momento de decirlo reconoció que incluso siendo solamente figuraciones de su hermano, la figura de Martín que se veía, como a través de un catalejo, en ellas, era verdad: Martín era reconocible con toda claridad en lo que Gonzalito decía de él. No era todo: pero era del todo de Martín. María reconoció que Martín tendía a verlo todo en el constante espejo y reflejo de sus frases. A su vez, Gonzalito se deslizaba hacia una existencia no-feliz. María se dio cuenta (quizá por primera vez en ese instante) de que solo era capaz de imaginarse estados positivos de conciencia: la felicidad, el buen humor, el buen amor, el bien: no eran conceptos: no eran palabras: aunque María tenía que pensarlos mediante conceptos y palabras no eran tampoco solamente estados: era la conciencia, su conciencia, llena de las cosas más corrientes que todo lo transfiguraba en realidad: la realidad transfigurada así era independiente de María: ser feliz era ya un ser indiscutible. Por eso, por la fuerza que tenían estos seres –estos estados de conciencia que eran seres reales–, María nunca usaba para designar sus contrarios palabras que contuvieran negaciones furtivas, como infidelidad, infelicidad, invidente, imposible... Prefería usar las grandes palabras, que significaban todas esas grandes cosas, cada cual con su inmensa afirmación, como una simiente. Y, si no podía evitarlo, anteponer, de cuando en cuando, el «no» como una ortodoncia, un artilugio, un aparatito que es de quita y pon y que solo niega lo que niega a temporadas. Que Gonzalito fuera «no-feliz» era infinitamente menos duradero que «infeliz»: lo mismo que «desgraciado» o «desdichado» eran muchísimo peores que «no-graciado», «no-dichado»... La rareza de usar el «no» a pelo al hablar o al pensar en español era, a juicio de María, conveniente en grado sumo: así jamás la negación empaparía las afirmaciones. Gonzalito era, pues, no-feliz, lo cual significaba que era feliz con cierto impedimento, lo mismo que los ojos de cristal, dientes postizos, patas de palo, brazos articulados al final con una pinza –como un estanquero de la calle Ponzano que María vio una vez y que con una pinza daba el cambio y los paquetes de tabaco y hasta contaba sellos porque ya la pinza recordaba lo mismo que, en su día, había aprendido a hacer la mano que no-estaba. Era mil veces más verdadero decir de la mano del estanquero que no-estaba que decir (como quien no se rebela, como quien se cansa o se resigna) que le faltaba–. «Para ser auténtico del todo a Martín solo le faltaba la cualidad más común del escritor: ahora ya la tiene: ya miente con facilidad: la demostración del otro día es concluyente: asunto concluido: ya contamos con un auténtico escritor en la familia.» La amargura de estas frases era tan abultada, tan rematada y, a la vez, tan agresiva que a María le pareció una hiperamargura de chiquillo, una amargura que, como un corte superficial en un dedo, duele más que nada y se remedia con mercuriocromo. «Gonzalo, no seas infantil. ¿A qué vienen todas estas tonterías? De acuerdo, Martín estuvo odioso. Pero también estás odioso tú ahora mismo y no me pongo trágica.» «¡Cómo te vas por la tangente, María, por las ramas, qué bien lo has aprendido en poco tiempo: el disimulo fiel de la casada fiel que ha descubierto el mismo día de la boda, esa misma noche, que lo único imperdonable en cualquier santo matrimonio es llamar a las cosas por su nombre: dórese y tráguese la píldora día tras día, de aquí a la eternidad, o lo que es lo mismo, hasta que la muerte misericordiosamente os separe!» María se levantó de un brinco. Gonzalito se merecía una bofetada. «¡Te estás poniendo demasiado imbécil, Gonzalo! No tienes razón, eres injusto, estás diciendo payasadas, vengo a verte, me gusta estar contigo, nos divertimos juntos, nos divertíamos mucho de pequeños, ahora me hartas. No tienes razón. Martín estuvo mal, estoy de acuerdo. Pero tú estás peor, tú lo pones peor, tú te has propuesto, no sé por qué, hacerme daño, y como ves que no te tomo en serio te pones más amargo cada vez, eres un crío... ¡Por favor, no seas crío!» Gonzalito repentinamente se entregó. Cedió de pronto. De repente se deshizo toda obstinación, toda resistencia. María perdió pie. E inmediatamente después, como el efecto de una droga, sintió alivio. Si María hubiera sido malpensada hubiera pensado que su hermano, tal vez, fingía que cedía para ganar después terreno, para ganar tiempo, para desorientar o para desgastar a su impetuoso adversario. Pero María no era malpensada. Gonzalo acababa de decir: «Tienes razón. Perdóname. Lo siento. De verdad, lo siento mucho. He hablado así porque no soy feliz, porque me siento desgraciado. No tengo nada contra Martín. Todo lo que he dicho era por joder, por fastidiarte, por mandar todo a la mierda, porque no soy feliz y porque sé que nunca voy a serlo. Y porque estoy lleno de amargura. Perdóname.» Ahora estaba de espaldas a María, mirando al jardín a través de los cristales. Se había puesto en pie mientras decía lo anterior, había llegado, incluso, a ponerse en cuclillas junto a la butaca de María, María había contemplado sus desolados ojos azul claro, luego, casi de un brinco, Gonzalito había ido a la ventana y se había dirigido a María desde ahí, luego, con la última palabra, se había vuelto de espaldas. Todo ello resultó teatral. Casi amanerado. Con la teatralidad efectista de un mal actor declamatorio. Tal vez fuera la edad de Gonzalito combinada tal vez con la vehemencia y la imprecisión de sus sentimientos encontrados. Para María, no ser malpensada consistió en este caso en no percibir teatralidad ninguna en los movimientos y gestos que enfatizaron las últimas frases de su hermano. María era incapaz de distanciarse adrede de su hermano: todo, por lo tanto, tenía que tomarlo en serio, incluidos los efectismos y las ridiculeces. María no pensaba mal de nadie porque, entre otras cosas, era insensible a la fealdad de quienes amaba. Al tratarse de su hermano, la simple afectación indicaba simplemente gravedad. Y María era consciente, ya desde los años adolescentes de Gonzalito, de las graves dificultades que su hermano tendría que soportar para llegar a ser feliz. Los sentimientos de Gonzalo: he aquí una selva minuciosa que María se acostumbró a recorrer, bien que mal, desde pequeña. De entre todos esos sentimientos, el que más había acabado por sobresalir, a partir de los dieciséis años, era el de enamorarse de sus compañeros. Gonzalito empleaba esa frase: decía «estoy enamorado de...» y añadía el nombre del muchacho correspondiente. María creyó durante algún tiempo que Gonzalito empleaba esa frase, como buen guasón, para reírse de ella. Luego comprendió que la empleaba en serio. Y luego comprendió la seriedad de este sentimiento. Para comprender esa seriedad se sirvió María del único método que conocía: comparó los declarados sentimientos de su hermano con los suyos: la seriedad de los suyos tenía que ser equivalente a la seriedad de los sentimientos de su hermano. Semejante sentimiento, a ojos de María, solo se siente en serio. De algún modo María se detuvo ahí, en la seriedad del estar enamorado y sin considerar ninguna otra cosa más, excepto las dificultades y el dolor que Gonzalito tenía que sentir. La violencia de su hermano, desde muy pequeño, verbal o no verbal, había sido siempre así: como esta última violencia, ejercida contra Martín y seguida del arrepentimiento y de la negación de la validez de lo anterior que quedaba de esta suerte dulcemente evocado, elidido, superado por la nueva lengua mutuamente perdonadora que los reunía, que los hermanaba una vez más, curalotodo infantil como una catarata que nunca había dejado cicatrices. Tampoco ahora las dejaba. Ahora también caía con el estruendo gigantesco de bandadas de aves migratorias que se arremolinan alrededor del pueblo, que ennegrecen los campanarios, las copas de los álamos, hasta que se alzan y hasta que, vertiginosamente unificadas, se pierden en la amistosa luz deslumbradora del cielo aquiescente, del mediodía abierto. María dijo: «No hace falta que lo diga, pero lo voy a decir para que pase lo mismo que otras veces: te perdono de todo corazón y deseo que me perdones tú también a mí de todo corazón todas las deudas pasadas presentes y futuras que yo te deba a ti aunque ya ni me acuerde y las que tú a tu vez me debas a mí aunque ya ni te acuerdes ni por lo más remoto...» María dijo todo esto de un tirón como si fuera un latín de letanías porque era, de hecho, una oración para María y había sido, para Gonzalito, también una oración cuando eran niños y se perdonaban mutuamente usando estas frases, o frases análogas. Gonzalito –que había vuelto a sentarse al borde de su cama y que había escuchado, con ojos muy abiertos, inmóvil, a su hermana– dijo entonces, como aprendió a decir de niño, al aprender el catecismo, la frase correspondiente que cerraba todo aquel procedimiento sin dejar ni rastro: «Amén que significa así sea.» «Así sea», repitió María, como está mandado. Asimismo «mandado» estaba en esos casos que los dos hermanos cambiaran de conversación y, a ser posible, de lugar –bastaba con ir de una habitación a otra o, dentro de una misma habitación, de una esquina a otra–: María añadió, por consiguiente: «¡A comer, vamos a comer, lávate las orejas y las narices y los dientes, Gonzalito, cochino, que es hora de comer y con hablar y hablar contigo el niñín todavía no ha comido, voy volando!» Gonzalito se reía viendo a su hermana salir de la habitación a la carrera. Él mismo, sin embargo, solo se quitó el jersey y el pantalón del pijama y volvió a tumbarse en cueros sobre la cama deshecha. Faltaba un cuarto de hora para bajar al comedor. Sobraba tiempo para desdecirse y para desdecir, yendo al revés, la oración que acababa de decir su hermana, con fe viva. Gonzalito pensó: «También tengo yo fe: la misma que María: pero muerta: es igual que la viva, igual-igual-igual y dura igual, hasta la muerte: pero entonces la muerta se junta con la muerte: lo igual con lo igual: un igual con un igual son una iguala tan igualada y tan sin sobresaltos y sin vida que por no tener no tiene ya ni sexo: lo mismo da decir la asexuada que la igualada que la mejorada que la muerte, que la muerta muerte que la iguala. Y es mejor decir lo más gracioso, lo más curioso y lo más médico: la iguala: ¡el resultante de los dos iguales!» Se sintió inspirado: aquella ocurrencia graciosísima a su vez daba lugar a un rabo: a saber: «¡Dos iguales para hoy!», voceó Gonzalito, como un ciego.

María pensó: «Así es, así era, así será siempre.» Del «así es» parecía provenir no solo todo lo anterior, el pasado, sino también todo lo posterior, aún dormido, como el niño, el futuro. Se oía la máquina de escribir de Martín desde el dormitorio y desde el cuarto de estar e incluso desde el pasillo que daba primero, a la derecha, al baño y luego después, también a la derecha a un cuarto que de momento hacía de comedor y que después, sin nunca dejar de ser el comedor, sería el cuarto del niño, cuarto que, aun siendo a juicio de María muy emocionante e inmenso, era solo un rectángulo de tres metros y medio de largo por dos de ancho con dos ventanas cada una de las cuales daba a un patio muy distinto y que, en resumidas cuentas, daba acceso a una cocina, rectangular también, aún más pequeña. Que la máquina de escribir de Martín pudiera oírse durante todo el santo día con sus acelerones, sus detenimientos, sus súbitos silencios que a veces se alargaban largo rato y sus pausas que eran los silencios preferidos de María, como claros de un bosque muy cercano, era en conjunto una presencia viva de Martín que casi era lo mismo que sentarse con el propio Martín en el cuarto de estar, a última hora de la tarde, antes de la cena, viendo jugar al niño que ya iba y venía a cuatro patas por la casa, hecho un sucio. El «así es» significaba también aquella intensa sensación de felicidad que unificaba los días y las noches en un mismo presente. «Un presente es un regalo», pensaba María, pasándose de lista, y encantada con su juego de palabras que era, indeliberadamente, parte de los juegos de palabras de su niñez y de sus años de colegio, una costumbre que indirectamente fue esencial al principio de su relación con Martín, cuando los juegos de palabras de este, su habilidad verbal, fascinaban a María. Aparte de todo lo demás, como con fuerza y valor independientes (aunque, claro está, complementarios) Martín hablaba maravillosamente bien. También escribía maravillosamente bien, pero María –sin decírselo– valoraba aún más lo bien que hablaba. Daba gusto escucharle contando cualquier cosa, analizando cualquier cosa. Por eso cuando, sin verle, oía su máquina de escribir, María se acordaba de su voz, de la movilidad continua de su voz que todo lo encantaba. María se sintió todo lo cursi y satisfecha que puede sentirse una mujer casada cuando dijo en voz alta, dirigiéndose al niño que en aquel instante acababa de descubrir los encantos de golpear la pata de una silla con una zanahoria: «La voz que habla es la voz que canta porque es la voz que encanta.» Dicho lo cual, María añadió: «Tu mamá es una redicha y una cursi, nene.» ¡Cuánto había crecido el niño! ¡Qué deprisa todo! ¡Qué gran velocidad, con todos los detalles desde que se conocieron hasta aquí! María dijo en voz alta lentamente: «Gracias, Señor, porque así es y porque ahora...» María se detuvo, dudando entre decir «ahora es ahora», «así será siempre», o «parece que el tiempo no ha pasado y de repente es ahora y todo es lo mejor y exactamente lo que yo quería». Algunas veces –y así lo hizo esta vez– María hacía un esfuerzo por no hablar: procuraba no dejar que se empeñaran las palabras y las frases en ser dichas casi antes que las cosas que habían de decirse y que tal vez ganaban fuerza y claridad pensándose o sintiéndose sin frases. Esto ocurría, sin la menor duda, con Dios y con el deseo de dar gracias a Dios y con el deseo de poner ante Dios o ante la propia conciencia la propia vida. Todas las palabras y todas las frases parecían entonces recortadas. Recortes de lo que se quería decir que, siendo un todo, casi siempre tenía que quedarse dicho a medias. «Hablar es conformarse con lo indispensable», pensó María. En este punto tuvo que conformarse con pensar, evitando cuidadosamente el atropello de todas las palabras y del todo multitudinario que, en teoría, tendría que pensarse y que decirse: «Sí, Señor, así será siempre.» Al niñín le sacaban de paseo en una silla que había sido, por lo visto, de Gonzalo. Y esta silla tenía un toldo azul descolorido con flecos en los bordes. María lo llamaba «el palanquín» por el aire moruno que tenía, aire de trasto, de segunda mano, de ganga que se adquiere en un bazar del Pakistán mientras se oyen las sonajas rápidas, los cañaverales de unas flautas monocordes agridulces, con las narices confundidas por la complejidad del fuerte olor de un río y un mercado y un palacio hecho de piedras grandes redondeadas como Budas, y que contiene lo rancio de lo frito y una inmensidad de pimentones-pápricas y especias. Y el niñín era un Buda con un gorro y Martín un sabio sefardita que había vivido y dado clases de Filosofía en Nueva Delhi y ella misma una princesa muy del interior de casi el Tíbet, cerca del final de la Muralla China. Todo esto, a la vez que «así sea». María no creía que llegaba nunca a rezar rezos propiamente dichos –a excepción tal vez del Padre Nuestro– porque en la oración se amontonaban como chinos, siempre miles y miles de ocurrencias no siempre congruentes con la oración principal de su oración. Así ahora se impuso otra oración: «Ahora es todo de verdad.» María no salía de su asombro, el jubiloso asombro cotidiano de hallar cada mañana en su alacena las silenciosas tazas del desayuno, por ejemplo. Aquel vivir sin sobresaltos. Prefigurado en juegos infantiles: María se acordó de las casitas: ahora era otra vez jugar a las casitas, solo que con tazas de verdad, con leche que hierve de repente y que se sale de su cazo, con verdaderos cazos y sartenes y baños que se llenan y vacían y donde se bañaban ellos dos, por turno, y donde el niño era bañado por María. Qué pasiva elegancia tenía aquel ser bañado por, ser amada por, ser freída por... narices, por María, la patata. Encanto, encantamiento, encanto de la realidad, de que todo fuera ahora de verdad, que había ido aumentando con los días, los meses y los años y aún seguía en aumento como si aquella nueva cualidad, la realidad, además de ser un predicado de cada acción y cada cosa fuera una cierta suma, una especie de final instantáneo de todo veo-veo, cuyos sumandos eran los instantes, las actualidades percibidas, los finales que en cada momento hacían de cada cosa «esa cosa», unos sumandos, pues, escalera arriba que iban concentrando más y más cada vez la suma entera hasta llegar –María lo daba por supuesto– a la suma perfección. María se sentía con frecuencia conmovida por esta idea de una suma que incesantemente lo sumaba todo, lo minúsculo igual que lo mayúsculo hasta acabar en el océano de la realidad más familiar: la realidad a secas. Estar enamorada de Martín consistía en eso: en que la realidad era cada vez más realidad. Monotonía fertilizante, variedad inmóvil,

¿en qué consistiría este ser de verdad de ahora de las cosas que se extendía como un gigantesco océano Pacífico desde un botón de una camisa de Martín correspondiente al tercer ojal contando desde el cuello, al niño que ya trepaba con gran facilidad a todas las sillas y sillones? Era curioso que, por ejemplo, en estos dos últimos ejemplos la realidad fuera un poder tan fuerte que para no verlo había que negarse a verlo. Sin negación explícita ni el botón ni el niño se apartaban. Las cosas reales no podían apartarse jamás de la conciencia porque siempre, si se iban, volvían mansamente al lugar donde María se encontraba, como animales domésticos. Las cosas de verdad, a diferencia de las cosas del «jugar a las casitas», protestaban enérgicamente al más mínimo roce del olvido. Cómo se retraían en cambio los pobres juguetes, qué feos se volvían, qué intranquilos se alineaban en las estanterías del cuarto de jugar de Gonzalito y de María, cómo se torcían los muñecos, los polichinelas, incluso los sólidos y reconfortantes ositos que se llevan a la cama, acababan con la patachula, la cabeza al revés, sus grandes ojos de cristal amarillo con un pincho, perdidos con las canicas de cristal, anegados por una inmensa timidez de sombrerito y de corbata usada y de zapato sin tacón y de habitantes de los armarios altos del pasillo que solo se miran una vez al año. Ningún juguete se salvaba, ni la muñeca más dotada de parpadeos o vestiditos o puntillas, todos se volvían simulacros, signos apenas ya reconocibles de un entusiasmo que tal vez inspiraron: ahora, en cambio, las cosas de verdad, en vez de retraerse se imponían, exigían ser vistas, ser visibles y cada cual se alzaba ante María, por separado, con mucha impertinencia, a cualquier hora, viniese o no viniese a cuento, terminantes, finales, consumadas redomadas sumas conscientes del poder que cada cual tenía por el mero hecho de existir. Aquella mañana, mientras el sol volvía desmesuradas todas las estancias de su piso, oyendo la máquina de escribir de Martín, poniendo por centésima vez al niño su botita, que tenía la manía de quitarse él solo, María dijo en voz alta: «Soy feliz. Te lo agradezco. Así será siempre. Así sea.» Un gran atrevimiento hablar así, quizá una transgresión, una acción de gracias, un acto de entusiasmo, ejecutado, para mayor complicación y paradoja, a la una menos veinticinco de un mediodía cualquiera, en un pisito del cotidiano Argüelles.

Martín volvía de la facultad. Atardecía. Le gustaba darse ese paseo: iba pensando que alguien seriamente –tal vez él mismo– tendría que alzarse en armas contra la definición de *beatitudo* de Boecio. Toda la tensión, el aire de almacén, de nuevos ricos, de prebendados del Caudillo y de la Iglesia, provenía del *agregatione.* El atardecer juanramoniano de la Ciudad Universitaria, verde y malva, disuelto el oro repentino del oeste, del corazón enamorado, de toda la profunda primavera, como el fuego fatuo de la vida y la muerte caedizas con el sol, con el resol, con las imaginaciones vagabundas, hacia la lejanía de un último paisaje no mirado, pensado, iluminado por la luz de la conciencia alerta, dormida y leve, pero alerta, nostalgia sin nostalgia del final, solo mental, del mes de abril. Martín pensó, como quien va cogiendo con una pinza pelo a pelo todos los pelos recortados del suelo de una barbería, lo inacabable con la inacabable meticulosidad de un personaje inverosímil, un pobre neurótico: «No deseo ser feliz. Ahora mismo estoy siendo feliz, me gusta dar este paseo, me gustará llegar a casa, me gustará encontrarme con María, me gustará cenar los dos después de haberse ya dormido el niño y me gustará, por fin, acostarnos y, como de costumbre, hacer el amor. Disfrutaré con todo eso. Y estoy disfrutando del consabido encanto de este paseo desde la facultad a casa, al filo del atardecer de primavera, tanto por lo que tiene de presente y de pasado como por lo que tiene, dadas mis circunstancias, de futuro. Tengo la beatitud asegurada porque tengo, uno por uno, todos y cada uno de los bienes que hacen felices a los hombres y muy en especial el bien de estar seguro del mañana. Ahora bien: en este estado no estoy en el estado narrativo sino, sencillamente, en el fruitivo o degustativo o posterior o, si se prefiere, previo a cualquier clase de deseo de escribir. No deseo escribir. Esto es normal. Lo natural no es escribir, es vivir. Pero yo deseo escribir: deseo ese deseo. Por lo tanto no deseo, en realidad, vivir feliz a secas. He aquí este atardecer: soy feliz: no se me ocurre nada en absoluto: ni su melancolía, ni la intensa inquietud de los malvas, los oros, los cambiantes verdes que ahuecan los remolinos aterrorizados de los gritos de los pájaros, me dicen nada: la felicidad es un estado en el sentido de que es una campana de cristal: una vez dentro nada nos conmueve. No hay por qué. Ni para qué. Ni ocasión. Ni necesidad ninguna de decir nada en absoluto: basta con tenerla. Así, por ejemplo, ahora mismo, si sintiera inquietud me llevaría la inquietud al alma de esos horrorizados gorriones que huyen de la noche y el leve firmamento cada vez más infirme se llenaría de frases y de símbolos. María es demasiado dulce para mí: lo mismo que la vida: estoy, en cierto modo, mucho peor de lo que estaba, porque cada día estoy mejor...» Ya estaba en la esquina de la avenida de los colegios mayores y decidió alargar el paseo, bajando hasta el final de la avenida, y subir luego por la carretera que cruza todo el Parque del Oeste y lleva hasta Rosales. Subiría a su casa por Marqués de Urquijo. Media hora más; tres cuartos de hora, como mucho. Se había hecho de noche. Siluetas delgadas de estudiantes. Martín de pronto se detuvo. Gonzalito. Tenía que ser Gonzalo el chico que acababa de cruzar la avenida, como saliendo del Nebrija y que acababa de colarse, a través de un agujero que Martín veía ahora claramente, del alto seto de boj, en el parque húmedo y sombrío y alto y súbito en las copas de los últimos álamos mecidos por el viento, la consumada noche nemorosa. Era Gonzalo. Seguro. Era Gonzalo. ¡Qué diablos andaba haciendo allí! Martín pensó: «Este Gonzalo no va bien. No va mal. No va bien. La verdad es que a mí me da lo mismo. No le tengo afecto y es injusto no tenérselo porque él dice que me tiene afecto, en cambio, a mí. Y su hermana lo confirma. Será verdad. Me da lo mismo. He aquí un abstracto emocional: este me da lo mismo es, desde luego, una emoción. Pero se trata de una emoción enteramente negativa hecha del todo de no sentir: Gonzalo representa para mí, en grado sumo, toda la falta de emoción con que lo siento todo. Solo con María estoy seguro de sentir emociones llenas de emoción. Y solo con la literatura. No hay más.» La cuesta le arrastraba muy deprisa, casi más deprisa que sus propios pensamientos y fraseos. De pronto se sintió sumido en una extraña vega o vaguada irreconocible: sabía dónde estaba y, a la vez, no recordaba haber estado nunca allí. Olía a podrido. La noche era de pronto una acusada negación de todo resplandor y toda forma definida: la noche era lo informe, lo indeciso, lo impuro, lo nulo, lo inútil: una vida inútil, perpetuamente desatenta, como un animal despavorido, como un perro aterrorizado que aúlla. Martín se sentía empapado de sudor. Con miedo. De pronto, el miedo, como una agresión ilimitada, como quien no hace pie no obstante hallarse no lejos de la playa. Echó a andar. Muy deprisa. Al contrario. Hacia arriba. Era una huida. Huía. Era consciente de que era consciente de huir. Ya casi arriba nuevamente. Por la acera izquierda. Frente al peristilo iluminado del Telón de Arrese. Musitó: «El Telón de Arrese.» Era un alivio lo corriente. La vulgaridad, los chistes, el SEU, la esposa de su excelencia el jefe del Estado, él mismo, el propio Martín, mágicamente a salvo de aquel repente tortuoso, una inflexión impremeditada de una voz de mando procedente de un mundo inverosímil, una vaguada ondulatoria, una imbecilidad, una locura, un mal sueño, el genio maligno de Descartes. Frente al Ministerio del Aire, por «Descartes» se acordó de Sartre y su teoría de las emociones. La emoción confiere a sus objetos sus cualidades *ad aeternum*. Ahora el miedo que sintió era un extracto: rápidamente Martín lo hizo girar en su conciencia: nada: no había nada: mañana por la mañana, si bajara a verlo, no habría nada: desmontes, dos o tres carreteras que se cruzan: la vía del tren, uno de los accesos a la Casa de Campo: un lugar de paso, un cotidiano, un desdibujado sitio de Madrid: la cualidad aparecida iba infinitamente más allá de lo visible: una sustancia extendida por toda la sustancia: un horror.

El ascensor. El descansillo. El llavín. María saliendo del dormitorio, el niño a cuatro patas: todas las luces encendidas, todas las estancias adecuadamente iluminadas, cada cual mostrando, en propia perspectiva, sus cualidades primarias, sus cualidades secundarias, sus domesticadas propiedades ya dispuestas al *tour du propiétaire:* su casa. Cenaron. Se acostaron. María había estado contando algo acerca de Virginia: que Virginia tenía un novio: otro novio: el mismo novio: daba igual: la palabra «Virginia» le servía para indicar que podía desatender: Martín había, pues, desatendido consistentemente las anécdotas que María le contó mientras cenaban. Ahora quería hablar. María recorrió con el dedo índice de la mano derecha el perfil de Martín como si moldeara un cabezón de barro. María dijo: «Más feo que Picio. Si te agarro la nariz y tiro fuerte se despegará e irás a clase sin nariz y tus alumnos te cantarán aquello de que Pegotín es un chivato. Tienes un perfil como de gato.» Eran las frases del amor, las tonterías que se dicen o que María, por lo menos, le decía como si fueran ellos dos, dos niños. Hablar. Ahora quería hablar. Una voluptuosa gana de empezar a hablar le poseía.

María pensaba que la inmensa suma deslumbrante de estar casada con Martín y haber tenido un hijo que ya sabía decir «patopato» cuando le ponían los zapatos era un don. Ahora estaba claro que Martín se disponía a contar algo: María reconoció las repentinas estribaciones de la cordillera del querer hablar: Martín podía leerse como un libro abierto escrito todo en grandes letras para niños: ya hablaba: ya iban caminando por un sendero ya bastante pindio: ya cada vez había menos árboles y menos matorrales y más rocas, más nieve: al habla toda la montaña: bravo: un protagonista: mi protagonista, mi personaje: este personaje es un personaje muy distinto a mí: muy parecido a mí: la consistente gracia del asunto es que, a la vez, sea yo y no-yo: ¿te das cuenta, María?: María se daba cuenta de que este personaje iba a ser una novela-río: por lo tanto iba a irse intercalando con algunos otros cuentos y novelas que se irían publicando mientras tanto para mantener viva la atención del público lector: todo a base, esta novela, del autoconocimiento del protagonista, quien, no obstante ser un mero oficinista: un empleado de, por ejemplo, el Banco Español de Crédito, empeña su vida en conocerse, con lo cual, cuanto más se analiza más se desconoce, porque la conciencia es un continuo, divisible en siempre divisibles, donde cuanto más nos adentramos menos nos salimos: tal vez esto a María pudiera parecerle una tontada porque adentrarse es lo contrario de salirse, en toda tierra de garbanzos: expresión esta última muy enfatizada para que se vea que se usa adrede: María perdía el hilo algunas veces: acababa de perderlo: ¿qué tendría que ver Parménides con la conciencia del protagonista de Martín?, ¿qué tendría que ver la frase «en manera alguna es posible que fuerces al no-ser a ser» con lo de que la conciencia es una aspiradora y un vacío o un vacío?: menos mal que tampoco Martín lo veía claro: quiero decir que entra y no sale: para este personaje singular la palabra dentro pierde toda connotación espacial: fuera no hay nada porque no hay afueras: una vez dentro queda todo dentro: María se imaginó a un chiquillo de pantalón corto como el Martín de niño en una foto delante del alcázar de Segovia que sus tías le habían mostrado a María, lo mismo que un tesoro, poco antes de casarse: y era, en efecto, Martín reconocible en la ternura ya desorbitada de la foto como el Martín más esencial, el verdadero, el preternatural Martín de donde procedía este Martín real que hablaba hasta las tantas, de perfil, haciendo con la mano derecha, con todo el brazo derecho, grandes círculos en el aire del dormitorio a media luz... Era tan igual que el chiquillo de la foto que María le interrumpió y le preguntó que cómo acababa la novela: acaba dentro: la conciencia es una selva llena de vacío: mi protagonista tratará, como es natural, de hallarse a la vez en todas partes y no pudiendo, como es natural, no podrá dejarlo nunca: el análisis no se acaba nunca: ¿Y la novela? La novela tampoco: solo que tal vez, *per accidens,* se publiquen fragmentos: deberá insistirse en el carácter fragmentario de lo publicado: deberán ponerse puntos suspensivos, deberán evitarse las mayúsculas y los puntos y aparte y ningún fragmento se considerará jamás definitivo para indicar así, visiblemente, gráficamente, que ningún buen análisis se acaba... María no pudo resistir la tentación de hacer en ese instante una pregunta de dudoso gusto narrativo: ¿Y por qué demonios se analiza tanto? Podría darse un respiro, enamorarse locamente de la hija de la portera que, por ejemplo, da la casualidad que es una telefonista del Banesto y se conocen porque coinciden a las once y veinticinco todas las mañanas en una cafetería muy pequeña que hay al principio de, pongamos por caso, la calle Echegaray y entonces se enamoran y la hija de la portera va y le dice: oye que me lleves a la matiné del Capitol, que echan una de Clargable... No, no se enamora, no se enamora: eso por descontado: enamorarse, descontado: si se enamorara se interrumpiría, se saldría y eso es lo que no quiere: interrumpirse: no quiere interrumpirse: no vale la pena, siendo tan fascinante como es lo que es y no es, lo que va viendo, la conciencia no se acaba nunca... María exclamó: «¡Pues qué rollo, Martín, pues qué rollo!» María pensó: No te vuelvas así, que sea el personaje y no tú, líbranos del mal, que tu personaje sea la conciencia a todo trapo si quieres y que tú seas, Martín, únicamente Martín ya para los restos. En voz alta preguntó: «¿Crees tú, Martín, que los personajes, en las novelas, en las buenas novelas, me refiero, son como una purga? No me mires con esa cara larga, que se te ponen capicúas las orejas: una purga, vamos, que se echan a morir, quiero decir, pero que en vez de ellos morirse, los escritores de novelas matan a quien sea y a correr, al personaje principal, a la heroína dulce y desvalida, así sois ¡y conste que me alegro...!» Era verdad que se alegraba –haberlo dicho así, rotundamente, era mejor que solo estar pensándolo–. También era verdad que las orejas de Martín parecían verdes o coloradas o azuladas o picudas, o como las orejitas de los gatos cuando se sorprenden, cada cual mirando a un sitio muy distinto: la expresión de Martín, la aureola que aureolaba permanentemente su adorada cabeza, el fruto de mirarle que llenaba la conciencia de María de dulzura cada vez que ambos se miraban, la corona de oro no era de oro: había alrededor de la cabeza de Martín sin duda un algo, un redondel, un aura, o una vibración coloreada que daba vueltas muy deprisa en círculo como las aureolas de otras veces pero con distintas propiedades: con contrarias –profundas, sí, también profundas pero con colores definidos por la falta de colores, inquietante: todo lo inquietante: todo lo en vilo que desea caerse: ¿qué le estaba pasando?, ¿qué había dicho María? María iba a decir: no me hagas caso, no sé nada de literatura ni de nada, soy una gansa sin ningún sentido del humor: iba a decirlo todo: decir lo que haga falta con tal de que se quite el nimbo de ceniza y de duda y de caída y de color de no-color. Pero Martín se adelantó: «Mira, es muy curioso, te equivocas, es una curiosa confusión la tuya, María, muy común. En realidad, muy grave: lo que tú acabas de decir es una idiotez: una bobada: es una tontería fruto de la ignorancia más supina y crasa en que vivís vosotros, la alta burguesía incalificable del siglo XIX más ramplón de Europa, el español, porque realmente es que ni en Bilbao, que tanto dicen, habéis sido capaces de poner la industria un poco en marcha, sois crasos, la alta burguesía española sois culibajos todos. Perdona: menos tú, tú no, perdona. Menos tú, tú, María, no eres culibaja: tú eres muy inteligente y quizá el encanto más grande que tú tienes sea que seas siempre, pero siempre, sin fallar ni una sola vez, inteligente: inteligente. Tú eres muy inteligente, María. Si alguna vez la expresión "la luz de la inteligencia" coincidió sin residuos con la cosa trascendente misma fue contigo, es contigo. Ahora bien: estás equivocada. Y lo que acabas de decir es chapucero y culibajo y además mentira: es mentira: es mentira...!» María sonrió, dijo: «¡Hombre, Martín, lo siento, ser así de burra altaburguesa bilbaína y culibaja todo en una, de verdad, Martín, qué guapo estás hecho una furia, ahora la nariz te crecerá y hará un agujerito en la pared de enfrente, a ver, explícate, explícate, Martín, explícame bien todo: desde el minuto mismo instante en que te vi dejé de ser quien era y comencé mi educación primaria...» Ahora María se reía francamente y también Martín, aunque algo menos. Ahora era áurea la aureola. Y Martín, Martín. ¡Viva mi niño! «¡Eres guasona, eres muy guasona, ya lo sé, María, eres muy guasona!» «¡No soy nada guasona, pero hombre, Martín, no soy guasona nada pero nada, ahora-justo-minuto-este-siguiente te quiero y te quiero y te quiero más que justo este previo instante, mil millones de veces más, como lo oyes, burro!» «María, eres guasona, tú eres muy guasona digas lo que digas. Y me alegro. De eso es de lo que más me alegro, la inteligencia sin la ironía y sin la guasa, como la luz de la inteligencia sin malicia, es sosa. Y tú eres todo menos sosa. ¡No eres nada sosa!» «¡Pues me alegro, Martín, que tú me quieras! Lo maravilloso es que me quieras, sosa o salada o como sea.» Con tanto hablar, se había caído el edredón al suelo. Los dos se habían acalorado y habían echado con los pies la manta a los pies de la cama y ahora se encontraban ambos en pijama, uno a cada lado de una misma cama doble, con los pies descalzos en el suelo, de espaldas entre sí como en las películas de matrimonios de Doris Day y Rock Hudson. Martín dio una vueltecita por toda su alfombrilla, cabizbajo. María salió a ver si se había despertado el niño que dormía en la sala. María tenía la sensación de haber estado dando voces. Entró en la sala. Encendió una lamparita de pantalla colorada que daba una luz que daba sueño y un colorido descansado y dulce de reunión del alma con el cuerpo en una misma habitación tranquila. Muy bien. Como un ceporro. Niñín. Ceporrín. María apagó la luz y volvió al dormitorio, arregló mantas y sábanas y se metió en la cama como en un gran saco un gran gato. «Ahora soy un gato», pensó María, arrebujándose muy bien. Martín seguía de pie. Se había puesto un jersey que le quedaba demasiado grande, uno de soltero, de color marrón, obra de las tías, que María, tras declararlo un bien ganancial, protegía muy especialmente. Martín tenía ambas manos metidas en los bolsillos de la chaqueta del pijama a causa de lo cual tenía el jersey un fuerte aire de faldón arremangado. Había una corona alrededor también que le nimbaba pero que no resplandecía. María se incorporó. ¿Por qué no resplandecía su corona? «Ahora bien, María, ser inteligente no lo es todo: la inteligencia es la gran trampa de la edad adulta: la inteligencia se conforma con gran facilidad con todo, poco o mucho: tú corres el peligro de acabar tan ajustada, tan adecuada y tan conforme con lo que se llama lo normal que a última hora no pueda ya ni yo –fíjate bien, María, ni yo mismo, con tanto que me quieres, con tanto que quieres que te quiera, yo tampoco– entresacarte de la vulgaridad inmensa de lo que llamas tú, con brillos en los ojos, la realidad de la vida cotidiana: ahí no hay nada: sacar partido de lo que hay ahí se puede, a veces, desde luego, algunos han podido: incluso aquí, en España, algún poeta: se cuentan con los dedos de una mano: Luis Felipe Vivanco, por ejemplo, sería uno: otro sería, otra, mejor dicho, Teresa de Jesús: ya se comprende: lo de los pucheros y demás: la lengua recia de esa época y luego todos nuestros sucesivos realismos con mucho joder y mucho coño y mucho alioli y las patatas bravas y los callos y las putas y demás: ya sabes quién: con el maizal se empieza y con los niños jugando a sus casitas y o bien acaban en la peor casa de putas con el trebolé y santa Teresa en bragas, o bien acaban en canción de cuna y, eso sí, los chicos todos con ladillas. Y después en casa de los padres van y cantan y beben y beben y vuelven a beber los peces en el río por ver a Dios nacer, pero la nuera es, por lo bajinis, una imbécil que no entiende al hijo primogénito y la suegra, a su vez, es otra imbécil solo que, además, tacaña y mala como el sebo y las novias de los hijos todas putas o todas costureras o todas naturales de Mataporquera, en cualquier caso todo acaba... ¿sabes cómo acaba, María? No es que acabe como el rosario de la aurora, que eso sería casi lírico, y no es que acabe solo en el burdel o en la taberna o en el confesionario del padre Feliciano, antes, durante y después de haberse expuesto con mucho incienso y mucho pangelingua y mucha peste a lana de beatas el Santísimo Sacramento del Altar, que eso sería casi casi casi una picaresca estilizada: acaba siendo aburridísimo: inexpresivo: insignificantemente real: real, eso sí, real todo lo que quieras: realidad a manta: y al final responsos: al final esquelas: al final se sale en *ABC* es la presencia, fíjate bien, María, porque tú eres muy inteligente: es la presencia real y verdadera en todas y cada una de las partes de eso que tú llamas la realidad, con brillos en los ojos, de la pasividad, la conformidad, la tontería, la mala letra, la peor de todas las literaturas y para tragarlo todo, lo mismo que para desengrasar una ración de callos, el refranero español con su insulsa mala leche y el tedio: acidia: la realidad del todo real donde nadie da lo que no tiene: ni está obligado a más: de qué si no hay de qué: *ex nihilo nihil fit,* María.» Se había quedado inmóvil. María pensó que parecía más alto, como alguien que se pone de puntillas para mirar por encima de una tapia. Eran casi las dos de la mañana. María sintió de pronto el frío de la madrugada de la calle: los pies helados que pesan o que arden como en las caminatas de un noctámbulo: la desazón: las frases agresivas de Martín: el cántico nuevo, ante el esposo, de las vírgenes, como un ojo desprendido de su cuenca: la ridiculez de las coronas de oro: la bienaventuranza de las moscas: las llagas de las mulas y los tábanos grises, inmóviles, encima. Poco a poco María se había ido sentando y apoyaba ahora la espalda en el testero de la cama. Martín no daba la impresión de haber logrado desahogarse. Ni siquiera eso. Parecía, al contrario, que le quedaba todo por decir. María pensó: «Nada de tonterías: ahora tengo que quererle: ahora es el momento: es ahora: ahora: oírlo todo: ayudarle: que lo diga todo: tenemos todo por delante: la vida entera para oírlo todo: es mejor así: la realidad también es esto: ahora es el momento.» Martín no parecía hallarse cómodo o saber qué hacer exactamente. Dio una vuelta por la habitación, rodeando la cama, y contempló, con ojos fijos, los frascos del tocador de María poniendo el dedo índice de la mano derecha en el tapón de plata de cada uno de ellos sucesivamente, como si tratara de contarlos. «Acuéstate, Martín, te vas a helar ahí de pie», dijo María con voz firme. Martín estaba de perfil. La cabeza inclinada, la barbilla en el pecho. Era una figura desolada y tan triste, ahora parecía muy delgado, muy joven: María dejó que la ternura lo anegara todo: «Acuéstate, cariño: yo no me voy a conformar con nada: solo contigo: la realidad eres tú: nosotros dos: con eso sí que me conformo y a eso no lo llamas tú vulgar claro que no: tienes razón: todo lo confundo: te confundo con tus personajes: soy más paleta que un botijo, Martín, narices, métete en la cama de una vez, cariño mío...» María se echó al suelo y se acercó a Martín y le abrazó. Los dos temblaban. Era lo mejor. Y después se acostaron. Había sido una simple confusión. Se besaron. Hicieron el amor. Se durmieron. Al día siguiente vio María una aureola blanca en la terraza: eran las nubes, por supuesto, eran únicamente las bienaventuradas nubes a impulso de una invisible racha circular de aire del Guadarrama. Todo bien. El niño se reía dando manotazos a su pato azul de goma –un regalo de la abuela– mientras María le bañaba. Martín se despertó hacia las diez. De buen humor. Todo bien. El niño se reía dando manotazos a su pato azul de goma –un regalo de la abuela– mientras María le bañaba. Martín se despertó hacia las diez. De buen humor. Todo bien. Todo estaba bien. Ni corolas ni aureolas ni angustia: solo la verdad: con eso sobra: María instaló al niño en una especie de corral que ocupaba todo el centro del cuarto de estar: era la hora de la plaza: Martín no tenía clase. Un estupendo día de sol. «Martín, me voy volando aquí a la esquina a por la fruta y por la leche que te has bebido toda la botella. Tardaré como una hora, ni un minuto más, no creo.» Le dio un beso deprisa en la nariz en demostración de que todo estaba ya en su punto y a gran velocidad y nunca mejor dicho: nunca nada le pareció a María tan real y tan puro y tan claramente levantado en la cima de un monte como el cuarto de estar de su pisito con el nene y con Martín ahí de pie diciendo adiós para volver a verse dentro de una hora. Ya se iba. Martín dijo entonces. «Por favor, María, anoche no me quedé nada tranquilo: déjate de plazas: me gustaría dejar las cosas claras.» María se sentó en el sillón. Y también Martín. «Mira, yo no soy un Pepe Leches. Jamás lo he sido.» Martín declaró sus dos frases con tal solemnidad, con la cara tan seria y con una expresión tan decidida que María se echó a reír, le dio un abrazo y exclamaba: «¡Pepe Leches Pepe Leches Pepe Leches eres el perfecto Pepe Leches!» Al parecer también al nene le volvía jubiloso el nuevo nombre de su padre porque armó por cuenta propia un guirigay complementario, de pie y agarrado con las dos manos a la barandilla de su corralito. Fue un instante estrepitoso que duró hasta que Martín, mirándose con fingida atención las uñas de la mano izquierda, habló de nuevo.

«No sé si sabes lo que significa Pepe Leches: significa puntilloso: no es que todo me parezca mal: la mayor parte de las cosas me interesan poco y apenas pienso en ellas: son las cosas-trámites que resuelvo como puedo y que olvido. Deprisa y sin gusto. Pero hay cosas que me gusta hacer y tratar no como un trámite sino sin prisas y con gusto: una de ellas, como tú sabes de sobra, María, es la literatura, por usar una palabra vaga, y otra, como también sabes, eres tú, tú misma, tus pensamientos y tus gustos y tu curiosa sensibilidad, lo que llamo yo –y esto te lo digo ahora por primera vez pero hace mucho que lo pienso– tus malas artes, que las tienes, no abras así los ojos tanto, no hace falta, y esas malas artes vienen todas, pero todas, María, de tu sensibilidad o, si prefieres, de tu gusto, tú tienes una especie de mal gusto exquisito, característico de ciertos sectores de tu clase, que te acerca al botijo y al borrego y al bodegón y al angelito mío y a lo cotidiano un poco cursi: eres, cómo te diría, eres el momento reflexivo de la alta clase alta que se baja a la baja y que en el metro, porque te encanta el metro, deja siempre el sitio a las obreras y, sobre todo, a toda suerte de merceras, asistentas, modistas y demás variaciones de lo llano: lo tuyo es la sencillez, mis tías son el más perfecto ejemplo, las gentes llanas y sencillas siempre que no sean ya míseras o ya quinquis o vagas y maleantes: tienen que trabajar: eso es esencial: que sean trabajadoras y sencillas: *y* que llamen, ya de paso, para dar un toquecito, pinceladita muy inteligente, dificilísima de dar, y que tú das, que llamen al pan, pan: es importante, como tú bien sabes, no te estoy contando nada nuevo, es importante para que se constituya esta totalidad estética en los objetos propios de tu gusto, lo gnómico con bastante pimentón: es indispensable que se diga pan, que se diga vino, que se diga pimentón y sencillez y nene, son miles y miles, el núcleo esencial que permanece invariante es, sin embargo, uno solo: una feroz idea estética: una decisión estética...» María se dio cuenta de la descomunal aceleración que habían cobrado, al reanudarse, tras el descanso del amor, tras las nueve horas de sueño y un largo desayuno, las dificultades, o lo que fuese, las convicciones, lo de anoche. Vio esa aceleración y vio que se requería mucho tino, muchísimo cuidado, para que Martín no se estrellara contra la pared de su conciencia, no pudiendo parar. Había que atinar aunque en concreto no hubiese ninguna acción, ningún blanco preciso, ningún freno, ninguna cuesta arriba. Martín se deslizaba velocísimamente cuesta abajo lleno de luz confusa, luz propia y, a la vez, sin luz, sin medio luminoso para ver, para verse: era una mañana clara con una niebla pequeña muy de la meseta castellana que evocaba tardes de paseo: se hacía tarde para la plaza: casi eran ya las doce y media: la plaza, la comida del niño, la comida: era absurdo no tener en cuenta estos detalles: era absurdo, por oír a Martín, suspender todo. Un freno. Martín tenía que pararse porque tenían que comer. Iba a decirlo: Martín, tengo que salir, seguimos luego: se puso de pie, casi de pie, como un contorsionista cuyos movimientos se entrelazan sin saltos: sonreía: estaba segura de sí misma, estaba segura de Martín: final la luz solar del fin del todo y también de aquel preciso instante, de aquel paso. Pero Martín detuvo a María con la mano derecha, con las dos manos, haciendo que volviera a sentarse, moviéndose con la persuasión sinuosa, con la eficacia muda de lo que se desea del todo, haciendo que se recogiera María nuevamente en el inmenso nudo, el nido, la vasta atención, la corporeización de toda María con todas sus miles de atenciones en una única atención de ahora y más ahora: María vio, asimismo, viendo cómo Martín se movía para que ella se sentara de nuevo, la importancia que tenía no moverse y, para Martín, la inmensa atención de su mujer. Y se sintió bien. Se alegró de sentirse precisada. Martín había regresado a sus minúsculas gesticulaciones narrativas: era como si marcase con los dedos, muy por encima, punteándolos, los ritmos de sus frases y, sobre todo, el ritmo de conjunto: el largo narrativo entrecerrado gesto de un habla que se antepone a todo...

«... Tu juicio de gusto: es eso lo que está detrás de todo, al fondo y al principio y, en resumidas cuentas, al fin: fin tanto como *eidos* como..., como cuando, con la muerte, llegue el último extremo de la serie: tendrás el gusto intacto, será tu certidumbre, será un secreto orgullo, tu único orgullo, María, tu único secreto, el único que te ocultas a ti misma (y de ahí podría venirte, ten cuidado, una curiosa mala fe de alma buena y llana y clara), el juicio final de cabo a rabo estético que procede del, a la vez, menos consciente y más deliberado –y esto es muy chocante– exceso y manadero de desequilibrios sencillísimos, quiero decir, la ambigüedad final de tu singularidad, María, pura y simple: eres tú: y me parece bien. A mí me gustas como eres: solo te quiero a ti: nunca podré querer a nadie más: solo a ti: he conocido chicas, otras chicas, como todo el mundo, tantas como cualquiera: son imbéciles: son vulgares, son imbéciles, jamás he deseado acariciarlas, ni siquiera tocarlas: solo a ti: tu inteligencia es como una imaginaria piel que te recubre y que te dulcifica y te enternece: si algo sé de la ternura es por ti: ahora bien, no te canonices: eres inaplicable: tu gusto no se traduce a juicios de valor: su validez acaba en ti: es de sobra: pero no lo apliques: sé coherente, María, con el absurdo amor que ya sé que me tienes: *amo quia absurdum est:* tu lema es ese, ¿no, María? Sí, es ese, entonces sé coherente, no trates nunca, ni siquiera en broma, ni siquiera en confianza, ni siquiera a solas o conmigo, de juzgar: no trates de juzgar: no apliques tu singularidad a ningún caso por muy parecido al tuyo, al nuestro, que parezca: siempre, en realidad, será distinto: deja, en cambio, amor mío –y hago uso de esta última expresión, aquí, a propósito, con intención declamatoria y poética–, deja, María, en cambio, que todos tus sentidos den al gusto como dan a un claro, repentino y final, las luminosas sendas de rosales, cubiertas a tramos por los islotes de los sombreados de las sucesivas parras vírgenes: que tus sentidos te conduzcan, con la levedad de un buen perfil a lápiz, con la intensa acuidad de una acuarela o de un sonido, uno solo, que es de pronto todo el valle y el río y el monte anochecido, enriquecido por los zigzagueos de las alimañas, las raposas, hacia un único sentido: tu sentido del mundo: María, hazme caso porque yo te amo, quédate en tu gusto que todo lo ignora excepto a mí porque, por absurdo que sea, yo te gusto...» «¡Eso sí que es verdad, Martín: me gustas tú más que nadie: así fue la primera vez, así es ahora y así será siempre!» María dijo esta frase como quien dice amén: sonó lo mismo. Sonreía, distendida, como quien ha llegado a una estación de un solo andén de un pueblo de verano y está saludando al jefe de estación –que acaba de quitarse, al saludarla, su historiado kepis rojo y luce al sol, como una orquídea, su calvicie blanca–, o como quien se sienta ya a la mesa y empieza a servir el primer plato a todos. Era tardísimo y todos, los tres, el nene y ellos dos, a la vez tenían hambre: esta vez tendrían que arreglarse con lo que quedó del día anterior, abrir alguna lata.

Había quedado todo por decir. Y se había dicho sin decirse. Todo había ido quedando. Replegado, complicado. Invertido, caído, desunido: demasiado cerca para repetirse, demasiado lejos para verse con toda claridad. Ido quedando. Todo ello, todos ellos se habían ido quedando: idos quedos como pasos por una calle repentina, de madrugada, después de una fiesta, después de todo: contenidos todos en tiempos simultáneos: contenidos en tiempos de duraciones tan distintas que sus instantes no parecían unidades de medida de un mismo movimiento sino saturaciones, explosiones, casos únicos, irrepetibles parecidos de una misma voz: había una sola voz: era la misma: un mismo sonido: una misma voz: tal vez siempre distinto, tal vez siempre el mismo, tal vez solo la tensa cuerda era la misma... María tenía la sensación de que todo había sido dicho de una vez y de que todo quedaba por decir, a la vez, al haberse ido y quedado replegado, unificado en la perduración de un solo gesto, un intenso amor, en su conciencia. Todo estaba en todo. Y, a la vez, cada cosa, cada cual, cada lado y cada uno de los miles de detalles, se iba por su lado. Todo se deshacía. Todo permanecía en su conciencia unido, sabido, amado con un amor que a veces solo podía ser una intención constante de devolver a cada cual su propia vida, comprendida, facilitada, amada... María no sabía a veces bien qué hacer: este era el cero: el desequilibrio de amarlos y saber que solo con amarlos no se hacía lo bastante. María siempre al llegar aquí pensaba confusamente en Dios: precipitadamente, porque no podía no pensar en Dios y porque no podía pensar nada de Dios que no fuese lo mismo que pensar que su amor, cuando llegaba a cero, era una acción acelerada, casi irreconocible, una acción que podía existir y que de hecho ya existía indistintamente con sus pocos personajes. Y todo había quedado por decir en el presente intensamente presente de la conciencia de María. En cualquier caso, el nene ya decía casi todo. Y todo lo que le quedaba por decir era infinitesimalmente pequeño y muy poco, comparado con todo lo que decía ya, ahora que hablaba por los codos: era un nene que no era un nene porque hablaban ambos sin parar, su mamá y su nene. Los dos habían pasado por las grandes selvas y barrancas de todos los buus, muus, uuus, mees, beees, pas, mas, mis, pis y vilipendios de miles de desconciertos, desaciertos, ciertos aciertos y otras y otras y otras fascinantes cacas con la be de burro lo mismo para burro que para bobo y para baca y vaca hasta llegar por fin a la estación grandilocuente y velocísima de los papás, mamás, tiitos, atos, itas como en patatitas y en papatos como con zeta de zuzpiros en zapatos: todo un curso cada vez con más y más infiltración de abecedarios y repentes y detentes y palabras corrientes y fluyentes de la lengua y de la ría del saber hablar y hablar y hablar y decir todo y no dejarse nada por decir hasta que ya fue verano, dicho y hecho y se podían calcular, sentados, papá, mamá y Martín en mi menor en si bemol de los vencejos miles y más miles como flechas repentinamente abalanzadas y quebradas, alzadas, desaladas y contadas –¿cuántos habrá, mamá, vencejos, digo?–. Miles, miles, miles y además el vencejo azul añil más listo y más rápido de todos que vivía con su cría en el agujero de la parte superior del parapeto blanco de la terracita, el último milagro presenciado por Martín que anunciaba todo lo que aún quedaba por ver y por saber y por ir y por venir y, por supuesto, a partir de ahora, pudiéndolo ya todo decir y desdecir, por decir María pensaba, oyendo hablar a Martinín, en que había en el hecho de que aún quedara todo por decir, la prodigiosa salvedad, la maravilla de oír la voz de su hijo y de hablar y de hablar, sin parar, con él, cada día. Este sumando daba a la fuerte suma de su vida una continua luz de multiplicación y de cantidades que se volvían cualidades astronómicas porque la clara luz de la pared de la terraza con el nido del vencejo sumándose a Martín, padre e hijo y al espíritu santo en forma de paloma marrón clara y muy avejentada, la que más, y, además a Gonzalito, que solía venir, y a Virginia, que solía venir, y a la aña

Rosi, que no solía venir, pero con quien María discutía por teléfono duraciones de temperaturas y una extraña tos y los catarros y un catarro, diferente, este último, de todo otro catarro porque de pronto, cada vez que tosía, se oía como un pito sumamente pulmonar, de pleuresía, todo y todos, pues, adjuntos, certificados, dados fe y dados, como los dados del azar con todos sus números redondos y dados, pues, de baja del seguro del mal, de cualquier mal, y de todos los males pasados, presentes y futuros... de momento, al menos. Todo se deshizo en un momento. De un momento a otro todo se hizo inopinado pero, sobre todo, el curso de los días de Gonzalito y de Virginia. Ahora quedaba solo por decir «adiós» y asegurarse de que escribirían, llamarían, volverían, muy pronto. Así fue. Y María pasó una temporada no sabiendo si las dos despedidas de los dos eran sumandos de su misma suma o bien factores de cualquier otra operación, una nueva, incalculable operación cuyo final María encomendaba con frecuencia a Dios, que saliera todo lo mejor posible..., lo demás tenía que ser todo viva fe en que todo, para cada cual, ha de acabar bien del todo. De un momento a otro, se casó Virginia y Gonzalito se fue a vivir a Londres.

Virginia telefoneó a última hora de la tarde para decir que se casaba. La última vez que vino de visita se pasó hablando casi cuatro horas seguidas sin hacer referencia a boda alguna. Y ahora, de repente, se casaba: María dijo: «Tú estás tonta. No te puedo tomar ni un poco en serio, ni siquiera un poquitín, por cortesía, porque creo que estás como una cabra. Virginia: estás como una cabra. Y no es verdad que vayas a casarte. No te creo.» «¿Por qué no? Si te casaste tú ¿por qué yo no?» «Porque tú estás como una cabra y yo no. Por eso. Y porque ahora mismo sé que estás sin novios y sin pretendientes y sin chicos de ningún género ni especie. Por eso.» «¡Pues te has equivocado y confundido muy mucho, mira tú por donde, y me casaré sin boda, sin dudarlo, sin hacérselo saber a mi familia, sin esperar a más, ni más ni menos, igual que tú, lo mismo exactamente!» Virginia retumbaba en el teléfono, con la voz de sus días divertidos, su voz de las diabluras y los optimismos y el mejor sentido de su humor: precisamente a causa de ese último tono de alegría un poco absurda pero libre de preocupaciones, María, no obstante declarar una y otra vez que no creía una palabra, creyó desde un principio que Virginia esta vez sí que iba a casarse de verdad. Virginia repetía: «¡Como tú, me caso como tú, sin esperar a más, ni más ni menos, porque no hay por qué, como tú, como tú, de buenas a primeras, porque no hay por qué, María, no hay por qué, ni más ni menos.» «¡Deja de decir, Virginia, por favor, como tú como tú como tú, como una gansa. Yo no me casé, ni mucho menos, como tú, de un día para otro. Haz el favor de ir punto por punto y explicarme todo ce por be, como es debido!» «¡Pues es que le conozco desde ayer a mi futuro esposo o prometido y ya me ha prometido ya por vez mil ochocientas veinticinco en lo que llevamos de noviazgo que eternamente me amará y después viviremos más de la mitad del año en Buenos Aires! Ya está todo decidido, ya somos prometida y prometido y ya yo lloro por mi perdida juventud porque no hay por qué, por eso lloro, porque no hay por qué para dejar pendiente ni un minuto más el exhaustivo comprobante de que soy una mujer normal que va y se casa, pum, como cualquiera y por eso, porque no hay por qué ni por qué no, me casaré de traje sastre con Rómulo Hidalgo Waitzenbecker.» María decidió que lo mejor era verse y hablarlo. Virginia dijo que encantada, que llegaría en menos de media hora, justo lo que tardara el taxi en transportarla «de mi portal a tu portal». Martín había asomado la cabeza por la puerta del cuarto de estar para saber si ya cenaban. Era la hora de cenar. Estaba todo listo. El niño había cenado ya. Esperaron a Virginia un poco y otro poco y otro poco hasta que pasaron tres cuartos de hora y Martín dijo que había que cenar, con o sin Virginia, en ese mismo instante. Cenaron. Charlaron como siempre durante toda una larga sobremesa. El niño estaba ya durmiendo. Martín se fue a dormir. María llamó a Virginia por teléfono. Virginia no cogía el teléfono. Dieron las doce. Dio la una. María se acostó también y se durmió hasta el día siguiente. Desayunaron. Y después de desayunar llamó por teléfono a Virginia. Nada. María estaba bañando al niño cuando sonó el teléfono y reapareció Virginia con la voz muy ronca, dando la impresión de estar borracha. «¿Estás borracha?» «¿Quién? ¿Yo? Justo lo contrario. Precisamente eso es justo lo que no: nada: no: ojalá estuviese. ¿Sabes qué, María? Pues resulta que yo estaba convencida de que mi padre y de que mi madre y que los otros, los demás, de nuestras varias casas y países iban a, por lo menos, siquiera molestarse, más o menos por lo menos asombrarse o pasmarse o darse por ofendidos ya que ni siquiera di parte de boda, pues en vez, mínimo, el mínimo, de eso, lo contrario: nadie quiere saber nada: mi madre no quiere saber nada: mi padre no quiere saber nada, ni siquiera se han fijado en que esta vez voy a casarme de verdad con uno: hubiera dado igual que les dijera que me iba a vivir a un monasterio tibetano o a comprarme medio kilo de membrillo o a tirarme del puente de Segovia: solo tú quieres saberlo y yo voy y no voy, encima, cuando digo que te voy a ver y ahora llevo ya fumados diez paquetes de Bisontes y sin probar bocado desde ayer mañana, a base de cafés y de cafés y de mandar a Rómulo Hidalgo Waitzenbecker ocho telegramas a Milán y uno a Venecia donde ha ido, por un día, por negocios: María: solo te tengo a ti en el mundo. Solo a ti.»

Gonzalito de nuevo en el entramado de las simpatinas y el anochecer. Con la carrera de Filosofía pura terminada, Gonzalito se veía a sí mismo como una finalidad sin fin. Era desasosegante verse así. Y el desasosiego se curaba mejor en la calle que en casa. No deseaba hacer el doctorado: deseaba seguir: hacer el doctorado, a juzgar por el aspecto revenido de los doctorandos que Gonzalito conocía, era, a las claras, revenirse y no seguir. De ahí le vino la ocurrencia de marcharse: primero como encarnación perfecta del seguir y después como confuso desafío, como tierra de nadie donde se hallaría más a gusto consigo mismo y menos solo. El hecho de que con toda probabilidad se encontraría más solo en cualquier parte que en Madrid, donde conocía mucha gente, donde estaba María, donde vivía con sus padres, no le parecía, paradójicamente, comprobado. Gonzalo había comprobado, más bien al contrario, que la sensación de soledad era más intensa rodeado de familiares y de conocidos que entre extraños. Deseaba estar solo en una ciudad desconocida para sentirse menos solo que en Madrid. Pero había más razones: había mucho más de todo, tanto en el anochecer como en su corazón como en el extranjero como en el gusto por hallarse perpetuamente estimulado: había más de todo en cualquier sitio que en Madrid: y las ocurrencias que se le ocurrían eran agrupaciones repentinas: masas continuas de palabras donde los sentidos y los sinsentidos se contagiaban entre sí sin que al final fuese posible deslindarlos. Todo tenía sentido: todo carecía de sentido. Mediante esta paradoja Gonzalito quería decir que todo lo que hacía era a la vez comprensible (si se consideraban sus actos uno a uno) e incomprensible (si se consideraban sus actos todos juntos). Cada una de sus idas y venidas, cada uno de sus actos, desde ducharse a negarse a hacer el doctorado, podía ser integrado sin dificultad, como una referencia a pie de página, en el libro, inconcluso aún, de su vida. Pero todos juntos –y, con frecuencia, en sus trances anfetamínicos, todos se le venían a la vez encima– eran un puro caos, *el* caos. Para seguir, para sentirse vivo, para organizarse, tenía que marcharse. Era imposible la ebriedad en Madrid. Era imposible hallarse en paz consigo mismo en Madrid. Se iría a Londres. Londres, al fin y al cabo, resultaba más razonable que París. En su casa, había una cierta tradición anglófila, sobre todo del lado de la familia de su padre, que automáticamente confería a cualquier cosa inglesa –desde una mermelada a una prolongada estancia en Londres– una radical comprensibilidad. Inglaterra era un lugar sensato. Su padre aseguraba con frecuencia que los ingleses, todos los ingleses, casi cualquier inglés o inglesa que pareciera serlo mucho –esto del «parecer inglés» tenía gran importancia–, sabían lo que se traían entre manos. Gonzalo sospechaba que la Inglaterra y los ingleses de su padre apenas existían ya en el mundo. Pero le vino bien dejar que se diera en casa por sentado que yéndose a Londres se iba Gonzalito al mejor sitio. Pero Gonzalo no acababa de irse. Era curioso. María, sus padres, todos sus conocidos, sabían ya que Gonzalito había de irse en breve a Londres: con eso se contaba. Pero Gonzalito no acababa de irse: llevaba yéndose sin irse desde finales del verano hasta la fecha: era ya finales de febrero y Gonzalito, en esos cinco meses largos, no había hecho nada en absoluto: solo estar a punto de irse: una situación en cierto modo equivalente a la que originaba la simpatina por las noches: intensa excitación, intensísima actividad de la conciencia con toda trama o tramas en suspenso: en semejante situación, Gonzalito se sentía imposibilitado de establecer nexos unívocos y unidireccionales entre sus distintas ocurrencias o entre sus ocurrencias y las exigencias normales de su vida. Una de esas exigencias era, por ejemplo, volver a casa por las noches. Hacía muchos años que Gonzalito había sido liberado de los monótonos y regulares horarios de sus padres. No tenía horas fijas. Pero sus padres se alarmaban –a la vez los dos como dos dulces conejos, muy blancos e intranquilos– si Gonzalo no venía a dormir y no avisaba. Pero avisar era, en sí mismo, justo imposible. En eso consistía el trance aquel: en no estar en condiciones de fijar trama ninguna. Llamar por teléfono y decir a la doncella que dijera a los señores que esa noche no volvería a casa a dormir, añadiendo, tal vez –aunque esto no era indispensable–, un pretexto cualquiera, inventado a título piadoso, era decidir –por así decirlo, desde fuera– que algo, la llamada telefónica, fuese causa de algo diferente, un efecto, la tranquilidad de sus padres, por ejemplo. Pero lo característico de la activación de su conciencia era no poder desactivarse: carecer de exterior y, por lo tanto, de cualquier asomo de relación causal entre ella misma y todo lo demás, el mundo. No es que Gonzalito no quisiera telefonear: no quería ni dejaba de querer: no se trataba de querer sino de ser: en cuanto su hiperactivada conciencia era algo, todo lo que era ahí era lo mismo, valía igual; tan actividad era llamar como no llamar, ir de la Plaza de Castilla hasta Atocha de un tirón a paso largo como quedarse parado tres horas seguidas delante de la entrada principal de Correos. Así, por ejemplo, ahora estaba Gonzalito en Cibeles. Acababan de dar las once de la noche. Era hora de volver a casa. O bien era el momento de llamar por teléfono y decir que llegaría tarde, o muy tarde, o que no llegaría en toda la noche. Gonzalito echó a andar hacia la Plaza de Castilla. Echarse a andar no era realmente decisivo porque, en su estado, la finalidad objetiva era borrosa, casi inexistente: el único objeto de la conciencia era su propio estado de conciencia: la finalidad de la actividad era un libre juego y todo fin se había excluido: solo se conservaba la pura forma de la finalidad que, volviendo comprensibles, formalmente adecuados los diversos momentos de la acción, velaba el significado total de toda la actividad en conjunto. Aquella finalidad sin fin de aquel estado de conciencia de Gonzalo era, en el fondo, para volverse loco. Y, de hecho, aquella noche no se sentía del todo bien: la excitación habitual contenía un muy difuminado –pero persistente– punto de dentera, como un repentino escalofrío. Gonzalo se detuvo al comienzo de la Castellana, en la esquina del jardín del Hotel Fénix. Repentinamente se sintió agotado. Y la conciencia del lugar, la temprana noche se alzó ante sus ojos, como de par en par, olfativa, ruidosa, correspondiente con su sequedad de boca y con el aura que parecía emanar de la dentera, el crujido interior de su cabeza. Como si se destapara los oídos: aislado durante su caminata dentro de una ciudad solo visual, una conciencia encristalada, ahora el olor fresco, casi primaveral de la anochecida, la tumefacción genital, la erección, la exteriorización del cuerpo propio que ahora era la carne, la abstracta concupiscencia de la carne, la plétora impersonal de su conciencia repentinamente traducida a *res extensa.* Gonzalito se sintió bien mal. Mal: como si se le hubieran alargado los brazos, o aumentado de tamaño las orejas: inverosímil. Bien: como quien adelgaza mucho y puede acariciarse los huesos de la pelvis. Y mal por razón de aquel incierto malestar que era, de hecho, un nimbo, el aura solo sugerida del alto mal, del gran asalto, el pequeño sobresalto, el mal pequeño, metafórico, la epifanía inducida de una leve epilepsia. Se sentía tan mal que se sentó en el suelo. Se sintió mareado y apoyó la espalda contra la pared del muro del jardín del Fénix. La noche era asunto suyo: no había nadie: circulaban con gran rapidez los automóviles. Pensó: tengo que tomar un taxi: se levantó. Se sintió algo mejor. Repentinamente, un automóvil se detuvo ante Gonzalo. Se echó atrás sin entender qué le decía el conductor que había bajado la ventanilla y que le dirigía, profusamente, la palabra. «¿Cómo dice?» Gonzalito se inclinó hasta ver la cara del conductor. Un rostro vagamente familiar. «¡Que te llevo yo, que subas!» Abrió de un empujón la portezuela. «¿Vas a tu casa, sí o no?» Aquel tono de voz, entre impaciente y zalamero, del conductor, parecía darle, por sí solo, derecho a hacer esa pregunta. «Voy a casa, sí.» Gonzalito se sintió excitado: ahora no había ningún mal, ni pequeño ni grande, ningún aura, solo la recamada gentileza, la florería ligeramente inverosímil que, en el seno de la normalidad general de aquel nocturno, alzaba, como si levantara las cejas, la tensión. Una estimulación sobreañadida que Gonzalito, sin saber por qué, consideraba ahora bienvenida. El incidente realzaba lo nocturno una vez más, recuperaba la atención dispersa y la energía. ¡Qué personaje estrafalario el chico aquel! Porque se trataba, en realidad, de un chico joven, tal vez solo cinco o seis años mayor que Gonzalito: nada más: un raro corrientísimo. Y a la vista estaba. Todo –la floreada totalidad de todo lo que había en ese instante tanto por parte de la noche de Madrid como por parte de la conciencia de Gonzalo–, todo estaba a la vista y hacía al caso. Y el caso era que Gonzalo se sentía halagado. Fingió sentirse disgustado: en semejantes casos lo lógico y normal es molestarse. O, por lo menos, dar señales de una primera repugnancia: señas que, ni que decir tiene, damos cuando estamos deseosos de deseos: las repugnancias hacen ver que se es y que se desea estar deseoso. Gonzalito, pues, fingió sentirse incómodo. El conductor acababa de decir: «¡Si vas a casa, sube que te llevo, vamos, sube!» «¡Pero qué pasa, oiga, a qué viene esto!», exclamó Gonzalito y se metió en el coche. «¿Cómo que a qué viene? ¡Viene a que estás solo y es muy tarde y eres un menor y yo te llevo a casa con papá y mamá!» Arrancaron Castellana arriba, con previsible aullido de llantas estrambóticas: los dos se habían reconocido, los dos niños bien de aquel momento. Y también frenaron, muy de sopetón, en el primer semáforo, como en una película italiana. Había un recogimiento sublunar, subcutáneo en la *res extensa* de los dos. Y cada *res cogitans* se sentía, solo para sí, privada, privilegiada y a sus anchas. Gonzalito, con las rodillas haciéndose notar muy desacostumbradas, en el salpicadero, examinó a su captor: un muy trajeado y muy peinado a raya señorito, dotado, en aquella intimidad de su automóvil, de una leve pero irreprimible transparencia olfativa de colonia añeja. «¿Adónde quieres ir? Te llevo donde quieras...» «A ningún sitio.» «¿No querías ir a casa? Mejor te llevo a casa... con papá y mamá.» «¡Deja de decir papá y mamá!» «¿Entonces cómo quieres que los llame?» Habían dejado atrás la Plaza de Castilla. Solo quedaban ellos dos en coche, la noche sin distingos de aquella carretera que iba a Burgos y una fructuosa situación. Todas las frases que iban pronunciando, despacio y espaciadas cada cual, se dividían en dos: la parte subyacente del parecido y de los síes y la otra parte, la restante, la momentánea y más sobresaliente de los noes por virtud de la cual cada cual se volvía para el otro una novedad y un acertijo. Un florilegio de acertijos: ambas identidades dispuestas e indispuestas a la vez a dejarse ver y a no dejarse ver: aquella intensa, improvisada, intimidad les hizo amigos con las reservas propias de sus sexos. «¿Es que tú sabes dónde vivo, o qué?», intercaló Gonzalito viendo que se acercaban ya a la entrada de la Moraleja. «Lo sé muy bien, majete, ¿o crees que no lo sé?» «¡Y yo qué sé!» «¡Yo lo sé porque lo sé porque os he visto yendo muy a misa, a ambos lados de papá y mamá, sois una familia de guapísimos, vaya cuatro perlas rubias!» «¡No seas cursi!» «¡De eso nada, majo, no soy nada cursi, lo que pasa es que os he visto muchas, pero muchas veces, yendo a misa, de pequeño San Estanislao y ahora San Luis, casas con todo, casa todo y encima sé cómo te llamas!» «¿Cómo me llamo?» «Gonzalito, hijo, Gonzalito.» «¿Dónde vives tú?» «Yo aquí, ¿dónde voy a vivir? Ahí, un poco más abajo, es la casa de mis abuelitos, todos menos yo, somos, en casa, diplomáticos.» «Te advierto que me molesta tanto retintín y tanta guasa y tanto abuelito y tanta leche...» El coche se detuvo delante de la puerta del jardín de su casa. Gonzalito pensó: seguir: me gustaría seguir aquí de charla: no decirlo: no reconocer que me hace gracia: un mariquita: me hace gracia: no decirlo: mejor que no lo sepa: debo de gustarle: suelo gustarles. Era una sola onda pensativa que llegaba apenas a las palabras: Gonzalito se había visto en situaciones análogas otras veces: siempre había disimulado: siempre había fingido que todo aquello, en realidad, le daba igual. «Yo me llamo Alfonso Vélez. Y confío en que, a partir de ahora, que ya nos conocemos, nos veamos. Tenemos que vernos muchísimo tú y yo. Y, por cierto, ya me contarás que hacías ahí, tan solo, en plena noche, ¡un día te raptan, guapo!» «Yo nunca doy explicaciones, te lo advierto.» Era verdad y además parecía indispensable parar al Vélez este los pies desde un principio. «Pues yo, al revés, siempre las doy: doy tantas que ya no son explicaciones, son cosas: son mis cosas que nadie entiende ni del todo bien, ni, eso tampoco, del todo mal: creo que en esto nos parecemos muchísimo los dos, tú porque no y yo porque sí, a ninguno de los dos se nos ve nunca del todo: ni falta que hace: con que nos veamos mutuamente es ya de sobra: porque ¿a que sí te gusta que nos veamos de hoy en adelante?» «Me da lo mismo.» «¡Ay, ay, que ya te veo venir, te veo venir, ay, ay, ay, no te me pongas imposible, guapo: te advierto que yo soy muy sentimental: no te me pongas imposible!» «¡No te pongas, leches, tú: yo no soy sentimental y me da lo mismo verte que no verte, ya lo sabes!» «¡Pero tú me dejas que te llame, ¿verdad que sí?!» «Como quieras.» Gonzalito se dio cuenta de que era imposible hacer que Vélez perdiera el equilibrio o que se ofendiera o que se desconcertara, mientras Gonzalito, en vez de entrar en casa, permaneciera sentado, a gusto, en el interior del coche. Y es que se sentía muy a gusto y Vélez tenía que notarlo. Estaba claro: Vélez fingía contristarse a la vez que se sentía seguro de sí mismo y de haber acertado, indirectamente, casi en todo. Era agradable estar siendo mirado y como relamido por los amanerados ojos de aquel Vélez que era, a todas luces, de su clase, solo que mariquita. Muy corriente. Mientras Gonzalito pensaba lo anterior y contemplaba la noche sin tocamientos, ni siquiera roces, sin olor ninguno, sin apenas ruido, desde el interior del automóvil: el campo oscurecido era, todo alrededor, una transparencia imaginariamente crepitante: una sensación extractada de hallarse en el campo en plena noche. Ahora Vélez contaba cosas de sí mismo: que vivía con sus abuelos comatosos, que él llevaba todo el peso encima de la casa y los llevaba a misa y a la modista, a la abuela, y de compras y de tiendas y a tomar el té de vez en cuando con amigas aún más comatosas todavía que se ponían como el Quico de pastitas y de yemas y de dulces y que el chófer se pasaba el día, en cambio, haciendo el ganso, mirando las esparragueras y trayendo a la cocina una infinidad de zanahorias porque su verdadera vocación, según la abuela, era la horticultura y no el volante, así como también la verdadera vocación del propio Vélez no era y nunca lo había sido ni la diplomacia ni el derecho que tras mucho suspender el Civil uno y el Civil dos y el Administrativo, que era un rollo, era abogado, cosa que no tenía la más mínima intención de ejercer ni de ponerse con su tío Luis María de pasante, ni en su bufete ni en ningún bufete, lo bueno era vivir, *primum vivere* y venga ir y venir, la cosa cómoda...

María quiso ir. Ella también. También ella, ¿por qué no había de ir ella también?, y, además, debía ir porque era sumamente conveniente para él, para Martín también, y también para la, como decía Martín, *opera omnia* entera y verdadera, para eso casi lo que más, María debía haber ido a cenar con el editor de Martín y con Martín, aunque por fin se quedó con las ganas, con el nene y con el no. Ahora se sentía avergonzada de haber deseado algo tan trivial por muy que, para Martín, aquella reunión fuera esencial. Por primera vez Martín había sido requerido con toda suerte de insistencias y de cartas y de telegramas y de voces secretariales por teléfono para que dejara todo, caso de tener que ser así, y para que, entregado a este editor de gran solvencia y gran prestigio en la península y –lo que es más– en toda Hispanoamérica, fuera dando, como fuera, por entregas, por capítulos, por folios, todo lo que escribía, todo todo todo hasta los papelitos arrojados a la papelera del cuartito vacío y blanco. María había vivido durante aquel último mes tan pegada a la emergencia de este nuevo ser que venía, para Martín, a ser casi lo único que todavía le faltaba, que cuando llegó por fin el fin, el gran principio principesco, el editor incuestionable, que abolla todas las previas latas, lelas, lentas y borrosas pesadeces de los previos editores, quienes siempre no sabían leer los manuscritos de Martín o no admiraban a Martín, excepto como un literato más de un grupo literario (gratuitamente, a juicio de Martín, constituido por la crítica y la prensa para su, en el fondo, ramplona promoción) y, en cambio, este nuevo e inesperado y bienaventurado, no: este, al contrario, sí que admiraba lo que hacía Martín solo por Martín y era catalán, con lo cual iba a ser aún mejor porque, por lo visto, según decía Martín –con, por cierto, una expresión un tanto desusada en él–, «en Barcelona es donde se guisa la literatura de verdad y no en Madrid, que todavía sigue siendo provinciana e irreal». Este editor era real y su realeza se percibía, de oídas, por teléfono, en las voces varias, dulces, eficientes de las estupendas secretarias a quienes María, de momento receptora primera y casi única de toda aquella urdimbre supraprovincial e internacional, mundial, admiraba por lo bien que decían «perdone usted, señora, estoy en un error, hoy no es ni veintidós ni viernes»; o «sería preferible que se hiciera figurar ambos apellidos y el nombre propio del autor en tal y cual...»; o, con una pizca de entonamiento catalán, «mire usted, señora, que es que la oficina está en la Diagonal...»; o, sencillamente, «sí, por favor», «no, por favor»; o, con más pureza y sencillez aún, simplemente sí o no: María admiraba aquellas voces que sin eludir lo personal causaban la magnífica impresión de no ser individuales ya, sino ya de verdad, reales ya del todo y ya por fin el reconocimiento público de todo lo que Martín había estado haciendo e iba a ir diciendo y publicando de aquí en adelante. Había sido un mes de exaltación. Creciente exaltación. Una crecida continuada: cada vez que el teléfono, con una siempre renovada euforia exclamativa, hacía su aparición, María lo descolgaba pensando que algo aún, todavía más aún, iba a escucharse y a pasar. Y, de hecho, durante todo el mes así había sido: todo había ido pasando de su menos a su más con admirable elocución y sensatez y ritmo necesario, con siempre algún que otro repente divertido; en cierto modo, toda aquella euforia había contribuido también a que Martín fuera con María y con el nene (que desde luego casi era ya lo contrario de un nene, un chico con botas y pantalones de pana y muy con su corbatita muy mayor) todo lo cariñoso y lo corriente y dulce que si quería sabía y podía ser y, además, también la euforia contribuyó a que María no pensara tanto en aquel viaje, pendiente aún, de Gonzalito a Inglaterra, a Londres, que a María, por más razones que se dieran y buscaran, le seguía pareciendo tan absurdo y tan cogido por los pelos como la primera vez que Gonzalo dijo que se iba. Lo bueno de aquel mes fue, a ojos de María, que el mundo, abrillantado, no dudaba, y que hasta las cosas más sencillas, lavar los calcetines o sus propias medias de cristal de gran finura y apariencia, todo, todos, y Martín sobre todo, simplificados, parecían limpios de corazón, y que veían por lo tanto a Dios. Por supuesto –meditaba María rezando todo lo atentamente que podía un Padre Nuestro–, por supuesto, no es porque las cosas empiecen a irnos bien y cenemos con el editor, Dios también venga y ya de paso le veamos todos a ojos vistas y podamos ir y contarle que se me quedó algo sosa la paella de este miércoles: por supuesto-por supuesto-por supuesto repetía María a la vez que «santificado sea el Tu nombre, vénganos el Tu reino, venga a nosotros, a todos nosotros, el Tu reino...». Y los por supuestos junto con las voces de las secretarias y los rezos y los buenos días de Martín y todo junto, exaltado e iluminado y puesto a esperar, hizo que cuando Martín, momentos antes de ponerse la corbata granate de seda natural dijera que mejor sería que María no le acompañara, María se sintió desconsolada y, en realidad, furiosa. ¿Por qué no? Desde luego no porque no. En todo caso: o sí, o no, según, pero ¿por qué según?, ¡nada de según! Ir. Tenía que ir. Y era lo corriente, lo normal, lo natural, lo justo, lo debido y lo que María prefería y quería sin ningún género de dudas o reservas: ir. «Primero que ya estoy arreglada y siempre hemos hablado de ir los dos, sea comida o cena o copa o lo que sea. Y, segundo, quiero verle con mis propios ojos y precisamente, Martín, tú te has estado riendo mucho con la cara que me figuraba yo que tendría este editor de Barcelona: siempre te reías: ahora, la verdad, bueno, la verdad es que me hace gracia ir y ver a ver en qué acerté y en qué me equivoqué: por su voz estoy segura de que es un hombre alto, que va al grano y que desde luego tiene mucho acento catalán, eso me consta, muy bonito acento catalán, yo creo, de catalanes cultos que periódicamente van al monasterio de Poblet y a los conciertos y hablan de la guerra y de Casals y ahora también mucho de ti y tiene la cara subrayada por sus grandes cejas negras y es un señor ya de cierta edad con la expresión como cansada, por su voz lo sé casi seguro que es así, Martín. ¿Cómo es que de pronto no quieres que yo vaya, si ayer mismo decías nosotros y cuando nos veamos y vamos a decirle...?» Martín contestó con una extraña frase: «Ir contigo me constriñe más que solo.» María pensó que «constreñir» era el verbo más imbécil de la lengua. «¿Cómo constreñir, qué quieres decir, que te constriñe el qué? No lo entiendo.» Martín dijo: «Si vas tú vamos a parecer el matrimonio típico que salen de la misa de las doce, del bracete, y los domingos y festivos, van y compran yendo a casa, una docena de pasteles. Es un poco ridículo.» «¡Pero si es que somos eso, Martín, eso somos, vamos, digo yo!, ¿o no?» «¡Ya-ya-ya, claro, somos un matrimonio que además se lleva bien y todo lo demás, pero, en fin, prefiero no considerarme reducido o limitado, esta primera vez, por esa especie de idea constrictiva que se da si se nos ve con alguien tan así, tan común, como la mujer, como casado, ya me entiendes, María, tú me entiendes...» «¡No, pues no, Martín, no te entiendo! ¡Qué constrictivo ni narices! ¡Claro, estás casado, claro, estás casado, vas con tu mujer!» Aquí se abrió, de pronto, un blanco espacio, hubo una invisible realidad entre los dos, como un animalillo salvaje, nunca visto, parecido a un gato que se arquea: Martín se había puesto el abrigo y ya salía de la habitación: María seguía sentada en el borde de la cama, arreglada para salir, aún sin zapatos. Fue un instante. Fue una realidad que se dice invisible, no porque no se llegue a ver sino porque es vista y no vista como totalidad en un abrir y cerrar de ojos: Martín vio que sí, que se salía con la suya y que mejor así, a solas él, hablando con el editor. María vio que lo mejor era ceder sencillamente. Así lo hizo. Martín se fue contento a su entrevista. María dijo en voz alta a su hijo, que estaba haciendo una montaña con los cubos del rompecabezas sentado en el suelo del comedor: «Es muchísimo mejor querernos que andarnos corrigiendo y enmendando: nosotros tres nos queremos: papá, tú y yo, y por lo tanto nos saldrá todo bien ahora y siempre y haz el favor de decir ahora mismo así sea y no poner cara de raposo azul y negro, nene.» Martín tuvo un gran éxito esa noche. Y, sí, al editor le pareció Martín un genio solitario, desequilibrado tal vez, pero increíblemente singular, auténtico, indiscutible y, al parecer, casado y con un hijo...

Iba a ser –ahora sí que sí– más rara que garbanzo de a libra. E iba a ser así no solo porque sí sino también para mostrarles a las claras que hacía las cosas a su modo y que le importaban un pito todos ellos, sin excepción ninguna y en especial sus padres. Virginia tenía ahora una noción global del cosmos frente al caos. El cosmos era, ultimados todos los detalles, dar el paso: y el caos parecía ser, sin ninguna duda, lo de atrás. El caos –se decía Virginia a sí misma y, por teléfono, a María, una y otra vez– es el pasado. Y este pensamiento era global en el sentido de que todo se veía como se ve el campo, los sucesivos campos, desde un globo: como un rompecabezas de irregulares piezas o figuras o retales –esto de los retales de la visión global y del pasado sorprendía mucho a Virginia– que al elevarse majestuosamente y silenciosamente e ir Virginia soltando lastre cada vez más deprisa –y el lastre eran unos como talegos de lona blanca, de diez kilos y de cinco kilos para ir graduando la ascensión– daba la sensación de hallarse más y más iluminado. Iluminado y olvidado, separado, dado a conocer justo al dejar de ser la zigzagueante y azarosa y espinosa cosa incomprensible que había sido. Ahora Virginia se decía que había sido todo un sueño: todo lo que sabía se iba volviendo equivalente ahora, ultimados los detalles, dado el paso, a todo lo soñado tal vez no del todo por Virginia misma sino por todas las Virginias que en el mundo han sido: un sueño dulcemente colectivo de uniformes diferentes de colegios diferentes y de monjas y de íntimas amigas ya casadas, como María, y de íntimas no-amigas cuyas trayectorias acababan en adioses y en jardines elegantes donde repentinamente, ya casadas, constituían un ejemplo vivo, fugitivo pero detallado, de lo que no se debe hacer: casarse, no: nada de casarse: que se casen ellos si les gusta: que se casen ellas, las no-íntimas no-amigas que, no teniendo ninguna idea precisa en sus ligeras cabecitas de ajo, rubias y morenas y castañas, maquilladas, idas y venidas de las peluquerías a las sastras y para ciertas cosas, al mejor modisto de Madrid, de París, luego nada, luego todo se quedaba en haber sido de repente increíblemente críticas y malas a propósito del chico alto con bigote o sin bigote, con Caminos terminados o sin ellos, con el cual reaparecían al final amarteladísimas y lelas, desposadas, esposadas, maniatadas y dispuestas a constituir una sociedad de gananciales y a enseñar a la fregona Filiberta cómo se hace el té y a decir sí señora, no señora, como le parezca a la señora y después el niño y después la suegra y después la nada diminuta de un buen piso en una buena calle de Madrid y las cenas con los otros matrimonios y las cremas y las carnes donde una empieza a entrar, o, por el contrario, las arrugas que se empiezan a estudiar en los espejitos de los bolsos y los tocadores y del retrovisor del automóvil cada año más último modelo y luego la modelo que el marido ha conocido justo el mismo día del aniversario de la boda, o, mejor dicho, la tarde anterior en la boutique de los bolsos de la piel de cocodrilo y ahí, como contrapunto, empezó el asunto que después daba lugar a la perpetua tirantez de cada vez que salen juntos, con unos amigos, a cenar y luego nada. En cambio ella, Virginia, había cortado por lo sano y más ahora, viendo en globo, cada vez más lejos todo el monte, orégano, todas las ciudades igualadas por la intensa luz de recordarlas cada vez peor y, todo lo rara que se quiera, todo lo difícil que se quiera y más, hasta la fecha, con los chicos, se largaba lindamente con el santo y la limosna, sin decir esta boca es mía y sin dar parte, indocumentada, desmemoriada, saturada de las flores inimaginablemente perfumadas de otros nuevos mundos donde todo sería comprensible, transitable, amable y graciosísimo, es decir: igual, lo mismo que había sido siempre su amistad de siempre con María, una especie de novela oral donde todo lo contado quedaba descontado, desempeñado, desatado, dicho y recogido con unos grandes imperdibles a María, es decir, adiós, adiós, estoy a salvo, salvo que se muera de repente Rómulo Leonardo Waitzenbecker, lo cual no es ni siquiera un poquitín probable, salva sea la parte, viva la novia, viva la elegancia de la novia, estrafalaria sí, pero a salvo que se casa hoy, que se casa si con un señor algo mayor que ella, un hombre de negocios que la conoció en Puerta de Hierro, que almorzaba ella y él volvía de hacer no sé cuantísimos agujeros, porque es también medio campeón de golf, aunque apenas tenga tiempo para el juego las mujeres o el deporte y así... «María, como ves no he dormido esta noche, ni ayer noche, ni anteayer, apenas nada porque dediqué todas esas noches a pensar: como dices tú: a pensar y a no poder pegar ojo ni sello porque como puedes comprender estoy excitadísima: muy bien, no importa: ya se pasará lo natural y lo normal es no parar quieta ni inquieta cuando vas a dar el paso que yo voy a dar, precisamente sí, mañana, como sabes porque tú estarás presente y también Martín, si quiere, a mí me gustaría, claro está, muchísimo, teneros a los dos, a primera hora, muy primera, a las siete treinta y cinco, como mucho menos cuarto, como dice Rómulo Leonardo Waitzenbecker, mira tú que el nombre es cosa fina, muy de allí, nos casamos muy de traje sastre, nada más, los dos, como una boda de viudos y seremos nada más que el cura, el novio, yo, la novia, tú, la amiga de la novia, Martín, el marido de la amiga de la novia si..., si al final viene, y tu hermano, el hermano de la amiga de la novia, Gonzalito, que estará estupendo con su traje azul marino, el sacristán y lo que se dice nadie más y yo, la novia, sencillamente iré con un velito negro que adaptaré a un sombrero que me regaló, monísimo, en raso, un bonetito que me regaló tía Pano, pobre, a primera hora, los testigos van a ser, no sé, Martín, si quiere, luego tu hermano Gonzalito que sí que quiere y que me ha dicho por teléfono que sí, que le hacía muchísima ilusión y, pues, el sacristán y el coadjutor, no sé si sirve siendo, claro, cura, tú qué crees, tienen que ser hombres y firmar, los testigos siempre son señores, a que sí, pero, por favor, si viene Martín, que no me ponga en público una objeción, ningún impedimento, al matrimonio, porque el cura ya está un poco, me figuro, sobreaviso, ya sabes los curas cómo son de liendres por razón de ser casarse un sacramento y adiós boda y hemos ultimado, como dice Rómulo Leonardo, no sé cómo llamarle algunas veces, hemos ultimado todos los detalles él y yo..., de golpe, pum: como aquello que dijo Julio César: la frase del latín: *Veni, vidi, vici*, era *vidi* o era *vinci* o *victi*, no me acuerdo si del verbo *venio* sale *vinci*, *vici* o qué, salga lo que salga yo, María, yo me salvo, yo me salgo del pasado, mi pasado, que es un caos y una cosa rara y que ya veo todo globalmente iluminado y habiendo todo sido dicho y hecho y sobre todo dicho porque siempre te lo he dicho todo a ti, sí o no, a que sí, siempre todo, a ti, María, te lo he dicho y esa es de verdad la verdad, lo que te dije, lo que te conté, que apenas lo recuerdo: ya ves tú, María, la verdad yo creo que se puede definir así, lo que se ha dejado, después de dicho, felizmente atrás, lo que se olvida: la verdad es lo olvidado que se ha dicho, tú esta definición cómo la ves, a que te gusta, no sé por qué yo creo que hay aquí un poco un punto, pum, donde sí, donde es eso la verdad o, bueno, la verdadera yo, Virginia, todo lo rara y todo lo imposible y todo lo distante y fría y con los chicos, la verdad, pues falsa, o sea, la liviandad, eran todos más o menos uno mismo y ese mismo o abogado o ingeniero, no podía, ahora puedo, ahora quiero, María, eso que se dice que la novia no cabe en sí de gozo, ¡pues a mí me pasa!»

«Yo soy el sexo opuesto», declaró Virginia sin mirar a Gonzalito. Y lo oyeron las paredes de aquella confortable y anticuada sala del piso, que fue de los abuelos de la madre de Virginia, que se quedó toda la primera mitad del siglo XX intacto con cosas que se fueron añadiendo al buen tuntún. Los padres de Virginia mientras duró su breve miel de luna conyugal, cosa de unos cinco años, se divertían yendo a todas partes y adquiriendo objetos de valor y sin valor a un tiempo que, una vez adquiridos, se volvían instantáneamente trastos que daban una lata horrible y el trajín de que se limpien y de que se quiten y de que se pongan y de que por qué la tarde aquella en lo que por lo visto fue la casa de Aristóteles o Tucídides, que ahora es un museo, compramos esta escultura de alabastro rosa que parece falso de este como Hércules o Apolo quien con una mano, la izquierda, en la cadera y sin un brazo, ¿fuimos nosotros quienes perdimos este brazo o fue que lo tenía ya perdido desde la antigüedad? Entonces nos gustó, nos pareció una figura muy interesante y ahora no nos gusta nada y nos parece todo lo contrario, ponlo en el salón, con esta lámpara y este cenicero del Val Saint Lambert, color azul... Todo, para Virginia, sin embargo, se había convertido en sitio suyo, todos los objetos juntos y presentes a la vez como una multitud vista desde un balcón, todas las cabecitas parecidas nos consta que nos ven porque nosotros somos quienes echamos el discurso y así a Virginia le constaban las inmóviles rarezas de sus padres y el fondo recargado de una sala de fines de otro previo siglo, como una masa conocida, afectuosamente atenta y pendiente, como María, como nadie más, de los silencios de Virginia, o de su sueño o de sus llantos sin motivo, o de su paso, su movimiento largo y alto de modelo muy original, exótica, o de su voz. «Nos guste o no nos guste, a mí no es que me guste ni me deje de gustar, Gonzalo, yo soy el sexo opuesto. Eso es lo que es.» Gonzalito contempló a Virginia sonriente. Estaba guapo aquella tarde. Era la tarde del día anterior a la mañana secreta de la boda. Gonzalito había venido porque Virginia le llamó pensando que el último detalle no ultimado era este de tener con un testigo, tal vez, si no quería Martín, el único testigo, aparte el coadjutor o sacristán, un breve pero intenso *pour parler.* Y todo estaba siendo intenso, muy intenso, y nada breve porque Virginia no abreviaba con facilidad. ¿Cómo abreviar la propia vida? Si por sí sola no se abrevia y dura lo que dura, menos aún se abreviará al contarla, que es como un repaso: un imposible, claro está. Virginia se sintió de pronto reanimada por una sensación, como un calambre, de hallarse a punto de recordarlo todo. Para no abreviar y a la vez no cansar a Gonzalito, que estaba siendo tan amable, aunque cada minuto que pasaba daba más la impresión de no saber a santo de qué había querido Virginia que viniera a verla. De pronto Virginia pensó que ella tampoco lo sabía. ¿A santo de qué le había llamado? Tal vez deseaba asegurarse de que Gonzalito asistiría a la boda al día siguiente. Eso, sin embargo, no parecía motivo suficiente. Hubiera dado igual asegurarse por teléfono. ¿Para qué le había llamado? Para nada, no. Para algo. Algo que tenía que ver con todo y que procedía, sin duda, de la visión global. Algo que, en vista de las dificultades de fijarlo y de saberlo a ciencia cierta, Virginia decidió que más valía que nadie, ni siquiera ella misma, lo supiera. Lo único que, por así decir, fijaba esta ignorancia (equivalente a una comezón) era que no le había llamado para verle sino para hablarle. En el hablar estaba todo. Y es que, no obstante haberlo hablado todo con María, había quedado algo sin hablarse. Virginia no había consentido que, al hablarlo con María, la exposición tocara fondo. En el fondo Virginia prefería que María –quien hasta la tarde del día anterior tenía reservas con la boda– no tuviera arte ni parte en esta decisión de casarse. María ponía pegas. Y las pegas lentifican cualquier intención de probar suerte. «Casarse a suerte o a muerte», era una frase de tía Pano. O se tiene o no se tiene suerte: eso es a mayores. La muerte está garantizada y es lo único (tía Pano algunas tardes resultaba un tanto lúgubre: eran sus tardes de tirar a gris todos sus gestos, de ser de seda gris, de crespón gris aquellos estupendos pañuelos anudados como por casualidad al cuello, dejados, como por casualidad, en veremos grises todos los futuros miércoles de reunirse con Virginia, su sobrina preferida, a tomar el té. ¡Pobre tía Pano, cuánto se acordaba de ella ahora!). Pero si lo único es la muerte, lo demás es cuestión de suerte: Virginia había decidido no seguir en vilo –¿era esto un motivo?– y probar suerte: por eso se casaba. Pero María no era la persona más indicada para hablar así del matrimonio: o, tal vez, dado que nadie, en su familia, se había sobresaltado especialmente al saber que se casaba, Virginia había querido, al sentirse sola, quedarse aún más sola: ni siquiera hablarlo con María: eso ya era sin igual: una soledad nunca vista que casaba con el hecho de casarse, según aquella cosa de san Pablo, epístola, escrita para un matrimonio de romanos donde se dice que una vez que te casas se acabó: ya estás sola para siempre con el hombre que te ha tocado en suerte: a suerte o a muerte, en realidad, tía Pano en esto era muy del Nuevo Testamento. Probar suerte era una manera de decir: o experimentar o morir. Morirse de que en vilo una no sabe si se tiene o no se tiene todo lo esencial: en vilo se sospecha: es agradable suspenderse así pero hay un punto, hay una edad, de pronto, en la que estar en vilo es malestar y hay que dar el paso: a suerte o a muerte. Lo único que repentinamente Virginia veía claro mirando a Gonzalito –que, por cierto, se había comido casi todos los bombones de licor que acompañaban al café– fue la obligación de hablar por no callar y como no tenía nada en concreto que decirle –solo contaba como con la suerte, con aquel algo suyo indefinido– Virginia optó por lo enigmático: por eso acababa de decir «Yo soy el sexo opuesto». No era la primera vez que hablaba así: Virginia hablaba con frecuencia así: era curioso: primero se decían unas frases sin pensar y luego se pensaba qué querían decir: era como meter la mano dentro de una bolsa con las bolas y sacar el seis y el uno. ¿Te ha tocado? Era como si al hablar se diesen premios: coincide con algo: te ha tocado: no coincide: no te ha tocado pero no ha pasado nada: vuelves a probar. ¿Qué le había tocado –y a quién– con aquello de que ella era el sexo opuesto? Virginia miró a Gonzalito intensamente y brevemente: así se mira en un momento así: debía de haber tocado alguna cosa porque la frase –reconoció Virginia– era muy notable: Gonzalito no podía no sentirse sorprendido. En efecto: estaba sorprendido. Sonreía y entrecerraba un poquitín los ojos como quien trata de ver algo a lo lejos. Lo que de hecho Gonzalito creyó ver tenía mucho que ver consigo mismo y poco con Virginia: Gonzalito estaba calculando si

Virginia sabría o no lo suyo: tal vez lo había adivinado. Si era así, más valía cerciorarse. Virginia acababa de sacar una nueva bola: esta vez la frase amplificaba lo enigmático de la frase anterior mediante un par de enigmas detallados: «A mí me parece, Gonzalo, no sé a ti, que en la vida los sexos lo son todo: son lo que se opone siempre a la verdad: las malas patas o las patas raras o las suertes raras son por eso, por los sexos.» Y añadió: «Porque son opuestos, sería mejor que no hubiera ninguno o solo uno, como mucho, para todos los hombres y todas las mujeres uno igual, ¿no crees, Gonzalo?» Gonzalito se reía. Había dejado que la risa se extendiera, deslizándose, como una pañoleta de crespón aquamarina que disimula lo que debe ser disimulado. «Si hubiera que elegir entre los sexos que hay, ¿cuál elegirías tú, Virginia?» «Pues, fíjate, mucho lo dudo. Tanto lo dudo que unas veces digo el mío y otras veces digo el tuyo: una vez tuve un medio novio, que no duró ni una semana, ese tampoco, que estudiaba, combinadas, Farmacia y Medicina, para después doctorarse en Psiquiatría y hacerse rico en esa rama, hacerse rico era, decía, lo primero, y por eso tuvo dudas, en el segundo o tercer curso, no me acuerdo ya, de si después de todo la ortodoncia no sería mejor que nada, habida cuenta de las malas dentaduras de los españoles de la época, cosa que ya tía Pano me había dicho, nada más verle fíjate en los dientes, las encías, los sarros y las piorreas que había ocultas bajo muchos labios superiores, según ella, si solo se sonríe o no se ríe, malo, pues el chico este, tan omnicomprensivo que llevaba dos clases de gafas para ver de cerca y a lo lejos, en esa casi ni semana que salí con él decía que la envidia que las chicas tienen de los penes de los chicos es como un apuro que les da por no querer mirarlos, por eso le dejé, por cochino, a lo mejor quería que mirase el suyo, tú figúrate qué idea tonta que quisiese yo mirarle el eso, el eso a él, no quise verle más por eso mismo, y tú, Gonzalo, ¿cuál elegirías, de poder?, ¿el tuyo, por ejemplo, o cuál? Es un hablar...» Era un hablar que, en efecto, rozaba en broma un serio malestar, pensó Gonzalo. De haberse tratado de cualquier otra chica, Gonzalito hubiera supuesto lo corriente en semejantes casos. Estaba acostumbrado a que las chicas se le pusieran tontas y sexuadas a última hora de la tarde. Pero Virginia era distinta. «Virginia», pensó Gonzalito, «aunque no está hablando por hablar, nada de eso, tampoco habla conmigo, ni de mí, ni para mí. Hable con quien hable, evidentemente no soy yo y, además, no sabe lo que dice. La mitad lo ha oído, la otra mitad le viene de las mismas frases que lo traen abstracto, como un semen que se extracta y se conserva fresco en tubos de cristal...» Era curioso oír hablar así a Virginia. Era como hallarse a punto de encontrar un huevo de Pascua y vas oyendo a todos, detrás de ti, pendientes de ti, muy divertidos, caliente, muy caliente, un poco frío, muy muy frío, tibio, más caliente, muy caliente... Gonzalo advirtió un cambio de tono en la voz de Virginia, tal vez debido solo a que Virginia se acababa de levantar y le hablaba desde otra posición: «Yo no sé si le amo o no le amo: no se lo digas a tu hermana: eso es lo que no sé: Rómulo, Rómulo Leonardo, nunca sé cómo llamarle, dice que no cabe en sí de gozo y yo le digo que también y esa es la verdad, ahora que tampoco es que le ame como María y Martín están enamorados: no es lo mismo: lo mío es más confuso, más erótico, más, lo que se dice más carnal, o menos carnal, a lo mejor es más confuso porque es más erótico y menos carnal y más, cómo te diría yo, más mental: me siento muy feliz y turulata, como recién salida de la cama y como sin lavar y sin arreglar: no es que me importe mucho, nunca me ha importado, mi apariencia: me siento exagerada: siempre he sido una exagerada: siempre he sido una insensata: eso desde luego, pero ahora es como si estuviera siendo exagerada por y para otra persona: por supuesto: por y para él: Waitzenbecker: a María, a tu hermana, no le parece bien del todo que me case: dice que es muy precipitado: claro: si no me precipito no me caso: tú dirás, Gonzalito, que todo esto son bobadas: y lo son, pero no lo son: figúrate: estoy confusa porque soy feliz: por fin a ver qué pasa: precipitada, claro: es la única manera, o te precipitas o te quedas para vestir santos: simiente de rábanos: como tía Pano, pobre, que por hablarlo tanto y discutirlo tanto nunca se casó: no hace falta estar enamorada: eso son cosas de María: lo que hace falta es dar el paso: ya está dado...» Virginia dio un paso adelante, con una cierta rigidez, como un soldado que sale, voluntario, de una fila y nota que alrededor no hay nadie y solo queda, enfrente, un gran espacio, punteado por el sargento, el teniente, el capitán, el coronel, el general y la razón de ser del paso dado que no parece ya del todo razonable: Virginia no miraba ahora a Gonzalito, sino a lo lejos, al fondo de la sala umbría y recargada sin más razón de ser, cosa por cosa, que el haber ido siendo puestas juntas todas las palabras y las cosas hasta no poderse soportar e irse de la lengua. Gonzalito se sintió en aquel momento, por contraste con la pobre Virginia, seguro de sí mismo: sintió una ternura muy ligera, como quien siente algo de frío por la tarde y se pone un jersey. «Virginia, ¿sabes una cosa?, resulta que a tu novio le conoce un amigo mío, con razón se dice que el mundo es un pañuelo: Vélez, por lo visto, conoce a este Leonardo tuyo, mucho, no me digas que no tiene gracia...» «¿Vélez?, ¿quién es Vélez?» «Un amigo mío que, por lo visto, le conoce, conoce a todo el mundo...» Virginia dijo de un tirón: «Todo el mundo le conoce, al parecer, lo mismo aquí que en Argentina que en Manila que en Nueva York y Roma, Londres, y París, es un hombre de negocios muy famoso. ¡Rómulo Leonardo Waitzenbecker!» Virginia se había echado a reír. Lo mismo que su nombre, que había que decirlo de un tirón, también había que verle de un tirón al propio Rómulo Leonardo en persona, tomarle o dejarle, con bigote y todo, con aquella cadena de oro, muy de oro, que se agolpaba contra el reloj de oro en la muñeca izquierda, con el abultado sello de oro del meñique de la mano derecha, con su escudo nobiliario y con su yelmo, bisutería que era toda buena y muy de ley –en realidad–. Y Rómulo Leonardo Waitzenbecker tenía muy bonitas manos, grandes, de palmas anchas con las uñas grandes, anchas y cuadradas, con las medialunas muy nítidas, muy justo un semicírculo muy marcado y era tan agradable ir a cualquier parte y entrar acompañada de este sobresaliente Rómulo Leonardo, de hombros anchos y pantalones grises casi negros y chaquetas de *sport* muy llamativas, con sus intenciones monocordemente intensas e indicadas, como si las leyera cada vez que las enumeraba, por un orden de lista: Rómulo Leonardo Waitzenbecker no quería tontear, ni pasar la tarde o tardes, por así decir, ni contar en Madrid con una buena amiga, ni con una amante, con una amante todavía mucho menos, ni quería entretenerla, a Virginia, según dijo, ni hacerla perder tiempo, ni perder él mismo ni un minuto: quería casarse con Virginia: solo eso: nada más: a ciencia cierta, lo sabía a ciencia cierta: y decía que sabía que no se había confundido: no estaba en un error: tenía que ser ella: tenía que ser Virginia y quería que, además, constara que él sabía a la primera siempre lo que quería y de una vez. Todo o nada, de una vez: así fue como fue: salieron y se estuvieron hasta más de las dos de la madrugada en Casablanca y Virginia, en vista de que tanto se empeñaba y de que estaba tan seguro de que sí, pensó que por qué no: pensó que, a diferencia de los otros chicos, Rómulo Leonardo Waitzenbecker no era un chico: para ser un chico había que ser un poco ganso y Waitzenbecker no era nada ganso: era un hombre de negocios, pero sin llegar a los cuarenta, muy moreno, con un pelo sumamente negro, un aire deportivo, ojos como de perro grande que tiraban a castaños y que entrecerraba seductoramente: con un gusto rimbombante, en corbatas y chaquetas y con una suficiencia ultramarina de exotismo y de pintoresquismo y como de Gardel o de película, y Virginia, bien mirado, no tenía que hacer nada, bastaba con dejarse hacer: los hombres son los que lo hacen: con estar a gusto ya es de sobra y Virginia se había sentido muy a gusto, y por consiguiente, ahora no cabía en sí de gozo, y, por consiguiente, no hacía falta que la desbordara la pasión: qué pasión ni qué ocho cuartos: lo erótico no es nunca apasionado: más bien mental: más bien una cuestión de ser hablada y de dejarse y, claro, desnudarse, y ser enamorada, es decir, ser hablada, ser habida: Virginia había dejado que las frases hicieran las veces de los sentimientos: los sentimientos ya vendrían después: ahora, por ejemplo, ya empezaba a sentir uno: sentía que no cabía en sí de gozo: era lo natural estando a punto de casarse al día siguiente: no solo lo sentía, además, sino que se acordaba de haberlo sentido todos estos días atrás como una musiquita o picazón o unas aleluyas que se repiten por sí solas inevitablemente mientras damos un paseo: Virginia sentía que forzosamente iba a sentir, una vez casada con este peliculero Rómulo Leonardo, todo lo que hay naturalmente que sentir y por de pronto se sentía muy a gusto: era un experimento de verdad que no podía engañarse –pareciendo él mismo tan seguro– ni engañarla –sintiendo ella, con toda claridad, que no cabía en sí de gozo–: por fin había dado el paso...

La reunión se acabó súbitamente. Igual que había empezado. Virginia oyó que Gonzalito decía, en un momento dado, entre otras cosas, que este amigo suyo, este Vélez, tenía entendido que Waitzenbecker tenía fama de donjuán: bobadas: mañana, a todas luces, todo el mundo vería lo contrario: además, mejor: mejor donjuán que un soso, mejor que un chico, mejor que un ganso, mejor que un ingeniero, un abogado, un médico farmacéutico psiquiátrico y cochino, mejor que nadie: lo mejor... Gonzalito se fue. Los dos se reían mucho al despedirse. Se reían por reírse: estaba bien así. Virginia se duchó con agua muy caliente durante mucho rato: estaba todo bien. Luego se arregló. Luego Rómulo Leonardo Waitzenbecker la sacó a cenar y como tenía que madrugar al día siguiente para después ya seguir viaje a París volvió a casa temprano. Una luna de miel como es debido, con solo un maletín con cuatro cosas porque la gracia estaba justamente en que a la puerta, al salir de la parroquia, habría un gran turismo azul oscuro con, en la ventanilla de atrás, una cenefa de gardenias: para llevarlos al aeropuerto de Barajas: para que fuera todo ultramarino, para que, dadas las precipitadas circunstancias de la boda, no pareciera nada raro no invitarlos a los asistentes ni a tomar café: ya en otra ocasión habría ocasión: iba a ser teatral, iba a ser fenomenal, iba a ser como una boda de dos viudos, iba a no ser acostumbrado, no iba a ser ni convencional ni tradicional ni sobado: y que le gustaran las mujeres y que tuviera incluso fama de donjuán estaba bien: era casi lo mejor: así a la pizca de inverosimilitud de todo ello se añadía una pizca de realismo y de concupiscencia de la carne: se casaba con lo puesto: este novelesco efecto era esencial: se haría el *trousseau* en París: de los pies a la cabeza: de pe a pa, todo en París: Waitzenbecker decía «el sexo débil», «el eterno femenino», «la mujer», «la fragancia», «anciana madre», «Venus es mi diosa», «la madre patria», «la naturaleza», «la dulzura», «la belleza», «la bondad» y «la flor»: un gusto, desde luego, muy abigarrado.

Virginia se acostó y una vez dentro de la cama sintió un escalofrío, era la última vez que se acostaba sola. Por consiguiente decidió que no podía dormir. Y, sin embargo, se durmió de golpe. Se despertó con una hora y media de anticipación. Se acordó de tía Pano: sintió un escalofrío de conjunto: resumen bajo especie de carne de gallina: había dado el paso: por fin Virginia iba a desvelar el último misterio, el gran misterio de limón y menta y nomeolvides de su dichoso sexo femenino, el sexo opuesto.

La boda se pasó sin que María tuviese tiempo de pensarlo más. Fue una boda rara que solo la expansiva personalidad de Waitzenbecker libró de parecer un poco triste. En cierto modo, todo sucedió de acuerdo con el plan previsto: el traje sastre, la misa en la parroquia de Virginia un poco antes de las ocho en una capilla lateral con una alfombra, el bonete, recuerdo de tía Pano, con el velo, el gran turismo a la puerta esperando a los recién casados, unos adioses algo bruscos, un «Volveremos pronto, ya veréis», de Waitzenbecker, una sensación volátil de suceso casual. Era increíble. María tenía la sensación de haber tomado parte y de ser responsable de una broma que contenía más realidad –a la vez que más inverosimilitud– de la que, incluso ella misma, había previsto. Al abrazar a su amiga un instante antes de meterse esta en el coche con aquella sonrisa tirante que había mantenido desde que se encontraron en la puerta de la iglesia, María deseó haberse opuesto más enérgicamente a este matrimonio. Deseó haber forzado a Virginia a ir más despacio, a pensarlo más, a cerciorarse de que aquel personaje –por lo demás tan sumamente amable con María y con todos, tan cariñoso con Virginia– no era un fresco. Pero Virginia había decidido que todo sucediera como de hecho sucedió: precipitadamente, de una vez por todas. Habían ido los tres, Martín también. Eran las nueve de la mañana cuando se sentaron a desayunar en una cafetería, una freiduría, muy ruidosa a esa hora. Ya estaba hecho. María volvió a casa pensativa, acompañada de Gonzalo. Martín se fue a la facultad. Gonzalito daba la impresión de haberse divertido con todo ello. «Vélez dice», dijo Gonzalito, «que es una buena boda. Y yo le creo. Vélez le conoce. O conoce mucho a unos que le conocen mucho al Waitzenbecker este. Es todo un personaje. Y también Virginia. Son tal para cual. Hacían buena pareja.» María asintió: eso era verdad. Waitzenbecker tenía buen aspecto, parecía un buen hombre. Y no servía de nada dar vueltas a un asunto que, a pesar de parecer inverosímil, era ya un asunto concluido. Gonzalito se despidió en el portal. María abrió la puerta de su piso lamentando haber dejado al niño con los abuelos la tarde anterior. Ver al niño, tan crecido ya, hablar con él, hubiera disipado la intensa sensación de irrealidad que embargó a María durante toda la mañana.

Había quedado con Alfonso Vélez. Iban a cenar a un sitio nuevo. Se habían hecho muy amigos. Eso, al menos, era lo que Vélez decía con frecuencia por ser, sin duda, lo que deseaba. A Gonzalito, Vélez le quedaba cómodo. Le gustaba que viviera cerca, tenerle a mano, charlar con él de todo un poco. Vélez era cómodo. Con Vélez no tenía que tener más que un cuidado: no darse a conocer en ese aspecto. Mediante la expresión «en ese aspecto», Gonzalito designaba todo un lado, aún plegado, de su vida. Por eso no se iba: hablaba de irse a Londres pero no acababa nunca de irse porque tenía la impresión de que, una vez en Londres, se desplegaría lo plegado, como por sí solo. Era un temor en parte irracional que contenía, muy al fondo, una alegría maliciosa, velada, irreprimible: lo plegado se desplegaría fatalmente: en Londres le aguardaba su destino: por eso no se iba: para prepararse: para degustar, mientras la retrasaba, su irreprimible nueva vida: una nueva figura sin reservas: el amor era eso: quedaba lejos: pero no podía no tener lugar: tendría lugar una vez lejos de Madrid y su familia y su hermana, una vez dentro de una soledad deliberada que haría más fácil la comunicación, la compañía. Vélez no quería que se fuera: pero le ayudaba, sin querer, a poder irse en cualquier momento contando maravillas de la vida en Londres: maravillas tontas: libertades de los *happy sixties,* que se volvían profundas al pensarlas como libertad para jugar, para imaginar, para transformar la realidad entera empezando por el propio cuerpo dividido entre la realidad convencional de su vida en Madrid y el deseo, sus deseos, que Gonzalito veía ya florecer a solas, instalado en Londres, siendo, sin reservas, quien era de verdad, su verdadero ser sexuado: sublimar sus impulsos no negando sus deseos, no contra los instintos, a favor: para ser más, para ser de veras, para no contradecirse cada vez que deseaba amar y ser amado. Deseaba ser amado: ahí estaba todo resumido: pero no por Vélez, o por María, o por sus padres, o en Madrid: tenía que ser a solas en una selva nueva donde las caricias no eran últimos extremos sino la manera más sencilla que se tiene, pensaba Gonzalito, de empezar a conocer al otro.

Hizo esperar a Vélez casi media hora. Lo mismo daba. Vélez se sentía muy feliz y sus protestas lo ponían de manifiesto: por fin se iban a cenar: todo estupendo. Al servirles el café Gonzalito dijo: «Por fin me voy el viernes. Tengo ya el billete.» Era verdad. Le aceptaron un talón: por eso lo compró. Empezaba marzo con buen tiempo: iba por la Gran Vía, subiendo, por la derecha, hacia Callao y se detuvo ante el escaparate de una agencia de viajes. Llevaba encima mil pesetas y un talonario nuevo de una cuenta que le habían abierto para no andar cada semana o cada quince días o cada mes con el dinero a vueltas. Su padre era muy de abrir cuentas. Entró a preguntar cuánto costaba un billete de ida a Londres. Se sintió elegante, guapo: se sintió separado y proyectado lejos de cualquier vida cotidiana. Había tres empleadas y uno, que parecía el jefe, en una mesa más grande que las otras, más al fondo, y otro, uno de su edad, que le atendía. Y había una pareja joven de extranjeros rubios. Todo el mundo le miraba. Y las dos chicas, las dos más monas, las más arregladitas, cuchicheaban haciendo referencia al aspecto de Gonzalo. Y había una pared toda un espejo: apenas hacía ya falta: estaba siendo reflejado y reverdecido y convertido en los luzbeles instantáneos, con ya la primavera encima el próximo veintiuno, del platino Úrico, el agridulce chico con pantalones de campana de un álbum de los Beatles, alguien, un sobresaliente de último minuto, un aeropuerto funcional donde salen y entran los americanos rubios, con sus tabacos rubios y *blue jeans,* con sacos de viaje y no con maletas, con cinturones anchos y no con corbata, con el pelo largo, con una melena, los instantáneos cielos aureolados por una juventud que había profundizado sin esfuerzo en todos los cómos y porqués del hedonismo: todas las miradas igualadas le hicieron decir: «Lo que no llevo encima es ni un céntimo. Si acepta usted un talón...» El empleado de su edad dijo que sí. Y sí: era así: ya tenía el billete reservado, confirmado para el vuelo a Londres en un *jet* inmenso de platino y, además, nada de Iberia, British Airways: lo suyo. Calculó que con un par de semanas era más que suficiente para decir adiós a todos. «Dejas atrás bastantes cosas, no seas niño, lo sabes tú mejor que nadie... Tu hermana, por ejemplo. O yo. Para mí, desde luego, me da igual que digas que me pongo cursi, es un disgusto. Desde luego, guapo, eso desde luego: así que ya *lo* sabes. Ponte tonto si te da la gana. Los demás tenemos corazón también: ahora, que yo me alegro, guapo, esta noche estás muy guapo, la verdad me alegro que sea Londres. Londres es el sitio para ti. Ya lo verás. Además, ya pareces medio inglés, te van a confundir, eso que adelantas, mira, yo, Gonzalo, no he tenido nunca, pero nunca, alguien que, bueno, alguien por quien sea preferible irse o venirse: solo contigo: solo tú: pon la cara que te dé la gana, pon cara de guapo que se larga y ahí te dejo, conejo, pero escucha lo que digo: aquí me quedo yo y aquí me tienes, y la verdad, lo siento, lo reconozco que lo siento que te vayas: me había hecho a la idea de que ya no ibas a irte, en fin, peor para ti si sacas de esto solo un motivo más entre otros muchos que ya tienes, lo sé de sobra, aunque nunca lo hayas dicho así de claro, para tenértelo creído: ser tan guapo no lo es todo, ¿te estás fijando o no te estás fijando en lo que digo?...» Le gustaba estar allí, en aquel sitio nuevo, con tanto camarero y tanta historia y con Alfonso Vélez poniéndose más y más sentimental. Era un buen punto de partida. Se acordó del hijo pródigo de Rilke: tampoco Gonzalito quería ser amado con el amor casero –cuanto más mariquita más casero– de Vélez, o sus padres. Ni el de María tampoco. Así tampoco. Por lo menos en principio, tampoco solamente así como su hermana le quería. Insuficientemente distinguido de la caridad y del amor en general, su hermana le amaba con un amor igual que los demás, insuficientemente acentuado y pronunciado el amor propio de su hermano Gonzalito: no valía. Después ya se vería. De momento, adiós, Madrid. «De momento piensa que vas a encontrarte muy aislado, después no, pero de momento, sí. Y además tu inglés hablado es regular. Si te sientes solo, llámame a cobro revertido.» Y Gonzalito aseguraba que sí que llamaría y los dos, al alimón, durante la larga sobremesa, aquella noche, hicieron planes, para verse con frecuencia: verse en Londres: seguir viéndose: tal vez incluso irse a Escocia los dos juntos, el primer verano. Valía todo, pensaba Gonzalito, aquella noche, porque no valía la pena decir a Vélez –ni a sus padres, ni a María, ni siquiera a María– la verdad. La verdad era que durante mucho tiempo Gonzalito se iría lejos y la lejanía sería una sustancia disuasoria, suasoria, porque acabaría persuadiéndolos a todos, empezando por el propio interesado, de que la vida había cambiado ya irreversiblemente, brillante en su extrañeza, incalculable, como los ojos repentinos de sus nuevos amigos.

Aquella tarde había empezado después del desayuno: antes, casi, de desayunar los tres y de oírse el timbrazo del chófer de los abuelos que venía a buscar al nene para pasar todo el domingo en el jardín. Hacía muy buen tiempo. Estaba siendo un mes de marzo preprimaveral. Martín se había levantado declarando, en pijama ante la ventana abierta: «Hoy, liquidación por derribo.» Lo cual significaba que hoy iba a pasarse la mañana leyendo, según dijo, a Mallarmé, intercalándolo con el ser y la nada. Cuando Martín se levantaba así, tan de buen humor, María pensaba, mientras hacía la compra, yendo, en el mercado de la esquina de Tutor, del frutero al pescadero y al puesto de variantes, que las aceitunas negras abiertas de Toledo, en su gran tarro de cristal, le apetecían más que nunca, y que los frutos secos hablan de crujir entre los dientes con toda la aceitosa suculencia de los cacahueses en bolsitas, con su cáscara, en la sesión de cine de los jueves a las cuatro de la tarde, de pequeña. Brillaba todo, todo el mundo sonreía, como si todo el mundo se hubiera puesto allí, en los alegres puestos, para liquidar sus existencias gratis, todas las manzanas y las peras y los rábanos y los muchos kilos y kilos de patatas con sus caras tiznadas todavía de tierra, y los ojos de besugo y los ojos ojijuntos del ojito que se resbalaba de la pila al ser seleccionado a ojo por el hijo mayor del pescadero, calculando que, una vez limpio, sin la espina, ni la cabeza ni la piel, hecho filetitos blancos, pesaría, exactamente, seiscientos gramos, dos raciones, muy hermosas, rebozadas, para la comida de los dos. Todo iba deprisa, todo iba y venía, todo sucedía de acuerdo con el plan previsto: ningún plan: el plan de liquidar, hoy, por derribo, toda la existencia de la pesadez y del esfuerzo y de los dale que te pego de la gente y de Martín y de ella misma, para sentarse en la salita engalanado de melocotones y de lauros muy de gorros de papel y de tranvías, ¿por qué no tranvías?: todo el mundo leyendo a Mallarmé sumergido en buenos butacones, en saloncitos y salones, e intercalando la lectura con, como Martín, el ser y la nada y todo lo demás: y estarse mano sobre mano y venga desafío a todo tener prisa y angustiarse porque los libros no nos salen bien: vengan derribos: hoy es fiesta: hoy no se trabaja ni se sube ni se baja ni se entra ni se sale: todo vale: porque una vez rebozados estupendamente bien los filetitos de ojitos, una vez discutida la cuestión urgente de si los ojitos son lo mismo que los gallos y distintos psicometafísicopiscifactorídicamente del, oh, del, lenguado, ¡se irían a pasear ella y Martín...! El hermano sol estaba de su parte. ¿Quién, con tanto solhabiente, no se siente a tono con todo el universo y empieza a comer con unos pepinillos en vinagre? Nadie puede resistirse: nadie, nadie, nadie: loado seas, Señor, pensó María al llenar la jarra de agua por la hermana agua, que es muy útil y humilde y preciosa y casta, y loado seas por el hermano sol con su correspondiente resol y con toda la tierra, con sus diversos frutos, como, por ejemplo, estas dos únicas manzanas reinetas que nos vamos a comer de postre con coloridas flores y con hierbas y con todo el queso que queramos, sin pasarse, yo creo, de cien gramos, con eso ya está bien, bendito seas, Señor, es decir, gracias... Almorzaron con todo el buen humor de la mañana y Martín recitaba en francés, con malísimo acento, pero con la gracia de quien es quien es, con mal acento, buen acento, sin acento, cocido, frito o adobado o amado y admirado cada vez que pasa un día más todavía: *tout, autour de moi, vit dans l'idolâtrie d'un miroir qui reflète en son calme dormant...* «¡Ya sé qué», intercalaba María, «este pepinillo que ahora acabo de comer, ¿a que sí?» «No hay nadie en este mundo menos Herodías que aquí, mi Señora...», comentó Martín. «Y aquí un amigo de aquí», había añadido María, señalando con la mano derecha la desocupada silla de Martín, el nene, que había ido a ver a los abuelos, y pensando que Martín, de buen humor, era, sin reservas, todo, como el hermano sol, del todo, el sumo bien: Martín dijo entonces, con su buen acento, amable, últimamente más infrecuente que al principio, con su voz de recitar tomándose a la vez del todo en serio y no del todo en serio: «... florezco en soledad para mí misma...» «¡Entonces serás una señorita algo tontita que en una salita mata moscas con una varita!» El hermano sol estaba en todo y María pensó: «Alabado seas, Señor, porque no puedo equivocarme en este instante.» Martín sonreía y con la misma voz, la voz de las gansadas y los buenos días, prosiguió: «... *Oui*, *oui*, *oui*, vosotros lo sabéis jardines de amatista ocultos sin fin dentro de abismos sapienciales deslumbrantes ignorados oros que guardáis vuestra inquietante luz antigua bajo el sueño sombrío de una tierra primera, piedras vosotras de donde mis ojos como de las puras joyas toman su melodiosa claridad en préstamo y vosotros metales que a mis cabellos jóvenes todavía tan dulces desposadamente desposados y aquí en casa otorgáis un esplendor fatal *et sa massive allure,* qué palabra tan estupenda, tan francesa, *allure,* ¿verdad?, me encantaría tener como tú y como tu madre facilidad para los idiomas: jamás me atrevería a traducir a los poetas: seguro que ahora Mallarmé no puede parar quieto bajo la losa liviana de su vulgar tumba, seguro que es vulgar, aunque a lo mejor, siendo los franceses como son de listos para dar a conocer al mundo las mejores galas de los galos y las galas, este juego de palabras seguro que te encanta, María; está en tu línea, a que acierto, María, a que sí...» «¡Conmigo siempre aciertas, Martín, Martín rancio bolancio, no tienes ningún mérito!» «Tú, María, nacida, por obra de las pérfidas estrellas en una casa bien, en la España del Generalísimo y de doña Carmen Polo y del seiscientos y demás mortales, ¿a que tú, de haberlo sido, no hubieras amado el horror de ser virgen y vivir solitaria, con los pelos por los suelos y los lechos nocturnos de un reptil inviolado con el frío escalofrío del centelleo de tu brillo ilícito y morirte intacta en castidad ardiente y, en cierto modo, *quodammodo, omnia, anima omnia, incasta,* a que no?» «¡Pues no, no digas cosas raras!» «¡No las digo, o, mejor dicho, no son raras: tú tienes de Herodías lo que tengo yo del buen ladrón, es decir: más o menos, nada de nada: ese es tu encanto: nunca mientes, oh flor desnuda de mis labios, eres más verdadera que un tomate: más, incluso, que este mismo trocito de tomate con el cual, comiéndomelo, doy fin a esta ensalada y, a la vez, yo atiendo a una cosa inconocida o, puede ser, ignorante del misterio y tus gritos lanzo yo los sollozos supremos y contusionados de una infancia, mi vulgar infancia, mi juventud empollica, mi normal deseo de tenerte entre mis brazos y cerezos en flor y la bechamel y la coliflor, mientras que siento por entre las reverías que por fin se separan las frías pedrerías y me está saliendo bien lo que yo quiero: bien la nueva, la completa enumeración o narración o novelón que ahora mismo escribo, alégrate, María, alégrate conmigo, porque sé que te alegras, porque sé que me quieres, alégrate conmigo, porque la vida solo me ofrecía previamente, a título de triunfo, la falta ideal de las rosas, y ahora ya no faltan: ahora hay rosas, jazmines en el pelo y flores en la cara, airosa caminaba y va a seguir así la flor de la canela: la novela...» «¡Pero, hombre, Martín, pelma, haberlo dicho antes en vez de esas poesías y Herodías y demás, haber empezado por ahí, vaya si me alegro pero, a ver, detalles, quiero saber todos los detalles, qué quieres decir con que te sale ya, siempre te ha salido, cuénteme usted todo, excelentísimo señor don Martín, punto por punto!» «¿Sabes una cosa, María –luego te cuento lo de la novela como a ti te gusta, con todos los detalles–, sabes una cosa?» «Sí: sé una cosa, dos cosas, tres cosas, pero a lo mejor la cosa esa a que tú te refieres no la sé: mejor si no la sé: así la aprenderé: ¡a ver qué cosa!» «¿Sabes lo que más me gustaría esta tarde hacer, dedicar toda la tarde a eso?: sería que nos fuéramos los dos dando un paseo por la Ciudad Universitaria hasta la facultad y volver: me encantaría dar ese paseo.» «¡Eso está hecho!», exclamó María. Era el hermano sol que aquella tarde había empezado pronto, después del desayuno, a darse un buen paseo por la Ciudad Universitaria, como de novios, por las tardes: era el hermano sol, sin duda alguna, era su voz pequeña que inmensamente lo agrandaba todo y sobre todo esta misma tarde preprimaveral del mes de marzo...

«Lo caliente», pensó Martín, «y lo frío.» En cierto modo, esto era todo: lo menos: y lo máximo: mediante esta notación térmica daba con el tono justo de una vez por todas esta tarde. Deseó oírlo en voz alta y dijo en voz baja, con voz grave, con su bonita voz grave, que encantaba a María: «María, fíjate en esto: lo cálido y lo frío.» Habían llegado, a buen paso, sin hablar, hasta Farmacia. Desde el portal hasta Farmacia con los pasos iguales, elegantes y largos, de su juventud matrimonial: aquel andar así, igualando los pasos a los rápidos, impacientes pasos de las caminatas meditativas de Martín, había sido siempre una delicia para María desde que empezó a salir con este chico, desde los días y los meses y desde el instante de ser novios. Parte del paseo, parte de la profundidad y de la anchura y de la magnificencia y del llevarse bien y ser felices, era andar así sin hablarse ni mirarse, a largos pasos igualados, pasos de hombre, de chaval, de chavala, pensaba María, muy moderna. Bien es cierto que María le miraba de reojo: veía su perfil: la intensidad y la impaciencia y lo moreno y lo cerrado de la barba, lo barbiazul del semblante noble de Martín. Pero hablar, lo que se dice hablar, no hablaba: ni falta que hacía: el movimiento, el rítmico avance de los dos a un tiempo era una lengua viva que sin cesar se pronunciaba: y una lengua que lo mismo era un chapurreado deslenguado que la Real Academia de la Lengua: se paseaban juntos en silencio para limpiar, para fijarse bien en todo, para dar esplendor al cosmos y al caos. María se fijó ahora en lo que Martín acababa de decir, sin entenderlo. Repitió mirándole a los ojos (María era muy de que los ojos miraran a los ojos): «Lo cálido y lo frío.» La voz de María era tan cálida, de sílabas tan blancas, que Martín, por un instante, se arrepintió de querer lo que quería. Era obvio que María no le había entendido y era obvio, sobre todo, que estaba disfrutando mucho con todo aquel paseo. «Lo dices, ya veo, como si hablaras una lengua que no sabes: como si no significaran los sonidos nada y quisieras solo hacer que suenen.» «Bueno, no. Entiendo las palabras. No sé a qué vienen, es lo único.» Martín estuvo a punto de decir: «Vamos a dejarlo. Era una idea tonta que tuve de repente.» Veía la voz casi más que la figura y la presencia de aquella chica guapa, de buena familia, de dinero, deportiva, que le dijo «te quiero» sin dudarlo, a la primera. La belleza clara de María le conmovió una vez más: era lo cálido, lo malo: la emotividad de las altas burguesías europeas: el gran desliz. Lo frío. Iba a decir: «María, tu calidad es la calidad de lo cálido. La calidad del pan sin sal recién sacado del horno, eso sí, bien calentito.» Pero no se atrevió. Se había sentido conmovido y además se sentía sexualmente atraído, en aquel preciso instante, por María. Solo se atrevió a expresar lo mismo, en general: «Para que este dulce atardecer del mes de marzo no se nos estropee volviéndose dulzón, hace falta una gran corriente de aire frío: eso es lo que quise decir.» «¡Pues no hace falta! ¿Para qué? ¡No hace ninguna falta, no seas gafe, hombre!» Martín pensó: «No me puedo permitir ponerme tonto, dar mi brazo a torcer, tenerla consentida. Sería ridículo.» Pero se calló. Y echó a andar otra vez, más despacio. María acababa de cogerse a su brazo derecho: sentía la leve firmeza de su cuerpo: lo cálido. Dieron la vuelta lentamente a la estatua del hombre a caballo que toma el relevo, la antorcha, del hombro caído. «¿Te acuerdas de una vez que vine hecha una cursi, muy de falda estrecha y de tacón y que se me rompió el tacón, justo castigo a mi perversidad, cuando después de mucho andar, pasito-pasito-muy-monísima, llegamos aquí y tuvimos que volver medio a pata coja y coger un taxi, fue espantoso, ¿te acuerdas qué risa? Era por estas fechas y lo mismo, era un sábado y nos reíamos tanto que nos tuvimos que sentar de pura risa...» Martín dijo: «De eso me acuerdo, sí. Me acuerdo.» «Y fue una risa porque tú desde un principio ya empezaste por decir que a santo de qué había venido yo con aquella especie como de falda de chica de conjunto y los zapatitos de tacón de aguja, hecha una cursi. ¿Te acuerdas que te enfadaste? Y luego, claro, al romperse el tacón, fue la risa. Y fue aquí. ¿Te acuerdas de eso también? Fue justo aquí.» Martín sonrió. Contempló en silencio a su mujer: la amaba: eso era indudable: eso le daba también derecho a examinarla fríamente. María añadió: «Y también me acuerdo de una cosa que dijiste: dijiste, acuérdate, nada más verme, que estaba demasiado guapa. Fue como una especie de momento cumbre: la ilusión loca que me hacía oírtelo decir y lo mal que me estaba pareciendo venir de tan mal gusto. Y me acuerdo que pensé que cuando una mujer se pone guapa-guapa a base de gustar, pues le importa un bledo lo elegante, nada de elegante, quiere estar guapísima, elegantes las feas, eso pensé, Martín, no sé si te lo dije...» Martín pensó que los pasados y los dijimos y los acuérdates y los te acuerdas y los está todo lo mismo y los iguales igualitos y los arrullos y demás ramalazos amorosos menudeaban en la voz de María, como tábanos. La mula era Martín: su singular estilo literario: su mejor estilo: el estilo es el hombre y el carácter del hombre, su estilo, es su destino: su singularidad ya destilada. Hacía falta hielo: puro hierro: puro hielo: nada personal: nada moral: nada contra María a quien, en fin, amaba: una mera cuestión de contrapesos a tener siempre en cuenta. María se sostenía con un solo pie, el izquierdo, y se había quitado el zapato del pie derecho para sacarse una piedrecita, por lo visto. Martín pensó, no pudo reprimirlo, era un pensamiento muy agudo: «Es vulgar.» Y añadió, con toda nitidez, una nota última, el colorido decisivo, lo que temía, sin reconciliarse, reducido a su mínima expresión: «Todavía es muy joven: por eso todavía no lo parece. Pero a los cuarenta lo parecerá: será vulgar y parecerá vulgar. Estoy seguro.» La brutalidad de semejante idea, la nitidez, tan árida, tan unívoca de pensar que María era vulgar y, al mismo tiempo, la idea de que seguía gustándole, incluso más que nunca, acariciar a su mujer, acostarse con ella, le hicieron detenerse mentalmente, sorprendido por la intensidad de dos emociones paralelas que se encontraban, como en el infinito, en la expresión reconcentrada de María que ahora examinaba el interior de su zapato. «¡Es un clavo!», anunció María. «¡Ya decía yo que para piedrecita no se movía lo bastante! ¡Es un horroroso clavo, voy a ver si consigo machacarle, por lo pronto, a ver si encontramos una buena piedra!» Una vez más la voz era más fuerte que la figura y la presencia juntas: la voz era María inconfundible, su sensatez, su buen humor, sus detenidas observaciones acerca de las cosas insignificantes, su encanto, que ahora, repentinamente, como un cohete de las fallas, hacía explosión dentro de Martín, en la fallida rigidez de su conciencia estética, endulzándole, haciendo que su voluntad desfalleciera, haciendo que faltara, sin querer, el debido frío. Dijo, a *contre-cœur,* lo primero que se le ocurrió: «¡Ahí hay una, mira, esa te vale!» Era verdad, era una buena piedra, ni grande ni pequeña, que cabía en el zapato, con una parte redondeada para hacer de cabeza del martillo. Martín dio un par de pasos, cogió la piedra del suelo y se la dio a María. Entonces se oyó silbar otro cohete, el fuego artificial de la contrariedad y lo contrario: dentro, también de la cabeza de Martín, dentro de lo posible: resplandeció también el azabache inmóvil del firmamento húmedo, con su luna mediada, menstrua luna oscilante que presidía el alma duplicada de Martín: «domesticado»: esta palabra de pronto hizo explosión: fue el resumen: no es cierto que existan para toda suerte de materias, para los recortes de las uñas, para el pelo que se cae o que se queda en el peine, ideas correspondientes, formas: un clavo en un zapato, igual que un matrimonio, tiene un límite: Martín creyó haber llegado al límite en aquel instante. Desvió la vista y contempló, al fondo de la plazoleta, la fachada de la facultad de Medicina. Hizo un esfuerzo por cambiar de idea: por decir algo interesante: ya estaba bien de «mi señora» y de «pies». «Es curioso que nos llevemos bien tú y yo, María, pareciéndonos tan poco. Y lo digo por lo de antes, por lo del pasado: tú te acuerdas de lo que pasó, dices que lo ves como si ahora mismo lo estuvieras viendo, se trata, claro está, de un espejismo muy común. San Agustín hablaba de una *ingens aula memoriae:* una metáfora especial que hace pensar que dentro de ese lugar, la memoria, se hallan las cosas recordadas como libros en una estantería: pero no es así. Esa aula es solo temporalidad pura: una forma pura de la percepción, la fantasía, la imaginación, la memoria y todo lo demás: tú hablas de la escena del tacón que se te rompió aquella tarde como si ahora mismo lo estuvieras viendo: pero no estás viendo nada en realidad: lo ocurrido es una melodía que ha dejado de sonar y que, por lo tanto, ya no se oye: queda algo en la conciencia, queda, en pasado, esa melodía que ya no puede oírse: lo punzante es eso, lo fascinante es eso: la forma del pasado y no las cosas que han pasado: se vuelve todo voz pasiva: haberes habidos, haberes sidos, haberes que hay que poner al debe de la muerte. Esto es evidente. No lo mencionaría si no creyera que tiene una gran importancia: del pasado vemos solo la forma que conforma, que uniforma todas las cosas que han pasado...» María pensó que se iban volviendo, como sin querer, hacia el volver a casa como hacia un lugar seguro: pensó que regresaban al contrario de como habían venido: la voz de Martín, la lentitud, ahora, del paso, desigual, de los dos, las paradas, las arrancadas, las frases y el fraseo, tan característico del Martín cada vez más escritor, su propio desconsuelo, la diminuta falla del repentino desconsuelo, una confusa pena que venía con la voz amada, una voz familiar, grave, recortada por las impaciencias del tener que dar con las palabras justas, un poquito pedante, adrede un poco fría, como la voz impostada de alguien que canta una canción popular cualquiera estilizándola: María pensaba que seguro que Martín tenía razón pero que apenas hacía al caso su discurso: de ordinario le parecía interesante casi todo lo que decía Martín: todo, por lo menos, tenía la gracia de ser suyo. Esta tarde, sin embargo, de regreso, María se sintió desconsolada: faltaba la energía, el ánimo animoso, la animación deliciosa de toda la mañana y la primera parte de la tarde: seguro que Martín tenía razón, pero en aquel momento el esmalte de la sensatez se había saltado: la existencia borrosa, la luz indecisa, la melancolía de este nuevo andar al paso, con los pasos cambiados, intercalándose las idas y venidas de la ternura que sentía por Martín con la sensación de arbitrariedad, de frialdad, de irrealidad que había en sus palabras... María deseó llegar a casa de una vez: el niño llegaría antes de la cena, poco antes de las nueve: todavía faltaba casi una hora. Dentro de un cuarto de hora, a este paso, ya estarían en casa. María pensó, con la nitidez de quien rechaza una ocurrencia indigna: «Es el mismo Martín de antes y de ahora y de siempre. Es su manera de decir las cosas. Yo le quiero. No ha pasado nada. Ni cálido ni frío ni narices. Es el Martín de quien me enamoré y de quien estoy enamorada: el mismo que viste y calza: aquí le tengo dale que te pego: ni desconsuelos ni desconsuelas ni narices: Martín es un artista: habla a juego con la luz que cambia, ahora hay una luz amarillenta, como de verjas herrumbrosas, los atardeceres son siempre más tristones: Martín habla a juego, sin casi darse cuenta, con lo que se le mete por los ojos: por todos los sentidos a la vez: por eso es escritor, su sensibilidad.» Entender a Martín no consistía ni en quitarle ni en darle la razón acerca de si el pasado es una pura forma o unas puras narices, eso daba igual: lo que no daba igual era no entender: daba lo mismo que los pasos de los dos no coincidieran regresando a casa. Porque lo importante no era que volvían sino que seguían: la gracia estaba en eso, fuese lo que fuese la temporalidad e incluso la muerte, la vida de los dos quedaba en claro: sana y salva: era una casa, era un piso, era un niño y era estar, qué narices, enamorada de Martín... «¡Oye, pelma, ahora que me acuerdo, podíamos comprar jamón de York y me parece que además las galletas esas que os gustan a los dos para desayunar, las Gómez-Cuétara, si no te importa, pasamos un momento por la tienda...!»

Iban llegando a casa de los abuelos noticias de Gonzalito. Ya todos los llamaban así, «los abuelos» o «los abuelitos», incluido Gonzalo que encabezaba sus cartas con un «Mis queridos abuelitos» y que proseguía a este tenor toda la carta; nunca cartas muy largas, repletas eso sí de relatos pintorescos claramente pensados para hacer reír a sus padres. Las cartas que escribía a su hermana eran, en cambio, serias, pero muy poco informativas, como si la vida de Gonzalito en Londres fuera solo un pretexto para escribir cartas que María llamaba «filosóficas» y que contenían en ocasiones fragmentos de lecturas inglesas con los correspondientes comentarios. A María le parecían cartas más apropiadas para Martín que para ella. Pero Martín había mostrado muy escaso interés en las lecturas que María le ofreció de esas cartas en diversas ocasiones. Se había limitado a comentar que estaban bien escritas y a decir «curioso, curioso». Los días se deslizaban velozmente para María, las estaciones, que iban cobrando cada vez más ritmos escolares a medida que Martín crecía y que sustituía las graciosas tareas de párvulos por los mapas cada vez más detallados y los palotes por la letra insegura de los dictados con sus faltas de ortografía como malas hierbas del Miranda Podadera. Se iba viendo ya emerger al chico guapín parecido a la familia de María, un niño razonable de ojos redondos con quien María charlaba todo el tiempo. Hacían juntos los deberes y le llevaba al colegio y le recogía a la salida, gozosamente, confundida con las otras madres de su edad que decían «el mío» esto, «el mío» lo otro. Y que María imitaba, fingiéndose también muy preocupada por los peligros de los recreos y los empujones de los chicos mayores y poniéndose de puntillas cuando por fin salían del estudio las filas de los más pequeños con los brazos cruzados y los pantalones caídos, como enanitos. «¡Carta del tío Gonzalo, mira qué buena letra tiene. Dice que sale andando de su casa y llega hasta la City los domingos por la tarde sin encontrar un alma en todo el tiempo; dice que es muy bonito y muy triste, como en una novela, pobre tío Gonzalito!» Y el niño oía aquello, dando vueltas a su bola del mundo, instalada en medio del cuarto de estar donde había estado la cunita, buscando Londres con ayuda de su madre y preguntando si también España era una isla. Ahora que el niño iba y venía al colegio, el tiempo se le representaba a María en cuadrícula, con prisas y sofocos por la mañana temprano y después de comer y con paseítos pausados por la tarde mirando los escaparates entre dos luces. Las cartas de Gonzalito, una cada veinte o treinta días, y las de Virginia mucho más espaciadas, eran la única novedad de una vida muy monótona que Martín invariablemente elogiaba y que María aceptaba con gusto sin echar nada de menos. Los años se iban sin sentir ahora que la vida doméstica se había llenado de tareas precisas, idénticas de un día para otro. Martín había publicado un libro de cuentos, con mucho éxito. A María le gustaba mucho uno de esos cuentos que trataba de la soledad de un hombre joven, un emigrante español, en Alemania. Y a María le pareció que se podía realzar o corroborar la verosimilitud de aquel relato con una de las últimas cartas de Gonzalito donde se venía a decir lo mismo: que la soledad se vuelve peligrosa cuando uno deja de darse cuenta de ella y vive dentro de ella como dentro de un nido. Entonces la soledad, decía Gonzalito, lo empapa todo, los gustos, los paseos, los hábitos cotidianos, la habitación donde se vive, y los demás empiezan a sobrar, uno vive sin gastos, como a medias, esa como media vida de hacerlo todo solo y sentirse siempre solo... María leyó estas reflexiones a Martín, quien dijo: «¡Este chico está aprendiendo mucho, se ve que Londres le está sentando bien!» Y María le preguntó si a él no le daba pena que Gonzalito viviese así, tan solitario. Y Martín respondió que no, que ninguna pena, que vivir así era evidentemente lo que más le gustaba y que si no podía venirse a Madrid cuando quisiera. María comprendió que Martín tenía razón. Y, sin embargo, se le quedó un regusto triste como si en el hecho mismo de que Gonzalito se impusiera voluntariamente la soledad hubiera ya algo sintomático, un dato oscuro y verdadero acerca de la manera de ser de Gonzalito, su hermano.

Y Virginia telefoneaba de pronto a las dos de la mañana creyendo que también en Madrid era por la tarde. María se iba a hablar a la sala para no despertar a Martín del todo. Virginia aseguraba, como ya lo había hecho por carta, que todo estaba siendo maravilloso, una vida increíble de señora feudal en las estancias y de millonaria en Buenos Aires, donde se vivía con gran ostentación, y que, además, viajaban mucho por el continente y a Nueva York, que le chiflaba, una ciudad de novela que seguro que a Martín le encantaría... María, mientras la oía, pensaba que era curioso que ambos, Virginia y Gonzalito, consideraran «de novela» las ciudades donde estaban o adonde viajaban, como si sus vidas en el extranjero les parecieran a ambos menos reales que su vida en Madrid. María lo comprendía pero le causaba un cierto malestar esta creciente conversión de las vidas de las personas que amaba –incluida, por antonomasia, la de Martín– en una especie de espasmo novelado o novelable, un lugar en cierto modo caprichoso capaz de cambiar de aspecto velozmente con los sentimientos de quien lo describía o contemplaba, dotado de propiedades fantasmales, como la soledad, en el caso de Gonzalito, o la de la perpetua movilidad, en el caso de Virginia. Rómulo era un marido atentísimo. Virginia había repetido eso varias veces y, de hecho, en la conciencia de María, en esa cualidad del comportamiento de Waitzenbecker, reposaba toda la sensación de realidad. Todo lo que Virginia contaba, con ser tan brillante, le parecía a María de poca monta e incluso debilitado por el continuo cambio que imprimían los frecuentes viajes de la pareja. Lo único real: aquella invariable atención de Rómulo Leonardo Waitzenbecker a su mujer, como si esa atención fuese un núcleo inmóvil, un lugar reposado, un hogar, que alumbrara siempre al matrimonio. Virginia tomaba el pelo a María, se reía de sus ñoñerías: su temor de provinciana madrileña a cambiar tanto de sitio: «¡Son los negocios que hoy en día cada vez son más así! El gran negocio, además, es el dólar, que es como un lugar natural y como un idioma universal en toda América; lo casero se habla en español con muchísimos acentos diferentes, a cual más cómico, con el español se anda por casa. Pero el idioma que de verdad hablamos todos es inglés con dólares de reserva en todas partes, menudo listo Waitzenbecker, que no se fía de ningún gobierno, solo de los *yankees.*» Y Virginia se extendía en relatos de cómo eran las argentinas, con su pasión por París y sus altos vuelos culturales, que todas leían a Ortega y a Freud, muchísimo más cultas que en España gente de la misma clase y más al tanto de lo que pasaba por el mundo...Y Virginia se despedía dejando a María dubitante, como si todas aquellas excelencias fueran una propaganda inventada por la propia Virginia para el exclusivo consumo de María, o bien, caso de ser todo verdad, aspectos exteriores de una compleja realidad que esquivaba las débiles manos de Virginia. ¿Por qué no contaba Virginia cosas más corrientes, que seguro que tenía que haberlas, o más personales, que a María hubieran tranquilizado más, como saber si estaba o no estaba embarazada, ya había habido tiempo de sobra para eso? Por otra parte –y muy especialmente tras las llamadas de Virginia– María contemplaba con desconfianza sus propias ñoñerías, sus gustos sedentarios cada vez más establecidos, sus, en definitiva, convencionales ideas acerca del matrimonio y de la prole como indiscutible bendición. ¿Y si el destino de Virginia era distinto? ¿No estaba María persuadida de que cada vida era distinta y cada vía singular con frecuencia heterodoxa? Cuando María se hacía estas reflexiones regresaba siempre a la paciencia como virtud del amor a la realidad, porque ¿no era en el fondo pura y simple impaciencia lo que los relatos de Virginia le inspiraban? ¿No era impaciencia su deseo de que Martín acabara de una vez aquella novela de la vida interior que tanto se alargaba?

Y Martín ahora pasaba temporadas hurañas, escribiendo, según decía, poco y mal y a desgana. Y esto de la desgana era inquietante porque Martín, por otro lado, atribuía al hecho de escribir una importancia suma, lo convertía en un asunto de vida o muerte, de integridad o desintegración personales; y la desgana, así, a ojos de María, perdía su condición comprensible de pereza para convertirse en un abismo intercalado en la vida cotidiana que podía manifestarse a cualquier hora, al acostarse, o después del desayuno, o en medio de una conversación sobre los progresos escolares de Martinín, o a las seis y veinticinco de una vulgar tarde de un martes, como una gana de estornudar sin estornudos que suspendía la rutina de la casa hasta que Martín se iba a pasear la desgana por Rosales, o se metía en un cine de sesión continua y ahí sentado en la primera fila, oliendo, como él decía, a jubilado, veía dos y hasta tres películas de acción, todas ellas, al parecer, detestables, que le calmaban los nervios. María había sugerido ya muchas veces que abandonara el dichoso cuartito que por fuerza tenía que oprimirle y hacerle odiar la mismísima literatura e instalarse a sus anchas en el cuarto de estar, que resultaba absurdo dejar toda la tarde a María y a Martinín y a sus deberes, que lo mismo, y hasta mejor, podían hacerse en la cocina. En el cuarto de estar, al fin y al cabo, estaban todos sus libros y su mecedora y había espacio para dar paseos y se veía la terraza del piso, con sus jardines sin flores, y los pajarillos descarados de Madrid y la terraza larga de enfrente con un caballero de avanzada edad que salía a tomar el sol en pijama a las horas puntas, todo un mundillo pimientado que Martín podía disfrutar con solo asomarse; o bien, con solo no asomarse y echar las dos cortinas de vistosas flores de cretona, Martín podía abstraerse nuevamente y pasearse o tumbarse o darle a la tecla todo el santo día con luz artificial si así lo deseaba y le venían las ganas de escribir –todo menos aquella trepanación craneana del cuartito buido, que le iban a salir los personajes ahilados y todos presidiarios–. Cada vez que salía la desgana, o sus síntomas que eran la agitación corporal, un nerviosismo contagioso, las distracciones durante las comidas y una mezcla de peroratas confusas y silencios y un mirar por fin con aire culpable las carteleras de espectáculos, María sacaba a relucir la propuesta del cambio de cuartos. Dejó de hacerlo al darse claramente cuenta de que dicha propuesta aún descomponía más a Martín, quien al parecer asociaba –o culpaba– su incapacidad de sobreponerse al rigor del medio a sus periódicas lagunas narrativas. Era evidente que el austero cuartito tenía para Martín un valor simbólico y que los atascos literarios que, a ojos de María, tenían en algún grado que dimanar de aquella ubicación tan especial y tan rígida, solo se remediaban a la larga –e incluso a la corta– precisamente regresando a ella. Como si el cuartito fuese un cierto preparado o pócima de difícil manejo, que Martín unas veces ingería de más y otras de menos. María, que meditaba acerca de todo esto muy en serio, se daba cuenta, desde luego, de la parte de razón irracional que Martín podía tener en no querer abandonar su celda: un esfuerzo imaginativo tan consistente y prolongado como el suyo bien podía requerir un exterior iconoclasta, y compadecerse mal con lo agradable y lo variado, por muy que solo fuera un gorrioncillo, unas cretonas o un caballero de avanzada edad en pijama. María comprendía que la invención no debía inhibirse a ningún precio, aunque también pensaba que su cuarto de estar, tapiado de libros, y sin apenas otro mobiliario que la mecedora y el sofá, difícilmente podía considerarse palacial o recargado. ¡Ah, los libros! Quizá fueran los libros, que oprimirían a Martín con sus plegadas abundancias y ocurrencias ajenas veleidosas un poquito parecidas a las suyas por aquello del *nihil novum sub sole;* tal vez en su ficticio recato –llegó a pensar María– fueran los otros libros los peores enemigos de la fluencia narrativa de Martín; todo lo cual –se vio obligada a concluir– era sacar todo de quicio, cogido por los pelos. Había, al fin y al cabo, un fondo sensato y natural en preferir una habitación más confortable: el curso narrativo –o el curso, al menos, del humor del narrador– bien podía resultar, en esas modificadas circunstancias, menos espasmódico y más continuo, con menos violencias transversales, menos selvas y menos alimañas, fruto acaso –especulaba María al buen tuntún– de sentirse el escritor al escribir sumamente incómodo. Pensamientos nuevos todos estos para María, que habían ido surgiendo con los años sin llegar a formularse íntegramente o a presentar de una vez todas sus implicaciones; pensamientos procedentes del afecto, o teñidos por el afecto, con repentinas evidencias e igualmente repentinas negaciones de esas evidencias, o versiones variables de las mismas, que ponían en duda la fiabilidad de otras anteriores que quizá María tuvo en su momento por indiscutibles; el caso es que había asuntos de evidente importancia y de primera línea que concernían a los dos directamente y no solo a la mayor o menor facilidad con que fuese saliendo una novela: por ejemplo, ¿era Martín feliz, eran felices? También acerca de esto se había ido haciendo María pensamientos nuevos, no siempre tranquilizadores. Martín se mostraba desgraciado cuando su trabajo literario no iba bien: ¿era a la vez feliz en los demás aspectos de su vida? Salía poco de casa, era obvio que disfrutaba a ratos con la compañía de su mujer y de su hijo, ¿era esto señal de que también su trabajo literario iba a pedir de boca? Martín leía todavía algunas veces fragmentos de sus novelas con una cierta regularidad, aunque mucho menos que antes, ¿le interesaban de verdad las opiniones de María? Las escuchaba amablemente, sí; pero algo en su aspecto, una última amabilidad o complacencia innecesarias, una última falta de ganas de enzarzarse en discusiones largas, revelaba que Martín consideraba su oficio un oficio solitario cuya excelencia final excluía en la práctica la comprensión, la interpretación y la benevolencia –últimamente imprecisas y gratuitas– de un compañero de viaje como María. Era evidente, con ocasión de lecturas tras las cuales María se quedaba pensativa o perpleja o no-admirada o con gana de preguntar algo, que Martín consideraba a su mujer una realidad extraliteraria que más valía mantener en su sitio. A María le disgustaba tener un sitio, si ese sitio no era sencillamente el corazón de Martín, con literatura y todo y hasta con el martirio del cuartito, si así tenía que ser. Pero, por lo visto, no tenía que ser así: los años lo iban dejando claro. El gusto de Martín por aquel cuartito era, en efecto, todo un símbolo de un modo rebuscado y no-natural de entender la profesión: María se había quedado en don Ramón de la Cruz. Para escribir bien –es decir, de un modo interesante– había que torcer la dirección de la atención, complicar el modo de presentación del objeto, empezando por situarse el narrador mismo en la irrealidad vertiginosa de una celda imaginaria, un acto equivalente a ponerse enfermo a propósito, o a tomar una droga: la espontaneidad no-natural de la conciencia haría todo lo demás. Es como si Martín para escribir, pensaba María, precisara un profundo malestar, con la desconcertante consecuencia para ella de que lo único que creía que ella debía proporcionar, el bienestar, era inútil. Había algo bobo y cómico en aquello de que la literatura los hubiera ido distanciando con los años.

Y Martinín crecía a grandes pasos y empezaba a interesarse por sus padres y a preguntarles cosas con una curiosidad que María consideraba mucho más incisiva que la de un adulto porque no presuponía nada sabido o sospechado, que se elude al preguntar, sino auténtica ignorancia que escapa perpetuamente de sí misma en la pregunta. El tiempo de llamarle en casa y en broma «Martinín» y empujar una camioneta por la alfombra del cuarto de estar se había acabado. «¿Por qué está papá en su cuarto todo el rato?» «Porque tiene que escribir muchos libros.» «¿Libros como los míos?» «Libros para personas mayores, cuentos para mayores.» «¿Cuántos años tienen las personas mayores?» Se pasaban horas con esto. Martín padre asistía a estos interrogatorios con la sonrisa en los labios pero nunca se dejaba preguntar. «Es que me impresiona demasiado», explicó un día. «No me gusta que me haga preguntas como a ti porque no creo que sean, en realidad, preguntas: no es información lo que pide; y, además, eso que pide no nos lo pide de verdad a nosotros. Es una ilusión del adulto creer que se dialoga con los niños. Pide que le libremos de la inocencia, eso es lo que pide; y no es una petición, salvo en la forma, como tampoco es un diálogo: es un malestar devorador, como un animal todavía informe dentro de un huevo: bajo esta apariencia humana, con sus parecidos ya a una familia concreta, a ti y a mí, hay un espíritu confuso que no se parece a nadie, que no se reconoce y que se angustia. Todas esas preguntas son en realidad picotazos para romper la cáscara. Es un espectáculo desasosegante. Y tengo miedo de vislumbrar en lo que sale, algo de lo que no sale, el azogue del fondo... Lo dice Kierkegaard: que el profundo misterio de la inocencia es que es al mismo tiempo angustia. La otra noche, ¿te acuerdas?, me reñías porque no disfruto con mi hijo, no le hago caso decías tú. Y tienes razón que no disfruto: se me contagia la dulce angustia que revelan todas esas preguntas inocentes. Oyendo hablar a Martín contigo me acuerdo de Kierkegaard y pienso que el niño está proyectando su propia realidad y que como esa realidad es nada, nuestro hijo encuentra, en su inocencia, continuamente delante de sí esa nada que es el cascarón que picotea y que todavía le envuelve. Y aunque Kierkegaard diga que la angustia que existe en la inocencia no sea una culpa ni una pesada carga, yo no estoy tan seguro. Fíjate, María, dice Kierkegaard que no es un sufrimiento que no pueda conciliarse con la beatitud de la inocencia. Luego es un pequeño sufrimiento, muy pequeño, tan pequeño que puede conciliarse muy bien con la beatitud de la inocencia. Todas esas preguntas, esos picotazos, expresan un pequeño sufrimiento del niño. Pero ¿cómo sabemos lo pequeño que es? A lo mejor no es tan pequeño como creía Kierkegaard. No podemos saberlo con seguridad y yo prefiero, puesto que tiene que pasarse, que se pase sin que yo lo vea, que lo pase contigo, que eres inocente como un niño a pesar de que ya eres mayorcita. A veces me miras y tus ojos picotean la nada que hay delante, qué va a ser de nosotros, parece que preguntas y yo no puedo contestarte, no sé qué va a ser de mí, qué va a ser de mi personaje y de mí, nadie lo sabe y yo menos que nadie. Y el afán de aventuras de los niños, su deseo de cosas monstruosas y enigmáticas, eso es su angustia, una dulce opresión de la que no quieren librarse, como tampoco tú quieres librarte de la dulce opresión de no saber qué va a ser de nosotros, de ti y de mí y de Martín, todo el día das vueltas a eso, María, yo lo sé, a picotazos con la nada, tú por tu lado y el niño por el suyo, hay días que preferiría no veros a ninguno de los dos...» «¡Pero si Martín es un niño muy tranquilo, no hay más que verle!», objetó María, a quien las frases de Martín, más cálidas y precisas que otras veces, habían impresionado mucho. «Yo creo que todas esas preguntas sí que son de verdad curiosidad y ganas de comprender el mundo real, entendernos a ti y a mí, la geografía, los autobuses, las frases que se dicen... Ese niño de Kierkegaard que a ti te impresiona es un pobre niño solitario, sin unos abuelitos, qué sé yo, sin unos padrazos como tú y como yo, que somos la negación evidente de la nada, somos la realidad vulgar –sí, si quieres, solo eso, vulgar– y no la nada, y además todo va ocurriendo poco a poco; tú es que no te fijas bien, con tantas aprensiones, en cómo va ocurriendo, va ocurriendo poquito a poquito y si la inocencia es ignorancia, entonces yo creo que muy despacito la ignorancia se pierde sin que se pierda la inocencia. Me gustaría, ya lo sabes, que estuvieras más con él, seguro que perdías el miedo al ver tranquilo a tu hijo creciendo tan campante sin problemas que no se puedan resolver...» Pero Martín ya se había quedado con el gusto y la melodía oscura de sus propias frases en su improvisada paráfrasis de Kierkegaard. Mientras María hablaba, ya hacía intención de consultar el texto exacto una vez solo y de añadir esta inquietud que decía sentir ante las preguntas de su hijo a la inquietud imaginaria de su personaje. Reconocía, sin duda, una cierta verdad en las objeciones de María. Pero era una verdad de uso común, un tópico tranquilizador de pediatría casera; una admisión, incluso, de que su propio hijo, con ser una monada, no acababa de manifestar un exceso de espíritu. Tanta placidez, tanta normalidad, tanta realidad –si era verdad lo que María afirmaba y seguro que lo era porque María era una buena observadora de las cosas cercanas– ¿no era un poco desilusionante? Martinín iba saliendo a la familia de su madre, un noble bruto como ellos. Bien mirado, era preferible un hijo así. María se quedó dando vueltas a aquella conversación desazonante –que era desazonante casi más por lo que decía de Martín que por lo que decía del niño–. Al fin y al cabo, en lo referente a este último, María contaba con la diaria evidencia de sus ojos, las evidencias de su instinto materno que anunciaban que el niño no sufría y que sus preguntillas –que sí eran a veces como flechas certeras– no eran picotazos de una diminuta conciencia inocente angustiada dentro de un cascarón ante la nada. Incluso restando lo que pudiera haber de vano optimismo en el carácter de María, la descripción de Martín resultaba inadecuada; y correcta y confirmable la más ordinaria interpretación de María según la cual su hijo crecía feliz. Lo verdaderamente desazonante era que Martín se empeñase en verlo todo tan oblicuamente: que ni siquiera su propio hijo se librase de aquel tener que aparecer toda la realidad en el ámbito distanciador de un espejo... especulativo –nunca mejor dicho–. ¿Qué le impedía observar vulgarmente al crío día tras día, parlotear con él, jugar con él? María era incapaz de contestar a estas preguntas por sí sola. Confiaba que el tiempo, que tan velozmente transformaba a su bebé en adolescente y luego en hombre, transformara también la idea que Martín se hacía de este mundo. Con dieciséis y diecisiete años e incluso mucho antes, con catorce y con quince, ya sería imposible que Martín fantasease literariamente sobre su hijo. ¡Ya se encargaría el propio chaval de enmendar la plana a su desorientado progenitor y bien pronto! Y María sonreía pensando que iba a tener un aliado para arrastrar dulcemente a Martín lejos de sus cavilaciones. ¡El mejor aliado y el más inocente, su propio hijo, el hijo de los dos! Y María sonreía pensando que ya faltaba poco, muy poquísimos años, un par de años, para que Martinín dejara atrás, con todos sus diminutivos, su niñez.

Una tarde en que estaban María y su hijo con los abuelos en la parte baja del jardín entre los árboles frutales donde se había instalado un banco de madera para que el abuelo, que estaba muy pesado y que tenía que cuidarse el corazón, se sentara, bajó la doncella a anunciar la visita de un amigo del señorito Gonzalo que se iba a Londres o que venía de Londres –la doncella se había hecho un lío– y que si querían algo los señores. María subió a ver qué era. Era Alfonso Vélez, muy de traje de franela gris, a quien María recordaba de un breve encuentro años atrás, antes de irse Gonzalo, y del que tenía referencias un tanto borrosas ya por su hermano. Le constaba, sin embargo, que Gonzalo tenía a este Vélez por una excelente persona –con sus cosas– y por buen amigo. Las «cosas» que María recordó instantáneamente al ver a Vélez eran su pronunciada afectación. Lo afectado se había ido pronunciando tan consistentemente con el paso de los años que ahora Vélez ya no podía hacerlo aparecer y desaparecer a voluntad como quien por descuido o por capricho deja oír un cierto acento, sino que todo Vélez, desde su pelo ondulado hasta la punta de sus largos zapatos de tarde de tafilete negro, existía en su afectación que ya no lo era, una graciosa singularidad de casas bien. «María, vengo un minuto que me voy a Londres esta noche por si queréis algo para Gonzalito. ¡Qué guapa estás, María, con ese jersey de cuello alto!» María, divertida con la aparición de

Vélez, no daba en ningún encargo especial. «¡Dale recuerdos, le dices que el abuelo está bien, aunque ya lo sabe, se lo he contado por teléfono hace días! Es mi padre, que le llamamos el abuelo, que tiene el corazón un poco mal y nos ha estado preocupando. ¡Tú también estás muy guapo, hecho un brazo de mar, siéntate un ratito si quieres!» Se sentaron los dos en la sala, Vélez encendió un pitillo. María vio que tenía gana de charlar, curiosear un poco la casa, caer simpático una vez más a una persona nueva... María lo entendía muy bien y le hacía gracia. «¡Mira que por ti no pasa el tiempo, estás igual que cuando nos vimos hace siglos!» «¡Ay, pasa el tiempo, pasa, María, por mí más que por nadie, me encuentro muy cascado, ya muy mal, buena diferencia, ya cuando te metes en los treinta se acabó lo que se daba, tú sí que estás igual, se ve que el matrimonio es una eterna juventud, yo se lo digo mucho a tu hermano, que ya con treinta se acabó el tecnicolor, y mira que tu hermano está estupendo, que le llevé a cenar al Café Royal la última vez que anduve por ahí y parecía un chico inglés, lo bien que estaba, ah eso sí, muchísimo más flaco, demasiado, ya se lo dije yo que demasiado, que a su edad ya con los veinte muy larguitos hay que cuidarse, hay que empezar, lo flaco flaco huesecillo no queda ya bonito...» Apareció Martín hijo de sopetón, que la abuela que quería el jersey de esta mañana. Alfonso Vélez contemplaba al chaval con la cabeza ladeada. A María le hizo ilusión presumir un poco de hijo grande. «¿Qué te parece mi chaval, Alfonso?» «¡Ah, me quedo de una pieza, si está enorme! ¡Y se parece mucho a ti, a vosotros, a los dos, muchísimo, todavía se le ve como un potrillo, te tienes que poner fuerte, eh, ¿cómo te llamas?» «Se parece mucho a mi hermano a su edad, todos lo dicen, yo encuentro que la expresión y la mirada es de su padre, así todo ceñudo, ¿verdad, hijo?» «¡Eres una madrazona, ya se ve. Siéntate un poco con nosotros!» A María le hacían gracia las confianzas que Vélez se tomaba de inmediato. Gonzalito le había descrito justo así, sin malicia, como una especie de prima carnal de todo el mundo. Martín murmuró que tenía que llevar el jersey a la abuela. María le hubiera retenido con gusto allí con ellos. Le gustaba lucir al chiquillo y que Vélez llevara a Gonzalito el retrato verbal del sobrinito crecido. Vélez lo haría estupendamente. Así Gonzalo se animaría a venir. ¿Por qué se quedaba tanto tiempo en Inglaterra sin motivo? «A ver si le animas a Gonzalo que se venga», dijo María. «Le echo mucho de menos. Pero no es por eso. Ya es hora que se venga, ¿qué hace allí? ¿A ti qué te parece?» Vélez le había parecido un cómplice de pronto. Sobre eso tenía Vélez mucho que decir. La conciencia de que tenía mucho que decir se combinó instantáneamente con la conciencia de que tenía prisa. Y aunque no tenía en realidad ninguna prisa y disponía de toda la tarde, habló apresuradamente, como si taconeara. Siempre le ocurría lo mismo: que lo que le parecía importante –sobre todo si otra persona lo traía a cuento– lo tenía que hablar con muchas prisas y dejando por consiguiente, en el tintero, una buena parte que luego, días después de la conversación, recordaba y lamentaba no haber dicho y que hacía necesarias largas aclaraciones telefónicas, apresuradas a su vez, con voz de gran velocidad, como si la importancia del asunto azuzara a las prisas y las prisas, conscientes de sí mismas, se contagiaran a todo el universo. Con la edad –y eso que todavía, pese a lo que él decía, era bien poca– lo importante había llegado a agobiar tanto a Alfonso Vélez que se dejaba casi todo en el tintero, para irlo luego hablando a pedacitos bajo la protección del teléfono y también, con frecuencia, bajo la protección suplementaria de las probables prisas de su interlocutor al otro lado de la línea que ahora, ya sí, en esta segunda o tercera ocasión, realmente tenía prisa y no podía dedicar al asunto, por importante que fuese, más de unos minutos. Lo curioso es que Vélez se comportaba en esos casos con auténtica ingenuidad: de la misma manera que no notaba su pronunciada afectación, tampoco advertía que ante cualquier asunto complicado o, eso, importante, correteaba como un ratoncillo procurando no herirse y no comprometerse... con las prisas. Y todo sucedía a la plena luz de su profunda ingenuidad que le hacía parecer, ante los malpensados o los auténticos embaucadores, mucho más malicioso y peligroso de lo que era. Con María podía estar tranquilo: eso lo vio Vélez de un vistazo a la primera. Y acerca de Gonzalito y de Londres, precisamente, había pensado Vélez mucho y llegado a conclusiones contradictorias. Era, sí, para él, lo mismo que para María, un asunto importante y, por lo tanto, un poco agobiante: lo contradictorio volvía resbaladiza toda opinión definitiva y temerario dar consejos. Vélez, poniéndose en pie, consultando el reloj y comentando que se había distraído de tertulia con María y que llevaba muchísimo retraso, declaró que lo bueno de Londres (y lo malo) era que Gonzalito tenía que enfrentarse consigo mismo a solas y decidir qué quería de la vida, pero que lo bueno y lo malo de tener que tomar esa decisión es que hay que tener en cuenta a los demás y eso no se puede hacer en serio estando solo: Londres le convenía y no le convenía –aclaró Vélez– a la vez y bajo el mismo aspecto, por eso lo mejor era que fuese y viniese de Londres a Madrid y de Madrid a Londres con frecuencia, para que el movimiento mismo del salir y entrar le fuese aclarando quién o qué tenía que ser. Y que María comprendiese que era imposible explicar esto bien del todo con las prisas. María lo comprendía de sobra. Y también comprendía que, en efecto, su hermano andaba metido en una contradicción, por lo demás, común. «Tú anímale a que se venga cuanto antes, aunque solo sea provisionalmente, lo que tú le digas va a influirle mucho, tú le conoces bien.» En realidad, María no podía estar aún segura de si Vélez conocía bien o no a su hermano. Pero se encomendaba a la buena intención de Vélez por instinto, como si hubiera adivinado el afecto que Vélez sentía, de hecho, por Gonzalo. Se despidió de él en la puerta del jardín, con un par de besos que Vélez ya esperaba y que agradeció mucho. Decidió decir a Gonzalo que se dejase de distanciamientos y que volviese pronto a Madrid. Lo único que esta vez había dejado por decir –y Alfonso Vélez se detuvo en medio de la carretera que conducía a su casa con el ceño fruncido y la ya habitual en él impresión de que tenía que telefonear a María al día siguiente, antes incluso de tomar el avión–, el único detalle que faltaba y que quizá, bien mirado, no fuera del todo comprensible para una hermana cariñosa, era que Gonzalo se demoraba en Londres no solo para conocerse mejor y tomar una decisión respecto de su vida, sino porque, conociéndose quizá de sobra en ciertos aspectos delicados, Londres le servía de escondrijo. Gonzalo no había llegado a sincerarse del todo con Alfonso Vélez (el propio Vélez procuró con habilidad que no ocurriera nada semejante), pero había dado a entender que ya no era el mismo personaje confuso de Madrid, que había aceptado o conquistado «lo inevitable del destino» –esa era la frase que Vélez recordaba– y que ahora comprendía mucho mejor a Vélez que antes. Habían pasado unos días deliciosos y Vélez confiaba que la nueva visita repitiera y ahondara aquellos días. ¡Estaba claro que había que traer a Gonzalito a Madrid y a la vez no arrancarle bruscamente de aquella nueva sabiduría londinense que multiplicaba su encanto y le acercaba a un Vélez conmovido y nada cínico –el Vélez verdadero que solo osaba aparecer en privado, en la intimidad desconsolada de su habitación, su escondrijo, ahora también, a temporadas, un escondite de Gonzalo donde todo transcurría amablemente–! Londres era contradictorio, en efecto; Gonzalito tenía que dejarlo sin poder ya, o querer, dejarlo para siempre. Un asunto importante que a la vuelta –tenía que ser claramente después y no antes de su viaje– Vélez comentaría con María por teléfono, por partes, con cuidado.

Llamaban desde el Ritz. Estaban en el Ritz. El Ritz les encantaba, tan francés, tan blanco y tan dorado, tan como si no, tan el Ritz como siempre. Acababan de llegar. Y Virginia repetía Ritz-Ritz-Ritz como un ensalmo telefónico. Todavía no estaban instalados. «¡Ahora entra un botones y me habla, tú qué tal estás, cuéntame, cuéntame!» Era imposible contar nada, ni siquiera preguntar cuántos días iban a quedarse, porque Virginia no dejaba hablar. Estaba excitadísima. Lo decía todo varias veces, con la te y la zeta del nombre del hotel como un enjambre cómico, una fonética de párvulos que hizo sonreír a María al principio y que al final –llevaba ya más de veinte minutos al teléfono– acabó preocupándola. Virginia siempre había sido así: exagerar era una gracia que tenía. Pero de pronto no era ya una gracia: era un tic: exageradamente alta, repetitiva, la voz de Virginia hacía pensar en ataques de nervios, en una involuntaria compulsión de hablar y no escuchar. «¡Acabamos de llegar, sin previo aviso!», repitió Virginia. «De improviso: aquí estoy porque he venido: la mejor manera, sin decirlo, catapúm llegamos a Barajas, catapúm tomamos el avión, catapúm ya estamos en el Ritz: visto y no visto: venir sin avisar es lo mejor le dije a Waitzenbecker ayer tarde o ayer mañana o ayer noche: ya no sé ni qué día es ni la hora ni si toca merendar o desayunar o almorzar: les damos la sorpresa, le dije yo, nos plantamos en el Ritz sin previo aviso y así les damos la sorpresa: te he dado una sorpresa: ¿a que te he dado una sorpresa? Todo lo mejor es por sorpresa...» María sacó en limpio que los Waitzenbecker esta vez se instalarían en Madrid con una cierta calma. Tal vez un mes, todo un mes: Virginia, por lo menos, iba a pasarse todo el mes hablando, según dijo, de todo con María: a eso había venido: a que se vieran, a que hablaran. Quedaron en verse a última hora de aquella misma tarde. A tomar una copa. No se quedarían a cenar porque tenían ya una cena organizada, de negocios, con los socios alemanes de Waitzenbecker en Madrid. O socios o clientes o parientes: Virginia dijo estar segura de que daba igual cualquiera de esas tres identidades: era una cena, aseguró, como hay mil, cenas de negocios. Waitzenbecker todo lo juntaba: las familias, los socios, los negocios, los ocios, todo junto, todo uno, todos a cenar, venga a hablar. Y Virginia tenía que ponerse cada vez un traje de cocktail muy distinto y cambiar la pedrería que va con el azul por la pedrería que solo va con gris o ir solo con las perlas y un pequeño bolso donde no cabía ni un pitillo y además un anillo. No te pongas cinco anillos. La bisutería, la llamativa, la más llamativa, la carísima, que a veces es más cara que una pequeña sortijita de un zafiro; o una esmeraldita es menos cara, a lo mejor, que todo un replanteo de aderezos de *boutiques* bonaerenses: unas snobs, unas locas, unas gastadoras sin control, unas locas... María tuvo la sensación, cuando colgó el teléfono, de haberlo visto todo velozmente, un colosal absurdo que la fantasía de Virginia llevaba, por su propia cuenta, mucho más allá de cualquier extremo mínimamente razonable. Avisó a Martín que iban a tener a los Waitzenbecker de visita aquella tarde. Martín se alegró de saber que no se quedaban a cenar. Los últimos seis meses salían poco de casa. Martín ya no daba clases en la facultad. Contra toda probabilidad, a Martín pareció divertirle la visita. «Siento curiosidad. No sé por qué. Pero siento curiosidad por ver de nuevo a esa pareja absurda. Tal vez sean las encerronas estas, que me están volviendo más sociable, o tal vez ¡yo qué sé! Tal vez un gusto que tú considerarías, muy posiblemente, maligno, por todo lo que es incongruente y por lo absurdo... En fin, por lo que sea, el caso es que me divierte y es una ventaja lo de que no se queden a cenar. Luego tú y yo hacemos comentarios...» El hecho de que Martín estuviera dispuesto a divertirse hizo que María dejara momentáneamente a un lado su inquietud por Virginia. Iba a estar presente Martinín también, que estaba ya hecho un hombre: iba a ser una velada agradable y fácil.

Se equivocó por completo. María llevaba ya un buen rato dando conversación al buen tuntún. Hablaba a bulto, con la impostada animación, curiosamente verosímil, de las personas acostumbradas a ser siempre amables. Y hablaba así para que cada vez que los otros tres –Martinín no entraba en esto– se sumergían como en un estanque, en un silencio incómodo, una escala de acuidad verdosa, no pareciera que solo estaban observándose, desconfiando unos de otros, comparándose por unidad y por pareja, sintiendo mutua curiosidad y sin sentir cariño o amistad ninguna unos por otros. Ahora era María –y no Virginia– quien repetía todo varias veces: que le encantaría conocer la pampa: ver todas las vacas, miles y miles, las vacas de la carne congelada que tanto dio que hablar en su niñez: que le encantaría ir a Buenos Aires: que le encantaba todo lo argentino. La estrambótica llegada de los Waitzenbecker a las siete en punto, consultando ambos sus relojes como en un concurso, no ocultó –y ni siquiera disimuló por un instante– la situación real del matrimonio. No se llevaban bien. Se soportaban con dificultad. Lo único que tenían en común los dos y que parecía unirlos seriamente era que los dos eran vistosos. Muy vistosos. Llamativos. Como dos actores recién salidos de un plató, todavía disfrazados, maquillados, sin distanciarse del todo aún de los papeles de una comedia musical. Las otras veces había sido distinto: iban a París y de paso se quedaban un par de días en Madrid: iban a Londres y lo mismo: muy argentinamente, París les chiflaba: María los veía de uno en uno: casi siempre a Virginia sola, Waitzenbecker andaba de reuniones, yendo a la Bolsa, yendo a bancos, sus negocios eran una inmensa red que María imaginaba muy tupida: una incesante relación de todos los retales, de todos los negocios, pequeño cada cual y todos a la vez, en red, constituyendo el gran tapiz de cifras y contratos y de chalaneos y de tratos que su padre llamaba tener una fortuna. Waitzenbecker –y esto María lo advirtió nada más verle– tenía, en germanoargentino y en florido, bastantes parecidos con la figura joven del propio padre de María: este también iba y venía sin parar, andaba de abogados y notarios, era consejero de uno o dos bancos, de varias sociedades: un hombre emprendedor, un hombre de negocios; era también muy guapo aunque, a diferencia de Waitzenbecker, tenía poca salud y empezó a retirarse casi antes de cumplir cincuenta: el padre de María tiraba más a guapo inglés, eduardiano, que a guapazo de cine, como el marido de Virginia: el parecido quizá más notable, a ojos de María, era la sensatez que tenían ambos. María pensó en esto ahora: Virginia había tomado la palabra y estaba dando, por asalto, una larga conferencia, entreverada de «unas-locas-unas-snobs-unas-locas», acerca de la gran cultura de todas las mujeres de la clase alta de los buenos barrios y los clubs de Buenos Aires, todas con vacas, con estancias, con amantes y con fincas y muy muy muy, más de una y más de dos y más de tres, a Virginia le constaba, pero muy *femmes à pedé,* muy comprensible, habida cuenta de que de por sí, frígidas todas, no solo algunas, todas todas, y la escuela psicoanalítica de Jung frente por frente a la escuela de Freud, que a su vez es muy distinto de Ferenzki, este Ferenzki, en sexualidad pura femenina, con gran diferencia, el más impuesto y luego, claro, pobre, este Fromm, muy mal considerado en Argentina y, que te lo diga Waitzenbecker, no me invento nada, ahora lo más, ya el súmmum, es Gianfranco Della Volpe, hijo de emigrantes piamonteses, que hace furor... Ahora Martín se estaba divirtiendo mucho, se reía a carcajadas, también Martinín se estaba riendo, Waitzenbecker sonreía diciendo «¡calamidad, calamidad!», sacudiendo, con fingido pesar, su gran cabeza, su gran cabellera, como una crin negriazul, ya con bastantes vetas grises: eso también había dado a Virginia ocasión de hacer un comentario no del todo simpático: «No se tiñe, ¿sabes por qué no se tiñe?, allí todos se tiñen, sienes plateadas, todo de tango, todos se tiñen y él va y no se tiñe, ¿sabes por qué?, ¿lo digo?, pues lo digo, pues porque le chifla, eso le gusta que le chifla, parecer mayor, de más edad, ¡eso le chifla...!» También en eso, pensó María, se parece, en tamaño grande, a mi padre. Y en la sensatez que era, bien mirado, el punto exacto, el único quizá, que hacía confluir, los dos parecidos. ¿Por qué no se llevaban bien? ¿Por qué, hasta esta tarde, sospechando siempre que los Waitzenbecker se llevaban mal, no se había dado cuenta? Una razón era, sí, que aunque venían por Madrid con gran frecuencia, rara vez se reunían las dos parejas: María solo pasaba un rato con Virginia, casi siempre en el bar del Ritz, casi siempre con prisas, casi siempre monólogos de Virginia, monólogos, eso sí, con espacios en blanco, los dos o tres últimos años, que María se reprochaba ahora no haber sabido interpretar correctamente: ahora lo veía, esos espacios querían decir no sé decir lo que nos pasa. Y era verdad que no sabía decirlo. Virginia estaba como inflada, como sobrealimentada, por los mil picoteos elegantes, culturales de su clase (la cultura como bisutería de exquisito lujo, muy para embajadas, para almuerzos, para tés, para tapar agujeros). Y la sensatez de Waitzenbecker, que en teoría hubiera podido ser la salvación, parecía –debería de parecer, casi con seguridad, a Virginia– cosa de negocios, cosa, incluso, pensó María, afligida, de hombres. Virginia estaba desquiciada. Y lo sacado de quicio no eran frases, no eran puntos de vista, era Virginia a secas. Era muy triste. La tristeza venía de todo aquel colosal batiburrillo como la instantánea quintaesencia de un total error. Y todas las palabras de Virginia ahora, como un rato antes todas las lagunas de la conversación que María había tratado de disimular, decían lo mismo: fue todo un error.

Waitzenbecker se miró al espejo. Daba la casualidad de que María se trajo de casa de sus padres aquella cornucopia seudoantigua que había estado siempre en el pasillo de arriba con dos bombillas en el soporte de las velas sostenidas por un Cupido relamido, todo lo cual su madre decidió de pronto retirar: María lo había traído a casa triunfalmente e instalado en la salita a una altura rara: enfrente del sillón de suerte que, sin levantarse, solo con estirar el cuello, la visita o la propia María podía echarse a sí misma un vistazo. La gran incongruencia de aquel nene todo purpurina con los dos soportes para velas o bombillas, uno en cada mano y el espejo mismo, con su alegre tono kitsch, muy cristalerías Quevedo, hacía las delicias de su propietaria. Desde que estaba allí, los tres, Martín, María y Martinín, habían cogido la costumbre de, de repente, ir y mirarse. Se podía ver la cara entera y una cierta parte del cuello, y en el fondo los libros de Martín que tapizaban la pared de enfrente. Una tontada. También Waitzenbecker, de repente, estiró el cuello, puso lo que María llamaba cara de mirarse, y se miró. Guapazo. Orondazo. Pedazo de caníbal y de Beverly Hills y ramalazo de Baby Pignatari, todo en uno: María, que le había estado observando, creyó que Waitzenbecker veía, poco más o menos, eso mismo. Pero Waitzenbecker vio otra cosa: su cosa: aquella cosa fascinante que su propia cara era para él: la cara de Cary Grant: la cara de un estupendo caradura que en el fondo es un sentimental y un buenazo, la pura cara de quien fue y quiso ser y casi llegó a ser quien era en este instante: un Baby Pignatari –María había acertado en esto, al menos–, un Baby en maduro, en Pignatari, pero no del todo: ni tanto ni tan calvo: ni tan rico ni tan guapo. O tal vez menos rico y más guapo. Waitzenbecker se miró de nuevo. Una vez advertida –comprobó María con un casi diabólico regocijo– aquella cornucopia era fatal: no hay quien se resista y, pudiéndose mirar, pase de largo sin mirarse: no hay quien no estire el cuello otro poquito para ver a ver si se sigue con la cara misma de hace un rato, ¡cupido, purpurino, espejino de todos los azufres del demonio!, pensó María, sonriendo ahora, un poco porque sí, a Waitzenbecker, quien instintivamente llevó su bonita mano izquierda al nudo de su corbata de seda natural demasiado, quizá, para el gusto convencional de María, tirando al verde rana. Waitzenbecker apenas había tomado parte en la conversación. Estaba pasmado. Toda la parte de su alma –una tercera parte, por así decir– que no estaba pendiente de sí misma, a medias a disgusto, a medias a sus anchas, con lo colosal del Rómulo Leonardo Waitzenbecker superser, o pendiente, quieras que no, de las gansadas presentes (más sus efectos retroactivos) de Virginia, su cónyuge, su error, estaba siendo sometida al pasmo puro. Puro pasmo de haberse dado cuenta por primera vez esta tarde (se había dado cuenta mucho antes, pero no tan del todo como ahora: siempre lo había sabido, pero no lo había saboreado, experimentado nunca como ahora), puro cohete de señales en la negra noche de su mundo, apercibimiento puro, fino como un pelo, de María en todo su quién era redondeado y puesto ante sus ojos: María era magnífica. Waitzenbecker desvió la vista hacia su izquierda, hacia su no-magnífica, bajo ningún concepto, propia esposa. ¿Por qué he tenido que ser yo? ¿Por qué por la culata, por qué rana, por qué me salió el tiro que tiré tan bien, que aquí la tengo, venga y dale, de por vida? ¿Por qué cometería yo este error? Waitzenbecker tenía un talón de Aquiles: su apariencia: ser vistoso no le había, en el fondo, sido beneficioso. A la corta, sí. A la corta, no había mujer que, dado Waitzenbecker y otro tipo, por bien que estuviese, no prefiriese, con mucho, tontear con Rómulo Leonardo. A la larga, en cambio, a la larga cambia el cambio de la moneda del vistoso. A la larga la vistosidad da lugar a extraños intercambios, casi resulta ser un impedimento. Virginia era una persona imposible. Se casó con ella por error. ¿Por qué se casó con ella? Ahí era donde su masculina vistosidad entraba en tromba. La tromba del repente, la tromba del no se hable más, del está hecho, dicho y hecho, la tromba espeluznante de todos sus «yo no hablo por hablar, yo soy un hombre de palabra, yo sé lo que quiero, yo soy un hombre de honor y yo, aunque no lo parezca, soy una persona extraordinariamente sentimental y sensible, me pierde el corazón...». Si Waitzenbecker hubiera sido solo un hombre de dinero, tal vez no archimillonario, pero lo bastante millonario para no ser nunca o casi nunca puesto en duda, si Waitzenbecker solo hubiera sido el hombre sensato y con vista para los negocios que de hecho era, si no hubiera sido, encima, además y por demás vistoso, jamás, pero jamás se hubiera casado con Virginia. Su superser vistoso le hizo errar. Se casó –y lo hizo como lo hizo, a gusto de Virginia, a ojo, de la noche a la mañana, a consecuencia del repente del desliz de haberse inflado como un pavo aquel mediodía de golf, ahí en Puerta de Hierro: Virginia le pareció justo la clase de corbata chic que tiene que ir con una vistosidad como la suya: cuando habló con ella, cuando unos amigos comunes hicieron las presentaciones, cuando Virginia dijo todo aquello de casarse con lo puesto, dar la nota, dar el gran escándalo, darles a todos ellos con la puerta en las narices, y la luna de miel por el birlibirloque del *trousseau* en París y la Place Vendôme y todo lo que viste, viste mucho, te vistes estupendamente bien, muy masculino, original, muy original, muy tú, igual que Cary Grant, siempre impecable, con un hoyito en la barbilla, caras de hombre, caras elegantes, tomamos una suite, nada de dos camitas y el bañito, tú me vistes, yo te visto a ti, nos vestimos mutuamente, lo elegante es no ponerse ni muy elegante ni muy nada, nada muy muy nada: vistosidad por activa y por pasiva que Virginia tenía aquella tarde, en aquella reunión de Puerta de Hierro, después de haber jugado al golf satisfactoriamente y estando Waitzenbecker en pleno plenilunio de abalorios, de plumajes y gansadas. De no haber sido él mismo tan vistoso, se hubiera limitado a tontear un poco con Virginia y a despedirse, a última hora de la tarde o de la noche, cortésmente, y ahora no tendría que lamentar ningún error. Ahora lo lamentaba cada día: se trataba de un lamento combinado, una deploración que algunas veces –como por ejemplo ahora– resultaba francamente polifónica. Porque si deplorable fue casarse con Virginia y deplorable fue casarse así, más deplorable aún fue haber creído o haber jugueteado con la idea de que Virginia, dado que lo parecía, un día sería una mujer de mundo. Virginia no era eso: eso tampoco. Para serlo hay que sabérselas todas, andar con pies de plomo, calcular efecto por efecto, cosa por cosa, relación por relación, y luego, desde luego, dar la impresión de ser casual y parecer ligeramente sorprendida de que pase lo que pasa. Virginia era un moroso: una perpetuamente iniciada al debe partida de equivocaciones y precipitaciones y otra vez gansadas. María era una mujer magnífica. Waitzenbecker daba vueltas a esta frase sin entrar en ella, como sin atreverse o sin poder del todo explicitarlo: quería decir que era una mujer guapa y que casada, por hipótesis, no con un pelma como este Martín, sino con uno como él, como Rómulo Leonardo Waitzenbecker y no metida en casa, sacada de casa, llevada a todas partes, estupendamente bien vestida, dada cuerda, dada alas, dada la personalidad arrolladora –y a la vez sensata– de Waitzenbecker, el hipotético marido, hubiera florecido y se hubiera convertido en una inmensa flor ebúrnea de magnolia sudamericana, con el poso español de ser quien es, de la familia que es, ser rica por su casa, saberse quiénes son: Waitzenbecker siempre había sabido todas estas cosas que en la sociedad madrileña se sabían de María. Y de lo que no sabía, al casarse con Virginia, por pura rutina de hombre que le gusta saber con quién se trata, se había enterado después. María era alguien, a diferencia del pelma del Martín, su incomprensible marido, que no era nadie. Un profesor, un escritor: un don nadie, en realidad. Todo esto eran aspectos del «magnífica» que Waitzenbecker llevaba pronunciando toda la tarde. La única diferencia entre todas las ocasiones anteriores y esta ocasión era que ahora, por primera vez, Waitzenbecker lograba ver a María como tal. «Como tal» significaba unificada en la magnificencia de ser sin preocuparse de parecerlo o no. María *era.* Sin saberlo se volvió rilkiano Waitzenbecker en la reunión de aquella tarde. Ocurría, además, que mirando a

María, viéndola ser, notaba Waitzenbecker que su propia vistosidad pasaba a mejor vida, dejaba de tener suma importancia y en aquel sumo instante de estar viéndola, Waitzenbecker deseó ser capaz de querer ser mejor, ser del todo verdadero, ser tan verdadero y tan real como, vistosidad aparte, modestia aparte, pudo ser quizá. «Tengo que, por lo menos, tener con ella una conversación los dos solos, hablar tranquilamente, los dos solos, un ratito.» Waitzenbecker pensó esto como quien dice «asunto concluido»: como quien, habiéndolo pensado y ponderado todo bien, se lanza a la acción. Así fue como Waitzenbecker, con considerable habilidad y discreción, logró que María se comprometiese a acompañarle, una mañana, a los pocos días, a visitar el Museo del Prado.

Habían pasado los años: todos aquellos años: Virginia había ganado con los años: Martín consideró que, en conjunto, la criatura liviana, precipitada, elegante pero no del todo atrayente físicamente que Virginia fue había girado hasta volverse una atractiva excéntrica, una Edith Sitwell española, todavía muy joven, y por lo tanto todavía, en fin, delgadísima, muy erotizada: Martín se consideraba un catador del erotismo. Era un hombre casto: María le gustaba y le dejaba sexualmente satisfecho. Pero, además, a solas, en cuanto narrador, Martín se consideraba un fino catador de sexualidades femeninas: la de Virginia era notablemente rara, excéntrica: lo desquiciado-verbal coloreaba o entonaba o, mejor dicho, se constituía en un exaltador del aroma maduro y femenino de la Virginia encarnada, delgadísimamente rebosante y repleta de corporeidad: eroticidad. Palabra que no existe, pero que Martín decidió usar para Virginia. La eroticidad de la delgada Virginia. Una rareza. Una novedad. Una grata sorpresa. Muy bien. Martín –que no se había sentido perturbado, como María, por las lagunas y los blancos de la conversación– pasó una tarde deliciosa.

Waitzenbecker tuvo oportunidad, dos mañanas consecutivas, de contemplar a la magnífica María a sus anchas. María se sabía el Prado bien. Concienzudamente fueron los dos sala por sala, época por época, echando vistazos detenidos a los pintores españoles que María consideró más esenciales. Waitzenbecker había estado en el museo, con Virginia, en un par de ocasiones: la diferencia consistía en que Virginia sepultaba en un torrente de opiniones, exclamaciones, e incluso comentarios acerca de los otros visitantes, el placer específico de ver cuadros. A Waitzenbecker en esas ocasiones no le había importado gran cosa porque la pintura no le interesaba: se dio por enterado de que, en efecto, el Prado era un museo de primera. Cada cosa en su sitio: cosas todas de un precio incalculable. No confundió valor y precio. Sencillamente vio lo que esperaba. Ahora, al hacer más o menos el mismo recorrido con María; y sobre todo al volver por segunda vez para «terminar de verlo todo bien», en frase de su acompañante, tuvo la sensación de que para María algunos de esos cuadros eran objetos familiares: hablaba de ellos como se habla de sitios que uno visita con frecuencia: como si fueran calles con tiendas o con bancos o con perros o con niños o con un bar rarísimo, un poco remetido en la fachada, que hay que fijarse para no pasar sin verlo: Waitzenbecker no creyó que María supiese mucho de pintura o que dijese acerca de aquellos cuadros nada original: seguramente estaba todo en el catálogo: lo único notable era el intenso afecto, la intensidad de la atención que María ponía tanto en él mismo como en los cuadros que más le gustaban y conocía mejor. Realmente Waitzenbecker disfrutó mucho los dos días: María estaba guapa, muy guapa, pero no llamativa ni vistosa: lo contrario de Virginia: «lo contrario que yo»: Waitzenbecker se sentía reconfortado comparándose desfavorablemente con María: era un curioso sentimiento; que, viendo a María, se sintiera mejor reconociéndose peor, con más dureza y menos autocompasión, de lo que normalmente se consideraba. ¡Qué gran mujer! ¡Qué desperdicio de feminidad, cordialidad, casada con un pelma!

Fue casualidad. Los Waitzenbecker ya se iban. Tomaban el avión por la mañana, al día siguiente. Pero el día anterior, hacia las doce de la mañana, dio la casualidad de que Martín y Virginia se encontraron paseando por la plazoleta del jinete a caballo y el caído y la antorcha, en plena Ciudad Universitaria, llena en aquel momento de sol y de estudiantes. Habían quedado en verse en el bar del Ritz a última hora de la tarde los dos matrimonios. Waitzenbecker tenía que pasarse toda la mañana con su agente de Bolsa y Virginia, sin nada que hacer, aburrida de tiendas, pensó que tendría gracia llegarse hasta su vieja facultad. Y Martín, sin ganas de escribir, después del desayuno, tuvo la ocurrencia de llegarse él también hasta la facultad, bien le vendría darse un buen paseo.

«¡Qué casualidad!», exclamó Martín. «¡Pero qué feliz casualidad, Martín, di eso, sé un poco amable con una pobre chica sola de Filología Española que te encuentras por casualidad!», exclamó Virginia. «¡Una feliz casualidad, sin duda!» Se contemplaron encantados. Virginia iba estupenda, delgadísima, su perfume delgado, delegado de la eroticidad polisilábica, pimpinela escarlata, pensó Martín, con un requilorio caprichoso, indicador verbal –mental– de lo muchísimo que le había complacido la sorpresa. Virginia de pie, delante de Martín, tenía aire de chico, el aire un poco desgarbado de las altas modelos, pimpinelas que salvaban de la muerte los impulsos oscuros de un oscuro narrador: Martín se sintió, como la luna llena, lleno de saber y de melódicas mentiras, deslumbrado por mil polipalabraspoligámicaspoliédricas y centelleantes, ¡iba a saltársele la lengua!, en vez de hablar miró a Virginia fijamente: gran pausa: también Virginia le miraba fijamente: lo fijo de las dos miradas fijas hizo explosión: eroticidad sacralizada de las casualidades y las repentinas ocurrencias. Parecía no llevar nada debajo. Solo los huesos y la piel, solo la seda color crema tostada, ¡oh sedas italianas...! Martín pensó, como quien hace un brevísimo resumen combinándolo con una instantánea –y explosiva– composición de lugar: «Esto es un sumo instante.» Virginia no pensaba nada en absoluto, pero sentía un cierto cosquilleo, algo así como los pulsos, como cuando se tienen ganas repentinas de hacer pis. Era todo natural, todo fisiología: no se sabía lo que ocurriría todavía: qué pasaría, qué no pasaría: aña, pis, aña, no pis. «¡Oye, pues me encanta!, ¡lo mejor, siempre lo he dicho, de improviso!» La verdad era que Martín se había acordado del cuerpo de Virginia bastante más de lo habitual en él, durante las dos últimas semanas. Imaginarse el cuerpo de Virginia era erotizarse sin llegar a excitarse sexualmente: la imagen del cuerpo de Virginia era un abstracto emocional: un extracto de gran poder erótico puesto a helar y convertido en castidad ardiente, por un lado y, por otro lado, en varios folios acerca de este mismo asunto. Muy bien.

Daba la casualidad de que aquel mediodía era, en efecto, un sumo instante de este mundo. También María, que acababa de tender toda la colada, excepción hecha de los calcetines de color de Martín padre y Martín hijo, que aún estaban a remojo en un buen cubo, sintió que su conciencia, realzada, entonaba y casi se perdía en aquel himno sin adivinanzas ni enigmas ni palabras: el misterio del sumo instante aquel: el mismo sumo instante que aureolaba a Virginia y a Martín ya inmersos en los requilorios estupendos de su conversación.

«¡Me pareciste insufrible, lo que son las cosas!», Virginia apoyó la espalda contra uno de los lados del pedestal del jinete y del caído con la antorcha: miraba de frente hacia la facultad de Medicina: arqueada, un pie en el suelo y otro en la pared, con la piel de la seda al aire libre, con nada debajo, con sus cambiantes ojos jaspeados, Virginia le pareció a Martín dotada de un aire irracional, una modelo internacional, un híbrido profundo, una centelleante recompensa erotizada que su conciencia había extractado ya, vuelta palabra, la palabra «modelo», y quitado de ruidos y urgencias inmediatas de la carne: Martín pensó, con una delicia que como un temblor relampagueó por todo el cuerpo, sobrecogido: «un modelo mental: un abstracto emocional puro». «Era insufrible, todavía lo soy», declaró Martín, sintiendo que al jardín de las delicias se entra por un desliz. «¡Pero qué va! ¡De insufrible nada! ¡María acertó de medio a medio, se la ve feliz, todo lo que a mí me parecía horrible entonces, ahora veo que ha salido de primera, te advierto, aunque ya sé que lo sabes, que la tomé contigo, me pareció que aquella entrega de María, que aquello iba a acabar a bastonazos, lo que son las cosas de la vida!» «Virginia es la modelo de grandes ojos jaspeados que jamás se detienen en los míos.» Era una frase literaria que Martín paladeó en secreto: tal vez un poco demasiado dulce: una bonita frase literaria tirando un poco a dulce. «María es muy feliz», dijo Virginia y volvió a repetirlo: «María es muy feliz.» A esto añadió: «En Buenos Aires se te lee muchísimo.» Delicioso. Martín se halló de pronto con las dos manos ocupadas en desenvolver aquel envoltorio inesperado, festival, del «se te lee muchísimo». Y Virginia, acto seguido, puso ejemplos, contó anécdotas, citó nombres de amigas y enemigas que habían leído a Martín: era un alud de pompas de jabón que aparecían, brillaban al sol, se deshacían y reaparecían aún más grandes. Virginia dio de pronto un quiebro y declaró que, a juicio suyo, todo lo de Martín era verdad, autobiográfico. Martín lo negó. Virginia insistió, con una precisión: «La única que nunca acaba de salir del todo es María: hay personajes, el comisario, por ejemplo, del cuento de los novios que emigran juntos a Alemania, que habla lo mismo que María, casi lo mismo: están ahí en Irún: el comisario sale de su despacho con los pasaportes de los dos y parece María. Pero no, no llega a ser María por completo. Si María fuera un personaje, a ti qué te parece, ¿que sería fácil o que sería difícil de contar?» Martín se quedó momentáneamente sin saber qué contestar. Los dos hicieron una pequeña pausa y al comenzar a hablar de nuevo María ocupaba ya toda la conversación, como un suceso grave, en plena calle. Martín pensó que aquella era la primera vez que hablaba directamente con otra persona acerca de María. Sumo instante inmóvil, soleado, respiratorio, pacífico, con estudiantes que iban y venían: intensidad instantánea la gran tranquilidad del dulce espacio que parecía sin tiempo: que parecía la esencia del olvido. Martín pensó que no importaba que hablaran de María él y Virginia, no porque ambos la quisieran o por lo que fueran a decir, bueno o malo, sino porque todo caía en el olvido: el sumo olvido soleado del sentirse a gusto con Virginia: su modelo mental. Martín pensó también que caso de quedar de todo lo que hablaban algo sin olvidar del todo, dentro de unas horas, por la tarde, cuando se reunieran en el hotel los dos matrimonios, eso sería ya el material pequeño, risueño, casual, de dos o tres anécdotas insignificantes. María, pensó Martín, era una trascendencia coherentemente enlazada con las percepciones actuales de ambos interlocutores. Virginia era inexacta con frecuencia: daba igual: oído y olvidado: entretenido: fundado e infundado a la vez, como casi todas las opiniones de Virginia, como casi todas las opiniones le parecían a Martín que no coincidían con las suyas. Y la María real, la última instancia que era la realidad de María, en caso de apuro era un alivio para ambos conversadores: era imposible confundir a María por completo: siempre volvía a ser real tras haber, al estar siendo hablada, sido y parecido muy irreal. De pronto se encontraron de regreso en la Moncloa. Ya era la hora del aperitivo. Se sentaron en una de las mesitas de la terraza del kiosko del Paseo de Moret. Pidieron un vermú, igual los dos. Cuando el camarero se alejaba ya, tras servirles, Virginia dijo: «Me hubiera gustado tener oportunidad de hablar más íntimamente con María en este viaje. Es como si hubiéramos perdido un poco la costumbre. Contigo hablo con más facilidad. ¿Sabes lo que yo creo, Martín? Pues creo que María se ha ido volviendo, ahora que Martinín es cada vez mayor y tú cada vez más escritor, cada vez más verdadera y más real, como una buena pelucona de oro que en cualquier momento vale lo que vale y el Banco de España te lo paga. Waitzenbecker tiene muchas peluconas, que le encanta guardarlas por toda la casa en bolsitas, un día nos van a saquear. Y María se ha vuelto tan real y tan inconfundible que uno tiene gana como de no llegar del todo a hablar con ella, como si fuese un poco demasiado y no hubiese gran cosa que decir o que añadir, como si lo mejor fuese callarse y mirarla, como quien mira un cuadro de Velázquez. Y siempre ha sido así, también de joven y de niña, y a mí eso me encantaba, solo que he perdido un poco la costumbre y ahora, a veces, cuando estamos solas, le cuento cosas mías, confidencias, de sopetón a ver si se estremece y cambia un poco de postura... Y contigo, Martín, hablar y discutir me es mucho más fácil porque tú no eres tan real, tú eres más como yo una conciencia que va y viene y que alivia un poco lo real en bruto, el oro puro, con aleaciones un poquito cochinas de metales menos nobles que verdean al oro y le dan vetas coloreadas, menos puras, pero preferibles para hacer sortijas, por ejemplo, alianzas entre lo real y lo irreal que yo casi prefiero porque yo soy una pájara pinta y revolotear, Martín, me tranquiliza mucho...» Virginia apuró el vermú de un trago. Se había dejado ir y ahora se alegraba. Era verdad que con Martín era ahora mucho más fácil hablar que con María. Por un instante consideró la posibilidad de haber sido indiscreta –o infiel a María–. El silencio de Martín era un modo tal vez de subrayar la indiscreción –o de dejar que la infidelidad se diluyese en el aire claro del pinar que se extendía tras ellos–. Virginia estaba dispuesta a defenderse: las indiscreciones son necesarias a veces, abren de par en par las habitaciones cerradas. «Una intimidad», argumentó Virginia velozmente para sus adentros, «una intimidad como la nuestra puede permitirse una enérgica ventilación de vez en cuando.» Y en cuanto a la infidelidad: Virginia no tenía conciencia de haber dicho nada en contra de su amiga; al contrario. «María está donde está», dijo Martín. Y añadió, pensativo: «Ese es su encanto.» Virginia se encrespó sin saber bien por qué, sin tener nada definitivo que decir; sin duda la extrañeza de verse aquí sentada con Martín discutiendo a María le empujaba a proseguir, le hacía desear volver una vez más sobre todo ello, dejarlo claro y ortográfico, una plana de buena letra femenina, legible para cualquiera. Y de nuevo la sensación de extrañeza que no era penosa sino más bien excitante: en virtud de aquella relativa extrañeza, Virginia tenía que esforzarse al hablar, procurar ser precisa. Hablar con Martín era como iniciar una nueva relación, o mejor, una relación en parte antigua que facilitaba los primeros pasos, y en parte nueva e impensable años atrás, que añadía a cada frase pronunciada el pequeño riesgo del abismo de no saber bien cómo la tomaría Martín. Era, ¿por qué no reconocerlo francamente?, delicioso. «Está donde está, sí; y nos gusta a todos. Pero a veces echo un poco de menos a la compañera de colegio que se rodeaba de las amigas más inverosímiles... ¿Cuánto hace que María no ve a Tereto Pombo y a las otras? Años. Echo de menos, ya ves, un poquitín incluso la niña de quien hablaba el aña Rosi, que resucitaba a los pájaros y atravesaba las paredes, o poco menos. Ya sé que eso son cosas absurdas, pero María parecía ir a coincidir a veces con aquella imagen disparatada de la niña del aña. Era la misma María que todos conocemos y, sin embargo, se la veía vacilar, simpatizar, dejarse impregnar por las rarezas de sus amigas, por mis rarezas, por la niña medio milagrera y medio fantasma y medio santa que había inventado el aña Rosi... Tenía más gracia.» A medida que hablaba Virginia se había ido calentando, dándose la razón, o, por lo menos, sintiendo que cada nueva frase arrojada al abismo circunspecto de la atención de Martín, que la oía de perfil (y le brillaban en el pelo, muy negro todavía, algunas briznas grises), iluminaba y confirmaba todas las frases anteriores, cargada de razón. Y era escalofriante el simple hecho de acumular frase tras frase en la invisible textura de una atención ajena y de una conducta mitad previsible, mitad imprevisible. «¿Le has dicho a María todo esto?», preguntó Martín volviéndose lentamente hacia Virginia y mirándola sin pestañear con sus bonitos ojos negros. «Pues, francamente, Martín, no. No me he atrevido. Y, además, otra cosa: no se me ha ocurrido. Estando con María se me ocurre abrazarla, pero no se me ocurren estas cosas. Se me ocurren al hablar contigo. ¡Es como si me las soplaras tú...!» «¡Yo no he dicho nada, que conste!» «Entonces, ¿no estás de acuerdo?» Virginia se sintió repentinamente aislada y ofendida. ¿Cómo había empezado todo? ¡Seguro que Martín tuvo que poner algo de su parte! Y, encima, Virginia no creía haber estado diciendo nada malo acerca de María. En todo caso, discutible. ¿A qué venía esta cobarde retirada, por lo demás, tan típicamente masculina? Y lo intolerable era este silencio, esta media sonrisa de

Martín. Volvió a la carga: «¿Estás de acuerdo o no estás de acuerdo con lo que digo de María?» «Me interesa tu análisis: es curioso lo que dices de María: es también un poco triste: en tus frases hay una nota melancólica: tengo a María demasiado cerca y, la verdad, nos llevamos muy bien, me gusta que sea como es, aunque reconozco que a veces, en efecto, podría hablarse de una cierta invariabilidad que tiene su encanto a la vez que aburre un poco. También yo soy un aburrido, somos tal para cual, ¿no crees, Virginia?» «¡No, no lo creo en absoluto! Tú no eres invariable. Un escritor no puede ser invariable. Tiene que cambiar, tiene que vivir los cataclismos de sus personajes... ¡Lo tuyo es muy distinto!» Martín consultó su reloj. «Es hora de almorzar. Vente a almorzar a casa.» «No, muchas gracias. No podría subir ahora...» Virginia se había puesto nerviosa. Era una catástrofe terminar así. Buscó un pañuelo en el bolso y al sonarse se saltaron también las lágrimas. Se sentía muy malentendida. Martín estaba ya pagando al camarero, ya se había puesto en pie. «Voy a tomar un taxi», anunció Virginia. Bajaron unos cuantos pasos, cruzaron la calle. Mientras esperaban el taxi, Martín dijo: «Te da un poco de pena, ¿verdad?, de María.» «Bueno, yo, no sé, Martín, si tú me has entendido. A María yo la quiero mucho. Espero que, por lo menos, de eso te des cuenta...» «Me doy cuenta de sobra. Y quizá tengas razón en muchas cosas. También a mí me da un poco de pena a veces... de María. Ella está donde está, hay que tomarla como es...» Un taxi se había parado ya junto a ellos. Martín abrió la puerta. Virginia se detuvo un momento antes de entrar: «Te agradecería que no contaras a María nada de esto. Tiene que quedar entre nosotros, ¿estás de acuerdo?» «Desde luego. Tiene que quedar entre nosotros. No pensaba contarle nada, en cualquier caso. Ni que nos hemos visto.» «¿Ni siquiera eso?», comentó Virginia dentro ya del taxi. «Ni siquiera eso. Nada. Es mejor que quede entre nosotros, como tú dices, ¿de acuerdo?» Se separaron, pues, habiendo llegado finalmente a un acuerdo que transformó de golpe la casualidad insignificante de su encuentro en una ocasión repleta de signos, de sobreentendidos y de guiños. Los dos habían disfrutado encontrándose y charlando. Y los dos habían quedado inmediatamente de acuerdo en sellar la ocasión volviéndola un secreto. Era una pequeña intimidad, como un beso. Era una reserva respiratoria y calmosa e íntima, análoga a la soleada mañana aérea que acababan de pasar.

«El estirón». María lo dijo una vez más, en voz alta. Decirlo así, yendo y viniendo por el pasillo, o en la cocina, o en la terraza, mermaba la extrañeza de tener que reconocerlo simplemente. El estirón de Martinín era un súbito final que ni la atención más atenta a las etapas que lo iban anunciando ni el más flexible seguimiento al dinamismo que iba uniéndolas, negándolas, superándolas con facilidad inmensa y silenciosa, había preparado. María tuvo que aceptarlo, con la actitud, entre desconsolada y bienhumorada, de quienes, pese a las precauciones, el madrugón, los dos despertadores y haberse desvelado varias veces, llegan al aeropuerto con diez minutos de retraso. No se puede pasar. Ya está en la pista. Ya se le ve que vuela por el aire. Haberlo previsto no impidió que pareciera que daba el estirón a sus espaldas. Buen humor, con una chispa, boba y secreta, de pesar-sorpresa. De pronto Martín era ya un chico alto y no un niño crecido. Tal vez el estirón fuese solo aquel darse plena cuenta, confirmarlo uno mismo verbalmente al hablarlo, al decir «Martín ha dado el estirón». El primero en decírselo a María fue, de hecho, Martín padre. Y María que ya llevaba tiempo hablándolo a solas por la casa, lo habló por primera vez con él una mañana, después del desayuno, al irse el chico. Fue una mañana singular, plateada y llena de brillos húmedos, un poco melancólico el zureo de las palomas del patio de la cocina y la camamueble del comedor todavía deshecha donde dormía el chaval: «Con el niño tan grande el piso se nos va a quedar pequeño», comentó Martín. «Sí. Ya ha dado el estirón», comentó María. «No va a caber ya en esta cama.» Martín había encendido su pitillo y se balanceaba en las patas traseras de la silla. Al oírle hablar de nuevo, María registró el tono un poco velado y como rítmico que Martín empleaba para leer en voz alta sus folios o para referir anécdotas dotadas de narratividad oblicua, como si lo narrable se le volviera a la vez tarareable o recitable en frases sueltas antes de convertirse en una narración: «Esta mañana me ha sorprendido tanto verle levantarse de la silla y salir hacia atrás por encima del respaldo, con las piernas tan largas. Se le han quedado estrechos los vaqueros, o cortos. No sé. ¿Te has fijado, tú, María, en eso?» «¡Hombre, claro, y tú también! Estaba dando el estirón y ya lo ha dado.» «¡Yo, no, fíjate! No me había fijado. O me había fijado y no lo había interpretado. Iba creciendo... ¡Y esta mañana es ya un chico mayor! Muy impresionante. Reconozco que vivía como dormido. ¿Sabes una cosa, María? Tengo la sensación de haber dormido profundamente todos estos años. Y esta mañana me despierto y Martín está hecho un hombre y tú doblas su pijama y comentas que la cama le viene ya pequeña. He dormido durante toda su niñez. Menos mal que tú no te has dormido. ¡Igual has crecido tú también! ¡Ven que te vea! ¿Has crecido tú también María? ¡No, qué va! ¡Tú no has crecido! Tú estás igual que siempre.» «Estoy más vieja y más gorda, menos mal que dormías como un ceporro y no te has enterado, ¡ahora lo mismo te largas con una niña esbelta y de postín!» María se echó a reír. Y Martín repitió: «He estado dormido y ahora me despierto.» «Y ¿soñabas? ¿Qué soñabas?», preguntó María. «En esta clase de dormir tal vez no se sueña porque toda la realidad se sume en la inconsciencia y reaparece irrealizada, como soñada, inasible y también inconsecuente, uno no relaciona lo que ve que ocurre con su origen como con una causa, se tiene la impresión de que ese origen es casual o muy tenue, como esa tenue identidad verbal que origina las anfibologías, los cambios no son irreversibles y ahora de pronto me despierto y Martín es irreversiblemente otro distinto...» María hubiera deseado responder muchísimas cosas, no todas ellas claras. Y por un instante envidió el reposo narrativo de su marido, aquel sonsonete de su voz como una plantilla o como un aro por donde se iban colando unificadas y ordenadas sus impresiones. Las impresiones de María eran ahora una agitada multitud agolpada ante el boquete único del querer aprovechar aquella ocasión para entrar en Martín. «No muy distinto, si te fijas bien», fue lo único que acertó a decir. «Ni siquiera llega a parecer otro distinto. Todavía parece el mismo crío con los brazos y las piernas estiradas, como un jersey de lana mal tendido.» Por un instante María se hizo la ilusión de estar siendo elocuente. Era casi elocuente aquel esfuerzo por representar a su hijo como un jersey a la vez encogido y alargado. Tenía incluso gracia. Pero era obvio que, a los ojos de Martín, a aquella imagen le faltaba dramatismo. *Lo dramático* de su propia formulación –aquel «irreversiblemente otro distinto»– tenía que parecerle un efecto superior. María se dio cuenta en seguida de que la objeción y alternativa formulación que ella había propuesto repelían a Martín. Aquella visión casera del jersey y el niño perdurables tenía un sabor consecuencial, como de tendero y de repollo que desfiguraba lo poético del despertar del padre ante el hijo. Martín había propuesto una anagnórisis y María alargar los pantalones. Y no eran, desgraciadamente, visiones complementarias, actitudes permeables entre sí. No se podía transitar de lo poético y lo onírico a aquel realismo de cuarto de plancha donde María lo sepultaba todo. Martín vio todo esto en un abrir y cerrar de ojos y contempló a María, que había terminado ya de recoger la cama-mueble, con sumo afecto. «Siéntate un poco aquí conmigo.» María se sentó frente a él a un lado de la mesa. «Mal que nos pese, María, tenemos que acostumbrarnos, por el bien del chico, a que ya no sea el mismo. Su sexualidad, sus emociones, su inteligencia, su aspecto, ya no son los de un niño. No es que haya dado el estirón; es que es otro: un adolescente fascinante que vive en casa. Desde el punto de vista pedagógico, es importante que comprendas esto, que lo aceptes, o que me creas a mí si no puedes creerlo por ti misma. Tú ves al niño todavía indeciso y yo veo ya al hombre joven. Y él mismo, Martín, está olvidando su niñez a gran velocidad y ya se ve a sí mismo como un hombre... ¿No te parece que tengo razón?» Una vez más, María hubiera deseado que no se le agolparan las imágenes. Logró decir lo más sencillo: «Tienes razón. Ha dejado ya de ser un crío. Ahora que no es un crío y que todavía no es un hombre, va a necesitar mucho de ti. Es una suerte que te hayas despertado, como tú dices, tan a tiempo. Ahora podéis charlar los dos los ratos libres. Será estupendo. Y podrás hablarle de filosofía y de literatura. Y yo me sentaré a escucharos mientras bordo una mantelería para el té.» «Ahora me estás tomando el pelo, María. Te brillaban los ojos al hablar, me estás tomando el pelo.» María se echó a reír. «¡Qué va! De verdad que me alegra todo esto. ¿Te he tomado yo el pelo alguna vez?» Lo dejaron ahí por el momento.

María estaba dispuesta a darle la razón a Martín sin reservas en su nueva actitud con su hijo. Realmente le gustaba la idea de verlos a los dos, padre e hijo, de charla. Tal vez entre Martín y ella solo existieran, con respecto al crecimiento del hijo, diferencias de expresión. Lo esencial era ocuparse de él; lo mismo daba verle parecido al anterior o como otro distinto. Lo esencial era quererle. Lo más curioso, sin embargo, fueron las reacciones del interesado. María observó que el chico tardaba en acostumbrarse a un desacostumbrado padre que se interesaba por sus deportes. Sonaba un poco artificial. María se dio cuenta que el chico daba vueltas como en sueños a las nuevas atenciones de su padre, sorprendido y sin decidirse, por decirlo así, a jugar con él. Hasta entonces había jugado con María, y aunque ya no jugaban, aquel no haber jugado nunca a los exploradores o a los indios con su padre, ahora volvía un poco inconsecuentes los esfuerzos de este por jugar también, pero a otra cosa. María se daba cuenta de que un niño invicto en el adolescente aún dudoso no aceptaba a su padre en la pandilla. Es de suponer, pensaba María, que solo es cuestión de insistir y de esperar. «Nos va a venir a todos bien», se decía en voz alta. Y alimentaba la esperanza de que encontraran pronto un interés común, o, por lo menos, que cualquier interés de uno de los dos cautivara al otro. María confiaba que el mayor de los dos, para facilitar el reconocimiento, adoptara más o menos simuladamente un interés cualquiera del pequeño, por ejemplo el fútbol o las carreras de velocidad a que el entrenador del colegio le empujaba. El joven Martín no mostraba un excesivo interés por la lectura y sí en cambio, últimamente, por la acción y la vida al aire libre. Y María se veía ya preparando bocadillos de tortilla y comprando mochilas y tiendas de campaña para irse de vacaciones deportivas los tres aquel verano. ¡Cuánto iban a ganar todos si el despertar de Martín se confirmaba! Hasta la fecha solo había consistido, después de las comidas y las cenas, en hablarle al chico del juego y del deporte en términos tan generales que María temía de continuo verle bostezar, aunque más valía eso que nada. A todo trance había que facilitar las cosas: así que una tarde, a la hora de la merienda, que llevaba siendo para los dos, madre e hijo, una hora mágica desde hacía muchos años, una hora en la que Martín padre, que no merendaba, nunca aparecía por la cocina, María dijo: «¡Anda,

Pelé, vete a contarle a tu padre lo de remontar el curso del Manzanares en canoa y a pie, que llevas ya un mes hablando de eso!» «Ahora no es hora, es la hora de merendar», murmuró el chico. Le habían puesto el mote en el colegio. Y María lo adoptó en seguida, al enterarse. El propio Pelé había acabado por aceptar también esta desaparición jovial de su nombre en su mote, dudoso al principio, al oírselo a su madre, tan lejos de los patios del colegio donde, voceado por sus compañeros, cobraba una aureola heroica. A Pelé había llegado a apasionarle el fútbol a través de su mote. Aquel juego vulgar al que su padre, que pretendía estar al tanto por los periódicos, dedicaba siempre comentarios irónicos (elogiando por ejemplo su importancia como juego de equipo y burlándose de las pretensiones académicas de las estrategias de los entrenadores y aficionados de tertulia) y cuya importancia en el colegio, que se ufanaba de un buen equipo interescolar, advirtió el joven Martín al iniciar, con catorce años, su último curso de EGB. Era importante porque era un acontecimiento colectivo. Incluso los partidos de entrenamiento, incluso unos cuantos chupinazos lanzados al azar contra las porterías o las paredes entre clase y clase, tenían su público dispuesto. A diferencia de los elegantes entrenamientos de atletismo que transcurrían en soledad y uno tenía que arreglárselas para triunfar contra reloj, el fútbol detenía los relojes y ensanchaba todos los espacios. Un atleta, un velocista –que era lo que Martín había querido ser en cursos anteriores– tenía su delgado sitio, encarrilado entre dos rayas, en pistas solitarias. Un futbolista tenía todo el campo. Aunque se jugase de portero, aunque uno fuese el delantero centro, como por lo visto había sido el auténtico Pelé, uno podía en caso de furia española o de peligro, cruzar de cabo a rabo el campo regateando victoriosamente o marcando a otros jugadores o gritando desde una buena posición, a todo pulmón, «centra-centra». El fútbol daba vida. Y aunque daba algo de pena renunciar a la fría elegancia de los minuteros y las grandes marcas olímpicas, metido de hoz y coz en un partido, toda añoranza se borraba en la explosión de un gran gol de cabeza desde el punto de penalti con su secuela exaltadora de abrazos y rugidos del resto del equipo. Pero había sido, sobre todo, el que, sin saber cómo, empezara todo el mundo a llamarle Pelé, lo que le había robado el corazón. El corazón era un asunto muy visible para el joven Martín. Del corazón dependía todo. En pleno entrenamiento se acordaba muchas veces del abuelo, que andaba mal del corazón y se auscultaba el suyo con las manos después de una brillante galopada para comprobar cuán inmóvil, como el hueso de un melocotón, fresco y rítmico y solar, seguía siendo el corazón mítico de Pelé. Su propio corazón. Era un mote que brillaba con la energía y negrura de una encarnación de las selvas amazónicas y la gracia bailona de las sambas. Desde que se llamaba Pelé, el joven Martín se había aprendido muy bien la geografía del Brasil y la estructura de su población y había ido con su madre a ver una película con ambientación de muchas sambas. Pero el otro lado, tal vez el más curioso, de ser ahora Pelé a la vez que un chico alto y rubio, era cómo sonaba en casa el nuevo nombre, cómo lo pronunciaba su madre. Pelé y su madre habían llegado ya muy lejos antes de hacer su aparición el fútbol. Ambos se habían sumido en una infancia que, de puro brillante y espaciosa, se había prolongado justo hasta el momento en que, con el estirón y el cambio de voz, llegó el fútbol. El fútbol no era un juego para niños. Era ya un deporte y no un simple juego. Y era también una manera de vestirse y de darse y quitarse la razón en las discusiones de los recreos, y un estilo de peinarse chorreando agua después de haberse refrescado a grifo abierto en los váteres, durante los descansos. Un futbolista, y más un futbolista ya con mote, era un personaje público y notorio al que le jaleaban las filas de pequeños al entrar al estudio; y al entrar a misa los mayores le miraban de reojo al pasar, sabiendo que sería del gran equipo del colegio. Pelé significaba todas esas cosas, pero también, usado por su madre, significaba curiosamente todo lo anterior, su niñez como un viaje inolvidable donde habían su madre y él llegado lejos. Ese lejos era el jardín de los abuelos que conmovía a Pelé ahora cada vez que iba de visita y, solo o acompañado de sus abuelos y su madre, se daba una vuelta hasta la huerta. Su corazón era aquel jardín. Y el nuevo corazón selvático y amazónico y popular y de la raza negra y rubio y alto del fútbol, era el mismo corazón silencioso del jardín con sus sitios de entrar a gatas en los macizos de laureles y sus escaleras invisibles, toda una topografía vertical de nudos y de huecos para trepar a la cima de los plátanos y los castaños de Indias. El jardín de los abuelos también podía auscultarse, por eso era un corazón: podía comprobarse que seguía, en medio de todos los juegos y sentimientos del pasado, como una semilla secretamente preservada. El corazón, su corazón, le parecía a Pelé un escondite del jardín de los abuelos donde solo cabían en cuclillas su madre y él. Y aunque ahora con los nuevos vientos y velámenes futbolísticos y el llamarse Pelé y ducharse después de los partidos dando grandes gritos colectivos, el escondite no pudiera visitarse tan a menudo como antes –ya ni siquiera su madre hablaba de él con la antigua naturalidad y frecuencia–, su recuerdo lo cambiaba todo y era un amuleto, como una castaña pilonga, encerada y perfecta que uno lleva siempre en el bolsillo. Todo el jardín de los abuelos ahora se había vuelto un escondite increíblemente espacioso en su diminuto reducto frutal y mineral de pepita de oro y de semilla, que uno visita tal vez menos pero que servía de punto de referencia al hablar con su madre de otras cosas: el sitio donde los dos habían jugado a ser exploradores, e indios y guerreros y hasta fieras feroces, como lobos y panteras negras después de haber leído libros de vidas de animales. Pelé recordaba a su madre a cuatro patas sacudiendo el pelo rubio como una melena de león que ha perseguido a un mono superinteligente hasta un árbol y ahora ruge y levanta impotente la cabeza. Pelé recordaba el delicioso terror de la persecución jardín abajo y el ser, sin duda, un pobre mono, de manitas grises y rosadas, y no poder bajar del árbol porque su madre abajo sacudía la melena rubia y era un león hambriento. Cuando recordaba aquellos juegos Pelé se ponía serio, como si las divertidas transformaciones sucesivas en chacal y en piel roja y hasta en boa constrictor que iban teniendo lugar y en que el juego mismo consistía, hubieran sido en cada caso concreto mucho más que imitaciones de criaturas reales inspiradas en libros o en películas: como si hubieran sin querer, al realizarse, saltado al otro lado de sí mismas: fascinadas e imantadas por el remoto referente real como si hubieran aparecido en otro reino poderoso y firme de reyes y de montes implacables donde todo sucedía de verdad. Su madre se volvía de verdad un piel roja y una boa. De esta sensación de realidad procedía la seriedad ahora, igual que había procedido antes el terror: un terror que el ligero cosquilleo de la delicia de saber que todo ello era un juego, nunca lograba neutralizar del todo. Y de la misma manera que el jardín era su corazón, su madre era la realidad –como la pulpa del melocotón tersa y jugosa recubriendo la pepita–, y esa realidad se contagiaba a todo, incluso al rugir como un león hambriento. Saberse se sabía –y más ahora que Pelé iba camino de ser todo un figura– que ni él ni su madre llegaron nunca a ser un mono o un piel roja; haber llegado muy lejos los dos juntos no quería decir que, ni siquiera por un instante, se hubieran alejado tanto tanto... Pero lo que se sabía no ocupaba sitio y contaba menos por lo tanto y quedaba mucho más a flor de piel que los recuerdos que incluían el tenaz convencimiento de haber ido todo lo lejos que se puede (y también bastante más) y de haberse por lo menos acodado en el balcón que da a la otra lejanía –la lejanía silenciosa y tersa de donde ya no se puede regresar–. Y Pelé pensaba que una prueba fehaciente de lo muy lejos que llegaron a llegar su madre y él era el hecho de la lentitud con que se regresaba algunas tardes al comedor donde los abuelos estaban ya tomando el té; o más lentamente aún, con más dificultades, si los dos salían al jardín un ratito extra después de merendar, con el atardecer ya encima: entonces podían tardarse eternidades desde cualquier punto del jardín donde hubieran decidido abandonar el juego hasta llegar al saliente encristalado de la sala donde se instalaban los abuelos a esperar la hora de la cena. La simple distancia daba igual, que se salvaba normalmente a la carrera; la lentitud había que atribuirla a impedimentos invisibles procedentes de la insalvable lejanía donde ambos se habían asomado y cuyo aire contagioso, fuerte y seco, de gigantescas matas de tomillo y de salvia, ya habían respirado sin querer y había impregnado incluso sus jerséis y aún podía olfatearse cuatro horas después de vuelta ya en el piso y dentro del armario, con toda la humedad un poco salitrosa de lo más remoto y escalofríos ya propios de la luna. Se tardaba tanto en regresar porque las vidas que se habían imitado y los pelajes suasorios de las fieras electrizaban todo el cuerpo por encima –aunque sin llegar, menos mal, al corazón– y luego, como tatuajes verdinegros, oscilaban sin desprenderse a la primera, intercalándose y disimulándose entre los pensamientos corrientes de esas horas, debajo de si la abuela había o no había envuelto lo que había quedado de *fruit-cake* en papel de plata para llevárselo y desayunar al día siguiente, o si había venido una visita y no podían entrar a saludar ninguno de los dos, ni él ni su madre, hechos unos adefesios, sin lavarse antes las manos y las caras. Era imposible apartarse de golpe de los juegos y eso demostraba que pasaban cosas que rozaban la verdad y lo imposible; no era nada fácil desprenderse de lo que había llegado casi al corazón y saludar a las peripuestas amigas de la abuela que fumaban miles de pitillos y hablaban todas a la vez; no se salía de los juegos como quien cambia de conversación. Y la prueba es que muchas veces el abuelo se veía obligado a mover la mano varias veces delante de los ojos de Pelé que todavía contemplaban la otra, la absoluta lejanía y que brillaban muy negros, en consecuencia, un poco como los jaspeados ojos de los tigres.

Aquellos juegos que María inventaba un tanto a ciegas porque no estaba segura de que fueran pedagógicos y que se le habían ido ocurriendo poco a poco viendo crecer al niño e inspirada por la consistencia risueña que iba cobrando la criatura adueñándose a pasitos del jardín de los abuelos y resaltando en blanco contra el negro verdor de los macizos de laureles de las fotos y aprendiendo a distinguir unos árboles de otros y unas flores de otras y a fijarse en los diminutos tonos de las florecillas de monte cuya delicadeza se deshacía entre las yemas de los dedos, eran un mundo inteligible que podían recorrer los dos y acerca del cual podían mantenerse, al regresar al piso, conversaciones interminables en voz no muy alta que a su vez anticipaban o prolongaban las lecturas y las películas hasta confluir todo de nuevo en el jardín, equivalente ya a toda la niñez de los dos, madre e hijo, y lugar al final simplificado y dilatado para acoger la idea de inocencia como un enorme arroyo de agua siempre fría y soleada donde brillaba la vegetación comprensible y las guijas comprensibles y el firmamento reflejado en su paz colindante con la serenidad de cada percepción actual y la conciencia de la conciencia de esa percepción a partir de cuya consistencia risueña como la corta silueta del niño emergía toda la realidad como una suma que se volvía multiplicación y explicación acentuada de la vida que María creía haber reunido en torno suyo y en la cual Martinín primero y Pelé luego y todos los demás también, Martín padre y Virginia y Gonzalito y sus padres y el aña Rosi eran presencias constantes. Le constaba a María que aquellos juegos inventados que dependían casi todos de un transformarse cada cual en otra cosa y cuyo dramatismo conducía con frecuencia a un instante de inmovilidad hechizada tenían un borde peligroso que no solo rozaba físicamente lo irreal sino que lo volvía hasta cierto punto preferible a lo real, como seguir dormido parece muchos días, al despertarnos, preferible a levantarse de la cama. María había acechado en su hijo desde muy pequeño los descomunales síntomas de esta clase de sueño que creía ser capaz de reconocer inconfundiblemente. Por fortuna, Pelé había resultado ser un niño tranquilo que nunca, ni en las más disparatadas variaciones, se había desconcertado. Su inteligencia crecía en lo real y había acabado por servir de ejemplo a la propia María, mucho más exagerada que su hijo y propensa a dejarse dominar por sentimientos encontrados. Los sentimientos de Pelé no chocaban nunca y se sucedían unos a otros como saltimbanquis encima del complicado artilugio de la comprensión del mundo sin dejar caer jamás sus aros de colores. En esto Pelé no se parecía nada a Gonzalito. El considerable parecido de los dos se detenía aquí precisamente: los sentimientos de Gonzalito habían sido inhábiles desde niño atropellándose unos a otros o desapareciendo repentinamente, como en sus temporadas de apatía o confundiéndose de pronto y explotando, como en los períodos agresivos de su juventud. María se daba cuenta, al contemplar los silenciosos y redondeados sentimientos de su hijo, que su hermano Gonzalo había sufrido mucho y que, no obstante toda la atención que María le había dedicado, su vida había sido y aún era sumamente dificultosa. Aquella prolongada estancia en Inglaterra, donde a todas luces no tenía nada que hacer, mostraba cómo Gonzalo no acababa de tomar contacto con la realidad. Y esto era una dolorosa realidad a su vez que María aceptaba como si fuera en parte culpa suya por no haber sido con su hermano –niña y adolescente casi a la vez ella misma– una compañera más útil. María se detenía con frecuencia en este carácter armonioso de los sentimientos de su hijo; la unión en que vivían le había hecho temer cuando empezó el colegio que el niño tuviera dificultades al verse sin su madre en compañía de otros niños de su edad. Pero nada de esto había sucedido: desde el primer día Pelé se había integrado en el colegio y los relatos de cuanto ocurría en clase y de lo que decían o hacían los otros niños se habían añadido con toda naturalidad a las conversaciones entre madre e hijo. María reconocía en su hijo ciertos rasgos sensatos y sociables de su familia, que hacían que el niño recordara mucho el temperamento bondadoso de su abuelo. Y María se maravillaba de no haber detectado nunca desmesura en la fe que su hijo ponía en ella y que incluía una cierta capacidad de tomarla a broma y de negarse a obedecerla amablemente. Así había ocurrido esa tarde en que Pelé, pretextando que era hora de merendar, se había negado a ir a ver a su padre al cuartito a contarle lo de remontar en canoa el río Manzanares. Y este era justo el sitio donde los sentimientos de Pelé se tropezaban; en el no entenderse con su padre. Le trataba con muchísimo respeto, con demasiado respeto, y no sabía cómo tomarle: Martín desconcertaba siempre a su hijo. Y María temía que a pesar de las buenas intenciones de su marido y de su inteligencia, en lo referente al chico se hubiese despertado demasiado tarde. María y Pelé rara vez hablaban de Martín. Sin que el propio Martín lo advirtiera, su presencia monologante en el comedor después de las comidas, que a partir del *descubrimiento* del hijo parecía alargarse, resultaba penosa. Pelé le escuchaba fijamente, como si se tratara de aprender algo al oírle. Nunca le interrumpía y siempre daba muestras, al ser interrogado por su padre, de haberlo entendido muy bien todo. María tenía la impresión de que Pelé retiraba todo asentimiento afectivo a las palabras de su padre a la vez que se concentraba intelectualmente en ellas. Y esta retirada de lo afectivo resultaba sorprendente y para María dolorosa en un muchacho habitualmente afectuoso para quien todo desde muy pequeño aparecía coloreado por una u otra tonalidad sentimental. Daba la impresión de que el chico, no acertando a producir frente a su padre un sentimiento coherente e inequívoco, suprimía a la vez todo sentimiento excepto el de la deferencia o el respeto que fácilmente podía mantenerse en la periferia del comportamiento y conjugarse con una atención intelectual. Pelé jamás preguntaba nada a su padre. Y María recordaba un incidente, el único incidente que había tenido lugar entre los dos: fue en el jardín de los abuelos, cuando Pelé tenía unos diez años. Aquel día se habían pasado la mañana tratando de descubrir el árbol donde estaba el nido de un pequeño pájaro velocísimo y casi invisible, de poderoso trino líquido y resonante. María recordaba que fue en mayo porque habían brotado ya las flores de las jaras, como miles de mariposas de papel muy blanco pegadas a las varas resinosas de ese arbusto. Se habían agazapado entre las jaras que crecían al pie del árbol más probable y llevaban así más de una hora, oyendo el trino a ratos, cerca y lejos, a izquierda y a derecha y viniendo de lo alto como un silbato azul e intermitente. En esto Martín salió de la casa y se dirigió a ellos sin verlos. María se puso de pie y se acercó a su marido de puntillas para que también él se reuniera con ellos a descubrir el nido del pájaro. Martín hizo lo que se le pedía y llegó a sentarse en el suelo entre María y Pelé. Transcurrió un ancho instante que a María se le antojó delicadísimo y resplandeciente. Tal vez Martín pudiera acostumbrarse a jugar así con ellos. Pelé no los miraba. Echada la cabeza muy atrás, un poco ladeada para recoger bien toda la copa entera del árbol espiado, permanecía completamente inmóvil, como dormido con los mismos ojos negros de su padre, abiertos de par en par al tintineo verdiazul del cielo y de las hojas. Martín dio un codazo a María, señalándole al niño. María le pidió silencio con el dedo en los labios. Al cabo de un instante, Martín se levantó y de rodillas se asomó, por así decir, al rostro de su hijo que seguía inmóvil, llegando a coger la carita con la mano y a preguntar si se había dormido. Y Martín quiso saber –y lo preguntó en voz alta– por qué aquello le fascinaba tanto y qué veía en tanto no veía lo que esperaba ver, si veía la ausencia del pajarito como algo o como nada. Pelé no contestó. Y bajó los ojos. Y al volverlos a alzar, fruncido el ceño, María vio cruzarse reflejada en lo negro una avecilla de aborrecimiento.

Todo cambió aquel verano, de un instante a otro, al cumplir Pelé los quince años, como si también la vida hubiera dado un estirón, situándolos a todos ellos, y sobre todo a María, al final y al otro lado de la primera parte de su experiencia de mujer casada, poniendo término a lo que, con todas sus dificultades y a la vista de lo que siguió, María llegaría a considerar que había sido un período muy fácil de su vida.

Durante el verano, Pelé iba a casa de los abuelos a bañarse y se quedaba allí a comer. Al abuelo le gustaba bajar a la piscina con él y sentarse allí a la sombra viendo al nieto cruzar una y otra vez a nado la piscina o cruzarla buceando, ondulante el largo cuerpo del chico en el repentino silencio verde claro de las aguas. Aquella mañana bajaron los dos a las doce, lentamente, de muy buen humor, por el caminito sombreado que conducía a la piscina. A Pelé le gustaba presumir de nadador y de buceador ante el abuelo, que se instalaba allí en una tumbona de respaldo recto, con una mesita y los periódicos, en pantalón corto y camisa de colores vivos y un sombrerito blanco en la cabeza. A última hora, un rato antes de comer, bajaba la abuela y los invitados, si había, o María y Martín, si estaban, a tomar todos el aperitivo que les servían allí mismo. Pelé llevaba algunas veces a uno o dos amigos a la piscina, pero en general prefería reservar esos baños para la tranquila comunión con el abuelo y con el agua de la piscina y el jardín estivales que los rodeaban como una gran presencia aérea y fulgente, seca y aromática. Aquel día se habían instalado igual que todos los demás y Pelé estaba dedicando la mañana a bucear. Entre los dos habían acercado mucho al borde la tumbona del abuelo para que este pudiera ver bien el maravilloso efecto del cuerpo del nieto yendo y viniendo bajo el agua. Pelé se sumergió y se abrió camino entre la densidad fresca y verde, rozando casi el fondo, deslizándose a grandes brazadas rítmicas y empujándose un poco con los pies en la pared opuesta al regresar. Salió de un salto a la rítmica superficie del sol, llena de ruidos. Sintió su corazón latir tranquilo. El abuelo descansaba con la cabeza echada hacia atrás. El sombrerito tenía una posición rara, ligeramente levantada en la parte de la frente como si el abuelo se hubiese quedado dormido y el ala del sombrero hubiese quedado aplastada contra el respaldo. Pelé le llamó un par de veces y por fin se izó con los brazos al borde de la piscina. Le extrañó que el abuelo se hubiese dormido tan profundamente a esa hora. Cuando se acercó a él aún chorreando agua, con el calor eufórico del sol, creciendo ya por la nuca, los hombros y la espalda, vio Pelé que su abuelo estaba muerto. Subió corriendo a casa. Bajaron y telefonearon en seguida. No hubo nada que hacer. El corazón del abuelo se había parado como se quiebra una ramita seca al pasar, sin fijarnos. Pelé aguantó pálido y sin llorar junto a su abuela, mientras estuvo el médico; se echó a llorar en un rincón de la sala cuando llegó su madre, al acordarse de todo lo que había sido para él, durante toda su vida, el abuelito. La abuela también se vino abajo entonces y parecía mucho más anciana de repente y había que llevarla de la mano. Subieron al abuelo a su dormitorio entre el jardinero y el chófer, con muchísimo cuidado de que no se golpease contra los quicios de las puertas o contra la barandilla de la escalera, en el recodo, como si estuviese vivo. Pelé pensó que también ellos, como él mismo, no acababan de hacerse la idea de que al abuelo le faltase ya la vida porque todavía ahí, al ser transportado cuidadosamente por sus dos empleados, seguidos de la abuela y de la doncella y de Pelé, no se notaba que ya no era el abuelo. Cuando se fue el médico, la abuela se quedó sentada de medio lado en la cama junto a su marido, con el pañuelo mojado hecho un pelotón entre las manos. Y Pelé se quedó de pie detrás de la abuela hasta que llegó su madre. Aún no le habían quitado sus ropas de verano de colores que a Pelé le hacían pensar en la piscina y en la rítmica sensación de bienestar y de poder que le había acompañado mientras buceaba. «El abuelo no ha sufrido nada», le dijo la abuela cuchicheando. Eso fue lo único que dijo en todo el día. Lo repitió al entrar su hija en el dormitorio antes de que esta la abrazara y lloraran las dos abrazadas. «No ha sufrido nada», musitó. Y a Pelé se le hizo un nudo en la garganta pensando que el abuelo era el primero de todos ellos que había llegado a la verdadera lejanía, el otro lado, donde quizá se sucedían las transformaciones velozmente una tras otra en la conciencia inmóvil del abuelo, sin dejarle tranquilo y recogido en su alma que se acordaría del pobre cuerpo inútil echado en la cama como un pelele que no cambia de postura. Pelé vio cómo su madre en el teléfono del mismo dormitorio marcaba, nada más llegar, el largo número de Londres de la casa del tío Gonzalito. Pelé se había olvidado casi de su tío en estos años. El tío Gonzalo había salido y no había vuelto a casa en todo el día. Y Pelé vio cómo su madre marcaba el mismo número cada hora y se negaba a mandar un telegrama. Por fin, poco antes de la hora de cenar, habló con él. Y Pelé pensó que quizá su madre no diría la verdad al principio, que le engañaría un poco para no asustarle. Pero su madre dijo todo claramente a la primera: que el abuelo se había muerto de un ataque al corazón aquella mañana y que viniera en seguida. Iba a llegar en avión al día siguiente. Y Pelé, que se despertó varias veces aquella noche y que desayunó muy temprano, se sintió inquieto todo el tiempo, pensando que tendría que contarle al tío Gonzalo cómo estaba él buceando cuando se le paró el corazón al abuelo.

Desde que la doncella llorosa le dio por teléfono la noticia de la muerte de su padre, María había procurado concentrarse en las ocupaciones que se le fueron imponiendo una tras otra y no considerar sus sentimientos. Al abrazar a su madre en el dormitorio se había sentido acongojada por la pena de esta, que perdía de pronto al compañero inseparable. El corazón de María había ido en busca del de su madre en la pena y se había quedado ahí, acompañando aquella pena sin sentir nada propio y siendo capaz de concentrarse sensatamente en los preparativos del entierro que incluían tranquilizar al servicio y avisar a los parientes más cercanos. Lo único propio que María había conservado fue el deseo de hablar con su hermano. Toda su propia pena se agolpaba ahí, en el deseo de oír aquella voz, el deseo de verle. Porque para María y a través de Pelé, su padre se había vuelto ya muchos años atrás el abuelo y María casi solo recordaba a su padre como tal a través de Gonzalo. Por eso la reacción de su hermano cuando por fin respondió al teléfono desconcertó a María hasta el punto de, al colgar, desear por un instante no haber oído aquella voz. Era la voz de Gonzalito pero irritada primero y congelada después. Declaró que no podía regresar de inmediato porque en aquel momento no tenía dinero para el billete. María le aseguró que podía enviarle urgentemente el billete desde Madrid –y así lo hizo–; pero la sensación de lejanía y el desinterés que manifestó Gonzalo sumieron a María por primera vez ya a últimas horas de la noche, mientras velaba a su padre, en una profunda tristeza. Le parecía que el cariño que los dos, Gonzalo y ella, habían sentido siempre por aquel hombre bondadoso que acababa de morir no podía enfriarse. No había habido nada en la vida de sus padres que hubiera podido hacer que los hijos se sintieran desatendidos u olvidados o no amados. Sin haber tenido nunca un gran relieve, la vida de sus padres había hecho dulcemente sitio a la de los hijos. La frialdad de Gonzalo resultaba incomprensible. Por eso acompañó al chófer al aeropuerto a recoger a Gonzalo a la llegada del primer vuelo de Londres por la tarde.

Gonzalito apareció muy desaseado. Este dato invadió por un instante toda la conciencia de María impidiéndole decir nada al abrazar a su hermano. Había adelgazado mucho e iba sucio. Era la primera vez en su vida que María tenía que reflexionar acerca de la suciedad personal que había, como todo el mundo, observado a distancia, en los demás, pero jamás en esa cercanía cutánea y afectiva de una persona amada. Gonzalito tenía mal color. Pero se había afeitado y peinado. La sensación de suciedad más fuerte no era, curiosamente, ante todo olfativa, sino visual. Daba la impresión de que Gonzalito se hubiera arreglado un poco ante el espejo, afeitado y peinado sin lavarse, como quien disimula precipitadamente el desorden de una habitación. El desaseo de Gonzalito incluía un cierto disimulo: no era agresivo como el de ciertos tipos de la bohemia o fruto del haberse ensuciado en cualquier actividad el día anterior; era un desaseo apacible y cotidiano que el reciente afeitado se limitaba a subrayar dulcemente. Un desaseo inmovilizado y dulce como el borde frío de la grasa en un plato. Gonzalito se dejó informar por su hermana sin pronunciar palabra, encendiendo, uno tras otro, un par de cigarrillos en la breve duración del viaje. María se sintió ridícula e indefinidamente culpable al no poder librarse mediante el afecto de aquella sensación de asco que le causaba su hermano. Atribuyó esta sensación de asco a su sensibilidad excitada de aquel momento. María reconoció ante sí misma que esperaba encontrar al Gonzalo que se fue –que se había convertido, al fin y al cabo, en una mera imagen inmovilizada en el recuerdo, a pesar de las conversaciones telefónicas y las cartas–; el Gonzalo que de hecho había llegado modificaba radicalmente aquella imagen y cabía pensar que el proceso de modificación llevaba un cierto tiempo –quizá lo que duró el viaje en coche– manteniendo en suspenso mientras se ejercía al Gonzalito real y los sentimientos auténticos de su hermana. Tanto deseaba María no sentir aquella repugnancia que imaginó que el aire claro y seco del verano que se colaba por la ventana abierta del lado de Gonzalo iba mejorando a ojos vistas su aspecto. María había puesto tanta esperanza en el encuentro con su hermano que quizá esa esperanza se había vuelto visible y aparatosa y pesada como un largo discurso de bienvenida y quizá Gonzalito se había dado cuenta de inmediato y guardaba silencio por eso, confiando él también en una modificación del ánimo de María, paralela a la modificación de su aspecto, que hiciera aparecer la realidad profunda y verdadera del cariño de ambos, la comunicación de siempre; en cualquier caso el viaje terminó en silencio y una vez dentro del jardín, ante la puerta de entrada, al abrir el chófer la puerta del lado de María, Gonzalito sonrió y acarició el pelo de su hermana. «Voy a saludar a mamá y subo a arreglarme un poco. Ha sido todo muy precipitado.» Su madre le abrazó en el vestíbulo y la escena cobró rápidamente a ojos de María un aire familiar, deshaciéndose la ingrata sorpresa del encuentro en la pacífica semioscuridad del vestíbulo que era como una suma amansada de las vidas de los dos hermanos. María se preguntó dónde andaría Pelé en aquel momento. Pero apenas tuvo tiempo de reflexionar. Gonzalito y su madre subían ya la escalera para que Gonzalo contemplara un momento el cuerpo yacente de su padre, vestido ya este con uno de sus trajes grises, con un crucifijo entre las manos, sumido ya del todo en la fuerte expresividad negativa de su figura y su presencia muertas. Gonzalito se encerró luego en su cuarto y cuando reapareció en la sala, muy poco antes de la cena, ya parecía otro o ya parecía el mismo Gonzalito de siempre, aunque mucho más delgado.

Con el entierro que se celebró al día siguiente y las visitas que se prolongaron durante una semana, se clausuró la muerte del abuelo sin que María llegase a tener tiempo de sentirlo. Solo sintió esos días, al salir un momento al jardín, o al contemplar el jardín a través de los cristales de la sala mientras atendía a las visitas, una intensa nostalgia por la juventud de sus padres tan increíblemente jóvenes en sus rígidos trajes de principios de los cuarenta, una nostalgia aprendida tal vez al ver las fotos color sepia de los dos antes de casarse y recién casados y su madre con María chiquitina en brazos, o los dos con trajes deportivos apoyados en la capota de un enorme gasógeno, pero que no se reducía a esas fotos sino que se colaba a la vida recordada y mezclada indisolublemente con la vida de María, una nostalgia por lo que había sido viviente e instantáneo entonces y ahora yacía en su incomprensible retirada cada vez más clara. Pelé y Gonzalito se encontraron por fin en el comedor y María presenció emocionada ese encuentro apenas subrayado, presidido por la abuela ojerosa y por Martín, que había venido a cenar con todos ellos. Martín se llevó a Pelé después de cenar. María iba a quedarse toda esta primera semana con su madre. Gonzalito subió a acostarse en seguida. Al despedirse, Pelé cuchicheó al oído de su madre: «Mañana tenemos que hablar mucho, eh, los dos de todo esto. Tenemos que escondernos y hablar mucho, voy a venir temprano.»

Al cabo de diez días, casi no parecía que faltase el abuelo. Entonces fue cuando su madre le pidió a María que se viniesen todos a vivir con ella. «No voy a molestaros para nada y Martín tendrá un despacho como es debido. Tu padre no lo usaba nunca y Martín puede cambiar todo lo que quiera. Y en ese piso apenas cabéis ya. Y ahora vais a estar bien de dinero, con lo que tu padre os deja, lo mismo tú que Gonzalito. Y a Pelé esta casa le encanta, ya lo sabes, de siempre. Y tú ya sabes que yo no voy a molestaros, ya me conoces. Y la casa sin nadie se me viene encima.»

Lo habló con Martín, quien, contra lo que María en principio esperaba, no puso dificultades. El abuelo no tenía muchos libros, comentó Martín, y sería fácil meter todos los suyos en aquel gran despacho, con solo añadir algunas librerías que cabrían fácilmente. Y había cuartos de sobra para todos, incluido Gonzalo, que podía conservar el suyo si se decidía a dejar Londres y venirse a vivir con la familia. «Lo único», había añadido la abuela, «que Martín tendrá que ocuparse ahora de tus cosas, de esto ya hablaré con él. Es bastante y hay que tenerlo organizado. Estoy segura que lo hará muy bien.» A María le sorprendió la naturalidad con que la abuela hacía sitio a Martín en la administración de la casa. Había en esto una docilidad sencilla que se compaginaba bien con el nuevo aire que envolvía a su madre tras la muerte del marido. Un cierto empequeñecimiento ensimismado y una leve fragilidad que se complacía, a las horas de las comidas, en empujar a María a la cabecera de la mesa y a dar las órdenes al servicio, como si la abuela se hubiera retirado, al morir el abuelo, a un reino tenue de recuerdos donde la vida ya no se organizaba y planeaba, sino que transcurría solo a imagen y semejanza de la vida anterior, guiada algunas tardes después de comer por el nieto o por la hija hasta la huerta, o distraída por la conversación de sus viejas amigas peripuestas que ahora venían de una en una a acompañarla. María tenía la impresión de que su madre deseaba transformarse dulcemente ella también, en vida, como el abuelo, en un recuerdo para todos.

Pelé había observado desde una ventana del cuarto de huéspedes la llegada de Gonzalito y María. Y había esperado hasta la hora de la cena para saludar al tío Gonzalo. Había deambulado por la parte baja del jardín y por los senderillos de la huerta entre los árboles frutales, contando con la puntualidad de la casa de los abuelos para presentarse a la hora justa. El propio Pelé no hubiera podido explicar del todo el motivo de esta espera que se confundía con la timidez y con el crecido río de los acontecimientos recientes que le arrastraban impidiéndole examinar por separado cada nuevo sentimiento. Con el corazón desbordado, Pelé buceaba y reaparecía en la superficie de sí mismo sin acabar de saber bien qué sentir o qué esperaban los demás de él. La agitación de todos y la imposibilidad de comunicarse reposadamente con su madre determinaban una situación inexplorada, extraña. Dentro de esa situación, el tío Gonzalo era el personaje más notable –las delicadas variaciones del rostro y del ánimo de su madre, que Pelé había ido registrando minuciosamente, así lo declaraban–. Había que contar con él, impresionarle, amansarle, como si toda la inquietud objetiva de la situación dimanara en cierto modo de esa nueva presencia. Por eso había deseado evitar a todo trance que la previsible agitación de los primeros momentos, con el dramático reencuentro del tío Gonzalo y la abuela y la dramática subida de los dos al dormitorio donde yacía el abuelo, enturbiara la modesta aparición de Pelé ante su tío. Pelé deseaba garantizar el buen efecto. Y para ello se requería un cierto reposo, un espacio ordinario como el comedor, y no teatral y extraordinario como se habían vuelto el vestíbulo y la escalera y el velado dormitorio de los abuelos. Requería tener a todos y especialmente al tío Gonzalo inmersos ya en una actividad vulgar y corriente como sentarse a cenar que, tras la desgracia ocurrida, aliviara los ánimos y los predispusiera, incluso, favorablemente al discreto entretenimiento que iba a ser la entrada y el saludo de Pelé. La delgadez de tío Gonzalo le había impresionado mucho: una delgadez sumamente adecuada al ambiente funerario de la casa y muy propia de un hijo que regresa de un largo viaje al extranjero para ver a su padre muerto. Pelé no podía evitar, mientras daba vueltas por el jardín consultando mucho su reloj, que una cierta emoción estética de espectador cautivado por el desarrollo de una acción representada coloreara y abrillantara y, en cierta medida, distanciara de sí todos sus otros sentimientos. Y tenía que reconocer –y lo reconocía con un pesar perplejo– que la muerte del abuelo, aun habiéndole asustado mucho, examinada ahora a distancia, no le había entristecido demasiado. Pelé tenía intención de preguntar a su madre si aquella falta de una gran tristeza no sería muestra de crueldad y dureza de corazón. En cualquier caso, su pesar se confundía con un genérico pesar, a tono con el expresado por los demás ocupantes de la casa –excepción hecha de su abuela y de su madre–, muy parecido, sorprendentemente, al expresado por su padre, y transformable de inmediato en gran solemnidad y compostura, y en un como estupor meditabundo ante las desgracias de la vida –actitud adoptada asimismo por la cocinera, que tapaba y destapaba ahora con especial reverencia los pucheros y que batía, deferente, los huevos de las tortillas francesas y de los rebozados con mucha menos alegría que otras veces–. Las desgracias de la vida, a todas luces, habían adelgazado también al tío Gonzalo. «¡Ay, el señorito Gonzalo qué flaco ha venido!», frase esta, emblemática, de la doncella que había sobrecogido a Pelé al pasar por la cocina, dándole idea de la actitud a mantener en el comedor durante la cena. No se podía andar con gracias, ni pretender dar conversación, ni elogiar las pastas de Embassy. Lo suyo era un aire circunspecto. Pelé no contaba, sin embargo, con pasar inadvertido por completo; contaba con causar al entrar y saludar a su tío una circunspecta sensación. Y no hubo nada de eso –ni siquiera eso–. El aire frío y ausente de Gonzalito, quien apenas se fijó en Pelé una vez que se hubieron saludado, convirtió la aparición del chico en un acto ramplón que solo pareció advertir su madre. Lo frío y lo soso caracterizaron, de hecho, todos los acontecimientos de las dos semanas siguientes. Y ni siquiera el fabuloso anuncio de que todos se iban a vivir a casa de los abuelos alteró gran cosa el ambiente. Contra lo que pudiera suponerse, semejante sosera excitó a Pelé muchísimo más, incluso, que la agitación del primer día y del segundo. Ahora parecía de verdad que un acontecimiento de vastas consecuencias estaba teniendo lugar en lo profundo de la casa y que el comedido comportamiento de todos ellos –incluida su madre– era un deliberado disimulo que repentinamente se transformaría en admiración y en pasmo al manifestarse lo aún no manifestado. De aquí que Pelé, a quien unos amigos del colegio habían invitado a pasar quince días en Luarca, se las arreglara para cancelar la invitación no obstante la insistencia de su madre en que la aceptase y se fuese. Y una parte esencial de la sensación de misterio que a ojos de Pelé impregnaba la casa y que elevaba día tras día vertiginosamente el nivel de sus expectativas eran las encerronas del tío Gonzalo en su cuarto; no bajaba a veces ni a almorzar y le subían una gran bandeja con lo mismo que se comía en la mesa, y que el tío Gonzalo apenas probaba, aquejado de un malestar indefinido, simbólico, que no tenía nada que ver con que se pusiera o no el termómetro y tomara o no tomara un complejo vitamínico como le hacían tomar a Pelé después de cada gripe. Lo del tío Gonzalo, como lo de la casa, no era susceptible de pesos y medidas y se alargaba y retorcía como un río, insonorizado por el cielo soso y blanco de los centauros y de los inverosímiles paseos por la superficie de la luna. Aquellas encerronas que le recordaban a Pelé las de su padre, se diferenciaban de las de este en virtud del silencio que rebotaba del picaporte inmóvil de la puerta al pasillo y que se veía ya como unos ojos sin pupila apoyados en toda su invidencia, al subir de puntillas las escaleras y quedarse quieto en el descansillo a la escucha, inmóvil, como antes de empezar una nevada. Pelé no había visto cosa igual en su vida y el comportamiento del tío Gonzalo le resultaba así incomparable y le tenía fascinado. ¿Qué podía hacer ahí encerrado todo el santo día? Tal vez dormir: tal vez nada. A Pelé, rebosante de expectación y de energía, semejante comportamiento no le cabía en la cabeza. En vista de que la situación se prolongaba y que ni siquiera su madre ofrecía una explicación satisfactoria –por primera vez en su vida María se había vuelto evasiva–, Pelé acabó arriesgándose a llamar a la puerta con diversos pretextos, a cual más cogido por los pelos. (La obvia debilidad de los pretextos había acabado por decidir a Pelé a llamar a la puerta: así vería el tío Gonzalo que Pelé en persona estaba dispuesto a hacerse cargo de la situación, fuese cual fuese.) Y así se sucedieron uno tras otro los pretextos y las negativas: tío Gonzalo no deseaba leer los periódicos, ni le gustaba darse un baño, ni quería ver un lagarto vivo metido en una caja de zapatos, ni quería ver en la tele un partido amistoso de la selección española y la argentina. Un buen día, a media mañana, pudo por fin anunciar Pelé a través de la puerta que un señor esperaba abajo al tío Gonzalo. Esto fue lo único eficaz. Gonzalito abrió de golpe la puerta de su habitación preguntando que quién. Iba descalzo y sin camisa. Resultó ser Alfonso Vélez que subía ya, escalón por escalón, crujiéndole tacón y mediasuelas, hablando y sonriendo a Pelé. Los dos se encerraron en el cuarto. La reunión duró todo el resto de la mañana. Y Gonzalito bajó a almorzar al comedor. Pelé lamentó mucho para su capote que aquel eficaz visitante del traje cruzado y las sonrisas no se quedara a comer.

Londres fue humillante. Londres acabó siendo para Gonzalito la abreviatura de una experiencia unitaria y completa que comenzó en broma y un poco por capricho –o por lo menos, solo por probar algo distinto– y que se volvió humillante por sí sola, como un negocio en el que nos metemos por tener algo que hacer confiando ganar algo o aprender algo aún no ganando nada, contando con no perder y que al final ocasiona más y más inversiones y la ruina que sobreviene de un día para otro, sin contar con nadie. Ni Londres ni sus habitantes tuvieron en esta humillación la menor culpa. Hubiera podido tener lugar en cualquier parte. Pero tuvo lugar en Londres y cobró un regusto londinense: ese doble fondo melancólico de las experiencias completas que nuestra conciencia retiene en su acabada perfección, como totalidad, y parte por parte, como una melodía retenida en la memoria que puede oírse de nuevo a voluntad, una vez y otra vez. Londres dejó de parecerle a Gonzalito una broma a las pocas horas de llegar. Le pareció el lugar más bello de este mundo: un lugar que alzaba a lo más alto el nivel de sus expectativas. Desde los hermosos parques y rincones tristes y románticos, desde sus sórdidas perspectivas urbanas a sus elegantes vistas de capital de recién pasado imperio, desde lo convencional y esperado a lo no convencional e inesperado, desde los *pubs* sedentarios y oscuros a los *gays,* todo Londres le pareció un lugar privilegiado, un sitio único donde deseó inmediatamente hacerse sitio. No le faltó el dinero y, por consiguiente, emprender cualquier trabajo remunerado como los muchos españoles que iba encontrando en todas partes, le parecía un poco estúpido. Gonzalito no se sentía ni trabajador ni exiliado. No se sentía ni siquiera extranjero, no obstante verse obligado a renovar cada tres meses su permiso de residencia como estudiante y turista. Todo Londres le resultaba indeciblemente familiar: algo que, como una sabiduría y una sensibilidad codificadas, ya había conocido en casa y que solo había que descodificar ahora, ir desplegando maravillosamente y completando con los aspectos nuevos –también, sin duda, presentidos– que el espíritu de los tiempos, el *swinging London* de esos años, subrayaba hasta la caricatura. Así la libertad de las costumbres, el erotismo y lo erótico en su más imprecisa plenitud. Vélez ya había hablado de eso –también en sus más imprecisos circunloquios–. Y sin darse por enterado, Gonzalito había tomado nota, como quien apunta el nombre de un lugar a visitar. No se trataba de un lugar, precisamente, aunque se concentraba en varios lugares de la gran ciudad que Gonzalito descubrió y visitó muy pronto. Era un impulso desenfadado, una vitalidad internacional y a la vez recoleta y como provinciana que florecía en los céntricos barrios londinenses invitando, con cierta graciosa redundancia, a ser jóvenes a los jóvenes y hacer el amor en los grandes prados muy verdes de los parques. Gonzalito veía el amor por todas partes como algo que podía *hacerse* sin protocolo, sin misterio, con solo desearlo.

Paseando por Londres, Gonzalito tenía la impresión de que entre los deseos y su satisfacción no existía distancia alguna. Y esto le causaba una perplejidad casi continua porque entre *sus* deseos y las satisfacciones correspondientes siempre había existido una gran distancia. Esto de *sus* deseos era un territorio donde Gonzalito entraba con pies de plomo y que se confundía o había ido confundiéndose cada vez más con lo que él mismo llamaba sus afectos. Gonzalito se había sentido desde niño afectivamente insatisfecho, como si entre sus expectativas y sus satisfacciones hubiera, una vez más, una distancia insalvable, a consecuencia de la cual se había sentido siempre muy poco feliz. Gonzalito se había repetido para sus adentros que le faltaba la felicidad. Solo que esta falta no le sumía en la miseria puesto que siempre había podido compensarse con distracciones y apariencias de felicidad que la propia energía natural de su juventud había mantenido en vigor. «Pero en el fondo», reflexionaba Gonzalito, «la felicidad me ha faltado siempre.» Y el afecto de su hermana, que le había consolado muchas veces, y que había sido su más firme apoyo, no había sido, si bien se mira, más que una manera de camuflar aquella falta. En Londres, por primera vez, se le ocurrió esta idea perturbadora. María se había interpuesto, con todo su cariño y su paciencia y su buena voluntad entre su falta de felicidad y la posibilidad que hubiera debido tener de hacerse enteramente consciente de la situación. Gonzalito sintió por primera vez en Londres que María, con su buena fe y quizá a causa de ella, había sido un gran obstáculo. Curiosamente, este descubrimiento hizo que el cariño que sentía por su hermana aumentara: María, al fin y al cabo, era una víctima también de aquella endiablada falta de felicidad que revelaba Londres, al mostrar por todas partes el erotismo de moda. Ahora veía Gonzalito que tampoco su hermana había sido feliz y que había sustituido la felicidad por la conformidad y placidez de un matrimonio seguro. Gonzalo pasó aceleradamente revista a todas las certezas afectivas de su vida y las halló vacilantes. Y lo curioso era que esta súbita puesta en duda de su mundo anterior no solo no le apenaba sino que le exaltaba y llenaba el corazón como si ahora, a partir de esta visión nueva, hubiera aumentado su estatura y se hubiera vuelto poderoso. Las primeras semanas, los primeros meses transcurrieron en plena soledad. Gonzalito vivía en los alrededores de Chalk Farm, compartiendo una habitación con otros dos muchachos mientras buscaba un sitio más independiente. Era uno de esos alojamientos llamados «Bed and breakfast», que le convenía porque resolvía su manutención con solo hacer otra comida más al día, al caer la tarde. Y del desayuno a la última hora de la tarde recorría Londres a solas y a zancadas pasando exaltadamente revista a su vida. Era imposible escribir a María cartas verdaderas. Porque lo verdadero, lo absoluto que acababa de descubrir, era en verdad indecible. Tenía que llevar él solo el peso de la verdad de los dos. Esta soledad aparecía limitada por una frontera a la vez deliciosa y temible: la frontera del poner a prueba si era posible en Londres, en efecto, satisfacer todos sus deseos y, por consiguiente, de algún modo también todos sus afectos y alcanzar, en suma, la felicidad por vez primera. Tener en sus manos todo el tiempo y toda la libertad del mundo no parecía servir de mucho, sin embargo, para vencer su timidez. La timidez, de pronto, lo había inundado todo. Hasta aquel momento Gonzalito había mantenido con su cuerpo una relación contraída e inestable. Su cuerpo era un admirable objeto que negaba constantemente su condición de objeto para confundirse con la conciencia y cobrar, como ella, carácter absoluto. Y en su cuerpo, impregnándolo todo entero con movimientos de sístole y diástole análogos a los del corazón, muy por encima, por debajo de sus reacciones genitales e incluyéndolas a título de cimas o resúmenes instantáneos, la sexualidad como un fruto continuamente equívoco. Toda la fascinación con que Gonzalito era consciente de su cuerpo parecía provenir de su carácter sexual. En cualquier caso, Gonzalito no había logrado trabar con su sexualidad una relación coherente y ahora sus incoherencias se confundían con su timidez en un único gesto ahogado, el de caminar a zancadas por todo Londres sin atreverse a entablar amistad con nadie ni permanecer más allá de unos pocos minutos en los lugares donde su sexualidad hubiera parecido verosímil, un dato intersubjetivo. Gonzalito temía ser forzado y descubierto y obligado a degustar aquella misma felicidad –el supremo dato intersubjetivo– que en abstracto deseaba. Por eso deseaba, más que nada, darse tiempo. Solo que los deseos más íntimos le apremiaban como si no fueran suyos, y su violencia le empujaba durante todo el día como nos empuja una violencia ajena, contra los dictados de la reflexión –que se volvía contradictoria– y las costumbres que hemos respetado hasta la fecha. La sexualidad enfrentaba a Gonzalito con la serenidad monumental de las costumbres y las apariencias que durante toda su vida había guardado. En más de una ocasión, en los parques o en los museos o en los cines, Gonzalito inició aproximaciones ambiguas a muchachos de su edad o fue objeto de aproximaciones ambiguas que rehuyó de inmediato. El simple hecho de ver a alguien de carne y hueso convertido en depositario, siquiera momentáneo, de la revelación que la expresión de sus deseos supondría, le devolvía a la soledad una y otra vez. ¿Cómo iba a proferir ante nadie, pedir a nadie, la satisfacción de sus deseos sexuales? Sería arriesgarlo todo de una vez –pensaba– sin acertar a saber exactamente qué arriesgaba ni si valía la pena arriesgarlo. Sus deseos eran su secreto que unas veces sentía como poder y talismán y otras como lastre: una identidad que temía, una vez mostrada, no poder separar ya de su físico, como un tatuaje o una enorme cicatriz que no estaba seguro de desear reconocer siempre como algo suyo. ¿No había evitado semejante reconocimiento hasta la fecha? ¿No había logrado confundir hasta la fecha al pobre Alfonso Vélez en todo lo relativo a este asunto? Era imposible encontrar a nadie más inofensivo y bien dispuesto que Vélez: si ante él había evitado descubrirse, ¿cómo no había de evitarlo también e incluso mucho más resueltamente ante cualquier desconocido? Y, además, ¿no se transformaba en virtud de esa revelación cualquier desconocido en conocido, en íntima presencia, en confidente sin, a la vez, hallarse respaldado por las garantías de un auténtico conocimiento y el autentificador transcurso del tiempo? Pronunciar sus deseos era ofrecerse indefenso a cualquier desconocido: apoyado solo en la débil hipótesis de que el desconocido, a su vez, tuviese deseos análogos a los de Gonzalito y desease comunicárselos. El erotismo ambiente, que de continuo parecía prometer la posibilidad de satisfacción de los deseos, presuponía una desenvoltura, un impudor o una inocencia de la que Gonzalito se sentía incapaz. Gonzalito tenía la impresión ahora de que la felicidad prometida quedaría automáticamente malherida o negada por el hecho de tener, al revelárselo a otro, que bajar la guardia del secreto y transformar al desconocido en conocido sin ninguna garantía de conocerle. Solo un desconocido que se revelara él primero y descubriera ante Gonzalito sus deseos secretos, convirtiendo de esta suerte a Gonzalito en conocido sin garantizar y por lo tanto arriesgándose absolutamente, podría dar lugar a que la paz de la felicidad lograda inundara el corazón de Gonzalito. ¿Existía semejante criatura en Londres? Y ¿aparecería por sí sola? ¿Cabía descubrirse solo a medias y esperar a que el desconocido, fascinado, se descubra del todo? Mientras se mantenía en suspensión –un estado cronológicamente coincidente con los meses, casi el año, que Gonzalito tardó en entender y hacerse entender en inglés– pudo creer sin dificultad que la satisfacción de sus deseos y la satisfacción de sus afectos coincidían y que cumplidas, bien ambas cosas, bien una de las dos, cualquiera había de conducir a la felicidad lo mismo. Al cabo de, aproximadamente, un año Gonzalito comenzó a perder su timidez lingüística y a hacer, de hecho, grandes progresos. Fue su mejor momento. La otra timidez se contagió de aquel deshielo charlatán que convertía todo encuentro, por momentáneo o por casual que fuese, en una ocasión de practicar el inglés y, por consiguiente, también, para la otra timidez, en un buen pretexto para irse deshelando. Gonzalito iba a sentarse con frecuencia a Piccadilly Circus y a Trafalgar Square y allí empezó a trabar conversación con muchísimos desconocidos, los otros, sus iguales. Porque ahora, gracias a la nueva agilidad que confería la nueva lengua, los otros no parecían tan distintos y todos, extranjeros y nativos, resultaban vagamente familiares. Lo desconocido de los desconocidos se disolvía en el conocimiento de la lengua: el simple hecho de saber hablar inglés volvía conocido a todo el mundo. La lengua inglesa era el espacio donde, en Londres, los deseos sexuales y afectivos podían satisfacerse poniendo a todos los mutuamente desconocidos en igualdad de condiciones. El inglés le salvó de la soledad al principio. Las mismas torpezas en el uso del idioma que dificultaban la comunicación en general facilitaban *esta* comunicación en particular: una familiaridad, entre gestual y verbal, se hizo posible: ahí se introducía con frecuencia, con naturalidad, lo cómico y la risa. El reírse fue una gran novedad para Gonzalo tras casi un año de solemnidad y lucubraciones. Reírse era recuperar su juventud. Al sentarse a charlar con más frecuencia –y poco a poco incluso cotidianamente– su rostro perdió la intensidad y crispación, el aire introvertido de los paseantes solitarios: volvió a sentirse guapo. Y se dejó crecer el pelo rubio: ahora sí que parecía un inglés, lo cual aumentaba sus posibilidades de ser interpelado y de iniciar conocimientos. Porque ocurría que, una vez descubierto el insignificante engaño inspirado por la apariencia anglosajona de Gonzalo, todo iba sobre ruedas, como si superado el desconcierto inicial no se alzase ya entre los interlocutores obstáculo ninguno. Ahora las diversas faltas gramaticales y semánticas que ambos cometían servían, al corregirse mutuamente, de confianzas que mutuamente se tomaban en el territorio, al fin y al cabo neutral, de una ciudad y una lengua extranjera donde todo les estaba permitido. De suerte que Gonzalito se encontró a sí mismo recobrando, por la vía indirecta de la lengua, la libertad que el erotismo ambiente propugnaba. Tuvo lugar por fin un encuentro en Green Park al caer la tarde. Obvia, desde un principio, la timidez de los dos: una vacilación esclarecedora que los declaraba conocidos en una lengua que ambos aún desconocían en gran parte. Gonzalito se entregó con entusiasmo a aquella relación que por primera vez le daba la ventaja. El desconocido se descubrió primero y Gonzalito solo tuvo que seguir, o repetir, sus mismos pasos. Fue un episodio largo porque, tras haberse ambos transformado instantáneamente en conocido para el otro, no sabían bien cómo seguir. Ambos tenían que saltar por encima de una cierta crudeza detallada –la paradójica crudeza de dos intimidades delicadamente expuestas una a otra–, para lo cual carecían los dos de precedentes. Era la primera vez que Gonzalito se entregaba a una aventura erótica. Lo resolvieron emprendiendo una larga caminata por los Royal Parks que acabó depositándolos en la parte más frondosa de Hyde Park, frente a Bayswater Road. Era ya de noche. Y la noche los envolvió en el intenso abrazo finalmente delator y bastante torpe que añadió una chispa de inocencia, a la vez perdida y recobrada, al encuentro. Quedaron en volverse a ver en aquel mismo sitio al día siguiente al mediodía. Pero Gonzalito no acudió. Y en este no acudir se concentró toda una historia de apareceres y desapareceres que iba a desplegarse, para Gonzalito, como el plano diabólico de una ciudad tanto más extraña cuanto mejor la conocía, en los años que siguieron a aquel primer encuentro que se convirtió así en un hito melancólico de la felicidad que la satisfacción de los deseos sexuales procuraba. Fue la primera gran respuesta hiperbólica que Gonzalito dio a un estímulo real. Aquel no aparecer en el lugar acordado y a la hora acordada convirtió ese lugar y esa hora en un lugar y un tiempo imantados que atraían a Gonzalito como un lobo. Con una especie de regularidad animal acudía Gonzalito al mismo sitio, en parte esperando y en parte temiendo la reaparición de su desconocido. Pero ahora el desconocido había cobrado un aura sentimental inusitada, su imagen, yéndose y viniéndose, se fue llenando de memoria y de superlativas resonancias que en sus paseos acunaba y en la cama, como un asesino que acunara la inverosímil cabeza de su víctima. Gonzalito sentía ahora desmesurada compasión por aquel francés que había procurado no mancharle al correrse. Una vez más las paseatas recubrieron como insectos los días, las noches hasta rendirle, hasta llevarle casi a la inconsciencia. Encontró por entonces una habitación en Fairhazel Gardens, cerca de Swiss Cottage. Encontrar esta habitación tuvo importancia porque le permitía descansar durante el día de sus paseos nocturnos. Fue la época de escribir cartas a su hermana. Fue también, de nuevo, una época de apasionada confusión, durante la cual hizo un par de viajes a España. Contra lo que creía al emprenderlos, estos viajes no sirvieron de nada. España le descansaba aburriéndole. Todo le parecía contagiado de las imágenes de aquella sosa y casta televisión franquista que reflejaba cuarenta años de paz y prosperidad y utilitarios, donde no pasaba nada en absoluto. Y aunque pasaban muchas cosas que Gonzalito hubiera podido descubrir con solo preocuparse un poco por saberlas, prefería extender a toda la realidad española un certificado de atonía general y pensar, a cambio, en Londres tumbado en el dormitorio de su infancia. El desinterés por cuanto sucedía en España se contrapesaba durante esas estancias, que nunca se prolongaron más de mes o mes y medio, por una absorta contemplación, a través de los periódicos ingleses, de cuanto sucedía en Inglaterra y especialmente en Londres en su ausencia. Leído en Madrid, Londres, con sus calles y sus personajes públicos y los personajes anónimos cuyos nombres emergían repentina y fugazmente a la luz pública en sucesos y en crímenes, con frecuencia crímenes sexuales, desde Harold Wilson a Victoria Station y sus alrededores lábiles grasientos en torno al pequeño cine de las pajas y, en dirección opuesta, sus alrededores elegantes de enormes plazas y mansiones blancas, todo Londres parecía verse a la vez y haberse vuelto, desde la lejanía madrileña de la habitación infantil y adolescente de Gonzalo, conjurable en cifra, una ciudad imaginaria (inimaginable, por cierto, de ese mismo modo al vivir en ella) que, como la cueva de Alibabá, podía abrirse mediante una cualquiera de las palabras, las frases o los sitios cifrados: Belgravia, Leicester Square, o «Nice to see you!». En virtud, pues, de aquella irreprimible evocabilidad, una perpetua capacidad melódica de repentizarse en sus imágenes o en los nombres de sus políticos, sus asesinos o sus calles, que afectaba a Londres como un padecimiento nervioso o una gran nostalgia involuntaria de la conciencia de Gonzalo, Madrid y sus habitantes y las relaciones reales que Gonzalo, quisiéralo o no, mantenía con algunos de ellos, resultaban insulsas. En su conciencia y en cuanto objeto de su percepción actual, Madrid daba la impresión de carecer de cualidades secundarias y de toda cualidad intelectual o estética, reducida a la aparentemente simple condición irreal de no ser Londres y ser, como por pura casualidad, el lugar de origen de Gonzalo, la residencia de sus padres. Incluso María se vio afectada por esa condición. Porque, si bien era cierto que al charlar con su hermana Gonzalito sentía aminorarse la repetitividad repentizante de su imaginario Londres y ocupar como una marea alta toda su conciencia la sencilla y real y cálida presencia de María hasta el punto de hacerle dudar del hechizo de sus imágenes, también lo era que María representaba para Gonzalo una contradicción: la situación aporética de la felicidad presuntamente impedida: la realidad como lo inaccesible a los deseos que a lo largo de toda su vida había separado el sentimiento de insatisfacción de su reconocimiento reflexivo: y que había impedido, por lo tanto, manteniéndole en la ignorancia o en la duda, una plena realización de Gonzalito. María, pues, a quien Gonzalo no podía dejar de querer, aparecía sumida en la imposibilidad general: en la atonía y en la ausencia de estimulación propias de Madrid y de España. María era, sin duda, real y objeto real de su profundo afecto, pero a la vez inservible: informulable en términos londinenses: incapacitada por la fuerza de su misma realidad, para entender del todo lo que en Londres le sucedía a Gonzalo: compañera imposible, cómplice impensable de sus andanzas: suma, en resumidas cuentas, involuntaria de toda la realidad que Gonzalo creía verse obligado a cuartear para poder vivir y ante la cual, por de pronto, era necesario disimularse. De aquí que Gonzalito procurase evitar durante sus estancias verse a solas con su hermana: para no declarar sin darse cuenta algo comprometedor. Cada vez, pues, más evidente la inutilidad de sus viajes. Gonzalito resultaba totalmente impermeable. Y esto era así aunque él mismo fuera consciente de ciertas fisuras en su Londres: aparte el Londres imaginable e irreal, había un Londres real –con realidad análoga a la de María o Madrid– que había eludido a Gonzalito hasta la fecha. Ese otro Londres era el residuo generatriz, siempre velado, presente solo como un gran desconocido pulsátil, donde Gonzalito creía vislumbrar de cuando en cuando la negación de todas las contradicciones y la presencia del desconocido-conocido, el puro instante del reconocimiento perfecto y de la felicidad que lo transformaría todo en su fervor y que lo volvería todo –y, por supuesto, también a María, la hermana nunca desamada– comprensible de una vez por todas. Así las cosas, es natural que Gonzalito apenas estuviera en condiciones de prestar atención a su sobrinillo o a Alfonso Vélez. Por eso, cuando Gonzalito vio a Pelé que le saludaba tímidamente, con los ojos muy abiertos, en el comedor a la hora de la cena, tras la muerte del abuelo, se sintió tan asombrado y tan cohibido como ante un extraño: otro desconocido, sumamente joven esta vez, parecido a los desconocidos londinenses, no solo en virtud de su aún incipiente atractivo físico, sino también en la medida en que se servía, como aquellos, de un medio neutral, el familiar, el coloquial y cotidiano acto de sentarse a cenar, para darse a conocer. Y la timidez de Pelé tenía, como la timidez de aquellos otros, el atractivo de lo que se niega y lo que huye, parándose de vez en cuando, volviendo la cabeza a ver si lo seguimos. Todo esto vio en Pelé en un abrir y cerrar de ojos, de tal suerte que su desatención al chico durante la cena y las encerronas de los días y semanas siguientes, si bien obedecieron a torturados motivos más complejos e independientes, tuvieron también una inflexión –ya que no un motivo propiamente dicho– destinada a la atención y curiosidad del sobrino: un punto de exageración o teatralización o fingimiento, una emotividad que confería a la situación un leve margen gratificante. Por analogía con sus propios sentimientos, Gonzalo suponía que aquello no podía no seducir al chico. Una suposición corroborada muy pronto, para satisfacción y desorientación de Gonzalito, por las ingenuas artimañas que Pelé ideaba para atraerle voceando al otro lado de la puerta, ofreciendo en puro derroche de ternura y, a ojos de Gonzalito, de malicia, incluso el espectáculo de un lagarto vivo y cautivo. En pleno tormentoso encierro, Gonzalito había ahogado la risa y se le habían saltado las lágrimas al oírlo. «¡Yo soy tu auténtico lagarto, chavalín!», se había dicho Gonzalo. «¡Ya me tienes prisionero!» Gracias a Pelé, en definitiva, las encerronas tuvieron un respiradero (cosa, por cierto, que, según Gonzalito ya pensó en aquel momento, María no podía ignorar) además de un margen gozoso. Al tiempo, sin embargo, que Gonzalito respiraba –y se familiarizaba a través de la comicidad y de las lágrimas con el entorno afectivo de su antigua habitación y de la casa de sus padres y, lo que es más importante, con la consistencia de la realidad que María, representada en su hijo, iba adquiriendo ante sus sentidos y su conciencia disgregada por la irrealidad de su vida londinense–, a la vez que respiraba y se reconocía, le invadió una gran desorientación. Si Pelé era un desconocido –y esa inicial imagen no se había borrado de la mente de Gonzalo– y si sus ingenuas artimañas para volverse conocido le asemejaban a los desconocidos-conocidos de sus encuentros en Londres, ¿no cabía prolongar la semejanza y dar por supuesto que Pelé y Gonzalo se parecían en todo? Si el chiquillo inconscientemente imitaba la curiosa dialéctica de los desconocidos que deseaban de Gonzalo lo mismo que Gonzalo de ellos, ¿no cabía suponer que también el chico presentía que su tío podría satisfacer sus íntimos deseos, sus afectos? Por lo demás, ya no era ningún niño. Era un guapo adolescente, consciente, con toda probabilidad, de serlo: Gonzalito, en su soledad, asistió perplejo a la reaparición erótica de Londres en su antiguo dormitorio infantil. Todo esto era desorientador porque, no obstante cualquier analogía, Pelé era su sobrino, el nene, en la cunita, de su hermana: el medio neutral que ahora servía para que el conocido apareciera en el desconocido no era una simple lengua común imperfectamente dominada por ambos, cuyas faltas y mutuas correcciones pudieran transformarse en confianzas que cada cual se tomaba, sino una relación real –aunque momentáneamente borrosa a causa de la larga separación y del tránsito, por parte del más joven, de la niñez a la adolescencia–, acentuada especialmente en este caso por el hecho de que Gonzalito, incluso alterado por su vida en Londres, aún amaba sinceramente a su hermana. La realidad de la relación impedía, en el momento mismo de aplicar la analogía, reducir lo hipotéticamente conocido del muchacho al aspecto único y exclusivo de la identificación de sus deseos sexuales (caso de confirmarse también aquí el parecido). Lo conocido de Pelé era un mar que resumía, en sus miles de aspectos, la realidad entera de la vida que Gonzalo había vivido antes de Londres y en especial la realidad de María y de su amor por ella. Gonzalito tenía, por consiguiente, que elegir entre dos evidencias igualmente poderosas (por lo menos, a simple vista): una fascinante, la del parecido, y otra curiosamente desleída, la evidencia de la complejidad de un ser real, la realidad evidente del hijo de su hermana. Pero la perplejidad procedía no tanto del propio Pelé –quien, en todo caso, se habría comportado solo como un chico curioso y travieso– como del hecho de que, a partir de Londres, Gonzalito se veía impulsado a aplicar a todas sus relaciones con individuos de su mismo sexo la plantilla erótica y ambigua que Londres le había proporcionado. Semejante aplicación era desorientadora porque a la vez parecía y no parecía ser una falsificación del dato real. Con Vélez no se presentaba este problema: engañar no parecía una falsificación sino, perpetuamente, una simple broma. El disimulo que con toda facilidad Gonzalito había puesto en práctica en aquella ya muy lejana noche de su primer encuentro y que había ido cobrando con los años la pulcra forma de un guardar bien las distancias, por el bien de la propia relación de amistad establecida entre los dos, se había convertido en una regla de comportamiento durante las estancias de Gonzalito en España y las de Vélez en Londres. Ni siquiera visitar juntos los bares *gays* o los *drag-shows* había provocado la confidencia, sobreentendiéndose siempre que aquellas visitas formaban parte del recorrido turístico de Londres. A Gonzalito le había resultado muy fácil desconcertar a Vélez, y deshacer sus insinuaciones, consistente la más común en declarar Vélez, a la vista de la persistente e impenetrable soledad de su amigo: «Pues no lo entiendo, guapo, no lo entiendo. Es inverosímil y anormal que un Adonis como tú no ligue cada noche. Tiene que ser que tú no quieres.» Gonzalito siempre había logrado evitar una respuesta directa acogiéndose a la metafísica. «En cualquier ligue, el descontento es siempre más real que el contento. No vale la pena la experiencia.» «Estás descontento porque no das golpe», le había acusado Vélez en una memorable ocasión. «Tendrías que currar, como todo el mundo. Así tendrías gana de irte a divertir y esparcirte un poco. Tendrías que currar. Y lo repito. Y no te guíes por mi caso. Soy especial en eso. Mi autorrealización, chato, es ociosa. Me basta con vivir. Pero a ti no.» Daba igual lo que dijera: quedaba relegado, como España, a una pura ingenuidad. El hecho de no haber logrado Vélez descubrir del todo su secreto, el hecho de que sus coqueteos con Gonzalo no hubieran pasado nunca de lo verbal y lo escénico (de lo permitido y lo público aunque tuviese lugar en privado), un hecho que revelaba, a juicio de Gonzalo, el escaso interés de Vélez en los asuntos eróticos (a Vélez todo, incluso eso, se le iba en conversación), quitaba a este toda mordiente y en última instancia, le invalidaba como interlocutor. En Londres, como en un sumidero, Gonzalo perdió todos sus semejantes.

Contemplando Gonzalo sus años londinenses desde la perspectiva de su habitación en la casa de sus padres, una perspectiva que la muerte de su padre le había impuesto, sintió crecer ante sí, como un personaje sin rostro, el asombro. Asombro ante la irrealidad apasionada de sus sentimientos que le habían conducido a la situación fantasmal en que ahora se encontraba. Aquella rareza de encerrarse en su habitación durante días y días sin apenas dar explicaciones, combinada con la insidiosa idea de humillación que la experiencia londinense implicaba, le habían aproximado violentamente a algo parecido al arrepentimiento. Se sentía abatido y harto de sí mismo; harto, en concreto, de su devoradora insatisfacción. Cualquier satisfacción concreta de sus deseos –y en el curso de los años Gonzalito había tenido bastantes que ahora rememoraba con una lucidez atormentadora– más bien que hacer olvidar las insatisfacciones anteriores, las traían en masa a la memoria, como un dato a la vez abstracto e individualizado, como un resumen siempre vivo, que condicionaba todas sus expectativas, enrareciéndolas. No había logrado despertar ningún afecto: se sentía mucho más inquieto sexualmente que nunca: no había hecho nada en absoluto. El erotismo se había convertido en un proyecto agotado, en casi una receta de la imposibilidad de disfrutar. Todo el último año en Londres había sido una monótona repetición de esta evidencia. Gonzalo se había descuidado mucho. Apenas se arreglaba o se bañaba. Tumbado en la cama pasaba horas o alternativamente, se pasaba las noches dando vueltas por la calle, preso del desasosiego. Regresar a España en estas condiciones era impensable. Solo pensarlo le humillaba. Y de la misma manera que al principio, en la exaltación de los primeros años, Gonzalito había creído poseer del todo la clave de su vida y ser capaz de contemplarla en un único acto de percepción inmanente, ahora se empeñaba en dar cuenta de su largo fracaso en un solo acto de conocimiento. Había creído que la felicidad ocuparía toda la conciencia de una vez; ahora creía que solo la ocupaba así la desventura. En ambos casos pretendía ser él mismo en acto toda su experiencia completa, lo cual es imposible. Una gigantesca impaciencia le ocupaba ahora como una sustancia pegajosa. Impaciencia consigo mismo que había reducido todos sus deseos sexuales a la necesidad de masturbarse. Impaciencia con los demás que aparecían siempre distantes y velados: los desconocidos ya solo fugazmente contenían un núcleo conocido. Impaciencia con los más próximos y sobre todo con María cuya sencilla realidad le agobiaba. A veces lamentaba no haberse integrado en los *ghettos,* no haberse hecho el tatuaje de su condición: haber errado como un fantasma cada vez menos amable por los parques oscurecidos, las estaciones, los cines, los retretes. Ahora solo masturbándose recuperaba la ilusión degradada de los cuerpos vivientes que había conocido. Sus imágenes no otorgaban nada, recibían todo su poder de los deseos de Gonzalo y se reducían a encarnar una y otra vez y otra vez hasta el delirio esos mismos deseos, cuya representación escénica constituían. El círculo de la irrealidad se había cerrado y su fruto real era la esperma degradada de sus pañuelos, sus calzoncillos, sábanas.

En esta situación Pelé se convirtió en una expectativa inmaculada; una expectativa confusa puesto que era preciso liberar al chico del contagio de la memoria irrealizante y una vez liberado parecía, a ojos de Gonzalito, no quedar apenas nada. Pero una expectativa precisa, a la vez, puesto que Pelé, que se prolongaba naturalmente en María y en una nueva vida comparable a la que había sido de Gonzalo antes de su viaje a Londres, Pelé era un ser real, individual y concreto y muy joven de quien cabía aún esperarlo todo. Gonzalito se sintió capaz de comportarse normalmente pensando en su sobrino y aprovechó la visita de Alfonso Vélez –una visita insignificante pero llamativa dentro del conjunto dramático de la situación– para bajar al comedor y reanudar la comunicación con su familia. María se alegraba ahora todo el tiempo.

Desde que vivían en casa de los abuelos, María y la abuela daban un paseo como de una hora antes de merendar por todo el jardín y por la huerta, sentándose en los bancos donde el abuelo se sentaba, hablando, según los días, poco o mucho y en general poco, porque desde que se murió el abuelo, la abuela no parecía la misma –ella que había sido tan charlatana y pizpireta, ahora se dejaba conducir casi en silencio por su hija, arrebujada en un jersey negro, o en un abrigo negro, calzada todo el día con los zapatos gruesos de la huerta, como si la muerte del abuelo hubiera vuelto el calzarse y los zapatitos elegantes de toda una vida una frivolidad insoportable–. Y María la comparaba sin querer al aña Rosi por su aire ido y por una cierta rigidez, como de mecanismo, al moverse. Solamente había mostrado una gran decisión al elegir, desde un principio, su lugar en la casa, el cuarto de huéspedes más pequeño, donde pasaba muchas horas. Aún venían a visitarla las amigas, pero María observó que las visitas se iban espaciando, como si la débil sonrisa de la abuela, al recibirlas y darles conversación, las intimidara. El hecho de que se dejara conducir por su hija y con frecuencia también por su nieto y, ahora que Gonzalo había recuperado la normalidad, por Gonzalo, no era muestra de debilidad física. Comía poco y gozaba de la salud de siempre. Era solo como un encogimiento que empezaba en los hombros y que impregnaba toda su persona de una especie de benevolencia indiferente. Solo las gracias de su nieto le hacían reír algunas veces. María se asomaba a aquel ensimismamiento de su madre como quien se asoma al hueco misterio de un pozo y sentía que sus observaciones, o las bromas de Pelé, eran como piedrecillas arrojadas desde el brocal que tardan mucho tiempo en encontrar el agua, la respuesta umbría. María confiaba que su madre no sufriera y procuraba tenerla al tanto de cuanto ocurría en la casa. Y observaba María con especial atención la relación entre la abuela y Gonzalito, quien solía sentarse un rato con ella en la terraza, antes del almuerzo. No hablaban gran cosa. Y si Pelé se sentaba con ellos –cosa que solía ocurrir– la abuela se dirigía casi exclusivamente a él. «La abuela se lleva estupendamente con el nieto», había comentado Gonzalito a María. «Mucho mejor de lo que nunca se llevó conmigo. ¡Hasta tengo un poco de pelusa, ya ves!» Este comentario había inquietado a María, quien había temido, en abstracto, algo así desde un principio. Con la normalidad, Gonzalito había recobrado una expresión un poco aniñada, una como oficiosidad que pecaba ligeramente de inoportuna. Se empeñaba, cuando estaban todos reunidos, en inquirir con insistencia si todos y cada uno de ellos se encontraba cómodo en su asiento, o si necesitaban alguna cosa, incluido Pelé, que contemplaba a su tío en esas ocasiones con un discreto asombro. Bastaba que Martín, por ejemplo, tratara de recordar una noticia o una frase leída en un periódico para que Gonzalo se levantara y se ofreciera a ir en busca del diario en cuestión. Lo de la pelusa –que María había tomado inmediatamente a broma– se manifestaba precisamente en estos detalles insignificantes de la convivencia. Daba la impresión a veces de que Gonzalo casi se proponía competir con su sobrino en punto a diligencia. Y Pelé que había sido un niño muy atento con las personas mayores, sintiendo confusamente esta competencia de su tío, se recostaba en su asiento como dándole la vez. Parecía deseoso de congraciarse con la familia. Deseo cuya sinceridad resultaba inverosímil, por virtud de aquella intensidad juvenil que a la edad de Gonzalo resultaba chocante. A María le recordaba la intensidad del viejo afecto y admiración que Gonzalito había sentido por Martín en los primeros años de casados y que ahora, al aparecer de nuevo, tenía una nota de afectación, como el comportamiento de alguien que trata de demostrar algo. Era como si Gonzalito pretendiese que le trataran lo mismo que a Pelé, con quien ahora jugaba con frecuencia en el jardín. Pelé, por cierto, había confiado a su madre que encontraba al tío Gonzalo un poco exagerado: encantador, desde luego: pero excesivo. Pelé no había utilizado estas expresiones. Más bien se había limitado a comparar a su tío con los profesores e instructores del colegio, de una edad parecida, que nunca, en ningún juego y ni siquiera en broma, se hubieran sometido voluntariamente a las gansadas a que se sometía con gusto Gonzalito. Al oír a su hijo, María había tenido la impresión de que Pelé echaba en falta una cierta dignidad, un último límite donde lo adulto y lo juvenil se separaban. Pelé había confesado haber llegado a sentir incluso, en algún momento, vergüenza ante el comportamiento de su tío. «¡Menos mal que estando solos él y yo daba lo mismo! ¡Yo no voy a ir contando a nadie lo que hace!» Y María, al insistir, había descubierto que Gonzalito lloraba sin motivo o pedía perdón por todo o lo pedía todo continuamente por favor, en una actitud que, empeñada en mantener la relación de igual a igual, deshacía bruscamente toda diferencia –incluso las obvias y legítimas– produciendo en el más joven bien una sensación de confusión, bien de superioridad. Y era precisamente esta última sensación lo que había alzado la discreta protesta de Pelé, un chico sencillo a quien incomodaban los falsos papeles. De hecho, Pelé, al confiar todo esto a su madre, había comparado el comportamiento del tío Gonzalo con el de la propia María en los tiempos en que María y Pelé jugaban sus juegos fantásticos y disparatados. Pelé había llegado a declarar que uno de los encantos de aquellos juegos y transformismos era el que su madre, incluso convertida en jefe indio o en boa constrictor, no dejaba nunca de ser más importante que Pelé, de tal suerte que jugar era en gran medida un imitarla y seguirla. Y tío Gonzalo se cansaba en los deportes. Pelé no sabía con seguridad si era cansancio o era aburrimiento; parecía, en cualquier caso, que dejaba de concentrarse y que si, por ejemplo, jugaban en una explanadita junto a la huerta, al fútbol y Gonzalo estaba de portero, se dejaba meter golpes estúpidos. Jugar así no tenía gracia. María explicó a su hijo que tenía que tener paciencia con su tío, hasta que este se repusiese del todo. Y entonces fue cuando Pelé contó que su tío le había dicho que había sufrido mucho en Londres.

María había entendido el fracaso de Londres sin que Gonzalo le contara nada. Había entendido, sobre todo, que la prueba a que Gonzalo había sometido sus deseos y sus afectos había resultado negativa. Esos deseos y afectos habían estado claros para María muy pronto en la vida. Desde la adolescencia de Gonzalo, María había entendido que su hermano no tendría nunca una relación amorosa con el sexo opuesto. Y había aceptado este hecho sin juzgarlo y sin preocuparse tampoco gran cosa por interpretarlo. Gonzalito era como era y su realidad, percibida por María como un absoluto, era válida por sí misma. María no creía que esa realidad pudiera o debiera modificarse desde fuera. Su comprensión de la realidad del hermano estaba hecha de entusiasmo mucho más que de compasión. ¡Había tanto que admirar en aquella personalidad vehemente y brillante, que sus limitaciones le parecían invisibles! María tenía que reconocer, sin embargo, que la experiencia londinense se le había ido de las manos. Gonzalito se había retirado a una profundidad taimada, donde no era posible llegar solo con el amor. El amor requería una cierta mansedumbre del amado, un dejarse querer y querer ser querido que había desaparecido de la personalidad de Gonzalito. Ahora se mostraba sumiso y confuso y demasiado servicial. Pero en esa sumisión no veía María una disposición abierta sino solo una variante –tal vez la más desconsoladora– del alejamiento. María pensaba que la disposición del amado tenía que ser alegre, confiada, acaso ciega, incluso un poco descarada al consistir el querer ser querido en un quererlo siempre por encima de sus propios méritos. Y Gonzalito había querido ser querido así antes de Londres. Ahora un torpe meritoriaje, que emulaba sin gracia las gracias de Pelé, había sustituido a la espontaneidad gozosa del amor. María se daba cuenta –creía darse cuenta con claridad inmensa– de que la única relación fácil con la familia que su hermano podía establecer, en las presentes circunstancias, era la relación con su sobrino. Con Pelé podía Gonzalo a la vez sentirse en familia y no sentir el excesivo o el ambiguo agobio del pasado. María creía que, una vez desechadas las maneras serviles del erróneo e innecesario deseo de congraciarse –cosa que la naturalidad de Pelé contribuiría a provocar en Gonzalito–, renacería por sí sola la confianza. En este sentido María consideraba sumamente significativo que la primera confesión de haber sufrido mucho en Londres hubiese ido a parar a los oídos del sobrino. María estaba convencida de que los insatisfechos deseos de afecto de su hermano, pese a las graves y complejas apariencias del desear de un adulto, contenían una esencial inmadurez: Gonzalito había sufrido en Londres como sufren los adolescentes, en incomprensión, inseguridad y soledad. Por eso era natural, pensaba María, que Gonzalo eligiese otro adolescente, casi un niño todavía, para declarar un sufrimiento que, siendo ya Gonzalo adulto, bien podía parecer grotesco o risible a los adultos por más que, en abstracto, le quisiesen. Y María consideraba en su corazón las muchas dificultades y reservas que Gonzalo hubiera tenido de intentar dar cuenta de su sufrimiento incluso a su propia hermana, cuyo amor tenía que constarle. Gonzalito no había confiado en ella ahora, como lo hacía en su niñez y juventud, precisamente para no evocar aquellos años y librar, no invocándolos, la inocencia de entonces de las dolorosas heridas presentes. María estaba persuadida de que una parte de los sufrimientos de Gonzalo, al menos, procedían del humillado amor propio, como cuando, de niño, al ir María a recogerle a la puerta del colegio se resistía Gonzalito a contar que había llorado en el recreo porque se habían reído de él los otros chicos. María no podía separar de la figura y comportamiento presentes de su hermano el gigantesco halo de los recuerdos infantiles que eran recuerdos de los dos y en cuya tenue trama, sumida en la profunda conciencia del pasado, María era siempre la hermanita mayor que cuida del pequeño. Y de aquellos sufrimientos de la inocencia a estos nuevos de la edad madura había un camino silencioso e invisible para todos los demás que María se sentía capaz de recorrer en un instante hasta llegar, como al jugar al escondite, a la cueva pequeña del corazón donde Gonzalito se había agazapado y de donde no sabía salir, asustado ahora al verse solo entre las salvajes rocas del fondo de la playa vacía, demasiado oculto en realidad para un simple juego, temiendo acaso no ser nunca jamás ya descubierto entre las peligrosas zarzas verde oscuro. Y en cierto modo el ser los dos adultos, Gonzalito y ella, y no obstante la grandiosa luz de la inocencia del pasado umbilical que los unía, impedía que ambos gatearan ahora entre las rocas y las zarzas y dentro de la cueva y que se abrazaran al encontrarse, ambos gimoteando, olvidados de que solo jugaban a esconderse porque se habían sentido ambos –y no solo Gonzalito– separados y perdidos para siempre en los peligrosos vericuetos de una realidad incomprensible. No podían gatear, ni podían abrazarse, ni podían llorar ya como dos niños asustados que juegan a las casas de fantasmas y de pronto oyen el ruido de una puerta que se abre y es la muerte. Solo Pelé estaba ahora en condiciones de gatear hasta la cueva y ayudar a regresar al tío Gonzalo. Que Gonzalo hubiera tenido la clarividencia de contar a Pelé que había sufrido demostraba, a ojos de María, que Gonzalo se hallaba de regreso. De lejos vio a Pelé y a Gonzalito jugando al fútbol en la explanadita de la huerta. Se oían bien claros los chupinazos y los botes del balón de reglamento en la tierra apisonada, los gritos alegres de los dos jugadores. ¿No era esa alegría como una parte transparente del aire, como el grito audaz de un ave valerosa que afirmaba, libre, la realidad del todopoderoso firmamento benevolente donde la mirada de María se exaltaba y perdía? María condujo a su madre lentamente hacia el improvisado campo de fútbol.

Martín recorrió un par de veces más el despacho del abuelo. Contra lo que él mismo creyó que sentiría, no había sentido ningún escrúpulo a la hora de ocuparlo, desmantelarlo y decorarlo de nuevo. Y el despacho, grande y convencional, del abuelo no había ofrecido ninguna resistencia. No contenía recuerdos que fueran apareciendo poco a poco, ni secretos, ni siquiera huellas demasiado visibles de su uso. Al parecer, el abuelo había usado muy poco aquel despacho, al que se accedía desde la sala por una puerta de cristales de doble hoja. Era una habitación confortable e impersonal, instalada probablemente para que hiciera juego con el gusto anglosajón del resto de la casa y que su propietario, más a gusto en compañía de su mujer que a solas, cada vez había ido usando menos. Los libros del abuelo –ediciones de obras completas de Aguilar, la colección de premios Planeta, los libros de derecho, unos cuantos volúmenes de anticuario, tal vez heredados– cedieron con facilidad el sitio a la gran masa de libros de filosofía de Martín, quien repartió los del abuelo en varias pequeñas librerías por rincones del salón y de la casa. Martín había aprovechado las librerías encristaladas hechas por Herraiz y un par de confortables sillones de cuero rojo. Había conservado en su lugar un Sorolla no muy bueno y un par de óleos de paisajistas españoles del XIX. Había retirado todos los adornos de porcelana, dejando solo el florero azul con flores frescas que María se encargaba personalmente de renovar cada dos o tres días. Un gran ventanal daba a la parte delantera del jardín y a la entrada de la casa. Martín llevaba recorriendo el despacho toda la mañana, sentándose y levantándose de los sillones y de su mesa de trabajo sin lograr concentrarse. El esfuerzo por concentrarse, de hecho, parecía incrementar la desconcentración en vez de reducirla, sumiendo a Martín en la irritabilidad. Martín había decidido terminar ya su larga –casi inmensa– novela de la vida interior. La obra –una vez preparada definitivamente para la edición– tendría unos quinientos folios, unas quinientas páginas, según el cálculo de Martín, que había procurado hacer coincidir folios manuscritos y páginas impresas. Solo faltaba el final, unos cien folios –que no acababan de salir–. El viaje al interior requería una apoteosis, tal vez la muerte del protagonista; siendo la muerte, en este caso, una fascinante clausura del para-sí. (Martín había releído con gran interés a Sartre durante todo el último año y se sentía capaz de proponer algunas radicales objeciones a la visión sartriana de la muerte.) Pero todo ello, el gran final, requería un estado de ánimo, una exaltada conjunción de sensibilidad, inteligencia y ganas de escribir, que Martín no tenía en aquel momento. Su ensimismamiento en los trabajos literarios se combinaba ahora con una atención a los avatares comerciales y sociales de esos trabajos que le traían a mal traer. De algún modo el largo viaje de su protagonista había agotado al autor que se sentía ahora perpetuamente impaciente, que no acertaba a trasladar a vida interior la vida exterior y que había visto transformarse todos los estímulos exteriores en insignificancias y obstáculos. Con los años, con los otros libros que había ido publicando entretanto, Martín había logrado un reconocimiento que no le distinguía lo bastante de sus otros colegas. Tal vez Martín no formulaba exactamente así el asunto, pero eso era en el fondo la verdad –una verdad insatisfactoria–. Todos ellos constituían un grupo reconocible de novelistas jóvenes –algunos no tan jóvenes– que la crítica elogiaba, cuyos libros se vendían sin dificultad y se traducían a otras lenguas. Era una gloria colectiva, un tanto opaca, cuyo resplandor a la vez estimulaba el apetito de renombre y lo cohibía o frustraba. Martín contaba con que su nuevo libro, su viejo relato, modificaría rápidamente aquel estado de cosas. Sin salir en realidad de su ensimismamiento, Martín se había dejado contagiar por la tortícolis de la vida literaria madrileña. Detenido ahora ante el ventanal del despacho, vio acercarse a la entrada del jardín y abrir la puerta a Pelé y Gonzalito. Salieron cerrando el portón tras ellos. ¡Aquel desagradable personaje, el Gonzalito, que había vuelto de Londres hecho un asco! La presencia de Gonzalo desazonaba a Martín. Hubo un tiempo –que Martín apenas recordaba ya– en que Gonzalito tenía encanto. Su inmadurez, con haber irritado siempre a Martín, tenía la frescura de lo que ocurre por casualidad. El mismo entusiasmo que su cuñado había sentido por él, había tenido una cierta gracia adolescente. Martín se daba cuenta ahora de que, aun no habiendo prestado gran atención al asunto en aquel entonces, la implicada estampa de una posible relación maestro-discípulo le había complacido. Era natural que de todo aquello no quedara nada ya. Pero no era natural y era irritante que el dichoso Gonzalito conservara su adolescencia en todo lo peor: en la pereza, en la falta de compromiso y, ahora que había engordado un poco, también en el aspecto; el aspecto revenido de un adolescente de treinta y tantos años. ¡Qué incomprensible resultaba María en ocasiones! La asociación de ideas era inevitable: los dos hermanos, tan parecidos, y María siempre apoyando al hermanito. Sin duda, Martín se había acostumbrado a esa situación con los años, el dulce modo de ser de María lo había facilitado todo. Y durante la ausencia de Gonzalo, Martín apenas había pensado en él. Ahora reaparecía con el rabo entre piernas, convertido en perpetuo acompañante de Pelé. Era absurdo. Que María, no obstante su delicada sensibilidad (acerca de la cual Martín no tenía dudas, aunque le resultara a veces demasiado simple), no advirtiera lo absurdo de aquella relación (que por fortuna terminaría al empezar el curso) no le cabía a Martín en la cabeza. Había intentado hacérselo ver a María y no había entendido su respuesta. Martín estaba contento con su hijo. Orgulloso de sus éxitos deportivos. Satisfecho, incluso, de la evidente distancia que ambos guardaban entre sí. Martín estaba persuadido de que Pelé había salido a él y que guardaba instintivamente con su padre la misma distancia respetuosa que Martín había mantenido con el suyo –a quien, por cierto, apenas recordaba–. La convicción de que su hijo era como él –a pesar de no parecerse físicamente a él– recubría toda la zona paternal de la conciencia de Martín como un airoso y engalanado palio. Bajo este palio caminaban los dos, padre e hijo, manteniendo unas graciosas relaciones de contigüidad reverencial. Esta idea complacía a Martín extraordinariamente. Y así llamar a Pelé al despacho en ocasiones señaladas –el despacho del abuelo había, por cierto, contribuido deliciosamente a que estas formalidades tuvieran un espacio propio y elegante que Martín acentuaba instalando a su hijo en una silla de alto respaldo, al otro lado de la mesa, e instalándose él mismo al frente de ella con un aire considerado y un poco distraído– hasta el hacer de estos llamamientos una rutina mensual, hacía imaginar a Martín que inculcaba en su hijo un sentido del protocolo y un gusto arcaizante por las maneras distinguidas. María le había tomado el pelo en alguna ocasión –cosa que había molestado a Martín, entusiasmado como estaba con su idea de una educación *no* sentimental del chico–, a Martín le parecía que aquellas reuniones especiales, tan distintas del cotidiano reunirse la familia a almorzar y a cenar, tenían por fuerza que inspirar en su hijo pensamientos universales y clásicos muy superiores a los inspirados por tanto Pelé, tanto fútbol y tantos sentimientos maternales como envolvían permanentemente al joven Martín. De aquí que la compañía del negligente tío Gonzalo con sus esfuerzos por «ponerse a la altura» de la juventud –una expresión y una actitud que Martín detestaba– le pareciera impropia y censurable. Prohibirla, sin embargo, le parecía ridículo. En última instancia, confiaba en el buen sentido de su hijo y en que, pasado el encanto de la novedad, fuera el propio Pelé quien abandonara a su tío. En aquel momento, Martín sacudió la cabeza de un lado a otro y abandonó la contemplación del jardín para instalarse en su mesa: la costumbre de dar vueltas a su propia subjetividad, en busca de nuevos matices para las indagaciones de su protagonista, le trajo la imagen combinada –y con una desacostumbrada vehemencia– de su mujer y de su hijo. ¿Era concebible que Pelé participara con su madre en las bromas acerca del protocolo paterno? ¿Estaba satisfecho Pelé de la relación con su padre? ¿Estaba María satisfecha de su relación con Martín? De alguna manera, esta segunda pregunta se impuso a todas las demás. Martín recordó ahora el visible temor de María ante el austero cuartito de la otra casa y cómo solía insistir en que Martín lo abandonara y se instalara en la sala del piso. Recordó cómo María había temido aquella fascinación de Martín por la irrealidad y la mirada oblicua, sin llegar a formularlo así, pero dándolo a entender bien claro. Martín seguía siendo el mismo, tal vez más el mismo que nunca ahora que con la muerte del abuelo y contra los cómicos escrúpulos de su juventud, se había convertido, gracias a María, en un rico heredero y en dueño de una espléndida finca en La Moraleja. Martín sonrió ante su identidad garantizada. ¿Le había defraudado María? ¿Había él defraudado a María? Martín pensó ahora, complacido, que también su matrimonio y no solo su obra literaria o su conciencia incesante garantizaba su perfecta identidad. María y él aún se amaban, si bien Martín reconocía que, tal vez por su culpa, les había faltado, sobre todo en los últimos años, una cierta intensidad. La cotidianeidad que su protagonista había buscado rehuir y la cotidianeidad de la vida de Martín eran una y la misma. Solo que Martín no había rehuido nada. Solo había logrado distanciarse un poco y contemplarlos a los dos, a María y a él mismo, a la distancia de la reflexión literaria. ¡Qué curioso que Virginia –¿qué sería de Virginia?– hubiera descubierto por sí sola esta diferencia mínima que separaba al matrimonio! Había sido maligno –ligeramente maligno, pensó Martín, como solo saben serlo las mujeres entre ellas–, y sin embargo certero, decir que María tenía identidad de «pelucona»: María era el valor-oro, el metro de platino iridiado que medía todos los otros metros, las irregularidades de todas las demás identidades y que podía, de puro inalterable, cansar un poco. El poco más o menos de todas las conciencias –excepto, tal vez, la de María– tenía un indiscutible atractivo literario. ¿No dependía, al fin y al cabo, la verosimilitud en cuanto recurso expresivo, de ese tántalo de la percepción, el poco más o menos? Martín recordó cómo Virginia le había declarado capaz de irrealidad: este era su secreto. Y Martín recordó ahora el secreto de la conversación con Virginia, aquel paseo por la Ciudad Universitaria, que los dos habían guardado de común acuerdo. Al llegar a este punto se decidió Martín a abrir las carpetas que contenían la novela de la interioridad y a leer sus folios. Con renovada satisfacción, como quien por fin se libra de un dolor de cabeza, Martín volvía a sentirse a gusto con su alma.

María había tomado el pelo a su marido en lo de las «recepciones» mensuales de Pelé en el despacho con la esperanza de alertarle acerca de la situación del chico. Una situación, sin duda, excelente que requería, sin embargo, cada vez más la presencia paterna. Era absurdo que Pelé no se beneficiase de un padre como Martín; tanto más absurdo cuanto que Martín podría beneficiarse a su vez de un hijo como Pelé. ¡Tal vez aquellas solemnidades fueran una vía original y correcta para que ambos se encontraran! Solo que Martín, a juicio de María, tenía que darse cuenta, siquiera de reojo, de la comicidad que las acompañaba. Si ambos, pensaba María, padre e hijo, tomaban parte en aquellas reuniones con toda seriedad y a la vez con una chispa de sentido del humor, podían acabar muy bien comprendiéndose y divirtiéndose juntos para mayor realidad y gloria de los dos. María siempre había deseado compartir con Martín la confianza que Pelé depositaba en ella. Ahora, con el comienzo de la adolescencia, parecía haber llegado el momento oportuno. No había nada esencialmente imposible en Martín, ni siquiera sus murrias literarias. Por mucho que se alejara y distrajera, Martín siempre volvía; siempre habían vuelto a encontrarse María y Martín en un abrazo. Pero las bromas de María acerca de aquellas «recepciones» habían tenido también, para María, otro aspecto, y este preocupante: mediante las bromas y el cómico subrayado de la palabra «recepción» y de la expresión «visita oficial» o «conversación de alto nivel», María pretendía, muy conscientemente, disimular el hecho de que Pelé detestaba tales reuniones, un hecho que solo servía para poner de manifiesto el otro, aún más profundo, de la aversión que sentía por su padre. Era una desconfianza que era o estaba a punto de convertirse en aversión, en la medida en que durante el último año y medio Pelé se había visto obligado no solo a evitar pasivamente a su padre, como durante la niñez, sino a pretender, con actos positivos, que le entendía y le estimaba. Pelé se sentía hipócrita y condenado, además, a esa hipocresía de por vida (puesto que a la edad de Pelé las cosas adquieren una predisposición a parecer eternas). María estaba minuciosamente al tanto de esta situación que su hijo le había ido exponiendo, de diferentes modos, con diferentes grados de claridad y estado de ánimo, a partir del instante en que Martín *se fijó* en su hijo. «¡Es eso lo que pasa, que ahora se ha fijado en mí como un profesor o como un cura que a mitad de curso se da cuenta que existes y ya te j... hasta el final!», había declarado Pelé furioso, dejándose el taco entre los dientes. Y no había habido nada en los razonamientos y en los intentos de persuasión de su madre capaz de hacer cambiar de idea a Pelé. Aquel mismo corazón de la niñez y de los juegos en el jardín de los abuelos que ahora en la juventud con facilidad se dilataba para latir con el de su madre o el de sus amigos o con los extraños sufrimientos nunca mencionados en detalle del tío Gonzalo en Londres, se replegaba, achicado y duro, ante la figura de un padre revirado y escritor y siempre en casa y siempre aparte que jamás le había llevado a cuchos. Pelé había reconocido ante su madre lo malo y lo probablemente injusto de semejante sentimiento que, sin embargo, se repetía una y otra vez inalterado. Pelé no podía sentir ternura por su padre y el reconocerlo así solo agrandaba su sentimiento de culpabilidad en esta materia. Le repelía el contacto de aquellas manos morenas y huesudas, y el aire ascético que Martín había conservado en su madurez le recordaba a Pelé el de los peores curas del colegio, los que no hacían deporte y predicaban a gritos. María había intentado que Pelé viera el lado creador de Martín, su capacidad de invención de nuevas realidades y de mundos imaginarios que enriquecían el real, lo mismo que los juegos de ellos dos a ser leopardos e indios y exploradores del océano glaciar antártico había enriquecido la realidad cuando Pelé era más pequeño. Pero Pelé rechazaba indignado aquella comparación como una involuntaria blasfemia de su madre. «¡Eso sí que no lo aguanto, que compares lo nuestro con lo suyo, esas mierdas que escribe!» Pelé, tan razonable y dulce en todo, era implacable en esto, y lo más que María había conseguido, aprovechándose un poquito del sentimiento de culpabilidad de Pelé y de su buen corazón, era que concediese a su padre algo de tiempo –una especie de «oportunidad» como piden los maletillas para llegar a ser toreros– y que tomase con cierto sentido del humor las formalidades paternas recordando siempre que, en el fondo, su padre tenía mucho de tímido. Esto de la timidez de Martín –en lo cual la propia María no creía demasiado– había sido un recurso, casi un truco, de María para cambiar favorablemente la luz de las escenas entre padre e hijo. Pelé, que no era nada tímido, se compadecía con frecuencia de la timidez de sus compañeros y solía prestarles atención especial si la sufrían: María casi había logrado hacer ver a Pelé que una parte de la rigidez de Martín procedía de una timidez muy honda combinada con orgullo. No había sido un éxito completo pero había sido un claro lenitivo: Pelé había salido de las últimas «recepciones» hablando de las dificultades de su padre para expresarse en términos corrientes y molientes, cosa que cabía atribuir, ya según Pelé, a una extraña timidez de fondo, combinada con no saber nada de fútbol y una barbaridad de orgullo encima. María se había reído ante este análisis de Pelé y Pelé también, por primera vez quizá en su vida, hablando de su padre. E incluso últimamente María y Pelé hablaban de Martín con más tranquilidad y mucha menos crispación por parte del chico, que había intercalado en la conversación varias veces ya la idea de que los escritores son, por regla general, muy tímidos. A esto solía añadir Pelé que todo el mundo, escritores y no escritores por igual, saldría ganando si con entera independencia de la habilidad y de la edad procurase cada cual jugar un partidito amistoso con los colegas una vez, por lo menos, por semana. María había asentido a esta sugerencia de todo corazón y había en secreto confiado que quizá más adelante con la abuela y la doncella de la abuela a título de público podría llegar a jugar toda la casa con Gonzalito y Martín y el refuerzo del jardinero y del chófer y ella misma un buen partido de fútbol semanal en la explanadita de la huerta, que podrían mandarse hacer a un carpintero porterías reglamentarias. Y había estado a punto de contar toda esta fantasía a Martín en el rato de conversación en la cama antes de dormirse. ¡Tal vez Martín vería, con su sensibilidad de escritor y de poeta en prosa y de filósofo, el auténtico humor inglés de todo aquello! Y hubiera acabado por hacerlo de no haber Virginia telefoneado un buen día a primera hora de la mañana desde Barajas diciendo que Waitzenbecker y ella se habían separado y que si María podía recibirla de inmediato porque acababa de llegar a Madrid en aquel momento completamente desesperada.

Llevaban ya una hora hablando sentadas en la cama del dormitorio de María, que era ahora el gran dormitorio que había sido de los abuelos y María no acababa de descubrir por ningún sitio, a Dios gracias, la desesperación que Virginia había anunciado. El estado de ánimo de Virginia recordaba más bien una llanura –tal vez la de la Pampa– donde todo, hasta lo más intolerable, tenía su explicación hasta llegar a la explicación que Virginia rechazaba –la crisis había sido, por lo visto, copiosamente verbal, velado el fundamento de la crisis, la infidelidad de Waitzenbecker, por una mezcla de dimes y diretes y el honor de Virginia y el de España y la colonia española en Buenos Aires–. En este punto María, que no veía la relación, había perdido un poco el hilo. Tal vez la desesperación, pensó María, adopte la apariencia de llanura, con *call-girls* porteñas, grandes días de asados y bifes de chorizo y el honor de España y de Virginia y los viajes a Nueva York y los modelos exclusivos para cocktail, todo en una pieza; pero más bien que desesperación parecía malhumor y aburrimiento... La desesperación, tal vez, de sentirse aburrida. Virginia, en cualquier caso, contaba y no acababa de cómo una noche, ya de madrugada, llamó la querida por teléfono en pleno ataque de apendicitis y Virginia dijo «basta». María había, por cierto, soltado la carcajada en varias ocasiones. Y Virginia, al oírla, muy como antiguamente, y evocando incluso de pasada escenas cómicas de la juventud de las dos, había recobrado su antigua buena forma y su mordiente hasta el punto de causar a ratos la impresión de que casi era una gloria que el malvado Waitzenbecker mantuviera un *love-nest* en lo mejorcito de Palermo y mintiese como un bellaco. María pensó que seguramente la procesión iría por dentro y que, pasada la euforia del primer recuento y del reencuentro, aparecería la auténtica desesperación –o lo que fuese– y Virginia entraría en barrena. Por eso la invitó a quedarse en casa todo el tiempo que fuese necesario. Virginia aceptó la invitación agradecida y ya allí mismo, arrastrando la misma maleta de recién casada según Virginia anunció entre empujón y empujón, se trasladaron las dos amigas al cuarto de huéspedes grande –que tenía su propio baño– y comenzaron a deshacer la maleta de donde emergió lo primero –y casi fue lo único en emerger– un elegante traje de cuero color cuero, con los zapatos y el bolso haciendo juego, que Virginia se puso para mostrar a María que en punto a la figura y lo esbelto era la misma de antes, un traje que se le ceñía mucho al cuerpo, modelándole todo el esqueleto y que le iba de primera, como afirmó María encantada de ver que Virginia lograba distraerse y anunciaba que bajaría a almorzar con toda la familia.

Desde su puesto en el comedor, que era la cabecera de la mesa frente a Martín que ocupaba el extremo opuesto y que tenía a la abuela a su derecha y a Virginia a la izquierda, María observó a sus cinco comensales. Pelé era el último que se servía las judías verdes rehogadas y los tomates al horno. Todos los demás habían empezado ya a comer. Y la conversación, que Virginia había animado un tanto a saltos hasta la fecha, había cedido un poco. María aprovechó la ocasión para anunciar que Virginia iba a quedarse a pasar una temporada en casa. «Vamos a ser como un colegio», murmuró Pelé mirando a su tío. «El estudio será en la sala por las tardes de siete a nueve», añadió Gonzalito. «¡Y yo seré la madre superiora!», exclamó Virginia. «Y la abuela la profesora de gimnasia, ¿verdad, abuela?» Pelé se había vuelto cariñosamente hacia su abuela para ver si le reía la gracia. La abuela sonreía, en efecto. Y contestó con bastante salero: «A mí, dejarme. Yo seré la niña que siempre está en la enfermería y se acuesta temprano.» «Igual que el Moncho, uno de mi clase, que se acuestan a las ocho todos los hermanos porque su padre es naturista y viven con el sol.» «En Argentina la naturaleza se ha puesto muy de moda últimamente, ya nadie quiere comer carne, ahora es todo a base de zanahorias crudas y ensaladas macrobióticas», aportó Virginia. «¿Qué son ensaladas macrobióticas?», quiso saber Pelé. «Macrobiótica», definió Martín, «es el arte de vivir muchos años.» «¿Solo con ensaladas?», comentó Pelé, «¡jo qué vida, macho!» María pensó que era una escena encantadora tener reunidos en una misma mesa a todos los que amaba hablando de la alimentación macrobiótica. ¡Qué poco hacía falta para que la realidad se volviera comprensible y tranquila! Virginia, que había bajado en el último momento, había hecho una gran entrada con su falda de cuero color cuero, tan ceñida y una elegante blusa azul de seda. La verdad es que la realidad patas arriba de Virginia no resultaba precisamente tranquilizadora y comprensible. María se sintió de pronto culpable de una cierta frivolidad: aquel haberse dejado encantar de hacía un momento por la superficie dichosa de un almuerzo en familia. Era verdad que tenía que vigilarse esa tendencia, cada vez más pronunciada con los años, de detenerse entusiasmada en el instante feliz, en la coherencia y plenitud aparente de lo real, en la belleza instantánea del macizo de petunias blancas o de un chopo verde, altísimo, tintineando en el aire. «De los árboles vengo, madre», pensó María. «De ver cómo los menea el aire.» María consideraba estas dos líneas de una inmensa belleza que reflejaba sus propios entusiasmos repentinos ante la exactitud gloriosa del mundo. Reconocía, sin embargo, lo inexacto del mundo como el dato más frecuente, incluso en una vida como la suya cruzada de un extremo a otro desde la niñez hasta la fecha por el sentimiento de hallarse adecuadamente insertada en la totalidad del ser real. Todas las aperturas comenzaban ahí, todas las resoluciones de su vida resuelta se fundaban en esa gran confianza que en ocasiones como esta, al ver a todos juntos, giraban plateadas sobre sí mismas como el repentino lomo de los peces en la dársena, altas como la voz inagotable de una gran soprano explicándolo todo, haciendo fértil y fácil la paciencia cotidiana. Pero había que tener cuidado con no emborronar, en aras de esos privilegiados instantes, las dificultades reales que acechaban a todos sus seres queridos y a ella misma, la realidad incluía siempre la dificultad en su grandeza. Pelé se había servido por segunda vez todas las judías que quedaban en la fuente. La doncella cambiaba ya los platos. Martín hablaba animadamente con Virginia, la abuela hablaba con Pelé. Gonzalito bebía a sorbos el agua de su vaso. Era una pausa, por lo menos. Y María se sintió profundamente agradecida.

El aspecto de Gonzalo había sorprendido muchísimo a Virginia, ¡más que sorpresa, aquello era un escándalo! Rarísimo. Muy raro. Virginia recordaba al Gonzalito de la mañana grisazul de su –ahora lo veía– precipitada boda con Rómulo Leonardo Waitzenbecker. No había pensado mucho en él, esa era la verdad. En él, por él, casi nada. Pero había pensado mucho en él como una parte de la gente de Madrid, su gente, los suyos, suyos y de María: Virginia había pensado en Gonzalito como en una especie de resumen de todos los chicos de la patria. Cosa patriótica. Y siempre se acordaba de un Gonzalo igual: el Gonzalito alto guapo y rubio, el colorido de la piel de cuyas manos era de memoria dorado-tostado. La memoria de Virginia, puesta a todo gas en Buenos Aires, había concedido indulgencia plenaria a todo el mundo: todo lo español brillaba mucho. Y así, cuando hablaba de Madrid y de María –y hablaba de eso con frecuencia, con objeto de deslumbrar a las borrachas psicóticas del club, que le constaba que la llamaban a ella, a sus espaldas, siempre «la gallega»– añadía por principio lo de que Gonzalito era muy guapo. Decir «te advierto que es guapísimo», era equivalente a decir «grande de España» o «multimillonario». Era muy satisfactorio poder decirlo y que fuera, en realidad, verdad. Mirando al Gonzalito del presente, feo y descolorido, como con caspa, Virginia recordó con cuánto orgullo hablaba en Buenos Aires de la belleza del hermano de su íntima amiga. Esa característica había servido, de palabra al menos, de frontera que separaba de raíz los españoles amigos-amigos y los otros españoles, los no-guapos, amontonados en el exterior y en la tiniebla de no gozar de su amistad. Virginia ponderaba el talento de Martín, el próximo premio Nobel español, la gracia de María, la gran belleza de Gonzalo. Era fascinante que los hombres fueran guapos –fascinación esta que, en la conciencia de Virginia, se producía con total independencia de las ponderaciones calculadas para fastidiar a las psiquiatrizadas argentinas–. Fascinante: porque, a ojos de Virginia, no parecía que lo fueran –bellos– por derecho propio. Narcisos bellos por añadidura, por malicias, por contagio, de rebote a partir de las mujeres: la belleza era una reserva de mujer. El hombre y el oso. ¡Qué bello *beautiful* empleado para chico! ¡Y mejor dicho en inglés, que tampoco se dice, solo los mariquitas! Decir *beautiful* era rozarles del fugaz opuesto. Y Virginia –cuya propia sexualidad era confusa y espinosa– se decía a sí misma con frecuencia (se lo decía, de hecho, a todo el mundo: era uno de sus temas de conversación, a consecuencia de lo cual en ciertos exclusivos clubs de Buenos Aires se consideraba que Virginia era una ninfómana represa): no hay nada más dulce que una cara de chaval acabado de afeitar. Era un abstracto emocional. Era una imagen irreal. Y era una imagen que se le había quedado en la memoria cruzando la cara recordada del hermano de María con las caras de todos los chicos que veía, más o menos de esa edad. De refilón, ya desde el primer día, durante todo aquel primer almuerzo, Virginia hizo un estudio minucioso: feo, afeado: no había otra manera de decirlo. Eran las facciones armoniosas de María y de su padre y de su madre, era el mismo pelo rubio, eran las mismas elegantes manos anchas con las previamente hermosas uñas: todo igual: deslucido: todo el encanto desaparecido: desangrado: mate la piel, inmóviles facciones mortalincas. ¡El nene, en cambio, era otra cosa! ¡Ese sí que sí! ¡Pero muchísimo! A ojos de Virginia resplandecía Pelé como las hojas tiernas de los árboles. En cambio Gonzalito, incluso de lejos, incluso de refilón e inclusive casi sin mirarle, parecía oler mal, olor a calle, a lana, a metro de Madrid, a pobre repentino y agresivo, olor a miseria. En cambio Pelé, olfateable: un frondoso jardín después de la lluvia. Cosa muy fina. Y Gonzalito, por consiguiente, era un traidor que no había sabido conservarse correlativo con su imagen recordada. ¡Toda una meditación!, pensaba Virginia.

Se instalaron todos a tomar café en la sala. Virginia hizo todo lo posible por sentarse cerca de Pelé, o justo enfrente. Entonces se dio cuenta de que también Gonzalito, el exguapo, hacía lo mismo: Gonzalito también hacía todo lo posible por acercarse a su sobrino. Sin fijarse en nada de esto, Pelé se sentó en el brazo del sillón de la abuela, con el propio brazo por encima del respaldo, y dando conversación así a la coronilla de la anciana, quien echaba ligeramente la cabeza hacia atrás para poder ver la carita del nieto como flotando en las alturas, enmarcada por el cielo raso. Virginia observó que, a consecuencia de la imprevisible selección de acomodo de Pelé, Gonzalito había tenido que conformarse con aproximar una silla a la butaca de su madre, un arreglo a todas luces provisional y a juicio de Virginia nada cómodo. María servía el café en una esquina del sofá situado a lo largo de una mesa baja de caoba. Martín se había sentado a la izquierda de su mujer, en el centro del sofá y Virginia terminó sentándose, la última, a la izquierda de Martín en la otra esquina. De suerte, que los seis ocupantes de la sala habían acabado distribuyéndose en dos grupos netamente diferenciados. Y Virginia pensó que era curioso que dentro de un grupo tan pequeño pudieran distinguirse movimientos de población tan singulares y marcados. Y observó asimismo que una vez establecidos estos dos grupos solo se comunicaban entre sí por virtud de la acción combinada de María sirviendo las tazas y de Pelé repartiéndolas, al principio, y después, durante toda la tertulia no muy viva que duró una media hora, solo a través del incomprensible diálogo de miradas y frases sueltas y sonrisas que intercambiaban madre e hijo. En este intercambio se incluía la abuela como en gesto: el nieto parecía sostenerla en el aéreo semicírculo de sus brazos desde arriba y María recibirla en la tierra dentro de la misma línea horizontal de los sillones que ambas mujeres ocupaban. De esta relación que a Virginia le recordó una composición pictórica eclesiástica del XVII español, quedaba excluido Gonzalito, el nuevo feo, que no abrió la boca en todo el rato y que se revolvía en su silla, ora apoyando los codos en las rodillas y hundiendo la cara entre las manos, gesto que confería a sus facciones desleídas una catadura chinesca y triangular, ora cruzando con frescura una pierna sobre la otra y pasando el brazo, ladeado el cuerpo, por la parte superior del respaldo de su silla con un aire impertinente de impaciencia. Virginia decidió que el nuevo Gonzalito no le gustaba un pelo. La abuela fue la primera en levantarse. Y Pelé se deslizó en el hueco libre. Virginia pensó indignada y detalladamente: ahora el ganso de Gonzalo se instalará en el brazo del sillón. Y así fue. Virginia soltó una carcajada que sobresaltó desagradablemente a todos, una carcajada breve y ácida, carente de alegría. «¡Me río porque me acabo de acordar que Waitzenbecker, el muy ganso, tenía la costumbre de sentarse siempre en el brazo del sillón de la mujer más guapa allí presente, valiente majadero!» También Martín se iba ya. María se había recostado en el sofá y parecía dispuesta a prolongar la reunión a causa de Virginia. Virginia tenía ganas de charlar y ganas de que la reunión se prolongara. Gonzalito hablaba bajo con Pelé. Virginia los interrumpió con la más incisivamente dulce de sus entonaciones: «Y tienes, Pelé, pibe, que contarme todo lo del fútbol que tu padre ya me ha dicho que estás hecho un campeón, a ver si voy a verte cómo juegas, que me encantas tan espigadito y tan fuerte, porque está fuertísimo, María, este chico tuyo, bárbaro de guapo que no vas a dejar niña con cabeza, siéntate aquí conmigo y con tu madre, ya tendrás doscientas niñas locas, ¿a que sí?» Pelé se puso de pie, estirándose al hacerlo las perneras del vaquero con un airecillo chulín que le sentaba bien y no restaba encanto a sus maneras habitualmente confiadas y sencillas. Gonzalito se levantó y dio, indeciso, una vuelta por la sala. «¡No te vayas Gonzalo que nos quedamos charlando aquí los cuatro!», exclamó María inmediatamente. Virginia y Pelé hablaban a la vez del River Plate: Pelé quería saber si Virginia conocía a los jugadores. Gonzalito se sentó en el sillón que Pelé y la abuela habían ocupado. María hablaba con la doncella que acababa de entrar a retirar el juego de café. Mientras charlaba con Pelé de fútbol, Virginia pensó que un gesto amargo, sin gesticulante reconocible, ensombrecía la confortable sala.

Transcurrían los días como los peces de un gigantesco acuario soleado que era todo el jardín con la acampanada bóveda celeste clausurando el paraíso terrenal que se había vuelto la casa de los abuelos en La Moraleja, ahora que todos reunidos dormían o reposaban en sus celdas o iban y venían por una casa transparente o traslúcida y palpitante en el aire ambarino del cercano otoño que se llevaría a Pelé y a Gonzalito al colegio y a un nuevo piso respectivamente y que, so pretexto de la desesperación ocasionada por el malvado Waitzenbecker, retenía a Virginia enfervorizada y múltiple y a Martín súbitamente desvelado, sonrisueño y perplejo y a María feliz al contemplar a todos bajo la luz melada y poderosa de aquel instante de finales del verano que se prolongaba y parecía derramarse y brotar a un mismo tiempo como un gigantesco manadero, sumando y consumando todos los pasados tiempos de las vidas de todos y ella misma en un majestuosamente simple acto de amor y de presencia. María pensaba que si ella, María, tenía la paciencia de esperar a que el peso de toda esta felicidad y prolongado instante se cumpliera en todo su perfecto acabamiento, el futuro se volvería reconocible y manso y todo lo que hubiera podido ser diferente y maligno en las vidas de todos sería fiel a lo que podía ser y estaba siendo ya un poco ante sus ojos como para siempre. Embebida en la dicha transparente de su amor que se multiplicaba en atenciones a las tareas que imponía una casa grande con dos huéspedes todo el santo día en casa, no veía que el gran jardín de los abuelos solo para Pelé y para ella era aún el mismo jardín de la niñez y de la tranquila aparición y reaparición de los misterios santos. Tal vez también la abuela en su recogimiento –un poco demasiado parecido a veces a un simple encogimiento– veía lo mismo. Pero Gonzalo, Virginia y Martín veían otras cosas y se sentían, cada cual por su lado de momento, intercambiando relampagueantes señales entre sí como en la turbia noche del océano, electrizados e internados en un jardín de las delicias donde el placer y el dolor, lo conforme y lo deforme brotaban a la vez, como achispados. Virginia tenía la sensación de hallarse permanentemente entre dos luces, con una o dos copas de más, no obstante pasarse el día a tés y no probar el excelente vino del abuelo en las comidas y como en una competición constante por demostrar a los demás y convencerse a sí misma que podía caminar por el bordillo de una acera a paso largo sin perder el equilibrio ni una sola vez. Se sentía conductor suicida que circula por un carril opuesto a todos los demás y divina pastora de las almas, todo en uno. Era como estar con el anís y examinar con lupa las conciencias. Desde que llegó a Madrid, desde el primer almuerzo en casa de María, Virginia estaba al tanto de las almas. Una dedicación que, contra lo que pudiera suponerse, envolvía innumerables ajetreos físicos y una considerable dosis de observación empírica. Virginia sentía a veces que le faltaban ojos en la cara para observarlo todo bien. El mal aspecto de Gonzalo y sus maniobras a la hora del café, por poner solo un ejemplo, maniobras que se habían repetido y coloreado intensamente con otros pensamientos de Virginia y con otros y variados incidentes que se ajustaban a la inicial hipótesis de trabajo, habían decidido a Virginia a hablar de Gonzalito con Martín. Precisamente con Martín y no con María, contra lo que parecía lo natural entre dos amigas de tantísimos años, porque, se quisiera o no, María era la hermana y podía resultar un tanto delicado. Y podía, además, resultar soso –lo cual, en la ciencia experimental más avanzada, es una cualidad estética negativa que invalida ciertas demostraciones y modelos matemáticos para hacer ver con claridad lo que ha de demostrarse–. De momento, Virginia transportaba su hipótesis como una cesta repleta de sardinas instalada en lo alto de la cabeza que le obligaba a caminar con mucho garbo y flexibilidad para que la resbaladiza pesca no se resbalase. Independientemente de este asunto, Virginia había ofrecido a su amiga un resumen de su separación con amplios intercalados hermenéuticos y bastante *pathos.* María había dado la impresión, pobre criatura, de no entender aquello bien, ni el motivo último y real del arrebato que trasladó a Virginia en doce horas y sin previo aviso de Buenos Aires a Madrid, ni los auténticos sentimientos de Virginia, ni los de Rómulo Leonardo Waitzenbecker, al respecto. Pero María –como Virginia tuvo ocasión de comprobar y recordar encantada– era sumamente fácil de tratar y de tranquilizar invocando apasionadamente el corazón. María era todo corazón. Siempre lo había sido y seguía siéndolo ahora, incluso más que nunca. El corazón era una metáfora y una víscera que había acabado por aburrir a Virginia mortalmente. ¡Waitzenbecker también era propenso a echarle al corazón toda su labia y mira cómo había acabado todo! En sus explicaciones a María, Virginia había procurado ser minuciosa y seria y parecerlo; había, ciertamente, dedicado tres días seguidos al asunto, los tres primeros días, divididos en sesiones de mañana, tarde y noche, e incluso después, y ya a sus anchas en el recién descubierto jardín de las delicias, aún intercalaba, en apartes especiales de ellas dos, fragmentos complementarios y remordimientos y reproches y dudas acerca de su dramática decisión de abandonar en Buenos Aires al adúltero; todo ello a la vez en serio y puesto en suspensión entre paréntesis, como si en los sentimientos y pensamientos enunciados en los relatos compuestos a beneficio de María se contuviese de verdad lo que Virginia sentía y opinaba –y entre estas cosas, sin duda, se hallaba en primer término el sincero y profundo afecto que Virginia sentía por María– solo que como si todo fuese un caudal a buen recaudo (con María en el papel de caja fuerte y consejera delegada vitalicia del banco de su espíritu) que no valía la pena malgastar en las minucias de la vida cotidiana, donde una cierta dosis de mala intención y de jaleo y egoísmo están más a la orden del día. De aquí que Virginia no fuese insincera con María, sino solo reservada o suspendida, como una conciencia en estado metaestable. El corazón de Virginia –por hablar una vez más del corazón– no estaba ni en su separación, ni en su vida anterior, ni en Buenos Aires, sino de hoz y coz en plena casa de María, inmerso en la fascinación presente de lo que ahora estaba sucediendo y en lo que a partir de ahora había de ocurrir. Y para no dar al destino más tiempo del estrictamente indispensable, Virginia decidió interpelar a Martín en su cubil, dando por sentado que ese era el lugar más discreto de la casa. Y así una mañana muy a finales de septiembre, embutida en su falda de cuero y luciendo otra blusa de seda, estampada esta vez, un penetrante juego de tonos otoñales que realzaban el color tostado que había adquirido su piel solo con bajarse unos cuantos días con Pelé a la piscina, llamó a la puerta del despacho del abuelo y Martín la condujo hasta el sillón de cuero rojo, ocupando él el otro, donde Virginia de aquel momento en adelante iba a sentirse perfectamente hallada. Martín estaba guapo con jersey –igual que en aquel entonces–. Virginia recordó al sentarse cuantísimo le imponía años atrás el tecleo de la máquina de Martín en el cuartito del piso y la presencia austera toda de Martín cerrado en aquel cuarto escribiendo novelas. ¡Cómo pasa el tiempo! ¡Y cuánto cambia una mujer con la vida! Martín se apresuró a asegurar que Virginia no había cambiado nada. Y la verdad era que Martín tampoco había cambiado. Virginia no llegó a decírselo y el reservarse esa noticia actuó como una catapulta que proyectó la conversación por todo lo alto. Mientras Martín pontificaba sobre la disolución de la subjetividad y la ausencia contemporánea de grandes pensadores subjetivos, Virginia recorría con un dedo mental de hermosa uña pulimentada y tierna yema sensitiva el perfil acendrado de Martín, lamido por la estricta luz de la mañana de septiembre, tallado el mentón firme de su barba azul con tiralíneas. Una cabeza embriagadoramente masculina. Virginia hubiera dado media vida por alargar el dedo de su espíritu y acariciarle la barbilla deliciosa. La castidad tenía a su favor, en este caso, que animaba la conversación. Virginia se distrajo varias veces –y Martín tuvo que repetir lo que decía– meditando que entre tocar y no tocar una barbilla fascinante hay un abismo milimétrico que la civilización rellena con palabras. Transcurrió así una media hora sin que Virginia recordase qué es lo que había venido a declarar. Tenía la vaga idea de que había venido a este despacho para facilitar el curso del destino comentando con Martín algo esencial relativo a todos ellos. Pero ¿qué era? Era, era... Virginia lo recordó por fin con un respingo involuntario y aprovechó una pausa de Martín para decir: «Martín, por cierto, ¿no te parece que Gonzalo está hecho un raro?» Martín tardó un poco en contestar y Virginia temió haber malentendido el significado de la pausa, que tal vez era retórica y destinada a reforzar la frase precedente con un súbito silencio. Ahora Martín hacía otra pausa con la mirada fija en el amplio ventanal. ¿Sería por culpa de Virginia? ¿Sería una pausa furibunda? Resultó ser una pausa reflexiva que dio lugar a una tajante respuesta de Martín: «Yo le encuentro impresentable. No sé qué anduvo haciendo en Londres. Pero ha vuelto hecho un vago. En fin, son cosas de María.» Virginia no cabía en sí de gozo. Coincidir con Martín en abstracciones no tenía al fin y al cabo demasiada gracia. Lo bueno era una coincidencia como esta, cargada de concreción y de sentido. «Yo lo estaba pensando el otro día, con lo guapo que era, yo le veo fané y descangallao. La piel se le ha quedado como mustia, ¿no encuentras?» «Encuentro lo mismo que he encontrado siempre, que le han maleducado desde niño. La pobre María tiene en todo ello un poquito de culpa –sin tenerla–. Tendría que trabajar...» «Estoy de acuerdo», declaró Virginia voluptuosamente, no pudiendo evitar que el mero pensamiento de que Gonzalito trabajara añadiera a la otoñal molicie de la escena un fino dramatismo. «Pues yo encuentro, Martín, que Gonzalito tiene un problema metafísico...» «¿Gonzalito? No lo creo. Lo suyo es un problema pedagógico. Cuando le conocí ya lo tenía y lo lleva arrastrando desde entonces.» «Mi hipótesis», enunció Virginia con un tono a la vez docto y casual, «mi hipótesis es que añora la juventud perdida. Por eso anda siempre con Pelé...» «Sí. Y no creas que me hace mucha gracia. Menos mal que las vacaciones se terminan y Gonzalo, por lo visto, se va a un piso. ¡Mira por dónde, dinero no le falta!» «Yo insisto en que Gonzalo persigue en Pelé al compañero de farra, parecido a él y que ahora ostenta la gloria de su perdida juventud.» «Pelé no se parece a Gonzalito en nada. Se parece mucho más a mí que a la familia de su madre.» «¡Estoy de acuerdo!», declaró Virginia muy deprisa. El tono de Martín había sido fulminante. ¡Qué delicia de hombre! «¿Por qué, Martín, no hablamos de nosotros? La última vez que nos vimos, ¿lo recuerdas?

hablamos todo el tiempo de María... Me encanta hablar contigo. Me tranquilizas, no sé cómo. No sé cómo decirlo. Los escritores tenéis el poder de lo real, una especie de fuerza como cósmica y a la vez seductora como si cuchicheaseis al hablar...» «Tú también eres seductora, Virginia. Has vuelto diferente. Me he estado fijando en ti estos días....» Virginia se levantó de su sillón y dio una media vuelta por el despacho con pasitos de un medio pasodoble. ¡Cuantísimo había cambiado Martín! ¡Qué maravilla!

Virginia dejó a Martín transfigurada. Martín transfigurado y ella igual. Los dos transfigurados. Trasladados a la nueva figura de los dos, que cada cual se figuraba al otro igual a sí –con la agravante cósmica de no poder todavía estar seguros, ninguno de los dos, de que lo que se figuraba cada cual del otro era lo mismo que cada cual se figuraba por sí mismo–. Y las figuraciones de los dos, aquel común estar salidos y haber dado el uno con el otro, flotaba, hipostasiado, sobre ambos y sobre el jardín de las delicias de la casa como el blanco rastro arcangélico que en el aire de otoño dejaban los reactores de las líneas aéreas que despegan continuamente del aeropuerto de Barajas. La casa de los abuelos de La Moraleja tenía el encanto sobrenatural de tener los más altos círculos de su cielo cruzados por la estela de los ángeles. Toda una invitación al amor. Así que Virginia se contuvo y durante toda una semana asistió a desayunos, aperitivos, almuerzos, tés y cenas y paseos por los senderos del jardín y de la huerta sin probar bocado y sin hablar de nuevo con Martín. María estaba preocupada por aquella anorexia fulminante y le subía un caldo y unos hojaldritos diminutos recién hechos con anchoa a la media mañana y por las noches, que Virginia aceptaba devorar despacísimo. Martín, en cambio, hablaba por los codos y comía con un hambre de roedor. Quiere decirse que María organizaba a la vez una sobrealimentación y un mínimo viático para el recién nacido viaje a las alturas de su marido y la amiga de los dos. Y aunque parecía, evidentemente, una monja boba que va del coro al caño y al revés, ni ella misma ni ninguno de los otros dos lo advertían: María porque los amaba y molestarse por ellos le parecía lo natural, y ellos, por su parte, porque a partir de ahora iban a amar a María más que nunca y en lo esponjado y en lo oblicuo de la espesura de las intenciones de sus almas no cabía la vileza de pensar, encima, que María era una pobre tonta. ¡Ahora sí que la tenían por santa! Y nadie se movía de la casa. *Noli foras ire,* se decía a sí mismo todo el mundo. ¿Para qué? Todo los ojos de todos los presentes se miraban y remiraban entre sí. También Gonzalo se hartaba y no se hartaba de mirar. En cuanto a María la verdad es que al volver a la casa de sus padres, a su lugar de niña, al recordar al aña Rosi –que había, por cierto, fallecido a principios del verano–, había recobrado el gusto por vivir con mucha gente, dentro de una morada patriarcal, dependiente todos unos de otros en una relación que, sin María saberlo, contradecía la dialéctica del amo y el esclavo. Contemplando sus anteriores quince solitarios años de casada en el piso de Argüelles, María consideraba que su vida de ahora era casi un premio y por serlo, y como una consecuencia indubitable, también una responsabilidad. Y esto implicaba, desde luego, un tener que mirar a los demás y que fijarse en ellos; una manera de mirar, sin embargo, que difería de las miradas de su hermano, su marido y Virginia en que su fin era el cuidado, en vez del curioseo. El entrecruzamiento de todas las miradas daba pie a una como visibilidad superlativa que afectaba no solo a los objetos específicos que miraba y remiraba cada cual, sino también en general a todo objeto, alternativamente enfocado y desenfocado, unas veces marginal y solo compresente y otras presente y en persona, que quedaba así como hilvanado a los ojos y a los rabillos de los ojos de todas las conciencias en cuestión. Bien podía decirse que, en semejante situación, ni un solo pelo del cabello de nadie se caía sin que alguien –casi siempre más de uno– lo advirtiera. A contrapelo era una situación providencial. La generalizada perspicuidad era tan grande y sobre todo tan eléctrica que aquello era un imán de gigantescas dimensiones y nadie se movía y el achispado mundo de la vieja casa y jardín de los abuelos donde María y Gonzalito habían nacido y sido niños, donde Pelé y su madre jugaron a ser nobles pieles rojas, echaba chispas de todos los colores. Se era consciente en grado sumo, pues. Lo cual no significa que se entendieran bien las cosas. Todo aquel continuo miramiento era agobiante: una reduplicación innecesaria del cuidado que todo lo enredaba y que mantenía el misterio del ser de cada cual a sus espaldas. Las mutuas ignorancias eran colosales y la falta de miramientos también. Pero a la vez había una felicidad, como el oxígeno contenido en altas bombonas verticales que se aplica con mascarilla a cada enfermo, que parecía ser eterna y pura. Pelé empezaba el colegio el uno de octubre, es decir, mañana mismo. Ahora era el día anterior, la tarde anterior, en el jardín después del té. «Voy a echarte de menos», dijo Gonzalito. «Y yo a ti», dijo Pelé, sumido momentáneamente en la ecolalia de aquella situación que su tío Gonzalo había forzado. El dulce atardecer era ambarino debajo de los cerezos que estuvieron cargados de cerezas allá en junio. Corría libre el aire. Gonzalito y Pelé estaban sentados en el suelo con las piernas cruzadas como indios. El uno frente al otro, de suerte que entre las piernas de los dos había un espacio como un canal que ambos contemplaban fijamente al hablar. La conversación se había ido remansando con el atardecer hasta quedarse sin palabras –o casi sin palabras– y convertirse en un puro sentimiento. Pelé se sentía acongojado, con el corazón en un puño, y no porque las vacaciones se acabaran y por tener que irse al colegio –cosa que todos los años por estas mismas fechas solía regocijarle– sino porque su tío había sufrido tanto en Londres que no había sido suficiente para consolarle dedicarle todo el resto del verano, desde la muerte del abuelo hasta el preciso y raro instante en que se hallaban. Pelé tenía la sensación de estar a punto de abandonar al tío Gonzalo en una isla desierta con muy escasas provisiones y un recrudecimiento atroz de la malaria. Una enfermedad tenía que haber por medio: de esto Pelé estaba más que persuadido y ya lo había comentado con su madre: que el tío Gonzalito no solo había regresado triste de Inglaterra sino, además, enfermo. La retumbante salud propia, el bien templado latir de su propio corazón incluso después de una hora y media de partido sin casi –por chutar unos cuantos penaltis al suplente del portero para animarle un poco– disfrutar los quince minutos de descanso, le predisponía a considerar cualquier dolencia por insignificante que fuese como una enfermedad incurable. Toda enfermedad es incurable, razonaba Pelé, porque es un desconcierto sin orillas. A sus quince años, salud y enfermedad eran dos reinos absolutos. Y en el reino de la enfermedad se perdía Pelé completamente confundido. Y aunque María procuraba no ocultarle nunca las dolencias de los ocupantes de la casa y le había acostumbrado, desde que llegaron, a subir el vaso de agua a la abuelita por las noches, a ir a preguntar a la cocinera si le dolía menos el lumbago, a interesarse por los pies de la hija del chófer, que tenía la planta plana-horizontal y le repercutía en la columna y en la nuca con grandes malestares, Pelé no se resignaba a ver a nadie malo y cualquier malestar le confundía. (Aunque la abuela nunca estaba mala, ni siquiera un poco acatarrada en pleno invierno –a diferencia de Pelé, que sí se acatarraba como adrede y disfrutaba sus buenas dos o tres mañanas de quedarse en cama hasta las once–, el vaso de agua en su platito, con su cucharilla caediza, representaba una fragilidad especial, un conjuro contra toda tos y carraspeo, una sencilla y transparente garantía de que, caso de despertarse la abuela en plena noche deshidratada y sedienta, no tendría que ir descalza al cuarto de baño a beber a morro de los grifos –a diferencia de Pelé, que así lo hacía–; habían acordado, por lo tanto, madre e hijo, que el simple subir un vaso de agua era también cuidar la enfermedad o enfermedades posibles de la abuela viuda mantenidas a raya por la anciana a golpe de entereza –Pelé y su madre atribuían gran parte de la excelente salud de la abuela a la cruzada silenciosa que esta mantenía contra el abatimiento y los achaques–. Una invención, esto de la entereza, que María creía a medias y Pelé del todo. Ahora que Pelé iba siendo mayor, María confiaba –con una cierta pesadumbre– en que Pelé fuera librándose bienhumoradamente de las interpretaciones heroicas de su larga niñez. María –que se había fiado de su instinto al educar a su hijo– temía a veces haber cargado la mano demasiado en hacerle ver hasta las acciones más corrientes e insignificantes de la vida repletas de heroísmo, o, lamentablemente, de lo contrario. ¡Viendo a su hijo tan crecido todo se le volvía temor a veces!) La congoja que Pelé sentía en aquel momento, sentado frente a su tío en lo más remoto de la huerta bajo los cerezos aún frondosos que mecía el dulce atardecer de perejil y de pájaros, procedía también directamente de aquel materno sentido de la responsabilidad ineludible en combinación con un instinto protector de chaval fuerte que echa el bofe en los partidos y entrega pronto el corazón. No tenía Pelé grandes defectos: tal vez el único defecto fuese, como en su madre, una cierta desmesura, una querencia por todo lo absoluto que hasta la fecha se había compaginado bien con el esfuerzo que le exigía el deporte, el trabajo escolar y las «responsabilidades» por los prójimos, heredados en parte de María y adquiridos en parte por él mismo. La aparición del tío Gonzalo pasó de provocar en Pelé una intensa curiosidad a una insaciable compasión. Llevaba un mes pensando en tío Gonzalo sin parar. Era el tiempo que habían pasado juntos como una unidad cronológica y anímica. Pelé no había disfrutado gran cosa –ni siquiera los partidos de a dos en la explanadita de la huerta habían sido realmente placenteros–. Que tío Gonzalo jadeara al correr, hacía que Pelé sintiera asfixia. Que lamentara no saber rematar –o no querer, Pelé se confundía siempre en esto–, que lamentara haber echado una tarde el balón a la otra finca y haber tenido Pelé que ir a buscarlo y haber tardado un siglo en regresar, que suspirara de repente o se quedara inmóvil sentado en un sillón de la terraza hasta que Pelé venía a buscarle, todo eso acongojaba al sobrino sin saber por qué. La falta de alegría de Gonzalo se volvía en Pelé congoja inmotivada. Y cuanto más se esforzaba inventando entretenimientos que pudieran tener lugar dentro del jardín –porque el tío Gonzalo había mostrado una singular inapetencia a salir fuera–, más obvio era que los sufrimientos de Londres no tenían consuelo. El tío Gonzalo decía a veces: «De Londres prefiero no acordarme.» Y Pelé reprimía por millonésima vez la gana de oír contar cómo era Londres y por qué en Londres se sufría tantísimo. La gana de saberlo, sin embargo, se le veía en la cara cada vez que el asunto salía a relucir –y de un modo u otro, salía siempre–. Y sucedía que sin quererlo ninguno de los dos, ni Pelé ni su madre, la presencia de Gonzalo había impedido en la práctica que Pelé confiara a María su congoja. Y el caso es que María se dio cuenta muy pronto de que Pelé andaba preocupado, y Pelé se lo explicó un poco en general. Fue la famosa aclaración de que el tío Gonzalo había sufrido mucho en Londres. Pero luego –dado que no había novedad y que el sufrimiento nunca explicitado apenas remitía–, Pelé llegó a pensar que era una mamonada seguir dando cuenta de lo mismo a su madre. Si no había novedad, tampoco había motivo para pedir nuevos consejos. Pelé sentía que tío Gonzalo era su responsabilidad aquel verano y que andar con confidencias al respecto, por muy su madre que fuese el confidente, tenía un acusado matiz de cobardía y sacudirse el muerto como sea. Y Pelé no deseaba sacudirse el muerto porque tío Gonzalo era un ser querido. Lo de ser «un ser querido», en todo su melodramático vagido, le ponía la carne de gallina y le animaba a proseguir. Y además solo pensar que tío Gonzalo era un muerto o un muermo o un rollo o un plasta o un vara era ya una profunda falta de consideración y una deslealtad mental. Y María, la verdad, se confió un poco. Gonzalito era Gonzalito ¿cómo no iba a confiarse? Y además Gonzalito, por su parte, daba a su hermana informes estupendos que Pelé, de hecho, no contradecía (caso de estar al tanto de tales informes, Pelé no podía contradecirlos –y no lo hubiera hecho– porque todo su contenido parecía verdad: que habían hecho buenas migas, que disfrutaban juntos, que Pelé le hacía olvidar Londres, que se sentía muy cambiado...). Lo único que Pelé hubiera podido añadir hubiera sido el detalle de sentirse con frecuencia acongojado, lo cual no quitaba ni ponía nada definitivo a los conceptos de todas las mencionadas maravillas. Sentirse acongojado, llegó a pensar Pelé, era una falta suya, una especie de pereza pesarosa a la hora de obrar bien y responsabilizarse de su tío; y había, además, en todo ello la sorprendente circunstancia de que cada vez que Gonzalo mencionaba que los sufrimientos londinenses le seguían haciendo sufrir, añadía con una voz ahogada, solo audible en dichas ocasiones, mirando a su sobrino a los ojos: «No se lo digas a tu madre.» «¿Por qué no?», quiso saber Pelé al oírlo la primera vez. «Porque no vale la pena entristecerla.» «Entristecerla da lo mismo, si es por ti», aseguró Pelé solemnemente, añadiendo: «Mamá te quiere igual que yo y no le importa entristecerse, ni tampoco a mí. Nosotros somos tus seres queridos, o sea, tu familia.» Y Gonzalito se había reído mucho y había revuelto el pelo de Pelé con las dos manos, una reacción que a ojos de Pelé tenía de bueno el compañerismo y el reírse, y de malo que dejaba las cosas como estaban y sin enmendar o aclarar por qué no había que contarle a la persona a quien todo se le había contado siempre que el tío Gonzalo había vuelto a decir que había sufrido mucho en Londres. Al decir «No se lo digas a tu madre», Gonzalo interponía entre Pelé y su madre no solo la prohibición de comunicar algo determinado sino también el peso de un secreto –el único secreto de toda la confiada existencia de Pelé–. Y, evidentemente, si esto, que su madre ya sabía, lo del sufrimiento, no podía decirse –o no podía decirse que el tío Gonzalo había vuelto a repetirlo–, mucho menos podía o debía revelarse que Pelé se sentía acongojado. Y además, ¡qué congoja ni que niño muerto! No importaba llorar –su madre lo decía con frecuencia– y hasta viene bien la mayor parte de las veces. Pero llorar es una cosa y otra ser un quejica y un cobarde, que se le hace un nudo en la garganta sin saber por qué. A Pelé se le hizo un nudo en la garganta sin saber por qué al oír decir al tío Gonzalo sin mirarle, mirando fijamente al canalillo de tierra que separaba las piernas de los dos, entre la oscuridad y la rosácea umbría vespertina, que le iba a echar de menos. «Voy a echarte de menos», acababa de decir el tío Gonzalo. Y Pelé repitió: «Y yo a ti», como un eco, sumido en una situación que le parecía, al fin y al cabo, natural, puesto que era el final de la tarde y el final del verano y el final de estar juntos todo el día y el final a lo peor también de verse cada día y el caer de la tarde y la cadencia de la voz de Gonzalo, que se había convertido en un poder irresistible. Pero dado que el tener que levantarse a las siete menos cuarto al día siguiente y el tener que esperar el autobús y el volver a ver a todos los compañeros del curso dando voces y contando el veraneo y sentándose en unas aulas diferentes y ya en segundo de BUP tenía un poder propio y resonante y una evidencia de alegría y jaleo indiscutibles, Pelé no podía bien del todo decir «Y yo a ti» desde lo más profundo de su corazón. Solo, un suponer, desde más o menos la mitad. Una zona poco definida y muy cercana a la fría cabeza y al sensato juicio con que Pelé no podía menos de juzgar la situación presente: lo sensato era darse cuenta, y tío Gonzalo tenía que darse cuenta, de que mañana y pasado y al otro habría días que serían iguales que hoy, días corrientes y molientes, más días que longanizas y que tío Gonzalo y él tendrían tiempo de verse hasta hartarse durante todo el nuevo curso. Por eso Pelé se dejó ir y dijo «Y yo a ti» un poco por reflejo inevitable de la frase anterior, del «Voy a echarte de menos», tan sentimental, del tío Gonzalo. Un poco, más o menos, como cuando te dicen «Buenos días» y dices «Buenos días». Y aunque quedaba dentro un poquitín también de pena verdadera y muy antigua por abandonar a tío Gonzalo en una isla, como cuando se juega a islas desiertas, eso no era lo bastante ya, a sus quince años, para conmover a Pelé todo lo que Gonzalito esperaba conmoverle. Por eso añadió: «Tú a mí, no. Pelé, tú a mí no. No te engañes. Y no me engañes.» Pelé, con los ojos fijos en el canalillo que los separaba de pronto como un gran río, enrojeció de vergüenza y de rabia al oír a su tío. Engañar a alguien a propósito le parecía a Pelé la más grave de las faltas –una falta que de puro obsesionante, complicada, estrafalaria y maligna se le aparecía en sueños como una inmensa mata de patata arrancada con miles de raicillas y por extensión como un árbol sombrío cuyo perímetro no podía abrazarse arrancado de cuajo por el sueño mismo como el jardinero arrancaba con ayuda del azadón la mata de patata, sacudidos ambos subterráneos tentáculos ante los ojos de Pelé dormido que saltaba del sueño a la bendita luz eléctrica de su lamparilla, empapado de sudor y horrorizado–. Engañar era una falta grave incluso en broma: mantener engañado, por ejemplo, al chófer el día de los Santos Inocentes y dejar que se fumara un pitillo con petardo unía a las grandes risas de después del petardazo un antes falsificado y coloquial de confraternizar para engarlitar y atrapar y una cierta espera –dentro aún de ese antes endiablado– a que, calada tras calada, que se le veía todo satisfecho, llegara el bueno de Manolo al calculado disgusto de explotársele casi toda la mano izquierda y las narices con el maldito cigarrillo. Pelé no había olvidado nunca el extraño brinco de Manolo, un hombre casi de la edad de los abuelos, una vez que Pelé se superó en amabilidad y en astucia y exhibió un paquete entero de Fortuna, adquirido deliberadamente a este efecto con tres días de anticipación, con las boquillitas marrón claro de esa marca sobresaliendo en tres distintos niveles, trampa las tres lo mismo, y Manolo picó sonriente a la primera sin fijarse que ya era el veintiocho de diciembre y sin fijarse que Pelé nunca fumaba y creyendo tal vez que, aunque Pelé nunca fumaba, se había tomado la molestia de comprar en el estanco los Fortuna para darle un gusto; y todas estas suposiciones y otras muchas y todos los encantos del regalo y todos los recuerdos de la vida del chófer que a veces había transportado a Pelé en un cestito hasta el coche para que la señorita María no se molestase, ahora reventaban como un huevo podrido en plena cara teniendo además, después, que reír la gracia... Aquel extraño brinco inolvidable, simultáneo al chasquido del petardo que, por cierto, ni siquiera fue terrible como un relámpago y un trueno, sino diminuto y ramplón como una picadura de mosquito que nadie, excepción hecha de Pelé mismo y Manolo, llegó a oír, aterrorizó a Pelé, que se abrazó a Manolo pidiéndole perdón. Había sido un engaño y ese engaño, durante por lo menos un minuto desde la primera calada hasta el trallazo, había puesto en peligro el universo, el mundo entero de Pelé, de arriba abajo. Y ahora el tío Gonzalo reventaba como un cigarrillito declarando que Pelé no le echaría de menos –contra lo que Pelé expresamente, si bien un poco a rastras, había declarado– y dando por supuesto que Pelé se engañaba a sí mismo, o trataba de engañarle a él, o las dos cosas. Más bien las dos cosas, pensó Pelé, porque tío Gonzalo había dicho «y». Pelé no se movió y contempló sus dos sentimientos a la vez, el de vergüenza y el de rabia, como dos huevecitos moteados en un nido. Tuvo, de hecho, la sensación de que, para sentir y darse cuenta de que sentía ambos sentimientos, había tenido que trepar a alguna parte hasta asomarse por fin a aquel inteligente cestito que era el nido enguatado –como la voz, en realidad, de tío Gonzalo, más baja que otras veces y como protegida por el hecho de estar mirando al suelo al decirlo y no a Pelé a la cara–, y a esa sensación se añadió otra, de terrible horror al aborrecimiento, como la sal se disuelve indisolublemente en el agua, dando lugar a una tercera y nueva sensación, como una solución transparente, donde el aborrecimiento sentido al trepar y asomarse y ver los huevos coincidía con el aborrecimiento inexplicable de la madre pájaro, que sumida en el inmenso cielo transparente, se enteraría de inmediato al regresar y al posarse aleteando en el brocal del nido, el antepecho de la muerte, que sus huevos habían sido mirados y posiblemente alterados y tocados, y huiría volando aborreciéndoles, como Pelé aborrecía ya ahora su vergüenza y su rabia y la visibilidad de ambas disueltas entre sí y una sensación total, tercera, o cuarta, o quinta, o última y primitiva de angustia. Era imposible en aquel instante a la vez responder a tío Gonzalo a tiempo y deshacer el nudo umbilical de todos aquellos sentimientos, sensaciones y angustia. Por eso Pelé se limitó a decir: «Vale, tío, no te voy a echar de menos. Lo he dicho por decir.» Tal vez en el seno total de aquella transparente solución de emociones, la puntita de rabia había metido el gol de la victoria, justo en el último segundo. Pelé pensó en el fantástico partido del primer recreo largo de mañana con todos los del curso chutando todo el tiempo a gol sin regatear ni centrar ni táctica ninguna. Deseó levantarse y estirar las piernas y que fuese ya hora de cenar y que su madre le preguntara si se había acordado de dejar el traje de baño y el balón y todos los trastos veraniegos en sus sitios prescritos. Deseó ver a María más que nunca. Pero, naturalmente, estos legítimos deseos así como la fantasía futbolística de mañana, eran escapatorias evidentes. Y María y Pelé habían aprendido juntos, el hijo tras la madre, que los valientes se quedan y no escapan. María había enseñado a su hijo poco a poco que en quedarse y en aguantar como se pueda, aunque sea temblando, hay un poder que puede por encima de cualquier victoria que aparentemente pueda con nosotros. María le había enseñado que tener paciencia con los demás, e incluso con uno mismo, consiste en esperar a que el peso se haga insoportable porque entonces sobreviene una victoria nueva, la increíble, la inesperada e inimaginable e impensable victoria del corazón transfigurado. Toda la sustancia del viejo corazón se transustancia en la sustancia del nuevo. Y esa victoria es el poder de lo real, la media absoluta del valor. Por eso Pelé añadió: «Perdona, Gonzalito, yo te quiero mucho.» Esa era la verdad, la realidad, la luz de la paciencia victoriosa. Y ese fue también el ritmo de los nuevos pasos que Gonzalito se dispuso a dar: «Me alegro mucho que me digas que me quieres. Nunca me lo habías dicho hasta ahora. Y hay muchas cosas en la vida que a uno le gusta oír, especialmente si como yo uno no tiene a nadie aunque os tenga a vosotros, a María y a ti, lo cual es un consuelo, no puedes ni siquiera figurarte qué consuelo, Pelé, es tenerte a ti y a tu madre también aunque, claro, algo menos, porque estar casada es estar casada, pero tenerte a ti es todo en este mundo, por eso me ha dolido creer que no me ibas a echar de menos y luego la mentira que dijiste y luego la verdad que dijiste que también, como comprendes, tenía que dolerme y menos mal que ahora por fin me dices que me quieres y yo te quiero mucho más, no creas...»

Octubre soleado parecía una extensión inteligible, como si la percepción no diera solo lados, aspectos y horizontes de las cosas, sino el absoluto de las cosas, una conciencia, un sentimiento cada cosa quizá presente ya del todo y que ya no aparece en perspectiva. Aquel octubre estaba teniendo atardeceres tan completos y claros y tan largos que cada árbol, cada hoja por sí misma, cada pétalo de cada clavel chino, cada gorrión, cada paloma, cada gesto humano se alzaba con majestuosa sencillez y nitidez ante los ojos, de par en par su esencia abierta. El atardecer, el ámbar diluido, el lento sol de limón pálido parecía una declaración de amor y una enumeración completa de cada cosa en el espacio y cada pensamiento y cada sentimiento en el tiempo. Había tiempo de sobra aquel segundo domingo de octubre por la tarde para pasear y charlar al aire libre y para instalar, a eso de las siete, en la terraza, unas mesitas y tomar allí una merienda-cena. Se trataba de no cambiar de ambiente, de no meterse en casa al buen tuntún, de contemplar la atardecida, de incluir al otoño, como dijo Martín, en la conversación de la familia. Estaban, por fin, reunidos todos otra vez, a diferencia del anterior fin de semana en que había sido imposible que Pelé asistiese a una merienda-cena análoga por haber sido invitado al cumpleaños de un amigo la tarde del domingo. Hoy estaban todos. La terraza era grande y se extendía delante de las ventanas de la sala con la línea completa del Guadarrama enfrente. Las conciencias tenían la facultad de intercalar con la vista el Guadarrama entre frase y frase. «El Guadarrama esta tarde es un violín preponderante», había declarado Martín, que hablaba sin parar, todas sus frases recién hechas con todos los complementos en sus sitios como si supiese todo lo que decía de memoria. Oírle era como un curso completo de sintaxis con las oraciones subordinadas más complejas enunciadas sin un solo titubeo. Y no solo era capaz de hablar así, sino también justo al contrario, con lo telegráfico y lo escueto, con sus *stops* o pausas, empalabrando línea a línea, como quien enhebra un hilo en el oro de la cabecita de una aguja dos mil veces seguidas –fraseo total que mantenía Martín arrebatado y copioso algunas veces y otras veces sencillamente exacto–. Pelé pensó que la voz de su padre, que llevaba oyendo desde las cuatro de la tarde, desde el café y después del café y durante todo el paseo, más lejos y más cerca y casi encima y otra vez alejándose y acercándose sin cesar y a juego con los vericuetos y ritmos del paseo que todos habían dado por todo el jardín dos o tres veces hasta llegar a tener hambre nuevamente e instalarse ahora en la terraza, era como el chorro perpetuo de una fuente fría en la montaña que suena en todo el valle siempre igual, igual que las chicharras en verano. Ahora mismo, por ejemplo, su padre estaba dando conversación a la vez a la abuela y a Virginia, que no daban abasto a escuchar, y a la abuela se le acababa de resbalar un chal de lana rosa que Pelé le había echado por los hombros no hacía cinco minutos y Martín lo recogía del suelo con gran flexión de piernas que sorprendió a Pelé y un crujido de la articulación de tibia y fémur que reveló a la atónita Virginia lo flaquísimo que estaba el novelista. «Gracias, hijo», dijo la abuela arrebujándose de nuevo en la toquilla mientras Martín, sin perder comba, subrayaba lo místico y lo lógico de la resplandeciente otoñada y también de Malebranche. Pelé comenzaba a sentirse harto y desenganchó a la abuelita de la hipnosis cortés donde su yerno la tenía retenida con un: «¡Mira, abuela, qué cabezón tiene esta hormiga gorda, qué mandíbulas, te muerde y te machaca, debe ser una termita...!» «¡A ver, monín, a ver!», respondió la abuela visiblemente aliviada volviéndose hacia el nieto e inclinando la cabeza hacia la palma de la mano de este, donde se movía con harta deliberación una gran hormiga como leyéndole a Pelé las rayas del destino. «¡Suéltala que se vaya con las otras, pobre hormiga!», sugirió la abuela cosquilleando con el bordecito de la uña del índice la palma de Pelé y cambiando de posición al hacerlo a la solitaria hormiga, que ahora parecía considerar la posibilidad de encaramarse por el largo dedo de la abuela. «¡Es que no hay otras, abuela, la he encontrado sola debajo del sillón...!» «¿Qué miráis, qué miráis, a ver qué miráis?», interrumpió Virginia, que seguía de pie junto el sillón de la abuela frente a Martín, quien daba a su vez la espalda a María y a Gonzalito y a las dos doncellas, que acababan de traer el té y una gran tortilla de patatas, además de los bollos y las pastas. «¡Qué insecto tan poético la hormiga!», comentó Martín, que al verse desatendido por Virginia había decidido unirse al corro de Pelé. «¡Siempre que veo una hormiga pienso en Pablo Neruda transportando por la tierra entera el gigantesco grano de trigo del continente latinoamericano!» «¡Martín, no seas un cursi de estos que hay ahora, siempre se ha dicho Hispanoamérica!», exclamó Virginia. «¡Vamos a ver los cursis y los no-cursis que hacen rancho aparte en ese lado, si vais a tomar té o café o qué!», intervino María, que se había sentado ante una mesa algo más grande y se disponía ya a servir la primera taza. «¡Yo esta tarde excepcional tomaría un whisky!», anunció Martín. Virginia hizo un gesto de horror y se acercó a María. Martín siguió a Virginia con la vista, a la vez que se sentaba con un suspiro en un sillón. Una doncella trajo a la abuela su taza de té con mucha leche. Pelé soltó la hormiga y se acercó a ver la tortilla de patatas. Gonzalito se acercó a Pelé. Virginia, con una taza de té en la mano, se dirigió vagamente hacia el lugar donde la abuela, momentáneamente sola, bebía a sorbitos. Martín, que había quedado en medio del óvalo cuyos dos puntos más distantes eran María y la abuela, con Virginia, Gonzalito y Pelé alternativamente de pie y sentados situados frente a Martín, movía de un lado a otro la cabeza, como al ritmo seco del toc-toc de un imaginario partido de tenis sobre la tierra batida y firmemente apisonada y cortés de la intersubjetividad de sus allegados. María, que había terminado de servir el té y el café –Gonzalito desde que volvió de Londres prefería tomar una buena taza de café con leche a esas horas, tal vez en simbólico menosprecio de las costumbres de la corona británica–, y que se disponía a dividir la tortilla en cuarterones, que trasladaba a los platos que le iba presentando la doncella, pensó que tal vez había quedado la tortilla demasiado poco hecha en esta ocasión y acaso pequeña para todos y que habría que cortar jamón y dijo en voz alta: «¡Quien no quiera tortilla que lo diga, está un poco demasiado poco hecha!» «¡A mí me gusta mucho más así!», declaró Pelé. «¡Y a mí también!», murmuró Gonzalito, que había colocado ante su mesita, como ante un pupitre, dos sillas con la esperanza de que Pelé se fijara en eso. Casi no se habían visto en dos largas semanas con el achaque de la horriblemente inesperada invitación del pasado domingo y la melancolía infinita del crecedero octubre todo el día en el aire y toda la noche, casi sin dormir, como un clavo en la frente. El odioso parloteo del cuñado novelista, que ahora parecía estar a punto de pasarse a galán extemporáneo, había acabado por levantarle un fuerte dolor de cabeza. ¡Si por lo menos se callara un rato, ahora con el whisky y la tortilla! ¡Menos mal que Pelé había estado encantador toda la tarde hablando del colegio y preguntando si se encontraba ya mejor! Había sido agridulce, desde luego. ¡No todo lo dulce que Gonzalo imaginaba que sería el encuentro después de dos semanas encerrado en cueros en su cuarto leyendo los periódicos y las novelas de Patricia Highsmith de Anagrama! ¡Ni siquiera leía ya en inglés! El dolor de cabeza le hacía sentirse moralmente mejor, con sus punzadas; por lo menos era verdad que lo que le dolía le dolía. Desde que se instalaron todos en la terraza, Pelé se había arrimado a la abuela, casi no le había mirado y no le había preguntado si le seguía el dolor. Lo agrio no se mezclaba del todo con lo dulce, o bien tenía más fuerza que lo dulce y preponderaba como la línea imbécil del violín-Guadarrama del insulso cuñado. ¡Pobre María, en medio de todo este salpicón de gambas y de pulpos! Virginia le recordó a Gonzalito una gamba viva, verdosa y saltona y patilarga y flaca y demasiado femenina. «¿Qué tal va tu cabeza? ¿Quieres otra taza de café con leche? Ya he perdido la aspirina.» La voz de María se intercaló en lo agrio como una línea recta. «¡Qué lástima que nadie», pensó Gonzalo, «empezando por mí mismo, sea capaz de valorarla!» Aceptó otra taza de café con leche. Y para colmo de males Pelé se había llevado la silla pensada para él y se había sentado con Virginia, mostrando solo el perfil a Gonzalito. ¡Qué mierda tendrían que hablar! Pelé, Virginia y Martín formaban un trío locuaz. María y las dos doncellas, que ya empezaban a retirar alguna cosa, otro trío –este no locuaz, sino disciplinado y quedo–. La abuela era un islote cano y rosa. Se inclinaba levemente hacia el trío locuaz del cual la separaba una mesita con el vaso de whisky de Martín y un reposapiés grande y cuadrado donde Pelé se arrodilló una o dos veces –siempre sin volverse hacia Gonzalo– mientras hablaban, quitándose con frecuencia la palabra de la boca, Virginia y su padre. Había una línea recta y repentina que dividía la terraza en dos mitades: la consolación gárrula y la desolación de

Gonzalito. La verdad es que Gonzalito en ese instante no pensó en María, quien, terminadas hacía un buen rato sus tareas, contemplaba la escena pensativa, perpleja sin querer reconocerlo. «La verdad es que no me quieren demasiado», se había dicho a sí misma como quien se clava una astilla en la mano. Se había sentido feliz sirviendo el té y de pronto esa frase. Era evidentemente un error. Evidentemente era una idiotez. ¿A qué venía semejante cosa? Era una idea imperdonable, como una culebra que surge por sí sola entre la hierba verde de la felicidad y el bienestar. Una alimaña, un fruto de lo contrario de la luz, un capricho retorcido de lo contrario de la paciencia. Un pensamiento indigno que ahora, una vez entretenido, no se iba sino que se diluía gentilmente entre la tierna noche apacible de la terraza donde las doncellas acababan de encender dos grandes lámparas. María, no obstante su deseo de sentirse alegre, se sintió arrebujada y frágil, un poco lo mismo que la abuela, en el chal de lana rosa de la presente situación y su perplejidad intermitente.

María estaba acostumbrada a deshacer lo negativo de sus impresiones volviendo a examinar las cosas mismas que le habían impresionado mal, convencida de que si se fijaba bien, si no imponía su emoción a todo trance, las cosas acabarían por manifestar su realidad –la que fuera– y entonces ya María sabría a qué atenerse. Nadie le había enseñado a comportarse así, era un instinto que le hacía concebir toda realidad, cualquier situación, como un conjunto amplísimo que ninguna primera impresión por fuerte que fuese, por grande que fuese su evidencia, presentaba en su totalidad. Tener paciencia no era, en cierto modo, una virtud para María, sino algo anterior a la virtud, una disposición casi biológica a dar tiempo al tiempo. De aquí que la dolorosa idea de que ninguno de los presentes la quería demasiado, solo durara un instante en su conciencia. María hizo, inmediatamente a continuación, un esfuerzo por considerar por separado lo mucho que sabía que la quería cada cual. El *saberlo* era, sin duda, importante. Uno podía apuntalar los caedizos muros de las impresiones momentáneas, lo ambiguo de ciertas situaciones, con lo que uno daba por sabido y demostrado hasta la saciedad. Era imposible que la realidad cambiara del amor al desamor en un instante. Era imposible que quienes la habían querido siempre de pronto ya no la quisieran. ¿De dónde había venido aquella idea? La situación en la terraza era la misma situación de toda la tarde. Después de comer habían salido todos juntos al jardín, se habían paseado alegremente, habían ido de uno en uno por los senderos de la huerta y por los caminitos entrecruzados del pequeño pinar que quedaba dentro de la finca, las frondosas matas de jara ocultándoles a veces. María y la abuela iban las últimas. Era natural que fueran las últimas porque caminaban más despacio. Pelé, que iba en la cabecera, volvía a la retaguardia con frecuencia. María sabía que Pelé pensaba en ella por aquel continuo ir y venir. Este ir y venir de Pelé que hasta ahora mismo había brillado por sí solo, como una realidad autónoma y preciosa que contenía en sí misma toda la razón de su existencia y cuya gracia era existir sin más, ahora, sin embargo, se había vuelto funcional: servía para subrayar que los otros tres paseantes, Gonzalito, Virginia y Martín, embebidos en la conversación o en sí mismos, no se habían vuelto a esperar a María y la abuela ni una sola vez. Ahora mismo, repartidos por la terraza frente a ella, daban la impresión de hallarse solos y no solo de perfil o de espaldas respecto de María. María tuvo ahora la impresión de que todos, incluido Pelé, habían olvidado que seguía allí sentada y que los amaba. Se movían como en sueños ellos dos, Martín y Virginia, ambos de pie, con los brazos cruzados sobre el pecho blandamente sosteniendo cada cual en su mano derecha un vaso de whisky. ¿Quién había servido esos whiskies? María solo recordaba haber pedido el primer whisky de Martín. Hablaban paseando sin moverse, como si ejecutaran sobre el propio terreno o acaso describiendo un leve semicírculo alrededor del sillón de la abuela, unos pasos de baile que representaban los movimientos de dos personas andando. María tuvo una sensación ligera de mareo. Martín y Virginia unas veces se miraban y otras no, pero todo el tiempo se los veía absortos en su conversación como en un objeto fascinante que se les mostrase solo a ellos y que estuviera situado aproximadamente a la altura del pecho. La abuela estaba sola en su sillón, inclinada hacia Pelé y Gonzalito quienes, a una distancia de tres pasos más o menos, departían con los codos apoyados en una de las mesitas. María pensó que no habría más de un palmo entre las puntas de sus dos narices. Gonzalito daba la espalda a María. Y Pelé alzó la cabeza al cabo de un instante y sonrió a su madre. Esa sonrisa deshizo la violenta sensación de soledad que María acababa de sentir. Y ahora, como si Pelé deseara inconscientemente deshacerla del todo, el chico se levantó de su silla y se acercó a María. Gonzalito se volvió hacia ellos y la abuela los saludó con la mano. También Virginia y Martín se habían vuelto hacia María, que se sintió de pronto un poco ridícula al verse convertida en el centro de la situación. Era como verse repentinamente iluminada por un foco. La intensa luz revelaba una mujer rubia, con un traje estampado y un jersey sobre los hombros –un jersey azul que ya tenía sus años–. Los ojos claros de María, muy abiertos, parecían oponerse en su seriedad a la sonrisa de sus labios. Los labios fingían en cierto modo, con mayor facilidad y rapidez que la mirada; en la mirada había una perplejidad que no había huido todavía y que la conciencia de María trataba de alejar como a una mariposa, agitando las dos manos. Solo la inocente mirada era culpable de retener aún su perplejidad inoportuna. María tuvo la sensación, en cualquier caso, de que se hallaba en un escenario y tenía que decir algo –una frase aprendida– que no recordaba en absoluto. Por fin logró decir: «No sé si se está haciendo un poco tarde para ti, abuelita. Son ya casi las nueve de la noche.» «¡Déjala que se quede un rato más!», exclamó Pelé. María se levantó y fue a sentarse junto a su madre, quien aseguró que no deseaba retirarse todavía. «¿Por qué no jugamos al parchís?», propuso Virginia, que se había sentado al otro lado del sillón de la abuela. Ahora era la abuela el centro de atención, con María y Virginia a su derecha y a su izquierda, como dos ángeles. Gonzalito seguía inmóvil en su sitio, que quedaba ahora el más alejado de la reunión. Martín se había acercado mucho y estaba en pie frente a la abuela. Pelé fue a buscar el parchís. La abuela dijo que le encantaría jugar al parchís y que no era todavía nada tarde. Entre todos –con excepción de Gonzalito– acercaron al sitio de la abuela la mesa grande que María había utilizado para colocar el servicio de té. Cuando regresó Pelé con el parchís ya estaban todos en sus puestos, Martín, Virginia y la abuela, habiendo reservado para Pelé el cuarto sitio. María se quedó junto a la abuela, contenta por la nueva reorganización que los reunía a todos en torno a un juego perfectamente identificable. Ahora no sentía ninguna perplejidad.

Gonzalito desde su silla los contempló con odio. ¿Era odio? Era, por lo menos, un sentimiento desvinculador que le alejaba de todos los demás y le retenía en su aislamiento amargo. Durante toda la tarde el dolor de cabeza le había hecho consciente de su extraña posición en la familia. El dolor de cabeza parecía destinado a subrayar las dificultades de una comunicación normal con los demás. Y era la respuesta que daba su organismo al bobo coqueteo de Virginia y Martín y a las altisonancias de Martín y a la ceguera de María y a la vejez de la abuela y a la gracia inalcanzable del sobrino. El domingo se acababa ya y Gonzalito no había logrado que Pelé se concentrara en sus asuntos. Los asuntos de Gonzalito habían ido cobrando, incluso para él mismo, una borrosidad infinita. Todos los años londinenses se apelotonaban ahora en un borrón y solo servían como un referente misterioso para intrigar a Pelé –quien, por cierto, apenas se sentía ya intrigado–. Los quince días de colegio habían abierto una zanja entre ellos. ¿Recordaba Pelé la última conversación que habían tenido en la huerta? No lo parecía. Este asunto había permanecido toda la tarde en el aire, sin que ninguno de los dos lo mencionara. Gonzalito no se sentía capaz de pasar otros siete días –o tal vez quince– así. Pelé llegaba tarde por las tardes, cenaba solo en la cocina y se metía en su cuarto. María iba a verle allí un rato. Y Gonzalito no se había atrevido, de momento, a hacer él mismo esa visita. Y no sabía qué quería. No quería nada malo. Gonzalito se conmovía a sí mismo arrullando su almohada por las noches y repitiendo que no deseaba hacer daño a su sobrino. Deseaba su atención. Toda su atención. Como la había tenido durante el verano, al principio. Era una atención que creía merecerse –la idea de merecer la atención de su sobrino se había ido poco a poco apoderando de Gonzalito con la caída de la tarde–. Para todos los demás era un simple crío. A todos los demás les daba igual que estuviera o no presente. Su padre no se había ocupado jamás de él. Su madre no le había entendido. Era él, Gonzalo, el único que había sabido despertar emociones vivas en Pelé. Gonzalo le había vuelto sensible –o casi–. Le había faltado tiempo. Había estado a punto de conmoverle, a punto de desnudar su corazón. A medida que el parchís concentraba a los cuatro jugadores y a María, a medida que se sucedían las exclamaciones y las bromas, a medida que se echaba encima la dulce anochecida y se encendían lucecitas en las fincas cercanas, más se persuadía Gonzalito de que solo las circunstancias exteriores habían impedido que su sobrino y él se desnudaran mutuamente. Esto del desnudarse era, por supuesto, una manera de hablar que contenía, siquiera verbalmente, algo de la ternura del amor, algo de la feliz confusión de la mirada que mira a un semejante. ¿No eran innegables las semejanzas entre ambos? Gonzalo contempló la firme espalda de su sobrino arqueada al inclinarse sobre el juego. La camiseta blanca revelaba la espalda firme. Gonzalito imaginó el olor del cuerpo joven. Todo se consumía en aquel imaginarlo que, a su vez, impregnaba de irrealidad toda la relación. «¡Pelé!», exclamó Gonzalito en voz muy alta. Todos se volvieron hacia él de golpe. No los reconocía. ¿Quiénes eran todos ellos? Gonzalito sintió la deliciosa sensación de haber perdido la cabeza en una trompa y ser capaz de todo. «¿Cuándo vamos a charlar tú y yo? Ya es hora de que hablemos. Luego querrás irte a la cama y no habrá tiempo. Deja jugar ya a tu madre que ya lleva mirando todo el rato. Ahora le toca a ella.» Nadie se movía. Gonzalito se había puesto de pie mientras hablaba. Pelé se levantó dudoso de su silla. Se oían los lejanos automóviles circulando a ráfagas por la carretera de Burgos. El líquido goteo espacioso del canto de los grillos abajo, en la huerta. «Estamos terminando una partida», dijo Pelé por fin. Tal vez el tono de disculpa de la voz del chico envalentonó a Gonzalito. O tal vez la sensación de vacío que la noche en el campo había instilado en todos los ocupantes de la terraza y que se multiplicó como un eco en la conciencia de Gonzalo, le hizo dar un paso más y decir, con voz ya descompuesta que recordaba la repentina lucidez pastosa de un borracho: «¡Qué partida ni qué mierda, llevo toda la tarde queriendo hablar contigo, quién coño te crees que eres, aquí sois todos mierda y os lo tenéis creído, tú, hipócrita, el primero, niño imbécil!» Martín se adelantó con paso decidido y se plantó frente a su cuñado mirándole a la cara. Todos estaban de pie ahora, incluso la abuela, que se había cogido de la mano de María. «¡Aquí el único mierda eres tú, majo! En esta casa no das gritos tú ni nadie y menos delante de tu madre y menos a mi hijo. ¡A mi hijo no le voceas tú, te enteras!» Gonzalito sonreía. Una sonrisa ancha le ocupaba toda la cara como un garabato en la cara de una luna llena en un dibujo de niños muy pequeños. «Esta es también mi casa, no lo olvides. Os habéis metido aquí de matute», murmuró Gonzalito. María se llevaba a la abuela hacia la puerta corredera de la sala. Virginia contemplaba la escena desde un sillón con las piernas llamativamente cruzadas. Pelé se había sentado con la cara entre las manos. Martín tardó un momento en responder. «Eres un miserable, Gonzalito, eres un impotente y eres un fracaso y lo sabes tú mejor que nadie. Y vamos a no tomar en cuenta ninguno de los dos nada de esto. Nos conocemos desde hace mucho y vamos a no tenerlo en cuenta. Haz el favor de irte, haz el favor.» Gonzalito parecía ahora realmente bebido porque dio un traspié y masculló un par de frases incomprensibles. Luego se volvió hacia el jardín, como si contemplara el paisaje. En esta última posición daba la espalda a Martín, a Virginia y a Pelé, que acababa de levantar la cabeza y contemplaba atónito la espalda de su tío. María entró en la terraza en aquel momento y se quedó inmóvil en la puerta. Gonzalito dio un par de pasos hacia los escalones que conducían al jardín, con la cabeza baja, como si hubiera decidido obedecer a su cuñado. Martín se volvía ya hacia María. Gonzalito estaba ya en la hierba, tres o cuatro escalones más bajo que la terraza. No se había vuelto a mirarlos. Todos pensaron que desaparecería jardín abajo en silencio. Sin embargo, en el último instante, se volvió hacia Martín y enunció con voz muy fría y muy clara: «No sabes con quién te has metido.»

En aquel momento la doncella que había reaparecido en la terraza sin que nadie lo advirtiera y que probablemente había escuchado las últimas palabras de Gonzalo anunció que el señor Waitzenbecker llamaba por teléfono desde Buenos Aires a la señorita María.

«¡Os he sido infiel a las dos y estoy arrepentido!», había voceado Rómulo Leonardo Waitzenbecker desde el otro lado del océano Atlántico y María se había echado a reír. La violencia de todo lo anterior había teñido su perplejidad de angustia: un sentimiento, una vez más, de soledad, mezclándose a los ahora bien visibles agujeros de la realidad familiar. Le había reconfortado sumergirse de pronto, auricular adentro, en la seria voz de Waitzenbecker y sus explicaciones absurdas que conservaban, sin embargo, una sustancial verosimilitud frente a la inverosimilitud que había irrumpido en la terraza y también, un rato antes, en la conciencia de María. «Se llama Margot y no podía dejarla y no puedo dejarla así sin más y el ataque de apendicitis fue gravísimo, a su edad la apendicitis es gravísima, ya está rondando los cuarenta y me había prometido, y lo cumplía, no telefonear nunca a casa y ya casi nunca nos veíamos... María, ¿verdad que tú me entiendes?» «¡Claro que te entiendo! Pero ¿no ves, Rómulo, que así no puede ser? ¿No ves tú mismo que hubiera sido preferible haberte casado con ella, con Margot, en vez de con Virginia y tenerlas engañadas a las dos a la vez? ¡A la pobre Margot también le hiciste la faena...!» «¡Ay, María, María, tú sí que me comprendes!», gemía Waitzenbecker. Y quizá fue al oír este absurdo suplementario cuando a María se le saltó la risa. Virginia había contado que una vez descubierta la existencia de Margot, a causa del ataque de apendicitis nocturno, Waitzenbecker se había visto obligado a confesar la existencia paralela de otras tres o cuatro chicas situadas a distintos niveles de profundidad en el corazón de Rómulo Leonardo. La más abisal era Margot, extendida muchísimo más allá del talud continental del matrimonio con Virginia, a profundidades juveniles y tanguistas del barrio de la Boca, a la sazón ya casi cuarentona; pero había otras tres o cuatro, una Edelmira Martorell de origen catalán, una Silvina y una Celia Olegaria, esta la más reciente y somera del florido conjunto, que era dependienta de una zapatería de Corrientes y que Waitzenbecker, tras no haberse podido resistir, solo la veía de vez en cuando y le mandaba ramos de rosas a su piso, algo mucho más comprometedor y detonante incluso que acostarse con ella porque Celia Olegaria tenía un novio formal, un chico de origen italiano. De algún modo, todas las queridas de Waitzenbecker estaban enteradas de sus respectivas existencias y se toleraban mutuamente y toleraban que Waitzenbecker con el ceño fruncido y un aire preocupado expusiera a cada una los intrincados problemas de las otras, bajo la condición expresa y única de que Waitzenbecker se comprometiera a no prometer a ninguna nada en firme. De Margot a Celia Olegaria había tendido Waitzenbecker un hermosísimo arco iris de infidelidades fieles a no comprometerse. Casarse con la gallega puso patas arriba todo esto y Waitzenbecker tuvo un primer año de matrimonio sumamente accidentado. Sus queridas, capitaneadas por Margot, no le dejaban en paz. La situación se fue normalizando poco a poco y Virginia pasó, sin saberlo, a convertirse en otra querida más de Waitzenbecker –igual que las demás, al menos a ojos de todas las demás–. De hecho, las que se hallaban situadas más cerca de la superficie fueron poco a poco desapareciendo. Y tras ocho años de matrimonio casi solo permanecía Margot incrustada como el *Titanic* de proa y de popa y partida en dos en lo más profundo de las simas. Margot se había quedado de por vida. Lo único malo de Margot es que se había ido volviendo impresentable. Lo callejero y lo tanguista se había vuelto indeleble. Y a Waitzenbecker le gustaba así. La amaba desgarrada. Y la instaló como es debido en un piso de Palermo. De no haber sido por la apendicitis hubieran seguido así las cosas hasta el fin. Y era tal la fuerza de la rutina y lo convencional de la relación –que casi bordeaba la castidad y la ñoñería– que Waitzenbecker no tenía nunca o casi nunca sentimientos de culpabilidad o la sensación de estarle siendo infiel a su legítima esposa, a Virginia, la gallega. El alboroto de Virginia y las heladas declaraciones acerca del honor y de «la situación intolerable» y la «humillación indigna» sorprendieron profundamente a Waitzenbecker quien, tras la huida de Virginia, lloraba de pena en casa de Margot mientras planeaba cómo hacerla regresar. Telefonear a María se les ocurrió a la vez a los dos, a Margot y a Waitzenbecker. «Esto te lo resoluciona la gallega santa, que no te quepa duda», había declarado Margot. Y Waitzenbecker había telefoneado por primera vez desde su piso. Margot, que había escuchado lo de «la pobre Margot» y lo de «la faena» a través de un auricular supletorio, se declaró inmediatamente entusiasta de María: «¡Vaya mujer, qué claridad de ideas, bien claro te lo ha dicho, que con la otra o conmigo, una de dos, sin medias tintas, eso es una mujer de corazón!» Y Waitzenbecker decía que eso era exactamente lo que pensaba él y que María era en realidad la única mujer que de verdad amaba y amaría hasta la muerte. Y Margot ahora ya, después de oír la conversación, le daba toda la razón y hasta quería tener una foto de María en color para ponerla en la salita. Esto de la foto ya había salido a relucir antes incluso de que Margot se entusiasmara, ya en los tiempos puramente rutinarios de antes de la separación, cuando Margot oía hablar de María y quería ver su foto para conocerla. De suerte que la primera conversación telefónica entre María y Rómulo terminó con esto de la foto que provocó la risa de María de nuevo. «Te mandaré una que tengo con Pelé, así ves lo alto que está ya.» «Lo del Ritz, María, fue todo verdad, todo lo que dije. En Buenos Aires se te quiere mucho...», había añadido Waitzenbecker sin poderlo remediar y un poco en atención a los sentimientos de Margot que escuchaba desde el dormitorio. María permaneció cinco minutos con los ojos cerrados tras la conversación y repasándola. Rómulo había prometido volver a llamar dentro de quince días para preguntar por Virginia o, por lo menos, no solo expresamente por Virginia. Pero a María le pareció que Rómulo no llamaba por Virginia, sino que llamaba... por hablar o por llamar. Su sentido común le decía que era absurdo pensar, incluso tratándose de Rómulo y de sus amores crónicamente generales y desenfocados, que una llamada así fuera por ella. ¿Qué decirle a Virginia? Tal vez no era verdad que Rómulo llamara por llamar. Era más verdad, tal vez y de momento al menos, decirle que Rómulo llamaba a preguntar por ella.

Cuando María colgó el teléfono la terraza estaba iluminada y vacía y la sala vacía y no había nadie en el despacho de Martín y María subió desasosegada y nuevamente perpleja a la habitación de Pelé donde encontró a este confuso y lloroso y a la vez irritado. María pasó una hora con su hijo y cuando entró en el dormitorio conyugal, mucho más tranquila y animada, se encontró a Martín leyendo en la cama y ya en pijama, como todas las noches de toda la vida de los dos desde que se casaron.

Los vio besarse en la terraza. Al acudir María al teléfono y quedarse Pelé solo con su padre y Virginia, al perderse Gonzalo entre las sombras del jardín como un fantasma, Pelé sintió tal desconsuelo que huyó corriendo a su cuarto. Virginia y Martín tenían toda la terraza a su disposición y se sintieron a sus anchas por primera vez en toda la tarde. Aquel amplio espacio iluminado, respaldado por la casa silenciosa y abierto a la temprana nocturnidad del húmedo jardín de octubre invitaba a sentarse juntos, a sentirse juntos, a cuchichear. Los dos se hablaban en voz baja. Los dos se miraron a los ojos, los dos permanecieron un instante sentados sin mirarse, mirando al cielo aún levemente rosa y blanquecino, los dos se pusieron de pie más o menos a la vez y dieron una vueltecilla pensativa cada cual, alrededor de las sillas y las mesas hasta reunirse y, sin querer, cogerse de las manos. Los dos habían olvidado por completo la violenta escena anterior y se hallaban embebidos en los recuerdos de los paseos de la tarde y en las secuelas interiores de las miradas dulces intensas y fugaces que se habían estado dirigiendo durante toda la semana. Aquella situación, abandonados los dos en la terraza, tenía todos los ingredientes de un final. Se besaron por eso: porque no había más remedio que besarse y porque deseaban saber a qué sabían los besos de una boca y una lengua que habían imaginado ya mil veces. Como hubiera dicho Martín, de haber tenido la más mínima oportunidad, aquel beso fue un tránsito de los cien táleros posibles a los cien táleros reales y una especie de conclusión del argumento (ontológico) que demostraba la existencia del amor en el entendimiento y en la realidad. Y Gonzalito, que, una vez oculto entre las frondas, se había vuelto a contemplar la terraza como un animal perseguido observa a su perseguidor desde un agujero, observó todo el ritual –sumamente convencional y previsible, a su juicio– de un beso heterosexual y un incipiente adulterio. Gonzalito no esperaba nada semejante de Martín. Entre coquetear y ponerse pavo con Virginia y traicionar a María en su propia casa, en plena terraza iluminada, había una distancia que sinceramente Gonzalo nunca creyó que se atreviera a franquear su cuñado. Aquel beso tenía toda la falta de pudor de la juventud maleducada que se ve en las calles y toda la concupiscencia extremosa de la edad adulta. Gonzalito sintió ese beso en sus propios labios, humedeciéndole la cara, yendo y viniendo por su nariz y por sus pómulos y sus orejas y su cuello y su boca como una lengua incontenible que acabó por excitarle sexualmente. ¡Era ridículo! Se retiró al fondo del jardín y se tumbó debajo de los cerezos pensando en el destino de su hermana. ¡Tantos años de fidelidad y devoción para llegar a esto! La vulgaridad de la escena que acababa de presenciar le irritaba agradablemente. El admirable Martín de su juventud, el intocable artista ensimismado, convertido en un esposo adúltero en una escena sin grandeza. La falta de grandeza estaba clara. Allí no había habido más que atracción sexual y ni siquiera refinada. Un vulgar adulterio. Con esta frase se le llenaba la conciencia y la boca. Se tranquilizó al cabo de un rato al recordar cómo Pelé había abandonado la terraza al irse su madre. Solo entonces el significado de su propio comportamiento y de sus palabras, enfurecidas, y de las palabras de Martín y del enfrentamiento con Martín y de su retirada final comenzó a enunciarse. Era un significado ambivalente que por una parte recogía la acumulada frustración y la impaciencia de aquellos largos quince últimos días al cabo de tantos largos años y que por otra parte arrojaba una compleja interrogación sobre la posición de Gonzalo en el futuro en la casa. ¿Cabía, tras semejante exabrupto, seguir como hasta entonces, charlar y pasearse con Pelé como hasta entonces, reunirse tranquilamente dos veces al día en el comedor y en la sala con el resto de la familia? Esta casa es también mía, había dicho Gonzalo. Y esta idea, en efecto, jugaba un papel importante en sus presentes cavilaciones. Estaba allí por derecho propio. La relación con su sobrino se movía dentro de una legitimidad fundamental. ¿Y qué era en realidad lo que había dicho, gritado? Gonzalito no recordaba ya ninguna de sus frases; solo la desazón incontenible que le había impulsado a levantarse y pronunciarlas. Recordaba, como tras un ataque epiléptico, el malestar inicial y el torpor al recobrar el conocimiento. No recordaba lo ocurrido en medio. Gonzalito sonrió pensando en eso. ¡Debió ser sumamente aparatoso! Como un epiléptico que va reconociendo poco a poco, al esforzarse por hablar, las mordeduras de la lengua y las violentas huellas amoratadas de sus convulsiones, Gonzalito reconocía ahora, a tientas, las terribles frases pronunciadas, el desprecio implícito en todo lo que había dicho Martín, su propia frase final, aquel «No sabes con quién te has metido», de tan siniestro efecto, cuyo significado y consecuencias el propio Gonzalo no acertaba a discernir ahora. Antes de perderse entre las sombras, Gonzalito había proclamado acerca de sí mismo algo que ahora no sabía reconocer. Recordaba la frase e incluso el odio momentáneo con que la había pronunciado, pero no sabía qué había querido decir. Contenía una amenaza furiosa y contenía un sujeto velado que, llegado el caso, sería el ejecutor de la amenaza. Pero ¿quién era ese sujeto? Acaso Martín no supiera con quién se había metido. Pero Gonzalito tampoco lo sabía a ciencia cierta. ¿Con quién, pues? Si el agredido era Gonzalo, Martín se había metido con Gonzalo y eso Martín tenía que saberlo. Todo el mundo tenía que saberlo. También el propio Gonzalo lo sabía. En esto no había ningún misterio. El misterio surgía al repetir Gonzalito su propia frase y descubrir que en la ignorancia de la identidad del agredido mencionado al comienzo de la frase («Tú no sabes con quién...») y que Gonzalo atribuía al agresor, se contenía también la ignorancia del propio agredido que invocaba un desconocido en nombre propio. Ni Martín ni Gonzalo conocían al desconocido invocado contra el cual se había metido Martín como en un callejón sin salida y del cual Gonzalo, si se examinaba fríamente a sí mismo, no podía ser fiador. El invocado quedaba más allá de cualquier responsabilidad directa o indirecta de Gonzalo. Martín se había metido en una buena. Gonzalo tuvo en aquel momento la impresión de que él mismo en concreto era, en cuanto agredido, comparativamente insignificante. Gonzalito podía incluso perdonar la agresión u olvidarla o quitarle importancia y seguir tratando a Martín como si tal cosa no hubiese sucedido. Pero es que ambos, Gonzalito y Martín, en virtud ya de lo invocado, habían quedado expuestos a una nueva y tremenda relación retributiva de cuyos efectos Gonzalito no podía considerarse responsable. El desconocido se haría cargo de todo a su manera y en su propio tiempo. Gonzalito respiró aliviado y se incorporó hasta sentarse con las rodillas abrazadas con los brazos. Nunca se había sentido tan limpio y vacío como ahora. Se sentía niño otra vez en aquel mismo jardín oscuro de su infancia, jugando al escondite con María en espera de la hora de acostarse. Ahora no sentía ningún rencor por nadie. Y ni siquiera impaciencia al pensar que muy probablemente Pelé se iría al colegio sin decirle adiós y no se verían hasta el próximo fin de semana o hasta el otro. Todos estarían en el comedor y en la sala y en sus habitaciones y en el jardín hablando unos con otros o en silencio a solas y también María, sobre todo María, y Gonzalito iría por las toperas de debajo de la tierra rodeándolos, rodeando a María sin que María lo supiese, viéndolo todo sin ser visto, oyéndolo todo sin ser jamás oído, dueño de todos los destinos, poderoso y dulce como un animal secreto, insospechable. Y aparecería al final, como de niño, sorprendiendo a María en el momento más insospechado. Todos admirarían la habilidad de Gonzalito para transitar sin ser notado por las vidas de todos los habitantes de la casa. Y penetraría en la habitación de Pelé y le vería estudiando, o duchándose, o tumbado en la cama o durmiendo, como el hombre invisible que solo volvería a ser visible al clavarle una espada. Todo esto era regocijante y estremecedor a la vez. La aparición en medio de una simple frase de amenaza –una frase vulgar que casi todo el mundo ha empleado alguna vez– de un desconocido invisible, añadía al jardín ensombrecido y a la conciencia hueca de Gonzalo una dimensión excepcional y peligrosa. Daba un poco de miedo. Daba mucho miedo hallarse solo en la creciente noche, acompañado sin notarlo del habitante del lugar donde Martín se había metido por imbécil y de donde nadie podía ya sacarle –y menos Gonzalito–. Gonzalo se levantó y se encaminó silenciosamente a la casa donde entró sin ser visto y se encerró en su cuarto. Soñó que Pelé y él escapaban juntos de un desconocido sonriente.

La fragante presencia de Virginia en la casa –una fragancia esta no demasiado olfatible porque Virginia usaba perfumes finos y su olfacción solo era factible en ciertos momentos delicados y gracias a movimientos delicados de su figura delgadísima– era un estímulo sensorial constante para los sentidos más nobles y menos nobles de Martín. Casi los menos nobles, el gusto y el olfato, eran los más estimulados porque del beso en la terraza le había quedado a Martín un paladeo o regusto y del olfato tenía diariamente un testimonio o prenda o probatura ambulante al encontrarse con Virginia a las horas prescritas de almuerzos, tés y cenas y de repente también a cualquier hora entre ocho o nueve de la mañana y medianoche, la hora de retirarse todo el mundo a sus habitaciones, a dormir o no dormir, según los casos. Martín dormía a pierna suelta –mejor que nunca ahora que el amor le mantenía despierto y de puntillas durante todo el santo día–. Si antes del beso todo había sido porvenir, después del beso tenían ya un pasado, como una nuececita, capaz de consolarlos durante el largo entreacto subsiguiente. Porque ahora, en efecto, se había abierto para los dos enamorados un entreacto de grandes dimensiones, determinado no solo por el parón adjunto a la feliz sorpresa y al asombro de saberse enamorados, sino también en ambos casos por una como recaída en la reflexión moral y literaria. A la vez que se amaban, ambos pensaban en María con un pensar que les ponía cejijuntos –el momento ético– y ambos pensaban en sí mismos, Virginia para cambiarse de blusas, de zapatos y de faldas y para estar siempre encantadora, y Martín para escribir con renovada decisión e inspiración el final de su mejor novela, la gran novela de la vida interior –el momento estético–. A consecuencia del amor, pues, cubrían entre ambos todo el arco de todas las pasiones y todas las etapas del camino de la vida. Y así, entre folio y folio, Martín volvía a sentirse sabio con una sabiduría que incluía ahora una cierta dosis de ironía para consigo mismo –su rectitud y austeridad tradicionales se habían quebrado un poco– y una gran compasión por María que no era, ciertamente, conmiseración y que no incluía ni una sola brizna de desamor –eso se queda para los pigmeos a quienes el amor pone anteojeras en vez de remozarlos y abrirles de par en par a todo amor en general, incluido el amor a la mujer legítima, y más en el caso de María, que había redoblado su legitimidad civil y religiosa mediante una legitimidad espiritual específicamente suya propia, cuyo vigor y valor en las presentes circunstancias humedecía los ojos de Martín y enternecía su corazón tranquilizándole–. De hecho, la figura de María, se estaba beneficiando inmensamente del abundante riego sanguíneo que bombeaba el nuevo corazón del viejo esposo, Ahora, por las noches, Martín leía menos y se enfrascaba más en detenidas charlas con María, quien acababa bostezando y quedándose frita entre las frases. Martín tenía por las noches una descomunal gana de hablar como si todo lo sobrante de los folios del final de la novela más todo lo sobrante de las energías amatorias que se consumían de momento solo en ver a Virginia por la casa y en un hablarse, entrecortados, a la vista de toda la familia, se reagrupara a partir de las doce de la noche en torno al lecho conyugal para no cejar hasta las tres o tres y media, momento en que María se sumía en el sueño con la inevitabilidad de un plomo en el agua. Esas altas horas de la madrugada que, si bien se mira, no eran sino una prolongación excepcional de una costumbre de los dos, tenían para Martín una importancia enorme. Hablando a María tenía la sensación de estar dejando claro y en limpio y por escrito que su fidelidad estaba por encima de cualquier veleidad sentimental y de todas las aceleradas estimulaciones sensoriales que le proporcionaba la presencia de Virginia. María no dependía de los sentidos porque caía de lleno en el territorio noumenal. O en cualquier territorio donde quedara claro que las comparativas liviandades y ligerezas de la atracción carnal no afectaban a la consistencia de María que continuaba y continuaría hasta la muerte circulando ágilmente *–agilem sine levitate–* por la conciencia de Martín. Hablarle a María hasta las tantas era, pues, un desahogo al que Martín no hubiera renunciado en aquel momento bajo ningún pretexto. María le miraba con sus ojos claros, interrumpiéndole a veces con algún comentario, procurando seguir las vueltas de sus razonamientos que a esa hora de la noche se le enredaban a Martín, encimándose los asuntos unos en otros como si fueran todos aspectos de una misma cosa. Uno de esos asuntos, por supuesto, fue el de Gonzalito, que Martín trató primero con indignación y después cada vez con más consideración y distancia al ver la expresión crispada de María. En realidad el asunto no le preocupaba realmente: consideraba la explosión de su cuñado un accidente histérico fruto de la ociosidad y del no haber adquirido Gonzalo ya a sus años una identidad reconocible. «Es una crisis de identidad, María. No te quepa duda. Se ve obligado a reclamar violentamente la atención de un chiquillo porque se reconoce incapaz de interesarnos a todos los demás. Con Pelé todavía puede creerse alguien, imaginar que tiene asuntos que discutir y resolver; por eso no tolera ver al chico interesado en otras cosas, aunque sea el parchís. En aquel momento me indigné mucho, pero ahora voy viendo cada día más claro que todo fue una chiquillada. Desgraciadamente, comportarse como un crío a la edad de Gonzalo puede llegar a ser una falta grave. Y es, desde luego, incompatible con la vida en familia. Ahora que no tiene a Pelé para charlar, confío que se vaya a su dichoso piso. Es lamentable, porque para ti y para mí siempre será un poco el adolescente entusiasta que conocimos..., ¡confío que sepa usar sensatamente el dinero de su padre!» Estas reposadas consideraciones envolvían más radicalidad de la aparente. María advirtió muy pronto que el tono razonable de Martín implicaba una descalificación total de Gonzalito. Se le reducía al recuerdo, a una perpetua infancia. La única defensa que María encontraba era invocar –por lo menos para sus adentros– lo inacabado de todas las criaturas y la necesidad de dar a todos tiempo de alcanzar su verdadero ser. Lo cual así enunciado tenía mucho de vaguedad bienintencionada –algo que no podía oponerse seriamente a los razonamientos de Martín, y sobre todo ahora que su indignación iba diluyéndose y que Martín se comportaba con impecable cortesía con su hermano–. Ella misma no tenía tampoco nada nuevo que decir. A partir del incidente de la terraza –que aún se repetía, agigantado e informe, en su memoria– María había comenzado a admitir que en el comportamiento de su hermano había elementos imprevisibles. María tenía que hacer un gran esfuerzo para aceptar lo imprevisible –ese dato o esa fuerza capaz de modificar la realidad conocida desde fuera–. Cada realidad presente en su vida, cada ser humano individual, era para ella una unidad coherente de claridad y de sombra. No todo lo que era cada ser –no todo Martín, o toda Virginia, o todo Pelé, o todo Gonzalito– podía verse a la vez. Tratar con ellos consistía para María en gran parte, en ver lo visible y comprensible y retenerlo en espera de que lo invisible fuese, a su vez, apareciendo. Lo invisible no podía ser amenazador si lo visible no lo era. Podía ser, eso sí, misterioso porque también lo claro, lo evidente, lo que se mostraba a plena luz, podía ser, y con frecuencia era, misterioso. El sentido de lo misterioso se compaginaba en María con el sentido de lo claro. Así la belleza de un macizo de petunias blancas una mañana de verano le parecía misteriosa en su total patencia. Así su propio hijo, cuya vida había contemplado instante tras instante, le parecía con frecuencia misterioso, un bien sagrado, aún invisible, cuya manifestación total debía esperarse con paciencia: lo misterioso era que estas criaturas, las petunias, Pelé, las mil cosas de la vida cotidiana, existieran. La paciencia que María consideraba apropiada a este misterio luminoso era una actitud compleja que se diferenciaba claramente de toda pasividad y de toda invidencia en que era un activo escudriñar lo venidero, como un tratar de adivinarlo, ayudándose de las evidencias ya poseídas, corrigiéndolas y purificándolas lentísimamente a medida que cada ser iba girando y haciéndose ver con el tiempo en perpetua realización de sus indicios. De aquí que lo misterioso para María, la revelación temporal de cada ser amado, fuese siempre algo esperado y por lo tanto algo perteneciente al ser que se aguardaba, algo interior y propio de ese ser, algo previsible. María había llegado a decir en una ocasión a cierto fraile que el misterio de la encarnación nunca la había sorprendido porque era *previsible* que Dios se hiciese hombre si se examinaba atentamente la claridad de la idea del amor de Dios. Era previsible, según María, que Dios se hiciese hombre y se dejase crucificar por los hombres. ¡Lo imprevisible hubiese sido lo contrario! Así los seres amados daban continuas muestras de su ser que resultaba siempre, pues, visible de antemano en el gozoso misterio de su ir apareciendo y volviéndose cada vez más visible –el ser cada ser era lo previsible por antonomasia–. Lo imprevisible, en cambio, era para María siempre accidental. No podía preverse porque no pertenecía al ser de cada cosa. En este punto, la improvisada ontología de María se enturbiaba un poco y vacilaba como sorprendida, ella misma, por un accidente colosal. María se daba cuenta de que no era del todo verdad que lo accidental fuese inesencial, una mera irregularidad exterior. Una tormenta de verano que machacaba las petunias no pertenecía tal vez a su belleza pero sí a los ciclos naturales de esas plantas. En este caso lo imprevisible que destruía la belleza era previsible en cierto modo. Y las equivocaciones de las personas que elegían en contra de su verdadero ser venidero constituían imprevisibles, o bien previsibles solo en términos de la libertad. María se resistía a creer que la libertad pudiese dar lugar a un imprevisible absoluto, algo que ni siquiera la amorosa atención al ser constantemente venidero hubiera podido prever porque acontecía en él por obra de su propia libertad. ¿Quedaba, entonces, el misterio de la libertad fuera de lo visible en cada ser de antemano? María no sabía contestar. Y parecía evidente que desde su llegada de Inglaterra habían ido apareciendo en Gonzalito imprevisibles realmente imprevisibles que sumían a María en la perplejidad. Era la perplejidad una vez más.

Todos estaban de espaldas aquella tarde y como envueltos los unos en los otros. María recordaba la terraza como un lugar donde ella ya no estaba. Así la había visto en aquel momento y el recuerdo permanecía inmóvil en ese contenido. Es muy posible que la perplejidad se hubiera disuelto sin dejar huellas, de no haber tenido lugar el incidente de Gonzalito con toda su agria imprevisibilidad. Había acudido a Pelé en busca de ayuda esa noche, y aunque la compañía de su hijo la había tranquilizado, no había logrado reducir el incidente a proporciones comprensibles. Pelé había comenzado por declararse enteramente ignorante acerca de los motivos de su tío para dar aquel escándalo. En los «¡No sé lo que le pasa, no le entiendo!» del principio había una buena dosis de irritación –una característica esta desacostumbrada en el chico–, María comprendió muy pronto que semejante irritación procedía de una curiosa mezcla de amor propio y sentido de la responsabilidad. A Pelé le parecía que su madre le estaba en cierto modo pidiendo cuentas acerca del comportamiento de su tío, cuyo bienestar Pelé sentía haber descuidado al regresar al colegio y a la vez no ser del todo realmente asunto suyo. Se sentía tan desbordado por los acontecimientos como su madre. Por otra parte deseaba ayudarla haciendo comprensible una conducta a todas luces desmedida. Y aquí las cosas volvían a complicarse porque Pelé se daba cuenta de que tenía acerca de Gonzalo bastante más información privada que su madre. Lo único, que casi toda esa información, por expresa indicación de Gonzalito, tenía que ocultársele a María. El «No se lo digas a tu madre» comenzaba a surtir ahora sus ambiguos efectos. Pelé no se sentía libre para comentar con su madre la conducta de su tío. Esto también era una fuente de irritación. Pelé no estaba acostumbrado a las ocultaciones o a los disimulos. No habían existido nunca entre él y su madre y, por lo tanto, tener ahora que reservar una parte de su información –y de las opiniones acerca de la conducta de su tío que procedían directamente de esa información o que podrían revelarla al emitirlas– le incomodaba profundamente. Lo único que logró fue que su madre se fiara de su palabra: que creyera o fingiera creer que aquella explosión no había sido tan inexplicable como parecía. Pelé aseguró que podía entenderlo a partir del estado de ánimo de su tío, acerca del cual, dijo, prefería no dar explicaciones. Y María respetó esta reserva de su hijo que le hacía parecer, curiosamente, mayor y muy adulto. Confiar en él ayudó a María a recuperar aquella noche su confianza en la realidad. Tal vez debió María en aquel instante hacer más indagaciones o encararse directamente con su hermano. Ya aquella misma noche, hablando con su hijo, se planteó esa cuestión: «¿Tú crees que debería yo hablarle de eso? ¿Preguntarle por qué se enfadó contigo tanto de repente?» «No te iba a contestar. Dice que somos conjurados él y yo, como una sociedad secreta, que nos reunimos para hablar y ayudarnos y que nadie más puede entrar. Él le da mucha importancia, dice que es lo único que le ayuda en la vida. Viene de lo mismo, de lo mal que lo pasó en Londres.» «¿Pero tú esa tarde hiciste algo contra..., contra las reglas de esa sociedad, algo que le diera motivo para enfadarse tanto?» Pelé aseguró que no. Y María esa noche se dejó tranquilizar por la seguridad que su hijo, una vez superada la inicial irritación, infundía. «No puede ser nada muy grave», pensó María, «porque Pelé lo registraría. Tengo que fiarme de su buen sentido. Si ahora interviniera yo personalmente, Gonzalito tendría la impresión de que quiero entrometerme y vigilarlos. Tal vez más adelante. Intervenir ahora mismo solo serviría para dar más importancia aún a lo ocurrido, sacarlo de quicio.» Lo que había consolado a María, deshaciendo tanto la extraña perplejidad de la tarde como la sensación de hallarse con Gonzalo ante algo imprevisible, fue la fácil, la cálida y clara comunicación con su hijo que experimentó aquella noche una vez más. La fisonomía tranquila del mundo de María quedó restaurada provisionalmente esa noche. Curiosamente, lo que impidió que la restauración se confirmara fue una costumbre establecida casi desde el primer día de casados: la costumbre de hablar en la cama. La desacostumbrada intensidad y duración de los monólogos de Martín alteraban la fisonomía pacificadora de la costumbre. María se quedaba dormida sin querer en medio de ellos, lo cual la mortificaba indeciblemente. ¡Nunca antes, durante los quince años que llevaban juntos, se había extendido Martín tanto o había sentido María tanto sueño! Era posible, desde luego, que el esfuerzo suplementario de llevar una casa mucho más grande dejara agotada a María por las noches. Pero el simple cansancio solo salvaba, como mucho, el sueño de María. ¿A qué se debía aquella vivacidad insensata, aquellos elocuentes monólogos de Martín? Es cierto que durante el día se veían menos ahora. A menos que María fuese en busca de Martín al despacho, podía transcurrir un día entero sin que, con la excepción de las comidas, se viesen ni un momento. No tenía nada de particular y sin embargo era un hecho más a tener en cuenta. El «a tener en cuenta» se había convertido ahora en una característica de todos los hechos. Y esa especial condición que parecía envolver a los hechos en un solemne papel de celofán no contribuía precisamente a disipar la perplejidad. La perplejidad se iba y se venía sin principio regulador ninguno. Martín comenzó en esto, una noche, a referirse a su gran novela. Era ya tarde, después de las dos, y María saltó de una cabezada a la conciencia de que Martín le estaba preguntando algo muy concreto. «¿Te acuerdas, María, hace años, que me preguntaste por qué mi personaje no se enamoraba alguna vez? ¿Te acuerdas?» María se acordaba y se sacudió el sueño como pudo para decírselo a Martín. «Pues por fin se enamora, cae redondo con todas sus complicaciones y todo se simplifica así ¿qué te parece?» «Me parece un gran progreso. Seguro que la novela se está llenando ahora de energía.» «Sí. Lo único malo es que es una energía adúltera. Mi protagonista se ha sumido en un clásico caso de adulterio. Es un hombre casado y hasta la fecha había sido siempre fiel a su mujer. ¿Crees tú, María, que la infidelidad es posible?» Martín hizo una pausa que pareció aletear como un irónico y chillón animal nocturno entre los dos. Prosiguió antes de que María respondiera y como para impedirla responder. «¿Cómo crees tú que tendría que ser una conciencia, una conciencia real, para poder ser infiel?» «Tendría que ser un ser inquieto», respondió María. Y añadió de inmediato: «Un ser que no está seguro de su ser.» «Exacto, ese es el caso de mi protagonista.» María advirtió de pronto que esta era la primera vez en quince años de matrimonio que se planteaba entre ellos el tan traído y llevado asunto de la infidelidad conyugal. El «a tener en cuenta», que últimamente envolvía los hechos de su vida, había vuelto a hacer su aparición. María se sintió perpleja. Y para no sentirse así pidió a Martín que le pusiera al corriente de la situación de su protagonista, los últimos acontecimientos de la novela y las circunstancias del enamoramiento adúltero. Así fue como comenzó Martín a relatar a María por las noches la historia del adulterio imaginario –real en la ficción– de su protagonista. María ya no volvió a dormirse.

La visita de su madre la dichosa noche del escándalo del tío Gonzalo había hecho mucho bien a Pelé a quien aquella explosión había sumido repentinamente en la zozobra. Pelé estaba acostumbrado a hacer las cosas bien y a caer bien y a ser felicitado. Siempre había sido así y no le envanecía. Había habido un fértil tránsito de su niñez a su adolescencia, de la compañía de su madre a la compañía de los compañeros. Pelé estaba acostumbrado a la naturalidad, un dejarse ir y un manifestarse tal como se es, imitado o contagiado de las maneras sencillas de su madre. María le había enseñado –sin probablemente llegar a enseñárselo nunca de palabra– que ser como se es no significa, ni mucho menos, ser perfecto. El sentido del tiempo venidero era muy fuerte en María. Y su hijo aprendió a fijarse en las imperfecciones y borrosidades que caracterizan a cada ser concreto –así había florecidas minúsculas azules y moradas que podían compararse entre sí desde el punto de vista de su ser más o menos perfectamente florecidas–. Madre e hijo habían examinado muchas veces, a partir de un tenue ejemplar considerado bellísimo y perfectísimo, los casos de otras flores de la misma serie a las que algún defecto restaba esa suma perfección. Y resultaba evidente que algunas de esas pobres florecidas se habían quedado más chicas o menos gentilmente dibujadas y coloreadas que aquella que Pelé y su madre habían considerado ejemplar. Esas flores menos perfectas no podían por sí mismas modificar su imperfección. Era evidente, en cambio, que Pelé podía ser más o menos amable con la abuela, más o menos aplicado en los estudios, más o menos severo consigo mismo en los entrenamientos. Y ahí, en esa consustancial vacilación del más o menos, que Pelé podía controlar, residía el encaminamiento de la perfección. Pelé había visto desde su niñez cómo cada cual, empezando por él mismo, podía imaginar y concebir su propia perfección antes de poseerla. Estas sencillas ideas no llegaban a conceptos: eran más bien impulsos o vectores naturales de su manera de vivir. La idea de corrección apareció, pues, en Pelé en un momento prejudicativo, como una característica propia del simple percibir el mundo sensible. Las cosas sensibles se mostraban precisamente en series graduales de corrección-incorrección: la gracia estaba en dar, tras muchas atenciones y observaciones, con la correcta perspectiva correspondiente a cada cosa. La consecuencia de todo ello era que Pelé no concebía que nadie abandonase voluntariamente este continuo ejercicio de encaminarse, mediante continuas correcciones, hacia su propia perfección. El caso del tío Gonzalo era un caso especial. Y, pasadas las sorpresas y curiosidades de las dos o tres primeras semanas, Pelé se había sumido como un submarinista que apenas saliera a respirar, en las extrañas cuevas y en los hundidos fragmentos de navíos de la especialidad de aquel caso especial. El tío Gonzalo no parecía tener ni la más remota idea acerca de su propia perfección. No podía, por consiguiente, corregirse, puesto que no había ningún tío Gonzalo-ejemplar que sirviera de punto de comparación. Al tío Gonzalo le faltaba, por ejemplo, agilidad. Estaba muy delgado pero a la vez como tieso. Lo que se dice estar en baja forma. Una cosa que evidentísimamente le faltaba era coordinación. Era como si el cuerpo le funcionase por sí solo, en una proliferación insensata de manos y de pies y cabeceos que hacían imposible controlar el balón. Pelé sabía que la falta de coordinación podía reducirse con el entrenamiento. Había visto muchos casos. Por eso le sorprendió que, al mencionarlo amablemente, su tío le preguntase para qué. Aquel «para qué» le escandalizó profundamente. ¿No era evidente para qué? Gonzalito se había internado luego en una laboriosa explicación que Pelé sentía hallarse en directa oposición a cuanto había aprendido con su madre. El gran término de Gonzalito, la palabra de donde todo nacía como por generación espontánea, era «singularidad». Cada cosa de este mundo, según Gonzalito, y en especial cada persona, era un caso aparte, una singularidad, que no admitía comparaciones y que había que respetar en su ser de esa manera. Ser singular, aseguraba Gonzalo, es equivalente a ser incorregible. Y trajo en su apoyo, incluso, un dicho que Pelé escuchó entonces por primera vez. «Genio y figura, hasta la sepultura»: cada persona tiene una figura corporal que se va viendo poco a poco y que culmina en la madurez –la edad de Gonzalito– y un carácter o genio propio que también con los años se va afirmando más y más y ante el cual, como ante la figura física, no hay nada que hacer. Amar a una persona, había asegurado Gonzalo, es aceptar su genio y su figura, su pura singularidad incomparable. Las comparaciones son odiosas, añadía Gonzalo, porque trastornan la verdadera percepción de la realidad haciéndonos creer que todo puede medirse por el mismo rasero. Lo que hace el amor es tomar las cosas como son, sin exigencias, con paciencia infinita, sin empeñarse en alterarlas en función de ideas extrañas a esas cosas, ideales impersonales. Y con un insuperable instinto para argumentos que resultaran familiares a Pelé –Gonzalito no tenía más que recordar la manera de ser de su hermana– había propuesto el ejemplo, él también, de una florecilla: he aquí una pobre florecilla imperfecta, la más fea de todas sus iguales: una florecilla, para colmo, que Pelé y Gonzalito habían pisoteado sin querer jugando al fútbol. ¡Hela aquí!, veámosla en sí misma y por sí misma, sin pensar en las otras. ¿Por qué pensar en las otras? ¿No es acaso suficientemente valiosa por sí misma? Había algo perverso, según Gonzalito, en exigir a la florecilla una perfección que no podía tener porque ya era como era. «Si exigiéramos que cada persona tuviese que ajustarse a una idea de perfección determinada destruiríamos su singularidad. El encanto de lo singular es que rechace espontáneamente todo intento de igualarlo con las demás cosas. ¿Tú crees Pelé que yo podría quererte a ti, fíjate bien, a ti en concreto, si estuviera todo el tiempo comparándote con otros chavales de tu edad? Tú eres un absoluto para mí. Tal y como eres, con tu nariz inigualable, con tus ojos azules que a veces tiran un poco a verde al atardecer, con tus piernas largas, con tu pelo, eres un ser único. Eres una totalidad completa y perfecta: y solo es posible quererte o no quererte, tomarte o dejarte; no cabe andar pensando en cómo serías si fueras algo menos alto o supieses jugar al baloncesto en vez de al fútbol; y lo mismo pasa con tus pequeños defectos –que los tienes–, ¡y tanto! ¡Si no los tuvieras no serías tú mismo! ¡Para ser Pelé tienes que irritarte cada vez que centro mal o que chuto a lo tonto fuera del campo! ¡Para ser Pelé tienes que sentir por tu padre lo que sientes: antipatía y despego en vez del afecto que un Pelé falso pero teóricamente más perfecto tendría que sentir por su padre! Estos defectos constituyen tu singularidad y si me apuras casi más que tus virtudes. Quienes te queremos como yo, que te quiero sin poderlo remediar, que pienso todo el tiempo en ti, te queremos tal y como eres, sin ninguna corrección. ¡Sería horrible que te corrigieras y te convirtieras en un chaval insulso, igual que todos los demás, sin singularidad, sin gracia!» «¡Pero entonces, si una persona es mala...!», había exclamado Pelé. «¡Muy bien! Me alegro de que te des cuenta de que la posible objeción va por ahí. Lo que pasa es que yo creo que si uno se atiene seriamente a esta noción de singularidad que yo te digo, lo de bueno y malo pierde el interés. En una persona singular habrá, tal vez, mucho de malo, de imperfecto, de incorrecto... ¿Y qué? Si amamos esa criatura singular la amaremos tal y como es, mala o buena.» Aquel argumento –o serie de ellos, porque tío Gonzalo, que hablaba poco con los demás, en la mesa, pero que hablaba a Pelé casi sin descanso– tenía a su favor una sencillez análoga a la sencillez de las enseñanzas de María. Y en cierta manera había que dar la razón al tío Gonzalo –a ser posible sin quitársela, al mismo tiempo, a su madre– si se pensaba en la singularidad de la flor pisoteada. Pelé se detenía, sin embargo, al llegar a su propia singularidad y a la de su tío. Ahí lo de la singularidad despedía un cierto olor a excusa. Pelé no iba más lejos: nunca hasta la fecha se había atrevido a contradecir a su tío abiertamente; pero le resultaba imposible aceptar sin más que una persona cualquiera, él mismo, o su tío, o su padre tuvieran que ser incorregiblemente lo que eran y que amarlos fuese quererlos justo así. La propia experiencia cotidiana de Pelé, como estudiante, como futbolista que este año se entrenaba con los mayores con vistas a jugar de suplente en el equipo del colegio, hacía imposible creer del todo al tío Gonzalo. ¡Por muchas facultades que se tengan, para jugar bien hay que entrenarse mucho! Jugando al fútbol, pensaba Pelé, no hay puñetera singularidad que valga. Lo de «puñetera» lo añadía porque, invariablemente, todo un lado de la argumentación de su tío le ponía de mal humor. Este mal humor, por ejemplo, era un defecto del que Pelé deseaba corregirse: el desear corregirse le parecía a Pelé una prueba del afecto que sentía por su tío. De no corregirse, ¿no llegaría el mal humor a desfigurar la figura del tío Gonzalito? Una figura, ciertamente, complicada, y eso, singular. La noche que su madre subió a verle, todas esas complicaciones enredadas en el nudo de la explosión en la terraza habían hecho que Pelé se sintiera maniatado. ¡Claro que sabía cosas de su tío! Precisamente lo copioso de su información le maniataba. Hubiera deseado contarle a su madre muchas cosas –le hubiera desahogado contárselas– que el secreto inherente a la noción de singularidad impedía declarar. Y había un asunto –información acerca del cual Pelé hubiese deseado de todo corazón dar a su madre– en el que el tío Gonzalo –en virtud, tal vez, de la singularidad de su manera de ser– había dado en el clavo: el de la aversión que Pelé sentía por su padre. Gonzalito lo descubrió en seguida. Empezó sorprendiéndose de que Pelé, que mencionaba con frecuencia a su madre, no mencionara nunca a su padre. Había habido como una connaturalidad en ese descubrimiento. Ni siquiera habían sido necesarios incidentes concretos que revelaran ese sentimiento del cual Pelé se avergonzaba. De hecho, Gonzalito había dado por supuesto que Pelé no se entendía con Martín. Nunca se refería a él diciendo «tu padre» sino siempre usando el nombre propio, como si se tratara de un conocido común acerca de cuyo talento tiene uno reservas que por delicadeza evita mencionar. De alguna manera referirse siempre a «Martín» en vez de a «tu padre» (o, por parte de Pelé, «mi padre») facilitaba la conversación. Resultaba más tranquilizador para Pelé oírle decir a su tío «Martín se puso pesadísimo hoy en el almuerzo» que «tu padre se puso pesadísimo...». «Martín» podía resultar a consecuencia de la conversación o de las maliciosas observaciones de Gonzalito, un cómico pelele que «tu padre» nunca hubiera podido resultar. El simple hecho de que Pelé, como todos los hijos en España llamara a Martín «papá» volvía el «Martín» un nombre inusitado que uno podía tomar de refilón a la ligera. Gonzalito descubrió esta debilidad de su sobrino con la satisfacción y la sorpresa de quien descubre una casi invisible raja en una valiosa porcelana. Gonzalo se dio cuenta de que por ahí su sobrino podía hacerse añicos. Y Gonzalito se valió de este descubrimiento en un principio no tanto para separar a Pelé de su padre (y quizá, a la larga, de su madre) como para atraerle hacia sí, haciéndole sentir que en esto se entendían.

Bien es cierto que Gonzalo se llevó la inesperada sorpresa de descubrir al mismo tiempo que para Pelé la aversión al padre era una fuente de íntima y profunda confusión. Al principio Pelé rechazó ásperamente la complicidad que su tío le ofrecía en este asunto. Frases como «Martín es en realidad un *parvenu»*, o «A Martín le falta toda la clase que a tu madre le sobra», o «Martín jamás será un hombre simpático, por más que se empeñe, porque no sabe escuchar», o «A Martín le falta encanto» (al tío Gonzalo le encantaba meditar acerca del «encanto»: ese algo, según él, que era imposible cultivar porque era un don que se tenía o no se tenía. «Tú, por ejemplo, lo tienes, Pelé. Tu madre lo tiene. Martín no. Es extraño porque parece que es algo que un escritor tendría que tener. Y sin embargo Martín carece de encanto. La persona más humilde, el mancebo de botica menos ilustrado y más joven lo tiene. Y Martín no. Es algo que se tiene o no se tiene. Y si no se tiene..., en fin, ¡es una lástima!»), frases de este estilo fueron acogidas por Pelé, al principio, con franca hostilidad. Lo de su padre era un secreto doloroso que solo podía compartirse a la dulce sombra de su madre –alguien fuera de dudas que, además, amaba sin reservas a la misma persona que Pelé no amaba–: Pelé sentía que ahí, en el cálido seno de su madre, incluso un desafecto como el suyo perdía sus aristas y resultaba de algún modo inteligible y, a la larga, ¿por qué no?, corregible. Pelé contaba incluso con una definitiva corrección en lo de su padre. Gonzalito no tuvo, pues, nada que hacer. Al final del verano, sin embargo, había logrado que las bromas acerca de «Martín» hicieran sonreír o reír a su sobrino. Fue un triunfo de la mala intención que Gonzalito justificó para sí mismo diciéndose que aquello los uniría a Pelé y a él en el futuro. En cualquier caso, este secreto entró a formar parte de la información acerca de su tío que Pelé no podía dar. Había otras cosas, selladas todas ellas implícita o explícitamente por el «No se lo digas a tu madre». Eran las cosas relativas a la singularidad de tío Gonzalo en cuanto tal. La mayoría de ellas giraban en torno a la idea de sociedad secreta que Pelé había invocado ante su madre en la noche en cuestión. «Todo lo que ocurra entre tú y yo, solo tú y yo podemos entenderlo. Es algo singular que se explica únicamente por las circunstancias concretas en que ocurren. Tú y yo lo entendemos porque es algo que nos está sucediendo a los dos a la vez, es una experiencia común, a veces dolorosa, a veces gozosa, a veces es una gran alegría, puede ser ver volar juntos una golondrina, o estar sentados debajo de los árboles y ver el sol colarse entre las hojas, tal vez tu brazo y el mío se rozan, o nos abrazamos de alegría, todo eso es incomprensible desde fuera. Automáticamente se malentendería. Parecería anormal lo que entre nosotros es normal, parecería malo lo que para nosotros ha sido una experiencia de la felicidad y del bien. Fíjate bien, Pelé, todos estos grandes acontecimientos en que participamos los dos son todos instantáneos, apenas duran el tiempo que tardamos en pensarlos, no hay tiempo de expresarlos, son cosas que suceden y que ni siquiera entre nosotros dos llegamos a decirnos, es el misterio del encanto, de la simpatía que sentimos el uno por el otro, no hay nada que contar porque contarlo sería destruirlo, por eso somos una sociedad secreta, por eso de lo que pase entre tú y yo no debes nunca hablar a nadie, ni a tu madre.» Nadie le había hablado nunca así. Era la primera vez que Pelé topaba con una relación que, de puro especial y singular que era, no podía ni siquiera hablarse con su madre. El hecho de que entre María y Gonzalo hubiese lazos tan estrechos de hermandad y de afecto –que Gonzalito en todo momento se cuidaba muy bien de subrayar– añadía a la imperiosa necesidad del secreto un matiz fascinante. Gonzalo había logrado finalmente cautivar la atención de su sobrino. Los quince primeros días de colegio echaron todo esto a perder. El colegio tenía en común con su madre, y se diferenciaba de cualquier singularidad y de su tío, en ser un acto público. Todo lo que allí ocurría y se decía y se hacía y no se hacía podía ser examinado por cualquiera sin que perdiera encanto o realidad. Y, aunque había cosas que uno instintivamente reservaba –como Pelé había reservado en su corazón el singular encanto de los juegos de su niñez con su madre en el jardín de los abuelos–, no había nada que no pudiera, en principio, declararse a los cuatro vientos. Semejante apertura fue un tremendo alivio. Y Pelé se embriagó de exterioridad y comunicabilidad. Al cabo de una semana la idea de regresar a la sociedad secreta y a las conversaciones cuchicheadas bajo los árboles de la huerta le resultó insoportable y aceptó a la primera la invitación del cumpleaños. Fue muy fácil evitar al tío Gonzalo entre semana. Cuando, por fin, al cabo de dos semanas se reunieron, estaba presente toda la familia y Gonzalito no pudo reanudar los secreteos. Pelé sabía de sobra por qué su tío había explotado –aunque la explosión le sorprendió y sobrecogió lo mismo–. Explotó de rabia. Pelé hubiera deseado decírselo así a su madre aquella noche en que tan claramente se veía que había que consolarla. Pero no podía decírselo porque, absurdo o no, agobiante o no, todavía era un secreto perteneciente a la complicada singularidad de su tío –un «ser querido» que probablemente aún le necesitaba y a quien Pelé no tenía derecho a abandonar–. Su madre nunca hubiera abandonado a su hermano o a su hijo en semejante situación. Pelé sintió que el colegio solo sería ya un alivio y que más adelante, en las próximas vacaciones, siempre que fuese necesario, tendría que volver resueltamente, valientemente, sin decírselo ni siquiera a su madre, a la sociedad secreta.

Virginia no había vivido nunca así, nunca se había sentido así. «Así» era lo más profundo que Virginia acertaba a decirse a sí misma acerca de su situación. Decía «estar así» o simplemente «así» muchas veces al día, a solas en su habitación ante el espejo de su tocador, o, con el bisel de los labios, inaudible, cuando se hallaba con todos los demás. Y también se lo decía a María con frecuencia, ahora que habían reanudado en cierto modo la antigua comunicación entre las dos. «Estar así» quería decir «estar en la belleza», como si estuviera a la vez y por turnos en cada uno de los cuatro elementos. Cuando hablaba con María se sentía, desde luego, en la tierra; cuando hablaba con Martín –con quien no había vuelto a encontrarse a solas, salvo en contados instantes, desde el beso de la terraza– se sentía en el fuego y como arrastrada por océanos de cosas por decir. Y cuando estaba a solas y paseaba sola por el jardín, como por el jardín de una leyenda, o se trasladaba velozmente a Madrid, justo lo indispensable para hacer alguna compra en el barrio de Salamanca, se sentía definitivamente aérea y traspasada hasta la médula por los repentinos espíritus del aire que el ya definitivo otoño madrileño se encargaba de enfervorizar. Estar, pues, «así» era una situación elemental que quería decir que la belleza lo anegaba todo durante todo el día y una buena parte de la noche. Virginia dormía poco y comía poco porque el estar «así» volvía prescindibles los alimentos terrestres y exteriores y odiosa la inconsciencia del dormirse. Lo suyo era vivir del fervor interno de una conciencia perpetuamente espiritada –lo cual, paradójicamente, no significaba que Virginia pareciese flaca o consumida–. Todo lo contrario. Estar «así» la hacía aparecer más encarnada y más bella que nunca. El amor, se decía Virginia maravillada, es «así» de misterioso. Era un misterio de limón y menta, perfumado por Chanel y por el olor a leña y hojarasca quemada por el jardinero al fondo del jardín. «¡Hay que ver qué guapa está la señorita Virginia!», se comentaba en la cocina. Y María lo oía satisfecha, como si lo dijeran de ella misma. Ahora las dos amigas pasaban muchos ratos juntas y Virginia, que aseguraba no hallarse aún en condiciones de leer «después de lo de Waitzenbecker», hacía un jersey de lana roja para Pelé, para el fútbol, de cuello cerrado y mangas ranglán. Conversar con María y probar el jersey por las noches a Pelé en presencia de su madre era una parte esencial del sentirse hallada y en paz consigo misma. El beso había traído la paz y no la guerra y ni siquiera, como en otros casos semejantes que Virginia podía recordar, un cierto desafecto por la esposa y familia de su amante. En nuestro caso, reflexionaba Virginia, ocurre lo contrario, porque nuestro amor es muy distinto. Y era muy distinto, por de pronto, en que el mes de noviembre transcurrió casi entero sin nuevos tocamientos. Todo lo hacían con miradas que ponían la carne de gallina y les volvían como de cristal. La distancia era más sustanciosa que la más íntima cercanía corporal. La distancia, además, les hacía sentirse reverentes y un poquito torturados –lo justo para que la mutua satisfacción no confiriera un aire triunfalista y burgués a una atracción que ya estaba inspirando a Martín páginas antológicas–. Tal vez el jersey de Pelé era lo único que no acababa de salir del todo bien. Virginia tenía un gran talento para hacer de la prueba y toma de medidas una ocasión regocijante. María, la abuela, Pelé, y ella misma se habían reído mucho midiendo y remidiendo a Pelé y al jersey viejo que servía de patrón. Lo malo era que Virginia no retenía después las mediciones. Y así el cuello le había quedado como de pajarito y una manga larga y otra corta. ¡Bendito sea Dios, si es que este niño crece de día en día! En todo caso, era un espectáculo bellísimo para Martín salir de su despacho y toparse con su mujer, su suegra y su amiga instaladas en un rincón confortable de la sala con la costura y el punto. La escena tenía un recogimiento de cuadrito holandés o de grabado inglés que las elegantes proporciones de la sala discretamente subrayaban. Todo era un continuo subrayado para Virginia y Martín. Todo tenía una copiosa significación que algún día, tal vez un día ya muy próximo, tendrían ocasión de exponerse mano a mano. Virginia no salía de su asombro. El mismo Martín que le había aburrido de joven, y de la dedicación al cual había prevenido a María en aquella despedida de soltera que las dos amigas habían recordado las últimas semanas varias veces, el mismo novelista reservado y austero tecleando en su cuartito, era ahora quien mantenía su atención constantemente presa. Cuando repasaba los años de Buenos Aires en compañía de Waitzenbecker le parecían enteramente sin relieve, una llanura estéril interrumpida sin ninguna gracia por viajes de negocios y estancias en hoteles de lujo, todos idénticos, donde Virginia se había sentido siempre marginada. La devoción de Waitzenbecker le parecía insulsa y sus infidelidades cutres. Algo que solo podía ser referido en broma y que poco le había satisfecho, contra lo que creyó al conocer a Waitzenbecker, sexualmente. Acostarse con Waitzenbecker había resultado ser demasiado tierno, sin mordiente intelectual. Virginia no sabía bien qué quería decir con esto. Waitzenbecker había sido un amante confortable que al principio, los dos primeros años, había sabido llevarla a lo que con cierta sorna Virginia denominaba los orgasmos. Una cúspide sensorial que sumía a Waitzenbecker en tales jadeos y delicias que dejaba a Virginia congelada. Era como si el placer que Waitzenbecker parecía obtener de penetrarla dejara a Virginia sin placer. Había un cierto fastidio en contemplar lo obvio y lo erecto de su marido encaminándose tiernamente –porque la verdad es que Waitzenbecker hacía el amor con extraordinaria consideración y gentileza– muy lentamente a la posesión de su cuerpo: era como fastidioso. Virginia intercalaba el «como» para indicar que no era fastidioso del todo sino solo visto desde fuera. Al principio-principio había sido más satisfactorio porque Virginia se había embebido más en el íntimo espectáculo –que por lo tanto ya no lo era– de dejarse encender y poner a punto por Waitzenbecker. Le habían gustado las caricias. Los besos preliminares y el tumbarse desnudos sin quitar la colcha en las camas de los hoteles de la luna de miel le habían excitado más que la penetración misma –un momento que parecía destinado por la naturaleza al regodeo masculino–. ¡Waitzenbecker disfrutaba como un loco cubriéndola con su inmensa caja torácica y sus bien musculadas piernas descomunales que parecían de dobles pantorrillas! La penetración era tan crucial que Virginia se distraía como en misa. En lugar de sentir más devoción, el hurgar de la lubricada y colorada punta del pene de Waitzenbecker entre sus piernas le hacía sentirse agnóstica. ¡Las delicias del amor se contenían todas en los preámbulos! No se le podía negar nada a Waitzenbecker: estaba en su derecho. Pero Virginia agradecía las noches que ella llamaba «más matrimoniales» en que Waitzenbecker se limitaba a acariciarla o a desnudarla con exquisita delicadeza y detenimiento sin ponerse por fin del todo bravo. Con Waitzenbecker encima –y ya serían, con su estatura, noventa y cinco kilos brutos– Virginia se acordó muchas veces, sobre todo después del viaje a Madrid y del paseo con Martín por la Ciudad Universitaria, de la fina estampa del marido de María con sus brazos largos y huesudos y las piernas lisas que dejaban adivinar sus pantalones de franela, libres del torneado deportivo e hípico de las piernazas de Rómulo Leonardo Waitzenbecker. Por mucha suavidad que se pusiese, unas piernas así –con todo lo demás en proporción– entraban siempre a saco en todas partes. Los hombres delgados tenían que ser, pensaba Virginia, por definición, siempre en todo mucho más matrimoniales. En el momento de la penetración, Virginia pensaba con frecuencia en fríos doctores con sus batas blancas que le ponían un termómetro en la ingle. Lo del termómetro era importante. La tibieza recta de aquel tubito graduado con su inteligente hilo de mercurio dentro registrando a las mil maravillas la temperatura de los cuerpos. Lo de Waitzenbecker era, sin duda, en su punto culminante un violento embutido. Pero sobre todo –y Virginia volvía a esto que no se había atrevido a explicar a María con detalle– la gigantomaquia del momento supremo, con las obvias oleadas de placer bronceando el cuerpo entero del Leonardo, hacía imposible que Virginia sintiera ni la más mínima emoción. Y el abrirse de piernas era, al fin y al cabo, una posición inelegante. El beso de Martín había representado exactamente lo contrario. En vez de gigantomaquias egoístas que luego dan gato por liebre, una dulzura de los labios y dentro de la boca y en la lengua que podía evocarse a solas sonriendo. Contemplar la boca de Martín, sus labios frescos un poquito agrietados, como en necesidad de manteca de cacao ¡eso sí que era delicioso! Y más delicioso todavía el esperarse y el intercalar tres semanas y toda la dulzura de un bellísimo otoño madrileño entre el primer beso y el segundo. ¿Cuándo sería el segundo? Tal vez nunca... Virginia no tenía remordimientos. La primera noche creyó que los tendría y se tomó un somnífero media hora antes de acostarse, como quien se vacuna con anticipación contra la gripe. El somnífero, ciertamente, no hizo efecto pero en cambio el remordimiento no hizo su aparición. Ni siquiera esforzándose en pensar lo crudo que era besarse con el marido de María así de pronto, una traición como un piano, consiguió Virginia que su acción le remordiera. Durante el largo insomnio y como si tentara el nervio al aire de una muela con la lengua, e inclusive con la puntita de varios mondadientes, Virginia se tentó el delito cometido sin sentir ni la más remota sensación. Sentir, lo que se dice sentir, no sentía nada. Al fondo, muy al fondo, en ese límite lábil que separa lo real de lo irreal en nuestras vidas, había un remusgo de sentimiento de culpabilidad. Pero no era una sensación. No se sentía. Ni llegaba a ser, estrictamente hablando, la voz de la conciencia. La voz de su conciencia le decía claramente a Virginia que jamás sería desleal a una amistad de toda su vida. Lo del remusgo era más bien un sentimiento de asombro ante la magnitud de lo ocurrido que incluía un componente de curiosidad por los futuros acontecimientos y un componente, muy remoto, de victoria. Virginia había vencido sin casi proponérselo las resistencias morales y matrimoniales de Martín. La belleza de la situación, al fin y al cabo, procedía toda entera del remusgo que no por no ser muy pronunciado lo matizaba todo menos de delicia. Estar «así» era una delicia. Virginia no tenía ninguna prisa por cambiar. O por marcharse de la casa. ¿A santo de qué? Ahora que las cosas estaban ya en su sitio –Virginia tenía la sensación de que toda la realidad de cabo a rabo era lo que debía de ser– lo mejor era disfrutar de los pequeños goces cotidianos de la bien organizada casa de María, con sus serenos horarios y sus esparcimientos monásticos entre período y período de oración. Virginia tenía la vaga idea de que todo el mundo en la casa se retiraba a ratos, entre diez y media y dos de la tarde por las mañanas y entre cinco y ocho por las tardes, a sus respectivas celdas o habitaciones o despachos a orar o a escribir o a meditar. Ella misma así lo hacía también *motu proprio*, sintiéndose al término de cada uno de esos períodos sumamente confortada. Y con María hablaba con frecuencia de la belleza del mundo, entendiendo por tal el ancho mundo que Virginia había recorrido en compañía de Waitzenbecker, viajes que en el momento de hacerlos le habían parecido sosos pero que ahora al recordarlos y contárselos a María resultaban increíblemente llenos de color y de anécdotas, con Virginia de protagonista y Waitzenbecker muy en segundo plano o ausente –aventuras todas que en su expresión oral recordaban a María la Virginia de otros tiempos, recuperada intacta tras la desilusión de Rómulo Leonardo–, María iba comprobando, de paso, que una reunificación del matrimonio, por mucho que María lo deseara y Waitzenbecker pareciera desearlo, cada día iba pareciendo más y más inverosímil.

Virginia estaba dispuesta a proseguir: creía que en su nueva manera de relacionarse con el marido de su amiga no había nada intrínsecamente malo o desleal. Hasta la fecha no había, por no haber, ni materia moral: ¿qué es un beso? Un beso es solo un beso. Si bien se mira, un beso es una especie de suspiro que se suspira en los labios del vecino. ¿Qué es un beso entre adultos? ¿Qué es un beso entre amigos de toda una vida? Pues un suspiro. No pasa de un suspiro boca a boca. Una práctica común de salvamento. ¿Quién no se siente ahogado? A excepción de María –razonaba Virginia– todo el mundo se siente ahogado alguna vez. El caso de María era curioso: tendría que hablarlo con Martín. Ahí estaba María, iba y venía entre todos, muy atractiva a su manera, bondadosamente hechizada por no se sabía qué hechizo metafísico que la mantenía contenta y como aislada. Virginia tenía la sensación de que María hablaba en sueños, iba y venía en sueños, musitaba en sueños frases corrientes y molientes, como en una irrompible irrealidad. Por eso era imposible serle infiel: porque no sentía ni padecía. Su vida transcurría en la impasible seguridad de quien ya ha alcanzado la eterna bienaventuranza. Era un espectáculo admirable, aleccionador, inimitable, que dejaba a todo el mundo en libertad. Virginia tenía la sensación de que María había dejado muy atrás ya su hijo y su marido y su casa y sus recuerdos para ocupar este presente bienaventurado y ñoño que ocupaba ahora. Besar a su marido no era en realidad quitarle nada. Le tenía ya más que besado: le tenía en el cielo irreversible más allá de toda trapisonda. María era una criatura celestial. No había más que verla paseando lentamente con su madre, todos los días el mismo paseíto, cien metros arriba y cien abajo en línea recta por la parte más llana del jardín. María ocupaba todo lo liso y llano de este mundo dejando libre a los demás los reinos milagrosos y azarosos del amor y de una poca de irresponsabilidad. Lo un poco irresponsable era completamente indispensable para la creación cultural. Estaba claro que María lo había entendido así y que dejaba a su marido campo libre y hermoso para besar a su atractiva huéspeda. María tenía la grandeza –Virginia llegó a decirse esto ante el espejo de su tocador con toda solemnidad y en voz alta– de incluir lo un poco irresponsable en el augusto seno de su repleta responsabilidad. María estaba, evidentemente, más allá del bien y del mal. No había que preocuparse. No había más que verla aguantando al mustio Gonzalito, todo el día en casa, todo el día en su cuarto, todo el día como un alma en pena. Un día Virginia, ya muy a finales de noviembre, se encontró con que Martín, poco antes de cenar, reunidos todos en la sala, incluido Pelé, le daba un libro diciendo en voz muy clara: «Toma, Virginia, quiero que leas esta novelita de Henry James, a ver qué te parece.» Y Virginia se encontró al hojear el libro, ya allí mismo, que contenía un folio doblado en cuatro partes. Fue tan grande la naturalidad de todo ello –la acción completa no debió de durar más de un segundo– que Virginia desplegó el folio y lo leyó de cabo a rabo. No había mucho que leer. Solo decía: «Amor mío, delgadísima reina de mi vida, deseo verte cuanto antes, no me basta con verte, deseo verte a solas, ven mañana por la mañana al despacho para hablar de este libro, tu loco enamorado...» Virginia volvió a doblar el folio y a guardarlo en el libro que, momentos antes de entrar todos en el comedor, subió a su cuarto y guardó con llave en un cajón del tocador. Fue sencillísimo. Al entrar de nuevo en el comedor se encontró con los turbios ojos de Gonzalo y los claros ojos de

María. Pero no sintió miedo. María era incapaz de sospechar y Gonzalito, tan sospechoso él mismo, probablemente sospechaba tanto y tan malo que nunca sospecharía la verdad. La sencilla verdad era que ella y Martín se habían enamorado e iban a encontrarse de nuevo al día siguiente. No había ninguna deslealtad. Todo ocurría a plena luz y en presencia de María.

Martín había sido deliberadamente... cursilón. Redactar aquel *billet doux* le había dejado intensamente satisfecho, como nos deja, a veces, satisfechos hacer o decir una vulgaridad. La represión de todos aquellos veintidós días, había traído toda suerte de frutos literarios, aparte el rejuvenecimiento y la aceleración de su sangre. Ya estaba bien. Se había demostrado lo que había que demostrar: que era que Martín se hallaba en perfecto control de la situación. El beso de la terraza había sido, tal vez, una imprudencia o un desliz que, por fortuna, nadie había observado. Los dos habían hecho después lo que debe hacerse en semejante situación: dar tiempo al tiempo. El resultado había sido resplandeciente. Lo dorado, el espíritu del otoño, se había adueñado de todos los colores del jardín y de la casa y de las páginas blancas de sus libros y de sus folios blancos y era ya una invasión y una explicación sin precedentes que bastaba, para ensamblarlo todo en un coherente y dulcificado conjunto, con señalar directamente con el dedo. Lo dorado podía deícticamente definirse mostrando las hojas de los árboles o los corazones de los dos amantes. Y la cursilería de la nota cobraba su sentido del infinito regusto y paladeo con que los dos se habían estado contemplando casi sin hablarse durante todos estos días. Hacía falta decir frases así, «tu loco enamorado», por ejemplo, para desahogarse de una vez. Lo cursilón desahoga mucho y preludia la explosión, al fin y al cabo vulgarísima, de las potencias seminales. Martín tenía la sensación de que el semen se le iba a salir por las orejas. Nunca, con María, había sido así. Y eso era una prueba de que lo de Virginia era un asunto pasajero y no realmente una infidelidad. Que fuese pasajero no quitaba para que fuese verdadero, de la misma manera que el hecho de que el semen se subiese y se bajase por los conductos apropiados no significaba que aquella relación no hubiese de tener su dignidad. Lo de María había sido metafísico y también físico, pero en la juventud, contra lo que suele creerse, las emociones físicas son mucho menos fuertes que en la madurez. En la madurez todo es degustación. Estaba claro que la elocuencia le había entrado rococó.

Por eso cuando Virginia entró en el despacho, provista de la novelita de Henry James, a Martín se le hizo un nudo en la garganta y se quedó frío y sin semen. Una inhibición de primer curso de sexología. «Tengo la impresión, Martín, de que este libro puede unirnos mucho. He pasado toda la noche sin leerlo. Eso es lo raro. Lo tenía delante. Lo leía, leía una línea, otra línea, otra línea, y nada, lo mismo que no haberlo leído. ¿A ti qué te parece?» Virginia dijo todo esto de un tirón, abriendo unos ojos como platos, y sentándose al decirlo en el sillón de cuero rojo que hizo un ruidito feo, como de fuelle, al recibirla. «Me parece lo natural, Virginia», logró decir Martín. Y se sentó en el otro sillón, quedando ambos frente a frente. Hubo un silencio simbólicamente presidido por la pila de folios de la novela de Martín, que Martín había dispuesto ostentosamente encima de la mesa del despacho del abuelo. «Martín», dijo Virginia, «lo que va de ayer a hoy.» «Pues sí», dijo Martín. En aquel momento sonrieron y el ambiente se recalentó muchísimo. Ya el semen, a Dios gracias, había regresado a su lugar natural.

Aquella mañana todo quedó así. Y Virginia tuvo al salir la oportunidad de decirse «así estamos», que quería decir que estaban ya los dos definitivamente «en la belleza». Aquella reunión fue, en cierto modo, de negocios. Tenían que decidir cómo lo iban a llevar («cómo nos lo montamos», que llegó a decir Virginia en un arrebato de idiotismo local), dónde y cuándo iban a verse y cómo iban a ser, en lo tocante a María, los dos respetuosísimos. María tenía que quedar más allá de toda turbación, en el inmenso y merecido firmamento apacible de su bondad y su ignorancia. En este punto coincidieron ambos mirándose a los ojos con la más profunda seriedad. Decidieron no empeñarse en verse fuera de la propiedad. Al fin y al cabo, no había prisa. Virginia no tenía ninguna prisa porque lo esencial del enamoramiento era el preámbulo. En esto, Virginia estaba todavía en los limbos de sus previas experiencias amatorias que no habían sido, como queda dicho, enteramente satisfactorias. Virginia confiaba que un intelectual como Martín que era, encima, un hombre tan delgado, no diera al alcanzarse el clímax un espectáculo de goce «Waitzenbecker». Virginia confiaba, en realidad, en que Martín tuviese la delicadeza de reprimirse un poco la gozada y dar a Virginia la oportunidad de mostrar que también ella gozaba. Virginia, en esto, no estaba segura de lo que quería decir en realidad. ¿Se trataba o no se trataba de mostrar algo? Por una parte parecía que el placer sexual tenía que agotarse en ser sentido y dar igual que pareciera que se gozaba o que no. Por otra parte, lo sexual tenía un lado espejeante –cada uno de los dos era testigo del comportamiento del otro y ese testificarlo tenía sin duda, que revertir sobre el placer–; lo espejeante, el que cada cual estuviera viendo al otro, no podía ser accidental. Por consiguiente... Virginia no sabía sacar la conclusión. En cualquier caso, y tratándose de quien se trataba, más valía no precipitarse. Martín, en cambio, tenía una cierta prisa. Lo más desenredado les pareció verse en la huerta al caer la tarde, entre la merienda y la cena, detrás de la cabaña, o caseta, del jardinero, que dejaba como un pasillo sombrío entre su pared y el muro de la finca. Lo dejaron así. Dio la casualidad de que María, que pasaba en ese momento por delante del ventanal del despacho, se apoyó en el cristal haciendo con las dos manos una cueva para evitar los reflejos y los vio allí sentados, uno en cada sillón, hablando intensamente. María se echó a reír y tuvo que disculparse a voces, a través del cristal, por haberlos asustado.

La caseta del jardinero y aquellas dos horas, aproximadamente, que mediaban entre salir de merendar y prepararse para cenar se convirtieron en el espacio del amor de Virginia y Martín durante lo que quedaba de noviembre y todo diciembre hasta las Navidades. ¡Parecía mentira lo fácil que resultaba escaquearse! Hubo tiempo para todo sin haber, sin embargo, demasiado tiempo sobrante en cada encuentro. Era realmente lo ideal. Y Virginia no tuvo en esta ocasión que lamentar jadeos placenteros de Martín. Martín lo hacía muy bien, muy limpio, tal vez un poco demasiado rápido por razón de las circunstancias. Y todo sazonado con grandes fragmentos de conversación, la mayor parte de las veces de ambiente filosófico. ¡Realmente Martín era un maestro en esto de colorear lo literario con ráfagas de frases que sin llegar a sistemáticas y a plomos, rozaban lo más granado del momento, tirando un poco a la cosa existencial! Los años, pensaba Virginia, no pasan en vano. Pero tampoco yo soy ninguna niña. Y en medio de todo, alrededor y en el centro mismo de sus secretas actividades, siempre la imagen de María como un recordatorio de la pureza y la lealtad que ninguno de los dos, en el fondo, tenían conciencia de haber abandonado.

Por las noches, hasta casi las tres de la mañana, Martín contaba que su protagonista amaba a su mujer, no obstante traicionarla. Toda la intensidad y la fuerza del relato –aseguraba Martín ante una asombrada María en camisón que apenas le interrumpía y que se limitaba tan solo a fruncir de vez en cuando el ceño–, toda la magnitud paradójica de la aventura de una conciencia que al salir de sí misma entra de lleno en el adulterio residía precisamente en que el amor fundamental no se negaba. «El amor, María, como el ser, se dice de muchas maneras. Y ese es el misterio del amor.» Resultaba difícil saber a ciencia cierta qué pensaba María de todo ello. Y la verdad es que Martín tampoco se lo preguntaba a sí mismo, o a María, demasiado. Era una situación definitivamente extática y dorada, un instante de pura exaltación sentimental y vital que no requería especiales reflexiones.

Martín pensaba que nunca en su vida se había sentido de tan buen humor. De hecho, su relato se había ido volviendo casi cómico. Mejor dicho: cómico del todo. Martín había introducido en el relato del adulterio de su protagonista toda suerte de recursos cómicos. Era bastante natural hacerlo así. Al fin y al cabo, no podía esperarse de un hombre de media edad que se había pasado la vida de oficinista en un banco, escribiendo por las tardes y los días festivos una novela de la absoluta interioridad, que a la hora de salir al exterior y enamorarse de una joven mecanógrafa, estuviera en condiciones físicas óptimas. Había llegado el momento de describir el físico de su protagonista y Martín tenía graves dudas. La verdad era que en todos aquellos años solo había pensado en lo que su protagonista sentía, deseaba o pensaba o le afectaba de algún modo; se había servido de lo exterior y los demás personajes para trazar un interior inconfundible, una singularidad incomparable. Pero había olvidado, en realidad, decir qué aspecto tenía su David. Por fin había decidido dar a su protagonista un nombre propio y el de David le había parecido a la vez gracioso y simbólico. ¿Qué aspecto tenía David? No convenía que fuese positivamente feo. La fealdad hubiera añadido rasgos sumamente especiales a su carácter, de la misma manera que, a juicio de Martín, la fealdad de Sartre añadía especiales matices a ciertos análisis del filósofo francés. Y no convenía que midiese ni siquiera un metro ochenta porque ese era el límite donde se inicia ya la altura heroica y su personaje, su David, no podía ser un héroe heroico... Tenía que ser como el propio Martín, medir un metro setenta y seis y pesar unos setenta kilos. Ni alto ni gordo, ni tampoco excesivamente delgado. Como Martín. Martín extrajo una considerable dosis de satisfacción literaria describiendo el aspecto exterior de su protagonista a imagen y semejanza propia. Máxime en aquel delicado momento de su vida en que Martín, por obra de amor, se había vuelto especialmente consciente de su físico. Su delgadez, según Virginia, era extraordinariamente atractiva. Lo suyo, por lo visto, era lo delgado elocuente. Una carne de fibra, pegada al hueso, que no retenía grasa ninguna. Era cierto que Martín no había hecho nunca deporte y, en los últimos años, apenas ejercicio. Pero su cuerpo no se había desfondado, había conservado la expresividad de su juventud. El cuerpo de Martín, en opinión de Virginia, hablaba de la vida, a diferencia de los cuerpos de otros hombres de su misma edad que hablaban de la muerte. A Martín le complacía esta manera sencilla y radical de expresar las cosas; tanto más cuanto creía que Virginia estaba en lo cierto. Últimamente Martín se había sentido confortable en su cuerpo y no solo, como hasta entonces, una mera criatura corporal. Con Virginia había aprendido –y aún le quedaba un montón por aprender– que el cuerpo es, considerado en su conjunto, una ocurrencia feliz, fuente constante de felices ocurrencias, que no debe ser desatendido. Y hasta la fecha Martín se había desentendido de su propio cuerpo, un poco lo mismo que había descuidado describir el cuerpo de David. Con María el cuerpo era otra cosa. Martín dedicaba ahora folio tras folio a comparar lo que había significado el cuerpo para su protagonista antes del adulterio y en pleno adulterio. ¡Páginas estas realmente ingeniosas! Es, se decía Martín, mi propio caso. El ejercicio consistía en trasladar lo autobiográfico y real a lo novelesco e irreal. Y cabía trasladarlo casi punto por punto sin que luego, al leerlo, recordase apenas la vida original. Era un ejercicio fascinante para el cual se preparaba Martín noche tras noche, contándoselo a María. En esto cobraba la pobre María el aire de un involuntario *sparring-partner.* Cuando era joven, de recién casado, apenas había sido consciente de su cuerpo. En aquellos años el propio cuerpo apenas se miraba. Martín trataba de recordar ahora qué había representado para él en aquellos años el cuerpo propio y el cuerpo de María. Y la visión era confusa. Martín tenía la impresión de que se habían amado a través de sus cuerpos y no en ellos. Lo corporal había prestado solo una aceleración a su amor, un acento más cálido. Pero no había habido ningún detenimiento, ninguna verdaderamente explícita y profunda relación entre sus cuerpos. El cuerpo de María y el suyo, frente a frente, habían sido sobre todo cuerpos vestidos, trajeados, empapados de eticidad y buenas costumbres. Sus cuerpos no se habían codiciado. No habían deseado la singularidad de las pieles y los pelos y las marcas de las vacunas de los brazos y los granitos y las heriditas y las pecas. El cuerpo de María, el cuerpo suyo, de jóvenes, habían sido cuerpos lamidos, cuerpos conyugales que uno no deseaba realmente hocicar y chupar. Habían sido pudorosos. El pudor era la llama incolora que los había abrasado. No había habido por parte de ninguno de los dos, ni de María ni suya, auténtico deseo de mirarse, furor adivinatorio de las partes –¡qué términos revenidos, las partes, se le venían a la memoria, enseñar las partes, enseñar las tetas, enseñar las piernas, toda una galería verbal del cuerpo destazado!–, ahora en cambio, con Virginia, no solo era dulce acariciarse o besarse, también lo era adivinarse, irse desnudando poco a poco. Acariciar por primera vez la espalda desnuda de Virginia le había vuelto indeciblemente tierno, compasivo, apasionado el otro día.

Recorrer con las yemas de los dedos el espinazo arqueado. Llegar a la cintura, moldear los pechos con la mano: todas las deliciosas avenidas del cuerpo cálido y desnudo, o, mejor, medio desnudo: cada hallazgo era un sobresalto delicioso. El ombligo de Virginia le había sobresaltado así. Hasta entonces nunca había pensado en el ombligo como un lugar erótico. O los sobacos. Dejar la mano en los sobacos de Virginia. Con María no había sido así. Era imposible que hubiera sido así. Si hubiera sido así, Martín se acordaría. Habían hecho el amor. Habían gozado. Y sin embargo, se decía Martín, algo faltaba entonces que ahora no faltaba. Tal vez era que ahora, en la edad adulta, no se sentía vergüenza ya de recorrer el cuerpo entero de la amada, con la lengua, chupándolo. (Lo del chupar, a todas luces, era una perra que había cogido Martín últimamente.) Había ciertas cosas, ciertas posturas del cuerpo de los dos, ciertos levantamientos y abrimientos del culo y de las nalgas que jamás se hubiera atrevido a pedir a María. Ni se le había ocurrido. Con Virginia se le ocurrían mil cosas, todas ellas placenteras. Pero no podía ser solo que con la edad se pierde la vergüenza, no podía ser solo fruto todo ello de una simple falta de pudor propia de adultos. Tenía que haber algo más. (Virginia mantenía, por cierto, que el cuerpo de Martín la volvía loca –las expresiones de Virginia eran a veces muy vulgares– porque era, por excelencia, un cuerpo adulto, anguloso, peludo, un poco áspero, utilizado, pasado por la piedra –llegó a decir Virginia, evidentemente excediéndose–.) Este algo más tenía que ser la autopercepción. Martín no encontraba de momento ninguna otra palabra. Con María su cuerpo se había salido de sí mismo; con Virginia el propio cuerpo regresaba, repleto de sensación y de contacto, ante la propia mirada. Virginia cargaba el cuerpo de Martín de autoposesión. Sentirla era sentirse. Mientras que con María, sentirla había sido perderse en una limpia recta de emoción que le alejaba de sí mismo hacia la amada. Y así, María le había hecho pensar en la bondad y en el bien, mientras Virginia le hacía pensar en la belleza y en lo bello. Y en sí mismo. Martín advertía en todo esto una curiosa coherencia. Justo en el momento en que su obra literaria requería una exterioridad que no negara la interioridad, aparecía Virginia cuyo amor, al sacarle de sí mismo y de la monotonía de tantos años, no le hacía sentirse perdido, ni exteriorizado, ni enajenado, sino que le volvía dulcemente sobre sí en la belleza, la reflexión, en la narración.

(A consecuencia de las intimidades físicas que tenía con Virginia, Martín llegó a persuadirse de que Virginia tenía una inteligencia excepcional. Una inteligencia en barbecho pero, sin duda, exquisita. Y esto también era confortante.) Las Navidades se le vinieron encima como si entre el primer beso y los últimos de la tarde del veinticuatro de diciembre solo hubiera transcurrido un instante. Subieron juntos hacia la casa iluminada. Casi no se molestaban ya en aparecer cada cual por separado en la sala. Tampoco en esta ocasión pareció reparar nadie en su entrada. Estaban todos en la sala al entrar ellos: María, la abuela, Gonzalito y Pelé, sentados en torno a un bonito árbol con las decoraciones al uso. Gonzalito y Pelé, con ayuda a ratos de María, se habían pasado la tarde decorándolo. La pareja se sentó con los demás y María, al mirarlos, pensó que parecían dos durmientes, que sonríen, aún dormidos.

Entre todos habían decidido celebrar la Navidad íntimamente. Celebrar todas y cada una de las fiestas, desde la noche de Navidad al día de Reyes con chocolatada y roscón, pasando por el día de los Santos Inocentes y la noche de Fin de Año. Entre todos habían decidido vivir aquellos, aproximadamente, doce días con una cierta devoción festiva. Entre todos habían decidido que no se trataba de echar la casa por la ventana con celebraciones y regalos exagerados, ni tampoco de omitir, sin más, unas fiestas que para todos ellos, y muy en especial para Pelé y la abuela, tenían que conservar aún su encanto. Este «entre todos» había estado preeminentemente en la mente de todos. Había habido un procurar que todos –incluido Pelé, que llegaba a casa muy a última hora por las tardes– estuvieran en todas las reuniones, por así decir, preliminares. Todos habían opinado acerca de los dos menús, el de la noche del veinticuatro y el del almuerzo del día veinticinco. Todos iban a hacerse discretos regalos unos a otros. Cada cual tenía que hacer cinco regalos y recibir a su vez cinco regalos. A partir de las doce de la noche el árbol iba a quedar enteramente recubierto con los treinta regalos de toda la familia. Entre todos habían decidido que los regalos del servicio los harían en el *office* la abuela, María y Pelé. No se consideró conveniente mezclar este año en un mismo árbol las dos series de regalos. Todos los regalos iban a ser modestos y sencillos, aunque no miserables. Debían ser regalos que se eligieran pensando en las necesidades, los pequeños caprichos o los gustos de cada cual. Se daba por supuesto que los gustos y caprichos de todos habrían de resultar homologables, de tal suerte que nadie deseara un imposible que al no poder satisfacerse iba a dejar a la persona en cuestión insatisfecha y a los cinco restantes con mal sabor de boca. Estos regalos no debían de ser tampoco colectivos, ni de grupo. La gracia, precisamente, iba a ser la individualidad del regalo individual. Y a todo trance debía mantenerse el factor sorpresa. Teóricamente al menos, cada regalo debería ser una sorpresa u ocurrencia feliz del donante que dejase no solo contento al obsequiado, sino también en graciosa y asombrada duda acerca de cómo había adivinado cada cual los secretos deseos de cada uno de los otros cinco. Cada regalo, pues, no obstante su modestia, iba a constituir un pequeño símbolo o botón de muestra del efecto divinatorio del amor. A fin de no dejar enteramente en manos de la perspicacia amorosa la selección de los regalos, iba a tolerarse hasta cierto punto un intercambio de pareceres y un discreto enterarse por terceros de cosas que, por ejemplo, cada cual necesitaba. A diferencia de los caprichos, que ya el amor adivina por sí mismo, las necesidades hay que presentárselas al prójimo un poco detalladas. Así que un cierto grado de intercomunicación entre los seis se hacía indispensable. ¡Cuantísimo habían disfrutado Virginia y Martín con todo esto! Solo Pelé y la abuela tendrían un regalo especial para cada uno, obsequio de todos los demás, el día de Reyes... ¡siempre y cuando pusieran por la noche sus zapatos! Esta idea del regalo de Reyes a Pelé y la abuela fue una idea de Virginia vehementemente secundada por Martín. Virginia y Martín se habían repartido entre los dos el centro de la escena familiar: sus ocurrencias eran todas buenas y febriles. E incluso las ocurrencias inadecuadas –que hubo algunas notables, por parte de Martín– tenían el encanto de las cosas que con toda sinceridad y buena voluntad se improvisan para el bien de una comunidad. Incluso en los errores se veía que Martín pensaba ahora desde el punto de vista colectivo y que era un hombre nuevo. (Una de sus improvisaciones u ocurrencias fue la de instalar en la sala una gran mesa junto al árbol, para cenar en hermandad todos los habitantes de la casa, los señores y el servicio, una única cena con pavo y con besugo y una inmensa bandeja de turrones. Fue Pelé quien tuvo que decir que la sola idea de alterar el mobiliario de la sala e instalar allí una mesa para doce personas, sería suficiente para que la doncella y su hermana, recién llegada del pueblo, allá en Sanabria, pidieran la cuenta y se marcharan a su casa a celebrar la Navidad. Pelé aseguró que Marcelina, la doncella mayor que ya llevaba veinte años en la casa, jamás hubiera cedido en este punto.) Martín aceptó gustosamente las objeciones de su hijo –una sola objeción, en realidad, hecha con voz insegura y con el aire de quien solicita un favor excepcional–, «Estoy de acuerdo, completamente de acuerdo contigo en el fondo. A mí también me pareció excesiva mi propia sugerencia al formularla. Creo que, en efecto, Marcelina no iba a sentirse cómoda con nosotros. Solo quería subrayar lo mucho que aprecio la atmósfera patriarcal de esta casa de tus abuelos y mis suegros. Con solo dejarse ir uno se siente, hijo mío, trasladado a otras épocas venturosas en las que hacer lo que yo digo hubiera parecido natural. No creo que tu madre aquí presente, esté muy lejos de semejantes sentimientos. Y eso la honra y la enaltece y nos ilumina a todos.» Martín había entonado todo esto instalado en el sillón de orejas y con un aire realmente convencido. La verdad es que Pelé al oírle, seducido sin querer por la nobleza del tono de voz de su padre, lamentó haber intervenido y se frotaba un zapato contra el otro como si hubiese sido sorprendido en falta. Y ni siquiera logró quitarle esta impresión Gonzalito al comentar, a solas con el chico, poco antes de acostarse: «¡Tenías toda la razón, que te sobraba! ¡No te fastidia el Martín haciéndose pasar ahora por patriarca!» «¡Tampoco es eso! Yo creo que su intención era realmente buena, lo que es que mi padre está en la luna y a Marcelina de verdad la iba a cabrear el guarrerío de cenar todos en la sala!» Gonzalito torció el gesto al oír esto: «No veo por qué defiendes a Martín. ¡No lo merece...!» Pelé pensó que su tío estaba a punto de añadir algo más. Pero no lo hizo. Guardó silencio bruscamente y se metió en su cuarto sin apenas dar las buenas noches. Comprobar por millonésima vez que era imposible llevarle la contraria metió a Pelé de nuevo en el asombro moteado de irritación y compasión que caracterizaba sus relaciones con su tío. En aquel momento deseó llamar a la puerta de su dormitorio y persuadirle aunque tuviera que estarse hablando sin parar hasta la madrugada de que Martín, su padre, no era un fatuo ni un hipócrita, sino solo un escritor muy fuera de este mundo. Las Navidades de sus quince años y tal vez el nuevo aspecto que Martín presentaba, aun debiéndose a lo que se debía, fueron el punto de inflexión de las relaciones de Pelé con su padre. Hubiera hecho falta ahora muy poco para mejorarlas considerablemente. La verdad es que incluso aquellas absurdamente formales conversaciones con su padre en el despacho habían contribuido, como María supuso y confió, a normalizar la relación. La noche de la defensa o disculpa de su padre se quedó fija en la memoria de Pelé quien, a la vista de lo que poco después iba a venírsele encima a este respecto, volvería una y otra vez con nostalgia a lo que hubiera podido ser y nunca llegó a ser su relación con su padre.

También a María le cogió de sorpresa la sugerencia de la cena patriarcal. No intervino en la discusión pero le hizo gracia el sentido común que mostraba la objeción de Pelé. María no se sentía demasiado tranquila. La fogosa amistad que a la vista de todos habían trabado Virginia y Martín le pareció simpática al principio, y en último término, y en resumidas cuentas, un tanto exagerada y absurda. María los veía pasearse juntos por el jardín, o charlar sentados en el despacho, sentado cada uno en un butacón o cuchichear o hacerse señas en el comedor o en la sala delante de todo el mundo. Desde que le acometiera en la terraza aquella sensación de que nadie la quería demasiado, María había procurado irse contradiciendo minuciosamente. Era un mal sentimiento que no se debía cultivar. Y cultivarlo era ya el mero dejar que le rondara la cabeza, el mero paralizar cualquier acto mínimo de simpatía por las vidas ajenas. Aquella perplejidad desolada se oponía directamente a la espontaneidad del corazón y a los miles y miles de actos espontáneos e impremeditados de afecto que María estaba acostumbrada a manifestar con los que amaba. De aquí que en un principio tomara el giro de los monólogos de Martín por la noche como una prueba de que el amor entre los dos seguía lo mismo. Martín la necesitaba como oyente y María estaba dispuesta a no dormirse en toda la noche si fuese necesario. El adulterio que Martín relataba no era de su gusto y le parecía que la relación del protagonista, de David, con aquella chica de la oficina, era una relación desequilibrada y no solo por razón de la diferencia de edad entre los dos. María no creía que el protagonista de Martín fuera capaz de romper la crisálida de su intimismo y salir a la realidad mediante ese amor. Aquella chica, pensaba María, era un espejo más. E incluso un espejo más favorecedor que los demás. Pero, en fin, Martín lo narraba con entusiasmo y María se sentía envuelta en el entusiasmo del narrador, ya que no de la narración que resultaba, por lo menos a aquellas altas horas de la noche, un tanto monótona. Era un relato monótono e intranquilizador. María podía decir, y lo decía con frecuencia, que estaba «muy bien escrito», pero no podía decir que le gustaba porque se trataba de una historia de infidelidad y seducción que confundía a María. También la amistad de Virginia y su marido había acabado por confundirla. El aspecto de aquella amistad que le confundía más era la imposibilidad de sentirse incluida en ella. María estaba realmente muy ocupada con la casa. Pero tenía, desde luego, muchos momentos libres. Nunca Virginia y Martín aprovechaban para reunirse esos momentos. María se sentía a la vez evitada y tratada con inmensa consideración. Martín se había referido con frecuencia al hecho de que Virginia tenía a María en un altar. «A ti te tiene en un altar», había dicho Martín. Y María respondió con una vehemencia que ya era verdadero mal humor: «¡Pues maldita falta que hace! ¡Más vale que me quite del altar en seguida o se va a llevar un chasco!» Martín había sonreído benévolamente. La benevolencia de Martín le intranquilizaba también. Había un punto dulzón ahora en las consideraciones que Martín hacía que no solo chocaba frontalmente con el carácter seco del Martín de siempre, sino que las hacía parecer falsas. Mucho antes de sospechar nada en concreto, María sintió la falsedad en torno suyo. Una falsedad que contenía esencialmente buenas maneras y una especie de religioso respeto hacia su persona. Lo de los regalos había tenido gracia y María había intervenido con entusiasmo. Entre una cosa y otra, sin embargo, María era la que había pensado menos regalos y el día veinticuatro se le había echado encima sin regalo para Pelé, para Martín y para la abuela. Solo Gonzalito y Virginia tenían el suyo, los dos lo mismo, de diferente color, un pañuelo para el cuello que María había adquirido en una de las *boutiques* de la entrada de La Moraleja. La verdad es que se sentía un poco avergonzada. Los dos pañuelos eran más bien de chica. Pero eran ambos muy bonitos y María pensó que a Gonzalito no le preocuparía gran cosa el lugar de procedencia. El suyo era un pañuelo de seda verde oscura con caballos. El de Virginia era verde claro con pájaros. «Caballos para los chicos», había dicho la dependienta y María no lo había pensado más. A última hora, después de comer, había vuelto a salir precipitadamente y había adquirido un collarcito de fantasía de cuentas blancas para su madre, una pluma estilográfica para Pelé y otra igual para Martín. La verdad es que cuando Virginia y Martín entraron juntos en la sala y se sentaron con sus expresiones durmientes, María estaba pensando que sus regalos eran realmente miserables. Había mucha animación en la sala. Pelé y Gonzalito habían encendido la chimenea cuyos leños formaban ahora una ígnea cúpula en el fondo de la sala. Iban todos a tomar una copa antes de cenar. Después de cenar se verían los regalos, colocados ya tentadoramente en el árbol y después María, Pelé y la abuela se irían a la misa de gallo. Los abuelos siempre habían tenido esa costumbre. Al regreso, tomarían los tres un resopón, que ya estaba preparado en la cocina, consistente en tazones de caldo y unos sándwiches de roast-beef. Todo estaba pues a punto, todos estaban allí y lo que habían planeado entre todos estaba a punto de cumplirse. «¿De dónde viene la tristeza?», se preguntó María. La sala resplandecía. Pelé estaba muy guapo, con su camiseta de sport anaranjada, atizando la lumbre. Gonzalito hablaba animadamente con la abuela. Virginia se había dirigido hacia la chimenea y hablaba ahora con Pelé. Martín se había sentado junto a ella y le pasaba el brazo por encima de los hombros, desordenándole un poco el pelo con la mano izquierda, acariciándole la nuca. «Estoy muy contento, María», oyó decir a Martín en voz baja a su oído. «Parece que todo brilla más esta noche. El aire era muy claro afuera, oscuro y claro y muy frío en el jardín y en la huerta con sus arroyos de tierra oscura, inhibida, y nuevas estrellas en lo alto, en la densa espesura del firmamento prometedor. Todo es prometedor esta noche y todo lo que hemos pensado y decidido entre todos va a cumplirse. Me siento muy alegre. Y tú también, ¿verdad que sí?» «Voy a ir a dar un último vistazo a la cocina, Martín. Ahora vuelvo», enunció María resueltamente. Se levantó y salió de la sala cerrando la puerta con cuidado. En medio del vestíbulo oscuro, a través de una de cuyas ventanas podía verse el puro firmamento de la helada a que Martín había hecho referencia poco antes, María se detuvo y recorrió su rostro con ambas manos, alrededor de los ojos en busca de unas lágrimas que todo su ser le impedía derramar. En lo oscuro sus asombrados ojos azules se clavaron en la austeridad inmóvil del cielo navideño que a través de la ventana iluminaba pálidamente el vestíbulo y el cuerpo aterido de María.

Eran ya las doce y cuarto de la noche. La abuela, Pelé y María se habían ido en el coche a la misa de gallo. Gonzalito había desaparecido. Virginia y Martín se habían instalado, frente a frente junto a la chimenea cada uno con su gran copa de coñac. Los envoltorios de los treinta regalos de todos cubrían la alfombra alrededor del árbol. Se veían incluso encima de las mesas y en el suelo algunos regalos olvidados. Los regalos hechos por Virginia y Martín habían sido los más adecuados. No habían sido regalos muy caros, pero era evidente que habían sido pensados con detenimiento para cada persona en concreto. El regalo más gracioso y que todos, además de Pelé, a quien había correspondido, habían disfrutado, era una Polaroid. Pelé estaba encantado y ya se habían gastado dos carretes solo con las fotos de después de la cena. Había sido una ocurrencia y un regalo de Virginia. Virginia apuró ahora de un trago su copa de coñac. Martín hizo lo mismo. «¿Me ayudas a subir mis regalos?», dijo Virginia, levantándose. Virginia recogió sus cinco regalos que tenía en el suelo al pie del sillón. Martín se levantó sin decir nada. Salieron de la sala dejando las luces encendidas. Cruzaron el vestíbulo y subieron la escalera en silencio. Martín tenía la sensación de estar representando la elegante figura de un hombre que cumple su destino. Martín encendió las luces de la escalera y del descansillo del piso superior. Virginia entró en su habitación sin encender la luz y se tumbó en la cama, sosteniendo aún sus cinco regalos entre las manos, sobre el pecho. Martín cerró la puerta cuidadosamente y Virginia encendió entonces la luz de la lamparilla. Martín se desnudó deprisa, con un cierto desorden, se quitó uno de los zapatos sin desatar el cordón que se había hecho un nudo. «Lo mejor, ¿sabes, Martín?, lo mejor con mucho de lo nuestro es hacerlo aquí en casa, como si fuéramos hermanos o primos, el..., el querer los dos tanto a María nos vuelve como primos, ¿no crees?, al fin y al cabo todo queda en casa, como suele decirse..., no te quedes ahí de pie, túmbate a mi lado, lo que más me gusta de ti es que aunque tengas gana no me metes prisa, incluso si quisiera no lo haríamos, ¿verdad que no?, es porque sabes dominarte, por eso es. Hacerlo en la huerta es como más romántico, parece que tiene menos importancia al aire libre. Como si nos hubiéramos encontrado por casualidad, un encuentro fortuito, *strangers in the night,* y en realidad así es como es, por eso es inocente y no ofendemos a María, porque es como encontrarnos por casualidad en plena noche y besarnos, no hacemos daño a nadie y nos viene bien a los dos, nos viene bien, quita el *stress,* quita las tentaciones, ya ves que no salimos casi de casa para nada, no se puede decir que sea ser infieles quedándonos en casa todo el rato, por el bien de María, lo hacemos por su bien, para separar lo alto de lo bajo, conmigo puedes darte gusto, y a María la tienes para la parte más noble de tu vida, a mí es que me encanta cómo eres tú físicamente tan delgado, te prometo que pensaba en ti cuando lo hacía con el Rómulo, pensaba en una especie de fantasma, o sea, lo que se piensa, las imágenes que una tiene desde joven que no han cambiado nada, te veía a ti de joven, a veces os veía a los dos de jóvenes, a María y a ti, figúrate, pensaba en ti y a la vez pensaba en María, me acordaba que la cogías por la cintura viniendo de la facultad al mediodía, la verdad es que desnudo te desfiguras algo, es una novedad, no sé Martín si pierdes o si ganas en cueros, no lo sé, desde luego tú estarás más cómodo, aunque tú tampoco seas mucho de quitarte y ponerte el pantalón, los delgados sois todos muy frioleros y preferís estar arropaditos, tienes el mismo cuerpo que tu hijo solo que peludo, ahora me da vergüenza desnudarme a mí, en esta habitación, no lo encuentro normal, es más normal al aire libre, más casual, parece que la cama da como más respeto, más empaque, ¿qué hora es?, no llegarán hasta la una..., ¿has oído un ruido en el pasillo?, debe ser idea mía, y una cosa te digo, y eso además tú mismo me lo has dicho, que te ha venido bien para la novela, te está viniendo bien, todo el final entero se te ocurre mejor habiéndote desahogado las ganas que tenías, aquí no estoy tranquila en esta habitación, si quieres lo dejamos, yo casi prefiero, al fin y al cabo ya sabes cómo lo hago, parte por parte ya lo has probado todo, ¿por qué no?, no me avergüenzo para nada, y una cosa: lo que dijiste anoche de coger un piso los dos juntos eso sería horrible, dejar aquí a María a quien tú quieres y yo quiero, ¿para qué?, si yo fuera tú yo no lo haría, por una como yo qué va ni soñarlo, ¿de verdad quieres que lo hagamos aquí mismo?...»

Gonzalito carraspeó adrede en el pasillo. ¡Tal vez le oyeran y Martín saliera a pelearse con él! ¡Tal vez se caerían los dos escalera abajo y todo acabaría vulgarmente! Gonzalito estaba harto ya de saber el estúpido secreto de Martín y Virginia. Al principio le interesó ser dueño de esa forma de vengarse. Ahora no sabía bien qué hacer con ello. Y estos días de Navidad estaban siendo especialmente delicados, casi dulces. Se habían paseado los dos juntos, Pelé y él, como al principio. Y había tenido gracia colocar juntos la decoración del árbol. ¡Qué pareja ridícula estos dos, Virginia y Martín, qué increíble desvergüenza! Gonzalito se sentía quebradizo. A veces, como esta noche, cuando tenía la sensación de que Pelé le entregaba su voluntad, parecía convertirse en el dócil compañero imaginario de sus horas solitarias, cuando la presencia de la carne y el hueso –el exquisito detalle de lo que está presente ante la percepción actual– parecía confundirse con la docilidad del Pelé imaginario, entonces Gonzalito respiraba en paz y se sentía mejor. Se sentía, incluso, con ganas de obrar bien y de «corregirse», como decía su sobrino. Espiar a su cuñado y a Virginia había sido un entretenimiento miserable. Una especie de variación amarga de sus recuerdos juveniles: he aquí donde todo iba a parar, a un vulgar adulterio. El único punto donde Gonzalito perdía pie y donde sus pensamientos se negaban a formularse era en torno a María. Si, como parecía evidente, María aún confiaba en su marido y en su amiga, ¿qué pensar de María? Su ignorancia parecía fruto de la imbecilidad. Su bondad parecía fruto de la imbecilidad. Y a la vez, María era María, la hermanita bienhechora y luminosa de la niñez y de la juventud anteriores a Londres, que en cierto modo le había confiado el cuidado de su hijo. Gonzalito prefería no ahondar en esta compleja figura de su hermana. Volverse hacia sí mismo cada vez que llegaba hasta ella, como quien mete la cabeza debajo de la almohada.

Gonzalito se acostó cuando oyó llegar el coche. Desde la cama a oscuras oyó cómo María y Pelé acompañaban a la abuela a su habitación. Se había distraído y temió por un instante que la pareja siguiera aún en el cuarto de Virginia. Pero, al parecer, Martín había salido de la habitación sin que Gonzalo le oyera. Oyó cómo madre e hijo bajaban la escalera de nuevo. Y los volvió a oír subir al cabo de media hora. Se quedó dormido pensando en que mañana, libres ya de las ocupaciones de las fiestas, pasearían juntos por el jardín ensimismado del invierno.

Pelé iba a pasar dos días fuera de casa, en Madrid, con unos amigos. Ni siquiera le vio a la hora del desayuno. Fue un sombrío día de Navidad. También María, que había animado a su hijo a aceptar la invitación, le echó de menos. Había una incolora luz en la sala. Una sensación de inutilidad que se colaba en la conciencia de María instante tras instante. La tertulia después de la comida se prolongó casi hasta la hora de cenar. María tenía la sensación de que todos se habían concentrado en la sala a fin de engañarse mutuamente. La forzada familiaridad entre personas que María sinceramente amaba, y a quienes no podía en las presentes circunstancias acercarse. Ni acercarse ni alejarse. María se dio cuenta de que tenía que permanecer inmóvil donde estaba, confiar en que todo acabaría bien, confiar en el poder de lo real que ahora, a espaldas de María, se había vuelto contradictorio.

Pelé regresó el veintisiete por la noche, a última hora. Gonzalito le oyó llegar desde su habitación, desde la cama. Aquella habitación infernal donde todo se oía. Aquella cama anticuada, de caoba, en una esquina del cuarto, en el mismo sitio de siempre –casi más que nada en aquel cuarto, la cama era su adolescencia inquieta y protegida–, con su aire de madriguera o de ataúd, siempre deshecha. Había pasado los tres días sumido en una miseria llorosa. Se sentía abandonado. Y se sentía ridículo. Y se sentía vengativo. Y se sentía enternecido, repasando imaginariamente los rasgos de Pelé que ahora podía refrescar contemplando las fotos en color de la Polaroid que él mismo había hecho y escondido de inmediato, sin enseñárselas a nadie. Había sido fácil, en medio de la animación de la noche del veinticuatro, pedirle prestada su nueva máquina a Pelé y hacerle detenerse en pie en un rincón vacío de la sala para sacar tres fotos. El rincón, iluminado solo por una lámpara, había resultado en la pequeña cartulina cuadrangular extrañamente apropiado. El verde oscuro de un gran filodendro comunicaba su verdor durmiente a todo el fondo y a la esquina de un gran cuadro de confuso asunto bíblico, el atrevido rojo de las túnicas anegado por el verdor vacilante, submarino, de la foto entera. Pelé destacaba sobre aquel fondo, los brazos a lo largo del cuerpo, la mano izquierda en el bolsillo izquierdo de su pantalón gris oscuro. La piel tostada de los brazos, de la cara y del cuello. La envergadura de los hombros. La plenitud firme de los huesos de los hombros que mágicamente la foto había retenido. Las tres fotos eran casi iguales. Pelé había mirado fijamente a la cámara con su cara seria. Y, una vez más, el colorido submarino de la representación que coincidía extrañamente con el colorido que la figura de su sobrino había ido adquiriendo en las representaciones imaginarias de Gonzalo. La inmovilidad del chico y su fija mirada oscura eran inquietantes, como acusadoras. Gonzalito recordaba que Pelé se había mostrado impaciente tras la primera foto, como si fuera impropio que ellos dos se separaran del resto de la familia en aquel momento, o como si prefiriera ser él mismo quien hacía uso de la nueva cámara aquella noche para fotografiar alegremente a todo el mundo. Esas tres fotos eran las tres únicas fotos que se habían hecho de Pelé aquella noche. Apenas había salido de la habitación en los tres días. María había subido a verle los tres días, dos veces el último día, por la mañana y por la tarde. Gonzalito había procurado mantener con su hermana una conversación esquemática, sin lograrlo del todo. Al verla entrar el primer día decidió excluir de la conversación posible toda referencia al pasado común y a la confianza que había existido entre ellos: dejar solo el inmediato presente, minado de secretos y minado también, muy al fondo, por una firme intención de no dejarse enternecer. Gonzalito se había atrincherado en su incomunicación, como de niño en las cuevas de la playa, jugando al escondite. El caso era, sin embargo, que María no había subido para hablarle de nada en concreto, ni para preguntarle nada y ni siquiera para informarse acerca de su estado de ánimo o de su estado de salud. «Vengo a hacerte compañía un rato», anunció sencillamente al entrar. Y, en efecto, allí se quedó una hora larga el primer día, e igual los siguientes, sentada en una vieja butaquita de cretona, con los pies encima de una silla, mirando al techo, sin esforzarse gran cosa en dar conversación. La verdad es que Gonzalito tuvo ocasión de recordar, al verla, estos *moods* contemplativos y callados de su hermana que en los tiempos de las malas notas y las dificultades escolares tanto le tranquilizaban. María los llamaba «el viaje en coche» y decía que sentada así, precisamente con los pies en alto y la falda un poco por encima de las rodillas y la cabeza echada hacia atrás en el respaldo de aquella butaquita de cretona en concreto, sentía que iba en coche, en un gran «haiga» americano por una superautopista llana y llana durante cientos de kilómetros a lo largo de inmensas praderas esmeralda y desiertos de rugosa arena color miel. Siempre decía que viajar así con su hermano que iba, por supuesto, al volante, le hacía olvidar todos los problemas, propios y ajenos. Solía decir que le gustaban esos viajes porque Gonzalo conducía muy bien, con mucha seguridad, sin acelerones ni parones, a una velocidad media de crucero muy largo y que, al llevarla, Gonzalito hacía una obra grata a los ojos de Dios, soportando a su prójimo, a su hermana, en su fragilidad y en su silencio «como querría que se le soportara a él si estuviese en caso semejante». Gonzalito recordó incluso que su hermana había sacado esa frase, o una frase parecida, de las admoniciones de san Francisco. Y como iban de viaje, uno podía bostezar, o beber agua, o beber aguardiente, si lo había, de una petaquita plateada que les había regalado su padre a los dos, pero sobre todo a Gonzalito, por ser este un artículo de viaje más bien de hombres. Y se podía hacer, como es natural, de vez en cuando pis, parando el coche a un lado de la autopista, un poco ladeado, al borde de la cuneta de tierra blanquecina y de ortigas. Todo lo cual era estar cómodos y comunicarse a lo mejor muchísimo con solo monosílabos o con frases sueltas o por señas, embebidos ambos en el extenso e intenso páramo de la paz de un viaje silencioso. Lo curioso fue que Gonzalito, al ver a su hermana en la butaquita y recordar aquellos viajes, sintió que no se sentía ya cómodo sino horriblemente incómodo y alterado. Los larguísimos y naturales silencios de María –que parecían interminables aunque en realidad ninguno, si se tiene en cuenta la duración total de cada visita, llegó a durar ni tan siquiera una hora– le parecieron a Gonzalito ahora no-naturales y forzados e intencionados, como si María se hubiera propuesto sonsacarle información, lo cual, como tuvo que reconocer el propio Gonzalito en el instante mismo en que pensaba lo anterior, era evidentemente absurdo. La única frase del primer día que Gonzalito recordaba, y que, por cierto, él mismo estuvo a punto de pronunciar, sin llegar, por último, a atreverse fue: «Echo mucho de menos a Pelé estos días.» Gonzalito se sintió aliviado cuando su hermana salió de la habitación el primer día. «Lo que yo siento es incomunicable», se dijo a sí mismo. La incomunicación lo envolvía todo. Se había vuelto para Gonzalito un modo de vivir, el único aire respirable. Y los diversos y calculados quiebros de esa incomunicación, las confesiones o confidencias que le había ido haciendo a su sobrino, servían solo para colorear y subrayar la incomunicación fundamental en que se hallaba. Gonzalito interrumpía ante Pelé aquella incomunicación con repentinas aperturas gesticulantes como mimos, que contenían la cargazón del gesto de un obseso que exhibe de pronto sus genitales en el parque. La segunda visita de María, en la tarde del segundo día, y la tercera en la mañana del tercero, estuvieron presididas igualmente por aquel silencio luminoso del viaje en coche que Gonzalito ahora detestaba. La cuarta y última visita del último día, el veintisiete por la tarde, le sacó de quicio. Ya contaba con quedarse solo y arroparse en la miseria y el resentimiento y la ternura de pensar en Pelé que regresaría aquella noche. Contaba con sumergirse en el verdoso fondo de las fotos y deslizarse desde ahí a la masturbación y al sueño y la reaparición de María le hizo sentirse encadenado y enteramente reservado y resuelto a no comunicarse. Aquella silenciosa relación que le imponía su hermana se le apareció como una relación forzosa con el bien que hizo saltar lo demoníaco, primero en forma de odio incontenible y luego en forma de estupor:

una agudísima sensación de hallarse mudo y contrahecho allí inmóvil en su cama, mientras María le contemplaba amablemente desde la butaquita con los pies en alto encima de una silla, como de costumbre, como cuando salían de viaje en otras épocas. Tan angustioso llegó a parecerle ese silencio que llegó a sentir náuseas y a palidecer y a hallarse a punto de vomitar y, por fin, de hablar. Entonces dijo de un tirón, casi entredientes al principio: «No soy feliz, ¿es eso lo que quieres saber? Soy un desdichado, un desgraciado, ¿es eso lo que venías a buscar, lo que querías saber, oírme decir? ¿Eso querías? Ahora ya lo estás oyendo, ahora lo ves bien claro. Lo que querías ver ya lo estás viendo, ahora ya estás enterada. No puedo ser feliz, no soy feliz. Tú estás ahí en silencio, ahí sentada, mirándome, y eres como un pozo donde tengo que acabar por asomarme y gritar que no soy feliz. Y esta falta de felicidad es pecado, es la esencia de lo pecaminoso y del pecado, un ruido horrible que provocas tú callándote. ¿A qué has venido? El primer día dijiste que venías a hacerme compañía. Tú no puedes hacerme compañía, hermana, ni tu hijo tampoco. Donde yo estoy no viene nadie. Y es mejor así, es preferible que no me hagas nunca compañía si vienes a mirarme y a callarte. Tú no oyes el ruido que yo oigo cuando tú te callas, los alaridos de mi alma. Y hay otro, además. A lo mejor venías a visitarle a él, en vez de a mí. Ahora ya ha pasado. Ahora al hablar, prefiero hablar, hermana, lo prefiero, ahora hablando ya hemos salido fuera y no estamos ya dentro, sino fuera, y las palabras, cualquier palabra, la palabrita más idiota, butaquita, cama, mesa, casa, las más vulgares y corrientes, sueltas, libres, me recuerdan la niñez de los dos, la libertad... Estas palabras ordinarias son lo contrario de la esclavitud en que yo vivo, ¿es eso lo que querías saber? No te creo tan mala, te creo lo contrario. De verdad venías solo a hacerme compañía, ya lo sé, querías que yo te soportara en tu fragilidad, como dice san Francisco, sin saber que yo he reservado para mí el dinero de Dios que ahorramos juntos. Desde Londres no he vuelto a hablar contigo, ¿para qué? Y ahora mismo no creas que lo estoy diciendo todo, las palabras me están tranquilizando y ocultando, ya no oigo el alarido horrible que se oía al estar tú en silencio, deberías haberme hecho callar, tal vez me hubieras hecho un bien, nos hubieras tal vez salvado a todos. Y ahora yo me escapo, yo me escondo, yo estoy ya escondido en esta cuevecita de las luminosas palabras ordinarias, donde no se me ve, ahora no me ves, ya no me ves, soy el hombre invisible de la irrealidad y del pecado, que tú no puedes ver, hermana mía, ni de día ni de noche... Estoy un poco nervioso, María, ya lo ves, me asusto yo a mí mismo y te he asustado a ti, ¿a que te has asustado? Desde que volví de Londres no me encuentro bien del todo, voy a ir a ver a un médico, un psicólogo, un amigo de Alfonso, Alfonso Vélez, a quien tú conoces, hemos quedado por teléfono en ir ahora en enero y reponerme, ya me he repuesto mucho aquí en casa, contigo y con... vosotros, buena diferencia, poco a poco voy recobrando ya mi verdadero ser, ¿verdad que ya estoy mucho mejor, María?» María pensó que, en efecto, su hermano se había puesto mejor a partir de la segunda parte de lo que había dicho. Porque estaba claro que aquello había tenido dos partes y que en la primera Gonzalito había querido decir más tal vez de lo que había dicho. Y que en la segunda parte se había refugiado en una especie de trivialidad enfermiza –como alguien que trata de hacerse pasar por un enfermo de los nervios–. Era verdad que, al hacer sus visitas, María no se había propuesto nada más que acompañar a su hermano, si bien era cierto –también eso era cierto– que había acudido a él instintivamente para hacer el viaje en coche y descansar así de la perplejidad o la tristeza; María ya no acertaba a distinguir estos dos sentimientos que se sucedían como dos diferentes clases de sombra un día lluvioso en su conciencia, dos diferentes cielos grises que ahora recubrían durante todo el día lo que María había llamado siempre realidad. Esa realidad de su vida entera que seguía siendo una suma, cualitativamente inmensa y afilada ya, una consumación desbordante que en los últimos tiempos se había ensombrecido, sin perder, sin embargo, su poder real de convicción: María seguía persuadida de que solo ahí en medio, en la paciencia que parecía prescribir la situación o situaciones concretas en que María con todos los suyos se encontraba, podría verse la verdad de cada cual, fuese cual fuese. Y, absurdamente, como quien se acuerda de una melodía fragmentaria, o del estribillo cómico de una canción popular que ha oído por la radio y lo repite distraídamente a lo largo del día, María recordaba ahora, y sin querer las aplicaba a la realidad entera de su vida, unas alabanzas de san Francisco al Dios altísimo que había aprendido de memoria alguna vez, probablemente en el colegio, y que su memoria retenía olvidadas hasta entonces: tú eres el santo, el que hace maravillas, tú eres el fuerte, tú eres el Altísimo, tú, padre santo del cielo y de la tierra, tú eres el bien, todo bien, sumo bien, señor Dios vivo y verdadero, tú eres el amor, tú eres la voz de la conciencia, tú eres la voz de la humildad, tú eres la paciencia, tú eres la hermosura, tú eres la mansedumbre, tú eres la seguridad, tú eres la quietud, tú eres el gozo, tú eres nuestra esperanza y alegría... Y este estribillo se le ocurrió de nuevo, quizá por primera vez allí mismo, al oír a Gonzalito y después de oírle, como si fuera necesario personificar la realidad y hablarle de tú y decir muchas veces «tú», ahora que la hora de la tribulación y de la oscuridad había llegado. Por eso, en vez de contestar a la pregunta de su hermano acerca de si pensaba que ahora estaba ya mejor, María le preguntó a su vez: «¿Te acuerdas Gonzalito de una oración que aprendimos, tú también la aprendiste, que se decía todo el tiempo tú tú tú... tú eres la realidad tú eres la seguridad tú eres la humildad tú eres la paciencia tú eres la hermosura tú eres toda la belleza de este mundo tú eres nuestra alegría y así se iba diciendo durante mucho rato hasta dormirnos...?» María no había podido responder nada a su hermano y temía mucho no haberle entendido –en realidad solo había entendido lo que ya sabía, que era desgraciado y que no era feliz– y había contestado impulsivamente con lo primero que se le vino a la cabeza mientras le oía y después. «No, no me acuerdo, hermana, ya de nada», respondió ahora Gonzalito que se había repuesto por completo y que había abandonado su postura yacente para sentarse al borde de la cama. Sus pies muy blancos, como sin vida, el uno junto al otro y los tobillos hasta donde llegaba el pantalón del pijama descansaban en la alfombrilla ya muy desgastada, una alfombrilla con dibujos persas, como extremidades fantasmales de un invisible cuerpo cuya voz aún se oía, reservada, velada, imposible de predecir, según pensó María en aquel instante. «¡Si supieras lo poco que me acuerdo ya de todo! No hay ninguna continuidad, a veces pienso, en mi vida entre el pasado y el presente. Si hubiera una continuidad sería distinto, yo supongo. Pero no la hay y ni siquiera ahora mismo, ya en frío, deseo que la haya. La verdad es que no deseo nada, hermana. ¿Será esto que he llegado a la pobreza, al borde de la nada, como los místicos que ya no poseen nada? No te preocupes por mí, de verdad, María, de mí no me preocupo ya ni yo mismo.» La conversación entre los dos hermanos acabó así, más o menos; con María no sabiendo qué decir y Gonzalito tranquilizándola y empujándola dulcemente fuera de la habitación. Una vez solo, Gonzalito temió haber invocado sin querer a Satanás porque se le doblaron las piernas y se vino abajo, como paralítico. Fue cosa de un instante. Estaba claro que María tampoco sabía con quién se había metido aquella tarde. Gonzalito sintió que las manos y las piernas y el pecho y los genitales se le deshacían en lo invisible, como si una leve floración, como un musgo ligero que se desprendiera de su tenue verde para sumirse en lo incoloro, inconsistente y liviana e imprevisible y enteramente negativa, negara la consistencia habitual de su carne y sus huesos y su sexualidad y su conciencia de sí mismo. Sin saber cómo, se encontró de nuevo tumbado en la cama presa de una incontenible irritación. Estaba claro que aquellos tres días del encierro habían recrudecido su impaciencia. Tal vez se durmió, aunque al bajar a desayunar al día siguiente, el veintiocho de diciembre, tenía la sensación de no haber pegado el ojo en toda la noche. Desayunó solo. Y volvió a subir a su habitación donde permaneció, tras ducharse y vestirse, hasta la hora del almuerzo. Su frialdad y su invisibilidad era ya una misma cosa: una como cosquilleante sensación de poder que recordaba la excitación preliminar del deseo sexual y que era perfectamente compatible con las buenas maneras. Le emocionó tanto, sin embargo, ver a Pelé ocupando ya su sitio en el comedor, que apenas pudo, en toda la comida, dirigirle la palabra. Los dos se reunieron en el salón con todos los demás a tomar café. Ahora ya Gonzalito podía hablarle normalmente. Pelé se había pasado la mañana haciendo fotos a todo el mundo con su Polaroid. Durante el café, sentado en el brazo del sillón de la abuela, mostraba a esta un par de instantáneas de su padre sentado a la mesa del despacho, con un enfurruñado gesto de no estar prestando atención al hecho de estar siendo fotografiado –un gesto repleto, en verdad, de candor intelectual y de ternura–. Pelé había repetido varias veces ya en voz alta y muy clara que consideraba que esas dos instantáneas de su padre en el despacho eran, hasta la fecha, sus dos mejores fotos. «Recuérdame, Pelé, luego después, después de la merienda, que te lleve a ver una nueva instantánea. Seguro que aunque ya sea algo de noche, con el *flash* de tu Polaroid será bastante para imprimirla con toda nitidez», le dijo dulcemente Gonzalito cuando ya todos dejaban el café y Pelé y Gonzalito iban a echar una partida de ajedrez –medio en broma, porque ninguno de los dos jugaba bien– en el cuarto del más viejo y adulto de los dos, el tío Gonzalo.

Era ya después de la merienda. Ya serían las ocho de la tarde. La partida de ajedrez, que había sido divertida, había mostrado, sobre todo, la incompetencia de los dos. Había sido gracioso y amistoso mostrarse incompetentes mutuamente. Las dieciséis piezas de cada cual en sus repentinas inmovilidades eran problemas propuestos al ingenio lingüístico de los dos. Porque, en efecto, ahora había un lenguaje imperfectamente comprendido entre los dos. Como en Londres. No tenían por qué hablar castellano porque podían hablar con las torres, los caballos, los alfiles, los peones y la dama y el rey, con sus correspondientes valores y las reglas del juego. Y porque podían, sobre todo, hablar con gestos. Cada movimiento, un gesto; cada vez que uno de los dos daba jaque al rey, o cubría sus piezas, o se comía un peón dándole un golpecito, cada vez que se tendían celadas, cada uno de los dos gesticulaba un poco, no mucho, porque el poder del gesto en este difícil y concentrado juego estaba ya objetivado en los movimientos mismos que se hacían y el resto del cuerpo solo lo acompañaba o subrayaba dulcemente, como quien sigue desde lejos dulcemente el movimiento de unos bailarines. Y no hablaban ninguno de los dos: en el cálido círculo del flexo que Gonzalito había dispuesto sobre la mesa de juego, apagando todas las otras luces, solo las manos de los dos y el claroscuro de ambos rostros, iban y venían de la conciencia a las piezas. Lo esencial de aquella partida de ajedrez era que era un lenguaje común no dominado por completo por ninguno de los dos jugadores. Podían, pues, tomarse la libertad de equivocarse y de errar y las libertades tomadas así eran también confianzas que se tomaban mutuamente. Y ya que no jugaban bien, se habían propuesto adoptar el aire silencioso y concentrado de los buenos jugadores, los grandes rusos, de caras anchas y petrificadas. Y ambos sentían un placer especial en decírselo todo ahora por señas, y procurando no reírse –o no reírse demasiado– al contemplar cada cual las gesticulaciones que hacía el otro para hacerse entender o para demostrar que no entendía. También bajaron a merendar en silencio, explicando por señas a la abuela y a María que no podían hablar porque venían de jugar al ajedrez, donde no se habla. Martín no se presentó al té. Y Virginia solo estuvo un minuto fumando dos pitillos y tomando a sorbitos dos tazas de té sin leche y sin azúcar. Luego se fue, según dijo, a darse un buen paseo al aire libre. Y los dos jugadores, sumidos en lo mímico como en lo súbito y en lo sorprendente y amistoso de una lengua común que no era el lenguaje propio de ninguno de los dos, devoraron los hojaldres y varias rajas gruesas del *fruit-cake* de la abuela que ahora hacía, tal vez con algo más de frutas escarchadas y algo más de licor, la cocinera. Y después de merendar salieron juntos al jardín a ver el espectáculo instantáneo, la instantánea que Gonzalito le había prometido a su sobrino a la hora del almuerzo. Antes de salir, Pelé le preguntó por señas a su tío si de verdad tenía que llevar la Polaroid para sacar de verdad fotos, o si la Polaroid había sido solo una broma maliciosa de su tío, o si, aun no siendo una broma, era ya tarde y demasiado oscuro en el jardín con solo el *flash*. Y Gonzalito le respondió por señas que se diera prisa y que no, que no hacía falta ya la Polaroid. Así que se encaminaron jardín abajo hacia la huerta y no había luna: y sus figuras se amontonaban una en otra al caminar tan juntos uno de otro. Se detuvieron, caminando ya ahora sin saber por qué de puntillas, detrás de una pileta alta y ancha y blanca que se usaba para controlar y distribuir todo el agua de riego de la huerta. Y junto a la pileta había una mata grande y muy tupida. Y al tocar la pileta Pelé con ambas manos notó que estaba fría y resbaladiza como si rezumara un poco el agua por los poros grises del cemento. Gonzalito con un gran gesto de la mano derecha se llevó el índice a los labios para subrayar lo silencioso aún más. E hizo que su sobrino metiera la cabeza por un hueco del matorral, entre el matorral y la pileta. Y ahí estaban los amantes. Inconfundiblemente ellos dos, Virginia y Martín, abrazándose y besándose. Virginia tenía la blusa abierta. Y se le veían los dos pechos pequeños, alargados y azulados que Martín sostenía entre las manos como si se fueran a caer. Se besaban. Se separaban un momento. Se volvían a besar. Y unas veces la cabeza de Martín quedaba a la derecha de la cabeza y el cuello de Virginia y otras veces a la izquierda, como si se alternaran las posiciones de las dos cabezas en un mimo, a propósito. Y eso fue todo. Tío y sobrino se retiraron silenciosamente. Pelé, al subir hacia la casa, iba delante, mirando al suelo, andando muy deprisa. Y Gonzalito iba detrás, viendo la espalda inclinada de Pelé, andando más despacio, sorprendido de no sentir ningún sentimiento ni ninguna sensación, como paralizado, como convertido en un autómata, sintiéndose, en todo caso, invisible.

El último día de aquel año por la tarde, después de la merienda la abuela quiso ir a acostarse. Serían como las ocho. Y Pelé y María la acompañaron a su cuarto. Y Pelé salió un momento al pasillo mientras la abuela se ponía el camisón. Y luego volvió a entrar. Y mientras María peinaba los cabellos canos de la abuela, dejándolos sueltos para que apoyara bien en la almohada la cabeza, Pelé las miraba, sentado en una esquina de la cama, justo en la esquina misma, procurando no aplastarla mucho. Era dulce y consolador estar los dos, su madre y él, acostando a la abuelita la última noche del año. Cuando la abuela se despertara al día siguiente ya sería otro año y los gorriones brincarían, malvados, entre las palomas de grandes buches, grises y gordas como tanques, a mediodía, de miguita en miguita en la terraza soleada, mostrando a quien quisiera comprenderlo lo imposible que es repartir bien cualquier cosa, ni siquiera el pan duro, entre las aves del cielo que no siembran ni siegan. Cuando la abuela ya se metió en la cama y les aseguró a los dos que estaba cómoda, y que no tenía ni frío ni calor, sino más bien un calorcillo confortable repartido por igual por todo el cuerpo e incluso en la punta de la nariz, como Pelé podía comprobar con solo tocarla con su propia nariz, nariz con nariz, como se dicen buenas noches en Pekín los abuelos y los nietos chinos: y que no tenía los pies fríos ni pensaba ponerse semejante horror, ni ahora ni nunca, calcetines de cama de ninguna repulsiva oveja o vaca o cabra –la abuela les hizo reír mucho a los dos con esto del odiado calcetín camero y la manta eléctrica que la iba a electrocutar en plena noche–: cuando por fin se fueron ya los dos, con la apacible imagen de la abuela en la retina y estaban a la puerta del cuarto de Pelé, Pelé dijo: «Mamá, léeme algo hoy que es último día de año.» Y era verdad que ya no faltaban ni tres horas para que aquel año se acabara. Y Pelé quiso que su madre le leyera ya acostado, como le leía hacía mil años, antes de llamarse Pelé incluso, cuando era Martinín e iban los dos por el jardín, su madre y él, como Perico por su casa. Desde el día veintiocho Pelé sentía que no se podía andar ya así por ningún sitio y menos por el jardín o por la casa. Y había tenido que dar conversación a todo el mundo, a Gonzalito, a Virginia y a su padre. Y se había incluso entrevistado con su padre, por expreso deseo de este, en el despacho, en una de aquellas célebres recepciones, la de fin de año nada menos, en las que tanto confió María en el fondo y que tanto, en realidad, habían contribuido a que Pelé y su padre se fueran entendiendo –o a que Pelé fuera entendiéndose más fácilmente cada vez con su padre–. Desde el día veintiocho, todo el veintinueve y todo el treinta y todo el treinta y uno hasta este momento, Pelé hubiera querido echarse en los brazos de su madre a llorar y a decir que todavía era un crío y que no quería tener ya que enterarse de cómo viven los adultos. Pero cualquier acción así quedaba para Pelé rigurosamente prohibida por la naturaleza del acontecimiento presenciado, por la ley de silencios y secretos que el tío Gonzalo había impuesto desde siempre y que Pelé había tomado muy en serio, y por un requerimiento especial de entereza y valentía que el conjunto de situaciones planteadas a raíz de la aparición de Gonzalito en la casa había acabado presentando en la conciencia de Pelé. La necesidad de la compañía de su madre, sin embargo, era vivísima. Y para poder estar con ella y verla y oír su voz y no tener, a la vez, que hablar de nada y parecer extraño, lo mejor era la lectura. María leía muy bien. Leía muy despacio y muy bien, parándose de vez en cuando para dejar que lo leído empapara bien toda la tierra alzada y ahuecada de la conciencia de su oyente. Pelé pensaba que su madre leía como la lluvia. «¿Qué quieres que te lea?», preguntó María. «Cualquier cosa que estés tú leyendo ahora, todo lo que tú me lees me gusta.» «Pues estoy leyendo una vida de san Francisco.» «Pues eso, léeme eso.» Y María se fue a buscar el libro a su dormitorio y cuando regresó, Pelé se había metido ya en la cama, con pijama y con jersey y con cara de frío –una carita preocupada, que María había advertido ya los días anteriores–. «Elevado, en cierto modo, sobre las realidades mundanas», leyó María, «el bienaventurado Padre había sometido con admirable eficacia las cosas de la tierra; y, teniendo siempre puesta la mirada de su entendimiento en la luz suprema, conocía por revelación no solo lo que él había de hacer, sino que predecía muchos sucesos con espíritu de profecía, escudriñaba los secretos de los corazones, conocía las cosas lejanas, preveía y anunciaba de antemano el porvenir. Los ejemplos van a probar lo que decimos.» María alzó la mirada y vio al crío de pelo rubio, tan parecido a ella y a Gonzalo, que tenía abiertos, muy abiertos, los ojos oscuros de su padre y que había entrado ya en el trance infantil de la lectura en voz alta y que había doblado la almohada larga en dos para estar más alto y cómodo y oír y ver mejor a su madre y que instintivamente había cruzado las dos manos sobre el pecho, sobre el jersey viejo de meterse en la cama los inviernos. Y Pelé vio la graciosa cara de su madre, el mismo rostro resplandeciente, nimbado de alegría y de sabiduría y de poder consolador, alzado ahora hacia él, inclinado antes atentamente sobre el libro, como había visto a su madre hacerlo siempre todo cuidadosamente, en la claridad de todos los días y todas las noches de su vida entera. Y se dejó arrasar por el consuelo y por las lágrimas que parecían la única respuesta apropiada para escuchar aquella última noche de aquel año las admirables cosas, los ejemplos, de la vida del santo. Y María pensó que amaba a su hijo y que amaba a todos los habitantes de la casa y que leía en realidad para todos, elevando al hacerlo sencillamente el corazón a Dios, creador de todas las cosas visibles e invisibles, en una oración alegre de fin de año, de principio de año, a todo trance: «Había un hermano que, a juzgar por las apariencias, se distinguía por una vida de santidad excepcional; pero él era muy singular. Entregado a todas horas a la oración, guardaba un silencio tan riguroso, que tenía por costumbre confesarse no de palabra sino con señas. Con las palabras de la Sagrada Escritura concebía un gran ardor, y, oyéndolas, se mostraba transido de extraña dulzura.» Pelé no siempre escuchaba todo lo que su madre leía. A veces, de pequeño, resbalaba como por un tobogán hacia aquel quedarse dormido que era un estado luminoso, donde la voz de su madre aún se oía como se oye entre los árboles el entretejimiento de un regato y los pájaros y el rumor del aire de los árboles en el telar, el lienzo aéreo, de una única presencia melodiosa. Se acordaba de todo claramente: la oscura escena de la huerta, el silencio del campo y el silencio forzado de las gesticulaciones del tío Gonzalo jugando al ajedrez y conduciéndole a ciegas hasta la pileta húmeda y celada. Así oyó leer a su madre que aquel hermano que todos tenían por santo no quería hablar, y no se quería confesar. Aquel hermano que también era un completo singular, un caso único, una singularidad gesticulante, como el tío Gonzalito. ¿Por qué no quería confesarse? ¿Por qué no hablaba? «¡Es tan agradable hablar, hablar y hablar sin secreto ninguno y sin reservas!», pensó Pelé abriendo los ojos. Tal vez María había alzado la voz ligeramente: «Hay que evitar siempre la singularidad que no es sino un precipicio atrayente. Lo han experimentado muchos tocados de singularidad, que suben hasta los cielos y bajan hasta los abismos. Atiende, en cambio, la eficacia de la confesión devota, que no solo hace, sino que da a conocer al santo.» ¿Tendría que confesar todo a su madre? ¿Confesar, qué? El «No se lo digas a tu madre» del tío Gonzalo era una tenaza que le aislaba, le alejaba como de una costa, de su madre. Pelé lloraba ya a lágrima viva. Y su madre le abrazó y le leyó la florecilla de la alegría perfecta hasta que se quedó dormido. María apagó la luz y se quedó sentada en el cuarto de su hijo a oscuras, aferrada a la cruz de su perplejidad hasta que oyó entrar a Martín en el dormitorio –le oyó toser y carraspear como quien lo hace adrede– y era ya año nuevo en la delicada escarcha y en los charcos helados bajo la firme ilusión de vigilancia y amor de las estrellas.

Aquella noche misma, ya en el año nuevo, ya en la cama los dos, María y Martín, María acarició la barba de su marido, recorriendo toda la cara con la mano derecha, muy despacio, delicadamente, alrededor de los labios. María estaba pensando: «Le quiero ahora mucho más que la primera vez, cuando le quise por primera vez, cuando se sentó en mi mesa en el bar de la facultad. Y hemos llegado juntos hasta aquí. Y ahora mismo se suman todos los instantes que hemos vivido juntos y el resultado es que le quiero y quiero ser querida por este hombre que está aquí, que envejece conmigo y toda la alegría imaginable se reúne ahora en esta cara y en estos labios; y la barba un poco crecida y su olor me están diciendo la verdad de este nuevo año, pase lo que pase. La humildad de la piel y la paciencia de las yemas de los dedos que encuentran la ternura y el deseo a tientas después de tantos años, ninguna perplejidad puede decirme que no quiero a este hombre y...» María no sabía seguir. Lo anterior era, en su imprecisión, una guía consistente que de pronto ahora parecía inconsistente, parecía algo que hay que decir como «te acompaño en el sentimiento», o «te quiero» en determinadas circunstancias cuando no resulta evidente del todo que uno esté dispuesto a acompañar o a querer a la otra persona. María no era zalamera, ni especialmente besucona o exigente en estas cosas. La diaria presencia de quienes amaba le había parecido siempre suficiente. Ahora esas presencias se diluían en su perplejidad, como si se alejaran o se volvieran invisibles. Martín dijo entonces: «¿Sabes que David se ha vuelto a enamorar de su mujer? El adulterio le está viniendo bien. Lo último que he escrito es todo sobre eso, sobre el regreso a la mujer legítima sin abandonar a la otra, un sentimiento...» Y María le interrumpió: «Es año nuevo, Martín, es año nuevo. Tu relato me entristece mucho, no lo puedo remediar. Y es año nuevo y Pelé se ha dormido hace un ratito y tú y yo estamos juntos y tu relato me entristece y prefiero esta noche que no me cuentes nada más de ese pobre David que va y viene por sus sentimientos con lupa para verlos, porque de pequeños que son no los ve casi. Mañana seguimos porque me gusta oírtelo contar, cómo lo cuentas, eso me gusta, aunque no me gusta nada lo que cuentas, me parece todo mentira, son sentimientos de pitiminí que yo sé que tú no sientes y que yo tampoco siento, nosotros hemos hecho todo lo posible, tú y yo, desde que nos casamos, por tener sentimientos que inclusive nos vinieran grandes y nos desbordaran, y los sentimientos de ese David tienen un aire revenido, presumido, con coqueterías, esto no lo digo contra tu novela que va a ser estupenda, ni contra ti, lo digo, la verdad, porque me entristece mucho lo que cuentas y hoy es año nuevo y parece que toda la realidad se multiplica y se abrillanta y estalla y se tienen ganas de pensar en los santos y en Dios aunque uno apenas sepa lo que significa la palabra Dios o la palabra realidad... La melancolía no es un buen sentimiento, nos vuelve raros, especiales, frágiles, cobardes, nos aleja de todos los demás... Es mejor, aunque sea mucho más vulgar, sentirse alegre porque hay que cambiar de calendario y porque mañana es ya otro año, el calendario es una metáfora, como tú dirías, del renacimiento perpetuo de la vida, cada vez más verdadera, ¿verdad Martín?, cada vez mejor enamorados...» La voz de María, que había sido firme todo el tiempo, vaciló al final hasta volverse inaudible al llegar a «enamorados». Martín había sonreído al principio, como si María estuviera diciendo algo ingenioso. Luego comprendió que no había en todo ello ni la más mínima brizna de intención estética. Y guardó un silencio respetuoso. Tal vez lo que María acababa de decir fuera lo mismo que los dos decían o pensaban cuando se casaron: solo que ahora todos esos pensamientos se habían vuelto infértiles, usados, irreales. A Martín le pareció de pronto que María desvariaba. Y pensó: «¿Sospechará lo nuestro?» Pero le pareció imposible que María sospechara: una imprevista corona de laurel que le otorgó sin saberlo. La confianza que María había inspirado en Martín era tan honda y detallada, tan consumada y perfecta que la simple idea de sospecha (o de duda o de vacilación) y la simple idea de María no podían en la conciencia de Martín presentarse juntas en un juicio. Sospechar era propio de otra clase de persona, todos sus personajes sospechaban constantemente unos de otros y el sospechar mismo era una realidad casi sustancial para Martín. Resultaba inverosímil que María sospechara nada ni pensara de Martín ni de nadie nada malo o dudoso. Por eso Martín se tranquilizó instantáneamente. Su adulterio, por lo que valiese, estaba a salvo. Así que aquella noche dio a María toda la razón, no habló de su novela y logró que María se durmiese casi a la vez que él mismo, acariciando y siendo acariciada. Martín pensó, justo antes de hundirse en la inconsciencia por entero, que su habilidad no tenía límites y que la conciencia era en verdad un sumidero donde todo se sume y se consume literariamente.

Gonzalito pensó: «Hablaré sinceramente con él. Le diré toda la verdad acerca de mí mismo.» Habían pasado muchos días, semanas, todo enero, era ya a mediados de febrero y Gonzalito no había podido reanudar sus relaciones con Pelé. Pelé volvía muy tarde por la noche y se encerraba en su cuarto y pasaba los fines de semana fuera. Se habían encontrado, por supuesto, en varias ocasiones y Pelé había estado normalmente amable con Gonzalo. Esas ocasiones habían sido siempre familiares; desde lo ocurrido en la tarde del veintiocho de diciembre no habían vuelto a verse a solas. Y en las ocasiones familiares, al hablarse, Pelé no había vuelto a mirarle a la cara. Hablaba con él pero evitaba que sus ojos se encontraran con los ojos de Gonzalo. Era horrible. Gonzalito pensó: «Le diré "Por favor, tengo que hablar contigo". Tiene que darse cuenta que depende todo de él. No se puede empezar una cosa así y dejarla. Eso no está bien. Por muy joven que sea. Se tiene que enterar que no está bien lo que hace. A una persona de mi edad no se la trata así. No se empieza una cosa tan terrible con una persona de mi edad para luego dejarlo. Su madre no va a decirle nada, su madre no se entera, tengo que ser yo. Voy a tener que hablarle muy en serio. Voy a contarle todo, lo de su padre, lo mío, toda mi alma, que entre y que la vea...» Gonzalito había tardado mucho en entender el motivo de que Pelé le evitase. A ratos, aun ahora, casi a finales de febrero, le costaba entenderlo. Y es que desde el aborrecimiento de después de comer del día veintiocho, desde el deseo de desvirtuar la imagen de Martín y el deseo, tal vez confuso, de dar al propio Pelé una lección inolvidable que le impidiera recuperar la imagen paterna –un proceso que podía haberse iniciado incluso con la absurda ayuda de las fotos de la Polaroid–, hasta la ejecución del acto revelador, había habido el espacio de tiempo de jugar al ajedrez y permanecer juntos en silencio hablándose por señas, un momento que Gonzalito consideraba de dulce intimidad y complicidad y que le había conducido a olvidar todo lo otro: la concreta ejecución de lo planeado había parecido un resbalar feliz y silencioso de un gesto a otro gesto. Al no haber intercambiado ni una sola palabra con Pelé, el acto por virtud del cual quedaba al descubierto y a la vista del chico el adulterio de su padre había carecido en cierto modo de significación. Gonzalito había llegado a decirse a sí mismo que conduciendo a Pelé hasta la pileta y haciéndole contemplar el espectáculo –francamente cómico, por lo demás– de los besos de Martín y Virginia se había limitado a poner de manifiesto algo que a estas alturas ya tenía que estar claro para todo el mundo en la casa. Gonzalito, pues, no había llegado a sentir ningún remordimiento por aquel acto específico y solo ahora, al ver que Pelé no le miraba y evitaba verse a solas con él, había comenzado a sentir una inmensa desazón, a ratos llorosa y melancólica y a ratos furibunda. La verdad era que en el momento mismo de ocurrir lo ocurrido, Gonzalito no había sentido aborrecimiento por nadie, ni recordaba ahora haber tenido entonces en la mente ningún propósito especial –ni siquiera se sintió autor del acontecimiento– ni recordaba haber tenido en aquel instante la sensación de que algo maligno, deliberado y preparado de antemano, se cumpliera. Habida cuenta de la fecha, ¿por qué no había Pelé de considerarlo todo ello como una simple inocentada? Por mediación de su madre, Pelé puso un juicioso y detallado pretexto –una invitación muy anterior ya muchas veces aplazada– para no estar presente el día de Reyes a la entrega de los dos regalos especiales que todos los demás conjuntamente iban a hacerles a la abuela y a él. Gonzalito pensó: «Le escribiré una carta que echaré poco antes de que llegue por debajo de la puerta de su cuarto. Le escribiré una carta que llegará por correo, la primera carta que ha recibido en su vida. Entraré en su cuarto después de que lo arreglen y dejaré una nota encima de su mesa pidiéndole por favor que hable conmigo. Llamaré a la puerta de su cuarto ya a última hora, cuando esté acostado. O mejor: cuando su madre, que se está un rato con él todas las noches, salga, esperaré un ratito y llamaré yo a la puerta y me sentaré junto a su cama en una silla. O me iré a vivir a un hotel y le llamaré por teléfono: esto sería absurdo...» Estos proyectos tenían todos en común lo melancólico: en todos, Gonzalito se veía a sí mismo entrando lentamente o dirigiéndose lentamente hacia un Pelé situado a cierta distancia, a quien había que escribir o telefonear o pedir permiso para entrar. De esa distancia tenía Gonzalito una noción confusa que unas veces coincidía más o menos con la probable distancia existente entre la cama de Pelé o su mesa de trabajo y la puerta de entrada de la habitación, y otras, como contagiada de distancias oníricas, fluctuaba entre un par de pasos y un kilómetro, siendo posible no obstante, en este último caso, percibir la expresión del rostro de Pelé con toda nitidez a simple vista. Y siempre era una distancia melancólica que siempre se salvaba con mucha lentitud y a cuyo término Pelé se mostraba como velado o recogido o recubierto por las sábanas y las mantas de la cama de aspecto sumamente confortable: Pelé siempre aparecía reclinado o también muy cómodamente sentado o, si aparecía de pie, en posición de descanso y en completo reposo, sonriendo como ausente. Gonzalito recordaba, por supuesto, a su sobrino de otros modos y en posturas o lugares mucho menos irreales, chutando el balón, o nadando, o yendo y viniendo por el jardín o por la casa. Pero las figuras últimamente determinadas por lo melancólico y en términos de acercamiento para reanudar la relación eran siempre sedentes, frías y dulces (la calidez y lo confortable parecían recogerse y sumirse en torno al chico en giros centrípetos no comunicativos) y pasivas: Gonzalito tenía que hacerlo todo y daba igual que lo hiciera o no lo hiciera. La melancolía era el dato esencial, la situación terminal. En esta situación Gonzalito se sentía incomparablemente singular y bondadoso. No solo no deseaba hacer ningún mal sino que se creía capaz de hacer positivamente el bien. En semejante situación solo diría la verdad acerca de sí mismo y esa verdad, muy posiblemente, tendría un valor universal que encendería la inteligencia y el corazón de todos ellos, Pelé el primero. Inmerso en este estado, Gonzalito tendía a la inacción. Se alimentaba de oír a Pelé entrando en su cuarto, o subiendo o bajando las escaleras; se nutría de las tres fotos de la Polaroid o de las referencias que se hacían al chico durante las comidas. Lo melancólico le duró hasta marzo. Y a primeros de marzo se borraron todas las imágenes y se inició un proceso cada vez más enfurecido y más calculador de actividad real. Gonzalito ahora no estaba dispuesto a convertirse en la víctima de las canalladas del cuñado novelista. Aquello tenía que terminar. Y por «aquello» entendía Gonzalito a la vez lo del padre y lo del hijo.

No deseaba enfrentarse directamente con Martín. El progresivo enfurecimiento le hacía intrépido, pero, aun así, no deseaba exponerse a las incalculables consecuencias de un enfrentamiento con su cuñado. ¿Qué ocurriría si se enfrentara con él? ¿Se atrevería Martín a negar su adulterio? ¿Se atrevería a echar a Gonzalito de la propia casa de su madre? El ánimo enfurecido de Gonzalito se gloriaba en el espectáculo mental de una gran bronca. ¡Todo patas arriba de una vez por todas! Pero el lado calculador de la furia le contenía con más eficacia tal vez que la virtud. Echarlo todo patas arriba supondría, al final, tener que irse de la casa. Perder a Pelé. ¡Era increíble el impudor de los amantes, su regularidad, su total naturalidad! ¿Es posible que no se sintieran ni siquiera remotamente culpables? ¿Era concebible que María no advirtiese nada en absoluto? La primavera se acercaba ya y se alargaban los días y la pareja adúltera apenas contaba ya con el pudor de las sombras. ¿Iban a seguir así indefinidamente, viéndose de ocho a diez en pleno verano? Iba a ser como un circo. La familia no solía reunirse después de cenar, pero aquella noche todos, incluido Pelé, se habían reunido casualmente en la sala después de la cena. Solo faltaba la abuela. María, Martín y Pelé hablaban animadamente al fondo de la sala, en torno a la chimenea apagada. Y Virginia, que había subido inmediatamente después de cenar a su cuarto a buscar, según dijo, los pitillos, entró en la sala y se instaló, con evidentes ganas de hablar, junto a Gonzalo. El deseo de agredirla era tan fuerte, tan ruidoso dentro de la cabeza, que Gonzalito no entendió lo que Virginia acababa de decirle. La miró fijamente antes de hablar: estaba guapa, tal vez demasiado delgada, tal vez casi ojerosa. Deseó oírla gritar y dijo en voz baja: «¿No te da vergüenza lo que haces con María?» Virginia, que acababa de encender un cigarrillo, se había vuelto de perfil al oírle y expulsaba ahora todo el humo a la vez por la nariz y por la boca. «No sé a qué te refieres», dijo Virginia en el mismo tono de voz que Gonzalo, sin volverse a mirarle. «Lo que hacéis tú y Martín todas las tardes, en la huerta, jodiendo como perros. ¿No te da vergüenza hacerle eso a María?» «¿No tienes nada mejor que hacer, eh, que preocuparte de lo que yo hago?» «Deberías estar avergonzada: hacerlo aquí, en mitad del jardín, eres peor que una puta, lo que haces tú una puta no se atreve a hacerlo. Os ha visto todo el mundo, hasta Pelé os ha visto, mira que hacerle a María esa guarrada...» La falta de animación de Virginia y el tono de voz tan bajo que ambos empleaban restaban efectividad a las frases de Gonzalito. Todo aquello hubiera sido espléndido a gritos. En voz baja resultaba un poco inverosímil. Gonzalito contempló asombrado cómo Virginia se volvía a mirarle con expresión tranquila, una especie de sonrisa insegura en los labios (como la sonrisa de quien no acaba de saber cómo tomar una broma pero que, en conjunto, confía en que será posible tomarla, en última instancia, con sentido del humor, por su buen lado): «Lo que me acabas de decir, la verdad, no sé cómo tomarlo. No me voy a molestar en discutir contigo. Solo te digo que estás hablando de lo que no entiendes, ni te importa y, además, que no lo entiendes. Cuando las cosas no se entienden lo mejor, ¿sabes?, es estarse calladito. Y lo que Martín y yo hacemos o dejemos de hacer tú no lo entiendes, eso lo primero, ni lo comprendes ni sabes de qué va. Eso lo primero. Y no sé si sabrás que María es mi mejor amiga, así que eso lo segundo. Y yo a María, para que te enteres, no le hago faenas ni guarradas. Yo a María no la he ofendido, ¿te enteras? Ya comprenderás que si hago algo sé por qué lo hago y lo hago porque tengo obligación de hacerlo. Y de esto no le voy a decir nada a Martín porque lo primero es una indignidad y lo segundo yo no voy con cuentos y lo tercero que si se entera te mata. Así que ya lo sabes. Y no creas que me vas a preocupar. Yo estoy siempre en mi sitio y sé cuál es mi sitio y no me preocupo de saber qué haces tú ni qué no haces, ni me importa, allá tú. Y francamente, de ti no lo esperaba...» Virginia había logrado paralizarle. Paralizado, vio cómo se levantaba y se dirigía hacia el grupo de la chimenea. Él mismo se levantó también y se dirigió hacia ellos. Pronto la conversación general le envolvió haciéndole sentirse, una vez más, frustrado. Virginia parecía haberse olvidado de todo mientras charlaba y fumaba sus pitillos.

Se las arregló para subir las escaleras al mismo tiempo que Pelé. Los otros tres se habían quedado en la sala retrasados. Pelé había abandonado la estancia con paso vivo y Gonzalito le había seguido, alcanzándole en la base de las escaleras. Subieron juntos en silencio hasta el descansillo. Pelé le miró por primera vez a la cara. Gonzalito hubiera deseado arrodillarse allí mismo. Sintió la boca seca. Dijo: «Ya no hablamos nunca.» Pareció que Pelé iba a irse sin añadir nada. Se llegó, de hecho, hasta la puerta de su habitación sin decir nada. Gonzalito seguía inmóvil. Pelé había abierto ya la puerta de su cuarto. Volvió a cerrar la puerta y regresó a donde había quedado su tío. Virginia, Martín y María salían en ese momento de la sala. «Vamos a tu cuarto», dijo Pelé. Y se encaminó él mismo el primero hacia el cuarto de su tío, que quedaba al fondo del pasillo. Gonzalito le siguió y cerró la puerta. Pelé miraba el jardín a través de los cristales oscuros. «¿Por qué me llevaste a ver lo de mi padre y Virginia?», preguntó sin volverse. «¿Por eso no me has vuelto a mirar desde entonces?», preguntó Gonzalito, a su vez, acercándose a la ventana. Pelé se separó de la ventana y fue a sentarse en la butaquita de cretona donde solía sentarse su madre. Estaba ya muy alto, y sin embargo, ahí sentado, con aire incómodo, de visita, parecía un adolescente de juguete. Entrar en la habitación de su tío había sido un impulso. Ahora se sentía perdido y asustado y no sabía seguir. Gonzalito se arrodilló frente a él, apoyando la frente en sus rodillas que abrazó con los dos brazos. «¡No puedo vivir sin ti! ¡No puedo vivir sin verte, no puedo vivir sin que me mires, de ti depende todo, todo, todo!» Pelé pensó: «Tengo que quedarme con él y escucharle.»

Pelé no había logrado asimilar la escena del veintiocho de diciembre en la huerta. La escena había irrumpido en su conciencia demasiado súbitamente y como algo dotado de demasiada complejidad. Era, evidentemente, una traición de su padre. Saltaba a la vista su carácter secreto y nocturno. Saltaba a la vista la malignidad de todos ellos –también la del propio Pelé por contemplarlo–. Dejar de mirar, retirarse en seguida, no quitaba sino añadía intensidad a la visión. Mientras regresaba a casa, Pelé solo sentía la densidad de otro secreto, otro más, agobiándole. Pensó en su madre sonriente en el centro de un territorio imaginario minado por todos sus secretos. Ahora él era el depositario de todos los secretos que podían de pronto destruir la sonrisa de su madre. Aborreció a su tío, mientras subía, por haberle hecho partícipe y en cierto modo cómplice de un nuevo secreto que no podía conjurar por sí solo. Una vez en su cuarto, imaginó a su madre amenazada y aislada. ¿Cuál era su deber? Su deber, de momento, era callarse. Se imaginó a sí mismo yendo al cuarto de su madre y contando lo que acababa de ver. Imaginó a su madre desconcertada, herida, o, peor aún, tratando de quitar importancia a lo ocurrido para tranquilizarle. Imaginó a su madre sola en su dormitorio tras la marcha de Pelé, dando vueltas a aquello. Imágenes galopantes y circulares. ¿Cuánto tiempo llevarían así Virginia y su padre? ¿Qué más harían? La preocupación por su madre anuló momentáneamente toda vulgar curiosidad. Pero la curiosidad estaba ahí y no era reducible a la preocupación por su madre, o a la indignación contra su padre y contra Virginia, o a la perplejidad ante la mala intención del tío Gonzalito. Pelé se daba cuenta de que la curiosidad tenía en su conciencia la misma textura azulada y carnosa de los pechos de Virginia. Algo que, aun siendo lo menos importante de todo, uno deseaba examinar de nuevo, poner de nuevo en marcha, fascinado. ¿Qué más harían? La lectura de su madre la noche de fin de año le tranquilizó mucho. Y la decisión de pasar la menor cantidad de tiempo posible con la familia le sirvió provisionalmente para distraerse. Pero todo estaba ahí, todo seguía ahí, y tratar de no pensar en Virginia y en su padre besándose, o en Gonzalito suplicante y melancólico, solo servía para no verse libre de ellos ni un instante. Pelé acabó entregándose en manos de la resignación. El aire de normalidad y continuidad que María daba a la casa ayudó a Pelé a la larga a sobrellevar sus secretos. Tal vez su madre lo sabía también y fingía no saberlo en espera de que las cosas se arreglaran por sí solas. ¿Se arreglarían las cosas por sí solas? Cuando Gonzalito le abordó en la escalera, Pelé deseó tirarle de un empujón escaleras abajo. Vencida esa tentación y la de encerrarse en su cuarto, le invadió una valentía resignada que le condujo al cuarto de su tío. ¿Qué podía hacer al fin y al cabo? ¿No era mejor hablarlo todo de una vez? ¿Y con quién podía hablar de todo ello, de todo lo secreto, sino con Gonzalito? La reacción de este, con el arrodillarse y con la desesperación de su tono de voz, redujo su sensación de estar perdido y el miedo a no saber seguir. Ocuparse del tío Gonzalo era su obligación particular y la cumpliría.

Aún abrazado a las rodillas de Pelé, Gonzalito espió el rostro preocupado del chico. Ahora todo iría bien, ahora que había vuelto a acercarse. «Si quieres te explico por qué te llevé a ver lo de Virginia y Martín», dijo tranquilamente, sentándose en el suelo a los pies del sobrino. Pelé le miraba fijamente ahora y Gonzalito se sintió victorioso, capaz de todo. «Juntos tú y yo vamos a ser capaces de todo. No lo dudes. Tú y yo estamos por encima de todos los demás porque somos verdaderamente singulares. Tú y yo somos únicos. Lo nuestro, lo que nosotros somos, no puede entenderse desde fuera. De ahora en adelante te voy a contar todo, absolutamente todo, todo lo que yo soy, lo que he sufrido, todo lo que sé de la vida, y tú lo mismo. Tú también me vas a contar todo, todo lo que te pasa aunque te den vergüenza algunas cosas, cosas íntimas que no cuentas a nadie, ni a tu madre siquiera, yo tengo que saberlas, tengo todo el derecho a saberlas porque a cambio yo te lo cuento todo a ti. Y por eso te llevé aquella noche a la huerta para que vieras lo de Virginia y Martín... De Martín ya hemos hablado mucho tú y yo ¡más que suficiente! Es un egoísta redomado, va a lo suyo y al final, ya lo ves, la prueba ya la tienes, quería que lo vieras con tus propios ojos, Pelé, no me interrumpas, también a mí me duele que sean así las cosas, la realidad de la vida es muy dura, es cruel, no quería quedarme solo con ese horrible secreto, quería que me ayudaras tú a llevarlo, como una cruz, tiene que ser como una cruz secreta que llevamos tú y yo solos, los dos juntos, no se lo digas a tu madre, ¿para qué entristecerla? ¿Para qué? No tiene arreglo. Un egoísta así, como Martín, siempre gana. ¡De sobra sabe él que tu madre lo sufrirá todo en silencio! ¡Es mucho mejor que tu madre no se entere! Tenemos que ser los dos muy cariñosos y muy buenos con ella... Y especialmente yo que he hecho de todo, ¿sabes? De todo. Algunas cosas, las más serias, las que me han hecho más daño, todavía no las sabes... ¡No sabes, Pelé, qué maravilla poder estar contigo aquí en mi cuarto, aquí he sufrido mucho, hablando contigo, no lo sabes tú bien lo mucho que me ayuda! ¡No me gusta verte con la cara tan seria, la carita tan triste esa que pones me da gana de llorar, sonríeme, vamos a vernos ¿verdad?, todos los días, todas las noches de ahora en adelante sin dejar ninguna, y quiero verte sonreír, sonríeme, tú eres todo...!» Pelé había vuelto a perder pie. La voz de su tío era un murmullo de caricias y lamentos que no acababa nunca, que embotaba todas las decisiones y hasta la gana de levantarse de la butaquita a estirar las piernas. Era una voz continua y dulce; a diferencia de la voz de su madre, sin embargo, no era una voz tranquila o tranquilizadora. Pelé se sentía enervado pero a la vez mentalmente alerta. No deseaba compartir secretos con su tío. No le gustaban los secretos. Había oído hablar a su madre muchas veces de misterios. Pero los misterios de su madre estaban todos a la vista, no se reservaban, ni se ocultaban, ni se cuchicheaban, ni requerían sociedades secretas: eran misterios de la claridad, de la tranquilidad y de la paz y de las florecillas delicadísimas e insignificantes que había que fijarse mucho para verlas; lo misterioso nos hacía sentirnos mejores, pensó Pelé, confiados; y no peores, como los secretos, reservados y únicos... Se levantó de un salto. «¡Mañana tengo que levantarme temprano, Gonzalito, buenas noches!» Gonzalito le contemplaba desde el suelo. Una figura sagrada, maravillosamente fuerte y flexible y al alcance de la mano que se le escapaba de las manos. La feroz impaciencia le mantuvo mudo e inmóvil. Una admiración sin límites por el gesto de libertad que revelaba la salida del chico, disolviéndose y perdiéndose en la viscosa impaciencia, en la obstinada conciencia de Gonzalo.

Durante días y días María no había dado crédito a sus ojos. El nuevo año comenzó de hecho para María con este desacreditar sus percepciones, sus pensamientos, sus sentimientos, hasta quedarse como ciega, como impedida o imposibilitada, atónita. Ya no era perplejidad ni una tristeza más o menos imprecisa, ya no era sentirse sola o distanciada de los suyos, como se había sentido distanciada de Gonzalito o de Virginia. María siempre se había opuesto al refrán, al «piensa mal y acertarás»: era un refrán indigno, deprimente: piensa mal y *no* acertarás. Le parecía que la malignidad de ese refrán procedía de su rotundidad anticipatoria: un acontecimiento tan feliz y brillante como acertar emborronado y mutilado por la pequeñez del pensamiento. María tenía la impresión de que a la resplandeciente esencia ideal de «acertar» no podían convenirle pensamientos ni acciones que no fueran, a su vez, resplandecientes. En la idea de «acertar» había un júbilo implícito que la idea de «pensar mal» amordazaba. ¿Cómo iba a sentirse nadie jubiloso con un acierto que diera la razón a un mal pensar? Pero ahora ya no se trataba de pensar mal, ni siquiera se trataba de eso: lo que había ocurrido, lo que estaba ocurriendo, a la vista estaba y lo estaba tanto que daba igual que se diera o no se diera crédito a los ojos. Virginia y Martín se veían a escondidas, todas las tardes después de merendar. No había nada que sospechar, nada que interpretar ya, era un hecho real, una parte de la realidad de la vida de María. La realidad entera de su vida, su relación entera con Martín, había tenido que descoyuntarse para hacer sitio a este nuevo hecho real, esta traición. Y el aspecto risueño y permanentemente bienhumorado de los dos, de Virginia y Martín, solo servía para acentuar la sensación de decepción, de agresión, de desconfianza, donde María había entrado y donde cada vez se hundía más hasta sentirse ahogada por completo. Y los detalles de la traición dolían: la naturalidad, la frescura, el que se diera por supuesto que ella, María, o no se enteraba o le daba lo mismo. Y el que no se hubieran molestado siquiera en salir de la casa o del jardín, el que no hubieran pensado que Pelé podía verlos, el que cualquiera pudiera verlos. Era humillante contemplarlos yendo y viniendo como en sueños, con la impunidad de la inocencia. Cuando María se opuso, la noche de fin de año, a que Martín prosiguiera relatando los pormenores del adulterio de su personaje, aún se hallaba paralizada e incrédula. Aún se sentía inmovilizada por su férrea autocensura, su natural tendencia a desoír sus propios sentimientos, el sentimiento de no estar siendo querida, de estar siendo dulcemente arrinconada. ¿Se habría dado cuenta Pelé? Era evidente que Pelé se había vuelto huidizo a partir de Navidades. Era evidente, al hablar con él, que ya no había entre los dos la antigua relación de confianza. Ahora había reservas. Tal vez Pelé estaba enterado y no sabía qué hacer. María pensó detenidamente: «Tengo que no precipitarme, tengo que tener paciencia.» Pero es que la idea de paciencia pertenecía ya a otro reino. Lo mismo que la humildad o el entusiasmo o el sentido del humor. Era imposible hacer sitio a lo de Virginia y Martín sin alterar toda la realidad que había venido siendo real hasta la fecha. Al cabo de una semana, de dos semanas, hacia finales de enero, María comprendió que lo peor de todo, lo que volvía la realidad irreconocible e insegura, era su propia pasividad ante el hecho. «Mi inmovilidad es lo peor de todo, mi decepción se está contagiando a toda la casa, este irme hundiendo en la decepción es un mal grave, es lo peor de todo. Tal vez se quieren mucho. Pero entonces tienen que decirlo claro y marcharse.» Este último pensamiento le dio fuerza.

Virginia iba a salir cuando María la llamó desde la puerta de la sala. Un resto de la amabilidad antigua y de la consideración que pertenecían a los comportamientos apropiados a la realidad antigua, le hizo dudar pensando que Virginia se había arreglado para salir y tal vez había llamado un taxi como había hecho en otras ocasiones y tal vez el taxi le esperaba a la puerta. Era la misma Virginia de siempre y María sintió la tentación agudísima de hacer lo que en el otro reino, en la otra realidad, hubiera sido lo justo: dejar la conversación para otro rato. Pero es que no era una conversación ni había otro rato: solo había el desconcierto humillante de una traición risueña y deliberada y prolongada. Había que hablarlo ahora. Entrar con paso firme en el reino inseguro de la infelicidad y la infidelidad. Por eso dijo con firmeza: «Virginia, no te vayas. Tenemos que hablar.» Y entró en la sala sin volverse, sabiendo que Virginia no se iría. Era la primera vez en su vida que daba una orden mortal. Ahora se sentía segura, solo que la tristeza era como un viento huracanado que lo barría todo, todo lo convertía en un desierto. Virginia iba a sentarse pero María se lo impidió: «No hace falta sentarse. Vas a subir a tu cuarto y vas a hacer tus maletas y vas a irte de esta casa. Y vas a decir a Martín que se vaya contigo. Lo vuestro vais a ponerlo en claro. Se acabó jugar al escondite. Si estáis enamorados os hacéis responsables de vuestro amor y os vais de aquí. Ahora mismo. Hazlo ahora mismo.» Virginia se había puesto muy pálida, había retrocedido unos pasos como si la empujaran. María sintió la decepción y la incredulidad asomando otra vez en su conciencia. ¡Era tan increíble que quizá pudiera desdecirse, tal vez no era verdad, tal vez no era tan doloroso ni tan grave, ahí estaba Virginia: era la misma; ahí estaría Martín en su despacho y era el mismo! María guardó silencio y contempló a Virginia con los ojos muy abiertos: tenía que seguir. Virginia dijo: «No tengo dónde ir. Por favor, no me eches de esta casa.» María sintió la compasión como una llamarada. No podía negarse a dar cobijo a Virginia. «Si estáis enamorados, lo justo es que os vayáis. Lo otro lo corrompe todo, deshace la realidad entera. Es demasiado grave.» «No me eches. Te prometo no volver a hacerlo. Dejarlo. Vamos a dejarlo. Estoy avergonzada. Pero no me eches, por favor, María. No tengo dónde ir.» No podía oponerse a la compasión, o al perdón, o al cariño que sentía por Virginia y que su traición, curiosamente, no había destruido. Pensó que solo podía imponer una condición: «No te echo. Quédate aquí. Pero deshazlo todo ahora mismo. Habla con Martín ahora mismo.» «Ahora mismo», repitió Virginia. María vio cómo se encaminaba hacia la puerta del despacho de Martín y se sintió cansada. Muy cansada. No era una victoria. Era un acertar sin júbilo. El contradictorio acierto de la decepción y la melancolía. María pensó en Pelé, que no volvería hasta última hora de la tarde. Y subió al cuarto de su hijo donde permaneció sentada mucho tiempo.

Virginia se detuvo un momento ante la puerta del despacho de Martín y volvió la cabeza. Al hacerlo vio a María saliendo de la sala. María, encorvada, mirando al suelo, le pareció lo contrario de quien se lleva el gato al agua. Y en ese instante, antes de llamar a la puerta del despacho tras haber visto salir a María, Virginia apreció la magnitud real de su lío con Martín. Recordó la simplicidad del entusiasmo de María al casarse y la serenidad de su enamoramiento y la luz blanca que llenaba la salita del piso de Argüelles. Y se acordó de cómo charlaban María y ella en torno a la cuna de Pelé. Y recordó el tecleo de la máquina de escribir de Martín. Se avergonzó de haber atentado contra todo eso. De haber, tal vez, contribuido a descomponer irreparablemente la realidad que María había ido pacientemente tejiendo y acumulando con los años. Y se avergonzó de su descaro. Se avergonzó de su deliberada inconsciencia. Y fue en ese instante, antes de llamar a la puerta, cuando lo que acababa de prometer a María cobró todo su sentido. Era una decisión muy sencilla que solo ahora, tras haberla enunciado verbalmente un rato antes, se convertía en estímulo de su acción. Y pensó: «Cuando dije que iba a dejarlo aún tenía fuerza y motivos para no dejarlo. Dejé de tenerlos y me avergoncé cuando María dijo que no me echaba de esta casa. Me avergoncé de mí misma cuando comprendí que María aún me amaba.»

A Martín le sorprendió verla a esa hora. Levantó la cabeza sin levantarse de su mesa. Virginia dijo: «Somos un par de sinvergüenzas. Somos peores que animales. Vamos a dejarlo ahora mismo. María no lo sabe. Lo he decidido yo sola. Y no tenemos nada que hablar. Solo dejarlo.» Martín no daba la impresión de comprender bien lo que oía. Por fin dijo: «¿Dejar lo nuestro? ¿Quieres dejarlo?» «Eso he dicho, sí. Estoy decidida.» «¿Y qué vas a hacer? ¿Vas a irte de casa?» «No», contestó Virginia. «Menos mal. Las cosas no se acaban así. Las cosas no se acaban nunca. Una cosa se empieza y ya nunca se acaba...» «Tu matrimonio, Martín. Eso es lo que no acabará nunca... Eso es lo que tú has empezado de verdad. No lo otro, lo nuestro.» «Desde luego. Mi matrimonio, desde luego. Eso es fundamental. Es lo fundamental. Tú y yo siempre lo hemos sabido. Y dicho. Aquí no ha habido engaños. Por eso no te entiendo bien... ¿Qué te ha pasado?» «Estoy avergonzada. Haberme entrometido como una cualquiera. Tu matrimonio es lo único que tiene realidad aquí, lo único que de verdad ha comenzado...» «También he comenzado otras cosas que tampoco se acaban... Creía que contigo, sigo creyéndolo, que inaugurábamos una nueva forma de vivir... Más natural, más libre. ¿Por qué mezclar lo de María y lo tuyo? Son dos cosas distintas, dos cosas empezadas que no acabarán nunca... Las cosas que se empiezan no se acaban nunca, esa es la gracia de la interioridad, de la conciencia, que siempre vuelve a lo mismo. Los asuntos no se agotan nunca si uno los mete bien adentro, no se puede arreglar nada, ni corregir nada, ni olvidar nada, solo seguir y seguir, cada paso es fascinante, cada caso es fascinante, lo bello y lo monstruoso, lo bueno y lo malo, lo fiel y lo infiel, ¿qué más da? La conciencia es un gusano de seda que jamás se detiene. ¿Lo sabe María?» Virginia vaciló un instante. Martín parecía tan seguro de sí mismo, tan tranquilo y distante, tan insensible a la vergüenza que ella misma sentía, que tal vez fuera preferible contarle toda la verdad. Sin saber por qué, sin embargo, Virginia respondió: «No. No lo sabe.» Martín se encogió de hombros y parecía dispuesto a seguir hablando. Sonreía. Virginia creyó que si se quedaba un rato más lo olvidaría todo de nuevo, olvidaría el amor que María acababa de ofrecerle para cambiarlo por aquella ondulación verbal de los pensamientos de Martín, su seguridad, su dulzura, la frialdad devoradora, ¿se mostraría así

Martín ante María? ¿Sería todo lo que Martín decía, su tono de voz, su sonrisa, una simple invención literaria, una *pose* a beneficio de Virginia? «Si realmente estuvieras dispuesta a dejarlo, Virginia, no hubieras venido a decírmelo. Estas cosas no se dicen, se hacen. Tendrías que haberte marchado sin dar explicaciones, ni a mí ni a nadie, desaparecer del mapa. Si estuvieras segura de que ha terminado lo nuestro –que a mí me entretenía mucho y me entretiene, me divierte, es mi pequeña distracción, mi verificación de las hipótesis acerca de los supuestos psicológicos del adulterio de mi personaje... Y también a ti te ha divertido y te divierte, te excita, da igual que lo niegues, yo lo sé–... Tu sexualidad, cariño mío, es como una nuececita, casi como una aguja en un pajar, unas veces se ve y otras no, en general, no. Y lo curioso es que eres lo que llaman *sexy* hoy en día, tu aspecto es sexualmente estimulante. Pero tu sexualidad misma, lo femenino, lo fisiológico y carnal, tus *pudenda*, tus dos pechos, tu esfínter anal, tu vulva, tu intimidad vaginal... Todo eso vacila, no coincide, unas veces brilla como una aguja en un pajar y otras no, ¿recuerdas las dificultades del camello evangélico para pasar por el ojo de una aguja? Pues a veces es aún más difícil disfrutar contigo, no respondes, te calientas muchísimo, te agitas como un gusano, haces las contorsiones de rigor, incluso gimes un poquito, rítmicamente, se dice, según creo, que te pones como una moto, pero muchos días no llegas a arrancar, Virginia. En eso María, como ya te he dicho en otras ocasiones, es mucho más común que tú, más corriente, más mujer que tú, María siempre arranca a la primera, María disfruta mucho conmigo, con... follar, si me permites la expresión. Y tú, Virginia, algunas veces sí... pero no mucho, se te ve que no llegas a gozar, es una contradicción que llevas permanente, un fracaso permanente, tal vez te gustaría otra mujer, hacerlo todo a mano, manual, de igual a igual, tal vez lo tuyo es eso, no puedo estar seguro, claro, no tengo experiencia con lesbianas... Pero conmigo te ha ido bien, conmigo sí, porque a mí no me importa, no me desilusiona ni me enfría ver que haces el paripé y que lo mismo te daría que te metieran un falo de plástico, lo mismo te da el dedo que la polla que la nada porque no eres demasiado femenina, María sí que lo es, siempre lo ha sido, tenga la edad que tenga, tú lo pareces, lo hablas, lo luces, pero no lo eres, nunca lo serás. Conmigo te ha ido bien porque a mí eso no me importa. Al contrario. A mí me interesa tu reacción, tu vulva muerta, tus pechos que no pesan, tu aridez y tu infertilidad sexual, espiritual, todo eso a mí me gusta, me estimula, me interesa, me hace escribir mejor, como una pared blanca... Conmigo te iba bien porque conmigo el erotismo es sobre todo mental, todo es imaginario conmigo, yo te masturbaba. No vayas a creer que follábamos, ¡pero si no sabes! Conmigo te iba bien porque te hacía creer que lo imaginario era real, pobre Virginia, cada vez que nos reuníamos creías que ahora sí, que estabas siendo una mujer como María, teniendo sentimientos verdaderos, verdaderos deseos amorosos, pasiones que no se pueden resistir... ¡Pero era todo imaginario! Afortunadamente, sexualmente, yo estoy ya satisfecho con María, tú eres como una mosca dentro de un frasquito, es curioso, estás viva y tu sexualidad es como el destello de una aguja en un pajar un mediodía de sol resplandeciente, algo rarísimo, un brillito rarísimo que nadie ve y que veo yo porque estoy acostumbrado a fijarme en las cabecitas de los alfileres y en las dificultades para enhebrar el hilo en las agujas, pobre Virginia, que renuncias a nada... Vamos a dejarlo, dices, ¿dejar qué? No hay nada que dejar. Nada de nada. Y cada vez que me veas, si sigues viviendo con nosotros, seguirás sintiendo la misma excitación nerviosa, la misma urgencia imaginaria que antes de dejarlo, eres una anoréxica sexual que se cree siempre hambrienta y que en realidad no siente ni padece... Y dices que vamos a dejarlo, ¿dejar qué? Son nervios. Los hombres siempre te han puesto nerviosísima y tus gozadas son descargas nerviosas, puros nervios, lo tuyo es todo imaginario, Virginia, todo... Por eso tiene gracia que vengas a decirme que vamos a dejarlo... ¡Pero si es característico! En vez de ir y dejarlo como haría una mujer cualquiera, una mujer real, como María, mi mujer, hubiese hecho, en vez de dejarlo, tú vienes a hablarlo... Porque decírmelo es hablarlo, y hablándolo estamos. Estoy seguro que esta conversación te excita locamente, pura sexualidad verbal, Virginia, eso es lo tuyo... Así que si quieres lo dejamos, pero que conste que no hay nada que dejar, al menos por mi parte. Siempre me han interesado las paredes blancas y vacías de las cárceles, las celdas, siempre he hallado las paredes blancas y vacías llenas...» Virginia había permanecido en pie, con las manos juntas delante de la falda. Era una mujer muy atractiva.

Una modelo especial, única, sumamente delicada y elegante. «Soy una pobre mujer. Eso es lo que has descubierto. Y encima he sido infiel a María, que me quiere. Soy una imbécil además. Tienes razón. Todo lo que dices es verdad, seguramente. Solo te has equivocado en una cosa: en creer que de verdad me poseías. Has creído que soy un personaje tuyo y he llegado casi a serlo. Pero María me ha hecho real... María me quiere y me ha vuelto visible. Por eso lo dejo, lo nuestro, para siempre, sin irme de esta casa, porque María, sin saberlo, me ha dado la existencia...» Martín se levantó y comenzó a aplaudir muy sonriente, llegando a reírse, mientras Virginia abría la puerta y la cerraba cuidadosamente tras ella. Martín sonreía como dormido, hechizado por sus propias palabras, al sentarse de nuevo ante sus folios manuscritos, la gran novela inacabada de la vida interior, su vida interior...

La situación había cambiado. Virginia y María habían hablado de su juventud ya varias veces. María tenía la sensación de que Virginia se situaba imaginariamente en el colegio para relacionarse con María desde allí en un intento imposible de neutralizar todo lo que había en medio y, sobre todo, lo que había habido al final. María cooperaba animosamente en este esfuerzo de Virginia por recuperar el común punto de partida. ¡Qué innecesario era todo ese esfuerzo, qué infantil! María no deseaba regresar allí. No creía que hubiera en los recuerdos por sí solos ninguna seguridad que el presente no pudiera darle. Y las complicaciones del presente solo el futuro podía resolverlas, no el pasado. Pero Virginia se sumía casi diariamente en el pasado de las dos como un buceador en busca de tesoros, en busca del buen humor perdido. Aunque María procuraba comportarse igual que siempre, era visible un cierto desaliento e inseguridad en su mirada, una especie de deslucimiento que tal vez el tiempo ahuyentaría pero que no podía suprimirse de inmediato. Nada podía suprimirse de inmediato. El arrepentimiento de Virginia era incapaz, por sí solo, de devolver el júbilo a la realidad maltrecha. María confiaba en que Virginia no viera claramente lo que ella veía: que quien se arrepiente emprende una larga vía iluminada ya por el fracaso. El gozo había iluminado los primeros años de su matrimonio, la realidad se había constituido dentro de la gozosa seguridad del impulso del primer amor. Ahora había otra cosa: había el amor modificado por la conciencia del fracaso, modificado por la conciencia de las heridas y de las cicatrices. María no tenía ninguna intención de detenerse en esto: le hubiera parecido terrible cualquier volver a contemplar el pasado inmediato de todos ellos para examinar los detalles de la traición de su marido y de su amiga. Había que seguir. Seguir. Pero a la vez era imposible negar las huellas de lo ocurrido. Era imposible no ver que en los esfuerzos de Virginia por recuperar juntas el pasado había una indecible ansiedad, un indecible miedo a que el pasado común ya no lo fuera. En todo caso, todo iba bien mientras Virginia permanecía con María y con la abuela. Esos ratos tranquilos por las tardes le recordaban a María las felices tardes de las convalecencias de las gripes y los catarros fuertes de la niñez de Gonzalito y de la suya propia. Virginia parecía ausente y blanca, sentada en el sofá junto a la abuela, siguiendo la conversación sin esforzarse mucho. Era un espectáculo triste que María procuraba animar con la conversación, con las anécdotas. Lo peor, sin embargo, eran los ratos en que toda la familia se reunía y Virginia se veía obligada a comportarse normalmente con todos. Martín había interrumpido sus relatos nocturnos pero mantenía el buen humor y la locuacidad hasta altas horas de la noche. Hablaba con María como si tratara de ver algo, como si toda la situación le pareciera cómica. María no sabía, ni deseaba saber, qué había pasado entre ellos. Solo sentía desagrado ante el buen humor de Martín, sus frecuentes risotadas. «Somos indisolubles», había comentado Martín una noche. «Nuestra diminuta congregación parece mantenida por el Espíritu Santo. Todos puntualmente reunidos a las horas de comer, tan amables unos con otros, sin llegar realmente a comunicarnos nada, como si el único goce de nuestras pequeñas reuniones procediera de la conciencia de su indisolubilidad que cada cual tiene para sí. Somos como náufragos que procuran evitarse a lo largo del día pero que forzosamente han de reunirse a ciertas horas para comer, para defenderse. Tu amiga Virginia últimamente casi no me habla, ¿sabes tú qué le pasa? Antes tenía confianza conmigo, dábamos paseos, me contaba sus cosas, algunas cosas por lo menos. Ahora parece que hemos vuelto a los primeros tiempos, cuando se sentía incómoda conmigo. ¡Es una lástima!»

Estas observaciones entristecían a María, que procuraba cambiar la conversación sin mucho éxito: Martín era sumamente obstinado en sus monólogos. Tal vez ahora más que nunca. Y ahora parecía llevarse mejor con Gonzalito: procuraba, al menos, tenerle en cuenta en la conversación e incluirle directamente en ella mencionando su nombre. María observó que Gonzalo y Martín nunca se dirigían la palabra en presencia de Pelé, aunque ahora se los viera hablando con cierta frecuencia en la sala, los dos solos, a las horas en que Pelé estaba ausente en el colegio.

«¿Sabes, María, que estoy cambiando mucho de opiniones?» Martín acababa de meterse en la cama. Eran pasadas las doce de la noche. A finales de febrero. Lo convaleciente había sustituido a lo jubiloso en la conciencia de María. En lo convaleciente había esperanza: otra clase de esperanza, muy distinta de la fuerte esperanza de tantísimos años, la esperanza que procedía directamente del primer amor: una esperanza..., esta segunda, poco amiga de resúmenes o de efemérides, o de recuerdos de instantes privilegiados, o de anticipaciones. Lo convaleciente contenía una esperanza de minutero, que era tenue pero que era también, a su manera, fuerte, como las raicillas de una planta recién plantada. María procuraba detenerse con frecuencia a lo largo del día en esta plantita nueva: lo convaleciente de su realidad, de su casa, de Virginia, de ella misma. María se sentía también convaleciente. No se podía ser ridícula: María enunciaba con firmeza esta máxima, nada más levantarse y varias veces durante el día (cada vez, de hecho, que echaba en falta el júbilo en sus actos: cada vez que salían estupendas las croquetas, o que Pelé volvía del colegio contento, cada vez que el jardinero traía las primeras coliflores y las últimas lombardas recién cogidas que hervían en un instante y que quedaban tiernas, casi olorosas, al comerlas, cada vez que la abuela decía que había dormido de un tirón toda la noche, cada vez que Gonzalito se animaba en la mesa y tomaba parte en la conversación general, cada vez...). No se puede ser ridícula y echar en falta el júbilo anterior cuando podía echarse mano de la diminuta esperanza de las convalecencias. Y «ser ridícula» era empeñarse en lamentar lo ocurrido una vez que había dejado de ocurrir, como si la realidad fuese un trajecito de piqué que si se cala de agua jamás recobra ya el apresto. No se podía ser chinche, había que tener buena encarnadura, había casi que no sufrir en exceso, había que no sentirse infinitamente decepcionada o maltratada: había que tramitar lo sucedido como un expediente, había que negociarlo e incluso malvenderlo (para no perderlo todo por completo) en el rastro de la conciencia. Era borrón y cuenta nueva: no había cuaderno de palotes ni plana de un dictado que un mal palote o una mala be de burro volviera para siempre impresentable: al contrario: los temblores mostraban lo difícil que era la caligrafía, lo difícil que era que la belleza apareciese: los aciertos tenían detrás los desaciertos como paredes maestras de la casa final del acertar, el resplandecer, la belleza. Por consiguiente, no había que ser ridícula ni chinche. Y era muy apropiado que lo convaleciente sustituyese ahora, más o menos en medio del camino de la vida de todos ellos, a lo jubiloso. La realidad igualaría al final los desperfectos en la suma de su gloriosa perfección. María iba y venía por las toperas de su ontología particular arreglándolo todo. Había, pues, que sentirse, a fin de cuentas, también ahora jubiloso meditando en la esperanza mínima de lo convaleciente. Era un júbilo distinto del otro, no procedía del primer amor sino del amor sencillamente. ¡Qué primer amor ni qué ocho cuartos! Ahora todas las cosas, desde las cucharillas y las tazas a los sentimientos y deseos de las personas, estaban ya gastadas, usadas y gastadas y delataban, por lo tanto, el tiempo que las había ido constituyendo. Todas las cosas eran ya de segunda mano y, por lo tanto, más reales, más confusas, más complicadas, convalecientes en vez de jubilosas. No había que ser ridícula y querer que todos los platitos y todos los vestiditos de todas las muñecas se usaran cada vez por primera vez. Había que fijarse, en cambio, en lo tenue de las cosas ya usadas, su resplandor tranquilo, su presencia humilde, su gesto interior de hallarse dispuestas a ser de nuevo usadas, su apagada esperanza de permanecer siempre a mano en su sitio. No tenía por qué interferir aquí lo jubiloso: lo suyo, lo propio era lo quedo, lo indispensable, lo necesario... María pensaba que de lo usado se había restado el júbilo superfluo y que quedaba solo una alegría suficiente, una alegría apagada... Así que María hacía todo lo posible por sentir los sentimientos apropiados a la convalecencia de Virginia y de la realidad entera de su propia vida, con su esperanza tenue de júbilo apagado y silenciosos brillos cotidianos. Cada vez que veía a Virginia comportarse con naturalidad en la mesa, como si nada hubiera sucedido, María pensaba: «Así es como es convalecer.» Desgraciadamente no convalecían todos lo mismo. El desconcierto ontológico que había provocado la traición de Martín no podía reducirse sin más al hecho de que esa traición se hubiera visto interrumpida a la fuerza. María se daba cuenta de que sus analogías caseras no acababan de poder aplicarse satisfactoriamente a las personas. Y la realidad –esa realidad con minúscula o con mayúscula a que María hacía referencia tantas veces– era una realidad personal, interpersonal. María sabía que Martín no había renunciado voluntariamente a su adulterio: le había sido impuesto desde fuera. Y Martín, que hacía exactamente la misma vida que siempre había hecho, con su escrupuloso horario de trabajo y sus breves paseos rutinarios por el jardín, no ofrecía un aspecto precisamente tranquilizador. María detectaba ahora en Martín con gran frecuencia una gana de burlarse y de agredir que, aunque no le afectaba nunca directamente a ella misma (daba la impresión de que Martín, al hablar, ponía a su esposa entre paréntesis), afectaba a todo el resto de la casa. Por eso cuando María le oyó comentar, al meterse en la cama, que estaba cambiando mucho de opiniones y percibió el tonillo guasón al fondo, como un regusto, en el carácter interrogativo de la frase, sintió un profundo desaliento que era lo contrario de, incluso, el apagado júbilo de las convalecencias, y que era una mezcla de angustia y ganas de abrazarle y envolverle, como antes, en la ternura. «Yo mismo me sorprendo. Es como si el invierno, este hermoso invierno de jardines grises y deseos hundidos en el último resol de cada tarde, me estuviera volviendo otra persona: un hombre más tranquilo, menos tenso, menos terco, mucho menos austero y distante, mucho más abierto a los demás, a tu hermano Gonzalito, por ejemplo. ¿Tú crees que es posible, María, a nuestra edad, cambiar así, cambiar tanto?» «¿Me preguntas eso para que de verdad te conteste?», contestó María y añadió impulsivamente: «¡Ojalá me preguntaras cosas ahora, ojalá quisieras saber lo que pienso, lo que siento! ¡Estoy tan bien contigo, Martín, llevamos tantos años juntos, me gustaría cada noche que me preguntaras cosas y contestarte lo mejor posible, como mejor supiera, hablaríamos de verdad, hablaríamos de lo que nos pasa, pero tu voz, tu tono de voz no es el de quien pregunta para saber algo que no sabe, algo que cree que no sabe y que le gustaría saber, aunque solo sea mi opinión; tu tono de voz no quiere saber nada, con el tono de voz, Martín, ya contestas...» María se había movido al hablar hasta quedar sentada fuera de las sábanas y las mantas. El camisón le hacía parecer muy joven, una figura antigua y poética de recién casada. Martín recostado en su almohada, con las manos sobre el pecho como en oración, lo había escuchado todo sonriente, no muy sonriente, frunciendo el ceño un poco, arqueando un poco las cejas, un cierto aire de *fair play* no muy pronunciado. Ahora se volvió a María con el gesto no muy pronunciado de quien propone una objeción tras esperar su turno y dentro de una larguísima serie de variaciones especulativas, reposadamente. Descruzó los dedos y tendió la mano izquierda hacia María al tiempo que volvía lentamente la cabeza hacia ella y se ladeaba un poco en esta misma dirección, acomodándose. Daba la impresión de hallarse en paz consigo mismo, relajado y alerta, pero a la vez no tan alerta que no pudiese prescindir de las exactitudes y las precisiones de una discusión propiamente dicha entre iguales. Daba la impresión de que tenía presente que esto era el lecho conyugal y una costumbre matrimonial de muchos años, el hablar por las noches. «¿Y tu tono de voz, María? Solía decirse que el oído ve que ve, el oído oye que oye. ¿Te oyes tú a ti misma? No deseo referirme al aire dramático que acabas de adoptar y que aún mantienes, ahí sentada con las piernas cruzadas, como una joven Sibila o una Virgen. Yo sé que no te estás viendo a ti misma y que tu encanto, tu belleza, viene siempre de ahí, para mí al menos, de que no sabes cómo eres, nunca lo has sabido. Pero me choca que tampoco oigas tu propia voz, el tono de tu voz. Me choca porque el tono de nuestra voz nos es más íntimo que los aspectos de nuestro aspecto; tal vez estamos menos familiarizados con oírnos que con vernos. Y al no haber contado nunca con espejos de la voz... –no creo que jamás hayas oído tu voz, en esta casa no hay ninguna cinta magnetofónica–, ... decía que al no haber reproducciones exteriores de nuestra voz como hay imágenes de nuestro aspecto en los espejos, nuestro tono de voz se oye desde sí, nos oímos a nosotros mismos en la íntima concentración de la emisión de nuestra voz de tal suerte que no podemos engañarnos –ante el espejo uno puede engañarse, pretenderse más delgado o menos calvo, por ejemplo, la imagen reflejada es un medio exterior que uno puede manipular y que de hecho casi siempre manipula–, pero en cambio no se puede hacer nada con la propia voz, con el tono o los tonos especiales que la propia voz adopta espontáneamente al emitirse en cada caso. Uno sabe siempre la verdad acerca del tono de su voz, nunca se engaña. Tú misma te has referido al tono de mi voz y has dicho que no era el tono auténtico de quien quiere saber algo y lo pregunta. Tal vez tengas razón. Estoy dispuesto a concederte que, al preguntarte si es posible a nuestra edad cambiar de ser o de manera de ser, total o parcialmente, yo no estaba queriendo saber lo que tú piensas, sino tratando de expresar mis propias dudas. De hecho yo sé lo que tú piensas, María: tú estás convencida de que siempre puede uno cambiar hacia mejor. Tú crees que uno puede mejorarse, perfeccionarse, edificarse un corazón nuevo con ayuda, claro está, de la divina gracia. Y yo lo dudo mucho. Creo que uno con la propia vida hace lo mismo que los mayas cuando un rey o un dios sucedía a otro: edificaban una nueva pirámide encima de la antigua, una encima de otra, ¿te das cuenta, María? No cambiaban nada, no quitaban nada, no transformaban nada en absoluto, se limitaban a seguir, a sumar... Como nosotros, creo yo, en nuestras propias vidas que seguimos y seguimos añadiendo unos gustos a otros, unas opiniones a otras, unos amores a otros, hasta que la muerte acaba la pirámide y todo queda sepultado. La consumación es una simple suma... En fin, a lo que iba, en tu tono de voz, María, en el tono de voz de lo que acabas de decirme, tienes que haber notado una agresión, una insatisfacción agresora, tu tono de voz es puro reproche. No me parece justo, María, ni digno de nosotros, que si deseas reprocharme algo no lo manifiestes claramente. ¿Deseas reprocharme algo especial?» ¿Deseaba reprocharle su adulterio? ¿Deseaba decirle que había sido ofensivamente visible y que había dejado maltrecha la realidad entera y que ella misma se sentía desconcertada y ahogada? ¿Qué sucedería si le reprochaba su adulterio? Era hacerle mentir si lo negaba. Y si lo reconocía, ¿no era hacerle entrar en el adulterio de nuevo y meterse ella misma de cabeza en él? ¿Qué se adelantaba con hacérselo reconocer? Y había la concupiscencia de los detalles, el hormiguero de todos los detalles que tal vez Martín considerara oportuno recordar y que tal vez ella misma sintiera curiosidad por conocer. Y habría tal vez sentimientos inesperados de asco o de repulsa, o nuevos celos, subcelos, que oficiosamente aparecerían ahora y habría otra vez lo hiriente, traído en carne viva, habría el impudor de los amantes y el impudor de la confesión y el impudor de quien escucha la confesión y aparecería casi con seguridad, conociendo a Martín, una sinceridad fría, escrupulosa e irónica y más y más detalles, informaciones, informes como un paquete intestinal desparramado sobre el cuerpo, y habría una concupiscencia negativa, un querer ver sin querer ver, el impudor se adueñaría de la relación entre los dos, adulterando el territorio todavía transitable de su vida conyugal. María pensó velozmente que el silencio debía preservarse a toda costa y que el silencio, con su falta de reproches «especiales», era todavía limpio y permanente, porque era lo contrario de la curiosidad, lo contrario del impudor y la concupiscencia de los detalles, era una manera humilde de proseguir la vida con Martín con atención, con amor atento, con cuidado. No reprocharle ahora nada especial era tener cuidado con la realidad conyugal de ambos que, no obstante el adulterio, se seguía aún de todo lo anterior sin concluir aún. No reprocharle nada especial no era acobardarse ni engañarse, ni engañarle: era tener cuidado con la realidad entera y con Martín, seguir amando atentamente. «No», contestó María, bajando los ojos. «Nada especial. Solo el tono de voz que me pareció guasón. Tu manera de hablar me parece cada vez más guasona, Martín... No es un reproche; es que me da miedo que te alejes y no sepas volver. Es eso solo.» Ahora Martín cambió de tono. Abandonó el aire relajado y se volvió del todo hacia María quien, a su vez, se había metido de nuevo entre las sábanas y tiritaba un poco. «Precisamente se trataba de eso. Es lo que iba a decir antes y nos hemos ido por los cerros de Úbeda, siempre nos pasa igual ¿verdad?, por las noches: iba a decirte que tu hermano, que siempre me había parecido un sinsustancia y desde que llegó de Londres, además, un gandul, está empezando a parecerme lo contrario. Precisamente el otro día después del desayuno, hablando, no me acuerdo por qué, acerca de si la sinceridad es posible, le dije que acababa de escribir algo sobre eso y que si quería que se lo leyera. Y nos estuvimos hasta la hora de comer en el despacho... No sé si te fijarías que entramos en el comedor hablando juntos, fue el lunes pasado, ¿lo recuerdas? Y me dijo cosas sorprendentes, su timidez es sorprendente, tú siempre lo supiste, pero yo hasta el pasado lunes no me había fijado, no me contó nada concreto, pero su modo de escucharme, su atención, toda su actitud, todo me pareció muy interesante. ¿Qué te parece a ti, María? Te lo pregunto en serio. Me gustaría de verdad saber qué piensas acerca de mi nueva relación con Gonzalito.» María tuvo una sensación dolorosa. Como un recuerdo intenso y doloroso cuyo contenido confuso era su antiguo deseo de que Martín y Gonzalito llegaran a comprenderse. Nunca había sido un deseo demasiado específico: solo la idea de que el entusiasmo que Gonzalito había sentido por Martín de joven hubiera acabado por servirle de ayuda: que Martín hubiera podido aconsejarle u orientarle tal vez. Pero todo eso pertenecía a otro tiempo, a otro modo de ser de todos ellos: que ese deseo ahora volviera evocado por las palabras de Martín causaba dolor: un dolor irracional. ¿No era ya demasiado tarde? Ahora Martín hablaba de una nueva relación con Gonzalito y de haberle leído algunas cosas de su libro. ¿Qué quería que María le dijera? María sacudió la cabeza y deseó salir de la habitación un momento, respirar el aire frío de la noche para volver tranquila y poder decirle a Martín lo que pensaba, para poder confiar en él... Y ahí estaba el horrible detalle, la horrible realidad concupiscente: ahora no era el adulterio mismo o sus detalles, sino sus consecuencias en la conciencia de María: ahí estaba otra vez multiforme, desemejante, un inmenso territorio de desemejanzas, *regio dissimilitudinis,* bajo la forma de una desconfianza indecible. No podía fiarse de Martín. Temía que hubiera en esa nueva relación con su hermano una segunda intención no declarada, una trampa cualquiera, tal vez simple curiosidad. Deseaba fiarse y no podía, como si hubiera perdido repentinamente el instinto de fiarse de Martín: una afonía aterradora que le impidiera pronunciar las palabras que asienten y que animan, como si la diminuta esperanza de la convalecencia que brillaba silenciosamente en su corazón no fuera suficiente para confiar que en esa «nueva relación» no hubiera nada imposibilitante o falso. Tenía, sin embargo, obligación de responder. Y tenía obligación de no agravar la desconfianza con sentimientos confusos, con temores imprecisos. Tenía obligación –ahora sí– de decir de verdad lo que pensaba. Y dijo: «No sé muy bien qué pensar, Martín. No sé si Gonzalito y tú estáis ahora en el mejor momento para iniciar lo que tú llamas una nueva relación. No sé a qué te refieres. ¿Por qué quieres saber qué pienso yo? Me parece bien que habléis o que le leas tu libro si te gusta hacerlo. Es natural que habléis. Dices que es una nueva relación. ¿En qué es nueva? Os conocéis de toda la vida, lleváis una temporada muy larga viviendo en la misma casa, ¿cuál es la novedad? Siempre me ha dado miedo esa palabra tuya, "interesante"; ahora Gonzalito te parece interesante, ¿es eso lo nuevo? Cualquier cosa puede parecer interesante. Pero entre nosotros, entre familiares, que nos tenemos tan cerca unos a otros, el que parezcamos o dejemos de parecer interesantes es un poco ridículo: si me hablaras de atender o de cuidar te entendería mejor. A mí no me parece que la angustia sea interesante, o el sufrimiento. Decir que es interesante es casi ofensivo. Me alegro que hables con Gonzalito pero no creo que tú tengas paciencia suficiente, Martín, no creo que vayas a tenerla si da la casualidad que Gonzalito deja de parecerte interesante y empieza a parecerte un pobre hombre que necesita afecto... Me estás mirando como si me aborrecieses, Martín: tal vez no me aborreces de verdad y solo es que me miras así para asustarme y de verdad me asustas porque eres mi marido y te quiero y eso significa también que respeto tus opiniones y tus sentimientos y tus palabras. Y también respeto la palabra "interesante" que tú usas con frecuencia y que a mí me parece, perdóname, ridícula en ciertos casos... Y al escucharme sonriente como si me aborrecieras y sonrieras por eso, me das miedo y tengo mucho miedo: tal vez no debería reconocerlo ni decírtelo, pero ese miedo es parte de la contestación a tu pregunta. No tendría miedo si no fueras mi marido y no te quisiera: si no tuviera ganas de llorar y de abrazarte no tendría ningún miedo...» Se detuvo bruscamente. Sintió que perdía pie y que su propia voz hablaba por sí sola. Había empezado queriendo decir la verdad y ahora no sabía dónde estaba. Martín había dejado de mirarla. Ahora miraba al techo. Ahora volvía a mirarla.

Era el mismo Martín de siempre. Y aquel miedo que acababa de declarar, de pronto parecía ridículo, un sentimiento no sentido, como cuando decimos que sentimos algo que en realidad no llegamos a sentir, por asemejarnos a otras personas que parece que de verdad lo sienten. María tuvo la sensación de haber exagerado mucho, de haberse comportado como una mujer muy femenina en un chiste machista: tuvo la sensación de que acababa de gritar, o que se despertaba de un desmayo, o que había perdido de algún modo la conciencia o los nervios... Martín se volvió ahora hacia María y le acarició el pelo con las dos manos. Era el mismo Martín. La caricia era tan familiar como su piel, como su olor. «Tal vez tengas razón. Siento haber usado esa dichosa palabrita; a veces digo "interesante" por distanciarme un poco; es un término ridículo. La verdad es que Gonzalito me causó muy buena impresión el otro día: no le encontré angustiado, ni confuso. Todo lo contrario. Y yo no creo que pusiera una cara tan horrible hace un momento: yo te quiero mucho. Lo del aborrecimiento tiene que ser a la fuerza una falsa impresión, ¿no te parece? A veces la conciencia, nuestra propia conciencia, se burla de nosotros, es un yo no editado que no ha salido nunca a la luz pública, que no ha sido contrastado con las experiencias de otras conciencias y que emerge como si vomitara, como si fuera una fuerza contenida, pero no contenida por nosotros mismos, por nuestra conciencia pública y racional: ¿qué fuerza contiene a las fuerzas de ese otro yo, el que ve visiones, el que te hace ver a ti aborrecimiento en mi expresión? En tu caso, por ejemplo, María, la fuerza que contiene las ocurrencias malignas y caóticas e incomprensibles de tu otro yo, es la caridad, una virtud teologal edificada sobre un sentimiento humano sumamente corriente, el más corriente de todos, el amor: tu caridad taponaba tu yo imprevisible, negaba sus ocurrencias, hasta que de pronto, aprovechando que tú te dirigías a mí con toda tu buena intención y todo tu deseo de decir la verdad, de decírmela a mí especialmente, a mí a quien quieres, salta, se cuela por las rendijas de la conciencia expresante abocada a expresarse y que velocísimamente, con una velocidad infinitamente superior a la de cualquier cerebro electrónico, está eligiendo qué decir, palabras, frases enteras, ideas, pensamientos, imágenes, recuerdos: tu conciencia elegía, entre todo eso, lo más justo porque querías decirme lo mejor, lo más verdadero... ¡Pero había rendijillas, indecisiones infinitesimales, bifurcaciones atómicas..., y por ahí se cuela el caos con sus terrores y sus torcimientos!» ¡Qué difícil era atender a todo aquello –aquella voz persuasiva de Martín que había perdido ya su deje guasón– y no desear ser persuadida! ¡Hasta la propia esperanza convaleciente parecía animar a María a confiar de nuevo! Tal vez Martín, sin llegar a declararlo, se había arrepentido también de sus acciones y esta locuacidad nocturna era su modo de reanudar el viejo entendimiento de ellos dos que había sido jubiloso y había hecho sentirse a María enraizada durante tantos años en una realidad resplandeciente. «Tal vez me he expresado mal al principio», seguía diciendo Martín, «tal vez no debí decir que he cambiado sino que me siento como en un viaje de regreso hacia nosotros mismos, hacia ti y hacia mí recién casados, tan enamorados como estábamos...» María sintió que tenía que entregarse, que tenía que deponer la desconfianza y entregarse a la posibilidad de que, en efecto, Martín estuviese diciendo la verdad y llevando a cabo, a su manera introvertida y llena de vueltas y más vueltas de palabras, un cambio de actitud. Y era también sencillamente dulce ceder ahora a las imágenes de paz que esa posibilidad evocaba, era dulce ceder ahora al sueño que de pronto invadía toda su conciencia... María bostezó y sonrió y apagó la lamparilla de su mesita de noche y se acurrucó contra su marido durmiéndose...

Ahora Gonzalito no dormía por las noches. Las noches empezaban después de merendar, entre ocho y nueve de la tarde, cuando Pelé llegaba del colegio y cenaba en el *office* con la cocinera dándole conversación y el chófer que a esas horas entraba a fumarse un par un par de cigarrillos y a disfrutar de la compañía femenina antes de bajar a Alcobendas, a su casa; algunas veces Pelé cenaba con todos en el comedor y entonces Gonzalito hacía todo lo posible por estar amable con todos los demás en general, para que Pelé viera que no estaba obsesionado con él solo y que se comportaba normalmente, como un miembro más de la familia. El acercamiento a Martín se debía a esto mismo: había sido un error tratar de enfrentar a Pelé con su padre. Y había sido un error llevarle a ver lo de la huerta. Solo había servido para que Pelé se alejara. Así que una vez que Pelé ya estaba en casa encerrado en su cuarto haciendo los deberes hasta las once o las doce y luego, tras apagar su luz, durmiendo hasta las siete de la mañana del día siguiente y luego levantándose y marchándose al colegio, se abría la noche para Gonzalito como una puerta que daba a la azarosa vigilia y a una cierta paz confusa, como de perro encadenado que solo llega hasta donde llega la longitud de su cadena. Dormía durante el día dividiendo el sueño en dos o tres secciones: desde que se iba Pelé hasta una hora antes del almuerzo para poder charlar un poco con Martín, desde después del almuerzo hasta las seis para poder bajar un rato a la sala. A veces, sin embargo, como el día que habló con Martín sobre la sinceridad, pasaba el día despierto y entonces por las noches aún se asemejaba más a un perro encadenado con la cabeza entre las patas delanteras que vigila y dormita al mismo tiempo y cuyas horas son prados blanquinegros de estimulaciones sensoriales que crecen hasta hacerle ladrar desesperadamente o que decrecen hasta el total olvido de sí mismo. Para mantener estas vigilias, que le parecían de algún modo fértiles y creadoras con su proliferación de imágenes que el recogimiento y silencio de la casa daba la impresión de agudizar y vigorizar, Gonzalito había vuelto a tomar anfetaminas que le encargaba al chófer, quien las conseguía una vez por semana sin receta en una farmacia pequeñita frente por frente de su casa, cuya farmacéutica consideraba que cada caso es un caso y que hay casos y casos y que una licenciada en farmacia es, a su edad, como el capitán de un gran navío, un poderoso petrolero, que es después de Dios la ley a bordo. ¡Faltaría más después de la licenciatura tremebunda con toda la Botánica entera, pistilo por pistilo, embotellada de una vez! El chófer, pues, tenía del señorito Gonzalo la idea propia y especial de que era un escritor y necesitaba estas medicaciones especiales. Había en la noche una fulguración que se comunicaba a la conciencia hasta volverla continuamente imaginante. Gonzalito se sentía excitado y extraño, pero a la vez bien, ocurrente. ¡Cuánto hubiera deseado pasar la noche hablando con Pelé! La casa había cambiado. Los amantes ya no se veían, Virginia se había vuelto fantasmal, Martín mucho más amable y María... Gonzalito evitaba ahora pensar en su hermana a quien veía a ratos como un elemento imprevisible de la situación total. Era curioso: Gonzalito daba vueltas a este sentimiento de temor que le alejaba de María y que se alimentaba, sin embargo, de sus antiguos sentimientos por ella y de los de ella misma por él, tantas veces expresados y corroborados a lo largo de una vida entera. Era como si María no pudiera controlarse. Como si hubiese entrado sin querer en un trance, en una situación irracional y no pudiese contarse ya con ella como siempre, con su bondad y su serenidad y su ternura. Como si la ternura de María se opusiese a la ternura que Gonzalito sentía por Pelé. Como si María fuese, en última instancia, el mayor impedimento a que Pelé y Gonzalito se reuniesen para no volverse a separar jamás. Lo que Pelé tenía ahora de esquinado y de huidizo, lo que le había hecho salir corriendo aquella noche del cuarto de su tío, todo eso era María infiltrada en la conciencia de su hijo. María era lo imprevisible de Pelé, su libertad y lejanía, lo que hacía imposible en ocasiones que las imágenes del chiquillo se redondearan en la conciencia imaginante: María impedía la fijación total de las imágenes y que las imágenes succionaran al Pelé de carne y hueso hasta traerle al cuarto de Gonzalo y recubrirle allí de su ternura. Era María precisamente quien menos entendía cuánto amaba Gonzalito a su sobrino. A ratos estos sentimientos equivalían a un compadecerse de María. Eran los ratos triunfales, cuando la figura del Pelé imaginado adquiría su máxima docilidad. Pelé y Gonzalo vivían juntos en Madrid. María los visitaba. María añoraba la niñez de su hijo que ahora se había sumido íntegramente en su juventud y rebrotaba en el amor que Pelé sentía por Gonzalo. María era para Pelé un recuerdo que Gonzalo tenía incluso que reanimar a veces. María no había entendido nada y lo que ahora entendía, en la docilidad de esta ensoñación, era tan solo que la felicidad de su hijo no coincidía con la suya: no podían coexistir las dos felicidades. Pertenecía a la esencia de lo victorioso de aquella ensoñación el que la felicidad de María fuese incompleta y menesterosa. Y los dos iban y venían por Madrid, por el mundo, de viaje, iban de viaje a Londres... Este viaje en particular era el punto más alto de la ensoñación.

Recorrían a pie los mismos sitios que Gonzalito había recorrido a pie tantas veces. Era en verano. Era en agosto. En Madrid hacía muchísimo calor. En Londres lloviznaba. Era un Londres grisazul. Húmedo y verde y blanco y grisazul y se sentaban a mediodía a tomar una cerveza en la terraza del *pub* de Lancaster Gate. Tenía que ser en ese *pub,* a mediodía. Y Gonzalito hablaba a Pelé de las novelas londinenses de Iris Murdoch. Y Pelé le miraba y le escuchaba y parecía un chico inglés. E iba él mismo a buscar la segunda ronda de cervezas. Y por un instante desaparecía Pelé también de la escena imaginada y Gonzalito estaba solo. Ese era un momento dotado de peculiar intensidad imaginaria: iba a volver de inmediato con las dos jarras de cerveza, una en cada mano, sonreiría. Pero aún no había vuelto. Iba vestido con un pantalón vaquero negro que acentuaba la flexibilidad de su figura y una camiseta de algodón blanca. Seguramente, al verle solo, le mirarían los de la barra. Tal vez le hablarían y Pelé hablaría a su vez. Tendría un ligero acento español. Sería deseado por un desconocido amable en la amable atmósfera de esa hora y de ese *pub* en verano. Le convidaría a tomar una cerveza. Y Pelé diría: «*No, thank you. My friend is waiting for me. Some other time perhaps...*» Y lo último lo diría dulcemente, demasiado dulcemente incluso. ¡No se le podía dejar solo! Esa breve ausencia imaginaria confería realidad a todo aquel imaginario mediodía de Londres, volvía todo el grisazul y todo el verdeoscuro de las arboledas de Hyde Park una poderosa inmediatez: toda la soledad iba a ser redimida dentro de un instante. Y el color tostado de los brazos y las manos y el cuello y el rostro de Pelé se acentuaría en lo azulgrís, se acentuaba al reaparecer con las dos jarras de cerveza, una en cada mano, sonriente. Gonzalito tenía la sensación de que lo imaginado no solamente era verosímil y posible sino también real porque Pelé iba y venía libremente por aquel espacio y aquel tiempo absoluto, donde nada faltaba y donde todos los sentimientos, desde la picardía hasta el intenso amor por Gonzalito, eran visibles. No había que adivinar las intenciones del chico, no había que esperar, no había que temer ninguna irritación, ningún cambio de humor. No había que moverse. La inmovilidad absoluta era compatible con cualquier gozoso ir y venir. Gonzalito lograba mantener esta situación imaginaria en la conciencia durante largo rato: durante un cuarto de hora o veinte minutos, tras los cuales se hundía en el presente insomne de su habitación a oscuras, o solo iluminada por la lamparilla de la mesita de noche. En una de esas ocasiones le sobresaltó el ruido de una puerta en el pasillo. Saltó de la cama y escuchó atentamente. Era más de medianoche. Abrió la puerta. Y estaba abierta la puerta de la habitación de Pelé. Gonzalito salió de su habitación y llegó hasta esa puerta abierta. El interior de la habitación vacía iluminado por el flexo de la mesa de trabajo con los libros abiertos. Oyó el ruido de la cadena del retrete y se encontró a Pelé junto a él, en pijama. Era muy alto. Era la misma figura imaginada. El pijama estaba muy arrugado. Gonzalito no podía pronunciar ni una sola palabra. «¿Querías algo, Gonzalo?», dijo Pelé. Al ver que su tío no respondía añadió: «¿No te acuestas? Yo ya voy a acostarme.» Gonzalito trató de retener mentalmente aquel silencio impregnado por la figura de Pelé en pijama. No había contado con que fuera tan fuerte. No había contado con la anchura de sus hombros. No había contado con que la tela del pijama fuese tan íntima. Parecía de más edad. Como si no le hubiera visto antes y solo le hubiera imaginado o visto en unas fotos, o en el cine. Se sentía cohibido ante aquel Pelé indócil. El silencio pareció de pronto una explosión. Pelé dijo: «¿Qué te pasa Gonzalo? ¿No te encuentras bien?» «No. No estoy nada bien. No tengo sueño», enunció Gonzalito lentamente. «Tendrías que hacer algo de ejercicio. Deberías darte un paseo, por lo menos. Un paseo largo por las mañanas. Ya es casi la una. ¡Yo sí que tengo sueño...!» Al ver que Gonzalito no decía nada, Pelé hizo ademán de entrar en su cuarto. Repitió sonriendo: «¡Yo sí que tengo sueño...!» Gonzalito le miraba en silencio. Pelé pensó que era igualmente absurdo cerrar ahora la puerta que dejarla abierta. «¿De verdad no necesitas nada? Yo iba ya a acostarme...» De la indocilidad provenía un atractivo aún más intenso que de la docilidad. No había nada que Gonzalito pudiera hacer para combinar lo dócil y lo indócil en una misma figura, en una única presencia. No podía ni siquiera tocarle. Y no podía hablar. ¿Por qué no podía hablar? «¿Qué te pasa Gonzalo?» Pelé extendió el brazo y tocó con la mano derecha el hombro de su tío. Gonzalito logró decir entonces lentamente: «Tengo ganas de volver a hablar contigo como antes...» «Ahora tendremos tiempo, durante estas vacaciones de Semana Santa», aseguró Pelé. Gonzalito deseaba irse ahora. Pero deseó volver a oír lo de las vacaciones. «Durante estas vacaciones hablaremos, ¿verdad?» «¡Claro! Tendré más tiempo libre.» «Tendrás más tiempo libre y hablaremos... Ahora voy a acostarme», dijo Gonzalo como si deletreara estas dos frases. «¡Buenas noches, Gonzalo!», dijo Pelé y cerró la puerta de su cuarto.

La primavera trajo a Alfonso Vélez. Vélez y su nuevo coche deportivo, un Ferrari blanco que dejó fuera, junto a la entrada. Eran las doce y media de la mañana. Vélez muy bronceado, oliendo mucho a agua de colonia. Estaban en la sala los tres: Vélez, María y Gonzalito. Había preguntado por Gonzalito, que tardó veinte minutos en bajar, y María le había estado dando conversación. «¡Te advierto que te prefiero a ti, María! Me alegro que no baje ese soso. Eres la mujer más estimulante de Madrid, de veras.» María se reía de buena gana. Vélez y sus pronunciados amaneramientos. Y su sentido común y sus atrevimientos coloquiales que habían ganado aplomo con los años. Cuando por fin apareció Gonzalito y María los vio juntos, sintió una punzada de tristeza: Vélez daba la impresión de ser el más joven de los dos. Gonzalito tenía mal color y aunque se inclinaba hacia las frases que Vélez y María intercambiaban animadamente como quien se acerca mucho a mirar un detalle de un cuadro, no parecía entender bien de qué se hablaba y su exagerada inclinación recordaba la ansiedad de un anciano, algo duro de oído, que se esfuerza en seguir una conversación. Vélez había contado ya a María –y lo estaba repitiendo ahora casi más por el gusto de repetirlo que en atención a Gonzalito– que acababa de pasar una temporada larguísima en el sur, en fincas de los alrededores de Antequera, de unos primos carnales y unos contraparientes saladísimos, la verdadera Andalucía profunda de las cosas del campo –«gente completamente, María, de tu estilo»– y que luego, para contrastar, por lo que tiene de vigorizante el choque de lo campero y profundo con justo lo contrario, había bajado al mar –de ahí venía el bronceado–

y recorrido toda la costa malagueña ennoblecida por la castidad del pleno invierno, todo enero, todo febrero y casi todo marzo, y ahora acababa de llegar repuesto en grado sumo. Era evidente que Vélez se estaba divirtiendo con aquel recuento de su otoño y su invierno por el sur. Y María, que se estaba divirtiendo también con el relato, sentía tristeza por su hermano como un dato irreprimible de su conciencia. La presencia singular y casi muda de Gonzalito impregnaba todas las diversiones de Vélez de inmensa lejanía, como anécdotas del colegio. Esa tristeza hacía que María sonriera y tomara parte en la conversación como quien se está viendo reír y tomar parte en una conversación filmada. Vélez contaba que había tenido un bache a fines del verano, una crisis depresiva. «¡Estaba hecho puré, María, puré puré puré, completamente *down,* lo que se dice *looking blue,* nunca me había pasado y francamente nunca creí que a nadie le pasara...! Creía que eran cuentos, María, las depresiones ¡y ahora a mí! Eso era también muy humillante que ahora yo también tenía lo mismo que Christina Onassis por no poder adelgazar, figúrate qué sentimientos aceitosos de multimillonaria griega tendría yo... Por eso no he venido ni he llamado, tú pensarías que por qué, pues por eso era, porque yo pensaba que como este bodrio de hermanito tuyo está como está, que ha venido imposible de Inglaterra, si le veía me ponía aún peor, ya depre perdido y encima introspectivo y encima desteñido como él... ¿No estás de acuerdo, María, tú que eres sincera, que hice muy bien en no venir?» «¡Hombre, Alfonso, se te hubiera agradecido una visita, tan depres no somos!», declaró María animosamente. ¡Era tan transparente Alfonso Vélez que ni siquiera llegaban a ofender las sensateces de sus declarados egoísmos! Ahora estaba nuevamente satisfecho de la vida. La depresión le había venido bien en realidad: gracias a eso había tratado a sus contraparientes saladísimos. Y también, según él mismo hizo notar, había engordado razonablemente. Unos diez kilos. María había añadido ya esa nota a lo divertido de su idea de «Vélez». Contemplándole pensaba: «Esta será la figura apaciguada de su madurez. Un amigo que tendremos siempre. Y su soledad –que también la tiene– se ve también ahí, en lo divertido, una soledad pequeña, pero irreducible también, que le hace querer que le queramos, que nunca dejemos de quererle, aunque no venga a ver a Gonzalito por miedo a deprimirse.» Y María se sintió agradecida de tener a Vélez en la sala, charlando sin parar, con sus amaneramientos redondeados y asentados ya, probablemente para siempre, después de la depre. Y una vez más, María se sintió invadida como por un mal pensamiento, por el contraste físico de Vélez y Gonzalo. Tal vez ahora por primera vez María era consciente por completo del alterado físico de su hermano. Y así, el físico de Gonzalo y el de Vélez, entrecruzándose en una comparación inevitable, ofrecieron de pronto un dato nuevo, complejo y alarmante, acerca de Gonzalo. Un dato que la observación del aspecto físico de Gonzalito por sí solo jamás había llegado a sugerir. La alarma contenida en ese dato sacudió a María como una descarga eléctrica al arreglar un enchufe. Ahora estaba claro que tener a Gonzalito en casa había recubierto, incluso para ella misma, el hecho de su acusada alteración. Y ahora el físico, como una unidad significativa radical, ponía en evidencia aquello mismo que María, desde el regreso de Gonzalito, había tenido siempre ante los ojos sin verlo, interpretándolo vagamente con un haber sufrido mucho en Londres o un hallarse desorientado tras una experiencia infructuosa. El físico denunciaba la devaluación de Gonzalito entero. Y el resultado era esta figura alarmante, ante la cual el simple sentimiento de tristeza resultaba inapropiado. María trató de precisar más, sin conseguirlo. ¿Qué era, en concreto, lo alarmante? Vélez, con su pelo entrecano y su bronceado y su agua de colonia y su charla, daba una impresión de seguridad. Resultaba fiable; sus singularidades formaban parte ya de la realidad –una realidad acaso menor, la realidad de lo mundano y lo sociable y lo fácil–. Vélez resultaba comunicativo y tratable desde su seguridad. Y, no obstante sus obvios egoísmos y limitaciones, su bienestar se había vuelto una virtud, tal vez la virtud de la templanza –una especie de templanza cómica, de salón de té, pensó María–. La inseguridad rozaba a Gonzalito y le rayaba como el esquema vertiginoso de un reptil. Vélez acababa de decir que se sentía demasiado bronceado y que «tampoco eso es bonito en pleno invierno, la gente, buena es, se figura igual que estás dándote al cuarzo». María se apresuró a tranquilizarle: «¡Pero tu bronceado es todo lo contrario, se ve muy bien que es de tomar el sol y del deporte! ¡Estás estupendo, no te preocupes lo más mínimo!»

Vélez estaba encantado con María y muy satisfecho con el desarrollo de la visita. La verdad es que cuando la doncella le informó que Gonzalito tardaría en bajar estuvo a punto de marcharse. Se quedó por María. E incluso con María aún seguía decidido a irse sin ver a Gonzalo; pero la conversación le divirtió y no se dio cuenta de que pasaba el tiempo. Cuando Gonzalito entró en la sala, le irritó mucho su aspecto. Apenas quedaban rastros ya del chico guapo que había conocido. María, en cambio, estaba igual que siempre. Volvió a querer irse al ver a Gonzalito. Pero la cortesía y el impulso de la conversación ya en marcha le retuvieron de nuevo. La visita de Vélez era consecuencia de su volver a sentirse en óptima forma. Ya antes de su depresión, el pasado verano, su instinto le había aconsejado distanciarse de Gonzalo. Gonzalito había perdido todo su encanto. Y Vélez, al notarlo y distanciarse, no se había sentido implacable sino de sobra, como inútil. Vélez sintió que aquella peculiar pérdida del atractivo era tan solo la señal de otras pérdidas invisibles que cambiaban la naturaleza apacible y difusamente erótica de su relación con Gonzalo. Sintió que Gonzalito había huido a una zona donde la compañía de Vélez, su charla e incluso el considerable afecto que sentía por Gonzalo, no servían de nada. Había meditado considerablemente en todo esto: encontrar a Gonzalito desarreglado y feo y como reviejo fue una sorpresa desagradable. Pero no fue la causa del distanciamiento. Vélez creía entender bien todos los baches. Había visto ya muchos. El suyo propio, no obstante parecerle una puñalada trapera y un *vudú* que le habían hecho sus amigas gordas de Incosol y de los Alpes Suizos, no le desconcertó demasiado y consiguió superarlo con mucha sensatez. ¡Las cosas que se saben hoy día, farmacéuticas, que te ponen a punto los tornillos! Lo de Gonzalito no era un bache. Vélez lo vio como un desorden moral y atribuyó a Gonzalito responsabilidades por su mal aspecto y por aquella rara pérdida de su encanto. No era una cuestión de edad –Vélez había descartado en seguida que lo de Gonzalito se debiera, objetiva o subjetivamente, a la pérdida de la juventud–. A Vélez la edad le preocupaba poco; prefería la edad incluso, en sus amigos masculinos, a la extrema juventud. No es que Gonzalito hubiera envejecido: es que se había retraído, se había negado al bienestar, a la felicidad propia, a la forma bella. Vélez estaba persuadido de que había en esto un acto voluntario por parte de Gonzalo. El atractivo, el buen aspecto, eran para Vélez cuestiones de buena educación, de clase y, en definitiva, de moral. Vélez no lograba ir mucho más lejos. Y ciertamente, no quiso juzgar definitivamente a su amigo. Se sintió, sin embargo, innecesario. Gonzalito se había situado tan fuera de los juegos que Vélez comprendía, que Vélez se sintió descartado él mismo, ridículo e inerme. Una parte de su depresión, de hecho, tuvo que ver con este sentirse incapaz de entender a Gonzalito tras su vuelta de Londres. Nunca habían sido amantes y, sin embargo, Vélez se sentía despechado, apartado, desconsiderado. Echaba de menos la dulzura del Gonzalito anterior. Y prefería no verle. Además de sus demás ventajas su propia depresión tuvo la ventaja de aparecer oportunamente al mes de haber vuelto Gonzalito. Mezclar depre con depre era una cosa muy común entre sus amistades femeninas, que Alfonso Vélez no estaba dispuesto a consentir en su propio caso. ¡Allá cada cual con sus pastillas y sus *blues!* –esa fue su máxima–. Solo después de tantísimos meses, al salir de casa aquella misma mañana, al subirse al Ferrari reluciente, se había acordado del Gonzalo encantador, había deseado lucirse un poquitín ya en plena forma y también, tal vez, echar una mano a Gonzalito si es que seguía como antes. Una ocurrencia repentina que, a la vista estaba, había acabado dando frutos gracias al propio Vélez y a María, ¡pobre Gonzalito!

«¿Habéis visto el Ferrari que hay afuera?», entró Pelé, diciendo. «¿Hola! ¿Es tuyo?» «¡Sí señorito, es mío es mío ¿pasa alguna cosa?!» Las vacaciones de Pelé acababan de empezar aquella mañana. Aquel año venía adelantada la Semana Santa. Vélez se había puesto de pie para saludar al chaval. Ahora no salía de su asombro. «¡Estás tan alto como yo!», exclamaba. Se le había olvidado que Pelé existía. Y ahora al verle de nuevo le pareció mucho mayor. Y recordaba, sin duda, a Gonzalito. Vélez volvió a sentarse, esta vez junto a María, con Pelé en medio de los dos. Pelé quería que Vélez le llevara a dar una vuelta en el Ferrari. Ya no quedaba tiempo para eso antes del almuerzo. María invitó a Vélez a almorzar. Aún quedaba tiempo, un momento solo, antes de que anunciaran el almuerzo, para echar una ojeada al Ferrari. Parecía un avión, según Pelé, con todo el salpicadero lleno de incomprensibles relojes grandes y pequeños. Salieron los dos a ver el coche y Vélez aseguró que no tenía nada que hacer en toda la santa tarde. Después de almorzar podían llegar hasta Villalba, podían llegar hasta Adanero, podían llegar a Salamanca ya en medio minuto. Irían a ciento veinte, a ciento treinta, todo recto por el túnel del Guadarrama y le sobraría aún velocidad al coche, casi la mitad, que podía ponerse fácil a doscientos. Y Pelé no conocía Salamanca. Y en Salamanca podían merendar. Y ver la plaza toda igual dorada al caer la tarde. Y ver la Casa de las Conchas. Podían estar de vuelta mucho antes de la cena. Y podían poner la radio estereofónica. Y tenía cassette y Compact Disc. Y precisamente Vélez tenía música desde sinfónica hasta el último grito de aquel año. Era una chiquillada indiscutible. Volvieron cuando todos estaban ya sentados a la mesa. La abuela se divirtió mucho con Vélez. Virginia se reanimó muchísimo también. María deseó que aquel almuerzo no acabara nunca. Vélez aseguró que tenían tiempo de sobra de tomar café antes de salir. Gonzalito, que no había abierto la boca en toda la comida, se sentó junto a Pelé ahora: «Creía que ahora que tienes vacaciones íbamos a poder hablar tranquilos. Y a veo que el Ferrari te divierte más. Yo lo comprendo. Me da mucha pena pero lo comprendo. Un coche así es mucho mejor que hablar conmigo, claro...» María oyó lo que decía su hermano. Vio que Pelé se ensombrecía. Y le oyó contestar: «Es solo esta tarde. Ya mañana hablamos...»

La familia se dispersó después del café. María y la abuela, que dijo que tenía curiosidad por ver el coche con tanto oír hablar de él, acompañaron a los dos viajeros hasta la entrada del jardín. Pelé quería que la abuela se sentase al volante para darse auténtica idea del asunto. Y la abuela acabó por hacerle caso y se instaló con sorprendente agilidad ante el volante y hasta puso un poco cara de velocidad para que el nieto se riera. Regresaron las dos, María y su madre, a la sala comentando lo bien que les caía Alfonso Vélez. Gonzalito se había quedado solo, sentado en su sillón. Al verlas entrar se levantó, dispuesto a irse. «¡Quédate un rato con nosotras!», sugirió María. «¿Para qué? ¿Queréis que os dé conversación yo también? Eso lo hace mejor Alfonso Vélez, que a vosotras tanto os gusta», dijo Gonzalito. María dijo: «A todos nos cae bien. A ti también. Es tu amigo.» «Yo no tengo amigos. Vélez no es amigo mío. Se ha vuelto un hortera, ese coche vulgar, igual que todo el mundo, un hortera.

Y un entrometido...» «¡Pero Gonzalito, qué cosas raras dices, hace siglos que le conocemos, Vélez es Vélez, ya le conocemos, lo del coche es una chiquillada, ya le has visto a Pelé, es como un coche de carreras, como un avión...!» María tenía la sensación de que al decir estas cosas estaba empujando a Gonzalito hacia un lugar iluminado, donde estaban todos, donde aquel Ferrari solo podía tomarse por lo que era, algo que no llegaba ni a horterada, ni a ostentación siquiera, algo absurdo y cómico y claro... No había por qué a estas alturas discutir a Vélez. Gonzalito seguía de pie. Tenía muy mala cara. Dio unos pasos en dirección a la puerta. La abuela le miraba asustada. Se detuvo. Clavó los ojos en María. María pensó que debía acompañarle a su cuarto y tranquilizarle de algún modo. María se daba cuenta de que lo que desquiciaba a Gonzalito era que Pelé se hubiera ido en el Ferrari con Vélez. ¿Era eso todo? De la misma manera que antes de almorzar, al comparar a su hermano con su amigo y darse cuenta de la alteración física que Gonzalito había sufrido en estos meses, María se había sentido culpable de no ver lo que había tenido siempre ante los ojos, ahora también se sentía culpable de no ver lo que debía, algo evidente que debía estar viendo y que su conciencia no captaba... «Me figuro, María», dijo Gonzalito, «me figuro que estarás encantada de saber que a tu hijo le gustan los Ferraris y se pone como loco por montar en uno sea con quien sea, y me figuro que te parecerá estupendo que un chico de esa edad se acostumbre a los deportivos caros y al lujo y que empiece a hablar ya de coches y de que le compréis un coche y supongo que os parecerá precioso que el chico quiera tener coche ya a los dieciséis, lo antes posible, y moto, a ser posible coche y moto, que no falte de nada, supongo que te gustará que se acostumbre lo más pronto posible a la idea de que es un niño rico y que su abuela le compra lo que quiere y si no sus papás y si no su tío Alfonso, qué más da, el caso es que le guste lo que a todos y se convierta en lo más vulgarcito posible lo antes posible para que no tenga que sufrir ni preocuparse por nada ni por nadie y vosotros felices, felices y contentos los papás, qué ilusión, a nuestro hijo ya le encantan los coches más vulgares y más caros del mercado, y como su papá es escritor y no lo gana porque vive del espíritu, que se lo compre la abuelita, que está lela y se le cae la baba por el nieto y que se vuelva una mierda, eso da igual, el caso es que disfrute, me figuro que estarás feliz, María, feliz y satisfecha como mujer y como madre de que tu hijo haya llegado ya a la recta de Adanero a trescientos por hora en un Ferrari blanco, que a lo mejor se les pinche un neumático y se maten, qué más da, ¡con tal que sean felices los dos juntos poniendo y quitando los cassettes de mierda...!» Gonzalito salió precipitadamente de la sala. Y la abuela temblaba. María abrazó a su madre: lo único importante ahora era que su madre se tranquilizara. La abuela no decía nada. Hacía como un puchero. Y temblaba. María se estuvo con ella ya toda la tarde. Tenía que hablar con Gonzalito. Aquel monstruoso ataque de ira, aquella voz ronca, aquella gana de herir... ¿Qué le estaba pasando a Gonzalito?

Gonzalito se encerró en su cuarto. Tal vez María subiera a hablar con él. Entonces iba a oírle, iban a oírle todos. Se iban a enterar todos los mierdas de la casa, iba a echarlos de casa a todos a la vez. Estaba en su derecho, era su casa... Y lo que acababa de decir en la sala le llenaba la boca nuevamente, una ira en voz baja le daba toda la razón, que volvía a Vélez enemigo y a María cómplice... Hasta que le ahogó el llanto y se tumbó en la cama boca abajo. Había sentido tanto malestar viendo a Pelé y a Vélez juntos hablando del Ferrari y yéndose a merendar a Salamanca, que la furia le había desahogado, como quien ha bebido mucho en un local cerrado y sale a vomitar al aire libre y después de vomitar le invade un sudor frío. Ahora sentía frío. Ahora lo veía todo claro. Ahora se confirmaba una impresión creciente de los últimos meses: que María estaba contra él, que María estaba detrás del alejamiento de Pelé, que María... María había estado comparándolos aquella misma mañana en la sala antes de que Pelé llegara. Y María había elegido entre los dos, entre Vélez y él, al más vulgar, al más convencional, al maricón tratable y bronceado que se llevaba a la perfección con las mujeres y que había hecho reír a la abuela durante el almuerzo. María ya no era la hermanita mayor que le esperaba a la salida del colegio y que se asustaba jugando al escondite si Gonzalito se había escondido demasiado bien. María se había olvidado de él, le había dejado solo, le había comparado con un cualquiera, había preferido que un maricón ocioso y rico y bronceado se llevara a su hijo en un Ferrari, María era vulgar, se había vuelto vulgar, lo de menos era la verdad ya para ella y había sido visible, bien visible, esta mañana que les había comparado y había elegido a Vélez... «María creerá que son celos, creerá que estoy celoso, una mujer vulgar es lo que cree...», dijo en voz alta. Y saltó de la cama. Abrió de par en par la ventana de su cuarto. Tenía que luchar por lo que amaba. Volvían las lágrimas. El atardecer con su indecible desconsuelo. María no había subido a hablar con él. Ya ni siquiera eso. Abrió la puerta de su cuarto. La casa estaba silenciosa. Y el olor de la calefacción le recordó su infancia vagamente. No bajaría a cenar. No volvería a salir de su habitación. Al contrario: bajaría ahora mismo. Que Pelé decidiera. Se puso un jersey y bajó al vestíbulo. Se les oía hablar en la sala. Volvió a subir a su cuarto. No podía soportar aquel encierro. Se puso un abrigo. Bajó las escaleras de nuevo. Salió al jardín. Subió y bajó por los senderos del jardín con los pies helados. Ya no tenía ningún proyecto. Ya no quería decir nada a nadie. Solo deseaba que Pelé volviera. Solo deseaba ya saber que Pelé había subido a su cuarto solo y que dormía. Estaba cerca de la puerta del jardín cuando el Ferrari se detuvo dulcemente afuera. Era ya de noche. Se oía la música de discoteca en la noche como una confirmación de cuanto había sucedido. Permaneció inmóvil dentro de un gran macizo de laurel, tiritando. Por fin se abrió la puerta del coche y la puerta del jardín y Pelé entró en el jardín y avanzó ágilmente hacia la casa. El coche se había ido. Pelé entró en la casa. Gonzalito subió de nuevo a su cuarto. El olor de la calefacción le recordaba su infancia. En su cuarto se quitó el abrigo. Se miró al espejo. Pensó: «Me quedaré aquí, no quiero bajar en estas condiciones. Mañana mismo hablaré con su padre.» Hablar mañana con Martín era una nueva idea que parecía de pronto la solución. Martín era la clave. Martín prohibiría la entrada de Vélez en la casa. Metería en cintura a su mujer. Era su obligación. Y últimamente había demostrado entenderle muy bien. La idea de hablar mañana con Martín contenía, a su vez, la idea de que Gonzalito se había equivocado con Martín. Le había juzgado mal. Procuró juzgarle bien ahora, a gran velocidad. De joven le había admirado, le había amado. Luego le había juzgado mal. Y ahora, de nuevo, bien. Era consolador poder reparar una equivocación tan grave. Martín era la clave porque era el padre de Pelé y había demostrado entender a Gonzalito. Martín decidiría a su favor. La ternura y la noche eran lo mismo. El sueño consolador vivificaba ya a su Pelé imaginario. Se quedó dormido pensando que Pelé ya estaba en casa y que mañana se habría acabado todo.

La mañana siguiente fue mucho peor que el día anterior. Y toda la Semana Santa entera que siguió fue un martirio. La idea de hablar con Martín era absurda. Martín era igual que los demás. Y todos parecían estar de vacaciones, súbitamente reanimados por la presencia combinada de Pelé y de Vélez, quien había vuelto a visitarles ya dos o tres veces. Ahora, al llegar, no preguntaba ya si podía ver a Gonzalito. Ahora preguntaba directamente por Pelé, o en todo caso por María. Los celos tenían dientes de leche. Era no poder pensar en otra cosa y sentirse cohibido cada vez que Pelé le dirigía la palabra o coincidían un momento a solas en cualquier parte del jardín o de la casa. Y Vélez, por lo visto, era socio del Real Madrid y estaba al tanto de todas las intrigas del club y de todas las alineaciones y de si Michel era o no era con razón o sin razón quejica y de lo que Beenhakker –que, por cierto, vivía en La Moraleja– acababa de declarar al *As* y al *Marca*... Era evidente que Vélez perseguía a Pelé con el consentimiento de María y de la abuela y la neutralidad culpable de Martín, quien en el fondo no era más que un *parvenu* que había vivido siempre del dinero de su mujer, sin atreverse a salir de su despacho... Gonzalito se sintió completamente solo. El Sábado de Gloria Vélez se presentó a las diez de la mañana y se llevó a Pelé al circuito del Jarama. Lo tenían planeado con antelación.

María estaba en el jardín. Venía de la huerta. Era la una de la tarde. Se detuvo al ver a Gonzalito que acababa de aparecer en la terraza. Gonzalito bajó las escaleras de la terraza y se acercó a su hermana. Tenía un aspecto relajado. Mejor aspecto que otros días, pensó María. Se había puesto una corbata y una chaqueta de *sport*. Estaban muy cerca uno de otro, casi se rozaban. Se parecían entre sí los dos hermanos, casi igual que de jóvenes. Ambos sonreían. Gonzalito dijo fríamente: «Ya sé que estás contra mí. No estaba seguro. Pero ya lo estoy. He esperado una semana. Te has puesto de acuerdo con Vélez para quitarme a Pelé. Prefieres a ese maricón porque es civilizado y tratable y os hace gracia a todos. Supongo que sabrás que Vélez es homosexual y que ejerce. Esa es su única profesión y él mismo lo dice con frecuencia, bromeando. Supongo que sabrás que le conocen en todos los bares de maricones de Madrid. Allí es muy popular. Tiene un arreglo con el portero de uno de esos bares y le paga a él directamente por los chicos. Así no anda con dinero y es una protección. Y es también más romántico. El portero le trata muy de usted y a los putitos estos los llama sus sobrinos. Son chicos de la calle nada más, los que salen guapitos se convierten en sobrinos de Vélez. Y le gusta que le den por el culo. Eso es lo que prefiere. Y chuparla. Las dos cosas. Por eso no le sirven igual todos los chicos. Los que no se les pone dura no le sirven. Y lo que más le gusta son los jóvenes, los más jóvenes, de la edad de Pelé, que están frescos y la tienen dura. Eso el portero ya lo prueba de antemano para no perder tiempo. Supongo que sabes todo eso y que a pesar de todo estás en contra mía y vas a seguir haciendo todo lo posible para que Pelé llegue a odiarme y a ridiculizarme hasta que me aborrezca. Siempre tuve fe en ti. Creí que me querías. Ahora veo la verdad y es bien sencilla. Te gusta que tu hijo se luzca por Madrid con ese maricón y que se diga que tu hijo es el nuevo chaval de Alfonso Vélez, el más fijo de todos y que se comente lo grande que la tiene en los bares y lo bien que sabe darle por el culo con tan solo dieciséis añitos... Eres una mujer, María, admirable, como diría tu amigo Alfonso Vélez...» María se había quedado muy quieta. Miraba a su hermano fijamente. Gonzalito miraba hacia lo lejos, entrecerrando los ojos. Había dicho todo lo anterior a media voz, sonriendo varias veces. Tenía un aspecto relajado. Repentinamente dio la vuelta, subió las escaleras de la terraza de un brinco, y se metió en la casa. Las imágenes que Gonzalito acababa de evocar tenían el colorido de Pelé, de sus pantalones y sus camisetas y su pelo y su cara. Aparecían y desaparecían, pulsátiles, como las luces fluorescentes de los letreros de noche. La malicia pulsátil de las palabras impedía pensar con claridad... Chicos, guapitos, sobrinos, chavales, bares, chuparla, lo grande que la tiene... Se veía todo claramente. No hacía falta haberlo visto o imaginado nunca antes. Pelé envilecido y dulzón. María sintió horror. Salvar a Pelé inmediatamente. Decírselo a Martín. Huir. Sacar a Pelé de todo aquello, de esas imágenes. Estaba ya al llegar. Dijeron que vendrían a comer. Eran casi las dos. Echar a Vélez fuera. Los chicos, los bares, los sobrinos... La casa, la sala, envolvieron a María con su tranquilo aire de siempre, las inocentes sillas del comedor, el mantel blanco, los vasos, los platos, los cubiertos de la mesa ya dispuesta. Salvar a Pelé. Huir con él. Echarles a todos a la calle. Esconderse. María entró en la cocina. La cocinera de espaldas junto al fogón. La doncella sonrió al verla entrar. Entró en el cuarto de plancha y cerró la puerta. Se sentó en una silla. Esto era lo que le pasaba a Gonzalito. Lo que tenía en la cabeza. La realidad horrible de todas las imágenes aquellas. Todas las palabras aquellas. Echarle. Echar a Gonzalito... Era imposible pensar con claridad. Y María cerró los ojos para no pensar nada. La hora de comer. La abuela. Era todo mentira. Aquellas imágenes de nuevo. La situación de Gonzalito. La decisión a tomar. La urgencia de esa decisión... María apoyó la cabeza en las rodillas pensando que el tiempo que transcurría era un arroyo arrastrando una piedrecita redondeada, identificable y limpia, hasta el mar. María pensó que era mejor tranquilizarse un momento, que le quedaba aún algo de tiempo...

Casi a la vez que María entraba en casa, entraban en el jardín Vélez y Pelé. Vélez iba a quedarse a comer. Ya había quedado en eso con María. A Vélez le había divertido mucho el entusiasmo de Pelé por el Ferrari. Y le habían dedicado la Semana Santa entera. ¿Por qué no? Pelé y María le hacían sentirse bien. Con ellos se sentía tranquilo, más bondadoso, menos mundano. En realidad, lo del Ferrari había sido un capricho hortera que ahora, por casualidad, estaba sirviendo para divertir a un chiquillo. Tendría que venderlo y comprarse un coche más normal, que le pegara más. El Ferrari, en realidad, no le pegaba nada. Era un exceso de la depre, de las compulsiones consumistas. Pelé se había divertido mucho: eso era lo único valioso del Ferrari. Dieron la vuelta lentamente alrededor de la casa. Pelé estaba muy guapo. Al pensarlo, Vélez sintió una punzada de remordimiento por haber desatendido a Gonzalito estos días. Se había vuelto imposible, casi intratable. Pero tendría que atenderle. Vélez se sintió capaz de ocuparse de Gonzalo ahora. Se sentía agradecido. Deseaba ser digno. Era Gonzalito quien le necesitaba y no Pelé. El jardín brillaba mucho. Ya no hacía frío realmente. Lo invernizo que quedaba aún tenía ya brotes de la primavera. Olía a leña quemada. Había salido la conversación de las piscinas y Pelé le había contado que la de ellos no era del todo buena para nadar porque tenía forma de riñón. Se las llamaba así, «de riñón». Pelé no se explicaba en qué demonios pensaría el abuelo cuando mandó construir una piscina así. Seguramente le engañaron. Llegaron paseando hasta la piscina. A Vélez también le parecía absurda y fea aquella piscina arriñonada. No se podía nadar bien. La piscina que el propio Vélez había instalado recientemente en su casa era rectangular, aunque no muy grande. Suficiente. ¿Para qué quieres más piscina? La piscina estaba vacía. Y había hojas en el fondo, recubriendo el desagüe, en la parte más honda, unos dos metros y medio. Vélez pensó que los azulejos pequeñitos blancos que tapizaban el fondo y las paredes estaban ya un poco amarillentos. El blanco no era un color nada sufrido. Pelé estaba diciendo que este próximo verano se iba a ir con otros del colegio a hacer pesca submarina en Menorca. Le encantaba bucear...

Gonzalito los vio venir paseando desde la ventana de su cuarto. Vio cómo llegaban hasta la piscina andando lentamente, hablando mucho, riéndose. Se estaban riendo de él. Se reían de él. Eran amantes. Todo lo que había dicho era verdad. Seguramente sabían que los veía y les daba igual. Eran amantes y les daba igual. Eran felices y les daba igual. Hacían buena pareja. Lo sabían. Les daba todo igual. Les daba igual. Salió corriendo de su habitación, se tropezó al bajar las escaleras, cruzó el vestíbulo, la sala, la terraza, se detuvo un momento ante los dos, que le miraban sorprendidos, golpeó a Vélez en la cara con la mano abierta, volvió a pegarle, Vélez no se defendía. Luego pareció que Vélez iba a pegar a Gonzalito a su vez. Gonzalito volvió a pegarle en la cara con el puño cerrado. Pelé se interpuso entre los dos. Empujó con violencia a Gonzalito hacia atrás. Gonzalito dio un traspié sin llegar a caerse. Pelé estaba al borde de la piscina. Gonzalito dio un paso adelante y le empujó en el pecho con la mano derecha. Pelé bailoteó un instante en el borde y cayó a la piscina. Un solo trompazo, muy violento. Y silencio absoluto. Gonzalito se asomó y vio a Pelé boca arriba con la cabeza torcida hacia un lado. Vélez había dado la vuelta a la piscina y descendía ahora por las escalerillas de la parte menos profunda. En un momento llegó junto a Pelé. Vélez levantó la cabeza y gritó: «Baja a ayudarme. Avisa a alguien.» Las dos órdenes le desconcertaron juntas. Vélez subía las escalerillas otra vez. Gritaba socorro. Subía corriendo y gritando hacia la casa. Durante un momento que a Gonzalito le pareció muy largo, solo se oyó el grito de algún ave invisible. El cielo azul igual. El aire libre. La paz. Los arbustos todavía grisáceos que rodeaban la piscina. La caseta blanca donde Pelé guardaba los balones, donde se cambiaban antes de bañarse. El esquema invernizo de la gran enredadera que cubría en verano casi toda esa caseta. Pelé inmóvil en el fondo. Gonzalito iba a bajar por las escalerillas de la parte menos profunda cuando gritaron arriba en la terraza. Llegaron todos a la vez. Gonzalito no llegó a bajar a la piscina. El jardinero y el chófer subieron a Pelé. Dejaron el cuerpo de Pelé sobre el borde de la piscina un momento para tomar aliento. María se arrodilló junto a Pelé. Le tocaba la cabeza y el cuello con las manos. Le salía un poco de sangre por la boca. Fue un momento nada más. Nadie se fijaba en Gonzalito. Le metieron en el Ferrari. María se metió detrás y le sujetaba la cabeza. En el Mercedes los siguieron Gonzalito, Martín, el jardinero y el chófer. Virginia se quedó con la abuela, que gritaba. Nadie dijo nada en todo el viaje. Estaba en una camilla en una sala. María le abrazaba la cabeza y los hombros. No hubo nada que hacer. Gonzalito dijo: «Le empujé yo. Le he matado yo.» Martín quería saber cómo había sido. Nadie se fijó en la frase de Gonzalito hasta que volvió a repetirla. Esta vez dijo solo: «Le he matado yo.» «Estás loco», dijo Martín. «Fue un accidente», dijo Vélez. Evidentemente se trataba de un accidente desgraciado. Pelé estaba al borde de la piscina, tropezó o resbaló y cayó dentro en una mala posición, desnucándose. Una muerte instantánea. Gonzalito se acercó un poco a la camilla, separándose un poco de Martín y de Vélez y los demás que hablaban. María levantó la cabeza. Tenía la cara enrojecida. Gonzalito dijo: «Es culpa mía. Vino a separarnos. Le empujé yo. Le he matado yo.» María hundió el rostro entre los hombros de su hijo.

Fue Vélez quien contó que Gonzalo y él se peleaban y que Pelé intervino y cayó a la piscina. Vélez dijo desde un principio que había sido un accidente. Y eso fue lo que se hizo constar en el certificado de defunción. Martín quiso saber todos los detalles y Vélez tuvo que repetir lo mismo muchas veces. Era difícil repetir lo mismo. Al repetirlo Vélez iba comprendiendo lo que de verdad había ocurrido: Gonzalito había bajado furioso de la casa. Y había atacado a Vélez por celos. Al tratar de separarlos Pelé se había caído a la piscina. Martín quiso saber por qué se peleaban. La primera vez Vélez no dio ninguna explicación: solo que se peleaban. La segunda dijo que era en broma. La tercera que no sabía por qué. La cuarta que el agresor fue Gonzalito: no podía eludirse este detalle. Todas estas explicaciones tuvieron lugar en el despacho de Martín. Habían traído a Pelé otra vez a casa. Le habían subido a su cuarto. María estaba con él. El chófer se ocupó de todos los detalles del entierro que tendría lugar al día siguiente. Martín iba y venía por el despacho. Vélez se había sentado en uno de los sillones de cuero rojo. Martín dijo: «No fue un accidente. Mi cuñado le empujó y le mató. Lo ha dicho él mismo.» «Fue un accidente», repitió Vélez. «Yo estaba allí y vi lo que pasó. Ha sido una desgracia terrible. Ha sido un accidente.» Vélez había visto a Gonzalito empujar a Pelé. Deseó no haberlo visto. Y, de hecho, hasta que Martín le hizo repetir lo ocurrido varias veces, no admitió, para sí mismo, la verdad. La verdad era bien sencilla. Vélez sabía la verdad. No llegó a decírselo a Martín. Y tampoco hizo falta. Martín dejó de pasearse. Permaneció un rato de pie ante el cristal de la ventana. Vélez no se atrevía a abrir la boca. Luego Martín salió del despacho y subió al cuarto de su hijo. Pelé yacía sobre la cama y María, sentada en el borde, tenía las manos de Pelé entre las suyas. Se volvió al entrar Martín. Martín dijo: «Lo que ha pasado es demasiado grave para hablarlo ahora. Tú lo sabes igual que yo. Tu hermano le ha matado. Tú sabes por qué ha sido y yo también. Lo sé, o lo sospecho. Ya hablaremos. Esto no va a quedar así. También era hijo mío. Yo no lo demuestro pero me duele igual o más que a ti. Tal vez más que a ti precisamente porque no lo demuestro ni hago escenas. Y mucha parte de la culpa es tuya. Y esto no se va a quedar así. No me has dicho nunca nada y has dejado que tu hermano viviera en esta casa y ahora eres la madre dolorosa. Tienes tú mucha culpa y lo sabes de sobra y ser la madre dolorosa no le va a resucitar. No voy a mover ni un dedo contra tu hermano. Pero quiero que sepas lo que pienso. Quiero que lo sepas desde ahora mismo. Y quiero que me des todos los detalles, todo lo que sabes, todo lo que me has ocultado desde siempre, todo lo que ha ocurrido quiero oírtelo contar a ti... También era hijo mío, no lo olvides.» Cuando Martín volvió a encerrarse en su despacho, Vélez se había ido. María tuvo el cuerpo de Pelé entre las manos hasta que cerraron la tapa del ataúd. Luego se quedó sola en el cuarto vacío.

Martín le hacía responsable de todo: María tardó un cierto tiempo en verlo. Todo, menos la muerte, se volvió inverosímil con la terrible muerte de Pelé. La vida de la casa, sin embargo, se reanudó como una inundación gigantesca. (O como una inteligencia separada –artificial, tal vez, empeñada en contradecir, con su inmenso acopio de datos cotidianos, la sensación de inverosimilitud que embargaba a María–.) Se reabrieron todas las rutinas y costumbres de todos ellos, la familia, como flores de un día sempiterno. Una luz diurna lucía ahora eternamente, día y noche. La claridad inmóvil del mundo sin Pelé, que era el mismo mundo real y familiar que precedió a la muerte y sucedió a la muerte sin mutación ninguna. Solo Pelé faltaba. Nadie más. Todos los demás seguían ahí –Martín y Gonzalito y Virginia y la abuela y el servicio–, lo mismo que María, en la diurna realidad de cada día, cada comida, cada gesto, cada palabra, cada noche. Las noches eran de Martín, que se había hecho instalar una cama turca en el despacho. Se le dijo al servicio que el señor dormía mal de noche; que a ratos daba cabezadas: de ahí la cama turca. Y después de cenar, Martín acompañaba a María al dormitorio conyugal que había abandonado, según dijo a María, por delicadeza o por horror; también dijo que aún no sabía bien por qué: eran sus horas de analizar lo sucedido. Una costumbre nueva que venía de la costumbre antigua de hablar a María hasta las tantas. Ahora era un análisis punteado por una acusación inapelable. Según Martín, María era la única persona que desde un principio, desde el principio de los tiempos, allá al fondo, antes de conocerse los dos y enamorarse, muchísimo antes de casarse, mucho antes de que Pelé fuera concebido, María había sabido la verdad y pudo preconcebir la muerte y evitarla. Había tenido información de sobra: había habido siempre lo virtual, lo implícito y plegado de las inclinaciones del maldito hermano que acababan de ser actualizadas. Solo una imbécil –y María no era imbécil– podía haber vivido tan campante con un marica bajo el mismo techo que un precioso adolescente. ¿O es que María ignoraba que Gonzalito era homosexual? Las acusaciones de Martín subían y bajaban como gráficos. En los momentos analíticos –que sucedían a las recriminaciones iniciales y que podían durar horas, hasta las cuatro o las cinco de la madrugada– la voz de Martín era su voz de siempre. El tono frío, afectuoso a veces, incluso se perdía en remembranzas que a ratos contenían a Pelé de chiquitín, allá en Argüelles, y a ratos no le contenían, le omitían o saltaban y solo contenían entonces las figuras de Martín y María muy al fondo, al principio, cuando todo pudo corregirse, saberse y evitarse. Martín llegaba a extremos agudísimos en punto a la soberbia claridad y precisión descriptivas de todo lo que pudo haberse visto y hecho y no se quiso ver ni quiso hacerse: la totalidad nostálgica de lo que pudo ser y que no fue y se quedó en la falta y en la nada que ahora era la nada de la muerte de Pelé inocente. Y bellísimo. Aunque solo fuera por lo más liviano, la casi liviandad de la belleza del chiquillo, mancillada y muerta, Martín tenía derecho a no callarse ya nunca jamás y a analizarlo todo paso a paso dulcemente, minuciosamente, fríamente... Eternamente diurnos todos los detalles y matices que en la conciencia de María tuvieron que constar, y que fueron sumándose y sumándose hasta consumarse en el deliberado empujón de la piscina: todo Sartre, palabra por palabra. Casi cualquier fragmento de *El ser y la nada* –que Martín ahora subía al dormitorio cada noche y que hojeaba a la vez que hablaba– resultaba apropiado. E incluso trocitos que no hacían directamente referencia al caso, hacían al caso. «¡Fíjate, María, en esto, por ejemplo: "El deseo es consentimiento al deseo." Te lo leo todo para que veas cómo este asesinato surge de un brotecito adolescente y lo ocurrido es, claro, un fruto previsible! ¡Qué lucidez sartriana tan inmensa, fisiognómica, parece que estoy viendo a tu maldito hermano, al dulce Gonzalito de aquellas clases de latín que yo le daba, el dulce hermano fracasado que hasta el mismo día y hora, hasta el instante en que empujó a Pelé al vacío y le mató, hubieras tú podido –y yo también, si me lo hubieras dicho a tiempo– echar de casa! Te lo voy a leer todo, no es muy largo, y viene bien para fijar lo claramente que debiste verlo y lo criminal, lo increíblemente poco maternal, de tu inacción. Dice Sartre que "la conciencia entorpecida y desfallecida se desliza a una languidez comparable al sueño". Sabiendo todo lo que tú sabías de tu hermano, ¿cómo no te fijaste en nada de esto? Mira cómo lo describe Sartre: "Cada cual ha podido observar esa aparición del deseo en otro; de pronto, el hombre que desea, adquiere una tranquilidad pesada que asusta; sus ojos se quedan fijos y como entornados; sus gestos están impregnados de una dulzura densa y pastosa; muchos parecen adormecerse." Así Gonzalito deseaba a tu hijo, ¿cómo no te diste cuenta? Sabiendo todo lo que tú sabías desde siempre y no siendo una imbécil –que no lo eres: tú eres, al contrario, sumamente inteligente, María, muy inteligente– lo puede ver cualquiera a simple vista... Luego, lo viste de antemano: era visible: muy visible: el deseo normal de un anormal: poseer a tu hijo: poseerle: hechizar su voluntad y dormirla y a la vez despertarla liberada y libre. Porque le deseaba, a la vez, libre: tu hermano deseaba que tu hijo, desde su propia libertad, le deseara: y como no le deseaba porque estaba claro que era un chaval normal, sano y normal como fui yo, como ni siquiera se fijaba en los cuchicheos como contoneos soñolientos y lánguidos de tu maldito hermano, le mató. ¿Has vuelto a hablar con él desde ese día? No te molestes en decir que sí o que no. Da igual. Como ves, he dejado este asunto enteramente en manos de la muerte. No he querido denunciarle porque no he querido darle, o daros, ni a él ni a ti, el más mínimo escape. No hay escape. Cincuenta o cien años de cárcel, o dos mil, serían un instante delicioso. Nada de eso. Lo ocurrido está claro y está ante la conciencia; tu conciencia, María, está ante tu conciencia, eres tú la absoluta responsable, ocurrió porque dejaste que ocurriera y ahora ya no hay ley, ninguna ley, para el injusto no hay ley: solo la luz de su conciencia, tu conciencia, esposa. Y el análisis: la cárcel invisible de no poder no-ser-así lo que es-así, la muerte de mi hijo, nuestro hijo, porque le queríamos los dos, ¿te acuerdas? Cuando tú ibas al cuartito a verme y Pelé iba a gatas hecho un sucio y yo te acariciaba y era mediodía y en la terracita hacía mucho calor y los vencejos se arremolinaban en aquellas bandadas esquemáticas que los días de cuarenta y tantos grados, en julio y en agosto, el ferragosto madrileño, casi rozaban los tejados, casi nos rozaban a nosotros y nos besábamos tú y yo sin ton ni son, como unos novios. Y el cielo azul en la terraza... ¿Te acuerdas aún, María, de aquella terracita?...»

María había tardado un cierto tiempo en entender lo que quería Martín: no quería herirla: no era esa su intención: quería –literalmente– lo que había declarado que quería: quería analizar lo sucedido: acusarla era como una *chiquenaude* que lo ponía todo en movimiento con un vistoso dramatismo: la acusación se sumía en un análisis que a su vez se sumía en un relato que a su vez se sumía en la interminable narración donde Martín lo iba sumiendo todo: era la misma narración igualadora que se extendía más allá de la muerte de Pelé y del dolor inmóvil de María, hacia una sempiterna repetición oral... Era a la vez aterrador y sencillísimo: era, para María, inverosímilmente cotidiano, ahora que la inundación inmensa de las rutinas y costumbres de la casa había alcanzado el sumo límite de la total normalidad. Una normalidad que, a diferencia de la normalidad antigua que equivalía al júbilo pacífico de lo real, era para María ahora enteramente anómala, increíble. Porque resultaba increíble que, como en la narración de Martín, todos ellos, menos María, se sumieran, después de lo ocurrido, en las monotonías apacibles o desapacibles –daba igual– de sí mismos: la pura anomalía de lo más normal. En la vida cotidiana de María había habido siempre miles de tareas. Pero eran tareas ordenadas y claras y espaciosas. Y esa espaciosidad se volvía ahora contra ella. Entre tarea y tarea ahora se veía muchísimo tiempo agujereado. La antigua lentitud y el buen sentido que habían articulado melodiosamente todas las tareas con sus pausas en la inteligible unidad de cada día, ahora se había vuelto simple longitud que se extendía interminablemente entre ocupación y ocupación. Dentro de la ordenada vida de María no cabía aturdirse, de la misma manera que por la noche no cabía cerrar los ojos y dormirse mientras Martín hablara, analizara, acusara o hiciera esfuerzos por acordarse del pasado. La luz perpetua de la muerte de Pelé lo iluminaba todo y todos los detalles cotidianos se sumaban a todos los detalles recordados en una continua sucesión que no conducía a ningún sitio: solo a la falta de Pelé y a echarle en falta sin cesar. María sentía en todo el cuerpo la mansedumbre de su desesperación que la arrastraba, más allá de cualquier dolor localizable, más allá de la pena, hasta la sima inmóvil de la locura que centelleaba en silencio al echar de menos a su hijo. En cierto modo los primeros días fueron anestésicos. La evidencia más fuerte de esos días era que Pelé no existía ya y en esa evidencia, paradójicamente, aún parecía existir el niño en la conciencia anestesiada de su madre. Cuando la anestesia cedió y comenzaron a doler las demás cosas también –la voz de Martín, las idas y venidas de Gonzalito por la casa, la hiriente normalidad que todos asumieron de inmediato–, la no existencia de Pelé se volvió una desesperación insoportable –pero mansa– porque ya ni siquiera, como en los primeros días de su no existir, su aguda inexistencia conservaba, traducido a dolor, el recordado calor de su existencia. Ahora no había nada en absoluto: solo nada. La luz perpetuamente diurna de su nada. Entonces fue cuando la odiosa normalidad saltó a la vista. La imagen de una gigantesca masa de agua que alcanza su máximo nivel comenzó a entrarle por los ojos. No obstante ser inmensa, la masa total de la normalidad casera podía abarcarse de un vistazo. María pensó difusamente en un pantano. Tal vez varios pantanos superpuestos, contemplados muchos años atrás en muchos *No-Dos*: un solo pantano imaginario, enteramente circular, unificaba el lago de Sanabria, que habían visitado de recién casados, con los pantanos de Entrepeñas y Buendía, que también habían visitado, con las empantanadas aguas del mar Caspio, el mar Muerto, el mar de Tiberíades de los mapas murales del colegio... La idea de circularidad venía tal vez de colosales imágenes de presas que contenían, redondeaban y apresaban todo lago por inmenso que fuese, todos los mares muertos por inmensos que fuesen. La circularidad venía del apresar –artificialmente, sí, pero a la vez con toda naturalidad–. La inmóvil masa presa de una vida. Que se abarcara de un vistazo no restaba a aquella inmensa masa de agua su sempiterna inmensidad. Al contrario:

la circularidad perfecta, presente toda a la vez en esa imagen, añadía al material depositado la inconmensurable actividad de una conciencia que recorre, incesante, la pura forma circular. Y ella misma, María, era la presa que contenía la masa inmensa de la normalidad de todos ellos. María era la presa y el origen de la perfecta circularidad de aquella casa empantanada. Y las mismas virtudes que en su día liberaran jubilosamente su conciencia en medio de la más cotidiana y trillada realidad, ahora la apresaban en una mansa y pura desesperación. De la misma manera que las rarezas del señorito Gonzalo al regresar de Londres o las extrañas maniobras de la señorita Virginia y el señor no llegaron a descomponer nunca el servicio, porque todo se hallaba contenido en la realidad de María que nunca se alteraba, así también ahora las rarezas de todos a la vez, desde la señora mayor al señorito, no alteraban al servicio porque María seguía apresando todo igual que siempre. Ahora ya solo se reunían una vez al día a almorzar; las demás comidas se servían a cada cual en su habitación. En la cocina se decía: «Es normal que sea así.» Resultaba comprensible en la cocina que los señores, después de lo ocurrido, no tuviesen ganas de conversación. Y la abuela gritaba por las noches: salía al pasillo dando gritos no muy fuertes, gritos frágiles. Ahora tomaba medio Soñodor; o uno entero; o Soñodor y medio, como máximo, si después de cenar María notaba que su madre se movía intranquila o hablaba mucho de Pelé. La abuela había coleccionado todas las fotos del nieto que había en la casa. Las extendía sobre el edredón y hablaba con él. No parecía posible –no parecía ni siquiera lícito– distraerla hablando de otras cosas. Además, ya no quedaban otras cosas. La muerte del nieto succionaba una a una las pocas que aún le quedaban a la anciana: el paseíto por el jardín, la tertulieta con María y Virginia antes de merendar, el reunirse a merendar con todos, el té –que ahora tenía que ser tila o poleo menta para que no se desvelara–. Y ahora hablaba mucho. Ahora de pronto María se encontraba con que su madre hablaba casi sin parar. El encogimiento y la paz un tanto melancólicos que la invadieron tras la muerte del marido ahora se veían acentuadas por un habla intranquila equivalente a todas las fotos de Pelé en trocitos. María procuraba concentrarse en la pura materialidad fonética de las palabras de su madre. Hacía todo lo posible por que le diera igual «Pelé» que

«Soñodor» que «servilleta». A veces casi lo lograba y conseguía que la abuela durmiese de un tirón sus ocho horas. A veces no lo conseguía y al salir Martín del dormitorio a las cuatro de la madrugada, o las cinco, se encontraba con la abuela en el pasillo, lloriqueando, diciendo que había soñado con Pelé.

Virginia trataba de ayudar. Se había volcado. Eso era lo terrible de Virginia: que María no podía negarse a los esfuerzos que su amiga hacía por consolarla. Virginia consideraba ahora, por ejemplo, que María no debía quedarse sola. Y la acompañaba a todas partes como un perro saltón, amable por igual con todo el mundo. Virginia, que no se había fijado nunca en los horarios y tareas caseras de María, ahora se fijaba en ello ávidamente. Así que María, gracias a Virginia, no estaba sola ni un instante –salvo al final de la primera semana, cuando dejó de hacer efecto la anestesia y se pronunció del todo la desesperación: entonces, de vez en cuando, María se veía obligada a declarar expresamente –mintiendo– que deseaba echarse un rato a descansar–. Solo entonces Virginia se metía en su cuarto para reaparecer tan pronto como oía que María, al cabo de una hora o media hora o dos horas, volvía a salir del suyo tras la supuesta cabezada. A diferencia de la abuela, Virginia no hablaba nunca de Pelé. Solo dos o tres veces había mencionado de pasada que soñaba con él todas las noches. De no hablar nunca de Pelé había logrado Virginia hacer un arte, con su correspondiente preceptiva, en poquísimo tiempo. Virginia hablaba ahora de ecología y de política. Y es que en su opinión algo tenían de inmensamente consolador las focas australianas que Virginia no sabía si eran o no eran el mismo animalito con bigotes que el denominado león marino –amenazado también este por el hombre, además de por el tiburón, el cual, a su vez, también estaba amenazado y eso sin ser encantador, habiendo como había sobrevivido al diplodocus y al pithecantropus sin cambiar ni un pelo, ni la branquia, ni la silueta ni el hígado (que le servía para flotar)–: ahora, sin embargo, se estaban extinguiendo los escualos grises, también llamados tiburones blancos o muerte blanca o *white death,* lo mismo que la grulla escandinava que se venía volando del fiordo hasta, patapum, posarse en las marismas de Laredo y en Laredo querían disecarlas, figúrate qué horror, y hacer una autopista justo por la mitad de la marisma dividida en dos partes desiguales, la mayor dejársela a la grulla y la otra al grupo inmobiliario para que construyan un aparthotel octogonal de ciento treinta pisos y la grulla, cohibida a todas luces por la continuada presencia del niñín, el depredador, el golfista y la mamá, no se posaría ya en Laredo: se iría de un tirón hasta Rabat: sin probar bocado desde el fiordo hasta el desierto del Sahara: cosa que Virginia nunca supo bien, y menos hoy en día, con todos los trastoques geopolíticos, si el saharaui era o no era marroquí: primo hermano casi del beduino y las tribus que odian a Hassan –y con razón– y que aborrecen todo lo alauita, establecidas un poco más abajo hacia la parte de Sidi-Ifni. Era como tener la radio puesta: Virginia emitía esta melopea convencida de que los temas generales, junto con la autopista Bilbao-Behovia y la constancia, no quitan el dolor pero lo calman mucho. Ella misma se había calmado muchísimo con esto: ahora cuando no estaba con María oía la radio sin cesar. Estaba al tanto de todo lo que acababa de ocurrir, música y noticias a la vez. Y todos hablaban y todos no-dormían, la abuela y Gonzalito y Virginia y Martín. Todos le hablaban a María a diferentes horas del día y de la noche, no pudiendo conciliar sus respectivos sueños. Apenas hablaban entre sí. Y los almuerzos, que eran ya la única ocasión de reunirse la familia, transcurrían, educados, de medio luto por Pelé, evocación involuntaria del refectorio de un colegio o de la sala de una residencia de ancianos, más bien cara, hidalgos e hidalgas. No se excluían por principio ni ciertas bromas de Martín, ni la fugaz actualidad comentada por Virginia, quien, por cierto, a partir del conjunto homologado de su arrepentimiento y la muerte de Pelé, todo lo hacía y todo lo decía fugacísimamente, como un súbito tecleo de pianola. Estos almuerzos, no obstante su regusto melancólico, jamás llegaban a poner a nadie incómodo, lo impedía el común saber estar. Y la abuela de pronto preguntaba: «¿Verdad, María, que ya el año que viene hubiera ido a la universidad?» Y no se sabía si lo preguntado era una pregunta o solo algo sacado al exterior, como los recortes de las uñas que caen a la alfombra y que se transforman, como todo, en energía indefinida. Preguntas que eran los fragmentos desechados de la interrogatividad general de una mujer anciana, equivalentes a la luz perpetua que, uniformemente acelerada, sin duda lucía para el nieto. No hacía falta ni nombrarle: ya se sabía que se trataba de él. ¿De quién si no iba a tratar la pobre abuela? «El año que viene todavía no, mamá. Al otro. En junio cumplía diecisiete...»

A veces era Martín quien contestaba, empleando siempre la expresión «tu nieto», clavando los ojos en María. En momentos así, Virginia contenía la respiración, suspendía toda nutrición y miraba fijamente el propio plato. Y a Gonzalito, de perfil se le notaba tenso el maxilar. Una vez la abuela musitó: «¿Te acuerdas, María, los veranos cuánto le gustaba a papá bajar a la piscina, a verle bucear?, nadaba como un pez...» María no pudo contestar porque no pudo contener las lágrimas. Contestó Martín por ella: «¡Ah esa piscina!, este año no vamos a llenarla, ¿para qué?, no creo que nadie tenga muchas ganas de bañarse, o tal vez sí, abuela, tal vez sí, a partir de la muerte de tu nieto ya todo puede ser...» Esa fue, por cierto, la única vez que rozó la muerte los almuerzos. Y la única vez que todos vieron cómo María lloraba. Normalmente María no lloraba aunque lo normal fuera que llorara por lo menos una vez o dos delante de toda la familia al principio.

Desde un principio, desde el mismo instante en que María, en el borde de la piscina, acarició el rostro muerto de su hijo y después, a lo largo de toda aquella luz perpetua de la normalidad subsiguiente, se dijo con toda claridad: «Este es el misterio del amor que aún no veía, este es el otro lado de lo mismo.» Y era difícil, desde luego, verlo, hablando con Gonzalo. Era difícil decirse mentalmente, velozmente, «quiero que tú existas» y a la vez verle existir. ¿Le amaba todavía? Era el mismo Gonzalito que había amado siempre. No cabía ponerle sambenitos. Mucho más dificultoso, por ejemplo, que no denunciarle era no sambenitarle. Gonzalito no *era* un asesino: lo que se dice *ser*, solo era Gonzalito. Y el acto criminal no le apresaba. María no debía encarcelarle ni siquiera en la frase «tú mataste a Pelé». Por odiosa que fuese, la acción de Gonzalito no le aniquilaba o reducía a ser tan solo agente de esa acción. Gonzalito mismo, a ojos de su hermana, quedaba aún pendiente, incluso ahora. Había un hecho nuclear que María aceptó desde un principio: el «yo le maté». Gonzalito jamás quiso negarlo. Iba y venía alrededor, no hablaba de otra cosa. Jamás dejaba que la idea de que el empujón había sido un accidente desgraciado en el curso de una pelea absurda rozara la conciencia de María: María tenía que tener siempre presente que él,

Gonzalito, había empujado a Pelé deliberadamente: tras tambalearse y dar un paso hacia adelante y tener tiempo suficiente para darse cuenta que si le empujaba y caía a la piscina, Pelé podía matarse. Se dio cuenta, le empujó y le mató. Durante un instante, por lo menos, quiso su muerte. Y la obtuvo. María tenía que darse cuenta claramente de que esto era así. De lo contrario, no podría salvarle. Una vez fijada la cuantía del crimen y una vez sumido a ciencia y conciencia en su castigo que, según Gonzalito mismo, consistía en no poder olvidar a Pelé ni de día ni de noche, además de, o a la vez, que seguía dándose perpetuamente cuenta de lo que le había hecho a su hermana. Gonzalito no podía vivir. Salvarle, por supuesto, no podía consistir, según el propio Gonzalito, en aliviarle en nada aquel suplicio. Salvarle tenía que ser amarle. Gonzalito veía esto con toda claridad al mismo tiempo que veía con toda claridad que era imposible que María le amara. Era imposible amarle: luego, era imposible salvarle. Ni siquiera María podía escapar de ahí: una imposibilidad tan colosal admitía de todo: todo lo que podía negársele a Gonzalo, en esa posibilidad se le negaba. Y a la vez se le negaba a Gonzalito la posibilidad de no hablar de ello y sufrir en silencio su castigo con una cierta dignidad de condenado a muerte: y a la vez a María se le negaba la posibilidad de no oírle y no escucharle y no querer sacarle de aquel suplicio si gemía. Y gemía. Una veces gemía y otras sonreía o se reía bajito del colosal enredo psicológico –y, ¿por qué no?, teológico– en que su hermana tenía que meterse si quería salvarle sin quererle. Y si quería quererle, aún se enredaba más en la imposibilidad que todo lo ocupaba. Y a la vez decía: «No me dejes, hermana, por el amor que me tuviste, no me dejes ahora que me odias, aunque sé que no me odias, ¿cómo vas a odiarme si de verdad me amabas? Le veo por las noches, tú sabes lo que es eso, no poder no verle...» Y aquella concupiscencia de los detalles que María había logrado soslayar en el adulterio resultaba insoslayable ahora en la muerte. Tal vez María se había debilitado y ni siquiera tenía fuerza para taparse los oídos; tal vez para seguir queriendo que existiera tenía que no regatearle la enumeración de todos los detalles y matices que precedieron y acabaron en el viscoso acto de empujar a Pelé, causar su muerte y no poder dejar de verle una vez muerto y enterrado, no poder dejar la muerte misma en paz: a manos de Gonzalito, la muerte se enviscaba de día en día y la corta vida de Pelé también.

En cuanto a Martín, lo más terrible no era que sacase de acusarla y de analizar, como él decía, los hechos, y de intercalar en esos análisis recuerdos como espinas, impulso literario y nuevos temas, con sus correspondientes variaciones, para la inagotable novela que nunca acabaría. Lo más terrible –mucho más que las acusaciones infundadas, o la crueldad, tal vez inconsciente, de tanto analizar y recordar– era que Martín ya no quería, ni quizá podía, salir de su conciencia y que su narración no tenía fin porque se agujereaba y disolvía a cada nuevo análisis. Los análisis aumentaban el volumen de un relato cada vez más desfigurado donde Martín ya no hacía pie. Y era imposible animarle a que acabara porque no había ya nada que acabar.

Todo era seguir –como Martín mismo había dicho años atrás–. Y aquel seguir volvía sobre sí en un círculo idéntico al de las acusaciones y análisis. Al hacerla responsable de la muerte de su hijo, cancelaba toda posibilidad de darse cuenta de cómo había sucedido todo. La decisión de castigar y de culpar a María era lo mismo que el no acabar nunca su novela: en ambos casos Martín negaba que pudiese haber más realidad que la actividad de su conciencia que seguía y seguía... Cualquier cosa que María dijera ahora –por ejemplo, que se había equivocado creyendo que su hermano no era capaz de semejante disparate y que cuando por fin se dio cuenta claramente e iba a intervenir, se le adelantó el trágico empujón–, cualquier compasión que María suplicara servía solo para iniciar nuevos análisis y examinar, por ejemplo, la culpa desde la disculpa. Martín ya no escuchaba, solo quería que María escuchara hasta el fin de la vida de los dos. María se había convertido en su único lector y no había nada que leer, solo escuchar lo siempre inacabado que se alimentaba de sí mismo: María comprendió entonces que lo único que a Martín no podía faltarle ni acabarse era ella misma. Tal vez la amaba aún, tal vez amarla se reducía a querer verla inmóvil y despierta por las noches en el relato inacabable de su culpa o su vida o sus recuerdos o cualquier otra cosa que surgiera al paso de la conciencia de Martín... Daba igual llamarlo amor que no. Se trataba de Martín en cualquier caso...

Había un punto de asombro en la conciencia de María contemplando cómo su hermano cuidadosamente se alejaba de todo acento purificador y toda llama. Suplicaba que María le sacara del horrible escondite de su culpa. Y María pensó al principio que en aquella súplica había el acento de la desesperación. Y María confió por un instante en la pura llama de la desesperación de Gonzalito. La desesperación se parecía al amor que ella sentía. Pero no era desesperación. Era la culpa únicamente, la viscosa y normal conciencia saturada de culpabilidad y de Mogadon o Deanxit o Dapaz, o cualquier otro sedante. La culpa inmóvil, diurna, iluminaba las veinticuatro horas del día dulcemente, como un padecimiento crónico –y grave, por supuesto– que no llega a mortal. Y la culpa crecía y decrecía como los análisis, los recuerdos o las acusaciones de Martín en la luz perpetua de un sentirse mal, sentirse malo y sentirse, en resumidas cuentas, muy enfermo: un pobre enfermo que María tenía que cuidar o que salvar, lo mismo le daba. El caso era seguir –lo mismo que Martín–, seguir y seguir y seguir, alimentar la culpa inacabada, inacabable que por las noches dormía con Mogadón o gracias al Deanxit de todo el día para resurgir cada mañana hambriento... Gonzalito comía ahora muchísimo. Se le veía más pálido y más gordo. Y en paz. Su culpa era su paz y su normalidad por fin hallada. Era la tenia de la culpa, la solitaria hambruna del culpable incapaz de desesperación. Y así como la muerte de Pelé cambió en Gonzalo el deseo por la culpa y la culpa se volvió lo más normal de toda su conciencia, así en la casa cambió la muerte el júbilo por la figura inmensa y sosa de la normalidad y las bandejas del desayuno y de la cena y de las once: porque Martín ahora a eso de las once de la mañana tenía que tomar siempre un piscolabis porque había descubierto que tomarlo le ayudaba a concentrarse hasta las dos: así que le llevaban una bandejita con un vaso de leche y seis galletas. Y Martín, dado que se acostaba tarde por las noches y que dormía mal, dormía muchísimo entre horas y tomaba Soñodor como la abuela, que le daba, decía, una ligera somnolencia que le permitía escribir ligeramente ido y dejando colarse, por lo tanto, aspectos repentinos e inconscientes del inconsciente que a veces la conciencia, demasiado empeñada en ser consciente, desfigura o mutila o simplemente no registra y que así se pierden y acaban por faltar, andando el tiempo, a la percepción actual y al ocurrir semidurmiente de gran parte del percibir en general: ocurrir que, dotado de una locuacidad propia y fantástica, a veces da lugar a imágenes o palabras que nunca la conciencia consciente hubiera adivinado por sí sola...

A principios de junio María se fue de casa. Llamó a un taxi por teléfono y salió muy temprano, mucho antes de levantarse nadie –ni el servicio–. Había tardado en decidirse. Cuando por fin se decidió, metió sus cosas en un maletín a última hora de la tarde, escuchó atentamente a Martín hasta las tres de la mañana y, cuando Martín se fue, apagó la luz y esperó tres horas más, despierta, para irse. En el maletín metió también el talonario de una cuenta corriente abierta a su nombre de soltera. Eligió un hotel de la Gran Vía en las páginas amarillas de la guía de teléfonos. Y pidió el taxi. Fue sencillísimo. Había decidido pasar en ese hotel algunos días y desde ahí poner en práctica su segunda decisión, que confirmaba la primera: la decisión de instalarse, llevándose a su madre, en cualquier parte lejos de Madrid y de la casa de La Moraleja, que ya no podía soportar. Se separaría legalmente de Martín. O se divorciaría de él –lo mismo daba–. Y arrancaría a Pelé de aquella luz perpetua de la desesperación y de la muerte a que le habían ido condenando, una vez muerto, Gonzalito y Martín y hasta la pobre Virginia, sin querer, con su locuacidad insensibilizada. Estaba claro que la presencia de María no arreglaba nada y lo empeoraba tal vez todo. Una vez lejos ya todo daría igual. Y fue muy fácil irse. Y se sintió mejor ya en el hotel. Ya estaba hecho. Ya no tenía vuelta de hoja. Ahora ya daba todo igual. Necesitaba un abogado que tratara con Martín lo del divorcio. Si Martín ponía dificultades, alegaría crueldad mental. Alegaría lo que fuese necesario. Y Alfonso Vélez volvería a declarar que la muerte de Pelé fue un accidente y cualquier juez vería de inmediato que las acusaciones de Martín eran crueldades que no tenían fundamento. Desde el hotel llamó a Alfonso Vélez por teléfono. Vélez estaba en casa. No preguntó nada. Se limitó a decir que ya salía en aquel mismo instante, que tardaría en llegar una media hora. Tal vez menos, si la circulación estaba bien. María suspiró y colgó el teléfono. Se tumbó en la cama. Sacó del bolso una foto pequeña de Pelé –una foto de fotomatón– que llevaba siempre encima. Y contempló el dulce rostro de su hijo y quiso estar sola con él de ahora en adelante; a solas con sus limpios recuerdos y el dulce rostro de su hijo en esa foto. Y no volver a ver a ninguno de ellos, ni a Martín, ni a Gonzalito, ni a Virginia, nunca más. Tras telefonear a Vélez y mientras le esperaba, volvió a tumbarse en la cama. Cerró los ojos y dijo en voz alta: «Ya no tiene gracia.» Procuró no pensar en nada. No era fácil. Solo logró emborronar lo que aparecía y desaparecía en su conciencia. Vélez: esta era la segunda vez que le llamaba. La primera fue a los pocos días de la muerte de Pelé, cuando se vio necesitada de hablar con él, de verle, para confirmar lo que ya de antemano sentía que era la verdad: que Gonzalito había mentido en todo lo que dijo de su amigo. De hecho, Gonzalito mismo, en alguno de sus monólogos, lo había desmentido. Pero su desmentirse se parecía mucho a su culparse en no poder librarse de la culpa ni desimaginar lo imaginado. Desdecirse no desimaginaba las imágenes lúbricas de Pelé y de Vélez. Como si, al proferirlas y alojarlas mediante palabras en la conciencia de María, hubieran adquirido una vivacidad independiente de la conciencia que las profirió, de tal suerte que al desdecirse de ellas no llegaba nunca a desdecirlas, por mucho que insistiese; y la verdad es que Gonzalito tampoco había insistido demasiado, tal vez porque la inmensa culpa de causar la muerte instantáneamente succionaba la culpa de haber malherido las últimas imágenes que tuvo María de su hijo. Desdiciéndose Gonzalito solo podía corregirse. Pero lo imaginado y proferido era en sí mismo incorregible. Era lo que era. Y había quedado inmóvil en la conciencia de María sin que negarlo lo negara. Y es que aunque Gonzalito estaba en condiciones de negar la verdad de sus propias calumnias –y María le creyó cuando lo hizo– no lo estaba para negar el contenido de las mismas, porque ese contenido era una parte del origen del empujón que había acabado con la vida de Pelé. Que su hermano se desdijera en un punto concreto no invalidaba el mundo intencional que había hecho posible esas imágenes. Por eso María, a los pocos días del entierro, quiso ver a Alfonso Vélez. «Es todo mentira», declaró Alfonso Vélez sin siquiera enojarse, «Pelé era claro como el agua. Se parecía mucho a ti. Y también, por lo que valga, te aseguro que lo que tu hermano ha dicho de mí es todo falso.» Y Vélez había añadido, mirando a María cara a cara: «Yo soy homosexual, como tú sabes. Pero no como tu hermano dice.» Y María le creyó y, curiosamente, en ese instante se apagó la vivacidad de las imágenes. Tal vez, sin darse cuenta, al desear de todo corazón tranquilizar a María, Vélez llevó a cabo un prodigio ontológico que afecto a la consistencia imaginaria de la imagen: las imágenes se deshicieron y no volvieron a reaparecer. En aquella primera ocasión no hablaron mucho, aunque Vélez pasó con María casi una hora entera, sentados los dos en el borde de la cama del dormitorio. En aquella ocasión María se dio cuenta de que Vélez temblaba. Todo una manera de ser temblaba. Era casi imperceptible porque lo único pronunciado en esa ocasión fue tal vez la ternura con que repitió: «Pelé se parecía mucho a ti, María, tenía la misma paz que tienes tú.» María se acordó ahora de aquella referencia de Vélez a la paz, que ciertamente en aquella ocasión no había sentido. La paz era un aspecto de la gracia y se había perdido con ella para siempre. Por eso María volvió a decir en voz alta: «Ya nada tiene gracia.»

Súbitamente volvió todo. Todos ellos. Todo lo ocurrido. Lo perdido. Pelé muerto al borde de la piscina. Pelé muerto. Todavía tenían calor sus labios, sus manos y su cuerpo cuando se arrodilló junto a él en la piscina. Muerto. Toda la gracia que faltaba le pareció a María de pronto un hueco aterrador donde la aliviadora muerte no existía, donde no había de morir sino seguir, seguir, seguir, la desesperación pura y continua de la falta de gracia, la falta de amor y de Pelé... «No puedo seguir pensando en esto. Basta. Tengo que olvidarlo todo y empezar de nuevo. Tengo que salir de aquí sea como sea...» Se levantó y echó a andar hacia la puerta de la habitación del hotel, como si efectivamente pudiera ya echarse a andar y no volver la vista atrás... En aquel momento Vélez llamó a la puerta. María le abrió y le abrazó en silencio. Luego le condujo hasta una butaquita y le hizo sentarse. «Tienes que ayudarme Alfonso, una vez más. Quiero salir de aquí. No tengo más remedio que salir, dejarlos, no volverlos a ver nunca jamás... Necesito tu ayuda.» «Cuenta con ella, desde luego», dijo Vélez. María contempló a Vélez por primera vez con detenimiento. Iba tan atildado como siempre. Tal vez había adelgazado. «¿Has adelgazado un poco, verdad?», le preguntó. «Tal vez un poco, sí. Me encuentro bien.» «Pero bastante. Pero bastante bastante. Estás mucho más delgado...», se echó a reír. Le divertía decirle a Vélez que había adelgazado. Era muy «Vélez» hablar de eso con él. O tal vez no. Tal vez ya no, ¿por qué? ¿Qué le pasaba a Vélez? «Ya comprendo que esto tiene que parecerte una locura, qué mosca me ha picado. Seguro que venías diciendo: qué querrá esta loca, o algo así, ¿a que sí?» «Venía pensando que quizá te guste salir de Madrid por una temporada. Quizá te venga bien. Cambiar de sitio. Yo sé un sitio donde puedes ir y estar tranquila. Yo te llevo. Estamos unos días si tú quieres. Yo me quedo contigo, o no. Como quieras. Y luego ya verás. Comprendo que necesites irte de tu casa. Lo que, la verdad, no comprendía es cómo te quedabas: por qué seguías ahí. Eso es lo que venía pensando. Lo que dijiste por teléfono de un abogado o abogada y del divorcio, tú verás. No lo entiendo muy bien pero a la vez lo entiendo. Te entiendo, yo creo, un poco. Y quiero ayudarte. Y quiero, si no te importa, estar contigo esta temporada. Yo hago mucha compañía, todo el mundo lo dice. O lo decía. Tú dirás.» Volvió a sentirse otra vez de buen humor. Como si Vélez diera verosimilitud –y más que verosimilitud, realidad– a su impulso de irse y dejarlos. ¿Tenía derecho a complicar a Vélez en sus cosas? «No tengo ningún derecho a meterte en esto, Alfonso. Es un asunto mío. No he podido resistirlo. No podía seguir allí. No podía más. Y sigo sin poder. Estoy harta. Por eso te llamé... No es verdad, no fue solo por eso: te llamé porque me tranquiliza verte. Tengo confianza en ti.» «Te lo agradezco», dijo Vélez bajando la cabeza. Al volverla a alzar le brillaban los ojos humedecidos que no enfocaban a María del todo, como avergonzados. «Nadie la tiene. Confianza en mí, digo. Me han hecho muchas confidencias, miles y miles. Rollos, cuentos, chismes, de todo. Pero nadie ha confiado nunca en mí. Nadie confía en nadie. Yo tampoco. Tampoco yo confío en ellos. Yo ni siquiera les hago confidencias. Solamente las escucho y desconfío. Siempre he desconfiado de las confidencias y de los confidentes y por lo tanto de mí mismo. Nunca nadie me ha dicho lo que acabas de decirme tú: que tienes confianza en mí. Es como si me hicieras existir. Te lo agradezco. Y ahora yo creo que lo mejor es irnos. Este hotel es deprimente. Recoge tus cosas y nos vamos...» Vélez se puso de pie y María recogió sus cosas. Tardaron cuatro horas en llegar, con una parada para tomar un bocadillo. Era una finca llana. Un páramo sin una sola casa. Ningún árbol. Todavía la cebada y el trigo y la avena estaban verdes. Llegaron poco antes del atardecer a un caserío blanco, lo único habitado que había en medio de toda aquella tierra llana, de secano. María sonreía. Dieron juntos una vuelta alrededor del caserío antes de cenar. Hablaron muy poco. Antes de irse a dormir dijo María: «Verdaderamente has acertado. He venido a parar al mejor sitio. Este es el mejor sitio. Esta llanura toda igual, toda esta claridad: aquí estoy bien.» «Eso me pareció a mí también, que aquí estarías bien. Es un sitio llano, todo llano. Me alegro de que te guste. Hasta mañana.»

María durmió de un tirón toda esa noche y se despertó temprano al día siguiente y salió al campo. Sí, Alfonso Vélez había elegido certeramente el sitio –pensó María–. La llanura sembrada de cereales aún verdes y el leve cielo limpio encima. Y no había nada más. Aquel paisaje era una suma sumamente elevada. Una elevación de la mirada de María, que se sintió en aquel momento libre y –ahora sí– realmente en paz. Durante mucho rato, tal vez una hora entera, María se limitó a recorrer uno tras otro los sumandos de aquella inmensa suma: el leve cielo, el color verde de los campos, el aire libre del páramo, el repentino rojo de las amapolas, el caserío blanco a su espalda, el humo gris claro, diluido muy pronto, de un par de chimeneas, el olor a tierra húmeda, el olor a ovejas, el silencio, la luz afirmativa de un sol que al correr la mañana acrecentaba su imaginario aspecto de pálido as de oros... Suma de toda la realidad, toda la vida de María extendida en el llano como una cosecha de cereales en junio y un palomar redondo y blanco a unos quinientos metros del pozo en cuyo brocal María se apoyaba: idas y venidas de palomas, urracas blanquinegras, revuelos de gorriones... «¿Qué quiere decirme todo esto?», pensó María. «Es el final. Yo sé que esto es el final de toda una parte de mi vida, es la suma final que se consuma aquí...» Volvió a sentir la paz como una cualidad exterior, como un calor del fondo de los campos, un equilibrio puro y súbito del cielo y de la tierra donde su corazón se entretejía también y respiraba: una inmensa paz respiratoria surcada por las bandadas de palomas: todo había terminado ya y esta llanura era la suma de su vida. Una cifra confusa, sin embargo. La paz del corazón, la paz de la llanura, la transfusión de toda aquella paz aérea de junio y de cereales a la conciencia malherida de María... De pronto se dio cuenta de que un niño de unos seis o siete años se hallaba junto a ella, frente a ella. La miraba con ojos redondos y muy negros. Tenía la mano derecha en el bolsillo de su pantalón corto y se hurgaba la nariz con el índice de la mano izquierda. María sonrió al niño. Y el niño dejó de mirarla y giró los hombros de derecha a izquierda y de izquierda a derecha varias veces entre seductor y cohibido. «¿Vives aquí»?, le preguntó María. «Mira lo que tengo», dijo el niño, todavía sin mirarla. Sacó la mano derecha del bolsillo y se sobresaltó María al ver un pajarillo aleteando. Se fijó en los ojos diminutos, como dos cabecitas de alfiler, muy vivos y brillantes: una criatura inteligente que aleteaba y que latía y que parecía comprender su situación: una diminuta conciencia repentina, igual que la conciencia de María, en la fragilidad aterrorizada del piquito inane y de los ojos. «Suéltale», dijo María. «Es muy pequeño.» «Es mío, que le cogió mi padre en la panera.» «Es muy pequeño», volvió a decir María. Y añadió: «Todavía no vuela.» Con un movimiento muy rápido de los dedos el niño dejó que el pájaro aleteara sujetándole por las patas con el pulgar y el índice: «¡Sí que vuela, mira!» El pajarillo piaba. Era horrible. Y la dulzura del semblante fresco del niño con sus ojos negros, serios, fascinados, añadía un horror insoportable, una contradicción insuperable. «¡Déjale que vuele, guapín, al pobre pájaro!» «¡Es que no vuela aunque le suelte, mira!» Y el niño, en cuclillas, dejó el pájaro en el suelo. Tenía un ala rota o retorcida. Se movió un poquito hacia adelante en vano. Era una conciencia, una conciencia. Y existía, sentía, sufría. María se arrodilló junto al niño y acarició la cabeza del pajarito con la yema del dedo índice. La inmensa fragilidad de aquella vida. La indiferencia dulce del cielo y de la tierra y los ojos del niño, inmóviles alternativamente en los de María y en el pájaro. «Es un tordo», declaró el niño. «Le cogió mi padre. Los tordos traen enfermedades.» «Este no», aseguró María. «Este no.» El niño empujó al tordo con la mano izquierda. El pajarillo trató de volar sobresaltado. Los ojitos oscuros, inteligentes. Deseó salvar aquella vida. Deseó que volara de nuevo, que existiera. Era una oleada inmensa de toda su conciencia, un querer que anulaba todo otro querer. Que existiera y volara. Repentinamente el niño cogió el pájaro y echó a correr hacia el caserío. María corrió detrás. El niño corría volviéndose a mirarla. Desapareció tras una puerta. María le siguió. Cruzó un pasaje oscuro, abrió otra puerta, un gran corral rectangular con un abrevadero donde bebía una pareja de mulas. Y ahí en medio estaba el niño. «¡El pájaro, el pájaro!», gritaba María. Una mujer apareció en el corral entonces. Forcejeó con el niño, le dio unos azotes en el culo. «¡Es mío el pájaro, que me lo dio mi padre!» Estaba muerto. Cuando la mujer, que era por lo visto la madre del chiquillo, logró sacarle la mano del bolsillo y liberar al tordo, estaba muerto. «¡Mira lo que has hecho, mira!», vociferaba la madre. Era una azotaina claramente ineficaz, una rutina. «¡Es el pequeño, señorita, es más malo que la tiña!» Los ojos de la mujer y los del niño dulcemente clavados en María ahora. María cogió el pájaro de las manos de la madre del niño. Una criatura increíblemente sin peso, denegada. La frágil existencia denegada. Se lo llevó a su cuarto donde entraba el sol monótono y brillante del campo abierto en junio. Alguien había abierto la ventana. Y María depositó el cuerpo inerte del pajarillo en el alféizar. Delante de la ventana había un jardincillo protegido por un seto grande de retama en flor, el amarillo poderoso abierto y vivo. Se acordó del aña Rosi entonces, la diminuta imagen del aña Rosi como un pajarillo deslumbrado. Y se acordó de los milagros infantiles que atribuía el aña a aquella niña rubia que María había sido en un instante increíblemente remoto de su conciencia y del tiempo. «¡Vuela!», dijo María en voz alta. «¡Vuela, vuela!» Y levantó al pajarito muerto con la mano derecha hacia la luz solar, hacia el bien infinitamente poderoso, hacia la suma eternamente consumada de la realidad del páramo y la luz a salvo de la caverna de la muerte. «¡Vuela!», repitió. Y el pajarillo que el padre de un niño de seis años había cogido en la panera no pesaba ya, no se sentía ya en la palma de la mano, diluido en el aire, en el espíritu, invisible vuelo en la luz del reino transparente donde la vida no se denegaba, ni el aliento, ni se perdía una sola cabecilla de vivientes ojos de alfileres de un tordo pequeño que aún volaba... María se dio cuenta entonces de la presencia de Alfonso Vélez en el jardincillo. Vélez se acercó a la ventana. «¿Has visto a un tordo que volaba, Alfonso?», preguntó María, al ver que no había nada ya en la palma de su mano. Se sintió un poco ridícula, como quien se ve haciendo una minúscula payasada ante un espejo. «Un tordo pequeño que salió volando.» Se sintió confusamente feliz. Deseó no tener que seguir hablando. Y deseaba hablar, a la vez, comunicarse con Alfonso: darse cuenta bien clara de aquel acontecimiento diminuto que acababa de tener lugar a través de ella –como a través del hombre eléctrico en aquella barraca de la feria, en un remoto Santander, en las fiestas del Carmen, atravesado por la corriente eléctrica de dos cables de alta tensión–. Igual que ahora: alta tensión aérea de la muerte y la vida, a través de ella. Solo que el hombre eléctrico era un truco: un simulacro: una imagen: un símbolo para niños muy pequeños, inocentes: una inocentada. Y el tordo, en cambio, había volado: era verdad. «Un tordo muy pequeño que tenía en la mano, que salió volando. Fue hace un momento. Hace un momento.» «Acababa de llegar. Te vi asomada a la ventana. Por eso me acerqué. No he visto ningún pájaro especial. Hay muchísimos. No sé si serán tordos. Palomas, hay muchísimas. Tienes muy buen aspecto esta mañana. ¿Damos una vuelta?» De pronto deseó echar a andar páramo adelante, contarle todo a Vélez: el júbilo: la desesperación: la llanura. La llanura donde Vélez, con extraña perspicacia para lo inesperado de su súbita decisión de irse de casa, la había traído ayer tarde: para que pusiera toda su vida en la palma de la mano del espíritu consolador. «Ahora mismo salgo.» El tordo muerto en la palma de la mano: de pronto había dejado de sentirlo: de pronto había resucitado. Salió de su cuarto. Salió de la casa. Entró en el jardincillo. Alfonso Vélez seguía al pie de la ventana abierta. «¡Mira, qué lástima, está muerto!», exclamó Vélez al verla llegar. Era el mismo tordo que, al desear María que volara y levantarlo hacia la luz en la palma de la mano, había caído al suelo. Había sido una ilusión, como el hombre eléctrico. ¿Qué se había creído? ¿Por quién había tomado al espíritu consolador? La verdad de esta muerte del tordo era la muerte en general. Pero la muerte en general no era, a su vez, toda la verdad. ¿Qué más significaba aquella muerte mínima del tordo? Había deseado que volara al verlo muerto, como al ver muerto a Pelé había deseado desesperadamente que resucitara y que viviera.

Paseaban los dos a muy buen paso, carretera adelante, sin hablar apenas, hacia un montecillo que daba al límite del páramo un verdor tenue, contenido. Era como si el verdor, en aquella finca de Castilla la Vieja, se sometiera también al gran dictado de la pobreza de lo llano. María se fijó en que Vélez procuraba respirar rítmicamente, vagamente deportivo, llano también a pesar de todo su amaneramiento. De pronto María pensó: «No puede ser así. La resurrección. No puede ser un simulacro, ni un símbolo, ni una facilidad, ni una salida confortable. No hay salida.» Caminaban deprisa por aquel sendero de tierra apisonada donde se marcaban los dos carriles paralelos de ruedas de tractores. Miraban los dos al frente, como si desfilaran o como si se hubieran propuesto llegar lo antes posible a alguna parte. «¿Sabes, Alfonso?, me parece que tengo que volver.» «Desde luego. Ahora mismo volvemos», dijo Vélez deteniéndose. María comprendió que Vélez creía que se trataba de regresar al caserío. «Me refiero a Madrid, a casa. Tengo que volver.» Ahora se miraban uno a otro. María casi sonreía viendo el ceño fruncido de su compañero, sospechando la intensidad con que Vélez se opondría a ese regreso. «No tienes ninguna obligación, María. No me has contado casi nada. Pero yo he pensado mucho en ti, en tu hermano y en ti, después... de lo de Pelé. Al decirme ayer que querías marcharte se confirmó lo que yo ya suponía. Aquello se ha vuelto irrespirable. La primera obligación de cada cual es mirar por sí mismo. Tienes derecho a protegerte y a vivir en paz, como cualquiera.» Sí, tenía ese derecho, esa necesidad, como cualquiera. Comprendió que tenía que explicárselo claramente a Vélez para entenderlo ella misma. «Es que no es una obligación. Es que les quiero. Marcharme es no quererles. Es negarles.» Era eso, más o menos. Si se iba, incluso llevándose a su madre, negaba que los quería y los negaba a ellos mismos y negaba que sus existencias –la de cada cual y la de todos– fueran aún valiosas. Irse era apagarlas, rematarlos. No querer curarlos, cuidarlos. Dejarlos. María tenía la sensación de que tenía que explicar a Vélez el porqué y que cualquier explicación, por detallada que fuese y tanto más cuanto más se detallase, iba a sonar absurda. Vélez dijo: «Piénsalo bien, María. Hay que cortar por lo sano. Pero muchas veces nos engañamos creyendo que más vale lo malo conocido. Al fin y al cabo allá en Madrid, en aquella casa, tienes tus rutinas, tienes tu vida hecha. Y es más fácil seguirla que romperla y empezar otra nueva. Yo lo comprendo. Creo que te comprendo. Pero creo que te equivocas, si es por eso: si quieres volver solo por no tener que empezar algo distinto.» ¿Era eso todo? ¿Era sencillamente una querencia aquel pensar que tenía que volver y que lo mejor era volver? Vélez seguía hablando: «Tu hermano no va a cambiar en nada, vuelvas o no vuelvas. A tu marido apenas le he tratado, aunque supongo que te hará responsable a ti de lo ocurrido: es bastante natural: todos debimos ver que Gonzalito había perdido la cabeza. Yo mismo debí verlo. Yo mismo me siento responsable. Debió sentir unos celos terribles cada vez que Pelé se iba conmigo a dar una vuelta en el coche. El que sea comprensible no lo vuelve, sin embargo, tolerable. Tú no lo puedes tolerar. Y por eso te fuiste. No lo estropees ahora regresando. Tal vez si no regresas sea mejor: tal vez recapaciten. No sé. Lo que no sirve para nada es que vuelvas.» «Tengo que volver porque les quiero», dijo María. Habían vuelto a ponerse en marcha los dos y caminaban ahora a paso vivo, mirando al frente, sin fijarse en nada. Todo lo que Vélez había dicho era sensato, pero estaba dicho y pensado desde fuera de la situación. La verdadera situación, la realidad, reclamaba a María, aunque no sirviese para nada. Pero ¿por qué?

Caminaron en silencio mucho rato. María tenía la sensación de haber mentido a Vélez. Era absurdo decir que los quería. Se acordó de Pelé de pronto. Era un recuerdo descarnado. Recordó que no existía ya. Casi solamente esa sensación: la sensación de hallarse ante una distancia insalvable que ninguna fotografía, ningún objeto material, ninguna asociación de emociones podía acercar siquiera un poco. Al empujarle, Gonzalito había quitado toda integridad al mundo. Era imposible ya reconstruirlo. María sintió la desesperación creciente de aquella infinita distancia que le separaba de su hijo. Algunas noches, oyendo a Martín, casi le alegraban sus reproches: la desesperación parecía disminuir con ellos, como un dolor muy fuerte de cabeza que hace olvidar cualquier preocupación que no sea ese mismo malestar. Casi más terrible que oír a Martín era no oírle:

como ahora. La paz del aire libre era una desesperación diluida y clara que no acababa nunca. Tal vez quería volver con Martín y los demás por eso. Porque allí, al menos, la desesperación retrocedía unos pasos. ¿Era verdad que todavía los amaba? «No sé qué he querido decir», pensó María. Le sobresaltó la voz de Vélez a su lado sugiriendo que debían volver. Al volverse vio muy a lo lejos, en línea recta, el caserío como un punto blanco. Aquí no había escondrijos. Y había que pasear en línea recta. La verdad era que Martín, al dar vueltas y vueltas en torno a la muerte de Pelé, se había limitado a ser el mismo Martín de toda la vida. Le reconocía claramente. Y sus injustos reproches no le afeaban hasta desfigurarle. María se dio cuenta en aquel momento de que nada que Martín pudiera hacer o decir podía desfigurarle por completo. María le reconocería siempre. Y le reconocía ahora mismo. Por terrible que fuera reconocerlo así, Martín seguía siendo el mismo. Por eso no podía abandonarle. Y Gonzalito seguía siendo el mismo. Aquellas dos identidades innegables. No se trataba de una idea ni de una teoría: María podía reconocer en cada uno de los dos al que había amado. ¿Tenía esto importancia? Era importante para ella porque la ocurrencia de dejarlos no había venido realmente de la desesperación ni del dolor; no había venido ni siquiera de la asfixia que poco a poco se había ido apoderando de la casa, sino de un sentimiento cada vez más continuo de que la identidad de cada cual, incluida la de la propia María, la identidad de la figura real de su familia se había perdido irreparablemente. Era este sentimiento el que, ocupando el campo entero de su conciencia, hizo que María se marchara. Pero el amor que fue capaz de reconocerlos antes seguía reconociéndolos después. La continuidad del amor no se había roto: eso es lo que volver significaba: el acto de volver era el acto de amor, que reintegraba ahora sus figuras: restituía la integridad de sus imágenes. Tenía que volver para restituir y soportar con su acción el peso insoportable, la figura invisible de la realidad: el último argumento, sin palabras. Y eso significaba querer que ambos existieran y querer verlos existir. Querer cuidarlos. No había más que hablar –pensó María–, las palabras no tenían por qué llegar más lejos tras aquel humilde asentimiento que arrestaba a María de por vida.

Se iban volviendo al caserío, como si la idea de regresar a Madrid les impidiera ya prolongar aquel paseo. «María, me vas a perdonar pero creo que mi obligación es no dejarte que vuelvas a esa casa. Acabas de llegar. Decir que te vuelves es como la reacción de una vacuna. Dices que quieres volver, pero la verdad es que no sabes lo que quieres.» María tuvo que darle la razón. Vélez se había merecido una explicación más detallada. El caso era, sin embargo, que María no podía dar detalles, o construir argumentos, porque su decisión era una totalidad, un acto, mayor que la suma de todos los detalles, argumentos y razones que la componían. La totalidad era un solo acto: un acto, a fin de cuentas, muy sencillo. Una cosa, sin embargo, estaba clara: María tenía que respetar la sinceridad de los argumentos de su amigo aunque solo fuese demorando la ejecución de su decisión de regresar. Por eso dijo: «Tienes razón, Alfonso, sobre todo en una cosa: en que es demasiado pronto para volver a casa. Tengo que dejar que pase el tiempo, tengo que esperar...» Vélez suspiró, tranquilizándose: si María dejaba que pasaran quince días, un mes o dos o tres, por mucho que dijera que quería volver, de hecho nunca volvería. Vélez se felicitó a sí mismo al pensar esto que le dictaba su sentido común y su experiencia mundana. «¡Eso ya me gusta más, María! Tómate unas buenas vacaciones. Yo estoy a tu disposición, ya te lo he dicho. Si te cansas de esto, estas fincas de la meseta castellana a la larga son un poco fuertes, si te cansas, María, nos vamos a Málaga o a Ibiza o al Caribe, me han contado maravillas de los arrecifes de coral.» María se reía, divertida ahora ya francamente, emocionada por la ingenua astucia que adivinaba en su amigo. «De momento, nos quedamos aquí si te parece. Puedo quedarme sola, estaré bien aquí dando paseos y echándome la siesta...» Vélez declaró que no tenía que hacer nada en el mundo más que pasearse con María. A él también le vendría bien una temporada de aire libre y de acostarse cuando las gallinas.

Dejaron que pasaran seis semanas, como quien deja en blanco seis espacios para que el buen lector se haga con calma su composición de lugar. Solo una vez, aquella misma primera tarde, bajaron al pueblo para que María hablara por teléfono con su madre. Le sorprendió la firmeza de la voz de la anciana por teléfono: no se mostraba sorprendida por la súbita desaparición de María. Y aseguró que le parecía una gran idea que María pasara un tiempo descansando. María no preguntó por ninguno de los otros tres ni su madre hizo referencia a ninguno de ellos. Por un instante, al colgar el teléfono, María se sintió asediada por el temor a que cualquiera de los otros tres, Martín, Gonzalito o Virginia, perdiera la cabeza («perder la cabeza» fue la expresión que María utilizó para poner su preocupación por todos ellos en palabras. Era, evidentemente, una expresión inadecuada porque lo probable más bien era lo contrario: que dejaran todos ellos obrar la inercia de la normalidad que los volvía insensibles). Una vez de regreso en la finca y ya en su habitación María pensó que la firmeza, la integridad, de su decisión de regresar a Madrid no debía turbarse por ninguna ansiedad momentánea. Tenía que esperar y tenía que volver: ambas cosas tenían que ser hechas sin prisa, sin demora: como quien obra inspirada por una gran confianza, una paz, que sobrepuja todo entendimiento.

Al final de esas seis semanas, cuando Vélez ya estaba persuadido de que María había renunciado a su proyecto de volver –Vélez, de hecho, procuró no mencionar el asunto, un poco como los niños que evitan durante toda una larga vacación, pensar en el colegio–, María dijo: «Alfonso, te agradecería que me llevaras a Madrid. No te enfades. Ya ves que he dejado que pase todo el tiempo necesario. Ya ha pasado y sigo creyendo que tengo que volver.» La expresión de Vélez era tan sinceramente desolada que María le abrazó, como se abraza a un crío desilusionado. Llegaron a La Moraleja hacia la una del mediodía. María llamó al timbre y, mientras esperaban, Vélez repitió de nuevo lo que había estado repitiendo durante todo el viaje: «Ya sabes dónde estoy. No me pienso mover hasta que me asegures que no me necesitas. Que conste, María, que no lo entiendo bien...» María advirtió que Vélez deseaba añadir algo que, muy probablemente, ni él mismo entendía bien del todo. Lo que dijo, por fin, no fue gran cosa: «Lo tuyo es como antiguo, María, como Agustina de Aragón o morir por la patria..., lo que es por mí la laureada ya la tienes y la medalla militar individual, no te rías, te estoy hablando muy en serio, no sé qué te propones pero no puedo no sentirme orgulloso de que seas mi amiga... ¡Eres la mujer con más clase que conozco!» La doncella ya estaba saludando a María. Y María entró en su casa riéndose a causa de la laureada que, según Vélez, se había ganado a pulso.

«Me chocó no verte», repitió Martín. Eran casi las doce de la noche y estaban en la cama los dos, igual que tantísimas veces a lo largo de todo el pasado de sus vidas. «Me chocó muchísimo. Era la primera vez en una vida, en toda una vida, que no te encontré en casa. Te busqué y no te encontré. Entiende esto en sentido literal, María: aquel primer día anduve dando vueltas por todo el jardín y por la casa y no te hallaba. ¡Me chocó tanto que te fueras! Estaba inquieto, lo confieso. Tenías que volver y has vuelto. ¡Claro! Que jamás volvieras, eso era impensable. Pero lo curioso es que lo impensable era también pensable, era narrable. Y lo más curioso era que no me sentía abandonado, solamente sacudido, sumamente sorprendido: lo impensable... Ha sido una curiosa distracción, un entretenimiento muy del gusto de mi protagonista: de pronto es pensable lo impensable y pensarlo es casi doloroso: tu desaparición tuvo toda la traza de ir a convertirse en la metáfora de un suplicio extraordinariamente cruento: pero incruento: era impensable que tú me abandonaras, no es tu estilo, pero de hecho me habías abandonado: era como hallar de pronto un nuevo estilo: habías logrado hacer pensable lo impensable: chocante: hubieras tal vez debido seguir hasta apurar del todo lo chocante: tu calculado error categorial, María, tu acción, inesperadamente metafórica: semejante manifestación de ingenio narrativo en cierto modo me sorprende en ti... Habías vuelto pensable lo impensable... Ha sido un auténtico milagro y casi lamento, casi casi, fíjate, el que hayas vuelto, casi lo lamento...»

Y Gonzalito había dicho: «Creí que nunca volverías. Tengo yo toda la culpa. Empujé a Pelé y ahora no puedo descansar: le veo todo el tiempo y tienes que salvarme y no puedes salvarme porque para salvarme tienes que quererme y no puedes quererme. Pero salvarme sí que quieres: quieres salvarme pero entonces tienes que querer quererme, aunque ya no me quieras, hermanita. Nada hubiera ocurrido si yo hubiera querido contenerme. Pero no me contuve. Y le empujé y le maté y ahora la culpa no me deja morirme ni vivir en paz. No puedo dormir ni no dormir: no me reconcilio con el sueño ni con la vigilia: he engordado mucho, como entre horas, me paso el día dando cabezadas: la verdad, creí que nos habías mandado a todos a la mierda de una vez, creí que no volvías, esa es la verdad: has vuelto y no lo entiendo: no te molestes en salvarme: yo no tengo salvación, nunca la tuve, además tendrías, para salvarme, que querer quererme, lo cual es imposible...»

«Que digo yo, María, que en el Credo no se podían confundir, bien claro está, lo aprendimos en castellano y en latín, "y espero la resurrección de los muertos", todos los papas, todos los concilios, son casi dos mil años y aún se sigue con lo mismo, lo mismo que Jesús resucitó, Pelé también, ¿verdad, María? Tiene que estar con Dios, ¿verdad?, el niño, yo lo repito varias veces, cada vez que lo rezo, "y espero la resurrección de los muertos", también Jesús, lo mismo que Pelé, que al tercer día ya había resucitado, niña no seas tontita, ea ea, suénate los mocos, eso es, no te pongas a llorar, ya ves, yo estoy cada día más contenta porque estoy segura de que Pelé nos está viendo, el Credo es lo esencial de nuestra fe, es la oración que rezo con más gusto y bien claro lo dice, que ya ha resucitado, con Jesús, al tercer día de enterrarle ya resucitaba, ¿tú crees que podré verle yo otra vez?, yo quiero verle, María, verle, aunque no hablemos, solo con verle me conformo, el Credo dice que son todas, que resucitan todas las personas, lo mismo que Jesús, también papá, también Pelé, también nosotras dos, lo único que siento es que a lo mejor no le veamos, ¿te acuerdas?, era tan guapín, igual le vemos, hay días que me paso todo el día hablando con Pelé, casi le veo, ¿te pasa a ti también?, ahora mismo, mira, parece que se ha ido hace un minuto y que cuando la puerta se abra es él que entra a la carrera, ¿te acuerdas cuando fuimos a las pistas del SEU?, que tenía que correr no sé cuantísimo y jugando al fútbol, parece, ¿verdad?, que acaba de irse y va a volver a entrar, ahora enseguida...»

«... por primera y por, tal vez, única vez me sorprendiste, María, me dejaste literal y literariamente boquiabierto... ¡Era un truco tan puro, un recurso narrativo tan rápido, tan veloz, tan poderoso, tan inesperado... el que volvieras, a eso me refiero, no al buscarte y no hallarte y parecerme chocante que una persona como tú, María, que si algo eres, es ser fiel, el que te fueras..., ¡eso no!, ¡eso al fin y al cabo era normal, era convencional, un recurso tradicional de los protagonistas femeninos, al principio me chocó y creí, cuando volviste, que lo que me había chocado es que te fueras!..., ¡qué va!..., lo que me chocó y no me daba cuenta y mira que yo sí que registro todo, toda emoción, toda reacción, toda idea, toda palabrita por sosa o insignificante que parezca, es importante para mí: tú lo sabes, María, para mí mismo no tengo ya secretos, y resulta, sin embargo, que al tratar de describir lo que sentía cuando te hallé de nuevo en casa, me quedé en la pura superficie, cualquiera de mis mediocres coetáneos hubiera hecho lo mismo, que te fueras no me chocó nada, María, eso es perfectamente comprensible imaginable pensable y narrable, lo impensable es que estés aquí otra vez, es impensable, no soy capaz de pensarlo ni de narrarlo, es ridículo, haces que me sienta incompetente, mediocre, un autor popular de pluma fácil que se gana la vida con artículos y novelitas para yuppies, te largaste e impensablemente regresaste, no hay puñetera resurrección de vivos o difuntos que me pasme más que el que hayas vuelto... Estoy confuso, María, perplejo, tu vuelta no es una metáfora ni tampoco es narrable con toda perfección, escribir me cunde mucho menos, culpa tuya, ¿qué querías decir?, ¿qué quería decirse a través de tu impensable arresto en esta casa, presa de vivos y difuntos porque sí?, ¿a qué viene toda esta mierda, esta maraña de realidades impensables?, es como si el pensar y el ser no fueran ya lo mismo... ¿Tú crees María que será el principio de una gripe? Me he puesto el termómetro y no tengo ni la menor temperatura, ni décimas, pero no me encuentro nada bien, tienes tú toda la culpa...»

«Yo, María, he descubierto que lo que hay que hacer es ayunar, a los suizos es lo que les pone gerineldos, un ayuno por semana, en los cuatro cantones, fíjate, gracias a que en el Vips di con el libro del Dr. Eliseo Margulis López-Pombo, seguro que es pariente de Tereto, no me extrañaría lo más mínimo, entré a comprar una chocolatina y, patapum, el libro más vendido, el libro del Dr. Margulis López-Pombo, hay que ayunar, en Suiza ayunan por sistema hasta los párvulos, ahora que eso sí, bebiendo mucho, beber es lo esencial, mucha naranja, mucha zanahoria, mucha miel de acacia en flor, pero lo que mejor, María, con el ayuno, el agua, lo que mejor el agua, litros y litros de agua..., lo que mejor, según este especialista López-Pombo, un primo de Tereto, lo que mejor, con mucho, el agua...»

Impreso en Talleres Gráficos
LIBERDÚPLEX, S. L. U.,
ctra. BV 2249, km 7,4 - Polígono Torrentfondo
08791 Sant Llorenç d'Hortons